ALEXÁNDER OBANDO

EL MÁS VIOLENTO PARAÍSO

ediciones
lanzallamas

EL MÁS VIOLENTO PARAÍSO

Colección Dedalus

© Alexánder Obando
© Ediciones Lanzallamas

San José, Costa Rica.
Apartado Postal 7202-1000 San José
Correo electrónico: info@edicioneslanzallamas.com
www.edicioneslanzallamas.com

Juan Murillo y Guillermo Barquero, editores
Mónica Lizano, diseñadora de la colección

863.64
O12e
　　Obando Bolaños, Alexánder
　　El más violento paraíso / Alexánder Obando
　　–2a. ed.– San José, C.R.: Ediciones Lanzallamas, 2009.
　　588 p.: 16 X 23 cm. – (Colección Dedalus)

　　ISBN 978-9968-636-00-1

　　1. Novela costarricense. 2. Literatura costarricense. I. Título.

Impreso en Estados Unidos

Prólogo a la segunda edición

El más violento paraíso se ha convertido, desde su publicación en el 2001, en una novela de culto. Admirada hasta el fanatismo por algunos, alabada como la novela desde la que hay un antes y un después en la narrativa nacional, la novela de Obando se ha sabido granjear adeptos entre los grupos más diversos. No es inusual oír elogios de la misma en círculos académicos especializados en literatura centroamericana, entre otros escritores de ficción o entre los distintos *cliques* del *underground* costarricense. No hay duda que *El más violento paraíso* es una novela polarizante; no todos la llegan a comprender, pero quienes lo hacen la defienden después como uno de los mayores logros de la literatura de nuestro país.

La primera edición de *El más violento paraíso* se agotó en 2003, dos años después de aparecer. Desde entonces se ha convertido en un objeto de alta demanda que sólo esporádicamente aparece en el mercado negro y con igual rapidez desaparece de él. Las solicitudes de una reedición llegan desde lo interno del país, así como de lectores especializados, escritores y académicos extranjeros que solicitan se reedite para así poder acceder a este "clásico instantáneo" que ha transformado para siempre la cara de la literatura costarricense. Esta triste situación de descatalogación involuntaria no es extraña en nuestro país, donde es usual que las obras, una vez agotada una primera edición, desaparezcan permanentemente.

Ediciones Lanzallamas, en un intento por mantener en circulación obras importantes que están redefiniendo la narrativa costarricense, decidió publicar como ópera prima e inaugural de su *Colección Dedalus* de novela a *El más violento paraíso*. El presente prólogo a la segunda edición tiene la intención de abordar brevemente la historia del libro hasta esta segunda edición, la recepción que ha tenido en el medio y algunas breves notas sobre lo que el lector puede esperar encontrar durante su lectura.

***

El manuscrito de la novela *El más violento paraíso*, que en esa época se llamaba *La Casa de Dionisos*, lo leí por primera vez a mediados de 1997. Ya tenía gran parte de los textos que la constituyen actualmente y Alexánder Obando la estaba haciendo circular entre sus amigos para obtener sus opiniones, después de trabajar en ella desde principios de 1995. El año siguiente, luego de algunas modificaciones e inclusiones, Obando presentó la novela para su evaluación en Editorial Alambique y recibió por respuesta una carta donde se le solicitaba que cambiara el título "La Casa de Dionisos" que la novela conservó hasta ese momento, que eliminara los capítulos que citaban a Platón, los de "Arte espagírica" y "Mar de las lluvias" y se cambiara, disfrazara o eliminara cualquier mención a personas reales. Con posterioridad a esta carta y la idea de Obando de presentar la novela a concurso con intención de financiar la edición, la Editorial Alambique desistió de su publicación. Finalmente la novela logró publicarse en enero de 2001, con recursos propios, en Ediciones Perro Azul, una editorial independiente que ha editado mucha de la producción alternativa durante la primera década del siglo. Los comentarios de los compañeros escritores que conocían el trabajo pronto incitaron a otros a interesarse por esta novela tan fuera de tono con el *establishment* literario de Costa Rica. Con su progresiva lectura el impacto de lo que *El más violento paraíso* significaba para la literatura costarricense se fue haciendo evidente para todos y las reseñas y comentarios empezaron a aparecer en distintos medios, tradicionales o académicos. En diciembre del 2000 el periódico *Tiempos del Mundo* publicó reseñas de Carlos Porras, reseñista, y Mauricio Molina, poeta y profesor universitario. Molina además publicó la nota, titulada "También la noche", en la revista *Fronteras* del Instituto Tecnológico de Costa Rica, en la que haciendo referencia a lo fragmentario de la novela decía:

> *El más violento paraíso* pretende hallar la organicidad de un mundo que no existe pero que se puede imaginar con un poco de esfuerzo. Emprende su camino desde los pedazos de una cultura. Pretende reconstruir el mundo a partir de la violencia, anuncia la nueva creación del mundo... (Molina, 2001.)

El 30 de diciembre del 2001, el suplemento cultural del diario *La Nación* publicó una nota en la que se incluía a *El más violento paraíso* como una de las tres novelas más relevantes del año. El mismo suplemento, en enero del 2002, tras el otorgamiento de los premios nacionales de literatura, en los que se premió *Después de la luz roja* de Mario Zaldívar, citó a Alfonso Chase, quien manifestaba que creía que la novela de Obando "merecía galardonarse porque plantea una nueva opción novelística para Costa Rica." En esos días apareció otro reportaje de María Montero, poeta y periodista, en el suplemento "Viva" de *La Nación* en el cual Obando afirmaba que *El más violento paraíso* era una antinovela y que el medio literario costarricense usualmente rehuía de los "subgéneros" como la ciencia ficción, la pornografía, la sátira, la fantasía o el terror, que son algunos de los géneros que él había usado para construir su novela. Otra nota de principios de 2002 en *Áncora* citaba a Molina diciendo que esta era una "novela-mundo" y un "intento por escribir El Libro".

A mediados de 2002 empezaron a aparecer los primeros artículos extensos que trataban de desentrañar la lectura de la gran novela de Obando. Rodrigo Soto, escritor, publicó un comentario en *Áncora* de *La Nación* afirmando que:

> De lo que no queda duda, es de la voluntad expresa del autor de dialogar e inscribir su trabajo en una tradición que nada tiene que ver con la problemática de "lo nacional" y los restantes ejes por donde ha transitado mayoritariamente la literatura costarricense. (...) en la obra de ningún otro escritor costarricense se había expresado con tanto acierto algunos de los valores claves de la así llamada "sensibilidad posmoderna": fragmentación, escepticismo, eclecticismo, hedonismo... (Soto, 2002.)

Uriel Quesada, escritor, publicó también un comentario en la revista literaria de la UCA en El Salvador en el que alinea a *El más violento paraíso* con la novela total o el deseo de crear mundos y además comentaba:

> *El más violento paraíso* es una novela dionisiaca (...) hay un constante ir y venir entre muerte y resurrección (...) está regida por la circularidad. La historia constantemente se reescribe (...) La potencia de esta deidad es el deseo (...) El mundo regido por Dionisios no está sujeto a normas convencionales, es amoral. Quienes viven en él guardan el conocimiento del placer como un secreto, como la llave a otro estadio de la condición humana. (Quesada, 2002.)

Adriano Corrales, poeta, escritor y catedrático, por su parte, presentó una ponencia ante el congreso de escritores en Caracas, Venezuela en la que llamaba a *El más violento paraíso* "el mayor esfuerzo narrativo de la contemporaneidad costarricense" y un "hito en la historia de nuestra literatura".

En un acercamiento más especializado y académico el escritor y profesor de literatura Alí Víquez Jiménez publicó ese año el estudio *El más violento paraíso como una novela dionisiaca*, en el cual se acercó por primera vez a las que parecen ser las fuentes originales de Obando. Víquez trata, como lo habían hecho algunos comentaristas previos, incluido el famoso prólogo a la primera edición de Esteban Ureña[1], poeta y filólogo, el problema de ubicar el libro de Obando dentro del género de la novela. La unidad temática, decide Víquez, es en la que radica el rasgo aglutinante de la obra, indicado en su forma más obvia por la repetición de los capítulos denominados "Iluminaciones" y que tratan de la parte mitológica de la obra, de la fundación de Bizancio y de lo dionisiaco. En cuanto a lo dionisiaco, Víquez cita a Kerenyi y a Otto, dos fuentes que indudablemente influenciaron a Obando mientras creaba *El más violento paraíso*. La tesis de Víquez es que una novela que pretenda ser dionisiaca y retratar el impulso vital global (zoé) debe necesariamente renunciar a seguir al individuo en una vida concreta e inclinarse por la multitud a través de diferentes épocas. El exceso, la vitalidad y la destrucción salvaje, todos rasgos de Dionisos, son rasgos también de *El más violento paraíso*.

Francisco Alejandro Méndez, crítico y escritor guatemalteco, aporta también un estudio publicado en la Universidad

---

1. El prólogo de Esteban Ureña, "Una novela intrascendente (O: *number nine...*)", se incluye en la presente edición en el mismo bloque en el que está la novela propiamente dicha, por considerarse ambas partes como dos piezas distintas de un mismo conjunto.

Rafael Landívar en el que intenta una ubicación dentro de los períodos literarios, definiéndola como una de las primeras novelas posmodernas latinoamericanas. Al respecto nos dice:

> (...) este laberíntico texto, propone una lectura sesuda y exigente, pero a la vez incompleta, en la que el propio lector, atrapado en ese zapping, o cambio constante de canal con el control remoto, de esos vacíos o hechos no mencionados que propone la posmodernidad. (...) (Méndez, 2002.)

Finalmente, desde la academia también, surge la lectura de Albino Chacón, doctor y catedrático en literatura, quien dice:

> La historias que componen el texto parecieran tejerse alrededor de la idea de que la violencia ha sido el motor de la historia.(...) Lo que esta última (*El más violento paraíso*) nos representa, más que simplemente narrarlo, es la condición laberíntica que siempre habría caracterizado (...) a la humanidad. (Chacón, 2003.)

En cuanto al género, Chacón afirma que *El más violento paraíso* es inclasificable y que la etiqueta de novela no le hace justicia y lo considera el texto que "más violentamente rompe con el código realista dominante en la literatura costarricense durante el siglo XX" y "un texto inaugural en la formación discursiva costarricense, al demandar otro tipo de escucha y constituirse (...) en el desafío más radical al modo en que han funcionado los modos consagrados de producción y recepción que está teniendo en Costa Rica la literatura que actualmente se está produciendo."

Casi coincidiendo con la publicación de los comentarios más extensos de la novela, la primera edición se agotó. Las solicitudes de reimpresión o reedición no se hicieron esperar. A pesar del interés por el libro, Ediciones Perro Azul no llevó a cabo una segunda edición.

En épocas recientes tanto quien escribe estas líneas, como Guillermo Barquero, hemos publicado comentarios de la novela en Internet en un intento de recobrar la visibilidad que una obra de esta magnitud merece.

Barquero, haciendo de nuevo alusión a la ambición totalizadora de la novela, dice en su comentario del 2008:

> En resumen, tiene de todo, abarca todo (historia, mito, proyección, abandono), se regodea en todos los excesos y, como tiene que ser, deja toda suerte de sensaciones en el lector. Eso solo lo hace un escritor que se proyecta en el texto, que se desparrama sobre éste. Tenía razón Clara Sánchez: *El más violento paraíso* es la fuerza de Alexánder Obando o, como a él le gustaría más, la sangre de Alexánder Obando. (Barquero, 2008.)

Mi propio comentario del 2007 se trata de un intento de separar y clasificar sus partes para poder desentrañar sus puntos de unión y su significado como novela. A mi modo de ver *El más violento paraíso* es una novela fragmentaria de carácter alto modernista. La sorpresa y debate que ha despertado en el medio se debe a lo inusual que es encontrar entre nosotros textos que no sean simplemente realistas. La novela de Obando, sin embargo, se articula y pivota como unidad tanto en lo formal con las "Iluminaciones", y otros capítulos recurrentes, como ya apuntaba Víquez; como en lo temático con la recurrencia de la ciudad arquetípica que es la encarnación del laberinto y los mitos que pretenden reemplazar a las religiones abrahámicas actuales, basados en el culto a Dionisos y su reafirmación de la vida a través de los excesos del deseo que llevan al sexo, la violencia y la destrucción. Estos son los aspectos mitológicos que permiten reunificar la inmensa realidad fragmentada que se nos presenta inicialmente en la novela. Respecto de estos rasgos es imposible pasar por alto a T.S.

Eliot, que en su reseña del *Ulises* de Joyce, dio la que hoy se considera la definición del método mítico que a su vez define la novela modernista: "Al usar el mito, manipulando un paralelo entre la contemporaneidad y la antigüedad, el Sr. Joyce esta usando un método que otros deberán usar después de él. (...) Es simplemente una manera de controlar, ordenar y dar forma y significado al inmenso panorama de futilidad y anarquía de la historia contemporánea. (...) En vez del método narrativo, ahora podremos usar el método mítico." (Eliot, 1923.) Sobre lo fragmentario y la apropiación como rasgos distintivos del alto modernismo, nos queda el famoso verso: "*These fragments I have shored against my ruins*", que conjuga la aglomeración de fragmentos literarios de otros autores anteriores a él, aparentemente inconexos, al final del famoso poema de Eliot, *The Wasteland*, que tuvo gran influencia sobre Obando.

Por otra parte, hay que decir que la rehabilitación del sentido trágico de la vida a través de lo dionisiaco, que es el corazón secreto de *El más violento paraíso*, se le debe inicialmente a Nietzsche, que lo trató, a contracorriente de la idea predominante sobre los griegos en su época, en *El nacimiento de la tragedia* y en *Más allá del bien y el mal*. El intento de Obando de suplantar los valores del cristianismo con valores paganos o novedosos es a su vez un trasunto de la lucha de Nietzsche en su intento de lograr una "transvaloración de todos los valores". En Nietzsche, como en Obando, el valor supremo es la vida renovada, que contrapuesta a un ficticio paraíso cristiano posterior a la vida, debe ser vivida hasta los extremos, sin temor, sin culpa y sin vergüenza. En Nietzsche también, se encuentra la idea inicial del eterno retorno, que es la reafirmación de la vida como un fenómeno más allá del individuo y que forma parte fundamental de la obra de Obando, en la que avatares de vidas pasadas unen los fragmentos para formar un solo tejido. La deuda de Obando con Nietzsche es grande, pero probablemente indirecta, resta por hacer una lectura a profundidad de esta novela desde las premisas nietzscheanas que han servido de fundamento a mucha de la gran literatura del siglo XX.

En cuanto al contenido de la novela la contratapa de la primera edición rezaba:

> Para algunos lectores, esta novela vendría a ser equiparable a las obras de Burroughs en tanto muestra "una visión de cómo actuaría el género humano si estuviera totalmente divorciado de la eternidad". Hablamos entonces de un mundo sin esperanza, ahí donde ya no se anuncia la muerte de Dios sino que se lleva a cabo su funeral *de una vez por todas*, como diría Jean Allouch. Una novela construida con los hechos y desechos industriales de cada día: el cine de ciencia ficción, el folletín ocultista, el relato "pornográfico", la guía para turistas, el cuento de terror, la narración histórica, el grimorio y el mito antiguo, todos en la asfixiante dimensión de este paraíso. Lugar para ritualizar la violencia y el deseo o para leer (¿esta novela?) "como el quiromántico que confunde sus sueños en las manos ajenas o el astrólogo mareado por el vino tibio de los astros."
>
> Una novela "disfrazada" que es a la vez novela-otra-novela, trasunto de *frame novel* primitiva y un modelo para armar (o desarmar) después del griterío adventístico postmoderno.
>
> En definitiva, un laberinto de múltiples pasillos en busca de un minotauro-lector.

Ya ahí se tocaban muchos de los temas que el lector encontrará en la intoxicante lectura que le espera: mitología, sexo de toda índole, violencia, drogas, magia negra, ciencia ficción, historia, fantasía, terror, sátira, alucinaciones y visiones místicas. La lista se expande y se confunde consigo misma tomando como escenarios a Bizancio antigua; la moderna Estambul; San José, Costa Rica; las bases lunares de Sinus Roris

y Sinus Iridum; Babilonia; La Atlántida y espacios posapoca-
lípticos sin definir. No se equivocan los comentaristas al cali-
ficarla de novela-mundo o *frame novel*; *El más violento paraíso*,
en efecto, pretende abarcarlo todo en un inmenso abrazo
transformador para presentarlo de nuevo revalorizado en el
nuevo marco de los valores dionisiacos.

Más allá de esta línea se encuentra la novela más impactante de la literatura costarricense; el lector entra a ella bajo su
propio riesgo.

JUAN MURILLO
Tres Ríos, 1 de septiembre de 2009

EL MÁS VIOLENTO PARAÍSO

UNA NOVELA INTRASCENDENTE
(O: *NUMBER NINE...*)

Denn kein Gedicht gilt dem Leser, kein Bild dem
Beschauer, keine Symphonie der Hörerschaft.

WALTER BENJAMIN

A master translator can be defined as a perfect host.

GEORGE STEINER

...porque quien oyere, logre
en la metáfora el ver
que, en estas amantes voces,
una cosa es la que entiende
y otra cosa es la que oye.

SOR JUANA

I. La invitación

Un prólogo es un umbral. Su puerta quizás está cerrada, y tal vez incluye un cancerbero de hocicos espumosos. Sirve para entrar, no para salir. Adentro hay una enorme casa desquiciada, o más exactamente, un laberinto, que, como explicó Borges, se hace para mostrar, no para esconder.

En el centro del laberinto un fenómeno proteico: un artificio. Centro vórtice, vacío (recuerde la angustia que se asoma a la boca del estómago; piense en Nemo hundiéndose en el Maelström y en los agujeros negros).

Un prólogo es un umbral a algo *real.* Y he aquí que alguien toca a la puerta.

***

[A la altura de la página 45:] *¡Por Dios! Esta novela no va para ninguna parte. Es más, no es una novela, ¡apenas una colección de cuentos extravagantes!*

***

Nadie abre. El lector se da cuenta con preocupación de que no existe llave para esa cerradura. La conclusión resulta casi obvia: el lector *es* la llave tanto como la estancia misteriosa.

Muchos no lo soportan. Los más valientes hacen dos o tres intentos. El proverbio chino advierte: "No hay puerta más segura que la que puede permanecer abierta".

II. La libertad o el deseo

"... es la libertad de cada uno de elegir el camino que quiere. Haciendo eso espontáneamente, y no guiado por leyes del mercado ni leyes o planes del Estado, todos pueden hacer todo espontáneamente y en común. Se come lo que gusta, se hace el trabajo que satisface y se trabaja el tiempo que a uno le parece. Se duerme cuando uno está cansado y se dice en el diario libremente la opinión que le merecen las cosas. Nadie prohíbe nada a nadie, pero tampoco a nadie le falta nada. Se vive donde a uno le gusta más vivir, y allí también se encuentra el trabajo que gusta y se pueden satisfacer las necesidades según el parecer de cada uno. Se pasea cuando a uno le parece y todos los bosques están a su disposición. Trabajando según el gusto de cada uno, el orden espontáneo permite que, correspondientemente, se alcancen los bienes según el gusto y en la cantidad suficiente para cada uno. Eso es el sueño anarquista que es, efectivamente, el sueño máximo de la libertad humana."

¿Palabras de un loco, un soñador? ¿De una adolescente atiborrada de *speed*? ¿De un californiano en la paradisíaca Ibiza, alternando entre la playa nudista y la *foam-party* de la disco?

En realidad palabras de un excepcional pensador, Franz Hinkelammert, en su *Crítica a la razón utópica*.

***

Los lemas de los estudiantes de mayo ya suenan apolillados en la memoria, pero todavía alguien pide lo imposible.

No habría policía ni *policy*; no habría ojo incansable de la censura, ni malestar... ¿Es ilegítimo soñar ese sueño? ¿Es demasiada música? ¿Es la libertad una pesadilla? ¿Y entonces por qué putas la seguimos soñando?

¿Se hace el amor con quien se quiere, podríamos agregar? Se ama a quien uno le parece. Se besa a quien se quiere besar y asimismo se chupa, se muerde, se penetra a o se deja penetrar de quien plazca... ¿Lo puede pensar esto el anarquismo? ¿Un paraíso sin el infierno de los celos?

¿Y se sueña lo que se desea soñar, como Jodorowsky cuando sueña con elefantes en África y —según dice— cambia de canal a su arbitrio, digamos, pasa a observar pingüinos, o a mirarse a sí mismo mientras se suicida? ¿Hasta dónde puede llegar la libertad?

¿O se sueña lo que se desea... acaso a la manera freudiana? ¿Mientras navegamos en el río donde convergen los sudores del coito, de la huida desesperada, de la euforia, del maelström personal de ignorancia?

***

Quien sueña el sueño anarquista, ¿sueña lo que desea?, ¿es libre en su soñar?, ¿es libre quien sueña "el *sueño máximo* de la libertad humana"? O, por tratarse del sueño máximo —diremos en nuestra crítica parcial a la razón onírica—, ¿está obligado a soñarlo, como un Dios escolástico que estaría obligado a elegir *siempre* lo óptimo?

***

Hinkelammert criticará el anarquismo por su "mitificación trascendental' de la acción directa (así como crítica el neoliberalismo por sostener la "ilusión trascendental" de un progreso tecnológico infinito). Rescatemos este punto de su argumentación: lo importante no es hacer realidad esos sueños de lo imposible. Esto, a diferencia de los fukuyamas, no implica desechar la utopía, sino soñarla. Esos sueños de lo imposible son, *como tales,* parte de la realidad.[1]

Veamos "el sueño máximo de la libertad humana" más de cerca. Este implicaría pasar debajo de dos imposibilidades:

a) Las instituciones no pueden corresponder con la "plenitud inalcanzable" del sujeto.[2]

---

1. Y también explícitamente parte de la ciencia, a disgusto de muchos supuestos científicos; por ejemplo, en la forma del "método cero" en las ciencias sociales.

2. En el análisis de Hinkelammert, las instituciones nunca corresponden perfectamente a las necesidades de los sujetos (de manera análoga, hay que creer, a como la representación nunca corresponde al referente —no hay una reflexión sobre el significado—). Su paradoja es que si lograran este

b) El lenguaje no puede interpretar al sujeto en su integridad. Esto porque —como lo explica Borges— el lenguaje es platónico, las palabras ya implican conceptos generales.

Ahora bien, para Hinkelammert, a pesar de lo anterior, sí hay liberación (o al menos anestesia) para el malestar que causan estas imposibilidades, y es ahí donde aparece su reflexión teológica. Esta teología de la liberación se basa en "la relación entre sujetos humanos que se reconocen". Este reconocimiento ocurriría a partir "del amor al prójimo [la parábola del buen samaritano], del trabajo y de la fiesta" o banquete común. ¿Se trata acaso de la premisa de una naturaleza (espontáneamente) bondadosa del ser humano?

En todo caso, el horizonte de esta liberación es Dios, definido como quien hace posible lo imposible. Y el papel de la humanidad es entonces penelópico, es tener Esperanza[3] en Dios.

***

Siguiendo un proceder relativista, tomado de la retórica sabatiana, podríamos decir que *no a pesar de* las imposibilidades mencionadas, sino *justamente por ellas*, el sujeto no es integridad ni plenitud alguna. Y si es inalcanzable es precisamente porque no es pleno. Nos afectará la muerte, aun si es un problema del que nunca sabremos nada directamente (como razonaban los estoicos). ¿Debemos, entonces, abandonar toda esperanza? ¿Queremos hacerlo?

O a partir de *El más violento paraíso*: ¿cómo sería un mundo sin la Esperanza, ese "verde embeleso de la vida humana"?[4] O

---

objetivo, dejarían de existir; existen en esa distancia o diferencia.

3. La Esperanza es la de resucitar para ver Su Rostro, de encontrar iluminadas por su Luz Plena "las cavernas del sentido" (San Juan de la Cruz).

4. Pensar una anarquía como utopía *social* parece una paradoja; un "orden

como comentó Norman Mailer sobre una novela de Burroughs: "Una visión de cómo actuaría el género humano si estuviera totalmente divorciado de la eternidad". ¿Es eso posible? ¿Cuáles son las consecuencias?

Uno de los personajes principales *espera* solo una cosa: "Espero tener relevo". Diríamos: procrear lectores, traductores.

***

De las imposibilidades de la acción humana podría derivarse no tanto la muerte de Dios como la realización de su duelo, como anota Jean Allouch, *de una vez por todas.*

O como dice un personaje de la *Divina Comedia:*

Tal fue nuestro delito, y no más feo
y en castigo por él se nos ajusta
vivir *sin esperanza y con deseo.*

¿Se puede quitar a esta sentencia el tono medieval de castigo y hacerla una elección moderna?

***

Dice más o menos Anacristina Rossi, en el epílogo de *La loca de Gandoca:* cuando 1) el amor es simplemente una herida, y 2) la *polis* apesta, "me queda la palabra". ¿Nos queda, precisamente, la loca? ¿Nos queda un más violento paraíso?

---

espontáneo" tiene el aspecto de una contradicción en los términos. Deshacerse de la Esperanza equivale, para Hinkelammert, a caer en el irracionalismo; se trata de los que proponen —ciegos a su decir— como última utopía el fin de las utopías. Es muy posible que mis palabras se interpreten en este sentido; sin embargo, no se trata de eso, ni tampoco del "control" —al estilo Jodorowsky— sobre los sueños y la fantasía.

III. La lectura

Carlos Fuentes destaca en Borges su opción por la "imaginación parcial" en lugar del "absolutismo filosófico" (¿trascendentalismo, del tipo que sea?).[5]

Existen la muerte y la locura, aun si como aquel límite de la vida que —decía el joven Wittgenstein— no podemos conocer porque habría que poder pensar lo impensable. Existen los mundos lógicamente contradictorios donde nos revolcamos dormidos... y despiertos. Apolo y Dionisos, como si se tratara de una versión nietzscheana, son señores de *El más violento paraíso* en tanto comandan la Manía y la Mántica (la novela como el cuadrivio donde se encuentran la locura y la adivinación).

***

El más violento paraíso es un lugar donde los dioses son vida tanto como muerte, donde Dionisos asoma su rostro afeminado por detrás de la Cruz, donde no se está a salvo de ninguna manera: ni en ningún dogma, ni en una estética, ni en la literatura, ni siquiera en un argumento o un personaje con el cual identificarnos o al cual aborrecer... solamente hay "relevos", como en la *vitamors* misma. De una historia a la otra, de un personaje al otro, de una metáfora a la siguiente... Y sin darnos cuenta la estafeta pasó por nuestras manos.

***

¿Tenemos la libertad de leer? Quizás sí: al menos de leer o no leer (por ejemplo, esta novela o este prólogo). Incluso si quien hace de escritor en ese momento pone todo tipo de

---

5. De la misma manera que Jacques Lacan rechaza la demanda de Duhem de que toda ciencia deba referirse a un sistema universal o unitario.

trabas para disuadir a cualquiera de seguir adelante con una empresa demasiado inútil, incluso bizantina...

Pero... ¿tenemos en verdad libertad de leer? ¿Leemos lo que queremos? En el mundo soñado por el anarquismo, ¿todos leen lo que quieren leer? ¿Y no habría libros prohibidos, por ejemplo los que guiaran para instaurar sistemas económicos, en lugar del orden espontáneo del anarquismo?

¿Y todos leen lo que quieren? ¿No sería esto una imposibilidad? Porque entonces llegará algún novelista con la antigua y mala nueva de que lo que uno quiere bien puede ser algo ilegible, y que no por otra cosa se escribe.

***

¿Y desde dónde se lee? ¿Desde cuál idea de literatura, en la que algunos libros *son* y otros *no son* novelas —las academias tienden a funcionar a punta de canon—, como si lo literario fuera una cualidad ontológica de algunos discursos, como si el término "literatura" fuera un muro con alambre navaja —mecanismo tan de moda en el país— que nos sirve para delimitar ciertos textos? ¿Cuál es nuestra libertad al leer?

Y digo esto no tanto por buscar una delimitación histórica de los discursos, algo tan en boga, sino porque la literatura siempre excede el texto y —como escribió Benjamin— "lo esencial en ella no es lo que comunica o declara"[6] —lo que no significa que no comunique o declare alguna cosa—, sino que es "lo inasible, secreto, «poético»"[7]. Aun si no tuvimos más remedio que usar el verbo *ser*.

Este inasible habría que sujetarlo con pinzas, de todas maneras, pues no se trata de defender una experiencia mística en el asunto, como podría parecer. Inasible porque un lector que

---

6. *"Ihr Wesentliches ist nicht Mitteilung, nitcht Aussage."* (*"Die Aufgabe des Übersetzers"*)

7. *"...das Unfaßbare, Geheimnisvolle, >Dichterische<..."*

se asume como tal de manera radical y sin retorno es an-ár-
quico, es decir, ha abandonado la *arjé* en el camino.

Y podríamos agregar: lo literario es, siguiendo con esa cadena, insignificante, intrascendente. No otra cosa dice Borges
cuando recuerda que a pesar del control prácticamente perfecto que él, como escritor, ejerce sobre la significación de cada
detalle del texto (lo que se comunica o declara), se le escapa
siempre, a fin de cuentas, su sentido (lo inasible)[8] . Y ahí precisamente, en la traducción, sitúa él la literatura y "su modesto misterio".

***

[A la altura de la página 225:] ¡*Dios mío! En verdad esta cosa
no va para ninguna parte. Definitivamente no se ajusta al concepto
comúnmente aceptado de novela, pero entonces a cuál concepto se
ajustará...*

IV. Traducción

La primera impresión con *El más violento paraíso* es la de
una novela sin límites. Si la trillada metáfora orgánica descri-
be toda novela como un árbol (tronco + ramas), podríamos
introducir esta novela como solamente las ramas[9]. Las distintas historias, citas y parafraseos, que en la primera lectura parecen carecer de sentido, abren una metaforización vertiginosa.

---

8. Como lo define Guy Le Gaufey: "Podemos convenir en llamar
«sentido» al efecto que implica el lazo puntual establecido entre registros
discursivos o lingüísticos diferentes. (...) ...Si traduzco de una lengua a
otra, en la falla del pasaje de una significación a su equivalente en la otra
lengua, surgirá el efecto de sentido *como tal*. (...) Desde el punto de vista
del uso del lenguaje, el sentido aparecería en la falla del significante; desde
el punto de vista discursivo, en la falta de coherencia racional."
9. Y gocemos más del aparente poder comunicativo de las metáforas: la
novela como ramas atrapadas en un tornado.

Será el cuerpo del lector, como Teseo al dolor del Minotauro, lo que servirá de límite a la caza dionisiaca de las metáforas. El cuerpo del lector, como un rompeolas, del cual la necedad del mar nada sabe, pero algo espera.[10]

***

La tesitura fragmentaria de las líneas argumentales se ve, además, repetida en diversos niveles. Un ejemplo claro es "Arte espagírica", que prefigura en su proceder *La Vía Láctea*, novela que el autor mantiene inédita.[*]

Sin embargo, no es tanto una *técnica* novelística lo que acá se propone, como una fabricación incesante de sentido, una sed de extrañamiento.

Este efecto se puede pesquisar desde el aparente arranque de un origen[11] (la Diosa Madre) hasta la pérdida de todo referente absoluto en las (plurales) bacanales. En este punto coincide la arquitectura de la futura Bizancio, construida en la Luna, con la armazón de la novela misma. Tanto la *polis* selenita como la novela debe tener varias características, la principal de ellas "ser altamente maleable, capaz de transformarse con cada ocasión para que ella, la ciudad que va a conformar una cultura, pueda moldear a la misma vez que ser moldeada".

Ahora bien, la Bizancio del futuro no pretende hacer borrón y cuenta nueva. La diseñadora de la nueva ciudad, una mujer costarricense, define así su proyecto: "Si tuviera que

---

10. No todos los candidatos a lector lograrán sostenerse en el tornado. Pero si alguno lo hace, si alguno persiste en suspender la comprensión, entonces algo ocurre. Un acontecimiento por antonomasia, dice Paul de Man: traducción.

* La novela que se menciona no había sido publicada en el momento en que Esteban Ureña escribió el prólogo a la primera edición. En 2008, salió al mercado con el título *Canciones a la muerte de los niños*. (Nota del editor.)
11. Una lectura secuencial de las secciones tituladas "Iluminaciones" resulta, en este sentido... iluminadora.

fundar una nueva ciudad —dijo finalmente—, sería sobre las ruinas de otra ya muerta. No existe en el mundo tierra más fértil que la de un cementerio".

Así la novela, pues saquea las mitologías de todos los tiempos tanto como la ciencia ficción, cita las literaturas extranjeras con la misma energía que las hablas vernáculas y poco prestigiosas y echa a mano de los textos históricos lo mismo que de los alquímicos y mágicos.

***

Entonces surge una pregunta: en esta maraña de posibilidades, ¿dónde se enlazan tantos textos? O puesto en lenguaje crítico ingenuo: *¿cuál es el tronco para tanta rama?*

> —*Hombré, no seás necio, que ya dijimos que no había tronco.*
> —*Bueno, O.K., pero entonces ¿cuál es el tema central? —sigue presionando nuestro crítico, como si la cosa no fuera con él.*
> —*No seás cabezón, por el amor de Dios.*
> —*Ah, no, que aquí el problema de cabeza lo tiene otro. Y haceme el favor de no meter a Dios en el asunto.*
> —*¡¡¡Que no hay tronco!!! —se asoma un tinte verdoso a nuestro rostro, incapaces como somos de decirlo de otra manera...*
> —*Sí, sí, ya entiendo la metáfora de la ausencia, me parece muy bien, pero decime, ya en serio, ¿es una novela histórica o fantástica? ¿Es intertextual o peca de solipsismo lírico? ¿Es revolucionaria o tradicional?*
> —*Y cierra triunfante—: ¡ya lo descubrí: es una novela cuyo tema central es la imposibilidad de hacer novelas!*
> —*Qué se yo. De todo un poco.*
> —*¡Vos no sabés de qué estás hablando!*
> —*...*

La respuesta —nos resignamos a que nuestro crítico no sea tocado por ella—, lejos de ser inédita, es una repetición de algo dicho de mil maneras con anterioridad. Parece que es necesario recordarlo de tanto en tanto, y afirmamos con certeza que la Costa Rica de principios del siglo XXI se encuentra en uno de esos momentos propiciatorios.

La literatura, por atravesar los discursos sin pertenecer a ninguno, es el lugar. La doble Bizancio (histórica y fantástica) es el lugar...

La sustancia de dicha unión puede llamarse soma (recordando a Huxley —recordando a los antiguos invasores arios de la India—), puede llamarse esquifo (la droga de la Bizancio lunar), pero es al mismo tiempo la shakesperiana "sustancia del sueño", el veneno de Rimbaud, y hasta la "sangre de Dionisos", tintura que según Teófilo de Bizancio resulta óptima "en la pintura de cuadros al fresco o para iluminaciones"...

***

Huidobro habla de un Creador que entra en la línea con la mítica *Ursprache* o "lengua originaria" de Benjamín, pues es un lugar tan necesario como vacío. Ese es el Pequeño Dios de la literatura, que, como la *Ursprache*, no existe (¡pero cómo jode...!):

> Entonces oí hablar al Creador, sin nombre, que es un simple hueco en el vacío, hermoso como un ombligo.
> «Hice un gran ruido y este ruido formó el océano y las olas del océano.
> »Este ruido irá siempre pegado a las olas del mar y las olas del mar irán siempre pegadas a él, como los sellos en las tarjetas postales...»

Así quisiera yo que fuera unido este texto a *El más violento paraíso*. (Novela-prólogo. Novela-umbral.) Textos heterogéneos como pueden serlo las olas y el sonido de las olas... y sin embargo, a veces basta el murmullo de un caracol para reunirnos en la playa.

***

[A la altura de la página 405:] *¡Ahhh... sí! ¡Con un carajo! Esta novela se dirige a ninguna parte. Y creo que ya vamos llegando...*

***

(*De un discípulo de Juan de Mairena.*) "Si el volumen o el tono de la obra pueden llevar a creer que el autor intentó una suma, apresurarse a señalarle que está ante la tentativa contraria, la de una *resta* implacable."

***

Toc, toc.

Esteban Ureña
San José, 25 de julio de 2000

Es una tragedia
en el poeta
confundir
con el secreto
lo indecible.

La diferencia,
¿es indecible?

ESTEBAN UREÑA

Primer Movimiento

EL VIAJE A BIZANCIO

Encontrarán un nuevo hogar junto a la ciudad
de los ciegos.

La Pitonisa délfica a los que
serían los fundadores de Bizancio

Dionisos es el señor del trueno y de las aguas
subterráneas, de los sueños y las alegres
vendimias; es el amo de lo que florece, se
marchita y muere. Por eso es también el señor
de todo lo que vuelve a regenerar. En su amor
pasión no hay lugar para las respuestas;
debido a eso, es también el espíritu de las
cavernas, los lagos y los laberintos ...

De los Himnos Homéricos

Luego vi un cielo nuevo y una tierra nueva
–porque el primer cielo y la primera tierra
desaparecieron, y el mar no existe ya. Y vi la
Ciudad Santa, la nueva Jerusalén, que bajaba
del cielo, de junto a Dios, engalanada como una
novia ataviada para su esposo. Y oí una fuerte
voz que decía desde el trono: "Esta es la morada
de Dios con los hombres. Pondrá su morada
entre ellos y serán su pueblo y él, Dios-con-ellos,
será su Dios. Y enjugará toda lágrima de sus
ojos, y no habrá ya muerte ni habrá llanto, ni
gritos ni fatigas, porque el mundo viejo ha pasado".

Apocalipsis 21:1-4

1. ILUMINACIONES

En el principio Eurínome, la Gran Creadora, caminó desnuda entre las aguas de La Vastedad sin fin. Solo existían Ella, el mar y la constante brisa del Viento del Sur. Pero este viento, en su perpetua lujuria, en su deseo de poseer a la Madre Creadora, se arrolló en sus pies haciéndola concebir un hijo. Eurínome dio entonces a luz un gigantesco huevo de plata. Este huevo se posó suavemente sobre La Vastedad y de él salió eventualmente Eros-Dionisos, a quien la Madre Creadora llamó "Revelación".

El hijo levantó entonces su arco y su flecha de oro y puso el universo en movimiento. Eros-Dionisos tenía alas y cabellos de oro, dos sexos y cuatro cabezas; por eso a veces rugía como un león, balaba como un cabrón, bramaba como un toro o siseaba como una serpiente. Eurínome, su madre, también le dio los nombres de "Comedor-de-Brezo" y de "Primero-en-Brillar", porque el niño comía florecillas y era el primero de los grandes dioses.

La Madre Creadora Eurínome es el ser primigenio y ante sus negras alas de noche hasta el mismo Zeus se confiesa inferior. Él rige el universo, pero ella lo creó a través de Eros y es la única que le da consistencia y sentido.

Durante los primeros tiempos Eurínome vivió con su hijo en una caverna-laberinto cerca del Monte Ida en Creta. Allí se desplegaba en tríada sagrada como madre del Principio, de la Madurez y de la Muerte; Señora de la Luna Creciente, la Llena y la Menguante. Y a la puerta de esta caverna ancestral, la diosa Rea toca constantemente un tamboril de bronce para recordar a todos los mortales que Eurínome es la única señora de los oráculos; madre de todos los mitos y de todas las profecías.

Sin embargo, llegado ya el tiempo de los hombres, su emblema de poder, el cetro en forma de hacha doble —la multifaz luna—, pasó a manos del Rey de la Montaña, el Todopoderoso Padre Urano.

2. MAR DE LAS LLUVIAS

Los perros, el deseo y la muerte.

BORIS VIAN

Ach was ist das für ein böser Gast!
Nimmer hält er Ruh',
Nimmer hält er Rast!
Nicht bei Tag,
Nicht bei Nacht, wenn ich schlief!...

GUSTAV MAHLER
Lieder Eines Fahrenden Gesellen

Mi casa no es muy normal que digamos. Es la única en el barrio que ha sobrevivido la conquista de las agencias de viajes y los hotelitos "típicos" para gringos. Nos erguimos con orgullo al poder llamarnos domicilio y no otra cosa. Aunque esto es una verdad a medias. Una verdad que solo corresponde a la parte que habitamos Mamá y yo. Mis tíos, Jorge y Amalia, han hecho que su parte cayera ante el asedio de la modernidad. Así pues, la mitad de la casa, o mejor debiera decir: la mitad de la estructura, es un restaurante pequeño.

Aún así, esta vieja casa todavía guarda mucha semejanza con una iglesia. Dos gigantescos pasillos perpendiculares se unen en el centro de la estructura para hacer una especie de sala familiar/sala de hotel/salón de los comensales. En fin, quiero decir que la sala de mi casa es técnicamente vía pública. Cada uno de los pasillos da a uno de los puntos cardinales. Nosotros, o sea, Mamá y yo, tenemos el ala este. La parte norte de esa ala es una sola gran biblioteca-habitación donde yo duermo y trabajo haciendo mis traducciones, y aunque tengo mi propio cuarto junto al de Mamá, es en esa biblioteca donde he abierto mi verdadero espacio vital. Las partes sur y oeste son de los tíos y de mi madre. Ahí tienen su mundo comprendido por la cocina, el cuarto de los tíos y una salita donde toman y juegan naipe por las noches.

La parte más complicada de la casa es el ala oeste. En el lado sur, como dije antes, viven mis tíos, pero en el lado oeste también está el restaurante. Sin embargo, al hablar de alas y puntos cardinales no se debe pensar en una mansión sino en una casa muy grande, muy vieja y muy mal distribuida. Ha pasado por remodelaciones infinitas, así que una parte es de roble añejo y señorial, otra parte es de *plywood*, y aún otras ya ni siquiera están. Hay galerones, espacios vacíos como solares, y las mesas del restaurante que ocupan el centro y parte de mi cuarto-biblioteca, ya que fue partido y luego dividido con *plywood* para darle mayor campo al área de comida. Su gran defecto radica en que es muy público; hay ventanas por tres lados. Las cortinas son deficientes y no lo cubren todo. La gente con frecuencia se asoma creyendo que mi cuarto es una especie de tienda y tengo que ahuyentarlos de mal modo. Ni siquiera unos biombos que me compraron me dan privacidad. Son translúcidos y se ve todo como en un teatro de sombras.

A pesar de la falta de privacidad duermo mucho. Ahora son las once y media y todavía pereceo en la cama. Y ahí está. Nunca falla. Una sombra en una de las cortinas. Me levanto como un rayo enfurecido pero lo que encuentro al abrir la puerta me hace perder el sentido de la realidad.

—¿Puedo pasar?

La voz de Jose Antonio es ahora un poco más grave que cuando se fue del colegio, pero todavía mantiene un cierto timbre infantil. Es como un fantasma así vestido en una chilaba y con la cara color de aceituna, casi como si viniera del desierto. No dudo en preguntárselo y sentándose me responde con evasivas. Sólo me dice que viene a un asunto muy importante y que si quiero escuchar. Se pone de pie. Camina hasta una de las cortinas. Se queda así unos minutos como meditando lo que va a decir. Me doy cuenta de que su presencia me excita. No he podido esconder el deseo que él me provoca. En el colegio era casi imposible no pasar grandes vergüenzas por lo mucho que su naturaleza animal me atraía. No fue hasta que desertó el año pasado que me di cuenta de lo mucho que lo deseaba. Ya no tenía miedo a ser descubierto haciendo algo tonto, pero su ausencia se transformó en la buena conducta que a veces impone la soledad.

Y ahora. Solos en el cuarto. Él con un año más. Y todavía no me atrevo. Jose Antonio me vuelve a ver fijamente y se enjuga los labios. Me da pudor y trato de esquivar la mirada porque siempre he creído que me puede leer el pensamiento. Tal vez este gesto de inhibición lo hace sentirse un poco más cómodo y empieza a hablar rápido. Dice que necesita plata; que está muy urgido. Que no tiene nada con qué pagarme y que no sabe si podría pagarme, por eso no me viene a pedir plata sino a venderme algo que sabe que yo quiero.

—¿Qué es? —pregunto medio atontado.

Él vuelve a quedarse pensativo pero finalmente se sienta en la cama y dice "esto" mientras se va quitando la chilaba. Yo me asusto y retrocedo un poco. Luego, como acto reflejo, me levanto a cerrar las cortinas, pero entre más cierro por un lado más se abren por otro. Jose Antonio se quita las sandalias y se mete a la cama con una dulzura de animal seductor. Lo hace para excitarme. Veo su cuerpo bronceado, las cejas espesas y bien delineadas, el pelo castaño y finalmente los años de represión en el colegio se me agolpan. Me lanzo a la cama y él recibe mis besos con una tranquilidad sensual. Siento al besar sus hombros esa sal que los cuerpos acumulan cuando vienen del desierto. Me excito más y trato de desvestirme pero él me detiene. Mientras vuelvo a besarlo va poniendo las condiciones. Me dice lo que necesita y que a cambio de eso me dejará hacerle el amor una vez. Pero yo ahí me detengo en seco como ofendido por sus palabras.

—¿Cómo que una vez? Se hace el amor las veces que sea necesario... Y además, no te voy a hacer el amor, ¿oís? VAMOS a hacer el amor vos y yo. Los dos juntos. Si no, no hay trato.

Él se pone más cariñoso y me dice que será entonces todo lo que yo quiera hacer en una hora, a cambio de la plata, claro. Tengo que entenderlo como una venta. Le pregunto dónde y cuándo y él dice que debe ser aquí y ahora. Por supuesto que no entiendo para nada su premura y me vuelvo a ofuscar. Trato de razonar con él y le digo que la plata que le voy a dar me la gano en vacaciones ayudando en el restaurante al mediodía. Él entonces me ve fijamente pero no cede.

—Tiene que ser aquí y ahora. No tengo alternativa. Necesito esa plata dentro de dos horas.

Su tono fue tan definitivo que no dije más. No sabía qué hacer. La tía me iba a llamar en cualquier minuto porque empezaba a llegar la clientela de la hora de almuerzo. Si llegaba mucha gente abrirían la pared falsa de *plywood* y usarían mi cuarto para acomodar más gente, en cuyo caso se iban a to-par con un hombre desnudo en mi cama. Y conozco bien a Jose. Con sus conquistas femeninas siempre había sido un descarado. Ahora me doy cuenta que con los muchachos también. Quise volver a razonar con él pero más bien se qui-tó la vincha que andaba en el pelo y el reloj de la mano iz-quierda. Yo me preocupé por vestirme, a la vez que trataba de cerrar más las malditas cortinas ya hechas hilachas.

—Esto es como un barco a la deriva —me dijo—, nunca sa-bés cuando se va a hundir.

No sé si hablaba de la casa o de la situación que nuestro trato iba a generar. Le dije que solo iba a hablar con la tía a ver si me disculpaba por hoy y me adelantaba la paga de ma-ñana. Con lo que hasta el momento tenía ahorrado en tra-ducciones no bastaba para cubrir la cuenta del *affair*.

Jose se arremolinó en la cama y dijo que empezaba a correr el tiempo. Yo salí tan rápido del cuarto que se me olvidó po-nerme los zapatos. La tía Amalia estaba ocupadísima aten-diendo a su clientela estelar, a "los chineados", como les de-cía Leda, una de las muchachas del restaurante. Los chineados eran los empleados de los bancos y las agencias de viajes cer-canas, los que, según mi tía, pagaban más y claveaban menos. Quise despistarme aludiendo lo de los zapatos pero Leda me jaló diciendo que había mucho trasto que lavar. Lo hice lo más rápido posible cuidándome de no mostrar excesivo inte-rés en devolverme. Sin embargo, tan pronto terminé una bue-na porción de vasos y platos le dije a Leda que volvía por los zapatos y me escabullí. Al llegar al corredor vi a unos chiqui-llos que se fijaban por la ventana para ver qué había detrás de aquellas cortinas rasgadas. Lo primero que me dio fue pánico y los ahuyenté casi a gritos. El solo saber que había un mu-chacho en mi cuarto me llenaba de un miedo casi ancestral, me llegaba el olor a Inquisición y a entierros de personas vi-vas. Si Jose Antonio fuese una mujer me sentiría menos culpable. Ya me habían descubierto antes en juegos de cama con una prima de Leda y no pasó a más. Mi tío más bien hasta lo celebró contándole el incidente a casi todos los primos. Pero un muchacho era algo distinto. Significaba a los ojos de ellos perversión y una especie de maldad que yo todavía no entiendo. Por eso, cuando entré al cuarto y vi a Jose Antonio jugando con sus genitales, solo acaté a regañarlo todo. Le dije que se estaba luciendo para esos chiquillos y que por lo menos se tapara. Él solo me volvió a ver lentamente y se sonrió sin comprender mi miseria.

—Ya se te fueron veinte minutos —dijo señalando el reloj.

—Sí, ya sé.

Esto último no sé si de verdad lo dije o nada más lo pensé. Volví a salir del cuarto justo a tiempo para ver a la tía que venía a llevarme de la relinga a los platos. Me puse el delantal deseando que se viniera un temblor de esos que se dan en Chile o el Japón, pero las cosas más bien salían de otra manera. La tía flotaba de aquí para allá sonriéndole a la clientela y accediendo a todas sus peticiones. Yo limpiaba las mesas sin atreverme a más. El miedo a un escándalo con mis tíos, mi madre y todos los clientes viendo a Jose salir desnudo del cuarto me anclaron a mis deberes, pero no por mucho tiempo. A los pocos minutos volví al cuarto para encontrar a Jose leyendo mi antología de Vian.

—¿Y este ya se murió? —fue lo único que dijo tirando el libro a un lado.

—Sí —le dije sentándome en la cama mientras me secaba las manos con el delantal.

Me volvió a ver fijamente.

—Es horrible tener que vivir contra reloj —dijo. Y ahí mismo, sin más explicación, me agarró violentamente a besos. Yo sentí que me asfixiaba suavemente en sus labios. Probablemente había tomado o comido anís porque a eso sabían sus besos, a fuertes bocanadas de un anís-ajenjo que me iba drogando sin que pudiera o quisiera evitarlo. Su pelo olía a arena y sal como el resto de su cuerpo. Venía directamente del mar o de algún otro lado donde se suda mucho. La sal de su piel era abundante, al punto de hacerse agridulce cuando se combinaba con el sabor del anís. Pero aun este placer —tan mío— del sabor y el olfato, duró casi nada. Los golpes del puño de la tía contra el *plywood* nos sacó del mundo en que estábamos. Me volví a acomodar los pantalones y una vez en el pasillo, siguiendo el dedo furioso de la tía, fui directo a la cocina donde Leda me hacía señas de exasperación.

—Se pone imposible cuando llegan los del banco.

Asentí levemente y me ocupé de los platos y los vasos. No entendía el enredo de Jose con la plata. Lo que necesitaba era menos de lo que se gana un oficinista en una semana: cochinos veinte mil pesos. Así que por qué no pedírselos a cualquiera en lugar de tener que ganárselos de manera difícil. Es decir, a no ser que le gustara ganárselos así; o tal vez estaba metido con drogas o con la mafia o era un espía... Pero la risa que mis propias ideas me pintaban en la cara me delató.

—¿De qué te estás riendo, bandido?

La voz clara de Leda me sacó del ensimismamiento. Le dije que de nada, pero no aguantaba las ganas de reír al imaginarme a Jose como un espía que trataba de averiguar algo en mi casa. Tal vez era una mujer disfrazada de hombre (¡con semejante cosa!) para averiguar hasta donde llegaba yo con los hombres...

—"El que solo se ríe de sus maldades se acuerda".

Volví a ver a Leda y como única respuesta le mandé una miradilla significativa.

—¡Bandido! ¿Todavía estás pensando en mi prima?

Le sonreí aún más como asintiendo y la ingenua se murió de risa.

La clientela seguía llegando y mi tía seguía flotando entre las mesas feliz y lujuriosa como el Harkonnen o la Abuela Desalmada.

—Una casa que parece una iglesia gótica es un anzuelo seguro —había dicho mi tía cuando trazaban los planes del restaurante. La muy bandida tenía la razón, por lo que yo ahora me sentía muy infeliz. Casi sentía los labios todavía adolescentes de Jose llamándome al cuarto. Apenas acabé otra tanda de platos corrí a la habitación. Jose leía boca abajo de tal manera que las nalgas, como dos lunas blancas, se le resaltaban insoportablemente. Hice el vano intento de cerrar las cortinas pero se volvían a abrir las malditas a propia voluntad. Puse entonces los biombos y el sexo de quien leía en la cama quedó más o menos incógnito. Podía ser Jose o una muchacha de pelo corto o aun yo mismo leyendo en mi cama. Fue entonces que noté otra vez el olor. Era una mezcla de sal y anís. Jose lo había impregnado todo, como una fierecilla en celo demarcando su territorio. En este momento empecé a creer que no era todo negocio y me arrecosté a su lado casi con un respeto conyugal. El veloz abordaje que me hizo al principio me produjo una reacción erótica voraz. Solo lo quería en la cama para soltar dos o tres años de instintos reprimidos espiándolo en la piscina o en los baños del colegio sin poder decirle nada. Pero ahora, viéndolo ahí que me esperaba pacientemente, de pronto me había enternecido. Seguía leyendo la antología de Vian ahora con genuino interés. Le quité el libro de las manos suavemente y lo empecé a acariciar de nuevo.

—En menos de hora y media soy hombre muerto —me dijo—. Por favor conseguime esa plata. Sos el único que me queda.

Me perturbó profundamente. En lugar de abrazarlo más lo solté y le dije que ya volvía. No terminaba de salir cuando hubo un gran estruendo, como si la casa entera se moviera. Los tíos estaban corriendo la pared de mi cuarto-biblioteca para hacerle más espacio a los clientes que seguían llegando como manadas. Salí corriendo al pasillo apenas a tiempo de atajar a Leda y a mi tío Jorge que estaban por dejar mi cuarto sin una de las paredes. Les grité que dejaran la pared así y los dos se volvieron a ver sorprendidos.

—¿Por qué? —preguntó mi tío muy extrañado, sin que yo supiera qué contestarle. Le hablé de la privacidad que yo no tenía y de mi derecho a que dejaran mi cuarto como estaba. Pude ver, por el color de su piel, que se iba enfureciendo. Me reclamó la falta de solidaridad familiar. Me dijo que estaba loco y que si no me daba cuenta del ridículo que estaba haciendo en frente de toda la clientela. Los clientes de veras habían dejado de comer y ahora estaban más interesados en el berrinche familiar que en el fútbol de la tele. Mi tía flotó grácilmente entre ellos diciendo que no era nada, que ellos ya sabían cómo éramos los muchachos y que ahoritita les hacíamos campo a los nuevos que iban llegando.

—¡Pero no en mi cuarto! —les grité—. Mi cuarto es sagrado.

Mi tía Amalia sonrió aún más pero se le veían claramente en los ojos las ganas de llorar. El tío me amenazó con golpearme pero se detuvo porque vio llegar a mi madre. Entonces se abalanzó sobre ella quejándose de mi conducta. Mamá me volvió a ver y me preguntó el por qué de todo aquello. Le dije que estaba con un amigo.

—¿Y qué? ¿Por qué no sale tu amigo y almuerza con nosotros?

—No puede. Además ya le queda muy poco tiempo.

Las caras de incomprensión se fueron multiplicando. Por supuesto que nadie había entendido y el silencio se extendió como una mantarraya gigantesca en todo el salón.

—No entiendo —dijo suavemente Mamá y me volvió a ver con verdadera confusión en el rostro. Yo bajé la mirada.

—Es que... estamos haciendo el amor.

No sé por qué dije esa cursilería pero fue eficaz. Todas las caras del salón se volvieron a ver todavía más confusas.

—¿Cómo? —dijo Mamá, pálida.

—Queremos estar solos.

No dije más. Alguien de entre los clientes empezó a reírse pero mi tía lo calló con una mirada de fuego.

Mi tío agarró para su cuarto maldiciendo y de paso agarró una cuarta de ron. Mamá, después de dudar un poco, también cogió para su cuarto, pero más lentamente, como si de pronto hubiera olvidado cuál era su habitación y se esforzara en recordarlo. Cuando pasó frente a mí no me volvió a ver y sentí el frío que de repente se le había enterrado en los ojos. Solo Leda se acercó viéndome a la cara.

—Dice su tía que si va a venir a ayudarle.

—Ya para qué. La mitad de la clientela se está yendo.

Bajó la vista y se fue sin hacerme la pregunta que de verdad quería hacerme.

Volví al cuarto sin darme cuenta de lo silencioso que se había puesto todo. La luz del día ya estaba atenuada por las nubes de las lluvias que seguro caerían en menos de una hora. El cuarto seguía oliendo a anís y sal mientras Jose, ahora boca arriba, seguía con el libro.

—¿No oíste lo que pasó afuera? —le dije casi en tono de reproche.

—Sí, todo —respondió secamente.

—Entendés que ya no te podré dar toda la plata.

—Lo sé —dijo aún leyendo.

—¿Entonces?

—Nada.

—¿Cómo?

—No hay nada que hacer. Tenía dos horas para entregar esa plata íntegra o simplemente... nada.

Me senté lentamente y luego me acosté junto a él. Soltó el libro y me acarició el pelo mientras me preguntaba:

—¿Vos te excitarías sexualmente matando perros?

—Sí —le dije sabiendo a qué cuento se refería—, y también me excitaría haciendo traducciones o lavando platos.

—Sí —contestó como para sí mismo, y se quedó ahí reposando en una burbuja de silencio. Me angustió al punto de que decidí ofrecerle mi ayuda. Pero él solo me volvió a ver y sonrió taciturno.

—Te lo agradezco —dijo finalmente—, pero tengo más posibilidades solo. Y no te sintás mal —agregó tratando de cambiar un poco de tono—, todavía te quedan diez minutos.

No íbamos a hacer el amor. Pero el calor de su cuerpo contra el mío amortiguaba muy bien el crujir de los tablones en alta mar.

3. EL IDIOTA

Lee Jose Antonio:

"el idiota no entiende palabra
pero babea con elocuencia
y moquea con refrenada retórica

sin duda
hay fluidez en su estilo
y algo siniestro en sus cachetes
sangrantes a punta de pellizcos

no lo juzguen mal
pero cuando los jugos nasales
se revuelven en su boca se desbordan
por fuera y

por dentro van licuando eso que
con delicado eufemismo
llamamos mierda, que entonces mana
literalmente por su ombligo

sus orejas cansadas
(habiendo tanto ojo)
ya no saben para qué sirven
de manera que se van zafando o derritiendo
atraviesan el cuerpo y su catástrofe hasta
coincidir
con un eclipse:
por ellas el idiota orina
no sin una pequeña blenorragia auditiva

él fija su mirada en el suelo
donde se mezclan los humores
despidiendo aromas que no corrieron con
suerte en el
mundo
(ese pozo negro le sirve de espejo)

ya ustedes lo notaron:
el idiota no llora"

ESTEBAN JOSÉ UREÑA
(seudónimo)

4. LUNA ROJA

The moon is a dry blood beast.

Jim Morrison

Sus cuatro niñas convulsionaban en el asiento trasero del automóvil. El espejo retrovisor le ofrecía un instantáneo cuadro de vestidos y manchas de sangre. Si el olor de todo aquello no fuera tan evidente, las hijas solo le hubieran parecido un grupo de fantasmas en carnaval; pero en el asiento delantero y de medio lado, la madre también ya respiraba con dificultad. Desde mucho rato atrás había dejado de ver a su marido con esa mezcla de preocupación y de otra cosa que ni ella podía conocer.

Para no ver a las mujeres, él trató de concentrarse en la carretera y en lo que más adelante parecía ser un carro parqueado a un lado de la vía contraria. Un hombre afuera se tapaba un poco la cara con una mano en tanto que un muchacho adolescente, apoyado en la carrocería, jugaba con una varilla que raspaba rítmicamente en el suelo. Las puertas estaban abiertas y dentro se podía ver a una mujer sentada con la cabeza hacia atrás. Estaban estacionados muy adentro de la cuneta. El hombre concluyó entonces que no iban a ningún lado; que ya se habían rendido.

Cuando los pasó, volvió a ver en el retrovisor y notó que una de sus niñas había dejado de moverse.

—Zoe. —La llamó pero la niña no abrió los ojos. Permaneció como dormida en tanto que las demás seguían quejándose.

Encendió entonces la radio para hacerse un poco de compañía. El locutor avisó que la ruta 10 estaba atascada de carros que no iban a ninguna parte. Recomendó la vía periférica de San Cristóbal si es que la gente se quería movilizar, pero advirtió, como de costumbre, que era mejor quedarse en casa donde aún había abastecimientos de agua.

El lago que lentamente apareció a la derecha hedía a pez muerto. Una pudrición de plantas flotando en la superficie le daba el aspecto de una piel de foca esparcida por todo el valle. El hombre vio unos botes en la playa pero nada de gente y se imaginó que todos estaban abandonados. Las naves se mecían muy lentamente en la masa, como encalladas en un derrame petrolero. Solo alguna ave extraviada, de vez en cuando, rompía con el tono de naturaleza muerta en el paisaje.

Durante varias horas siguió la misma ruta en busca del cruce. Un rato después, cuando el lago ya parecía haberse perdido en la distancia, divisó el cruce de San Cristóbal. Inmediatamente bajó la velocidad ante la extensa lombriz metálica que se fundía al sol. Carros abandonados o cuyos habitantes ya no podían moverse estorbaban el paso hacia la 10, más al norte. Había un hedor a gasolina y a agua estancada por todas partes, pero nada del paso que todos ansiaban.

Él se fijó nuevamente en las niñas por el retrovisor. Zoe permanecía dormida mientras sus hermanas continuaban en una especie de semidelirio, afiebradas y húmedas de sangre. Y la esposa, por su lado, tampoco reaccionaba ya. Había dejado caer las manos sobre el asiento desde antes de que se acercaran al lago. Él quiso ignorar aquello dedicando toda su atención al camino. Sin embargo, la absoluta quietud de su mujer lo hizo notar el velo negro y espolvoreado que ahora la cubría.

La única manera de seguir a la 10 sería tomar un camino de tierra y cruzar los campos de naranjales hacia el norte. Mientras meditaba esto, vio acercarse un grupo de personas. Eran muchachos armados con palos y herramientas. Una especie de pandilla, pensó, y antes de que llegaran al carro arrancó violentamente saliéndose del camino hacia los naranjales. Sabía lo que aquellos buscaban; los vio acercarse con contenedores plásticos ansiosos por matarlos y dejarlos ahí como un estorbo más en el camino. Pero él estaba decidido a salvar a su familia. Y si no tenía más problemas, aún entre los campos, podría llegar a Santa Clara al amanecer. Allí había un hospital grande y ojalá todo lo necesario para sobrevivir.

Mientras conducía despacio entre los caminos para tractor, llegaban hasta él los aullidos de animales domésticos ya desesperados por el ayuno de varios días. Pensó en la muerte de sus propias vacas y luego en la enfermedad de casi toda la familia. La calentura y los sangrados que aparecían por nada. Los estados de semiconsciencia y finalmente el sueño profundo. No quería pensar en nada más que en llegar a su objetivo; sin embargo, la fiebre y los trastornos de las niñas le volvían a la mente a cada instante, como una película que se ha quedado prensada y repite la misma escena una y otra vez. No lo podía evitar. Era un proceso automático que solamente se podría evadir con el sueño, pero esa misma cura —el dormir— la sentía él más peligrosa que la enfermedad.

Empezó a notar el oscurecimiento del paisaje mientras el horizonte se encendía cada vez más de tonos rojizos. Una espléndida puesta de sol —pensó— para un mundo que se muere.

Diez minutos más tarde, la oscuridad mostraba los árboles sin hojas como reumatismos fosilizados contra los últimos rayos de luz. A pesar de la oscuridad, un tono rojizo prevalecía en la noche.

El hombre detuvo el carro en un cruce de caminos y volvió a ver a sus hijas. Todas parecían dormidas pero Zoe estaba más quieta que las demás.

—Zoe. —Llamó en voz baja sin que la niña se moviera. Seguía amortajada en su sueño como una pequeña máscara veneciana en las heladas de febrero.

Se volvió entonces donde su esposa y recogiendo aquella rama de árbol le besó tiernamente los dedos. Trató de buscar los ojos oscuros de su compañera pero no estaban, se habían ido con las últimas fiebres de aquella tarde; y él, sin querer ver nada, sin entender su propia reacción, abrió torpemente la puerta y salió del carro queriendo escaparse de aquel frío que todavía le envolvía los labios y las manos.

Se alejó de los suyos yendo camino arriba hasta que el frío de la noche se le mezcló con el que había recibido dentro del carro. No se animaba a ver hacia atrás porque ya sabía lo que iba a encontrar: un carro-bote meciéndose en el zacate como si estuviera encallado en un derrame petrolero. Mejor no. Mejor no ver más hacia la muerte vistiendo su lustrosa carrocería. Empezó a subir una colina, ya bastante lejos del carro, con la intención de aclararse un poco la mente. Vio entonces el cielo y sus ojos se toparon con la misma luna intensa de las otras noches; la luna que poco a poco enrojecía transformando la negritud en el cabritar de una yegua de sangre. El hombre se abotonó entonces la jacket y siguió despacio el camino hasta un punto donde los árboles ya no estorbaban el horizonte. Subió entre los zacatales un poco más, hasta llegar a la cima de la colina. Desde ahí divisaba la mayor parte del valle y el horizonte hacia el oeste. Vio el lago titilar levemente como una masa cárdena, debatiéndose entre su negro de piel de foca y el rojo fantasmal que se esparcía por todo el cielo. La luna seguía reinando sobre la noche: los zacatales eran una melena rojiza que se erizaba con el soplar del viento, en tanto que los árboles crujían a la menor provocación como enormes gusanos carbonizados.

Viendo la diminuta forma del carro en la distancia, él volvió a medir las posibilidades de llegar temprano a Santa Clara. Si seguía viajando toda la noche podría evadir las masas de personas perdidas que ahora solo se veían como pequeñísimas fogatas en el horizonte. A la mañana siguiente, todos volverían a la misma búsqueda desesperada. Todos buscarían rutas alternas, necesitarían combustible y comida, y por eso los caminos volverían a ser peligrosos.

Empezaba a bajar de nuevo la colina cuando algo extraño lo detuvo. Una masa blancuzca, indeterminada, recorría el valle a gran velocidad. Estaba muy cerca, como a cinco kilómetros de distancia y se venía aproximando. Parecía una horda de animales o incluso personas corriendo a gran velocidad. Vio que la masa tomó el mismo camino hacia donde estaba el carro con su familia y de pronto le entró un gran pánico. Echó a correr cuesta abajo tratando de llegar al carro antes de que lo hiciera aquel horror blancuzco. La masa levantaba polvo como una gran estampida de animales. El hombre notó por fin cuán débil estaba por las penurias y el hambre de los días anteriores. Corría con esfuerzo y le costaba mucho respirar. Sin embargo, siguió como si no notara aquello, movido por la fuerza de la desesperación y el remordimiento de pensar que había dejado a su familia sola. Aunque fuera por un instante, la había dejado sola y ahora tendría que arrebatársela a quién sabe qué, como si fuera una presa. El dolor del entumecimiento que le subió despacio por las piernas no hizo que de momento aminorara el paso. Seguía corriendo a pesar de sí una frenética carrera contra el tiempo, o lo que fuera aquello que ahora se apoderaba del valle.

La masa dio la última curva antes de llegar al cruce donde estaba el carro con las cinco mujeres. Él, todavía a más de doscientos metros, ya pudo divisarla mejor. Era de verdad una estampida de gente montada sobre animales. Sin embargo, algo tenían de muy diferente: todo aquello se podía divisar claramente sin ayuda de luz adicional, como si emanara su propia fosforescencia que más bien le iba iluminando el camino. Las piedras, el polvo y las cercas, todo, se volvía de un hueso talcoso al paso de la horda fantasmal. Los esqueletos de vacas, terneras y yeguas servían de tanques de guerra a un ejército de amazonas descarnadas que solo se afanaban en correr más y más.

El hombre, ya vencido por el cansancio, tuvo que resignarse a caminar renqueando. Todavía estaba a unos ochenta metros del carro cuando la estampida lo alcanzó. El ejército de animales empezó a atravesar el auto como si no estuviera ahí; como si también fuese un fantasma. El grito feroz de sus centenares de mujeres, espectros de toda clase montando a pelo sobre los animales, lo paralizó de terror. El aullido brotaba de la tierra como un enorme grito de lobas frenéticas que se confundió con los lamentos histéricos del hombre ya tirado en el suelo. Ese fue el fin de su carrera. No pudo hacer más.

Durante buena parte de la noche, centenares de aves fantasmas volaron en círculo cerca de donde quedó él y luego, poco a poco desaparecieron tragadas por la oscuridad.

Cuando abrió los ojos una luz débil manchaba el oriente. Su primera reacción fue gritar y taparse la cara, pero luego se dio cuenta de que era el alba y que estaba por amanecer. Se puso de pie sintiendo un grave entumecimiento en todos los músculos del cuerpo. Al volverse hacia el carro vio con alguna esperanza que todavía estaba ahí. Se encaminó lentamente, aún renqueando, hasta que tocó la carrocería fría y llena de escarcha. Los vidrios estaban empañados encubriendo lo que había pasado adentro. Lentamente, le dio toda la vuelta al vehículo, comprobando que nada de él había sido dañado. Estaba exactamente como lo dejó estacionado. Puso entonces la mano en la agarradera y presionó para abrir. Sintió el mismo efecto que cuando se abre una cripta: hay un extraño intercambio de presiones y el aire entra a lo recién abierto como si tuviera milenios de estar sellado. Cuando bajó la cabeza para ver a su familia no encontró nada. Estaba totalmente limpio como si nunca hubieran hecho aquel largo viaje.

—¿Irene? ¿Zoe?

Los nombres de verdad sonaron como si hubieran sido enunciados letánicamente dentro de una cripta.

Cerró nuevamente la puerta y se arrecostó al carro. Sacó y encendió mecánicamente un cigarro mientras volvió a ver la luna en la distancia. Seguía brillando entre las nubes pero ahora estaba totalmente roja. Hacia el sur de la esfera, a la izquierda del gigantesco cráter Tycho, se veía una zona más roja que las demás. Parecía un mar púrpura sobre un desierto rojo. Buscó otros astros en el cielo y solo encontró a Marte, pero algo le había pasado. El planeta estaba pálido y desvaído, exprimido de todo color por la luna guerrera.

El hombre se vio las manos blancuzcas y entumecidas. Se las calentó con el vaho de la boca, y sin darse cuenta, como otro acto mecánico, empezó de nuevo a llorar.

5. ILUMINACIONES

Los dioses se sortearon las diferentes comarcas de la Tierra. A unos les correspondió un país más grande y a otros les tocó uno más pequeño, en los que erigieron templos y realizaron sacrificios. A Neptuno le cupo en suerte la isla Atlántida, en una parte de la cual estableció a los hijos que había tenido con una mortal. Fue no lejos del mar, en una llanura situada en el centro de la isla, la llanura más fértil y bella seguramente de todas las llanuras. A cincuenta estadios aproximadamente de esta llanura, y siempre en el centro de la isla, había una montaña de muy poca altura, en la que habitaba un hombre de cuando el origen de las cosas en la Tierra, Evenor, con su esposa Leukippe. Engendraron una hija única, Cleito, que era núbil cuando murieron sus padres, y de la que se enamoró Neptuno y se casó con ella. Neptuno fortificó la colina en que ella vivía, aislándola de todo lo que la rodeaba por medio de dos anillos de agua y tres de tierra. Fosos inundados y muros, alternativamente, convirtieron en un cír-

culo el centro de la isla, de manera que todas las partes de la cintura aisladora se encontraban a igual distancia del centro. Así hizo inaccesible la isla, porque los navíos y el arte de conducirlos eran entonces desconocidos. Siendo como era un dios, le fue muy fácil adornar la isla que había formado en medio de la otra, haciendo manar del suelo dos fuentes, una caliente y otra fría, y que la tierra produjera alimentos variados y abundantes. De Cleito tuvo cinco pares de hijos varones, a los que educó; dividió toda la Atlántida en diez partes, dando al mayor del primer par de hijos la morada de su madre con todos los campos que la rodeaban, los más vastos y ricos del país, y lo instituyó rey de todos sus hermanos, a los que igualmente hizo jefes, dando a cada uno para que los gobernara un gran número de hombres y una gran extensión de territorio y también asignándoles nombres. El mayor, el rey, es de quien la isla y aquel mar tomaron el nombre de Atlántida, porque fue el primero que reinó, y fue llamado Atlas...

La isla producía en abundancia todos los materiales que necesitan las artes, y alimentaba una gran cantidad de animales en estado salvaje y en domesticidad. Los elefantes existían en gran número. Todos los animales encontraban pastos de sobra, lo mismo los que viven en los pantanos, ríos y lagos que los que habitan en las montañas y en los llanos, y el elefante, como los demás, a pesar de su mole y de su voracidad. La isla además de todo esto producía todos los perfumes que embalsaman el ambiente en todas partes, procedentes de raíces, hierbas, plantas y jugos destilados por las flores y las frutas; también producía de estas últimas todas las que aprovechamos para nuestra alimentación, lo mismo las que denominamos generalmente legumbres que las leñosas que nos proporcionan a la vez bebidas, alimento y perfumes, y los frutos de corteza con los que juegan los niños y que son tan difíciles de conservar, y los que ofrecemos a los postres para recrear

*el estómago harto y cansado. Todo esto daba entonces la isla Atlánti-
da a sus moradores, prodigando sus tesoros en cantidades incontables.
Aprovechando todas las riquezas de su suelo, edificaron sus habitantes
templos, palacios, puentes y dársenas para sus barcos y embellecieron
la isla del modo siguiente: comenzaron por tender puentes sobre los fosos circulares que el mar llenaba y que rodeaban a la antigua metró-
polis, poniendo así en comunicación la residencia real con el resto de
la isla. Esta residencia fue construida desde el principio en los mismos
lugares habitados por el Dios y sus antepasados. Los reyes al recibirla
por transmisión no cesaban de embellecerla como hicieron sus antece-
sores, poniendo todo empeño en mejorar lo que recibían como heren-
cia, de manera que no era posible contemplar sin la mayor admiración un conjunto tal de grandiosidad y de belleza.*

PLATÓN
Critias, o De La Atlántida

6. CONSTANTINOPLA

Mucho me ha conmovido un detalle
de la coronación en Blanquernas
de Juan Cantacuceno y de Irene,
hija de Andrónico Asan.
Como no tenían sino algunas joyas
(la pobreza de nuestro desventurado país era extrema)
llevaron joyas falsas.
Una gran cantidad de abalorios
rojos, verdes y azules.
Para mí, esos trozos de vidrio coloreado
no son vergonzosos ni indignos:
se dirían, al contrario, una triste protesta
contra la gran miseria de los esposos.
Eran los símbolos que convenían a ellos...
Ciertamente, y era muy justo
que los llevaran en su coronación
el emperador Juan Cantacuceno
y la emperatriz Irene, hija de Andrónico Asan.

KONSTANDINOS KAVAFIS

Mehmet II ha prohibido, so pena de muerte, que se efectúe cualquier tipo de desmantelamiento o pillaje dentro de Santa Sofía. Los soldados tienen tres días para arrasar con todo lo que puedan: oro, muebles, iconos, joyas, niños, mujeres, candelabros, etc. Pero bajo ninguna condición pueden robar, ni siquiera entrar en Santa Sofía. Un pequeño grupo de mujeres y ancianos se ha refugiado en la basílica y los sarracenos arden en ganas de cogerlos prisioneros.

Al tercer día, después de lo pactado con sus hombres, el sultán Muhamed, Mehmet o Mohamet, como sea que lo llamen sus nuevos súbditos, entra a caballo en el templo. Los cascos de su corcel no han traspasado el vestíbulo cuando el monarca ya es sobrecogido por la antigua y majestuosa iglesia de los bizantinos. Los domos, iluminados por el sol de la mañana, brillan azulosamente, mientras el oro y los iconos crean pequeños cuerpos de luz áurea que a intervalos transitan el cielo cobalto del templo. Semejan, quizá, colas de cometas o espadas repentinas que se desvanecen entre los rincones tan pronto han aparecido.

Mohamet desciende de su caballo blanco y entrega las riendas al primer soldado que se acerca para servir a su señor. Es un día esplendoroso, por lo que las joyas y la madera tallada y luego laminada en oro brillan cálidamente al contacto de la luz y los cirios que permanecen encendidos. El sultán mira en derredor satisfecho y luego detiene la vista en un grupo que lentamente avanza hacia él. Han salido de detrás del altar custodiados por el grupo de jenízaros que entró inmediatamente antes de Mohamet para asegurar el lugar. Parecen ser ciudadanos bizantinos que vienen rodeados por las cimitarras desenvainadas de los soldados. Ante su empuje, los griegos se lanzan al suelo y de inmediato empiezan a pedir clemencia; casi todos ruegan por sus vidas. El sultán se da cuenta de que son gente noble: los hijos, los padres y las esposas de los guerreros que han muerto en la defensa de las murallas. Mira a uno de los muchachos que llora sin parar, y a un gesto suyo, casi imperceptible para los demás, es levantado con rapidez por un miembro del cuerpo de jenízaros que se lo lleva antes de que el muchacho pueda reaccionar. Ni para los mismos griegos era un secreto que el cuerpo militar élite del Imperio Otomano estaba formado por niños cristianos secuestrados. Eran un cuerpo de triple función: se encargaban de las finanzas y la administración del palacio del sultán; eran su cuerpo militar personal, y de ellos salían los que de noche formaban parte del harén de Muhamet II. Las mujeres, por lo general, corrían la mala suerte de pertenecer al harén en forma permanente, y de ser literalmente descartadas —usualmente echadas al Bósforo en un saco— cuando ya estaban muy viejas o no complacían a su señor. Pero los muchachos, que eran tenidos por materia prima más valiosa, nunca formaban parte de un serrallo permanente. Este sultán, que no tenía mayor interés en las muchachas, sacaba sus bardajes del colegio militar de los jenízaros, siempre muy convenientemente ubicado dentro de los terrenos del palacio. Los alumnos recibían una educación prolija en religión, finanzas, administración, literatura y el uso de las armas; en tanto que por las noches, uno o varios de ellos, los más inteligentes y hermosos, eran enviados a servir de "ayudas de cámara" del Señor.

Ahora Mehmet había usado su método habitual de ojeo y selección para engrosar las filas de su cuerpo de élite.

Se sentía dichoso ante la perspectiva de ser reconocido de ahora en adelante como Muhamet II, señor del Imperio Otomano, conquistador de la Gran Ciudad de Constantinopla y terror de toda la Cristiandad. Eso lo convertía en el soberano más notable de su época, y no era porque su ejército fuera más poderoso, o porque tuviera más armamento o su imperio cubriera más territorio que cualquier otro. En realidad su ejército, aún con la habilidad y la inquebrantable disciplina de los jenízaros, era más débil que, por ejemplo, una coalición del Sacro Imperio Romano o una alianza marítima entre Venecia y Aragón. Y en cuanto a territorio, si bien el suyo era vasto, era más reciente y menos homogéneo que los grandes reinos de Suecia o de Polonia. No, su grandeza radicaba ahora en una sola cosa: él había tomado para sí lo que todos esos otros reinos codiciaban. Él tenía en sus manos la Joya de la Cristiandad.

Bizancio había sido fundada más de dos mil años atrás, antes que el cristianismo o la Revelación del Profeta hicieran su entrada en la historia. Fue primero una avanzada de los tracios, una colonia ateniense y eventualmente un puerto del Imperio Romano. Pero luego, y por más de mil de esos años de historia, se había convertido en la poderosa Constantinopla, sede del Imperio Romano de Oriente, del Imperio Bizantino, de todo el mundo Mediterráneo, y ahora —a partir de este día— sería también la capital otomana de Muhamed, el sultán que a los ojos de Occidente había parecido débil; el hombre que, según ellos, nunca se atrevería a exigir tan valiosa presea.

Nadie salía de su estupor. Los correos venecianos y genoveses llegaban al Oeste con la horrible noticia de que los turcos, ese pueblo de nadie, esos bárbaros injertados en las faldas del cristianismo, ahora poseían la llave para llegar hasta el corazón de su castidad. Los pocos sobrevivientes a la caída de la ciudad, los más previsores, los que atendieron la oferta del sultán de dejarlos ir en las naves europeas ancladas en el Cuerno de Oro, ahora llegaban a las ciudades de Italia llenos de leyendas de heroísmo cristiano y barbarie turca. Llenos de ácaros y chinches recogidos en las naves de Rodas, llenos de palabras e ideas ignominiosas sobre un pueblo sin Dios que practicaba el fratricidio ritual, el secuestro y prostitución de mujeres y niños, el consumo de sustancias satánicas, la lectura de los antiguos prohibidos. Historias éstas generadas muchas veces al calor del ocio y la frustración del día, mientras esperaban infructuosamente una nave que los sacara de Rodas, donde los barcos que salieron precipitadamente de Constantinopla habían ido a parar.

El grito de "¡Constantinopla ha caído!" era esperado desde hace más de doscientos años, pero no era hasta ahora, esta primavera de 1453, cuando un endeble príncipe otomano la había hecho suya. Nadie pensó que él pudiera ser el elegido. Pero en realidad era el más indicado. Porque si ningún otro príncipe de Oriente la había conquistado con las armas del odio, él, el joven sultán Mohamet II, la conquistaría con las armas del amor. Para eso se había pasado la adolescencia leyendo a los filósofos griegos; para eso sabía él mismo hablar —con toda corrección— el griego bizantino, y conocía, con escabrosa precisión, la historia de la ciudad desde sus oscuros inicios veintiún siglos atrás. Nadie más la había podido conquistar, se decía el joven monarca, porque ninguno de sus pretendientes había sabido cortejarla. Constantinopla era una amante, y para poder poseerla, era indispensable estar profundamente enamorado de ella. Solo él había sabido convertir a la ciudad de los cristianos en su ciudad personal, en su sueño adorado, en su obsesión inconfesable.

Es cierto que aun un amor tan personal necesitaba de una mano firme que lo guiara, de un brazo que apretara la cintura de la renuente y la acercara a su príncipe. Por eso él había precisado de un ejército ya tenido como fabuloso y había requerido de un sitio de varios meses y hasta dos años de planeamiento, porque su amada era esquiva y no se entregaría a la primera insinuación. Pero él había sabido esperar. Desde su temprana juventud, supo ser el más paciente de todos, el príncipe que primero pasaría la masacre fratricida de la sucesión, para luego seguir a la segunda etapa, no menos sangrienta, del control de todos los gobernadores y sus provincias. Si él iba a ser el sultán, tendría que mostrarse como el más fuerte de todos, aun cuando por las tardes leyera y se dedicara al aprendizaje de lenguas enemigas; aun cuando por las noches se entretuviera haciendo que sus pajes cristianos le leyeran poemas de amor, debía mostrarles a todos sus súbditos que él era Mohamet II, el único señalado para finalmente apoderarse de la Gran Metrópoli.

Mohamet seguía ojeando el coro de suplicantes que le hablaban y pedían en griego y por fin comprendió que su sueño se había hecho realidad. Éstos eran sus nuevos súbditos, los hombres y mujeres que engalanarían su corte con una cultura multimilenaria. Así que, para asombro de su guardia personal, el sultán extendió una mano para ayudar a ponerse de pie al más venerable de los ancianos griegos, y luego, articulando pausadamente, habló en griego traduciéndose casi de inmediato a sí mismo al turco. Aseguró a los bizantinos que sus vidas, ya habiendo pasado el periodo establecido de pillaje, quedaban perdonadas y aseguradas por la nueva ley otomana. Les dio permiso de marcharse si de inmediato juraban su obediencia y vasallaje al sultán. Todos juraron en el acto y se postraron de nuevo ante el monarca. Mohamet dio una orden a su escolta y varios salieron acompañando al grupo de ciudadanos griegos.

El jenízaro que se había llevado al muchacho volvió junto a su señor.

Esperó pacientemente.

El príncipe meditó un instante pensando en la geografía de la ciudad. Ya había elegido las dos iglesias que serían devueltas a los griegos para su culto, mientras que todas las demás serían convertidas cuanto antes en mezquitas para la adoración de Alá. La reconstrucción de algunas partes de Constantinopla y la adecuada eliminación de los miles de cadáveres que aún yacían por todos los barrios era su prioridad más apremiante. Pronto empezarían los calores del verano y la sangre debía ser limpiada de los mármoles y las piedras para evitar plagas y enfermedades.

Pensó que hasta en la residencia imperial, el palacio de Blanquernas, había cadáveres por todos los rincones. En la fiesta de la noche anterior, alguien le susurró al oído que el hijo del Megadux, un chico de apenas catorce años, era de extraordinaria belleza. El sultán lo hizo traer a palacio de inmediato. El chico llegó maniatado en compañía del Megadux Lucas Notaras, su padre, y de su único hermano. El sultán, un poco en broma, fue directamente al grano:

—Dame a tu hijo menor y tú y tu otro hijo quedarán en libertad.

El Megadux rechazó la oferta con voz estentórea y una dignidad no propia de un vencido. Pidió, o más bien exigió, su inmediata muerte y la de sus dos hijos.

Muhamed meditó un poco la situación. No quería renunciar a su deseo de tener al muchacho, pero sería lo mejor para darle al obcecado anciano una muerte que no fuera una humillación del príncipe "bárbaro". Después de todo, pensó, aquel era Lucas Notaras, el mayordomo de palacio que no había flaqueado aún cuando el propio emperador Constantino XI había entrado en la más profunda desesperación. Aquel hombre de barba blanca como la nieve había sido el arquitecto de la resistencia mantenida a fuerza de esperanza, a fuerza de creer que Roma y el Patriarca de Constantinopla finalmente zanjarían sus diferencias religiosas y se unirían en el esfuerzo común de salvar la Ciudad Santa. Notaras había pactado con todos y con todo para mantener viva la posibilidad de que un imperio condenado a muerte súbita sobreviviera todavía algunos años. Ahora estaba frente a su vencedor y merecía el trato de adversario digno.

—Bien —dijo lacónicamente el sultán, y lo condenó a morir decapitado junto a sus dos hijos.

—Pero antes a los muchachos —exigió de nuevo el Megadux—; no quiero que ninguno de los dos se arrepienta cuando vea mi cabeza rodar junto a tus pies.

El sultán volvió a acceder con facilidad.

Y después de ver las cabezas de sus dos hijos rodar por el suelo manchando las alfombras recién traídas de Adrianópolis, el anciano se arrodilló y le presentó la nuca al verdugo.

Los cuerpos todavía estaban donde cayeron, pensó Mohamet, es hora de recoger el viejo cadáver y dejar fundado un nuevo imperio.

Hizo una señal al jenízaro, quien se acercó de inmediato.

—Para la fiesta de esta noche, quiero al chico griego vestido de turco.

7. TERPSÍCORE

Tengo (...)
un desordenado cuarto en armonía con el caos...

DAVID MARADIAGA

Yo soy el sabio en el sillón oscuro.

ARTHUR RIMBAUD

Cuando salimos del potrero en San Luis de Santo Domingo empezaba a llover. Nos dábamos más cuenta porque estábamos mojados y cuando llueve sobre mojado el frío es más intenso.

Una vez en el bus, Anita, la de ojos de caballo, estaba acurrucada en los brazos de Óscar, el Chino, mientras yo, el Flaco, o Richi, o Ricardo, me recogía en mí mismo tratando de darme calor con las piernas de Anita. Lo de los apodos era inevitable: desde principio de carrera siempre los habíamos usado y ahora la costumbre era tan fuerte que no usarlos era signo de enojo o distanciamiento. En fin, Anita, la de ojos de caballo, el Chino y yo éramos una yunta para todos, uña y carne, tres caras de la misma moneda. Lo que casi nadie sabía era que después de la tarea de Griego o Hispanoamericana, tomábamos vino y hacíamos el amor. Claro, lo del triángulo trifásico lo manteníamos en secreto por aquello del chisme. Todavía nos mantenían a todos, y todos, es decir, los tres, queríamos terminar la U.

A pesar de la mojazón y los hongos en San Luis llegamos a la U a tiempo para Hispanoamericana a las 3 p.m. El Cagadito (nuestro profe) volvió al rollo de cómo era el profesor catedrático más joven y que su doctorado lo hacía una especie de olímpico. Yo más bien pensaba que era un reverendo y olímpico idiota. Su sadomasoquismo incontrolado y su afán de verlo todo desde su pedestal lo confirmaba: el animal carecía de casi todo, incluida madre, caridad, experiencia, sensibilidad y una buena cogida. Si no fuera tan feo tal vez nos hubiésemos animado a hacer algo con él, pero eso habría echado a perder nuestra reputación de exigentes.

Volví a ver a Anita, la de ojos de caballo, y noté cómo esos bellísimos y enormes ojos expresivos se le iban poniendo como de serpiente. Me agarré para lo que venía:

—Disculpe —interrumpió con voz melosa—, tengo que irme. Yo estoy muy loca y usted, como de costumbre, está muy aburrido.

Agarró sus cosas y salió sonriendo. En la puerta se tambaleó un poco provocando risillas ahogadas en todos menos en el Chino, a quien más bien le fue dando "la payasa" hasta desternillarse.

—Si usted quiere, también puede salir —dijo el Cagadito

con las migajas de orgullo que todavía le quedaban. Y Óscar no lo pensó dos veces. Agarró su bolso guatemalteco y salió todavía a media "payasa". Estaba agradecido con mis amigos por indicarme el camino a tomar. También recogí lo mío y salí sin decir nada.

—¿Alguno más?

La voz del Cagadito ya sonaba bien molesta. Sin embargo, dos más salieron: Andrés y Randall, compas de trayectoria en el mundo de los hongos y la magia.

El Chino y Anita se me habían perdido pero sabía donde localizarlos. Si no estaban en *El Camaleón*, no estaban en ninguna parte, y eso era difícil. Me puse a caminar solo por la U dándome cuenta de que era una tarde rara. El cielo estaba muy encendido de naranja para ser apenas las cuatro, y además, las nubes estaban estriadas, como el lomo de un tigre. No le di mucha pelota a la cosa pensando que me estaba entrando la pánica, pero eso era todavía más raro: los hongos habían sido a las doce y no tuvimos alucinaciones más que psicológicas. Es decir, habíamos tenido los sentimientos alterados pero no tanto los sentidos. Nadie realmente había visto nada. Ergo, esta es la realidad, pensé. Las nubes de verdad están así y yo no tengo de qué preocuparme más que los demás. Seguí caminando, disfrutando de aquel cielo apocalíptico hasta llegar a la zona de las sodas. *El Camaleón* estaba en un estatus especial para los de la U. Era parte del grupo *Soda Guevara* y *El Pulpo*, o sea, un lugar sucio e indecente que atrapaba enormes cantidades de clientela. El por qué no lo sé, aunque tengo varias teorías que me reservo.

El barrio universitario, bullicioso como de costumbre, estaba aún más oscuro que cuando salí de Letras. Va a llover, pensé, y volví a ver el cielo, pero todo aquello era por lo bajo una película de De Mille. Solo faltaba el piadoso pueblo judío perseguido por las hordas faraónicas. Las nubes se habían hecho delgadas y finas como mecates y estaban todas dispuestas en paralelas que parecían una gigantesca red sobre el planeta. Un geógrafo hubiera pensado que los meridianos se habían hecho visibles.

Entré al *Camaleón* con toda la confianza de entrar a un lugar muy conocido. Alejandro, el hijo de Padolini, el dueño, siempre me saludaba como colega; el tata era otra cosa. Esta vez me llamó desde la barra. Me acerqué y después de un saludo basado más en señas que palabras le pregunté por el Chino y Anita.

—Están al fondo. ¿No los ves?

Estudié el local y sentí un extraño mareo al darme cuenta de que aquello era, o estaba, mucho más grande de lo que yo siempre lo había visto. Volví a ver a Alejandro con cara de loco y le pregunté si no veía algo distinto.

—Creo que todo está más grande que antes. ¿Verdad que está más grande? —preguntó casi asustado.

Yo me sentí tranquilo y vi que él también se tranquilizó al darse cuenta de que no era el único.

—Mae, creí que ya estaba loco —dijo—. Si vos no preguntás yo no hubiera dicho nada.

Nos quedamos ahí discutiendo las posibilidades. Yo le chorreé algo de lo que había leído de J.J. Benítez y él me salió con desde universos paralelos hasta *La Guerra de los Mundos*. En fin, la conversación no nos llevaba a nada y yo sentía que el salón se había hecho más grande. Ciertamente todo aquello me intrigaba, pero para ser sincero, ni me asustaba ni me impresionaba. Yo soy así; siempre cuesta que algo me llegue como para emocionarme todo. Quizá alguna vez alguien o algún libro por ahí, pero nada más. A media discusión le dije que ya no quería hablar del asunto. Él me dijo que mejor se iba para la casa aunque le quedara mal al tata. No tardó mucho en prepararse y al rato salió con un par de cuadernos.

El local anterior era grande, pero ahora estaba como una sala de *pool*. Las mesas estaban tan separadas unas de otras que cualquier conversación llevada a cabo en una mesa no se oía en la siguiente: el paraíso de los paranoicos, nada menos. Me fui para donde estaban la de ojos de caballo y el Chino. Me saludaron afables y despreocupados sin decir nada más. Estaban en la nota del silencio comunicador así que me apunté a lo mismo. Veíamos por la ventana el mundo que poco a poco iba siendo atado por una cuerda cósmica mientras que la tarde era cada vez más encendida. Anita tenía esos hermosos ojos bañados en el color naranja de la tarde, en tanto que Óscar, recibiendo esa luz ambarina en su piel morena, se transformaba en un duende de otoño; una especie de Puck en llamas. Nos quedamos así casi media hora hasta que yo empecé a escuchar algo raro. Volví a ver a mis amigos y ninguno abría la boca. Estaban los dos idos y bañados en el cálido naranja de la tarde. Pensaba interrumpirlos y preguntar quién me hablaba pero me di cuenta de que sería un delito. Estaban en un estado de paz que no habíamos logrado ni con el yoga ni con la mecha ni nada. Era una paz única, así es que me seguí concentrando en el horizonte de ese naranja líquido que nos envolvía. Fue en ese momento que entendí: ni Anita ni el Chino han visto el local expandirse; solo Alejandro y yo, pero Ale está muy asustado. Anita y el Chino veían el ocaso, pero Ale no. Eso me dejaba a mí como el único de los cuatro que había visto las dos cosas. Me pregunto cuántos más estaban viendo lo mismo. Y ahora la voz, o eso; un sonido que entiendo pero no es una voz; que habla sin palabras. La rocola se encendió en cámara lenta. *Riders on the Storm*, no, *Un caballo sin nombre*, no, otra cosa, *Liar*, tampoco, es... *The great gig in the sky*... no, tampoco, es, más bien... es... o son... todas mis canciones predilectas... todas a la misma vez. No una canción sino algo que las representa todas. El placer de escuchar eso es casi sexual, casi orgásmico. Ya entiendo la profunda paz interior de Anita y el Chino más allá de simplemente interpretar su placer. Nuevamente estamos juntos. Somos uno en este placer de placeres, esta cosa que lleva a la inercia total de puro gozo. Un deleite que nos aúna a todos más allá de la verbalización.

Para nosotros el mundo se paraliza, lo mismo que para todos alrededor. La U se hace más lenta y todos buscan estar sentados disfrutando cada cual lo suyo pero en compañía de los demás. No sé cuantos días pasan porque he visto el sol levantarse y ponerse varias veces o quizá son mis parpadeos. Y cualquiera que sea el caso no importa porque no nos cansamos. Estamos ahí tal vez seis o siete años sin sentir nada que no sea placer. No envejecemos ni nos enfermamos ni se nos entiesan los músculos de estar en la misma posición. Recordamos el tiempo pero ya no lo sentimos. Pueden haber pasado esos años o apenas unos minutos. Quién sabe... no importa ya...

El primero en reaccionar fue Óscar.

—¿Jalamos ya?

Fue como echar un vaso de agua sobre un disco caliente. Anita se sobresaltó y yo sentí como que algo se había quebrado. El Chino nos sonreía con esa cara suya de niño revuelve hormonas que siempre ponía cuando nos quería convencer de algo. Sin decir nada, Anita y yo recogimos nuestras cosas y salimos a la calle.

El barrio de la U parecía despertarse de su largo sopor y volver poco a poco a los neones de las cinco y media. La gente, sin embargo, estaba distinta: no había bulla porque todos estaban aletargados. Caminaban sobre seda y hasta usaban palabras de seda para no lastimarse entre sí ni a los demás. El Chino seguía con la sonrisa de estrategia y pronto nos dimos cuenta de que no trataba de convencer a nadie, simplemente estaba muy contento. Dijo que él pagaba un taxi a Tibás para que llegáramos más rápido; así es que nos montamos en el primer taxi que nos paró y el chofer saludó con una cortesía de salonero campechano. El Chino se sentó adelante y Anita y yo detrás tal vez para protegernos, en broma, claro, de la inevitable seducción de nuestro amigo.

Todo parecía marchar bien hasta que a los doscientos metros quedamos embotellados en una presa de esas donde se confunde la acera con la calle y el peatón con el vehículo. De repente un chiquito como de nueve años me tocó el vidrio mostrándome unos aviones a escala. Más que juguetes eran una perfecta imitación de aeronaves de todo tipo. Biplanos, monoplanos, helicópteros; de guerra, comerciales, secretos, antiguos, modernísimos, los tenía de todo tipo. Como el taxi no parecía avanzar le dije al chiquito que me enseñara uno. Él sonrió y metió la mano por entre la rendija de la puerta hasta que su mano se materializó dentro del taxi. En ese instante me di cuenta de que yo no había bajado el vidrio. Su mano se había hecho líquida para pasar por entre la puerta y el borde de la carrocería; ¡no!, más que líquida porque también había superado el escollo de los empaques en la puerta. Me le quedé viendo la mano donde sostenía un bello bimotor rojo listo para que yo lo tomara. La de ojos de caballo ahora los tenía de lémur del puro sorpresón. No decía nada, solo veía la mano y luego me veía a mí. "Tómelo", dijeron los labios del chiquito sin que yo realmente lo oyera. ¿De dónde los sacaste? —le pregunté sin esperar una respuesta. Él solo me señaló al cielo. Anita y yo volvimos a ver de inmediato para arriba y a los dos se nos cayó la quijada. Yo lo noté en ella y ella lo debió haber notado en mí; de esta manera, también llamamos la atención de Óscar, quien tuvo la misma reacción. Las famosas nubes estriadas y anaranjadas se habían convertido en un interminable haz de aviones de todo tipo. Parecían salir de lo que quedaba del sol en la distancia para distribuirse desde ese vértice por todo el cielo. Eran millones y millones en perfecta formación volando hacia levante sin perder su posición y velocidad constante. Ahora sí tenía el cielo una red de pescador que más bien acentuaba su vastedad ilímite. El Chino preguntó de qué tamaño eran, a lo que Anita y yo nos volvimos a ver sorprendidos.

—¿No los ves?

—Solo como borrones; como nubes en forma de avión.

—Yo los veo perfectamente —comentó Anita la de ojos de caballo—; es casi como si los pudiera tocar.

—¿Y vos —me preguntó el Chino— también los ves claro?

—Sí —le dije—, hasta tengo uno en la mano.

Pero el pobre de Óscar insistió en que no podía ver nada. Y a todo esto, el taxista como en otro planeta. Sonreía mucho, volvía a ver al cielo y no decía ni jota. Ni siquiera estaba molesto por el embotellamiento. Parecía feliz, y estoy seguro de que de veras se sentía así.

—Yo me bajo —dije de repente—. Quiero quedarme por aquí a caminar.

Hubo un instante de inseguridad hasta que Óscar también dijo que se bajaba.

—Pero no me voy con vos —aclaró—. También quiero caminar un poco.

Anita volvió a dudar hasta que finalmente dijo:

—Bueno, yo también me quedo pero tampoco me voy con ustedes. ¿Qué tal si nos vemos a las nueve en *El Camaleón*?

Todos estuvimos de acuerdo porque había un sentimiento común: por más que nos quisiéramos la prueba era individual. Cada uno tenía que construir su propio mundo para luego compartirlo con los demás. Al menos eso pensé yo y me fui caminando por las aceras minúsculas y llenas de cajones de basura. El chiquito se había desaparecido desde que nos señaló el cielo y la gente en derredor estaba cada vez más activa. Unos pocos contemplativos se habían encerrado en sí mismos y caminaban por las zonas verdes o se encerraban en los cafetines de cubanos o chilenos. Por lo demás, la vida seguía siendo la misma vida universitaria de las 5 p.m. O tal vez esa era la diferencia: desde hacía mucho rato eran las 5 p.m., como cuando prendés mecha y el tiempo deja de fluir. Nuestro paisaje seguía siendo un panorama donde los árboles, las ventanas y los pelos de la gente continuaban reflejando un mundo dorado. Era más tarde, pero no parecía. Total, a nadie le importaba.

Pasé otra vez frente a *El Camaleón* y no me pude resistir a entrar. Padolini estaba en el mostrador y me hizo su típico gesto de "yo soy argentino y vos no". Claro que no me impresionó para nada; hacía años que estaba inoculado y francamente siempre me había resbalado esa actitud. Caminé hasta donde habíamos estado los tres sentados y esta vez sí que me costó llegar. La mesa estaba a casi cincuenta metros de la entrada, en medio de un piso en escaques blancos y negros. Algo así como un tablero gigantesco de ajedrez. Pero los escaques no se habían hecho más grandes, simplemente se habían multiplicado hasta el infinito como la imagen de un espejo en otro. Camino a la mesa me senté en una banca para admirar el piso. Antes no era así ni brillaba tanto. Un hombre de anteojos me empezó a observar con detenimiento como si yo fuese un espectáculo. No tenía ganas de defraudar a nadie así es que me puse de pie de puntillas y recorrí el inmenso piso como el gran cisne herido. Las manos flotando sobre mi cabeza, las puntas de los pies sosteniendo el peso del cuerpo, me fui flotando por todo el salón sin tener conciencia de que yo no sabía hacer eso. El hombre observaba favorablemente impresionado. En algunos de sus gestos de placer me recordó la cara del taxista tan complacido de sí. Padolini por su parte ni volvía a ver, como si yo hubiera desaparecido en el instante en que entré al salón. Seguí dando pasos hermosos y atrevidos que me sorprendían más de lo que pudiera sorprender a quienes me observaban hasta que llegué a la apoteosis. En ese instante de supremo gozo me di cuenta de que había cambiado. Estaba maquillado o la piel me había cambiado toda de color. Un antifaz me cubría los ojos y parte de la nariz, en tanto que el resto de la cara era totalmente blanca. Mientras bailaba, también pude ver en el espejo mi traje de arlequín en escaques blancos y negros. Bailaba cada vez con mayor furia y mayor técnica. En dos saltos cubría los cincuenta metros del salón solo para darme cuenta de que podía haber brincado más lejos porque el baile continuó en otro lugar. Seguí por entre bosques de robles hasta un claro de un par de hectáreas. Allí, tres ríos se unían en una fuente cuyas aguas regresaban a los ríos y luego volvían a descender. Estuve ahí toda una tarde bailando en espera del Chino y de Anita, pero la de ojos de caballo no se apareció como tampoco lo hizo el Chino. Noté cómo *El Camaleón* poco a poco se había transformado en un remoto pasado ya difícil de recordar. Mis amigos estaban cerca pero no nos podíamos ver. Cada uno hacía por su lado lo que había decidido que tenía que hacer para trascender las pocas dimensiones que originalmente ocupaba. Ahora sé que algún día compartiremos las experiencias vividas y nos reuniremos en contacto tanto carnal como espiritual, pero primero, yo me debo demostrar lo que soy capaz de hacer. Bailo en este salón de múltiples dimensiones donde el piso y el techo son solo relativos. Mi pared es mi techo y a la vez el piso o la pared de otro. No importa. La vida se divide en escaques solo para darle orientación a los que no pueden prescindir de un suelo; a los que necesitan un norte aunque viven más allá de él. En los últimos años me pongo a pensar con frecuencia en aquella puesta de sol e inmediatamente danzo las palpitaciones vitales del Chino y de Anita, ojos de caballo, para sentirlos más cerca. Sé que ellos de verdad vienen porque percibo hasta en el olfato sus cuerpos sudorosos durante nuestro amor... el amor que ahora practico en mi danza para demostrarme que he aprendido. Y ellos, Los Lejanos, me hablan en sus voces musicales y me dicen lo que quieren de mí tanto como yo les transmito mis deseos. Dicen con frecuencia que he mejorado mucho y que el Chino y Anita también lo hacen magníficamente. Yo solo espero el momento en que los tres estemos en su presencia, y bailemos, a la vez separados y juntos, nuestra danza ante sus sillones oscuros...

8. NATARAYA

No podría creer en un dios que no supiera bailar.

FRIEDRICH NIETZSCHE

Me quedé viendo la estatuilla con algo de expectación y asombro. El dios que personificaba era tan poderoso, tan inmensamente poderoso, que podía destruir el universo con el solo tintineo de los cascabeles en sus ajorcas. No es que otros dioses no sean igual de poderosos que éste, sino que el Señor Shiva, en su manifestación de Nataraya, Señor de la Danza, es un dios especializado en la devastación cósmica. No en balde es también el Bhutapati, o príncipe de los demonios, y el dios de los muertos. Por eso es frecuente verlo en los crematorios rondando entre los cadáveres, de los que habitualmente se alimenta, y acompañado por un séquito de vagabundos.

Pese a este dominio infame, Shiva es también el Señor de

los Ascetas, por lo que lleva el nombre de Digambara, que significa "desnudo", "vestido de espacio". Y es también un dios lleno de misericordia y sacrificio, dispuesto a menudo a sacrificarse por los hombres, como cuando soportó sobre su cabeza a la diosa Ganga, o el Ganges, que al ser bajada a tierra hubiera inundado el planeta destruyendo a la humanidad. Shiva, en su habitual indiferencia tanto al placer como al dolor, se ofreció para servir de amortiguante haciendo que el río cósmico cayera sobre su cabeza antes de llegar a la tierra.

Es por eso que se lo adora tanto como se lo teme, porque es señor de muerte y destrucción, a la vez que es señor de regeneración y de vida. En muchos lugares en la India vi su culto de regenerador expresado en gran cantidad de *lingas*, o penes sagrados, en los templos dedicados a él.

Shiva Nataraya es un dios hermoso y delicado. Un dios bello que baila eternamente la danza de la muerte y de la vida; un ser que resume en su delicado tronco y múltiples miembros la dialéctica de este universo en constante giro espiral...

Yo tenía tres horas de haber vuelto a mi casa y ya lo había ubicado en el lugar que había hecho construir para él; una especie de relicario semejando un templete hindú, hecho del más oscuro ébano.

Tan pronto llegó la luna llena, me preparé para el ritual de consagración. Hice las abluciones necesarias y finalmente pasé frente a la estatuilla del dios un incensario con una espesa nube de alcanfor.

La lluvia afuera era tenue desde las cinco de la tarde, pero ahora, a las nueve, estaba empezando a convertirse en uno de esos aguaceros del trópico que tanto purifican el campo y la ciudad. La rayería me sorprendió un poco pero no me asustó. Más bien me fascinaba ver cómo la luz blanco azulosa hacía cambiar los gestos del dios que segundo a segundo se iban endureciendo con una sorprendente mezcla de ferocidad e inocencia escolar.

Terminé la consagración como a las diez y me puse de pie para pasar a mi cuarto. Instintivamente me acerqué a la ventana en el preciso momento en que un rayo caía en la distancia. El paisaje se pintó color hueso a la vez que la estatuilla del dios quedaba de repente impresa en el reflejo del vidrio. Algo me llamó la atención, por lo que volví la cabeza hacia el Señor de la Danza. Su gesto, mezcla de señor todopoderoso y colegial travieso, no había cambiado. Pero juraría que algo no estaba igual. Decidí entonces estudiar con cuidado la imagen. Tal vez estaba quebrada o tenía partes flojas de las que yo no me había dado cuenta. Analicé detenidamente cada una de sus genuflexiones, la posición de cada uno de sus miembros y me sentí casi seguro de que algo no estaba como antes. No sé si se había dañado en el avión o si los de la aduana la habían torcido. El hecho es que yo me sentía tan inquieto como aquella tarde en que la vi por vez primera en un escaparate de Madrás. En esa ocasión el dios se había movido; o al menos eso pensé cuando me le quedé viendo. Y ahora pasaba lo mismo. No me hice las interrogantes racionales que uno se suele hacer en estos casos. Simplemente asumí que aquello era como tenía que ser y salí rápidamente de la tienda con la estatuilla bajo el brazo.

Fui del cuarto rumbo a la sala con la idea fija de desentrañar el misterio. Hurgué entre las maletas en busca de las fotos que había tomado en Madrás hasta que al poco rato, después de abrir todas las valijas y dejar la sala como una zona de desastre, encontré las fotografías envueltas en unos saris que me había traído como recuerdo. Las ojeé rápidamente y volví al salón de la estatuilla seguro de que encontraría diferencias. Así fue. La pierna izquierda estaba más alto de lo que parecía estar en las fotos. El Nataraya se apoyaba en su pie derecho mientras el izquierdo hacía un giro en tangente armonizando con los movimientos de los brazos. Pero ahora, ese pie izquierdo estaba más arriba, más hacia la cintura de lo que se veía en las fotos. Había además otra diferencia: una de las manos derechas tenía el dedo del corazón unido al pulgar y el índice, pero en las fotos este dedo aparecía completamente abierto. Estudié un poco más mis trabajos fotográficos sin darme cuenta de que en ese rato la lluvia había aumentado su intensidad. Cuando por fin me percaté del aguacero torrencial, encendí la radio casi como por acto reflejo. Si uno vive diez o más años en un lugar propenso a las inundaciones, como en mi caso, estos actos se vuelven mecánicos. Me sorprendí al comprobar que muchas de las estaciones en el dial no entraban. Supongo que estaban fuera de servicio por la gran cantidad de agua que caía del cielo. Realmente no estaba atemorizado, pero era aconsejable estar alerta.

La rayería volvió a entrar por la ventana como explosiones de fósforo que al instante parecían cristalizarlo todo. Tanto los muebles como la estatuilla y yo mismo tomábamos un aspecto fantasmal y hueco con la luz de los rayos. La habitación era cada vez más fría y azulosa a pesar de que yo había cerrado la ventana y me había servido un trago de ron. Un escalofrío me recorría de pies a cabeza como cuando entra una fuerte ráfaga de lluvia al cuarto donde dormimos. Pero aquello no era posible porque la ventana estaba cerrada y yo mismo me había preocupado de revisar cada una de las puertas. No podía haber chiflón y, sin embargo, había ráfagas de aire helado que circulaban por todo el cuarto.

Fue en ese instante que oí el leve y espectral tintineo de los cascabeles. La estatua tenía ajorcas en los tobillos, por lo que al menor movimiento sonarían como lluvia danzarina por toda la habitación. Tal vez debido a eso no los había escuchado antes. En un país tropical donde los techos están construidos de láminas de zinc, no se puede oír mucho de nada cuando llueve. Y si el aguacero es lo bastante fuerte, uno ni siquiera se puede entender con otro sin gritar; y éste era el caso ahora. El ruido de las gotas en el techo no me había permitido escuchar el minúsculo tintineo de los cascabeles del Señor de la Danza. Pero ahí estaban. Tan claros como el canto de un gallo. Volví la cabeza con lentitud hasta posar los ojos sobre el relicario... ¡Vacío! Giré violentamente hasta localizarlo; el señor Nataraya danzaba con morbosa lentitud en medio de la espaciosa habitación con una sinuosidad imposible para cualquier mortal. Sus hermosos ojos rasgados no eran sino dos rendijas de luz por donde se escapaba el fuego azuloso de la muerte. La lluvia entonces bajó un poco de intensidad y pude escuchar un ronquido sordo a la distancia. Mi primera impresión fue que eran truenos, pero pronto reconocí los tumultos y golpes ensordecedores de una cabeza de agua que se acercaba a toda velocidad. Me aferré de inmediato a una pared porque sabía que ya no me quedaba tiempo de hacer otra cosa. Sentí en ese instante un golpe seco que hizo cimbrar fuertemente toda la estructura, y luego, cimbrando de nuevo, vi como una de las paredes de madera, la que estaba frente a mí, era arrancada de cuajo por un torrente infernal. La casa de repente quedaba con una pared menos y entraba rugiendo la gigantesca tormenta. Los chorros de agua se llevaban todo lo que no era pesado o estaba de alguna manera anclado a la estructura. Así volaban libros, papeles, adornos, ropa, discos y hasta las maletas, que pasaron frente a mis ojos rumbo al hueco incontrolable de la noche. Cayó en las cercanías un rayo que hizo estremecer de nuevo la estructura y me dio la oportunidad de ver un poco hacia afuera: solo árboles deshojados y a punto de ceder como cadáveres en la lluvia. La casa del vecino, originalmente cincuenta metros calle arriba, estaba ahora en mi propio patio, casi contigua a la mía. El agua seguía entrando a raudales mientras vi que algo raro se movía en la oscuridad de la sala, y no eran precisamente el viento o el agua. Con la primera riada, los sillones quedaron amontonados en un rincón de la habitación, y era desde ahí de donde venía la bulla y el movimiento. Sobre los respaldares de los muebles mojados habían aparecido grotescos seres que se reían como hienas enloquecidas. Hundían sus garras en la tela de los sillones para poder sostenerse en medio de semejante tormenta. Otro rayo iluminó la sala y de inmediato reconocí en ellos a los vampiros y demonios que habitualmente acompañan al Señor de los Muertos en sus rondas de destrucción. El Señor Shiva, ahora con el tamaño de un ser humano normal, tocaba su tamboril con monótona lentitud, apenas subrayando sus pasos acompasados, mientras que en los brazos inferiores sostenía una cierva muerta de miedo y acurrucada contra el pecho del dios. La piel de tigre en la espalda del bailarín parecía tener vida propia y se movía como un gran felino atrapado por las patas delanteras al cuello del Bhutapati. Su movimiento era una danza imprecisa entre la cópula de un león gigante y los estertores del mismo animal en acto de muerte.

Yo me pegué aterrado a una de las paredes con la esperanza de que no me vieran, pero pronto noté que la comitiva del dios empezó a moverse por la habitación, buscando y rascando por las paredes. Las uñas de los vampiros arañaban y rasgaban la madera como si fuera arcilla, en tanto que los demonios husmeaban entre los muebles de las distintas habitaciones. Traté de no respirar para que no me vieran pero a los pocos segundos estaba tragando grandes bocanadas de aire. El miedo que tenía más bien me obligaba a respirar con más fuerza. Uno de los vampiros escuchó mis estertores y me volvió a ver con sus ojos inyectados de sangre. Era una bestia horrenda, deforme, con los brazos más largos de lo normal y terriblemente velludos. Los colmillos de felino le rompían y producían llagas en los labios inferiores que ya se habían vuelto infectos y purulentos. El animal además era alto pero encorvado. Se me quedó mirando con una cierta e infame alegría hasta que yo no aguanté más y grité de terror. De inmediato el Señor Shiva volvió la mirada hacia nosotros y la fuerte luz de sus ojos cayó sobre la cara del vampiro. La bestia dio un gran alarido mostrando las infecciones en el labio inferior y se alejó de mí hacia otra parte del cuarto. Pensé entonces que el mismo Señor de la Danza me había salvado de su acólito, pero no sabía para qué. El dios proseguía su baile de muerte en medio de las ruinas de mi casa en tanto que otro de los vampiros, de repente embravecido, se lanzó contra el piso como si fuera un pozo. Rasgó y rompió violentamente la madera haciendo que las astillas salieran en todas direcciones. Cuando por fin había hecho un hueco desapareció por la abertura. El agua empezó a entrar por ahí casi de inmediato. Era una espesa sopa cafesuzca formada por el agua, el barro, desechos de todo tipo y hasta los restos de plantas y pequeños animales.

No bien había desaparecido cuando el grotesco animal regresó con dos grandes bultos entre las fauces. Traía un perro y lo que parecía ser un corderillo. Los dos ya venían muertos, posiblemente ahogados un poco antes en la cabeza de agua. Yo me pegué más a la pared intuyendo lo que iba a presenciar. No quería ver pero tal vez el mismo miedo me obligaba a hacerlo. El cordero, apenas un bebé, no parecía tener heridas, lo que reforzaba mi suposición de que no había muerto a manos del animal sino por el agua. El vampiro que lo trajo lo tomó con ambas garras y de un solo golpe hundió los colmillos en el cuello inerte. Al instante entraron dos de los demonios atraídos por el olor a sangre. El vampiro, receloso, les lanzó el perro que fue destripado ahí mismo manchándolo todo de sangre. Entendí entonces que el traer dos animales no había sido un acto de hermanable convite sino más bien una forma de procurarse tranquilidad a la hora de destripar uno de ellos. La bacanal de vísceras no parecía inmutar al Señor de la Danza, quien se mantenía impasible bailando lentamente al son de las enormes ventiscas.

Yo no comprendía por qué el dios y sus demonios no me hacían parte de su festín ya que estaban tan ávidos de carne y de muerte. Pero, no. Todo apuntaba a que una razón extraña, secreta, me salvaba al menos temporalmente de su brazo destructor. Empecé a sentirme incómodo de una manera que para otros no tendría lógica. Comencé a sentir que no era convidado al rito de la danza y el dolor. Tal vez no era digno de ello, o no estaba preparado como el cordero cuyo esqueleto entremasticado ahora yacía casi a mis pies.

Los monstruos que me rodeaban seguían alimentándose de cuanto se cruzaba en su camino sin reparar en mí. La tormenta seguía también con su furia destructora desolando cada vez más la comarca. Ahora no era solo mi casa lo que parecía destruido sino todo cuanto alcanzaba a verse: la calle, los suburbios, quizá la población entera. Me costaba fijar la vista con semejante cortinaje de agua, pero de vez en cuando alcanzaba a ver cuerpos arrastrados por los aludes de barro que corrían ahora en lo que habían sido calles. Los demonios flotaban sobre cadáveres hinchados mientras los iban destripando como quien come embutidos sobre una góndola. El Señor de los Muertos, más enhiesto y hermoso que nunca, seguía en su danza haciendo que los cascabeles de sus ajorcas tintinearan al paso de ríos enteros de animales ahogados, de gente aferrada a algún tronco o de carros totalmente inundados con cuerpos blanquecinos adentro. Los aludes y riadas de barro le daban a todos los seres el color uniforme de la muerte, de tal manera que todo aquello a ratos parecía más bien un interminable desfile de estatuas de barro semidestruidas en el agua.

Ya no quedaba piedra sobre piedra y mi casa, o lo que había sido mi casa, no era más que un pequeño montículo que separaba la corriente en dos. En medio, el Señor Bhutapati, ya desnudo, como Señor de los Ascetas, sosteniendo en dos de sus brazos el arco y la flecha que lo designan Maestro Cazador y Señor del Rayo. El Señor Nataraya me volvió a ver directamente a los ojos y por fin comprendí.

Me abrí el pecho para que la flecha no encontrara la más leve oposición en su entrada ritual. Y fue ahí, en el mismo instante en que la flecha silbaba hacia mi pecho, cuando vi un rayo de sol asomarse por entre las nubes.

9. ILUMINACIONES

La estrella Sirio (con su hermoso nombre asociado al de Iaco o Ia-car), era el segundo astro en importancia del calendario astronómico en Creta. Solo la Luna, con sus múltiples fases y nombres, era más importante. De hecho, muchas divinidades y heroínas de la antigüe-dad eran en principio deidades lunares.

Sirio, la estrella de la Canícula, era la emisaria de las cosechas e indicaba el momento del año en que se debía preparar la primera be-bida intoxicante de los cretenses: la hidromiel. Dionisos, como dios creador de la miel, presidía estas ceremonias donde cada año se sacri-ficaba a un muchacho.

El Minotauro o "toro de Minos" no era en realidad un nombre propio sino un apodo del habitante del laberinto. Los nombres que han llegado hasta nosotros como propios son "Asterios" y "Asterión", ambos equivalentes a "aster", es decir, estrella. Eran también nom-

bres del rey primigenio de Creta que recibió a Europa, amante de Zeus en forma de toro.

Ningún mito de Grecia se refiere a estos nombres. Los griegos históricos negaban que el habitante del laberinto tuviera algún aspecto brillante fuera de Knossos. Sin embargo, las monedas de Knossos muestran casi siempre una estrella en el centro del laberinto: la doble naturaleza lunar del Dionisos-Minotauro.

La excepción griega vendría a ser la ciudad de Bizancio. Cuando Felipe de Macedonia, padre de Alejandro Magno, no pudo tomar la ciudad en el año 340 a.C., los ciudadanos de la polis lo celebraron acuñando una nueva moneda dedicada a su diosa tutelar. Esta diosa, Hécate, era la versión helena de la Gran Diosa de la Luna, por lo que las nuevas monedas de Bizancio llevaron una luna creciente acompañada de una estrella en una de sus caras.

El emblema de Bizancio ha persistido por más de dos mil trescientos años. Ha tenido muchas otras explicaciones y justificaciones religiosas para aparecer, pero en esencia, sigue siendo el símbolo de la Señora del Laberinto y su Hijo Estelar.

La luna creciente y la estrella de la noche todavía se encuentran en las banderas de Turquía, Argelia, Túnez, Mauritania y Pakistán.

10. SINUS RORIS

Verrà la morte e avrà i tuoi occhi.

CESARE PAVESE

Krys programó el aparato para que sólo tocara una pieza muy breve y especial para ella: la Marcha Fúnebre de la *Music on the Death of Queen Mary*. Una vez encendido el televisor, y en un magro silencio, avanzaron por él las figuras agachadas y solemnes de los príncipes de Inglaterra tras el cortejo fúnebre de Diana de Gales. Las imágenes silenciosas de los ingleses llorando en público y lanzando flores a un camión de artillería agregaban encanto a la escena ya de por sí explosivamente erótica. Krys se acomodó en la cama para poder ver todo aquello a la vez que sus dedos recorrían el monte de Venus cada vez con más concentración. Los rostros largos y pajariles que iban entrando a Westminster Abbey confirmaban más y más la teoría de Krys sobre los británicos. Una raza que no sabe hacer el amor, solía decir, está condenada a la abulia del decoro. Por eso sus dedos exploraban cada vez más hondo, porque quería hacer el amor por todas aquellas inglesitas pelirrojas de quienes no sabía nada pero entendía todo. Quería masturbarse por ellas y sus pecosos maridos irlandeses, por los niños, también cabezas de zanahoria, que pestañeaban lentamente en los hombros de sus padres al paso del cortejo fúnebre. Los caballos percherones y las crestas de la guardia montada vibraban en el fondo de los senos de Diana al fundirse dos imágenes en una: la de la princesa radiante en una de sus últimas presentaciones oficiales y el cortejo que, saliendo exactamente a las 10 y 11 minutos de Kensington Palace, se acercaba ahora a la abadía donde Isabel de Inglaterra posaba, también para la posteridad, en un negro vestido de madrastra ninfómana. Porque esa mañana de agosto, hasta el bastón de la Reina Abuela despedía un aire de oculto erotismo. Y nada de eso era en balde. Los cables internacionales comentaban cómo esa semana los ingleses habían comprado quince millones de dólares en flores, agotando los mercados de Amberes y Rotterdam, y cómo en Europa ya no quedaban tulipanes, rosas o claveles para homenajear el recuerdo de la princesa. Ni siquiera la antiquísima y enjuta Fabiola de Aragón pudo quedarse callada. Krys acercó el pulgar derecho al clítoris para recordar mejor la cara de la ex reina de Bélgica en el momento de anunciar la pena de su casa por la desaparición de la "Rosa de Inglaterra". Todos lo lamentaban; todos la lloraban como si hubiera muerto la Gran Diosa Madre en plena procreación, o al final de sus horas, cuando también presenciaría la muerte de todos sus vástagos. La muerte, quizá, de todas las flores que adornan los campos y muelles de la tierra. Fabiola de Aragón, o algún vocero de palacio, había sido muy explícita al decir que "con su desaparición solo queda un redoble de tambor y cornos sobre los cielos como un manto de ceniza húmeda". Y en eso Krys siente que el orgasmo está más cerca. Más cerca de ella y todo lo que la muerte de una princesa representa para ella. Se pregunta cómo sobrellevarán el hecho —tan intrascendente como fundamental— en lugares muy remotos a la pompa y circunstancia de los británicos. Cómo los afectará, por ejemplo, en lugares como Estambul, la antigua Constantinopla. Qué dirán los turcos de una monarquía que llora en público por una mujer, por una odalisca, cuando en el Cuerno de Oro más bien se la lanzaba viva en un saco al Bósforo si ya no complacía al sultán. Tanto alboroto, se dirán, por una mujer que además de todos los problemas inherentes a su sexo, también había sido infiel a su Señor. Bien ha hecho la reina en no izar su bandera a media asta, aunque eso de ser reina en lugar de rey tampoco está bien. Y Krys sudaba al recordar los harenes con sus centenares de eunucos y espadones negros rodeando a la flor y nata del Imperio Otomano. Las muchachas más hermosas del mundo, por siempre privadas de su sexualidad y su felicidad. Las mujeres más apasionantes de todos los rincones de Oriente Medio condenadas a vivir masturbándose solas en ausencia de muchachos o amigas que lo hicieran con ellas. Porque todas, por miles que fueran, le pertenecían al Señor. Y si una sola de ellas era encontrada con otro o con otra, la cólera del sultán podía hacer que desapareciera todo el serrallo de una sola vez. Los hombres eran decapitados y las mujeres lanzadas al Bósforo en sacos llenos de piedras con la cabeza de la infeliz afuera. Nada, pues, les era permitido sino estar con su Señor, y si él nunca las llamaba, podían darse aún por dichosas de no estar en el fondo del mar. Krys contempló con horror los centenares de sacos en el fondo marino con la cabeza de una hermosa niña coronando cada uno de ellos, el cabello como el de una medusa dormida en el vaivén de la corriente. No soportó más y volvió la cara hacia los percherones y las caras serias de William y Harry mientras iban contando los pasos detrás del camión de artillería. Isabel se bajaba de su Rolls con la Reina Madre y ambas saludaban al capellán de la abadía como en cualquier domingo de Pascua. La bandera de Buckingham seguía sin aparecer y Tony Blair sudaba mientras sonreía, hablando "of the need of understanding our most cherished traditions". A todo esto, Charles Spencer rascándose la cabeza furiosamente desde Ciudad del Cabo y Krys que ve a su amiga, llamada Nikki, saliendo del baño desnuda, pero no en vivo, sino en vivo dentro de ella y con el paño a medio cubrir lo que ninguna de las dos quiere cubrir, y el paño se cae al suelo a la misma vez que el chofer se detiene y las centenares de flores que el público ha lanzado se caen de la joroba y del techo de la carroza funeraria a la vez que Isabel regresa a Buckingham y Lord Chatterly, el mayordomo de palacio, la felicita por su aplomo, y ella de inmediato le pregunta sobre la agenda del día siguiente mientras se quita el sombrero funerario y una mucama lo recoge de sus manos y lo pone en una mesita cercana, donde la reina luego lo encontrará para unas fotos de prensa y nadie más pregunta por el carruaje que se dirige al norte con los príncipes, y Krys tiene su primer orgasmo entre el musgo nórdico de Nikki, que es cubano-danesa, y Nikki, en la mente de Krys, o en los brazos de Krys, que es calle-cáustica, y el líquido perlado se dispersa como una mantarraya de sensualidad sobre las sábanas, mientras los pezones de Nikki juguetean y besuquean los de Krys en el mismo momento en que Nikki también tiene un orgasmo y su agua perla el pubis de Krys como una bella telaraña engalanada de rocío. Ambas muchachas comprenden que eso es poco para acompañar a los príncipes que, por lo pronto, todavía son como dos gaviotillas en busca de un muelle a la hora de las mareas altas. Ambas comprenden que Isabel de Inglaterra es, en efecto, la madrastra ninfómana y Carlos, el cejudo de Carlos, apenas un retrato que difícil y penosamente unía las vidas de Diana, de Camila y de un jovencísimo duque homosexual del que nadie se atreve a hablar. Así, el orgasmo de Nikki-Krys-Diana-Camila-odaliscas-equisequis-y-Carlos las ha llevado a ver a los príncipes y a la reina insexuable como simples seres humanos por los que todos lloramos, de la misma manera en que lloraríamos la muerte de una amante en el fondo del mar de las lluvias. Nikki se ha puesto de pie para limpiarse el pubis y luego restregarse la cara con el paño. Afuera la Calle Cáustica bulle como siempre bulle los viernes al caer el sol en las cercanías de la Universidad. Pero Krys no se entera o no se quiere enterar de nada. Sigue pereceando en la cama mientras el funeral ya marcha por los suburbios y los británicos negros, chinos y árabes lloran lo mismo que los británicos cabeza de zanahoria por la princesa cuyos mejores amigos eran un chiquillo de quince años y el rumor de su propia sombra en la soledad. Krys se debate entre quedarse en casa para terminar el video de los funerales y la *Música por la Muerte de la Reina María*, o vestirse e ir al *Camaleón* con los amigos de Arquitectura para tomar algo. La decisión nunca es fácil: las calles de San Pedro son muy activas, pero en especial la Calle Cáustica porque es la que bordea el muelle y tiene aglomeradas todas las cantinas, puteros y bares donde los artistas jóvenes siempre hacen vida. Ahí no llegan los del *establishment* así es que los odios y agresiones entre egos artistas siempre son brutales pero sanos. Rara vez llegan a la muerte cerebral. Y mientras Krys se acaricia de nuevo el pubis pensando en sus opciones, Nikki ya se ha secado toda y salido al balcón a fumar desnuda entre la sombra de los duraznos de agosto.

El Camaleón ha de estar lleno de gente a esta hora. Nadie respeta, ni tiene por qué respetar, el luto de Krys. Muere un rostro hermoso, una forma de vida, una forma de sentir el odio y la soledad. Eso pasa casi todos los días sino es que pasa a diario, pero Krys, mejor que ninguno de ellos, cree entender el valor de un símbolo. No solo se trata de los sesos de Versace desparramados en la escalera de su palacete, o de la saliva de Andrew Cunanan sobre una almohada endurecida a punta de semen y sangre; también se trata de la luna, de la voz de la luna cada vez que un ferry haitiano se hunde de noche camino a Miami, o los dientes de una maestra que voló por los cielos mientras viajaba en transbordador. Los cabellos rubios de una sombra que siempre olerá a combustible de cohete. Krys ya no sabe si quiere salir esta noche o quedarse en casa viendo una y otra vez el *cassette* de los jóvenes príncipes, uno sobre el otro, ambos sobre el camión de artillería, mientras que la tarde de agosto levanta un leve rumor de olas en el Bósforo. No sabe si Nikki, sentada en el balcón, podrá decirle lo que ella quiere oír una y otra y otra vez acerca de la realidad. Porque la realidad, si no se construye, piensa ella, se destruye. No hay nada más serio e importante en la vida que preservar el recuerdo de la realidad. No importa que la realidad misma sea otro recuerdo o simplemente un deseo, lo importante es la voluntad de trascender el olvido. Realidad debe ser entonces la persistencia del recuerdo, y ella, Krys, se va a erigir en la constructora del recuerdo, no importa lo que le cueste.

Nikki ya ha empezado a sentir el frío de la noche en el balcón. Vuelve a entrar a la casa arropándose en el paño mientras la tele sigue pasando el funeral en Londres y el estéreo continúa ciclado en la misma marcha fúnebre de hace un rato. Los príncipes caminan como dos huérfanos bajo el sol, mientras el Bósforo brilla cegador sobre los miles de sacos llenos de muerte. Krys piensa tal vez en un jardín de niñas donde sembrar cada una de las florecillas fue el acto desesperado de un mundo que se asfixiaba en la angustia. Siempre el miedo de ser lo otro —se dice Krys— el miedo de vivir más de lo que hemos aprendido.

Nikki se sentó en el borde de la cama fumando su cigarro y reacomodándose el paño para sentirlo más suelto. Por fin se lo aflojó totalmente y se arrecostó sobre la espalda de su amiga, dejando que su calor la permeara como el agua tibia de los manglares. La tele resollaba lo último de los funerales en tanto que la música se repetía y repetía de manera ya casi paranoica. El silencio que vino luego cayó sobre las dos como una naranja a media noche sobre el cesped del patio...

—¿En qué pensás?

—Si vos tuvieras que construir una ciudad, una especie de mundo nuevo, ¿en dónde lo harías?

Nikki la analizó con mirada perezosa mientras apagaba el cigarro en un cenicero de vidrio azul.

—No sé. Tal vez en un valle hermoso como los que se ven en los calendarios. ¿Y tú?

—Yo no.

—¿Por qué?

—Porque ahí la belleza sería ingenua, no tendría nada con qué compararse ni qué superar.

Nikki parpadeó otra vez con pereza y de nuevo se arrecostó sobre la espalda de Krys. Quería poder escuchar los murmullos profundos que hay bajo la piel, tratando de concentrarse en el flujo de los líquidos, en el ritmo del corazón tranquilo y en las pequeñas sonoridades que generan el roce de piel y articulaciones. Pero por más que quiso, no escuchó nada. Krys ya se había hundido muy profundo en sí misma.

—Si tuviera que fundar una nueva ciudad —dijo finalmente—, sería sobre las ruinas de otra ya muerta. No existe en el mundo tierra más fértil que la de un cementerio.

11. NOCHE EN EL SENSO-CLUB

We live, as we dream - alone.

Joseph Conrad

El cuarteto número 15 no era lo único que asustaba a Néstor. También estaba el ruido extraño que producía el viejo de a la par con su ronquido profundo y gutural. Un sonido engordado en los tubos de un viejo órgano como el aullido ancestral de los bosques cercanos.

Néstor ahora escuchaba el cuarteto con la certeza de un crimen a punto de producirse, en tanto que la muchacha seguía dándole golpecitos al hombre sin lograr despertarlo del todo. Si aquellos venían otra vez sería la tercera. Néstor sentía el miedo del crimen como solo Schumbert o Schuster lo debió haber sentido. Tal vez el compositor miope, lleno de varicela y escondido en las casuchas de sus últimos días, también sintió lo mismo. Néstor sabía que este miedo en particular era más subterráneo y corrosivo que el miedo a la pobreza o al anonimato. Schumbert sintió el mismo escalofrío pero acaso en un tono mayor, con más alegría o al menos, algo más ontológico. Aquí era más animal. La gacela sintiendo en los últimos estertores el dolor de los dientes de cachorro, las mandíbulas inexpertas rompiendo el vientre y sacando el intestino, todavía humeante, para devorarlo en el polvo. Los ojos de gacela que pronto tendría el roncador al despertar convulsamente de su siesta.

El cuarteto descomponía el aire en una rancia estriada de líneas rojas y rosadas, algunas aún más claras, pero todas apuntando a los tímpanos o al esternón. Una lancería que no llegaba en oleadas sino en repentinos ataques de dolor; una muralla de estacas que lentamente subía para luego caer con la precisión de la guillotina.

Finalmente se acercaron dos hombres hasta el roncador. La muchacha intentó en balde despertar al anciano antes de que ellos llegaran. Néstor no entendía lo que decían y aún así estaba seguro de saberlo todo; su forma de germánico no era tan difícil. La gacela abrió los ojos y de inmediato se le llenaron de terror. Sintió el intestino delgado enfriársele como si le hubiera entrado el aire de la sala. Los hombres pedían papeles que las gacelas no podían brindar. Uno de ellos lo alzó violentamente por la solapa del abrigo y le vio el emblema. Jaló entonces el intestino del anciano aún más fuertemente y gritó lo que Néstor oyó como *"you then"* o *"yu-den"*. Seguía siendo un germánico, pero intuyó que era una palabra clave por el alboroto que causó. El cuarteto número 15 continuaba y los músicos ni siquiera levantaron la cabeza cuando hubo gritos susurrados en todo el salón. Los hombres abofetearon y escupieron a la gacela hasta que Néstor, forzado a verlos directamente, se dio cuenta de que eran cachorros de su misma edad. Levantaron a la muchacha e, insultándola, la sacaron a empujones de la sala. Ella gritaba pidiendo algo pero los cachorros se divertían más y más enrollándole los intestinos del anciano en el cuello y fingiendo que la ahorcaban. La sangre cálida se mezclaba con el polvo de la alfombra *art nouveau*, mientras la gacela exangüe también era sacada del salón.

Néstor sonrió al ver todo el sudor que le bajaba por las patillas y el cuello. Se tocó el corazón que palpitaba alterado y notó un leve abultamiento en el lado izquierdo. Corrió un poco el saco y vio un emblema idéntico al de las gacelas cosido en la bolsa de la camisa. Fue entonces que sintió la angustia de una fuerte defecación espontánea...

La canción era sobre un caballo en el desierto; porque en el desierto nadie recuerda tu nombre; nadie recuerda el caballo ni te recuerda a vos, o a ti, o a ellos, o a todos los demás que emprendieron el camino de este desierto tan lleno de quietud. El hombre movió los dedos porque algo se los picoteaba; se los querían comer como si él ya no tuviera necesidad de ellos. Los meneó con fuerza y la cosa que los asediaba lo dejó en paz, al menos por el momento.

La luz del sol, una masa carnosa que percibía a través de los ojos cerrados, seguía quemándole la piel. Se empezaba a poner roja y cueruda en las partes más suaves, las que no había previsto cubrir y serían expuestas a horas y horas de sol, para sacarle poco a poco la vida. Quiso entonces reírse de sí mismo pero apenas pudo remarcar una arruga cerca del labio. Casi nadie piensa en taparse bien para morir, pensó. Si así fuera, tendría los botines puestos y no estas guarachas que solo le servían para ir de la cama al baño. Pensó entonces en la casa llena de hombres; en los revuelcos que todavía hacían para encontrar los boletines y las planchas, la tinta y todas las demás cosas que decían buscar. Las guarachas le colgaban de las puntas de los dedos a manera de correas inútiles, pedazos de cuero viejo que pronto se confundirían con la piel tostada bajo el sol.

Juan José regresó de la casa para verlo una vez más humillado en el suelo. Él abrió los ojos con la intención de enfrentarlo pero solo encontró una cegadora masa de luz. Dijo algo que ni él mismo entendió y luego supo, sin ver ni oír, que Juan José se había distanciado otra vez. Perdió la oportunidad de insultarlo. No estaba consciente para poder decir todo lo que quería. El otro se había conformado con verlo delirando amarrado al suelo y se alejó satisfecho. El sol de la tarde alargó un poco las ramas de los árboles y él, por fin, empezó a sentir su brisa. La boca totalmente pastosa se le abría sola de pura sed. Juan José se tomaba un jugo de pipa, haciéndolo sonar bien estruendosamente con la pajilla, tiraba la pipa al suelo cerca del prisionero, y casi de inmediato empezaba con otra. Pero el hormigueo en la espalda era lo más opresivo. Había empezado como algo incómodo cerca de la cadera, y ahora cubría toda la espalda, parte del cuello y los muslos, hasta las rodillas. Una masa de sudor frío lo mantenía mojado. Los escalofríos se le venían por el contraste de la piel y ropa humedecidas contra el suelo y las quemaduras de sol que ardían como llagas. No abrió la boca para decir nada. Lo dejaron en paz esperando que él mismo se decidiera a confesar. Así hasta que se le vino encima una noche fría y llena de extrañas sabandijas.

La tierra se movía sola de un sitio para otro. Era un abrigo gigantesco debajo del que jugaban muchos seres diminutos. Él los sentía todos, sus movimientos, sus cuchicheos y el ocasional mordisco en la oreja o la pantorrilla imaginándolo un gran almacén de comida. El hombre apenas se podía mover para disuadir estos ataques de las fierecillas que no cesaban de intentarlo. A veces el avance venía por aire y sentía el picotazo en la frente o el brazo. Estos eran peores porque no tenía forma de quitárselos de encima; mucho menos podría contra el avance sigiloso de una culebra que, desde hacía rato, saludaba con la lengüilla a cierta distancia. El frío en los músculos y huesos era más bien una especie de alivio. Lo entumecía hasta no sentir las quemaduras o los picotazos. Le daba más bien la impresión de que, en lugar de amarrado al suelo, flotaba en un 4-cuerpo de agua 3-tibio y totalmente quieto. Una 2-cápsula de de aislamiento donde los sentidos... ... ...ERROR... ... ... PROBL— DE SEñ.. ... ...Némac abrió los ojos y enfrentó el 1-frío de las lucecillas indicadoras... como ... RError... luciérnagas encima de él bailando un 2-3- complejo sistema de señales que solo ellas entienden. Podían ser las tres o cuatro de la mañana cuando alguien se acercó nuevamente. No sabía si era otra vez Juan José o uno de los suyos, Alberto, por ejemplo... El otro se agachó y puso un revolver en la sien del prisionero. Aunque no viera nada, el hombre apretó fuertemente los ojos en espera de la descarga. Después de unos segundos, el otro retiró el revolver. Pasó un momento sin que nada ocurriera. El hombre esperaba atento los movimientos de su agresor sin poder escuchar o ver lo que el otro hacía. Tal vez ya se aburrió de torturarme, pensó. Tal vez ya se fue. Y relajó un poco los músculos, hasta que sintió la misma presencia otra vez junto a él. Un objeto puntiagudo le recorrió el vientre hasta acomodarse en el sitio del corazón, subió hasta el cuello y bajó de nuevo al corazón. Era una lanza o jabalina. Sintió menos presión sobre el punto del corazón aunque el arma se mantenía en su lugar. Si es un enemigo, pensó, es porque ya está cansado de mí, y si es amigo, se quiere asegurar de que no me saquen nada. Decidió entonces hablar para suplicar pero algo ya salía de la boca del agresor: era el final de una cuenta regresiva...

Nereida no se quería mover para no provocar más al hombre. Los carros en la calle pasaban indiferentes como si el hombre más bien estuviese besándola. Algunos incluso hacían gestos obscenos o decían algo animándolos a continuar. Ella se sentía más débil de lo acostumbrado y de pronto sintió los pechos como algo que le estorbaba, una cosa inútil que nunca la dejaría verse los pies. Eso creyó al menos hasta que el hombre se los tocó. Cuando él empezó a recorrerle los pezones con los dedos, examinando detalladamente la textura y consistencia de sus pechos, Nereida de pronto se sintió culpable. Nunca antes, ni cuando era hombre, la habían tocado así. Sintió ganas de cerrar los ojos y ladear levemente la cabeza para que él se le acercara al cuello, pero no lo hizo, temiendo el cuchillo. No se olvidaba de que él la tenía inmovilizada con la presión de un cuchillo en el lado derecho del abdomen. El abrigo, la neblina y la baja temperatura hacían que nadie reparara en la verdadera situación, particularmente en un barrio donde la gente se reunía para estas cosas. Ella quiso volver a sus cabales razonando que aquel era un hombre y ella otro; que ella no era homosexual aunque estuviera en el cuerpo de una mujer y aquél no la atraería. Sin embargo, no le sirvió de nada. El castillo de naipes de sus propias negaciones se le derrumbó en la cara y la verdad era que aquél, con su juego en los pezones, le estaba produciendo placer. Se quiso mover un poco y el hombre la apretó más entre el muro y su cuerpo. Ella se hizo cada vez más consciente de su debilidad y de la presión del pene del hombre sobre sus muslos apretados. Quiso gritar pero él la besó para que se callara, y cuando finalmente cedió ella pensó que se vomitaría al haber sentido el bigote erizado y alambroso recorriéndole los labios y el cuello. El hombre la miraba con ojos vidriosos mitad llenos de una masculinidad férrea, mitad enajenados. Ella le pedía que la dejara ir pero el hombre se reía al no entender para nada la jerga que escuchaba. Nereida pensó más fuerte en sus pocas lecciones de lenguas romances, sin que le ayudara para nada. Seguía extraviada en la incomunicación con un violador tan pertinaz como la lluvia que ya caía sobre toda la ciudad. Con el agua bajándoles por la frente y la espalda, ella empezó a sentir escalofríos que no sabía si eran de frío o de placer. Él siguió recorriéndole el cuello blanco hasta que ella no pudo más y se puso a llorar. Los ojos se le enrojecieron en tanto que las lágrimas se perdían en la confusión de agua y sudor. No podía creerlo. Ella era un hombre, tenía consciencia de quién era, no le podía pasar esto aunque también fuera una mujer. Quería culparla a ella, a la hembra que había afuera mojándose en los brazos de un extraño mientras él, el hombre que no pertenecía ahí, pasaba el vejamen. Pero estos eran instintos primitivos, un tipo de machismo que ya no debía existir en él. No tenía derecho a pensar que la parte Nereida sentía placer de ser violada solo por ser mujer. Algo había de confabulado entre los tres: la mujer que era Nereida y los dos hombres que eran él: su yo heterosexual y su recién descubierto yo homosexual. ¿Y cuál de los tres sentiría el placer del sexo forzado con otro hombre? ¿Cuál de ellos? Ésta era de seguro otra pregunta primitiva; algo que no se debía cuestionar por inútil. Podía ser él, o el otro, o ella, ¿qué importaba? Y había algo más. Ésta no era una situación cualquiera: implicaría dolor, maltrato y quién sabe qué más.

El corazón de Nereida empezó a latir más fuerte mientras el hombre seguía acariciándola. Ella se seguía negando en tanto que trataba de quitárselo de encima con toda su fuerza. El hombre se puso más brusco queriendo romperle la ropa. Ella luchaba por apartarlo con las manos y las uñas, pero él le prensó los brazos, metiéndoselos detrás de su propio cuerpo. Así quedaban aprisionados entre el muro y el propio cuerpo de ella. Nereida sintió que se los quebraba y pudo finalmente liberar uno solo para comprobar que ya estaba semidesnuda. Los dos hombres desde adentro luchaban desesperadamente por ayudarla, sin que fuera suficiente. Él la agarró con más fuerza y la arrastró brutalmente detrás del muro a uno de los rincones más aislados del parque. La lluvia, ahora en toda su fuerza, había dejado el área desierta y el hombre ya no tenía que preocuparse de otros. Con un jalón violento ella se quedó sin blusa y de repente sintió que una mano poderosa la había agarrado de la ingle derecha y le levantaba la pierna, dejándole el sexo casi al descubierto. Rápidamente perdió el equilibrio y los dos cayeron al zacate empantanado. El hombre aprovechó el aturdimiento momentáneo de Nereida para bajarse los pantalones. Ella también quiso aprovechar el momento para huir pero él se repuso más rápido de la cuenta y le puso el cuchillo al cuello. Esto la inmovilizó totalmente. Hacía rato que no la amenazaba con el arma y por eso ella se había vuelto más atrevida. Pero ahora, en el suelo, ya desnuda y él también, comprendió lo inevitable del hecho. Bajó un poco la resistencia y trató de relajarse. El hombre, por primera vez, empezó a musitar palabras que parecían cariñosas; la besó con más ternura que la primera vez y antes de que ella lo notara salieron de su boca tres gritos desgarrados. No podía respirar, como si los pulmones de repente se le hubieran hecho minúsculos. El dolor innombrable se esparcía desde la vagina como un sistema de tentáculos envenenados por todo el cuerpo. No soportaba la dilatación espantosa. Empezó a gritar y sentía que el grito era colectivo porque estaban en él los tres violados, cada uno sintiendo de manera diferente y con angustias diferentes, pero los tres humillados por su propia vulnerabilidad.

El violador aceleró el ritmo entusiasmado mientras Nereida lloraba y lo jalaba del pelo débilmente. Ella sabía que no podía sentir placer pero en lo más oscuro de sí misma ella, sino alguien más, estaba sintiendo el advenimiento de contracciones placenteras. Se sentía sucia y vulgar, dudando de su propio valor. ¿Cómo permitirlo? ¿Cómo dejar que él hiciera lo que estaba haciendo? Ella era hombre y no le había opuesto suficiente resistencia. Ahora el hombre casi terminaba sin que ella, o él, o ellos hubieran hecho algo lo necesariamente importante para negársele. El hombre ya se arrecostaba levemente sobre ella después de su orgasmo, y ellos quedaban ahí, tirados en el barreal, con una carga de culpa que no se quitaban de encima.

El violador, ya triunfante, trató de besarla una última vez y ella lo atacó como una fiera. Trató de aruñarlo, de romperle algo, de sacarle un ojo o partirle los labios. Sin embargo, el hombre era muy fuerte y la contuvo fácilmente. Se puso de pie riendo a carcajadas mientras se terminaba de acomodar la ropa. Le lanzó un beso final con la mano y se alejó silbando, con la ropa mojada escurriéndole por el cuerpo.

Nereida se quiso poner de pie pero no pudo. Tenía el cuerpo acalambrado y el dolor era intenso. Poco a poco logró erguirse y recoger algunas de sus cosas. El frío mordaz le congelaba los senos, las piernas y la espalda. Se echó el abrigo para cubrir la falta de blusa y de repente sintió algo tibio. Ellos sintieron cómo el semen del violador les iba bajando lentamente por el muslo.

Enfrente, a cierta distancia, se podía oír la música que salía melosamente de una taberna. Era un tango porteño hablando de amores y olvido...

Después de asegurar bien las correas le dio a sus compañeros una sonrisa de esas que generaban aplausos. Tenía las comisuras muy hermosas y a sus quince años ya había aprendido a jugar con eso. No que le interesase alguna en particular, pero sí tenía su vanidad y Melissa, después de todo, era la más linda de las que había conocido en ese lugar llamado casa. Volvió la cabeza hacia abajo para confirmar que hasta la última de las atenciones estaba sobre él mientras los focos lumínicos, en variados colores, de igual forma concentraban sus haces en el delgado cuerpo a cuatrocientos cincuenta metros del suelo.

Empezó un tenso repicar de tambor mientras Narciso seguía asegurándose de que las correas y demás cables estuvieran en su sitio. Su hermano, desde la plataforma contigua, le lanzó una mirada de suerte y aprobación que ellos ya conocían bien. La practicaban desde siempre como una de tantas señas convenidas para poder comunicarse en lo alto sin palabras, en aquel mundo que era solo de ellos, de su hermano y de su primo, con quienes producía uno de los viejos actos más populares de Sinus Iridum. Narciso se subió por primera vez a un trapecio a los doce años y ya nunca jamás tocó el suelo. Había sido hecho para el aire como su hermano y su primo. Era otro escogido que no necesitaba vivir del polvo como los demás mortales. Pronto aprendió a comer y hasta a dormir entre los cables. No bajaba ni cuando había que desmontar los aparejos del superdomo de quinientos metros. Él y sus compañeros se las arreglaban para desaparecer por algún tiempo entre la superestructura, y no volvían a ser vistos hasta que el domo era vuelto a aparejar para algún otro gran espectáculo de Sinus Iridum. Cuando finalmente se decidió dejarlo fijo, los hábitos de los tres muchachos se hicieron aún más volátiles, o menos "normales", como decía uno de los parientes, mientras que otros, solo decían que habían aprendido a seguir "el hilo del viento".

Sin embargo, no hubo una verdadera objeción. Al contrario. Todo aquello creó un mito que hizo del acto de Los Arieles algo más popular que los avances en exploración. Los muchachos se hicieron famosos más por el hecho de vivir sin el contacto del suelo que por lo que hacían allá arriba. Muchos insinuaron que tenían adaptados aparatos antigravitacionales tipo Onnagata, pero aun éstos les harían un bulto en la espalda o el vientre que ellos no mostraban. Eran perfectamente aerodinámicos dentro de sus leotardos plateados y nada parecía interrumpir su vocación de vuelo. Otra de las quejas contra ellos era de una naturaleza totalmente distinta. El Comité de Contaminación había intervenido un par de veces por denuncias contra el aseo mínimo dentro del domo. La denuncia acusaba a Los Arieles de hacer sus necesidades de noche desde las mismas cuerdas; así que en las mañanas siempre había que limpiar la pista llena de excrementos, orina y residuos de toda clase de comida lanzados desde arriba. Los familiares le dieron poca importancia a las quejas y siguieron llenándose los bolsillos con sus hijos y sobrinos-pájaro. Hicieron grandes despliegues de publicidad y crearon amoríos ficticios entre los muchachos y jóvenes de buenas familias en la colonia. El más reciente era entre Narciso, el más joven de Los Arieles, y Melissa, hija única del Sátrapa.

Narciso estaba convencido de que Melissa lo admiraba. No porque se hubieran hablado jamás, sino porque él sabía que la muchacha lo espiaba. Lo había visto de noche, desde una pared falsa cerca de una de las entradas, mientras él comía y hacía sus necesidades. Lo que ella ignoraba era que él también tenía vista de pájaro y Narciso la había descubierto desde el principio. Se había complacido en ser más ruidoso y procaz en sus necesidades para asustarla y alejarla, pero la muchacha se quedó viendo aquel acto más maravillada que cuando lo veía en público. Desde ese día, sin que nadie más lo notara, Narciso comía y hacía ruidosamente sus necesidades solo para Melissa; para que ella lo viera y se admirara; para nadie más; ni siquiera para sí mismo. Su hermano y su primo se burlaban de lo que creían que era un aparatoso malestar estomacal y una meada cistítica, pero Narciso los dejaba hablar porque sabía que detrás de la pared estaba Melissa observando cada uno de sus gestos y gruñidos. Nada le daba más placer que eso.

Narciso siguió comprobando que la cuerda era la adecuada y que la elasticidad era la correcta. Su hermano lo veía con algo de tensión porque vacilaba mucho en tomar impulso, aunque de ninguna manera lo culpaba. Nadie antes había probado el lanzamiento rebote de cuatrocientos cincuenta metros y, aunque en teoría se podía hacer, era más del doble de lo que se había hecho hasta ahora. Los padres fueron los primeros en intervenir, aterrorizados de perder su fuente de ingreso. Hablaron con Narciso y sus compañeros sin éxito. El muchacho estaba convencido de que estaban perdiendo popularidad y que solo así la recobrarían. Por su parte, los otros dos accedían más por aburrimiento de estar haciendo lo mismo que por otra cosa. Querían algo de brillo en el acto y sabían que los cuatrocientos cincuenta metros era algo definitivamente nuevo. Los ensayos se llevaron a cabo con mucho entusiasmo durante un mes, hasta que llegó el día del estreno.

Narciso miró de nuevo hacia abajo para comprobar la atención del público. Con el rabillo del ojo se aseguró de que Melissa y la tortuga Alfa Omega también observaban. Levantó los brazos agarrado de nada más que de los caminos del aire y se lanzó por ellos con su cuerpo plateado. Dibujó en el aire un bello arco y empezó a caer cada vez más rápido y más verticalmente. El viento le golpeaba la cara con gran fuerza y por primera vez experimentó una extraña sensación de miedo. Sintió que dentro de él había otro muchacho lleno de pánico. Uno que no era él. Uno que no conocía las alturas y estaba muerto de miedo. Luchó contra este sentimiento tratando de pensar en Melissa y lo hermosa que era, en cómo dejaba caer el labio inferior en estados de transfiguración cuando él se lucía ante ella; en todas aquellas noches cuando sus compañeros, aperchados para la noche, apenas susurraban en el sueño y su amiga entraba a verlo bajarse el zíper y orinar o bien comer; en cómo ella misma le mandaba cosas que ella quería que comiera, y él las aceptaba gustoso para que los ojos de la muchacha brillaran aún con más intensidad. La brisa aumentaba y Narciso casi no podía mantener los ojos abiertos por el impacto del viento. Calculó que era hora de prepararse para el jalón de la cuerda elástica que desaceleraría la velocidad hasta detenerlo a pocos centímetros del suelo, donde él recogería un ramo de narcisos artifi-reales. La cuerda, efectivamente, empezó a jalar pero su caída no era frenada lo suficientemente rápido. Calculó en un instante la velocidad de caída y la distancia que le faltaba para llegar al suelo y comprendió que iba a morir. Miró fijamente el ramo de flores que giraban en el suelo distante como un pequeño punto blanco y preparó la mano para coger los narcisos, pasara lo que pasara. La gente empezó a gritar de emoción en tanto que la música se transformó en algo frenético. Las luces cambiaron de color varias veces hasta que, pasando a un blanco intenso, mostraron cómo Narciso chocó brutalmente contra el piso; y cómo, un instante después, el cuerpo se levantó violentamente del suelo por efecto de la cuerda elástica y salió disparado de nuevo hacia arriba. En una mano, la derecha, iba agarrado el ramo de flores en tanto que la izquierda, la que el muchacho había usado para amortiguar un poco el golpe, iba retorcida. Narciso bamboleaba la cabeza pero en una de tantas la irguió causando el desenfreno de los espectadores. Gritaban su nombre a coro y entre ellas la voz más fuerte era la de Melissa. El muchacho sentía la cabeza muerta, es decir, no la sentía ya; solo un dolor desesperante en el cuello, como si le hubieran dado en la nuca con un tronco. El zumbido lo dejaba oír poco y la vista manchada de sangre lo dejaba ver aún menos, pero imaginaba que la reacción era enorme porque todo se movía intensamente a su alrededor. La clavícula quebrada no lo dejaba mover el brazo izquierdo pero le importó poco porque sabía que en el otro tenía las flores. La cuerda empezó a descender otra vez y el cuerpo con él. Narciso recordó las noches de jugueteo consigo mismo mientras Melissa deliraba observándolo y jugueteando a su vez con las cuerdas. Él hacía cosas con su cuerpo para que ella viera, mientras también ataba y desataba a su gusto las cuerdas de seguridad. Él se contorsionaba, se mostraba, y ella, más excitada, ataba y desataba las cuerdas en un juego de todas las noches hasta este clímax final. Narciso descendió y tocó involuntariamente el suelo con su brazo izquierdo, dejando escapar un profundo alarido. Alimentando sus fuerzas momentáneamente con el dolor, lanzó el ramo de flores en dirección de Melissa. Ésta se puso de pie para atajarlo y nadie se atrevió a disputarse con ella el obsequio. Al tomarlo le lanzó un beso al cadáver de Narciso que, impelido otra vez por la cuerda, iba sangrando hacia arriba... ... CAMBIO... ... ...FDE SEñAL... ... FIN DE SEñAL... ... ... Némac abrió los ojos un instante y experimentó una sudoración intensa. Los lectores metabólicos seguían a muy altos niveles. Esperó los 12 minutos reglamentarios y abrió la portezuela de la espora. Era tarde. El senso-club ya estaba desierto excepto por los adictos de rutina que usualmente tenían permisos adicionales.

La redacción del reporte sería fácil: "espora Hatiri-m2, captación de ondas cerebrales humanas dispersas, reagrupación y amplificación, radio +/- 300 años, recurso inductivo electroquímico directo, no hay realidad virtual, realidad total ni artifi-realismo, sino Realidad=Realidad (R2). Principales problemas: *a)* Interferencias de otras fuentes. *b)* Posibilidad de "corto", es decir, transferencia y simultaneidad si realidad física real semejante o igual a realidad física cerebral. *c)* Ausencia total de control del navegante. *d)* Situaciones a veces lentas, carentes de los niveles deseables de imaginación y/o violencia-acción. Recomendaciones: incorporar nuevo modelo con situaciones de viaje generadas en inteligencia artificial SPUG. Ventajas: *1)* Realidad=Realidad (R2) es artificial, pero no perceptible para el navegante. *2)* Total control (selección, síntesis, eliminación) por parte del navegante. (Destáquese posibilidad de un mecanismo de aborto disponible en todo momento). *3)* Ausencia de interferencia y cortos. *4)* Posibilidad de gradación de episodios en "principiantes", "intermedios", etc. *5)* Posibilidad de no perder contacto en el momento de muerte física y aun SIMULAR por medio de SPUG la experiencia de conciencia post-mortem en el navegante. *6)* La posibilidad de escenarios y situaciones meta-reales."

Todo esto, según él, eliminaría el flagelo de los síntomas de adicción, tan habituales en quienes frecuentan las diversiones de Sinus Iridum. Cuando Náric-Pac-Nut descubrió el efecto Hatiri m2, es decir, la posibilidad de captar las ondas cerebrales (dispersas en el universo) de seres del pasado, nadie cuestionó lo increíble del descubrimiento. Aquello de poder transferir a nuestras mentes los pensamientos y sensaciones de otros ya muertos, e incluso, de introducir la propia conciencia en las últimas experiencias de quienes iban a morir, era simplemente una maravilla técnica. Los historiadores y científicos hicieron una enorme cantidad de pruebas y experimentos que eventualmente saciaron su curiosidad. Pero algo había de malo: la señal del pasado solo se captaba fuertemente si la experiencia vivida por el sujeto era intensa, algo como el miedo, el terror o la extrema excitación. Dejaba de lado las experiencias que a juicio del propio Náric-Pac-Nut y sus socios eran las verdaderamente importantes: los sentimientos y acciones no estrictamente animales, las ideas y razonamientos producto de elaboradas meditaciones del espíritu. Por ello, el experimento vino a ser con el tiempo una curiosidad circense y se popularizó entre el pueblo en forma de senso-clubes.

Ahí radicaba el reto de Némac y su grupo: tomar el asunto donde Náric-Pac-Nut lo había dejado y elevar el estatus del senso-club eliminando los efectos negativos, además de agregar algo de imaginación a los eventos. Eran tan apegados a la realidad que a veces aburrían. Deberían ser más irreales y mágicos, algo más digno de las tradiciones de Sinus Iridum. Mucha gente importante ya los usaba y había que conciliar esta aparente contradicción.

Némac empezó a caminar por el pasillo y respiró hondo al volver a percibir condiciones de aire y temperatura perfectas. Sin embargo, no había dado cinco pasos cuando se le vino encima un fuerte acceso de tos. Se tapó la boca y enrumbó de prisa hacia un baño público. La gente a su alrededor lo empezaba a ver de una manera que él ya conocía muy bien. Apresuró más el ritmo pero de pronto se dio cuenta de que eso era peor. Nadie caminaba a ese ritmo a no ser que viniera de un senso-club, y además, él tenía tos. No era posible resfriarse, pero tosía como si lo estuviera. Pasó las puertas del baño y se fue directo al lavabo. Activó el lector y esperó. Siete segundos después estaba la información. Efectivamente, tenía todo el tracto respiratorio irritado. Supo que recibió la noticia con pánico por el reflejo de su propia imagen en el espejo. Recordó al muchacho volador y empezó a sentir mareos.

Al salir del baño había cambiado de aspecto. La gruesa bufanda lo cubría como si llevara un guante en la cabeza. Se dirigió entonces al nivel N-675. Sintió en la espalda el escalofrío de la humedad nocturna que le subía como un ejército de babosas. Al llegar al nivel N-675 descubrió un hecho insólito en él: ese no era el número. Estaba perdido. No sabía cómo se le había venido ese nivel a la cabeza que nada tenía que ver con él. Apretó las manos dentro del abrigo de repente muy ralo y siguió caminando hacia... ... dirigió entonces directo a su transporte para no llamar más la ... ... atención en ... ERROR... DIFICULT—... ... público y comprobó de repente que estaba perdido.

PROBLEMAS DE SEÑAL...

Dos horas enteras había invertido en buscar su transporte hasta que finalmente dio con el nivel correcto. Levantó la portezuela de su espora de transporte y al sentarse, experimentó un profundo desgarre en las ingles que lo mortificó por buen rato. No sabía en ese momento, que más adelante, al presionar el acelerador manual de larga distancia, conocería el vómito como reacción a su nuevo sentido del vértigo...

CAMBIO... ...vértigo... ... FIN DE SEÑAL... ... ...

12. EIS TEN POLIN

Emis, joven de veintiocho años,
ha llegado a este puerto sirio
en un barco de Tinos;
viene a instruirse en el arte de los perfumes.
¿Pero cayó enfermo durante la travesía,
y, apenas desembarcado, murió.
Sus modestas exequias han tenido lugar aquí.
Poco antes de morir, murmuró algo
acerca de su casa, de sus padres ancianos.
Pero quienes son ellos? Nadie lo sabe.
Ni cuál era su patria
en la vasta extensión del mundo griego.
Tanto mejor, pues, mientras lo entierran
en esta ciudad marítima,
sus padres lo piensan aún vivo.

KONSTANDINOS KAVAFIS

Si no hay lugar para ti en el mundo,
yo te llevaré en mis ojos.

Proverbio árabe

I

El vuelo desde Roma no fue difícil, pero apenas llegó al aeropuerto, una sensación de malestar y decadencia la asaltó. Venía ya un poco incómoda por haber dejado los bocetos en el hotel, y ahora, además de eso, la afectaba la conversación con Yerikoy, ese amasijo de modales de negocios, cultura de folletín y traje de un café sucio que decía ser anticuario en bronces.

—¿Para qué va usted a Estambul? —había preguntado con algo de burla—, si la verdadera cultura bizantina ya no se encuentra ahí. Tendría que viajar por todos los museos de Europa occidental para encontrar algo de lo que fueron los bizantinos.

Las calzas de oro, pensó Krys, no le ayudan a verse más simpático. Y con un "discúlpeme" desdobló un poco la delgada cobija y volvió la cara hacia la costa tracia que apenas se dibujaba como una mancha pardusca en el mar. Bajó la persiana de la ventanilla y cerró los ojos sabiendo que no iba a dormir.

El malestar que ahora la atacaba era muy parecido a sentimientos de saudades mezclados con el desencanto del nuevo paisaje. Todo parecía un Nueva York mediterráneo y desvencijado, como un mundo donde nada se pudiera arreglar una vez descompuesto. Y no era que el aeropuerto realmente estuviera en malas condiciones, sino que así se sentía; por lo menos para ella, una mujer acostumbrada a percibir la angustia de la descomposición aunque estuviera a kilómetros de distancia. Lo mismo le había pasado en Fortaleza, en San José y en muchos otros lugares; porque, más que una percepción física, aquella era una especie de olfato espiritual, una forma, si se quiere, de percibir la decadencia del espíritu. Sabía que esto le iba a pasar a su llegada a Estambul, pero nunca se imaginó que sería tan fuerte.

Cuando le dejaron las maletas en el cuarto por fin pudo estar a solas un momento. Se sentó en el sillón de felpa verde frente a la ventana y admiró el paisaje. Desde su balcón en el barrio hotelero de Kalimpassa, podía admirar el centro de la ciudad que se extendía al sur. La tenía casi al alcance de la mano. Solo tenía que bajar hasta el muelle unos doscientos metros y ya estaba en el Cuerno de Oro, el famoso canal que separaba a la Estambul histórica de los barrios "nuevos" de Beyoglu y Gálata; los mismos barrios que los antiguos bizantinos, y luego los turcos, destinaban a sus huéspedes extranjeros. Krys no se sentía parte de la ciudad, así es que la ubicación del hotel le parecía de lo mejor. De día podía husmear el mundo de Estambul y de noche volver a refugiarse en algo más estándar y menos mohoso.

Se pasó esa primera tarde admirando la ciudad desde el balcón mientras hacía algunos bocetos para sustituir los dejados en Roma. Hojeó también los libros que se había comprado para estudiar más a fondo la ciudad, descubriendo que Yerikoy había tenido la razón. Lo que le quedaba a Estambul de bizantino era desgraciadamente poco. Tanta guerra y pillaje a través de los siglos la habían dejado como un cascarón muerto; un costillar que apenas podía generar la suficiente carne para cubrir entre costilla y costilla. Lo que más la sorprendía de todo esto era que la mayor parte del saqueo no provenía de los pueblos "bárbaros" o no cristianos que tan frecuentemente asediaron la ciudad imperial. La mayor parte de los tesoros se los habían llevado los italianos y franceses, ya en una cruzada rumbo a Tierra Santa, ya en alianzas con otros poderes marítimos. Durante la invasión y toma de la ciudad por Balduino de Flandes en 1203, murieron más griegos que en la toma de Mehmet II en 1453. Los europeos no solo saquearon los conventos y las iglesias sino que hasta llegaron a desmantelar los monumentos y decoraciones de los edificios para obtener bronce y mármol. Cuando Miguel VIII Paleólogo pudo retomar la ciudad en 1261, solo pudo rescatar un cascarón yerto, unas barriadas separadas por charrales y ruinas donde vivían todo tipo de sombras y alimañas. De ahí en adelante, Constantinopla no recobró su antiguo esplendor sino hasta que llegaron los turcos.

II

Ya habían pasado los primeros tres días de estupor inicial. Había cruzado el Cuerno de Oro por lo menos cinco o seis veces solo para descubrir que Estambul es una ciudad como muchas otras; que justo enfrente de palacios de la época de Solimán el Magnífico, se pueden encontrar restaurantes de comidas rápidas y montañas de basura como las de México o Nueva York; que si el caminante se aleja de los panfletos turísticos, llega a calles sin pavimentar llenas de gatos y niños desnudos. Calles donde los atados de basura hacen de bolas de juego improvisadas y las aguas negras corren por un pequeño caño en el centro de la vía. Calles donde los balcones de madera amenazan con venirse al suelo junto con los tendidos de ropa y macetas viejas que los adornan. Pequeños laberintos por donde no hay tránsito de carros y que están sujetos a periódicas desapariciones, ya sea por efecto del fuego, o por los planes de urbanismo, que de repente encuentran una buena razón para trazar una nueva avenida turística justo en medio de los viejos edificios y bazares del sultanato. Calles donde la gente aparecía y desaparecía de las puertas como por arte de magia y donde el olor a comida exótica y bien condimentada parecía subrayar el lento rojo de los atardeceres.

A pesar de sus achaques e historia; a pesar de que más de sesenta conflictos religiosos y políticos habían barrido los dos mil quinientos años de su existencia, la ciudad se mostraba como una matrona inusualmente bien conservada. Parecía haber vivido la mayor parte de su vida en la sombra de sus jardines, sin inmutarse ante la sangre o los gritos que tan a menudo se enredaban en las ramas de los naranjos y cipreses.

No obstante que la decadencia lo cubría casi todo, también había fuertes indicios de vida urbana constante y prácticamente ininterrumpida desde que los pastores tracios abandonaron las chozas que construyeron en la península, presionados por la fuerza de los hombres de Bizas. No importa que fuera ese lejano 657 a.C. o el mes pasado. La ciudad tenía el cambio como norma de existencia y de supervivencia. Lo único que no cedía, la única fuerza ineluctable de los viejos callejones de "Istanbul" era el deseo de permanecer. No importaba que para ello se debieran destruir los palacios de Constantino y luego los de Justiniano. No importaba tampoco que ella, como cualquier coqueta, se cambiara de nombre cada vez que tuviera un nuevo pretendiente. Si ya no Bizancio, entonces Augusta Antonina, y si no ése, entonces Constantinópolis o incluso Istínpolin, como la llamaron los mercaderes árabes después de que escucharan el incesante "eis tén polin" en boca de los bizantinos cada vez que hablaban de su amada ciudad.

En realidad no había cambio que no hubiera pasado por Estambul, lo mismo que había pasado por su hija y rival en el Adriático. Tanto Venecia como Estambul se habían convertido en el centro de la vida que las rodeaba hasta que otra les arrebató la corona. Ese día, ambas damas se convirtieron en atracciones turísticas y de circo por acogerse al estatus de fenómenos: es decir, se transformaron en dos viejas ancianas que de repente se negaron a morir. Ya no pueden envejecer más porque tienen juntas todos los años del mundo; pero sí se pueden negar a desaparecer como ya desaparecieron los pueblos que las engendraron. Estambul-Constantinopla era para Krys una señora aún más vieja y más extraordinaria que tantas otras putas del poder terrenal. Ella no se iba a dejar engañar con el color o la floritura del poder religioso u otras tantas artimañas, porque en su corazón de artista y arquitecto, sabía que era Bizancio, y no otra, la que realmente representaba el ir y venir de las culturas mediterráneas a lo largo de los siglos. No solo era una de las más antiguas, sino que también cambió tantas veces de dueño como había cambiado de nombre. No menos de diez pueblos distintos, en algún momento, la habían hecho suya.

La tarde que Krys meditó esto en un cafetín lleno de turistas franceses, comprendió al fin que su nueva ciudad, la gran estación de Sinus Iridum, tendría que tener más que una fortuita semejanza con la ciudad de Bizancio.

III

(Notas de Krys: días 3 a 7.):

«De los millares de columnas que hubo una vez en la ciudad, solo quedan cuatro. La mejor preservada, conocida como la Columna Gótica, data de antes del 270 d.C. Fue erigida por el emperador pagano Claudio Gótico treinta años antes de que Constantino consagrara la ciudad como su Nueva Roma. Está emplazada junto al Topkapi Sarayi, o Palacio Topkapi, que la tradición occidental mitificó como *El Gran Serrallo*. Aunque también hay un acueducto y un viejo muro conocido como el *Palacio de Constantino*, el monumento más viejo de la ciudad, con excepción de las bases y calzadas, es una columna délfica formada por tres serpientes entrelazadas hechas de metal. Aunque éstas ya están descabezadas (y por ello son de poco interés para muchos turistas), siguen siendo el corazón espiritual de toda invocación mística pagana de Constantinopla. Según los datos más confiables, fueron moldeadas hacia el 479 a.C., para celebrar la victoria griega de Platea contra los ejércitos persas. Esta columna délfica es una de las tres que constituyen el área central del hipódromo, también construido en épocas de la colonia griega y destruido y restaurado sucesivamente hasta el siglo V (hoy día en ruinas). Las otras dos columnas son más recientes. Una es un obelisco egipcio traído a la ciudad por los romanos (fecha de la construcción del obelisco: desconocida); y la tercera, una humilde columna de mampostería erigida por Constantino VII después del año 905.»

«Cruzando la depresión que separa la tercera y cuarta colina de la ciudad, y empezando en las inmediaciones de la Universidad de Estambul, se encuentra el acueducto de piedra caliza construido por el emperador Valencio en el año 366. Esta estructura termina cerca de la mezquita de Fatih, en el barrio del mismo nombre. Su estructura, basada típicamente en el arco romano, debe servir de modelo para las líneas de esporas y abastecimiento en Sinus Iridum.»

«La ciudad tenía en su época imperial más de cien cisternas alimentadas por el acueducto de Valencio y otros más que ya han desaparecido. La mayoría de las que aún existen (unas ochenta), han sido cubiertas para dar lugar a los jardines de los mercados. Pero estando las cisternas a varias decenas de metros más abajo, estos mercados son en la práctica verdaderos "jardines colgantes".»

«Una de estas cisternas, la Basilicana, llamada así por estar cerca de Hagia Sophia, es quizá la estructura más misteriosa y bella de toda la ciudad. Los turcos la llaman el "Yerebatan Sarayi", o Palacio Subterráneo. Sus 336 columnas se yerguen delgadas desde las oscuras aguas de la cisterna hasta un hermoso techo abovedado, varios metros por debajo del nivel de la calle. Pareciera ser una especie de mausoleo o piscina ancestral donde solo los antiguos fantasmas de Bizancio pueden bañarse. Los turcos admiran, pero también respetan esta extraña ilusión del pasado.»

«La gloria arquitectónica de la ciudad son, claro, tres de sus grandes monumentos religiosos. La Basílica de la Santa Sabiduría, o Hagia Sophia (los turcos lo escriben Ayasofía), es la basílica que, según la tradición, fue construida por Constantino el Grande en el año 325. Esa basílica original, construida sobre un templo pagano, no ha llegado hasta nosotros. Tuvo que ser reconstruida después del incendio del 415, y luego otra vez tras la insurrección nika del 532. Después del terremoto del 559, el domo tuvo que ser reconstruido, y aunque es considerado por los expertos como el más hermoso del mundo, es apenas un pequeño modelo a escala del original. (Nota: sondear posibilidad de un domo de 500 metros, copia del de Hagia Sophía, como estructura central del modelo lunar.) (Ver dibujos 4, 6, 7, 9, 10, 13, 14, 15, 18.)....»

(Luego de esto se pierde el interés en las notas, o ya no son necesarias. Faltan las descripciones de los edificios principales. O quizá ya están y no me doy cuenta de que los he anotado de una manera distinta...) (Ver dibujos del 22 al 143.)

IV

Adagietto (sehr langsam)

GUSTAV MAHLER

La lluvia lo marca y lo impregna todo de esa inmovilidad que ha paralizado a estos muros por más de dos mil años. El agua es el secreto que nadie ha podido encontrar y que, sin embargo, nos rodea como un mar de oxígeno en torno a un bosque lluvioso. Es el elemento preservante que nadie logra definir, como si el respirar fuera definible estando en el fondo de esta ciudad entre los ecos de las cisternas. No hay consciencia de nada sino del silencio y de los hijastros que a veces carga consigo. Llegan, pues, la soledad y la nostalgia solo como un eco de pies infinitamente pequeños sobre los pasadizos de piedra. El goteo de la humedad que no se diferencia del goteo de la soledad en esta tarde cuando llueve como nunca llueve en verano y Constantinopla desaparece más allá del Cuerno de Oro como el fantasma de una ciudad hecha de sombras y recuerdos. Pero si la realidad, la que vivimos a cada instante, es solo un recuerdo tan pronto pasa, entonces vivimos el recuerdo perpetuo de unas murallas que caen solo por el desaliento y constante batir del viento. Esa masa de aire que trae la humedad de los mares y la corrupción de las maderas aún en pleno verano. Asistimos entonces a la demolición de una estela, un glifo con inscripciones que ya nadie entiende, y ponemos en su lugar un rótulo que diga "aquí hubo un glifo", y con la sola evocación, el glifo vuelve a aparecer en las tardes de lluvia exactamente como era el día en que fue erguido por un príncipe extranjero para conmemorar su asedio y posterior toma de la ciudad. Porque en tardes lluviosas en que el Bósforo es solo una gigantesca piel de ballena gris, los minaretes y columnares de Bizancio se mecen con la marea emulando el ronroneo sensual de la serpiente en constante celo. Krys también se mece con el ronroneo de la ciudad y de las olas para caer lentamente en la cisterna que está llena de gatos y peces barbudos que también tienen, por alguna extraña razón, caras de gatos y de peces. Y entonces todos, ella y sus amigos salidos del templo del agua, nadan en los líquidos negruzcos de su propio olvido hasta que dentro de una semana, o un mes, o un año, alguien se dé cuenta de que una turista dormida cayó al agua y ahí permanece su cuerpo, haciendo de isla mágica en medio de las columnas azules como una especie de templo, un pequeño santuario donde los gatos flotan como peces en el mar de la tranquilidad, a la espera de que ella despierte y le dé a todo aquello un nuevo sentido con solo dar un par de trazos sobre un papel áspero y gris que le sirve de cuaderno para todos sus dibujos de Bizancio. Entonces la ciudad tendrá más cisternas de las que hasta ahora ha tenido y estarán pobladas de gente muy joven, de adolescentes que languidecerán en un sopor medio inconsciencia, medio desinterés por todas las cosas que hasta entonces han sido importantes. Estos nuevos habitantes serán feroces cazadores —como los gatos— cuando tengan que serlo, y serán luego quietas estatuas de ébano y alabastro —como los gatos— cuando tengan que serlo. La muerte será solo una falta de comida o una falta de tacto a la hora de saltar de las murallas o los templos hasta las cisternas. Nada más. Una incomodidad transitoria que se resolverá de inmediato en la nueva quietud, en la nueva ferocidad y necesidad de sexo y comida que el nuevo inicio marcará para cada uno de ellos. No será un fin ni un principio sino un abultamiento en la cadena de donde agarrarse para seguir adelante. Krys soñará todo esto en el fondo del laberinto que será su ciudad mágica junto al lago, su templo de hachas y espadas y gatos y recuerdos que no dejará lugar a dudas de quiénes fueron sus constructores; los niños más ancianos del mundo, los que siempre buscaron el pasado en el futuro y así aprendieron a no distinguir uno del otro. La ciudad tendrá el sello de un pueblo que representa a los demás pueblos, o los representa a todos en sus características esenciales. Por eso será importante reconstruir la ciudad con todo y su basura y su decadencia, para que el monumento de Krys sea total, y ella, desde la cisterna donde administra el destino de los gatos, pueda sonreír en la noche eterna cuyo único fin sería, entonces, adorar cada vez más la ausencia del tiempo.

13. ILUMINACIONES

Entre más difícil se hace probar la existencia de la
Atlántida, más entusiastase hace la búsqueda del
continente perdido.

EDGAR EVANS CAYCE

*Ahora voy a decirles cómo construyeron el palacio de los reyes en el
interior de la Acrópolis. En medio se alzaba, rodeado de una muralla de oro, el templo consagrado a Cleitos y Neptuno, al cual solo tenían acceso los sacerdotes, el mismo templo en que el dios y la mujer
mortal engendraron el linaje de los diez príncipes. Hasta ese lugar
acudían anualmente las diez provincias del imperio a ofrecer a las
dos divinidades las primicias de los frutos de la tierra. El templo propiamente dicho, tenía un estadio de longitud, tres plethros de anchura, una altura proporcionada y un aspecto algo bárbaro. Todo su ex-*

terior estaba revestido de plata menos el almenado que era de oro. En el interior la bóveda toda de marfil estaba adornada con oro, plata y auricobre. Las paredes, las columnas y el piso estaban recubiertos de marfil. Se veían estatuas de oro, especialmente del dios Neptuno de pie en su carro conducido por seis caballos alados, y su cabeza era tan grande que casi llegaba hasta la bóveda del templo, y a su alrededor se veían cien nereidas sentadas sobre delfines. Había, además, un gran número de otras estatuas ofrecidas por particulares. Alrededor del templo, en el exterior, se alzaban las estatuas de oro de todas las reinas y reyes descendientes de los diez hijos de Neptuno y mil otras ofrendas de reyes y particulares no sólo de la ciudad sino de los países extranjeros sometidos a obediencia. Por su grandiosidad y su trabajo armonizaba el altar con todas estas maravillas, y el palacio de los reyes en conjunto era tal como correspondía a la extensión del imperio y a la ornamentación del templo. Dos manantiales abundantes e inagotables, uno caliente y otro frío, satisfacían admirablemente todas las necesidades de sus aguas y sus virtudes por lo grato. En los alrededores de las casas había árboles que buscaban la humedad, estanques al aire libre y otros cubiertos de techumbre para los baños calientes en invierno; aquí los de los reyes, allí los de los particulares, más allá los de las mujeres y todavía otros para los caballos y mulas, todos adornados y decorados según su destino. El agua que salía de ellos iba a regar el bosque de Neptuno, en el que árboles de una altura, frondosidad y belleza casi divinas se elevaban sobre un terreno craso y fértil, y después se dirigía a las cinturas exteriores por acueductos labrados en dirección de los puentes. Numerosos templos consagrados a numerosas divinidades, numerosos jardines, gimnasios para los hombres e hipódromos habían sido construidos sobre cada una de las cinturas de tierra separadas por los fosos inundados. Sobre todo en la mayor de estas cinturas había un hipódromo de un estadio de anchura, y tan *largo, que daba la vuelta a toda la isla y proporcionaba una vasta carrera a los caballos y a las luchas. A derecha e izquierda se hallaban los cuarteles destinados a la mayor parte del ejército; las tropas que inspiraban más confianza se alojaban en la cintura menor, que era la más inmediata a la Acrópolis, y por último aquellas, de cuya fidelidad se tenía completa seguridad, se albergaban en la Acrópolis misma, cerca de los reyes. Las dársenas para las embarcaciones estaban llenas de trirremes y de todos los aparejos que éstas necesitan; nada faltaba y todo estaba en un orden perfecto.*

Desde el principio se estableció el orden siguiente en lo concerniente al gobierno y la autoridad. Cada uno de los diez reyes tenía en la provincia que le había correspondido y en la ciudad en que residía todo el poder sobre los hombres y sobre la mayoría de las leyes, imponiendo castigos y la pena de muerte a su arbitrio. En cuanto al gobierno general y a las relaciones de los reyes entre sí eran la regla las órdenes de Neptuno, órdenes que les habían sido transmitidas en la ley soberana; los primeros de entre ellos las grabaron en una columna de oricalco, es decir, cobre aurífero, erigida en medio de la isla, en el templo de Neptuno. Allí se reunían alternativamente los diez reyes cada quinto y sexto año para conceder iguales derechos al número impar que al par, discutiendo los intereses públicos en dichas asambleas, e investigando si se había cometido alguna infracción a la ley emitían sus juicios. Y si se llegaba a este caso, he aquí cómo se daban mutuas garantías de su lealtad.

Después de haber sido soltados diez toros en el templo de Neptuno y quedándose solos los diez reyes, rogaban al dios que escogiera la víctima que le fuera grata y perseguían a los toros sin más armas que palos y cuerdas. Una vez apresado un toro, lo llevaban a la columna y lo degollaban sobre la inscripción, conforme a las prescripciones del rito. Además de las leyes, se habían inscrito en la columna un pavo-

roso juramento e imprecaciones contra cualquiera que las violara. Una vez consumado el sacrifico y consagrados los miembros del toro según aquellas leyes, derramaban los reyes gota a gota la sangre de la víctima en una copa, echaban el resto al fuego y purificaban la columna. Recogiendo después sangre de la copa en unos frasquitos de oro, esparcían parte de su contenido sobre el fuego y juraban juzgar según las leyes escritas en la columna, castigar a quienes las infringieran, observarlas en adelante en todo su poder y no gobernar ellos mismos sino obedeciendo a quien los gobernara conforme a las leyes de su padre. Después de haber pronunciado estas palabras y estas promesas por ellos mismos y sus descendientes y bebiendo lo que quedaba en los frasquitos, y de haberlos depositado en el templo del dios, se preparaban para la comida y otras ceremonias necesarias. A la hora de las sombras y cuando el fuego del sacrificio se consumía, se revestían de hermosísimas vestiduras azuladas, se sentaban en el suelo cerca de los últimos vestigios del sacrificio, y por la noche, cuando todo el fuego se había extinguido en el templo, formulaban sus sentencias y las sufrían si alguno de ellos resultaba acusado de haber transgredido las leyes. Después inscribían sus juicios en una placa de oro y la colgaban con sus ropajes de los muros del templo como recuerdos y advertencias.

PLATÓN
Critias, o De La Atlántida

14. LA GUADAÑA DE PLATA

...We are the champions, my friend...

QUEEN

🌑 En Oriente las montañas cambiaron de dueño tan pronto todo terminó. Los que las habitaron por siglos volvieron a imponer su modo de vida y establecieron primitivos reinos que, sin embargo, estaban llenos de belleza y una extraña forma de tranquilidad.

Endi se llamaba así por el personaje del mito; el que no podía escapar de la influencia de la Luna. Así le había puesto su madre a pesar de que el padre no estaba de acuerdo con un nombre "ridículo y aniñado". Pero no era importante. El padre murió de envenenamiento del hígado apenas nació el muchacho.

El Reino de Skopje, extendiéndose desde el Monte Ljuboten hasta las ruinas de Titov-Veles, todavía no se libraba de los escombros de su pasado. Era frecuente que los ríos arrastraran cadáveres y la gente moría de muchas causas diversas debido al color gris lechoso que todo lo contaminaba.

🍂 Tanto le pido a Marka que no cuente esta historia que se pone a llorar. Le digo que cree ser superior porque lee y escribe. "Eso no es un privilegio", le digo, y lanzo sus cosas al suelo. Me enojo mucho, como cuando lo de O'Nix, y tomo mi patineta y me voy. Recorro la Zona Solitaria y a veces encuentro a otros que andan buscando pleito. Yo lucho bien, no tengo miedo, pero a veces el otro es más entrenado y debo correr. A veces me siguen hasta que los pierdo; a veces se cansan y nada más. Marka ya deja de llorar y recoge sus cosas del suelo. Las guarda y hacemos comida. Ayer consigo pajarillos oscuros para comer. Tal vez mañana también. El bosque detrás del cuartel más allá del muro es bueno. Ahí hay muchos pajarillos. Mañana de seguro voy.

🍂 Los padres de Endi se conocieron en Skopje. Ella era extranjera y su familia venía del Friul occidental, donde todavía no había alimentos. Huían de la muerte y de los carniceros de Iosti. Su padre, el abuelo de Endi, tenía muchos enemigos y decidió que huyeran a Skopje pero él no llegó vivo. Murió frente a la costa de Split, envenenado por sus propias llagas. La madre de Endi llegó hasta la ciudad vestida de muchacho. Fue violada por su futuro compañero detrás de un almacén en ruinas donde luego le propuso vivir juntos. Ella no tenía absolutamente nada, lo pensó muy poco, y finalmente aceptó el trato. Desde ese día, él se enamoró de ella.

🍂 A veces sueño con mi padre guerrero. Marka dice que es guerrero toda su vida, y que la enamora su valor. Ella llora mucho porque él muere y no tiene otro hombre nunca más. A veces llora porque le digo que no escriba y ella llora y escribe más. Entonces la abandono y viajo en mi media luna, en mi patineta, mucho tiempo hasta que ya no entiendo el habla de los que veo. Marka dice que es grecio o bulgar pero ellos no entienden cuando digo "grecio" o "bulgar", solo sacan armas y debo huir.

Hoy como mucho con Marka y luego salgo. Viajo muchos días y no sé detenerme. Estoy después de los Khalkídhiki porque distingo los tres grandes dedos en la distancia, los "Intocados" como les llama O'Nix, los de los buenos. Nadie sabe si viven o son sus fantasmas los que caminan y yo no quiero saber. Busco a O'Nix cada luna. Se va hacia los grecios o los bulgar y puede hacer fuego en estas montañas. Yo sé que pronto la encuentro.

🌜 Se le dijo a Endi que su padre era extranjero para que no preguntara a otros por él. Ahora cree que su madre llegó a Skopje después de la muerte de su marido y que por eso nadie recuerda al guerrero en esa ciudad. La madre tampoco ha confesado que envenenó al padre ni las razones que tuvo para hacerlo. Creyó que Endi no entendería.

🌜 Me canso mucho. De seis a ocho horas cada día en patineta. No pierde combustible solar pero sí se calienta mucho. La tierra es desconocida. Bajo a reparar la media luna y maldigo mi mala preparación para el viaje. Marka dice que su padre nace antes del Conflicto y que estos viajes los hace en ese tiempo en horas. Que llega en una hora a tierra de los Turus. Creo que está loca. A su edad todas están locas. En fin, busco herramientas. Tengo pocas y maldigo a O'Nix por huir. No sé dónde está y creo que Marka tiene razón: no la encuentro nunca. Ella tal vez ya muere y no es posible regresar.

🔥 El padre de Endi violó y torturó físicamente a su mujer de manera constante. Por eso ella lo envenenó, porque la torturó y la dejo disfuncional sexualmente para siempre. Ella no podrá tener otro hombre ni podrá tener más hijos. Si acaso, y con alguna dificultad, puede cumplir con sus necesidades básicas. De ahí su reacción desesperada cuando Endi violó a O'Nix y la muchacha huyó lejos. El pasado volvió a los ojos de la madre como un bumerán ensangrentado. Castigó al hijo hasta postrarlo en cama cuatro meses, lo que le ganó el odio de Endi y la burla de todos cuantos se enteraban. Sin embargo, ella no cedió: dijo que no se arrepentía de haberlo hecho y que castigaría igualmente a quien interfiriera. Endi, además de odio, se llenó de vergüenza a causa de su madre.

🔥 El fuego muere lentamente y no tengo más con qué alimentarlo. Uso la patineta como almohada y siento que el frío me entra por todas partes. Al amanecer veo que me rodean pero estoy muy débil para reaccionar. Estoy enfermo. ¡Tal vez tengo el mal de Marka! Tal vez muero pronto.

🔥 La huida inesperada de Endi ha empeorado el mal de la madre. Es el mismo mal que el padre había adquirido estando cerca de Udovo, un poblado contaminado. Su piel pronto adquirió las llagas gris lechosas y a pesar de que las disfrazó muy bien, se las transmitió a la madre de Endi. Pero ahora ella se encuentra peor. Cree que va a morir y quiere ver al muchacho.

🔥 Duermo muchos días. Estoy en una casa bajo la tierra. El cielo es de tierra y las paredes son de tierra. Me cuidan mujeres y a veces muchachos de mi edad. Siento la piel mucosa y el pelo hecho nudos... No sé explicar los olores ni los colores que veo.

Lamento castigar a Marka por escribir y leer. Aunque lee lo mismo una y otra vez, parece disfrutarlo mucho. No tiene más pero lo disfruta igual. Yo le tiro todo al suelo y le digo que está loca, que ya nadie hace eso, que debe ser fuerte y ella solo llora y recoge las cosas. Cuando me castiga por lo de O'Nix es como otra. Es muy fuerte y no muestra piedad. Es como mi padre dentro de ella quien me castiga. Por eso ahora la perdono, aunque no hago mal, un hombre sigue su instinto y nada más. Ahora la perdono.

Endi no ha vuelto en tres lunas. La madre está peor. Lee sus papeles y llora. Como no puede cuidar lo suyo le han robado casi todo. La casa está desmantelada. Solo queda el techo y algo del suelo. No come nada. Solo algo que alguien le deja en la casa de vez en cuando. No sabe quién es, pero lo agradece.

Hoy despierto y me siento mejor. Me levanto y caigo mareado. Oigo risas, después gritos. Después ya nadie me acompaña y me hundo en la oscuridad del sueño.

El sol brilla lechoso en la distancia. Tres ancianas me sacan a recibir aire fresco. Se aproxima un guerrero con cimitarra de metal amarrada en la espalda. Me toca el muslo y sus dedos se retiran dejando una abolladura grande en la piel, como si no quisiera volver a su lugar. El guerrero grita de cólera y me lanza al suelo de un manotazo. Las ancianas no me recogen. Una me escupe en la cara y todos se alejan. No hace ni frío ni calor pero al venir la noche sé que siento mucho frío.

La madre ya sabe que su tiempo es muy poco. Ha escrito cartas para Endi y para O'Nix, si algún día vuelven. Escribe otra pero no se entiende, ni ella la entiende. Solo ríe al releer una carta escrita por ella que ni ella misma entiende. Hoy ha botado líquido blanco por los oídos y sabe que muere. Se lo han dicho quienes venían a llevarse la cama y lo que faltaba, pero salieron huyendo al ver la mucosidad que le salía del cuerpo. Piensa que en el tiempo de sus abuelos una muerte a los veinticinco años hubiera sido muy prematura. Pero ahora... Coge su lápiz y firma... Marka, de los Genari del Friul.

Los turus llaman a nuestras patinetas guadañas de plata, es decir, segadoras de plata, o lunas, como nosotros también las llamamos de vez en cuando. Todo esto lo recuerdo tirado aquí en el suelo, porque decido irme antes de amanecer en mi patineta. Sé dónde está pero cuesta sacarla. Está ante los ojos de todos, junto al fuego en la casa de piedra. Dejo pasar un rato y me pongo de pie. Es difícil tenerse en pie con tanto dolor pero avanzo por la entrada hasta llegar al fuego. Todos duermen cerca del fuego y recogidos sobre sí como si tuvieran un gran dolor. Veo algo extraño: una mujer duerme extendida como lo hacemos nosotros y pienso por un instante que puede ser O'Nix. Me acerco a ella arrastrando mis pies de dolor y le veo la cara de cerca. ¡Sí!, puede ser O'Nix. La muevo del hombro hasta que despierta. Me ve asustada y grita. Estoy seguro de que es ella. Le hablo pero ella solo grita más y más. Me alejo furioso y asustado. Ella no quiere venir conmigo. Tomo la patineta y salgo de la casa. Afuera sale el sol lechoso cubriendo el terreno negruzco de gris. Pongo la patineta en posición de irnos pero no arranca... ¡No se mueve!... Recuerdo finalmente que está inservible. Miro al cielo y pido ayuda a mi padre que por guerrero debe de estar ahí. Un ruido desde atrás me distrae. Una gigantesca luna se acerca a gran velocidad obscureciendo todo en su entorno. Es la cimitarra del guerrero que avanza contra mi cuello. Un segundo después el mundo da vueltas a gran velocidad como cuando cae uno de su media luna... siento el olor de zacate cerca de mí y veo más allá a mi cuerpo bailando tembloroso sobre la luna... Una espesa masa blancuzca me va cubriendo los ojos que parpadean frenéticos en todas direcciones, pero la imagen de mi padre, en plena oscuridad, me va tranquilizando poco a poco.

15. UN DESCENDIENTE DE MANASÉS, 272 A.C.

> Baal es una palabra que se encuentra en todas las lenguas semíticas con el significado de poseedor o propietario.

(Del *Manuscrito Apócrifo de Ashdod*)

«Antes del destierro en Babilonia, Baal, señor de señores, fue adorado en toda Judea e Israel. Como Él es amo del trueno y del aire, se le levantaron altares por todo el territorio de los hebreos. En los túmulos, en las colinas y todo otro lugar elevado que fuera digno del Gran Señor. Ahí se llevaron a cabo los ritos sagrados, que incluían el sacrificio de animales y de niños primogénitos, ("porque el primero es siempre del Señor"). Sin embargo, más adelante, cuando los israelitas fueron llevados a Babilonia, olvidaron el culto a Baal y los sacrificios, adoptando en su lugar costumbres propias del culto de

Marduk de Babilonia y Azur-Mazda de Persia. Y luego, al retornar a la tierra de Israel, los pocos que volvieron (porque la mayoría se quedó en Babilonia de propia voluntad), habían cambiado radicalmente su religión y sus costumbres al punto de haber abandonado incluso el idioma de sus antepasados. Estos nuevos judíos que repoblaron Palestina eran, según se ve, una nueva nación que hablaba el acadio y arameo, los idiomas de Babilonia la Grande, en vez de su hebreo natal.

«El culto del Señor Baal nació entre el pueblo noble de los cananeos. Y cuando las gentes de Moisés se encontraron entre ellos, rápidamente asumieron el culto para propiciar las aguas, las cosechas y la fertilidad de las mujeres y los animales, viendo que ello era de gran provecho y deleite en Canaán. Debido a que el culto imponía un ritual intercambio sexual entre los oficiantes, siempre hubo entusiastas voluntarios. ("Porque toda clase de acto carnal llevado a cabo en presencia y en honor del Señor del Trueno y de las Aguas no es odioso a sus ojos.") El pueblo entonces festejaba y se desahogaba, mientras el Señor de Señores quedaba complacido.

«Pero el cautiverio en Babilonia lo cambió todo.

«Aquella urbe era la gran cosmópolis en la que todo confluía y se enmarañaba, por lo que los patriarcas hebreos pronto entraron en contacto con otros sacerdotes y otras culturas y su confusión empezó a ser grande. El odio y miedo a la carne, la división del poder universal en el bien y el mal, y por sobre todo, la idea de un Gran Opositor a Baal, de un dios o príncipe del mal, fueron ideas exóticas importadas a Israel por medio de los zoroastrianos de Persia. La desorientación pronto fue tanta que después hasta el mismo Señor Baal, en su noble investidura de "Poseedor de las Moscas", o bien, "Amo de la Salud Que Nos Protege de las Moscas", fue violentamente detractado hasta que la sola mención de su nombre: el sagrado BAAL-ZEBUB, se hizo motivo de escarnio y anatema.

«El señor Baal (llamado entre nosotros Yahweh), no va a

olvidar esta afrenta porque aunque su culto perezca, y ahora Yahweh en verdad sea otro traído de tierras lejanas, el verdadero Señor de Señores no perecerá. Su fuego late en las almas de todos aquellos jóvenes que fueron entregados a las llamas en su nombre, y por medio de ellos, y a través de ellos, volverá para castigar a quienes le han sido infieles.

«Nuestro señor Manasés, rey de Judá y siervo del Amo del Trueno y de Las Aguas, hizo que su propio hijo, Javit, caminara una y otra vez por las llamas sagradas de su holocausto. Así es que si ha de requerirse una señal, un indicio del infortunio que les espera a los infieles del Señor Baal, ha de ser éste: ¡que se cuiden de los niños!; y mucho más de aquellos que tengan las extremidades quemadas; porque con los mismos pies negros que transitaron el calor inmortal, ellos, los jóvenes ángeles del Señor Baal, habrán de patear y desperdigar, una y otra vez, los huesos de sus enemigos.»

16. PÁVEL Y LOS LOBOS

*"I Got It Bad and That Ain't
Good", for tenor sax, piano,
bass, and drums.*

BEN WEBSTER

*A piece of the puzzle is
never enough.*

No es uno que nace en los bosques del Moldava, ni en la
Silesia polaca que ya debe tener otro nombre después de haber pasado cuatro o cinco veces de manos. Tampoco es un
inmigrante en Baltimore o Philadelphia, pues no tiene los dedos rotos de trabajar en algún gulag perdido ni mucho menos
tiene esposa e hijos que aún lloran su memoria en Kaunas o

Klaipeda. Nadie lo llora porque todavía está vivo, tiene el pelo largo, y se lo amarra una y otra vez en las tardes de calor antes de bajar a la cocina a tomar agua. Nadie lo llora porque en su vida particular, los veintiún años que ha logrado pasar en casa de su madre con un verdadero ejército de hermanas, no ha habido tragedias notables y de digna memoria. Y a decir verdad, ni siquiera ha habido pequeñas tragedias, de esos mini dramas que por lo menos logran tener a los vecinos despiertos de vez en cuando.

No. La vida de Pável es tan ordinaria que lo único un poco extraordinario es su nombre, su pelo largo y esa tristeza que carga en el clarinete cuando en las tardes de calor, como ésta, se le van las horas practicando en el cuarto de arriba mientras por el pelo rizado y abundante van bajando las pequeñas gotas de sudor.

Y mientras Pável practica el clarinete y sueña con irse a Nueva Orleans, en las estepas de algún lejano país, los renos bufan en el frío dejando que el vaho de su propia respiración los acompañe como un fantasma guardián.

Pável seguirá tocando tarde tras tarde mientras en Knossos un rey abúlico, cansado también del calor y de la falta de cosas nuevas, encerrará a un toro fantástico en sus corrales. Tratará de arrancarle los cuernos de plata y con ello violentará la promesa que le hizo a un tío; un pariente que para peores resulta ser un dios inmortal. El clarinete tomará entonces el aceitoso sabor del saxofón mientras que la esposa del rey, una nueva loca en escena, y también enamorada del animal, se acostará con el toro fantástico en los corrales de su marido durante una noche de luna. Y esa misma noche, en ese mismo continente, los renos quizá llegarán hasta un cúmulo de piedras donde nadie ha estado desde tiempos remotos. Apacentarán entre las rocas milenarias y dejarán su oscura y redonda señal de estiércol, ahí mismo, donde Pável se podría sentar, con los cachetes ya rojos de tocar su clarinete o saxofón. Pero nadie lo sabe con certeza. Porque Pável todavía no está ahí, y los renos que dejarán el lugar estercolado todavía no han nacido ni han recorrido las estepas de un continente solitario lleno de penínsulas, toros y mitos.

Por eso, el rey de Knossos, en la apoteosis de su pasión, se hará dueño del animal que ha prometido sacrificar a la inmortalidad de su tío; porque su reino es una isla de sol y de vid donde el comercio prospera, donde las naves llegan de Egipto repletas de granos y de sabios con nombres fluviales, y Pável ahora piensa en ese mismo lugar, en el aceite que corre en las venas de los árboles de aceitunas mientras en la pradera los toros, bufando y levantando violentas polvaredas, se bañan de sol. Pero a distancias inconsiderables, y más allá de todo intento de alcance y mistificación, los renos se pierden en la oscuridad de los bosques germanos. Solo se sabrá de ellos que comen brotes y hojas siempreverdes en medio del espejismo de las nieves.

El calor es ya inaguantable. Pável por fin deja el instrumento sobre la cama para bajar a tomar agua. Y en las hojas de música, anotadas con mano ligera y segura, se ven los lejanos bosques del norte, donde un animal fabuloso rumia entre los arbustos, temeroso de que lo encuentren los lobos.

17. ILUMINACIONES

Mi nombre es Ampelos y soy copero en el palacio del Señor. Muchos me consideran muy afortunado por el nombre que llevo, por eso mi padre me ha consagrado para servir al Dios. Hoy estoy en los viñedos al sur del palacio porque es época de vendimia. El Can de Orión nos avisa con su traslado que la uva ya está madura y es hora de recogerla. Hay muchos hombres y mujeres que podrían participar en la vendimia de la fruta, pero es un trabajo sagrado que solo debemos realizar los coperos de palacio y otros dedicados al servicio del Dios Toro. Solamente manos núbiles y dedicadas a la distribución del sagrado don podemos tocar las uvas que son el cuerpo de la Deidad. Yo, por mi lado, soy feliz en la cosecha pues cantamos a viva voz, gritando el nombre sagrado: ¡Dionisos!, ¡Iaco!, ¡Dionisos!, mientras mi amigo y camarada, Iacar, entona en su lira el triste lenos en homenaje al Gran Señor de los Lagares. Es parte del rito que aquél que tenga la más hermosa voz cante los amargos lenoi de la vendi-

mia. Los demás recogemos el fruto y lo llevamos siguiendo a Iacar
hasta el pateterion, donde el cuerpo del Dios será despedazado por los
pies de los pajes más jóvenes de palacio. Éstos deben llevar las másca-
ras rituales para esconder su vergüenza y recordar a los titanes que
despedazaron a Nuestro Señor. Un rapsoda de palacio ha dicho que
la alegría de Dionisos siempre se acompaña con algo de tristeza. Por
eso el fruto sangra cuando se le exprime, y si uno escucha atentamente
en medio de los cantos, oirá los gritos del Señor de la Noche. Por eso
me gusta visitar el pateterion, pero no me quedo demasiado rato.

En este momento mi amigo Iacar está cantando junto a mí sin
prestarme mucha atención. Sus ojos están sobre la bella Ariadna, a
unos diez pasos de distancia, quien también recoge el fruto maduro
entre sus manos blancas como la leche de cabra. Ella y sus dos amigas
nos han vuelto a mirar con algo de persistencia, por lo que Iacar y yo
nos hemos turbado un poco. Creo que mi amigo está interesado en la
bella Ariadna tanto como yo. Ninguno de los dos ha podido quitar
sus ojos de los hermosos senos redondos, coronados con pezones oscurí-
simos como cabritos negros perdidos en las colinas de Creta.

Sin embargo, debemos tener mucho cuidado con lo que hacemos.
Nuestros nombres ya delatan el alto destino que nos aguarda.

Tanto Ariadna como Iacar y yo, Ampelos, fuimos nombrados así
por orden de los videntes de palacio. Nuestra misión es servir al Amo
de las Fieras Salvajes y a su madre, La Gran Diosa Rhea. Todo otro
destino, ya fuera deseado por nosotros o impuesto por alguien, sería
inferior que servir a nuestro sagrado culto. El año entrante, durante
los meses de Orión, Iacar y yo cumpliremos los dieciséis años, por lo
que deberemos castrarnos, como corresponde a todos los sirvientes de la
Gran Diosa Madre y de su hijo, el Dos Veces Nacido. Así, los curetes,
los coribantes y los galos de Cibeles, todos corremos la misma sacra
suerte. No niego que me asusta y siento algo de temor ante el rito,

pero sé que estaré en los brazos de Dionisos mientras mi cuerpo sea sumergido en la blanca leche. Cuando despierte, el atardecer será rosado y habré servido cabalmente a mi Señor.

Ariadna por su lado entrará al sacerdocio de la Gran Madre, y no podrá conocer hombre hasta que su investidura esté completa. Yo entiendo su impaciencia: tendrá que esperar dos años más que Iacar y yo para servir a la deidad. ¡Pobre! Pero por lo menos la podremos distraer bailando y entonando los cantos y las danzas sagradas con ella.

Entro ahora al pateterion y escucho las voces de los otros cantando a Dionisos el Indestructible. Me llega el olor a jugo de uva mezclado con el de sangre y, de repente, aún antes de llegar al lagar mismo, me cubre el rostro una gran tristeza. Una tristeza, sin embargo, llena de felicidad.

18. EL ESQUIFO

The young are an alien species. They won't
replace us by revolution. They will forget
and ignore us out of existence.

WILLIAM BURROUGHS

Sinus Iridum no es lo peor que puede hacer un ser humano, pero sí se le acerca mucho. Hay que tener un cerebro re-
torcido y humeante para concebir algo de semejantes
proporciones. No es que el lugar sea malo en sí, sino quiénes
lo habitan y cómo lo habitan, es decir, pudo ser una buena
idea que ha sido totalmente malograda por los viciosos de
siempre: los tahúres, homosexuales, prostitutas, drogadictos,
andróginos, fornicarios, estafadores, traficantes y asesinos que
pueblan nuestro mundo. Eso sin mencionar a los mal llamados "buscadores de sueños" que se han embarcado en todo

menos en el camino recto. Han recorrido este universo en cacharros y prostíbulos flotantes, auspiciados por la droga y la venta de órganos infantiles...

Diego apagó el T.T. y el cuarto quedó casi a oscuras. El Padre Glu-teens era usualmente interesante por sus exageradas estupideces y porque solía ser creativo. Sin embargo, después del famoso nonagésimo aniversario se volvió repetitivo y un borrachín consumado de sus propias palabras. Pasa pegado a ellas como un drogadicto al esquifo... ¿Has tomado hoy de ese esquifo?, le suele preguntar Mamá cuando a ella menos le debería importar. Él abre la puerta y sale de la vivienda sin responder nada. El pasillo, como de costumbre, huele a comida malaya o tailandesa. No sabe quién tuvo la idea de poner a los latinos junto a los asiáticos y se figura que tuvo que ser un gringo o alguien de la C.E. Solo uno de esos pensará que somos lo mismo. En el fondo, no le importa, aunque el olor a algas frescas a veces lo asquea y sale del restaurante o senso-club sosteniéndose la nariz. La Gata lo enseñó a hacer eso una vez que vieron *Sangre Nueva XI*, con efectos especiales de tacto y olor. La Kat se agarró la nariz y empezó a hablar como la Señorita Piggy, la chancha ésa de la Rana René. Diego la siguió por el pasillo hasta darse cuenta de que iba siguiendo un rastro de vómito blanco sobre la alfombra del cine. La Gata no era la única, un hombre acompañaba a dos niños que también iban haciendo el acto del surtidor. Diego recuerda eso vívidamente porque la Kat no pudo hablar en más de diez minutos. Y ahora, para evitar eso, ella se tapa la nariz cada vez que percibe un olor que no le gusta... Lavate los pies, le ha dicho ella en más de una ocasión, pero Diego solo contesta que el agua es para tomar, no para desperdiciar. Si realmente tenés un fetiche de pies, eso no debería molestarte. La Gata lo ve molesta y decepcionada de su falta de cooperación. Sin embargo, agrega él, me los lavaré para la luna de miel que tenemos planeada a Sinus Roris cuando cumpla 16 años. ¡Para eso faltan meses!, gritó la Kat. Si de verdad te ponés así de cochino yo no quiero más sexo con vos. Esa misma noche Diego se metió a la tina para darse una buena cepillada en los pies. El líquido oscuro que salió lo terminó de convencer de que había hecho un buen trabajo. La Kat se volverá loca con mis patas, pensó. Ahora solo falta convencerla.

El esquifo no era barato, por eso Diego vendió su texto de selenodesia aunque tenía examen la semana siguiente. A Anúsit le pareció un trato magnífico cuando Diego se lo propuso. ¿Y además me quedo con el libro?, preguntó todavía sin creerlo. Sí, sí, será tuyo a partir del martes. Anúsit no cabía en sí y se arrimó para darle un beso de agradecimiento, a lo que Diego, sorprendido, reaccionó echándose para atrás. Anúsit entendió todo de golpe y se le puso la cara roja. No te sintás mal, le dijo Diego, es la mala costumbre... si querés te beso...

La madre estaba acostumbrada a todo menos a las llegadas tardías. Sentía un extraño deber de vigilar esto aunque su tutela oficial ya hubiera acabado. Las madres somos así, se decía repitiendo el viejo refrán y consolándose con él. Luego continuaba haciendo lo que fuera y viendo el reloj porque a la una Diego no había llegado.

EL NUEVO SENSO-CLUB INVITA A LOS RESIDENTES DE SINUS IRIDUM A SU REINAUGURACIÓN EL PRÓXIMO 17 A LAS 21:00. ¡¡¡VENGAN TODOS!!!

Lo siento Anúsit, no puedo el martes porque es la cuestión del nuevo SENSO-CLUB. Si querés lo dejamos para el miércoles, aunque a decir verdad, tenés razón, el miércoles voy a estar muy cansado. (Dicen que ahora cansa más porque te saca hasta las hormonas. Si está demasiado bueno tal vez dejo el esquifo y me cambio al senso-club.) Bueno,... de todas maneras... ... ¿no me podrías adelantar la plata? Bueno, si querés te adelanto eso también, de por sí...

Intentó dos veces cambiarse al licor por instancias de la Gata; sin embargo, no pudo. Toda aquella extraña sensación de náusea en el estómago no valía la pena. Si se va a asquear uno de algo, se decía, que sea una patada al cerebro y no al estómago. El estómago es más débil y el cerebro se defiende mejor. La inteligencia repele aquello, o por lo menos, te lo trata de envolver en pañales. Pero el estómago, ése no tiene defensas de nada. La cosa no se vuelve un juego sino una guerra contra el malestar puramente físico, es decir, no hay nada de emoción. Si no fuera por el senso-club o el esquifo, este pedazo de piedra sería insoportable, aunque no tanto como allá abajo. Para deshacernos de los políticos todos solo hay que echar un par de bombas bacteriológicas y adiós Tierra con toda su mierda. No más idiotas pronosticando otra vez lo que Malthus ya se cansó de decir, no más nuevas directrices de Control Central, de Sanidad, de Psicotrópicos... algo que siempre le pareció una palabra fuera de su propio mundo. ¿Qué tienen que ver el esquifo y el trópico? Aunque a lo mejor ahí estaba la relación. La playa era un verdadero mundo feliz imposible de recrear en la Luna, o quizás no. La ciencia avanza tan rápido que tal vez tengamos la primera playa en Sinus Iridum antes de que yo cumpla 20 años. Se imaginaba sentado con los pies negros lentamente limpiados con el ir y venir de la arena. A su lado la Gata preparándole un poco de esquifo con sabor especial, y al otro tal vez Anúsit, no... borre eso... al otro lado Diana pasándole plata a montones. Él en el centro planeando con Tabaré nuevas diversiones que recomendarle al tipo de los arreglos en el senso-club mientras la arena, suavemente, le va matando los hongos de los pies.

¿Cuánto me da por esta cabeza? ¿Por este brazo?

El comprador de piezas humanas ojea el conjunto con mirada experta. Doscientos talentos, dice finalmente. ¿Cómo puede ser? Si traérselos me ha costado una fortuna. Deme por lo menos trescientos. Está bien, dice el experto, pero espero que entiendas que es por hacerte el favor. Se quita el monóculo y recoge las partes del cuerpo del primo Maikol. Así te quería ver, hijueputa, dice Diego mientras el semen se esparce por la cobija antialérgica que le ha comprado la madre. Su fantasía más persistente durante las masturbaciones es la venta del cuerpo desmembrado del primo Maikol. El hijueputa que solo por ser mayor cree que es mi padre y va que viene con los consejos estúpidos a Mamá. Que ponelo a trabajar o mandalo de vuelta, que yo me encargo de él allá, vos solo mandá algo para la comida. Vos aquí tenés un puesto muy importante para estar peleando con un adolescente que todavía no trabaja. Que qué vas a hacer con ese vago, etc., etc., etc., AD NAUSEAM... y Diego se lo imagina cayendo quinientos metros del domo central de Sinus Iridum hasta aplastarse y reventarse todo en el suelo metálico revestido de piedra jaspe. Corre para llegar antes que los perros luneros para meterle los dedos en las reventaduras y comprobar de veras que ya no palpita, que el hijueputa ya no respira, ya no se mueve ni puede hacer nada más que quedarse ahí y esperar a ponerse frío. Y que se lo coman las hormigas (primera e-jaculación) y luego lleguen los perros luneros y lo destacen, dándonos cuenta de que todavía estaba vivo (segunda), y luego yo meto las manos y siento el caldo tibio y viscoso, como de extraterrestre, que le sale por las reventaduras, (tercera e-jaculación), y luego vuelven los perros y yo me duermo con la sangre en las manos y los perros me lamen el cuerpo, (chorrito final), hasta que me riego, me vengo, me corro, todo lo que usted quiera pero con ese cabrón ya bien muerto. Diego se queda dormido sobre la cobija antialérgica mientras la iluminación metálica del T.T. convierte el suyo en un cuarto de plomo, con utilería de plomo y una sola estatua, dormida sobre la cama, también de plomo.

Hoy no puedo Anúsit. Es una cosa de hombres, vos me entendés. Y le cierra a Anúsit un ojo de complicidad. Yo solo entiendo la mitad. O realmente no entiendo nada. Explícamelo. Pues, hombre que he pasado mucho rato con la Kat y ahora no me queda nada, ¿comprendés? Yo de verdad te quiero hacer un buen trabajo, así es que a vos también te conviene que esté bien descansado. Te juro que cuando esté bien descansado te haré un brete que te va a fascinar. ¿Un qué? Un brete, un trabajo, hombre, ya verás. A propósito, ¿me podrías dar otro adelanto?, es que ya me quedé sin esquifo y eso ayuda mucho a descansar, ves, por eso lo necesito. Anúsit titubea y Diego piensa: no lo pensés tanto, cabrón, ya te daré lo que querés, y temeroso de traicionarse pone una cara de recordar la playa artificial que algún día van a construir en Sinus Iridum.

"BIENVENIDOS A TELE-RADIO ANTIGUA: ¡EL PROGRAMA QUE DESAFÍA EL TIEMPO!" El homenaje a Simón Díaz parece una vieja película del oeste: todos visten el traje típico del llano venezolano y hasta el invitado de honor gringo, un tal Coniff, parece el abuelo de Jesse James. ERUCTO, RASCADA, LUEGO BOSTEZO. Los presentes bailan y cantan todos *Caballo Viejo* moviendo la cintura y los labios como la Kat cuando se viene. ERUCTO. CAMBIO DE CANAL. Clásicos del cine: *Batman VI*, ¿o IV? En fin, el Acertijo otra vez de travesti y la doctora Meridian otra vez despedazada por su doble personalidad de psiquiatra y asesina psicópata. SOLO LA PEGÓ EN EL PSI-, LO DEMÁS ES DISTINTO. BOSTEZO. LUEGO MINI BOSTEZO. El Acertijo y El Guasón son uno solo, Batman y Robin son uno solo, la Chica de la prensa, la Vicky y Luisa Lane (que no debiera estar en esta historia) son una sola. Solo falta que el comisionado y el Pingüino sean uno solo junto al jefe O'Hara y toda la puta población de Ciudad Gótica... ¿Gothic City or Gotham City? ¡Qué importa! Es la misma mierda. ERUCTO EXTRA SONORO. CLICK. El T.T. apagado. CLICK. El T.T. vuelto a encender. CAMBIO DE CANAL. Otro clásico: "E-S-Q-U-I-F-O: LA MUERTE PLATEADA". CLICK. CAMBIO DE IDIO-

MA: "L-O S-C-H-I-F-O: LA MORTE ARGENTATA". CLICK. CAMBIO DE IDIOMA: "A-T-S-K-I-F: DISTOT GLUTAA". CLICK. VUELTA AL ESPAÑOL. Uno de los favoritos de Diego. Los italianos inventaron tres grandes cosas. ¿Cuáles?, pregunta la Gata entre dormida y despierta. *i)* La pizza, *ii)* el esquifo y *iii)* a Benito Mussolini. Si Benito hubiera nacido antes, él mismo hubiera inventado la pizza, y si hubiera nacido después, hubiera inventado el esquifo. Solo un pueblo con parientes en la Cosa Nostra, la Camorra o la Mafia pudo haber inventado el néctar de los dioses. Estás muy poético. Es que con el esquifo se llega a nociones que uno cree haber olvidado. La universidad computadorizada entera me estalla en la mente con el esquifo, ves. Yo soy una súper computadora que te come con esta vara. La Kat levanta la cabeza y amenaza: si me hacés cosquillas, te las devuelvo; y acordate que vos te orinás... Diego sintió un lejanísimo dejo de vergüenza que solo lo rondó por un segundo y luego volvió al T.T. El color plateado del esquifo era fascinante. Todos caían estupefactos ante su belleza aún antes de consumirlo. Era una coca mágica, una marihuana que entraba por los poros y luego cuadruplicaba su energía como una dinamo de placer. Una sensación solo sentida antes en el senso-club mientras hacía el amor con una asesina de quien se dejaba ahorcar lentamente. Las inmensas tetas lo ahogaron poco a poco en la inconsciencia donde penetración, orgasmo y muerte eran una sola sensación. Cuando la Gata despertó Diego ya estaba desnudo lamiéndole tranquilamente los pezones.

Ese día en la playa sería genial. El sol brillaba como la misma luna bajo los efectos del escape de retropropulsión y Diego sabía, —desde mucho antes lo había anticipado—, que la Kat hoy ardería por lamerle los pies. Llegaron a la playa antes que la muchedumbre que se esperaba y por eso cogieron el lugar que más les complació: una especie de roca porosa por la que se filtraba la brisa en aerosol como una esponja de frescor en media playa. Tabaré extendió su paño rojo dispuesto a echarse, pero los canales del viento inmediatamente levantaron el paño, arrojándoselo a la cara. ¡Hijo de puta!, fue el grito que se oyó mientras el muchacho luchaba, casi que boxeaba contra el paño agresor. La Gata se sentó muerta de risa hasta que algo le mordisqueó una nalga. Pegó gritos histéricos adhiriéndose a Diego como una rémora. De nada valieron las explicaciones de Diego y Tabaré sobre el cangrejito curioso y la mala suerte de haberse sentado sobre la entrada a su casita. Ella se sentó en otra piedra cercana después de cerciorarse de que no tenía inquilinos. Preparó luego el aceite y llamó a Diego para que se lo pasara en la espalda. Tabaré fruncía la vista hasta que se acordó de los anteojos oscuros. Todos recordaron la advertencia de no quedarse expuestos más de diez minutos pero al final no les importó. Cuando llegó el oficial de playa se movieron a cubierto muy a pesar suyo. Podrían, eso sí, volver a exponerse al sol dentro de unas dos horas. Qué mierda, dijo Tabaré, en tanto que Diego seguía sorbiendo su cono con esquifo y almendras. Dejalo, dijo al fin, de por sí no es una playa de verdad. Tabaré y la Gata se volvieron a ver. Le preguntaron qué había visto y sentido y Diego les contó lo de la playa artificial allí mismo en Sinus Iridum; una playa con arena, piedras y todo, hasta un cangrejo le picó el fondillo a la Kat. Tabaré se rió a carcajadas mientras la Gata acostó suavemente a Diego bajo el reflector bronceador. Estás más blanco que una papa. A ver quitate la pantaloneta. Y le recorrió el cuerpo con el aceite concentrándose en los pies, de donde salía el usual caldo negruzco. Sos un cerdo, le dijo, pero te quiero en puta. Diego se quedó dormido mientras Tabaré, viendo que se derretía, se terminó el cono con esquifo y almendras de Diego. Puta, dijo después de una larga chupada, está mejor que el de café con nueces de Brasil. Y siguió chupándose el cono mientras la Kat seguía sacando tierra a punta de aplicaciones de aceite.

Vivimos la sociedad más permisiva del mundo. Ni Babilonia en la antigüedad, ni Nueva York o Los Ángeles en el siglo XXI fueron tan corruptas como el Sinus Iridum que ahora conocemos. Porque no solo es un criadero de moscas y de toda la inmundicia habida en la Tierra, sino que también constituye una trampa mortal para nuestra juventud. Aquí los muchachos son muertos y destazados como ganado para los intereses de los poderosos de la misma manera en que sus almas son envilecidas por esa corrupción de corrupciones: EL ESQUIFO, la muerte plateada; como si la muerte tuviera que ser de bonitos colores para hacerla más asequible a la juventud. En esta hora de prueba yo les digo a ustedes, jóvenes, ¡alertas! No se dejen llevar al matadero de la drogadicción como si sus vidas no valiesen nada. Es ahora, ustedes los que están entre los 5 y los 16 años, cuando más deben luchar. No se dejen vencer que Cristo siempre estará de su parte. DEJAD QUE LOS NIÑOS VENGAN A MI, dijo el Señor porque estos son puros y castos como blancas palomas. Pero, ay de los corruptores, ay de los corruptores porque sus días están contados. MANE, THECEL, PHARES. Y todo está pesado, contado y divi—di—do, do, do, do dodo do. CLICK! MANE NE NE NE MANE NE NE NE MAMA, THECEL THECEL CLICK MANEMA NEME NENA NENA THE PHARES CLICK, CLICK. CLICK. Y Diego siguió jugando con el control completamente aburrido hasta que CLICK apagó el T.T. para dejar que pasara el bendito *Momentos con Dios* del padre Glu-te-ens. No me digás que estás jugando con el teletransmisor de nuevo. Acordate que es muy caro. Sí, sí, Mamá, tranquila. Y Diego volvió a encender el T.T. para ver lo que seguía. *Los Increíbles Hombres de La C.E.* Otro programa político con intención de programación política para todos los "amables e inquietos" jóvenes de Sinus Iridum. Hablemos entonces de los héroes, los carajos que fundaron esta colonia para encubrir el tráfico de esquifo, cuando era ilegal, y más recientemente están amasando astronómicas fortunas, años luz de euros y talentos con la venta de "carne", como lo llaman ellos mismos. Carne que a mí no me importa, pero de todas maneras, qué cascarudos, qué cínicos los cabrones. CLICK, CLICK, CLICK. Ésta es amigos la oferta del año: compren uno y llévense otro gratis. Especialmente entrenados. La gloria de la ingeniería genética humana. Perros luneros. Lo hacen todo.

O Son sus amigos
O sus perros guardianes
O sus edecanes, porque de usted mismo(a) aprenden todo lo que deben saber
O sus mascotas, y por último hasta
O sus salvavidas.

Especialmente "fabricados" para presentir, qué digo, OLFATEAR el peligro y, si es necesario —¿cuál de nosotros puede estar en desacuerdo? — hasta morir por nosotros. MÁS DE 18 MIL CASOS DOCUMENTADOS. Y como si eso no fuera todo, cuando las cosas andan mal no piden comida. ¡PREFIEREN MORIR DE INANICIÓN QUE IMPORTUNAR A SU AMO(A)! Amigos(as), éste es el animal del futuro. La mascota perfecta. Con el robo de niños, ahora tan frecuente, ¿se arriesgaría usted a algo menos que proteger a los suyos con un perro lunero? (BOSTEZO) ¡Claro que no! Por eso llámenos de inmediato al teléfono...CLICK. CAMBIO DE CANAL. No se olvide de sintonizar la semana entrante este canal para presentarles de nuevo *HOC ERAT IN VOTIS*, *Éste Era Mi Deseo*, el programa que hace de sus sueños una realidad. Si a Mildred, la mujer de 823 libras, la dama más obesa de Sinus Iridum, le conseguimos novio, con grúa y todo, piense lo que podremos hacer por usted. CLICK. (BOSTEZO, LUEGO RONQUIDO SUAVE Y OLOR PENETRANTE).

Anúsit, sé que he sido un rata con vos, ... *yes, rat, asshole, man*. No te he dado lo que querés y te he pedido bastante plata a cambio, pero te prometo que la próxima vez va a ser distinto; hasta te voy a enseñar unos truquitos que aprendí con una treintona —sí, de más de 30 años—, ¿vale? El color frío y verduzco del T.T. fue la única respuesta. Obviamente, Anúsit ya no le creía las constantes promesas...

El timbre de chirimías orientales sonó tres veces. Después de la tercera la puerta se abrió lentamente. Más allá de la salita se veía una mesa bien arreglada y con candelas rojas. Un olor a incienso de sándalo momentáneamente disipó el típico olor corporal de Diego. Sobre la mesa estaba servida, con una rara minucia de detalles, una cena de cangrejos y vino blanco para dos. En la silla más lejana, Anúsit sonreía enfundado en un kimono de seda celeste y roja. ¿Cómo supiste que vendría? No hubo respuesta. La puerta crujió un poco y de detrás de ella salieron dos orientales bajitos y sonrientes. Saludaron a Diego como quien saluda al mejor amigo de la familia. Luego ambos se disculparon, se pusieron un abrigo ligero, y salieron dando mil disculpas —o lo que parecían disculpas— en tailandés. Diego estaba impresionado. ¿Siempre reciben así a tus lances? ¿Lances? Perdón, Anúsit, *your tricks*. Ah, sí, ellos saben que lo necesito. ¿Y cuándo vuelven? Mañana. Van a pasar la noche en Sinus Roris. Diego se quitó el chaleco y se sentó a la mesa oliendo el cangrejo en salsa de crema de limón. Sabía que eso le debió costar a Anúsit una fortuna. El otro lo miraba tiernamente mientras le servía el vino, y al acercarse a la luz de las candelas pudo confirmar que Anúsit de verdad tenía una cara hermosa, como la de una muchacha. Bueno, era una muchacha a pedazos. Tenía los hombros más anchos que el mismo Diego y una voz más grave, pero también un rostro femenino y dulce. Lo que más emocionó a Diego esa noche fue el descubrimiento del verdadero Anúsit: debajo del pene flácido había una verdadera vulva, ¡una verdadera vagina! Cerrando los ojos, era como estar con una muchacha un poquillo plana. Esa noche Diego decidió portarse bien y pagar sus cuentas con intereses para mantener bueno su crédito.

Tabaré meneaba los dedos de los pies con cierta pereza. Había puesto la luz del bronceador a toda fuerza mientras veía cómo la luz púrpura también bañaba el cuerpo sucio de Diego en la otra mesa. Así es que te comiste a Anúsit. Diego contestó con un "ajá" perezoso mientras también meneaba los dedos de los pies. ¿No quisieras ganar plata de otra manera? Tal vez. No me quejo de lo que estoy haciendo ahora. Diego sabe que tiene que hacer algo para conseguir plata. El negocio con Anúsit da para el esquifo y medio pasarla, pero nada más. Al cumplir los 16 el gobierno de la Colonia le va a pedir cuentas. O tiene que tener mucho dinero para no necesitar un trabajo, o tiene que tener una función útil en la Colonia. Esas son las reglas. Si no será deportado aunque su madre reclame y grite hasta ponerse ronca.

El chiquito tiene unos cuatro años. Diego ya logró que se calle y deje de preguntar por la mamá. El primer instinto fue dejarlo en la oficina de personas perdidas, pero luego lo reconsideró. En unos minutos se lo llevará donde Tabaré para contactarse con la demás gente. El chiquillo se ve muy sano. Ya con la cara limpia hasta parece el hijo de un sátrapa. A lo mejor lo es y eso significa una alimentación óptima. En el mercado negro darían una tonelada de talentos por él. Diego no lo piensa más. Coge una espora que lo lleve al nivel J-228. El niño va en los regazos de Diego, feliz de que lo vayan meciendo cariñosamente.

El primo Maikol cortado por una sierra eléctrica es muy grotesco. Además, es un truco muy viejo que ni en el T.T. se ve ya. Toda esa sangre y esas astillas de huesos por toda la habitación, hasta se puede uno meter una de esas y sufrir una grave infección. No. Aquí la solución es el láudano en cantidades industriales, como antiguamente se mataban entre sí los vampiros más sofisticados, los de verdadera ascendencia noble. Pero, el láudano tiene un problema grave: no causa dolor; y en cuanto al primo, ojalá sufra como una lechuza con retinosis pigmentaria, ojalá sufra una muerte dolorosísima pero eso sí, limpia; que no deje chunches qué recoger después. Y hay un segundo problema: una droga tan noble como el láudano es perlas a los chanchos para el primo Maikol. No. Tachar eso. Debe ser algo efectivo, pedestre y limpio. Me pregunto si todavía se consigue cianuro o ácido sulfúrico o una de esas cosas que mandan al otro lado expeditamente, sin contumelias ni lavativas que salven a última hora. Algo preciso, puntual como una cerbatana o un gringo; algo que no me falle. Y si me falla, que al menos no me delate. Diego hizo unos apuntes para ponerse a investigar luego. En algún lugar debe existir la tal droga especial. Solo falta leer un poco sobre los Borgia y las lavativas y contras rarísimas que se hacían Gemelius y el emperador Claudio. Eso era todo. Solo había que leer un poco de historia y adiós primo Maikol, *I read History and now you're history*, como decían los gringos del Mar de la Tranquilidad.

La promesa de conocer al jefe de operaciones del "Proyecto Carne" en la Luna tenía a Diego muy emocionado. La Kat no estaba muy contenta con todo el asunto, pero si eso significaba que Diego y ella no se separaban, estaba entonces de acuerdo, aunque a regañadientes. Las chupadas de pies se hicieron tan frecuentes como necesarias para ambos. Media hora ella con los pies de Diego, y luego media hora él con los senos de ella. A veces iban a un "*round*" extra que era los pies de él sobre las tetas de ella; un "*round*" que muchas veces sustituía la penetración del todo. Diego se había aficionado a estos jueguitos desde que ella lo acostumbró a hacer algo más que la pose misionera. Y el muchacho se hizo tan experto y exigente que para él un coito perfecto implicaba media hora de besos y saliva sobre sus pies, lo mismo que media hora de besos, apretones y saliva en las tetas de ella. Por eso Anúsit lo había decepcionado; no por su particular condición ni porque su lado hembra no fuese atractivo, sino porque no entendía mucho de estos juegos que para Diego y la Gata eran el vértice de su sexualidad. Alguna vez pensaron en invitar a Anúsit para una sesión en triángulo, pero se dieron cuenta de que no era necesario porque sus leyes ya eran muy propias de su relación de pareja. Otro en este escenario haría el papel del turista idiota; así que era mejor dejarlo en pareja cerrada, por lo menos en cuanto a lo que al triángulo se refería. Otras exploraciones en otros cotos ya eran historia aparte, eso al menos estaba bien claro.

Diego siguió entonces a Tabaré por un pasillo oscuro de la Zona Prohibida. Éste era el cuadrante donde estaba ubicado el gobierno de la Colonia: las oficinas del sátrapa, el Concejo, la reserva militar, Control Central, en fin, todo lo importante a nivel de personajes y política. Por un momento llegó a figurarse que Tabaré lo había traicionado. Que era una especie de policía encubierto dispuesto a incriminar hasta a su mejor amigo para ganar posiciones con sus jefes y boletos extra de asueto para el senso-club o el esquifo. Lo miró de reojo y vio a otra persona: un quinceañero moreno, enfundado en traje formal y milagrosamente bien peinado. Éste no era el Tabaré con quien compartía conos de esquifo ni con quien se bronceaba en las playas blanquísimas de su imaginación. Quiso dar marcha atrás pero en ese instante Tabaré se volvió hacia él y dijo, Aquí estamos. Un "aquí estamos" que solo lo podía decir el Vincent Price de los museos de cera, o el Bela Lugosi de los castillos oscuros con sótanos inescrutables. Un "aquí estamos" que no era de Tabaré sino de algún infanticida. Un asesino de niños que luego se divertía reventando los órganos humeantes contra la pared, y luego estripándolos para sentir cómo la gelatinosidad se le escapa entre los dedos... ... Tabaré tocó a Diego en el hombro para darle unas instrucciones antes de entrar y el otro saltó y se echó para atrás como un loco. El "qué te pasa" de Tabaré ni siquiera se escuchó. Diego pegó gritos que cubrieron todo el pasillo de resonancias esquizofrénicas. Los empleados salían de sus oficinas alarmados a la vez que Diego salía corriendo enloquecido. Las alarmas de seguridad se encendieron, bañando la oscuridad de un rojo intenso reflejado en las paredes de metal. Diego pegaba aullidos de enajenado mientras los guardias lo sujetaban y trataban de controlarlo. Por fin alguien le dio con el puño cerrado por la cara y el muchacho cayó exánime sobre el frío pasillo de metal. Tabaré se acurrucó llorando en una esquina sin poder explicarle a nadie lo que había pasado. Cuando por fin pudo decir algo, ya la jeringa del tranquilizante había echado todo su contenido en las venas de su amigo. Ahora el enfermero lo volvía a ver con esa mirada perfectamente aterradora de "sigues tú". Tabaré volvió a llorar mientras se iba abriendo las mangas del traje oscuro...

Los inmensos canales que comunicaban los distintos domos eran llamados eufemísticamente "calles". Sin embargo, no tenían nada que los asemejara a las verdaderas calles de México o Bogotá. Eran excesivamente pulidos y rectilíneos, como el silo de un gigantesco cohete o un túnel subterráneo que comunicara masas continentales enteras. Los pocos árboles crecían raquíticos y no daban sombra por la luz indirecta tan difusa e impersonal. La ausencia de sol los hacía estúpidas piezas de museo que ni con esquifo cobrarían vida. Por eso Diego no se podía consolar ni con salir a dar un paseo. La Kat ya había empezado a trabajar y pasaban menos tiempo juntos. En las últimas semanas se notaba que Tabaré lo había perdonado, pero no era la misma camaradería de antes. Diego todavía sentía angustia de confesarle lo que verdaderamente pensó aquella mañana. Las visitas donde Anúsit se hicieron más frecuentes al punto que los papás pasaban la mitad del tiempo en Sinus Roris. Diego no entendía por qué se iban si lo sabían todo y lo único que pudo imaginar es que era una especie de ética o pudor oriental. "Tú cogel-cachal-follal-culial-singal-comel hija que es hijo mientlas nosotlos cogel-follal-

culial-singal-comel-cachal en Sinus Lolis y venil mañana a limpial. No impolta jugal con objetos de cocina, nosotlos limpial y limpial, pelo pol favol cogel hijo que es hija pala él/ella
disflutal. Glacias, tico bueno, glacias. Volvel plonto. Nosotlos
hacel sopa de camalones. Volvel. Glacias..." ... Solo se lo imaginaba así porque no podía imitar el acento de los tailandeses, de por sí son lo mismo, dijo. Luego, se abrigó más fuerte
y siguió caminando.

Según el famoso doctor Tercio Reich, tátara, tátara nieto
del menos famoso William Reich, el orgón no solo es una realidad sino que interactúa poderosamente con algunas drogas
desarrolladas en tiempos más o menos recientes. Para él un
ejemplo clásico es el esquifo, sobre cuyo origen no vamos a
debatir, pero sí recordar que el nombre que lleva fue puesto
por sus detractores y no por aquellas autoridades en el campo
que la han llegado a considerar "la droga de la sabiduría".
Esto se debe al inusitado descubrimiento de una de sus propiedades más extraordinarias. Combinada con una dosis de
vida sexual saludable, es decir, producción abundante de orgón, y baños de sol regulares (dentro de los límites adecuados), el usuario de esquifo podrá desarrollar dentro del
término de un año un sensible aumento de su percepción, digamos, extrasensorial. Uso este término con cautela por la
animadversión que todavía produce entre algunos, y digo además que esta percepción se ve aumentada porque sostengo la
tesis de que todos traemos desde el vientre materno algo de
esta percepción. En fin, el usuario de esquifo se verá primero
confrontado con una serie de conductas inexplicables que no
podrá predecir. Entre ellas, y por desgracia la más frecuente,
será un ataque de pánico inexplicado. Nótese que digo "pánico" y no "miedo" o "inseguridad". ¡Pánico bestial!, como
nunca antes había sentido, que probablemente se originará
por lo que aparenta ser una nadería. Eso de aparentar debe
oírse entre comillas porque en el fondo, y sin que el sujeto lo

sepa, el pánico será bien fundado. La confusión radica en que el subconsciente lo ha percibido pero el consciente no tiene aún la menor idea de lo que está pasando. Consecuentemente, el sujeto identificará erróneamente la fuente del miedo incontrolado. Obviamente no estamos ante una paranoia. Lo que quiero decir con esto es bla bla bla, toi toi toi, chi chi chi, tam tam tam, etc. Y además de eso, pum pum pum, chang chang chang CLICK. Tabaré cambió el T.T. a módulo de intercom y llamó a Diego. ¿Viste el programa del tal Reich? Un débil sí fue la respuesta. Hablaron 40 minutos en que de alguna manera volvieron a entrar en calor de amigos. Ya no había verdaderas sospechas sobre Tabaré y quedó claro que tampoco el esquifo tenía la culpa. Diego no tenía el cerebro hecho un puré sino que ahora era ¡telépata y premonitor! ¡Pues bla bla bla, toi toi toi, chun chun chun... ... ... CLICK!

A fin de cuentas no vale la pena matar al primo Maikol por medios primitivos como la agresión física. Sería mejor matarlo telepáticamente. Angustiarlo hasta que las arterias le estallen. Ahí no habría asesino identificable. No sabrían a quién inculpar ya que los sospechosos seríamos miles. Para nadie es secreto que el primo se ha hecho querer tanto como la peste saray y tiene tantos enemigos aquí como en la Tierra. Te digo, Tabaré, que el hombre me la está poniendo muy fácil. Es casi un pecado no matarlo en estas condiciones. Tabaré se rascó los genitales profusamente y se volvió de espaldas para seguirse bronceando uniformemente. Entre dormido y despierto, le ofreció a Diego toda la ayuda que necesitara con el primo Maikol... ... pero, ¿me ayudarías vos con mi negocio? Diego sabía que ahí tendría el apoyo y la plata necesaria para quedarse en Sinus Iridum. Mañana te presento con don Gilles de Rais, dijo Tabaré ya casi dormido, siempre que no me volvás a hacer lo del otro día... ... un tercer chance... ... sería muy raro... ...

SINU-NOTICIAS EN ESPAÑOL .

O Padre Glu-Teens da bienvenida al Mariscal Don Gilles de Rais al arribar esta mañana a nuestra estación.

O Colonia centroamericana exige más representatividad en Consejo Asiático-Hispanoamericano.

O Edad permitida para consumo de esquifo rebajada de 12 a 10 años.

O Consumo de drogas alucinógenas, excepto extracto de marihuana y esquifo, prohibido a pilotos comerciles, médicos y operadores de sistemas vitales durante horas de trabajo. Gremios involucrados amenazan con paro.

La madre de Diego conversa con Anúsit la tarde que él llegó un poco temprano por Diego. El baño era algo impuesto en el "contrato" con Anúsit, así es que Diego se bañaba para salir con el muchacho oriental. Después de fracasar en su intento de sonsacarle algo de sus actividades con Diego, la madre se conformó con traerle un poco de queque con esquifo italiano, algo que Diego traía a la casa desde unas semanas atrás. Ya no estaba tan preocupada por el esquifo desde que apareció en la lista de las drogas que no sufrían ningún tipo de censura en el trabajo. Quedaban al criterio del consumidor, tuviera los efectos que tuviera el usarlas o no. La madre se puso el dictáfono y volvió a su escritorio de trabajo donde la esperaba el informe de la semana... ...

... ...Diego supuso que las piernas de caballo, o bien las patas, eran tan hermosas como los pechos de la Gata. Verla a ella desnuda con ese olor de boñiga que salía de la pantalla era excitante. Le contaba con detalles la posición del pene y la vagina de Anúsit y ella decía "qué rico" una y otra vez en voz baja. La penetraba por delante y por detrás hasta que la Kat se le subió como una monita fuera de sí a restregarse la vulva contra los pies de él. Se abrió la puerta de repente y entraron Tabaré y Diana, ambos desnudos y azul-rojizos bajo el juego de luces y las corrientes de agua de la habitación. Diana abrazó y besó a Diego mientras Tabaré la acariciaba por detrás. Las paredes se llenaron de una mucosidad espesa donde brillaban Anúsit, el primo Maikol y la madre con el dictáfono recogido en el pelo. La madre tenía aspecto de una travesti robotizada, como Madonna vieja y llena de movimientos bruscos; movimientos eróticos entremezclados con los de una madre preocupada por sus hijos y el qué dirán de los parientes; un robot a punto de estallar de una sobrecarga de trutanio o esquifo, la madre esquifa como un arcoíris donde Diego seguía sentado chingo y la monita-Kat se hinchaba aún más la vulva en un roce sangriento con las mal recortadas uñas de su amigo. Anúsit husmeaba como la perrita de *Las Meninas* hasta que el primo la agarraba de la correa para llevarla al zoológico invisible de Sinus Iridum. Un parque donde están los animales más fantásticos de la imaginación cósmica que no podían ser vistos sino a través del mismo instrumento que los había creado. El primo entrega la perrita a Tabaré para que la proteja de las paredes mucosas. Éstas han echado su jugo aromatizado hasta llenar la mitad de la habitación. Anúsit vuelve a ser él mismo y salta a los brazos de Diego mientras acaricia el pubis de la Kat. Diana y el primo, como en la caverna de Gilles de Rais, se chupan mutuamente absorbiendo toda la sal posible que haya en sus cuerpos. Si pudieran, se abrirían mutuamente los pulmones para tomarse los líquidos hasta secarse los órganos de respiración. El primo luego baja lentamente por el cuerpo de Diana hasta posar sus manos en el cuello de Diego. Por un instante lo acaricia pero luego aprieta con todas sus fuerzas sin que nadie lo pueda detener. Diego va tomando el color de sus propios pies mientras el primo lo ahorca y éste a su vez siente las gruesas manos de Tabaré ahorcándolo a él, mientras la madre se cuelga del pescuezo de Tabaré para salvar al primo y Anúsit ahorca a la suegra para salvar al cuñado. Diana y la Kat se desesperan y abren los brazos para hacer una tela que baje a la araña del techo y los perfore a todos con su boca en forma de pajilla y les succione el cerebro y las tripas. Sin embargo, en ese mismo instante aparece el padre Glu-teens por una portezuela y saca su arma bacteriológica: echa agua bendita de Santa Peggy de los Arrabales y la araña-madre-rica-amigo-lance-enemigo-novia retrocede para convertirse en pocos instantes en un puño de ropa interior sucia. El padre Glu-teens posa sus glu-teens cansados sobre la ropa sucia y ésta empieza de nuevo su transformación. Vuelve a tomar la forma de la araña con el rostro del padre y ataca con fuerzas renovadas. La-Diana-y-Gata se desovillan hilos del cuerpo hasta quedar casi en nada. Con su nuevo aspecto de viajeros de las Pléyades lanzan la red que han tejido y ésta cae sobre la araña sotánica. El olor a bergamota, mierda y esquifo es insoportable, pero al caer el dictáfono en forma de diadema de la madre se rompe el ciclo arácnido y todos vuelven al ahorcamiento anterior. Una secuencia de berenjenas sustituye a las personas en lucha hasta que sus rasgos quedan emborronados en el lustroso reflejo de las berenjenas. Diego intuye que todo fruto es implícitamente asesino y decide hacer de su vida una ensalada. Su primer blanco: por supuesto que el primo; esa masa de nervaduras y huesos desordenados que carece de toda disciplina genética, esa cosa llamada pariente allá en la Tierra que plaga el planeta con sus salivazos de estupidez total; esa bufa representación de los progenitores en su rol más lamentable: el de padres de familia. Diego se siente contento de que la forma de educación más primitiva ya no se daba en Sinus Iridum: el delirio del egoísmo genético mal llamado educación del hogar. Después de aquella cosa vendría la madre, pero como hacía algo importante en la colonia, más valía sacarle plata; venderla a un buen precio. ¡Pero es que usted está loco! ¿Yo?, ¿vender a mi madre? ¿Por ese precio? Ni que fuera una pariente lejana. Además, ustedes la necesitan más que yo. Y con lo que me gane con ella voy a comprarme un tractor translunar; no, mejor un elefante; uno traído de la India. Me voy a asegurar de que tenga los colmillos bañados en oro, la cola peinada al estilo de los punks antiguos y unos ojos como los suyos, tranquilos, apacibles y ojalá estúpidos. Y seguía el racimo de sexo activo de donde colgaban todos como una verga de toro mosqueada. Caían en otoño como lo que eran, frutas viejas que a nadie interesaban. Se pudrían en el suelo hasta que de ellas fueron naciendo otros frutos: elefantes dalinianos; gigantescos globos con patas de jirafa transitando los desiertos del pasado como dioses del pasado. Elefantes que vagan en los desiertos y en los mares. La luna pronto se pobló de ellos... ... Ahora... los paquidermos nadan en los mares de la luna cuando la estación es la adecuada. Diego va montado en uno con la Gata semejando una pareja real de la India. El bamboleo es tenue pero la brisa que viene del horizonte es pestífera. De los costados del animal cuelgan alforjas donde van bien distribuidos los miembros del primo Maikol, y más atrás, vienen en otros animales los fantasmas polvorosos de Tabaré, Diana y Anúsit; y aún más atrás, casi perdidos en la suave tormenta de polvo, vienen otros a quienes no se puede identificar. Diego abraza a la Gata y solo intuye en esta caravana remota un sentimiento de perdición... ... un no saber... hacia dónde se va... ...

19. WÖRTER UND ILLUMINATIONEN

Nada es como es, sino como se recuerda.

VALLE INCLÁN

No envidiéis la paz de los muertos.

MICHEL DE NOSTRE-DAME

Se pueden mezclar muchas imágenes juntas a esta hora precisa en que suena el campanario. Pero éste, sin embargo, no es un sonido dramático ni sobrecogedor, sino apenas un clamor un poco seco y a veces hasta excesivamente distante.

No son entonces las campanas del pueblo las que distraen a Michel de Nostre-Dame del sueño que lo transporta despierto. Tampoco es el pleito repentino de los gatos en el callejón porque a ésos los escucha casi todas las noches, casi todas las madrugadas abriéndose el buche entre pesadillas y basureros.

No. Lo que lo llama es algo de adentro al ver el rostro de la Constructora haciendo sus planes de vastedad sobre las aguas de una cisterna.

Para que todo le funcione bien, la ciudad debe ser altamente maleable, capaz de transformarse con cada ocasión para que ella, la ciudad que va a conformar una cultura, pueda moldear a la misma vez que ser moldeada. Una ciudad protagonista sin límites como el sueño cuando nos abstraemos en sus recuerdos. Una ciudad que no tenga fronteras para que sus fronteras estén en todas partes y en las mentes de todos y cada uno de sus habitantes. Y estas aguas, —aguas que han sido mezcladas con yodo y alcanfor—, sean las mismas que le muestren a Michel al anciano Bruckner, genio e idiota, babeando noche tras noche como un retrasado mental sobre los papeles de sus sinfonías. El maestro pobre-diablo que se queda dormido durante la misa a que asiste todos los días. El viejo regordete de caminar pesado de quien todos dudan cuando dice sus sandeces. Pero ahí está. Golpeando sobre la mesa con el martillo de su mente y creando una sinfonía tan grande y vasta como su mismo Dios. Una sinfonía que no dejará en tela de juicio que Bruckner pensaba con el vuelo etéreo de lo cósmico, porque nadie, nadie que haya escrito música, ha descrito la bóveda celeste con tan impactante vastedad de espacio, y esa misma voz, la voz todopoderosa, la que ha construido ese universo, ha sido a la vez una que no se ha atrevido a afirmar nada.

La irreverente magia de la síntesis, piensa Michel de Nostre-Dame, es decirlo todo no dejando rastro de lo hablado. Paradoja que él mismo se esfuerza por entender esta madrugada en que los gatos están más sanguinarios que de costumbre. La noche en que la luz de las lámparas ya no alcanza el empedrado de las calles, y sin embargo, lo ha iluminado todo con el sueño de la Constructora como si fuera una Novena de Bruckner.

No han transcurrido veinte minutos. Nadie ha dicho nada, y sin embargo, el pequeño pueblo de Soissons se ha puesto de rodillas ante el universo.

Michel parpadea unas cuantas veces y se limita a dejar que el brillo del fuego le tiña la cara de oscuros púrpuras, de rojos ocres apenas sincopados por el ritmo de la caballería y las furgonetas cargadas de carbón. Mueve la mano delante del agua y el color empieza a cambiar porque bajo el sol ardiente de mediodía el cortejo de príncipes, constructores y sacerdotes se acerca a la estructura junto al lago Moeris. El templo, erigido en piedra caliza y revestimientos de mármol, se encuentra en el lado este del lago, exactamente frente al emplazamiento de la antigua Crocodilópolis, la ciudad sagrada de los cocodrilos.

El cortejo llega a la entrada principal que está resguardada por el mismo muro en toda su vasta circunferencia. Solo una puerta permite la entrada o salida del edificio que, con sus doce patios interiores y tres mil cámaras —mil quinientas en el piso superior y otras mil quinientas bajo tierra—, es la estructura más grande construida por los sacerdotes de Ra. Amenemhet III lo había ordenado construir, pero eran ellos, los miembros de la cada vez más evanescente casta sacerdotal, quienes lo habían poblado de tumbas de faraones y de cocodrilos sagrados que custodiaran las riquezas guardadas en él.

Cuando el cortejo hubo entrado a la primera cámara, fue recibido y ritualmente purificado por los sacerdotes custodios. El griego observaba todo maravillado, sin decir palabra, sin poder preguntar nada. Seguía el ritual tal como se le ordenaba para poder hacerse digno de ver aquello sobre lo que tantos especulaban pero nada sabían. Ahora que tenía la oportunidad, no la iba a desperdiciar.

Las paredes del interior, además de amplias, estaban ricamente decoradas con pinturas de escenas diarias o bucólicas, mientras que otros muros, especialmente los de los pasillos interiores, habían sido tallados con altorrelieves sagrados. Las estatuas que adornaban los extensos zaguanes eran casi todas de halcones, gatos, escarabajos y algunas otras deidades zoomorfas. Pero al llegar al Gran Salón central, una inmensa sala a la que se accedía sólo después de un complicadísimo tránsito por los pasillos, se podía ver estatuas de seres humanos que no correspondían a ninguno de los monarcas o sus familiares. El griego se mordía la lengua por saber algo sobre aquellos personajes anónimos, tan poco usuales en la estatuaria egipcia, pero tuvo que conformarse con conjeturar. Todas las estatuas parecían hechas por un mismo escultor, o al menos, por gente de una misma cultura, porque las vestimentas de los personajes esculpidos eran excesivas, casi a la usanza árabe, y además ceñidas al cuerpo. No había pueblo que él recordara que usara atuendos así. Por eso supuso que eran esculturas idealizadas de algunos seres sagrados entre los egipcios. O mejor, simplemente eran símbolos sagrados que solo los sacerdotes entendían.

Una vez que entraron a este gran salón, dos guardianes con lanza detuvieron repentinamente al viajero. Se le hizo entender que no podría avanzar más con el resto de la comitiva hacia las cámaras inferiores. Dos enormes puertas de bronce se abrieron entonces causando un seco chirrido y los sacerdotes siguieron adelante portando las inmensas antorchas que habían encendido a la entrada del templo. El griego sólo pudo ver algo de otro amplio salón donde ya había guardianes con más antorchas esperando. El visitante apenas alcanzó a ver un sinnúmero de puertas en varias partes del muro de la otra estancia y cuando quiso acercarse un poco más, dos filosas lanzas cruzadas en equis le cortaron de repente el camino. Obedeció de inmediato recordando la advertencia de que cualquier violación al ritual sería castigada con la muerte inmediata. Por eso no iba a correr riesgos.

Aprovechó el rato para analizar las estatuas más de cerca, siempre bajo el ojo vigilante de los guardias. Tomó algunas notas de las vestimentas para compararlas más tarde con información que tenía de las antípodas. Estaba casi seguro de que esas figuras danzantes y ese muchacho volador ya los había visto antes...

De algún lugar llega el *Feierlich, Misterioso*. Un sonido que lentamente lo abarca todo como un tsunami de sonido sobre el cielo y la ciudad ya oscuros. Todo tiembla con el gigantesco trémolo de las cuerdas lo mismo que los animales del bosque cuando el jaguar acecha. Cuando lo que se ha contenido por milenios ya no aguanta y estalla en un *tutti* espectral acompañado de tormenta huracanada. Las calles se convierten rápidamente en lechos de riadas furiosas compitiendo desenfrenadamente por el poco espacio que queda en el choque de las bocacalles. Y las oleadas constantes lo arrastran como uno más entre el millón que se ha dejado llevar por el agua. Él solo nació para ser inmortal y guardar una espada de ocho generaciones; solo nació para matar o ser matado. En eso consiste la inmortalidad de este dios de pelo largo y apariencia de poeta vicioso. Pero ya no más el juego de ajedrez constante con oponentes misteriosos que solo buscan la mortalidad de los inmortales, como si ellos fueran cucarachas en el piso de una aséptica enfermería. Pues para qué la inmortalidad, se dice, si solo consiste en matar y coleccionar armas de anticuario en un viejo sótano; si a la vuelta de cada día se ve obligado a retornar a los cementerios donde más de la mitad de las placas tienen nombres de gente con las que comió o hizo el amor alguna noche de lluvia. Para qué saberse inextinguible si el fuego de ansiedad que lo acompaña tampoco se acaba, y mientras duran los 24 minutos, 30 segundos del *Feierlich, Misterioso*, se da cuenta de que los huesos apelmazados y ridículos de quien escribió ese movimiento han sido, a fin de cuentas, más inmortales que todos sus coitos y todos sus brindis por una larga y próspera vida. Que la estúpida y diaria manía del compositor de escribir después de misa ha trascendido más allá de aquel muchacho con quien el inmortal compartió el cepillo de dientes a la vuelta del siglo, o que el cabello de Gloria; ese velo siempre tan extrañamente negro y lustroso que fue el cabello lleno de secretos de Gloria. Y que el aliento de una muchacha ciega —cualquiera que sea—, ya no despierta la misma compasión que el recuerdo de un viejo loco, tímido y absolutamente contagiado de la inmortalidad más allá de lo que el inmortal pueda soñar. Porque la música no tiene orden ni secuencia lógica, y más bien parece "una colección de retazos medio juntados y muy bombásticos, además de que toda la cosa es tediosamente larga" como dijo la estúpida de Clara Schumann al hablar de la Novena. ¿Y qué fue lo que la incomodó? ¿Fue acaso el *Feierlich* o el *Scherzo* o quizá el incontrolablemente vasto *Adagio. Langsam, feierlich*? Y si se dice "*feierlich*" en alemán, ¿se habla de festivo o de fuego?, ¿estaremos diciendo como-el-fuego como en fogoso, o como-el-fuego como en ardor? En fin, es algo que divierte o algo que quema, o algo que produce las dos cosas como cuando amamos o cuando morimos. De toda manera el inmortal juega a que se muere, puesto que la muerte no le llega como le llega a los demás, los verdaderos mortales, los que se mueren de cualquier cosa... de una sinfonía, por ejemplo. Deberá contentarse con sobrevivir entre el lodo y los cadáveres; si quiere, incluso, podrá estar cómodamente sentado sobre su propia espada... pero, como de costumbre, vivo, esperando a ser decapitado...

Flinders Petrie no es uno de los inmortales, pero para algunos su hallazgo definitivamente sí que lo es. Finalmente ha encontrado, en este año de gracia de 1888, el Laberinto de Egipto, una estructura más grande y suntuosa en sus bases de lo que la leyenda ha hecho suponer. Tiene aproximadamente mil pies de largo por ochocientos de ancho y se sabe que a su lado hubo una pirámide de setenta y cuatro metros de altura.

El egiptólogo se siente muy satisfecho aunque ha confesado no dar mucho crédito a las historias "fantásticas" que se han tejido en torno al monumento. Cree que más que un templo, o incluso, que un santuario de sacrificios, la estructura fue solo un complejo de cisternas para la irrigación. Este comentario ha generado la airada protesta de un grupo de historiadores holandeses que han seguido de cerca el descubrimiento, pero Petrie, con su habitual flema, solo se ha limitado a decir que Herodoto tenía más imaginación que rigor, aludiendo claramente a la fuente original de las leyendas sobre el laberinto. Y agregó además que "muchas cosas que el hombre moderno ha hecho parecerán laberintos a los arqueólogos de las generaciones futuras porque hay estructuras, como los sótanos del Coliseo Romano, los intrincados pasillos y catacumbas justo debajo de San Pedro, o el plano de Venecia, que parecen haber sido construidos para nunca salir de ellos. Eso para solo citar unos pocos", concluyó, "porque el hombre solo ha sabido construirse laberintos".

Y en las frías aguas del Gran Canal flotan los cuerpos ya descompuestos de Gustav Mahler, Gustav Aschenbach y un muchacho polaco vestido de marinero. Los tres cuerpos bajan sin ninguna dificultad arrastrados por el flujo de las mareas. Los gondoleros los evitan empujándolos con el remo, o simplemente, si logran avistarlos con suficiente anticipación, cambiando un poco de rumbo. Ninguno de los tres tiene muestras de violencia; es más bien como si se hubieran dejado caer a las frías aguas octobrinas desde la cafetería de un hotel para extranjeros. En esta época del año no hay el temor de pestes ni de marea roja, por lo que la triple muerte avanza lentamente hacia el Adriático sin explicación alguna. Los ojos abiertos no dejan de reflejar el cielo gris del invierno que ya acecha y los chiquillos de la ciudad, enfundados en extraños abrigos negros, juegan en los remotos puentes que se abren entre las callejuelas y los canales. Al ver pasar los cadáveres justo debajo de sus pies, recogen piedras, trozos de ladrillo o lo que puedan para lanzárselos a los muertos que siguen su marcha en silencio. Nada altera su itinerario distanciándose de las isletas, lo mismo que los pájaros migratorios cuando sienten las heladas repentinas que caen del norte. No se marchan por miedo al invierno, sino por temor a los cazadores, siempre tan desesperados cuando hace frío.

Los chiquillos siguen entre bromas y gritos el cortejo fúnebre hasta que ya su artillería no los puede alcanzar, pero no han terminado de jugar en las plazas, no han tocado los relojes de la ciudad la campanada de las cinco, cuando uno de ellos los vuelve a encontrar. Los cuerpos se acercan provenientes del Canal Maggiore como si nunca hubieran salido hacia alta mar. Vienen transitando la misma ruta, el mismo tránsito que lleva todo lo que se desecha o por accidente va a dar al agua. Sin embargo, la corriente, aunque lenta, es muy definida. Por lo común nada se devuelve, excepto estos tres extranjeros que ahora han cerrado el circuito como si hubieran contratado los servicios de un carrusel veneciano.

A las siete de la noche unos pocos de los muchachos se han sentado sobre la baranda del puente para conversar. Comentan lo que los chiquillos de su edad hablan, hasta que algo en el agua les llama de nuevo la atención.

Piensan que puede ser la marea, o tal vez el viento. Pero quince minutos después han vuelto a su conversación y los cuerpos han seguido su marcha.

Los días pasan y el viento frío acentúa sus ráfagas en las plazas y los canales. El asunto de los cuerpos flotantes se discute cada vez con menos emoción en los cafés y los hoteles del Lido. Llega un día, dos meses después de su aparición, en que ya nadie habla de ellos. Se los ve de vez en cuando siguiendo la ruta habitual pero ya nadie piensa en sacarlos del agua. Habría que empezar una investigación y la ciudad tendría que pagar los costos del entierro. Llevan ropa de gente importante, por lo que la investigación podría desatar una tormenta policíaca y legal que nadie quiere en realidad. Por eso se les deja flotar libremente como se les deja a las palomas reposar en las plazas. No están ensuciando la ciudad, no son un peligro de salud y la mayor parte de los gondoleros ya saben cómo esquivarlos o apartarlos de sus rutas. Tampoco alguien habla de malos olores en una ciudad donde todo huele mal, así es que se han convertido en una parte indispensable del paisaje. Sacarlos del agua sería como quitar al león de su pedestal o pintar las lozas de San Marcos.

Para los venecianos siempre habrá una certeza, una absoluta confianza, en todo lo que se descompone.

El agua en la escudilla se ha revuelto hasta que las góndolas negras parecen serpientes o gigantescos dragones flotando plácidamente en las aguas sucias del canal. Michel parpadea unas cuantas veces y la imagen parece reconformarse en una nueva y gigantesca estructura. Krys toca los muros con manos un poco temblorosas de comprender cuánto ha transcurrido tras aquellas piedras ya casi arenosas por efecto del tiempo.

El sol de la mañana es insoportable y en este lugar preciso, en los viñedos en torno al palacio de Knossos, las llamas parecen salir de los suelos para acompañar a la vid inusualmente seca. Krys ve entonces árboles de dos tipos: los cultivos que los campesinos cretenses han plantado en las antiguas tierras del rey Minos, y las llamaradas de calor que surgen del suelo en forma de árbol. A pesar de eso el paraje es terriblemente silencioso, de modo que la artista puede escuchar la tenue sinfonía de los grillos a lo largo de todo el valle.

Al llegar al subterráneo del palacio, a esa zona caprichosa y grotesca que ha dejado a todo entendido perplejo, Krys siente las suaves volutas de vapor que todavía se filtran por la piedra enterrada. Ella sabe que debajo de este laberinto hay otro y debajo de ese hay todavía otro y otro hasta quién sabe cuánto. Sabe que el laberinto no es una idea bidimensional sino que fue hecho para un ser terriblemente inteligente, y por tanto, capaz de salir de cualquier estructura elemental. El laberinto no era el hogar de una bestia sino de un semidiós, alguien que vagaría en él sin poder salir porque no se le podía poner la mano encima en forma directa. Había un castigo atroz para los que hicieran esto, y, sabiéndolo bien, ninguno de los guardianes se atrevió jamás a tocar a su cautivo. No fue hasta que llegó un adolescente extranjero: uno tan joven que todavía tenía el síndrome de inmortalidad sobre los hombros; uno que no había dejado la clámide en la casa paterna, y aún así pretendía ser el salvador de su pueblo. No fue otro sino este chiquillo lleno de fuego el que mató al Minotauro sagrado, un semidiós que a su manera, fue obligado a no escapar de la muerte.

Krys siente la humedad de los muros y se da cuenta de que están llenos de vida vegetal y musgos, algo casi imposible en un lugar tan seco como Knossos. Si no fuera por esta eterna humedad que sube de las cisternas enterradas, el lugar estaría completamente muerto. Ella no entiende qué hizo que se construyera un palacio tan suntuoso en un valle casi desértico, pero luego piensa que tal vez no fue siempre tan seco, o, aún mejor, quizá resguardaba al rey Minos y a su familia de la vergüenza y deshonor que el Minotauro suponía. Pero a pesar del calor, Knossos siempre fue un lugar notable, un centro comercial y marítimo de primera importancia en el Mediterráneo oriental. No fue hasta que la Casa de Minos cayó por la impiedad de su rey, que este lugar, un centro de intercambio y vida cultural envidiable, finalmente sucumbió y fue arrasado por la furia de Poseidón y sus hermanos.

A pesar del holocausto que supone el olvido, el palacio todavía es un lugar espléndido, lleno de recuerdos de un pueblo irreductiblemente amante de la vida en la tierra. Los frescos de las habitaciones interiores están repletos de imágenes de jóvenes danzando y festejando el culto al toro, su animal sagrado. Los muchachos llevan largas cabelleras rizadas y las muchachas usan largos y hermosos trajes que no ocultan los senos sino que más bien los muestran en toda su dulce redondez. Siempre hay diversos animales domésticos a su alrededor: pavos reales, cabras, gallinas, bueyes, y por supuesto, los toros para los juegos sagrados. En esta cultura, los muchachos y muchachas demuestran su valentía no matando ni ridiculizando al toro sino saltando sobre él una vez que se le ha tomado de los cuernos. Luego brincan y hacen un giro en el aire que, además de preciso, debe ser grácil, casi perfecto, para ganarse la aprobación del público. El rey barbudo y ataviado en una larga toga observa la diversión de su pueblo desde un trono que aunque hecho de tosco alabastro, está labrado con gran hermosura. La vida de los cretenses es elegante pero no llena de lujos excesivos. Todos ellos, aun los señores más poderosos, saben cultivar la tierra y empuñar las armas viviendo un modelo de vida que sería idealizado tanto por griegos continentales como por romanos.

Krys siente que el cansancio del mediodía ya la domina. Se sienta en una de las piedras para reposar unos minutos, pero sin saber cómo, esos minutos de cansancio se tornan en una modorra incontenible. Pronto yace sobre una roca donde su pelo negro cae como un velo que oscurece el sol cegador y su consciencia queda debajo como una luna en eclipse total. Los bailarines la rodean en medio de su danza sabiendo que ella es la Constructora, la preservadora de recuerdos más allá de la memoria. Bailan ritualmente para espantar las alimañas del tiempo que todo se lo tragan, que todo lo hunden en la desmemoria como si no reocurriese constantemente. Bailan para preservar lo que no cesa, tal como ellos nunca han cesado de escribir en la oscuridad de un cubículo de conservatorio, como nunca han cesado de flotar en las aguas del Canal Maggiore, como nunca han cesado de leer, una y otra vez, infinitas versiones de lo mismo en diferentes idiomas.

Michel parpadea y se da cuenta, casi asustado, de que ya es de mañana y están tocando a la puerta...

20. LA GATA DE ASURBANIPAL

Smoking in the Boys' Room

Brownsville Station

La gata siempre jugaba al Preludio de Carmen. Tenía fama en el barrio de ser la gata preñera porque había tenido, por lo menos, una camada por cada uno de los gatos del barrio. Era la gata que noche tras noche cruzaba el puente de la luna y luego se perdía por los callejones de la barriada, donde entre oscuros aullidos iban saliendo uno a uno los nuevos gatitos.

La gata dormía casi todo el día y se alimentaba de leche y rosquillas con miel; aunque a veces, para horror de sus dueños, junto a la leche regurgitaba uno que otro ratón a medio digerir. Ya en otras ocasiones había poblado la casa de ratones muertos, y en una de tantas, le iba a salir algo que sin sospecharlo de veras la ahogara. Los dueños esperaban temerosos el día en que su gata nuevamente cruzaría el puente de la luna para ya no volver más. Lo sabían desde siempre porque era una gata muy grande y muy hermosa que algún día ya no los iba a reconocer. Y ese día finalmente llegó: la noche en que hubo tremendas peleas. Eran todos los gatos contra todos los demás gatos, y nadie pudo dar o recibir cuartel por más secreto que fuera su escondite. La gata, después de ver morir uno tras otro a todos sus hijos, se refugió en un alero que conectaba con varios de los techos de la barriada. Con la panza abierta de un zarpazo, gemía y se quejaba como un niño a quien se le acaba de arrancar un dedo. Su lamento persistente duró varias noches hasta que los vecinos por fin decidieron salir a buscar al bebé abandonado. Porque eso creyeron que era: un bebé que lentamente se moría de hambre; un bebé extraviado en los cafetales a merced de los gatos o las víboras; y aunque buscaron tenazmente entre lotes, acequias y toda clase de rincones, nunca apareció el niño. La gata murió y sus restos se pudrieron entre los techos de un viejo almacén. Alguien sólo mencionó alguna vez el mal olor que se desató después de la cuaresma. Una maldición que perduraría mientras no se encontrara al bebé fantasma perdido.

21. ILUMINACIONES

El laberinto es a Dionisos lo que el enigma es a Apolo.

GIORGIO COLLI

Así como los romanos fueron los educadores de los pueblos germá-
nicos, los bizantinos lo fueron de los pueblos eslavos. Mientras en
Roma eran destruidas por los bárbaros invasores las obras de los anti-
guos escritores y artistas, se conservaban con veneración en las biblio-
tecas de Constantinopla. Esta ciudad fue la más ilustrada y suntuosa
de la Edad Media; los bizantinos fueron "los bibliotecarios del género
humano", como los llama su historiador. Todos sus funcionarios pú-
blicos debían ser letrados. Sus numerosos profesores y maestros eran en
su mayoría obispos, sacerdotes y monjes. Todo se discutía y comentaba
en sus aulas; hasta los emperadores y emperatrices gustaban de propo-

ner y presenciar disputas (hoy llamadas "querellas bizantinas"), sobre teología, ciencia y religión.

Constantinopla era, además de corte del emperador, residencia del Patriarca o jefe supremo de la Iglesia en Oriente y representante directo del Papa. Grandes genios en ciencia y santidad ocuparon el patriarcado de la Iglesia Oriental; pero otros, escogidos muchas veces a gusto y capricho del Emperador bizantino, soportaban de mala gana la autoridad suprema del Papa de Roma. Esto, la frivolidad, las disputas y querellas bizantinas —que nada respetaban— fueron causa de muchas herejías y discordias religiosas, tanto que se ha llamado al Imperio Bizantino "cuna de todos los errores".

Publicado en Zaragoza, 1950

* * *

El emperador bizantino era jefe del Estado y de la Iglesia al mismo tiempo, y se rodeaba de una majestad divina. En el siglo X el sabio Luitprando, enviado del rey de Italia, obtuvo, después de mil requisitos, autorización para una audiencia con el emperador. Fue conducido hasta la sala de audiencia a través de un palacio inmenso.

Allí encontró al soberano vestido de púrpura y oro, sentado en trono de oro y rodeado de mil cortesanos. A sus pies un león, construido con resortes y engranajes, rugía y se azotaba los costados con la cola. El enviado se postra, y cuando alza de nuevo la vista, el emperador, a quien una máquina había levantado en el aire, se le aparece dominando como un dios a las multitudes arrodilladas. En la comida se reúnen 214 convidados en diecinueve camas, o triclinios; por un sistema de grúas y poleas llegan los enormes platos hasta el sitio del emperador, quien los distribuye a su vez por nuevos e ingeniosos aparatos...

Las intrigas y las revoluciones se multiplicaron pronto en medio de tanto boato. De los 109 soberanos que ocuparon el trono imperial del siglo IV al XV, solo treinta murieron de muerte natural. De los restantes, 12 abdicaron, 18 perecieron en prisión, a 18 los mutilaron, o sea les cortaron las manos, las narices u otros miembros, y 20 fueron estrangulados, envenenados o ahorcados. Raro era que un emperador legara el trono a su hijo...

Todo hombre, fuera porquero o vil criado, podía aspirar al trono; y así abundaban aventureros que, fiados en la predicción de alguna vieja o de la buenaventura de alguna gitana, como diríamos ahora, aspiraban al trono de Constantinopla.

SEIGNOBOS

* * *

22. MÚSICA EN LA MORGUE

> Por culpa de ella. Me hizo ver
> las cosas como las ve un hombre.
> Y un hombre ve la muerte en las
> cosas.

Poema de Guilgamesh

Según el eunuco Bagoas —en su día catamita de Alejandro— la escrotomancia es una de las bellas artes, desarrollada en Oriente cuando el mundo era todavía joven. Las mujeres de Aracosia y Gandara lo aprendieron cuando bañaban a sus hombres y los untaban con aceite en las noches de frío.

Antes de las invasiones árabes, la costumbre ya se había extendido hacia el oeste hasta Capadocia y Armenia. Esto quiere decir que se llegó a practicar bajo las mismas narices del patriarca de Cons-

tantinopla, sin que jamás fuera aceptada por la rigidísima legislación ortodoxa. De hecho, las alusiones a la escrotomancia y otras prácticas enumeradas por Bagoas, ya habían sido previamente censuradas en los textos históricos bizantinos que Faridas revisó para la corte de Murad II. Por eso la práctica quedó solo en la memoria del pueblo donde se usó para provecho y bienestar de muchas generaciones.

Esta forma artística de prognosis está basada en la observación por parte de generaciones enteras de mujeres que han bañado a sus hombres. A través de los años, muchas de ellas notaron que el saco cambiaba de forma y textura según la ocasión. Pero no era solo la temperatura lo que afectaba su forma. A veces, independientemente de si lo tocaban o de si hacía frío, el escroto de algunos hombres asumía formas particulares, o el número y disposición de las arrugas variaba. Con el tiempo, algunas mujeres notaron causas y efectos, aparentemente inconexos, que se repetían con regularidad. A modo de ejemplo: un hombre con las arrugas horizontales divididas en tres grandes abultamientos o llantitas podía esperar una buena noticia dentro de tres días; o si el muchacho era muy joven, indicaba que llegaría a tener tres hijos, o aun, tres veces tres. Las mujeres se hicieron expertas en la lectura de estos mensajes y la vida en Oriente fue más fácil y predecible para todos. Y en un mundo donde el matrimonio y la progenie eran grandes valores de mercado, la escrotomancia se volvió de repente en un arte cotizadísimo a todo nivel social. Ya era posible predecir los riesgos o ventajas de aceptar a un determinado candidato como novio. Se sabía cuán feliz podría hacer a su compañera o si resultaría buen o mal semental. También se podía escoger a uno que no fuera a morir joven, que no adquiriera vicios, o mejor todavía, se podía escoger a un muchacho que fuera a hacer fortuna más adelante y asegurar el bienestar de la familia de su mujer.

Para todo lo anterior se fue elaborando un sistema de etiqueta muy riguroso. El pudor prohibía que la interesada interviniera directamente en el proceso de auscultamiento, y por otro lado, sus parientes masculinos generalmente mostraban poco interés en hacer la inspección ellos mismos; por tanto, el asunto quedó en manos de las mujeres casadas de la familia de la muchacha. Usualmente eran las abuelas y las tías quienes se ocupaban de tal oficio, así es que el novio era sometido a tres o cuatro días de manoseos genitales con sus futuras parientes. Hubo el caso de un muchacho muy atractivo que resultó ser estéril. Las tías se ocuparon de él durante semana y media antes de llegar a la desagradable decisión de rechazarlo. El muchacho se decepcionó mucho. Cuenta la anécdota que después de aquellas largas sesiones, nunca se volvió a dejar tocar por una mujer. Prefirió transformarse luego en un asceta empedernido. No hay información fidedigna al respecto, pero parece ser que el rechazo después de una meticulosa auscultación suele devenir en reveses traumáticos.

Verónica dejó de juguetear con el escroto de Ortzi y se puso de pie para cerrar las cortinas. El agua de la tarde empañaba los vidrios difuminando la luz y haciéndola más suave. Ortzi cerró las piernas y se puso a juguetear con una candela en forma de oso de peluche.

—¿Por qué me contás todo eso?

Verónica no habló. Se subió a la cama manteniéndose de pie sobre el cuerpo masculino mientras Ortzi alternaba la vista entre la candela de peluche y las caderas de su amiga. Probablemente tenía las piernas más hermosas que se pudieran pensar en una mujer de su edad.

—¿Qué ves en mi futuro? —dijo tomándola de las piernas y pasando las manos suavemente de arriba hacia los tobillos durante largo rato. Ortzi parecía ya casi dormido mientras la lluvia seguía empañando los vidrios del cuarto rojo. Las cortinas rosadas y fucsia emanaban el olor ambiguo del moho bañado en perfume; sin embargo, no era un olor repulsivo. Le daba cierta calidez a la habitación. Una calidez que no faltaba, pero ella siempre prefería reforzar. Las sillas y la cama Luis XV eran quizá suficientes para agregar ese toque de hogar que se sentía por todo lado, pero aun así, Verónica no descuidaba los detalles más insignificantes: las rosas en el florero de cristal roca; la foto de una niña —tal vez ella misma— en la cómoda junto a los cosméticos; el brasier que siempre colgaba del biombo chino y las pantimedias en el suelo, cerca de una silla —siempre allí— como si ella se las hubiera quitado perezosamente antes de irse al baño.

Vero movió un poco los muslos masajeando el pecho de su amigo hasta que él abrió de nuevo los ojos.

—¿Te cuento la historia del *Bambú*?

—¿Cuál es esa?

—La historia de un salón de baile muy famoso. Era de mi tío Toño Alcántara, hermano de mi madre. Lo había comprado recién casado y lo manejó por más de veinte años, hasta que él se murió y nadie en la familia quiso seguir con un negocio de madrugada. En su tiempo fue muy famoso, pero nadie le decía *El Bambú* sino *La Morgue*. A primera vista, te parece un insulto o algo así pero era más bien un expresión de cariño, el apodo cariñoso que el lugar tenía en el mundo de su clientela. Nadie sabía donde quedaba *El Bambú*, pero todo el mundo te daba las señas para llegar a *La Morgue*, es decir, todo el mundo que estuviera despierto después de medianoche. Por eso se llamaba así. Era un lugar donde ninguno llegaba antes de las doce. Después todo aquello se calentaba con las mejores cumbias y boleros que te podás imaginar. Mi tío trabajaba sirviendo guaro y bocas de morcilla hasta las seis o siete de la mañana sin decir nada. Más bien, le gustaba aquel mundo tan distinto al de las pesadillas. Ahí la gente era —según su propio decir— más honrada y sincera. Si te odiaban, te odiaban; si te querían, eran tus amigos en las buenas y en las malas. Yo lo sé porque empecé ahí sin que la familia se diera cuenta cuando tenía quince años. Me costó convencer a mi tío pero me dejó con la condición de que no me fuera para otro lugar. Yo le prometí el Cielo y la Tierra y cumplí con todo. Cuando me especialicé en otras cosas fue porque *La Morgue* ya no existía. Ahí empecé como la "Verótica" y todavía, de vez en cuando, me topo con alguien que me reconoce por el nombre artístico.

La Morgue no era solo un salón de baile sino un lugar donde teníamos seguridad como si estuviéramos en familia. Cada uno te conocía por lo que eras y te aceptaba así, sin mingueos ni melindres. Vos eras la Verótica o el Manos de Fuego o el Estañón o lo que fuera, y todos sabían tu especialidad. No había necesidad de mentir o engañar a nadie porque nadie tiraba jamás la primera piedra. Cuando llegaba un cliente que se metía en lo que no le importaba aparecía al día siguiente en un basurero sin billetera y con muy poca memoria. Reglas sencillas, eso era todo. Quien no las seguía, pagaba... y punto.

Cuando Verónica se calló Ortzi no respondió nada. Empezó a roncar suavemente y se volvió de medio lado tan pronto ella se le quitó de encima. Vero se puso de pie y abrió una gaveta de la cómoda de donde sacó una cobija de pelusa blanca. La echó sobre el cuerpo del muchacho quien medio dormido se acurrucó en ella. Luego encendió un cigarro y se fue de nuevo a la ventana para ver la lluvia. El escroto de Ortzi le pasaba una y otra vez por la mente como una película en constante retroproyección. Las líneas eran tan claras como si fueran palabras escritas en la piel. Todo estaba claro y bien descrito: no habría esposa joven ni dos hijos ni espora de uso discrecional. Solo un gran abismo negro del que no iba a salir para volver a ver la luz. El único consuelo sería la compañía de los otros como cuando ella estaba en *La Morgue*. Los amigos serían los mismos infelices de la oscuridad. Las mismas caras y voces que solo se sienten con el tacto. Los cuerpos tibios que a veces interrumpen, como piedras en una corriente, el constante flujo y reflujo del vacío.

Volvió a ver el reloj antiguo en la pared y notó que había perdido el sentido del tiempo. Ortzi había llegado temprano, como todos los viernes y no más cerrando la puerta se había desnudado y puesto el programa de Lupita y Caballo Negro. Hicieron el amor más de dos horas sin que el programa se detuviera pasando por todo el repertorio de los mambos y experimentos rítmicos de Pérez hasta que ella lo detuvo para hablar y él se quedó dormido. Recordó entonces a Manuel, un adolescente totalmente adicto a ella que la visitó por más de tres años consecutivos sin fallar un solo viernes. Manuel se parecía mucho a Ortzi. Era impetuoso, amante de la música y bastante ingenuo. Ella hacía las veces de novia, amiga y madre cada vez que uno de ellos se metía en problemas y no sabía qué hacer más que llorar entre los pechos de su Verónica. Para eso estaba ella, para ayudarlos hasta el día en que los rasgos distintivos de su futuro aparecían en los pliegues de sus escrotos. Entonces había que destetarlos, poco a poco, para que doliera menos. Se les escondía o se comportaba indiferente para que ellos se fueran alejando; para que no pensaran más en su Verónica y se fueran preparando para lo que les esperaba.

Con cada uno era diferente. Manuel fue su primer caso y el más difícil de todos. Era demasiado niño para entender en qué hora debía marcharse. Por eso, cuando llegó el momento de irse y no regresar más, no entendió el mensaje. Siguió volviendo los viernes para acariciarla con sus manos frías y lengua en descomposición. Vero le confesó que ahora sentía asco y el pobre muchacho se volvió de pronto impotente y no intentó besarla más. Sólo volvía viernes tras viernes a llorar agarrándose de las rodillas de su amiga que lo contemplaba con dolor. Manuel no entendía ya el lenguaje de los vivos y ella tuvo que llenarse de valor para hacerlo sentir la realidad. Le mostró el cuerpo en descomposición pero él todavía no se animaba a salir de su incredulidad. Tuvo que acostarlo en la cama y mostrarle los signos de la muerte en el escroto necrótico y purulento para que por fin entendiera. El muchacho se irguió en la cama y de repente sintió vergüenza de su desnudez. Se puso la ropa y se sentó a llorar más amargamente que las primeras veces. Ella le dijo que no podía volver, pero solo lloró más y más. En momentos de soledad extrema, Verónica todavía puede oír los llantos de Manuel viniendo de habitaciones contiguas. Ella abre todas las puertas y se asoma por todos los rincones pero no lo ve. El muchacho está impregnado en las paredes y las cortinas del cuarto. A veces su lloriqueo sale de las cobijas o la cómoda y a ella solo le queda recordarle que no fue ahí sino en otro tiempo y otro lugar, pero Manuel no entiende nada de eso. Su olor se impregna en todo lo que ella toca y llega al punto de que sus nuevos amigos con frecuencia huelen a la descomposición que había en Manuel.

Hoy, Ortzi ha empezado a adquirir ese extraño olor y Verónica sabe que ya debe despedirse de él. Cuando despierte lo va a echar del cuarto y decirle que no vuelva más; que él ya debe ir pensando en una nueva vida, en otras cosas que hacer con nueva gente que vaya conociendo.

Ortzi se movió entonces en la cama y de repente se despertó un poco desconsolado.

—¿Qué hacés ahí?

Ella le dio un último toque al cigarro y lo apagó despacio en el cenicero.

—Ya es hora de que te vayás.

Él no contestó nada.

Se puso la ropa con infinita lentitud y luego, con el mismo paso aletargado, se fue a la ventana. Empezó a limpiar la humedad del vidrio con la manga de la camisa mientras Verónica se levantó y puso otro programa:

Cuando vuelva a tu lado / no me niegues tus besos / que el amor que te tengo / no podrás olvidar...

Asustada, cambió rápidamente el programa y puso a Lucha Reyes:

Dicen que por las noches / no más se le iba en un puro llorar ... / cómo sufrió por ella / que hasta en su muerte / la fue llamando...

Quitó de inmediato el programa y se sentó en la cama tratando de esconder el nerviosismo. Había puesto esas canciones por azar pero ahora sentía que Ortzi o alguien quería burlarse de ella. Ortzi en verdad solo volvió de la ventana y puso a Toña La Negra cantando *Cenizas*, pero luego se arrepintió y puso a María Luisa Landín.

Dos Almas flotaba en el programa con una suavidad casi morbosa. Verónica de pronto sintió la necesidad de que él le dijera algo grosero. Que no estaba de acuerdo en que lo echara y que la odiaba por ser una puta, una cabrona, por cualquier cosa que le diera la oportunidad de defenderse. Pero él no dijo nada. Se sentó en el sillón con tapetes bordados mientras cantaba a dúo con Libertad Lamarque:

...al verme solo el otro día / también me dejó... / ...y estás en todas partes / sos la ilusión querida... / de ti no me podré olvidar.

La música continuó por media hora más hasta que Vero, mareada por las náuseas y lo que ella percibía como la presencia de Manuel, se metió al baño a llorar.

Ortzi le dio quince minutos. Se quedó mirando el paisaje de la ventana deseando conocer un lugar así. Había temblores frecuentes pero ni él ni Verónica ya parecían notarlos. Solo su mundo personal importaba. Allá afuera había otro que probablemente desaparecería antes que el de ellos, de eso estaba seguro. A los quince minutos comprendió que ella necesitaba un descanso. Lo de ellos era complejo, los agotaba mucho. Por eso era importante darse descansos. Volvió a ver la puerta cerrada del baño y sonrió con algo de malicia, luego cogió sus cosas y se fue cerrando la puerta suavemente.

Verónica salió del baño a un cuarto repentinamente frío y abandonado. Cogió los programas y los fue quebrando uno a uno hasta terminar con todos. Puras cursilerías, se dijo, y no los necesito ya. Apretó el botón rojo de la consola central y la ventana francesa junto con su vista lluviosa se apagó en el acto. Corrió entonces las cortinas viejas y el paisaje yermo y cortante de Sinus Iridum se reflejó en las paredes como el fantasma de una visita blanca y enorme. Vero apagó todas las luces para que el reflejo de aquella luz muerta se sintiera a gusto y como en su propia casa.

Encendió un cigarro y se acomodó en el gran sillón. Fue en ese preciso instante que percibió un extraño olor. Cerró los ojos y vio en el fondo de su mente a Ortzi-Manuel de quince años, tímido y nervioso, quitándose la ropa frente a ella por primera vez.

23. DAS LIED VON DER NACHT

Esteban nos acaba de contar que hay una película anterior a *Tan Lejos, Tan Cerca*. Una película que tal vez trata del mismo personaje: el ángel Cassiel, el mensajero... el enviado de los dioses. El espíritu que logra vivir entre los hombres solo para reafirmarse que los seres humanos lo somos todo, y ellos, los arcángeles, en medio de su majestuosa y alada presencia, nunca han sido nada; solamente sombras al servicio del consuelo y la piedad, a la espera de la compañía más deseada.

Ellos son las sombras que han de abrazarnos y susurrarnos al oído cuando creamos estar derrotados y en abandono.

Son las criaturas aperchadas en los hombros de las gigantescas estatuas públicas mientras la nieve del invierno deforma sus rostros vacíos.

Ellos son los verdaderos inmortales, mudando de residencia cada vez que el corazón humano cambia de ciudad y domicilio.

Porque cuando se hizo necesario escapar de Roma, no fue difícil llevarnos a todos los nuestros, a toda nuestra nación, ya que entre aquellas ruinas no quedaría nada que ofreciera el calor que nuestro pueblo daba. La ciudad había muerto lo mismo que su espíritu. Por eso, ahora solo le quedan una docena de columnas que se vendrán al suelo con el tiempo.

Nos hemos trasladado llevando entre los discretos carruajes los tesoros que el mundo ha acumulado a través del tiempo. En uno de ellos va el conocimiento de los mapas antiguos, mientras que en otros, hemos acomodado la magia de las hierbas y las constelaciones, las fórmulas y las recetas para curar males, para abrir apetitos, para cerrar heridas y cauterizar miedos. Aunque no pareciera posible, toda aquella sabiduría se iba con nosotros por temor a que fuera mal usada o desperdiciada por los que nos seguían como buitres y a cada vuelta comían de nuestras sobras. Aquellos que venían gimiendo en la noche orientándose con la poca luz que emanaba de nuestras caravanas.

Teníamos que llevarnos todo porque nada sobreviviría sin la leve brisa que produce el movimiento de sus alas. Nada de aquel arsenal de luz viviría un día sin la cercanía de los ángeles.

Así llegamos a fundar una ciudad nueva a orillas del Bósforo, como antes a orillas del Éufrates, del Tíber, o en la llanura de Knossos. Las tres cosas siempre estaban juntas: las maravillas, nuestro afán por protegerlas, y ellos: los alados, de quienes hacíamos cada vez una definición más equivocada.

Por eso, cuando Esteban nos dijo que había una película anterior titulada El *Cielo Sobre Berlín*, me llené de fantasiosas esperanzas. Ya veo el momento en que abandonemos este hotelucho de puerta amarilla y volvamos a vivir en el resplandor que siempre nos ha tocado, digo, en virtud de nuestra misión. Ya veo el día en que encontremos la forma de volverlos a ver de la misma manera en que ellos siempre nos ven. Ya vendrá el momento en que los podamos ver y tocar, en que podamos reconocer entre la masa de alas y largas cabelleras a aquel único amigo y guardián que le corresponde a cada uno de nosotros. Ese día volverá el tonto y travieso Cassiel a sonreír ante una botella de vino; volverá Raphaella, hermosa y callada, a tomar ante nuestros ojos la cabeza de los moribundos para acallar con susurros sus gemidos. Volverá la tersa Lilith a reposar suaves alcoholes como el ángel Madame en el sofá de los mejores puticlubes. Y volverán también Bagoas y el gentil Ampelos, a dormitar entre los pliegues y almohadones de mi cama. Cada uno estará entonces en la presencia de una enorme gata negra: una visión espectral lista a aruñar las pesadillas que nos invadan por la noche. Y la omnipresencia de Azrael, el poderoso, el joven y siempre malvestido viajero, será de nuevo la benévola presencia de los amigos idos; ya no más esa nube de confusión que se filtra durante la madrugada en las habitaciones.

El día que volvamos a ver a nuestros amigos, siempre tan llenos de alas y desnudez, será el día en que fundemos una nueva ciudad, una nueva sede para los tesoros que custodiamos. Ese día nos volveremos a cuidar y custodiar mutuamente, porque nosotros necesitamos el consuelo de sus abrazos y el frescor de sus alas, de la misma manera en que ellos siempre han necesitado del calor de nuestro cuerpo, y del consuelo de nuestro abrazo. Ese día maravilloso en que nos volvamos a reunir bailaremos aquello que tanto hemos practicado, y comprenderemos que los que nos perseguían sigilosamente, aquellos que comían las sobras de nuestra mesa, también eran nuestros guardianes.

Ese cielo dorado de Berlín en las tardes estivales, por fin, cubrirá toda la conciencia.

24. ARTE ESPAGÍRICA

Significa sombras.

PABLO NERUDA

Para los seres puros todo es puro.

PABLO DE TARSO

Probablemente, fue la expresión extraña,
obsesionada con que escuchaba mi patrón,
más que este detestable pasaje del Necronomicón, lo que me produjo un escalofrío.

CLARK ASHTON SMITH

La quijada de mi tía va cayendo lentamente hasta llegar a la mesa. Recoge el panecillo con la lengua bifurcada y vuelve a subir la quijada. Mi otra tía, la más bajita, hace lo mismo pero primero le echa un poco de azúcar a la galleta "para darle más saborcito" como dice ella, pasándose la lengua por el pelo mientras hace una mueca que supongo será una sonrisa.

Yo las veo desde la mesa de la cocina donde me apartan para que tome leche y no interrumpa su festín en el comedor principal. Este cuadro se completa con el padrino que viene todas las semanas invitado por ellas a probar los arrolladitos de canela. A veces lo reciben con quesadillas de jengibre o acemitas borrachas. Pero sea cual sea la repostería, él llega a las tres para llenarse con ellas y tomar café hasta las cinco. El padrino me besa en la mejilla y hace un sonido como de ventosa que me da asco. No sé qué se le estará pudriendo, pero cada vez huele peor. A la hora de irse, el nuevo beso ya lleva la pudrición mezclada con un fuerte olor a café cubano y pedacitos de canela.

Gilles de Rais tenía menos de 23 años cuando llegó a ser Mariscal de Francia. No era algo de extrañar dentro de su generación ya que su propia comandante superior, la legendaria Juana de Arco, murió de apenas 19 años. Después de la quema de su amiga en Ruán, en el año 1431, Gilles, y muchos otros nobles de su época, sintieron que su misión histórica estaba agotada. Carlos VII ya era rey de Francia, pero los ingleses se habían desquitado de esto quemando viva a la doncella Juana. Era hora de que otros intervinieran continuando con una guerra que para ellos, ya solo traía decepción.

Gilles se retiró a sus propiedades cerca de Anjou, donde había nacido, y dedicó su tiempo libre a fiestas lujosas en las que el vino y la comida en abundancia nunca faltaban. Las celebraciones se fueron haciendo más frecuentes y más fastuosas sin que esto realmente preocupara al joven Mariscal: tenía dinero en abundancia, la amistad del clero, el respeto de sus compatriotas, y además, estaba tan lejos de la Corte como para no constituir una amenaza para nadie. El único problema serio se desarrolló con lentitud: ya las fiestas eran bastante tediosas, los juegos extravagantes repetitivos, y el sexo un completo aburrimiento. Había que inventar algo nuevo para entretener a alguien tan joven, tan adinerado y tan lleno de energía.

———— ✍ ————

La noticia de hoy ha sido la peor de todas. Mis parientes tomaron la decisión de mandarme a un lugar llamado San Sebastián de Las Flechas, un pueblo quién sabe adónde. Dicen que es un buen internado y se rieron mucho mientras hacían aspersiones de bizcotela y acemita en todo el comedor. El padrino se rió tan fuerte que se puso rojo y tosió mandando pedazos más grandes de repostería por toda la mesa. Un pedazo cayó en la taza de mi tía, la bajita, y le pringó la blusa de café. La más alta lanzó un lenguazo y sacó el pedazo de repostería sin que los demás se dieran cuenta de dónde fue a parar. Solo yo vi el cogote de mi tía moverse cuando el pedazo le bajó por la garganta. Me quise reír pero su repentina mirada de fuego me paralizó. Entendí el gesto. Di media vuelta y cogí para mi cuarto. Si me iba bien, mi tía, la altota, se olvidaría del asunto para cuando el padrino se fuera.

El internado de San Sebastián de Las Flechas no fue tan mala idea. Me alejó de los tentáculos lustrosos de las tías y de los besuqueos del padrino. Sin embargo, empecé a darme cuenta de que no había sido preparado para la vida fuera de casa. El día en que me presentaron al director di un brinco hacia atrás cuando me quiso dar la mano. Yo esperaba otro tentáculo, y como el señor era bien grande, creí que me sacaría uno del tamaño de una anaconda. La mano tibia y rosadona de aquel señor fue una verdadera sorpresa... También otros tienen manos, me dije a mí mismo mientras el portero me llevaba al salón dormitorio para guardar mis cosas.

PARA DOMINAR A UNA PERSONA Y OBTENER DE ELLA LO QUE SE QUIERA... copiamos del célebre grimorio del s. XVII La Magie Notabile Infernale:

Entre las once y las doce de una noche tempestuosa, pondrás a la intemperie un fogón de barro cocido, que deberá estar lleno de leña bien seca de algarrobo, olivo, pino y sarmientos y de las plantas siguientes: mejorana, verbena y caléndula.

Antes de empezar la operación, extenderás, por un instante tu mirada por los cielos, y con un cuchillo de mango negro, que tendrás en tu mano derecha, trazarás en el espacio una amplia cruz de San Andrés. (Es decir, una equis.)

Acto seguido encenderás el fogón y cuando la leña empiece a chisporrotear, harás la siguiente invocación mágica:

"Espíritus negros y atormentados que vagáis errabundos; espíritus malditos, enemigos de la Luz Divina, yo os invoco en este instante lúgubre para que, sirviéndoos del agitado torbellino, del viento enfurecido, de la luz cárdena, del rayo y del trueno retumbante, acudáis a este recinto, iluminado por el fogón siniestro en el que arden las siete plantas mágicas que os han de purificar." (Al llegar aquí debes dar un fuerte silbido natural o por medio de un silbato. Luego añadirás:

"¡Acudid! ¡Acudid! ¡Acudid! Dadme señales, Árboles, crujid. Niños, llorad. Perros, ladrad. Serpientes, silbad. Lobos, aullad. Vacas, mugid. Caballos, relinchad. Toros, bramad. Vientos, silbad. Puertas, rechinad. Brasas, chisporroteud. Truenos, retumbad. Tempestades, reventad." (Otro silbido.)

"¡Ah, malditos! ¡Infames! ¡Condenados! Ya estáis aquí, yo lo presiento." (Echa enseguida tres granos diabólicos en el fuego.)

"Yo os obligo, yo os mando, yo os pido que Fulano de Tal" (aquí se pronuncia el nombre y los apellidos de la persona que deseas dominar, o se pide a los espíritus que hagan tal o cual cosa).

Una vez formulados tus deseos a los invisibles, concluirás la invo-
cación con las palabras siguientes:

"Omnipotens sempiterne Deus, qui nos omnium sanctorum tuo-
rum. Amen."

Los espíritus abandonarán instantáneamente el lugar. Apagarás
el fogón con agua, en la que habrás echado un buen puñado de sal.

NOTA: Los granos diabólicos los compondrás de resina de pino,
alcanfor e incienso, en partes iguales; harás una pasta humedeciendo
dichas substancias con espíritu de vino.

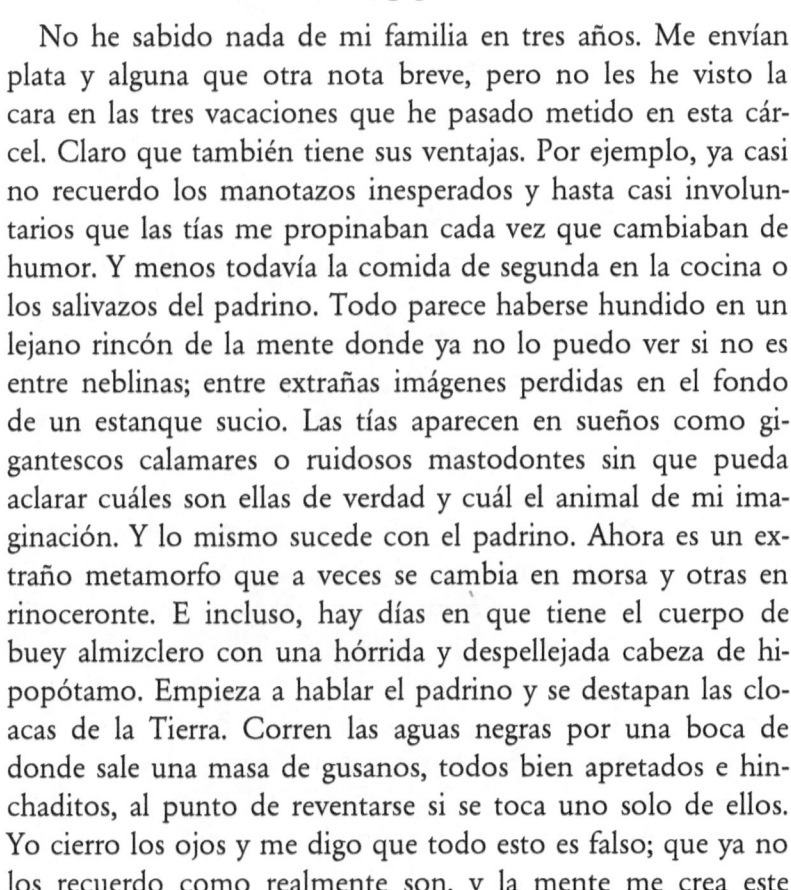

No he sabido nada de mi familia en tres años. Me envían
plata y alguna que otra nota breve, pero no les he visto la
cara en las tres vacaciones que he pasado metido en esta cárcel. Claro que también tiene sus ventajas. Por ejemplo, ya casi
no recuerdo los manotazos inesperados y hasta casi involun-
tarios que las tías me propinaban cada vez que cambiaban de
humor. Y menos todavía la comida de segunda en la cocina o
los salivazos del padrino. Todo parece haberse hundido en un
lejano rincón de la mente donde ya no lo puedo ver si no es
entre neblinas; entre extrañas imágenes perdidas en el fondo
de un estanque sucio. Las tías aparecen en sueños como gigantescos calamares o ruidosos mastodontes sin que pueda
aclarar cuáles son ellas de verdad y cuál el animal de mi imaginación. Y lo mismo sucede con el padrino. Ahora es un extraño metamorfo que a veces se cambia en morsa y otras en
rinoceronte. E incluso, hay días en que tiene el cuerpo de
buey almizclero con una hórrida y despellejada cabeza de hi-
popótamo. Empieza a hablar el padrino y se destapan las clo-
acas de la Tierra. Corren las aguas negras por una boca de
donde sale una masa de gusanos, todos bien apretados e hin-
chaditos, al punto de reventarse si se toca uno solo de ellos.
Yo cierro los ojos y me digo que todo esto es falso; que ya no
los recuerdo como realmente son, y la mente me crea este

bestiario de horror; que son mis propias imágenes infladas hasta lo incontrolable; que yo las he sacado de los libros con que me escondo cada noche en los pasillos; que son el producto del odio que les tengo, pero nada de esto me consuela. Por más que lo niego, no borro de mi mente la realidad de su verdadera apariencia. Solo me sigue desesperando el hecho de que sea el único. El resto del mundo cuando los ve no se sobresalta, ni se pone frío, ni tampoco siente el asco que me dan sus salivazos. Para ellos son las tías y el padrino: gente un poco excéntrica pero al fin y al cabo gente encantadora. Para mí, sin embargo, son el recordatorio constante de mi soledad.

Esta noche traje a mis aposentos al joven Francesco Prelati para que me leyera a la luz de las antorchas. Ha traído consigo un viejo libro romano donde están escritas las vidas de los césares —aquellos legendarios caballeros de antaño—, los más poderosos que ha conocido la Tierra. Aunque ellos acumularon oro, tierra, joyas y todo el poder que el mundo fue capaz de darles, no pudieron evitar desaparecer. Decayeron en sus mismas sillas de montar, sobre los mismos almohadones de sus tronos y de sus lechos, y hoy no son más que una mancha en el mármol percudido de los cementerios. De todos ellos ni siquiera Tiberio o el llamado Calígula han sobrevivido. A lo sumo, se habla de ellos con algo más de insistencia que de las demás sombras de Roma... Lo que sí no puedo negar es que vivieron a plenitud y que tal vez hubieran vivido más de no haber sido tan arrogantes. Calígula era un joven de mi edad y mis propias ambiciones. Pudo haber logrado mucho, incluso la verdadera inmortalidad, de haber tenido más tacto, más objetividad ante sus propios deseos. No hay nada que él deseara que yo no desee ahora. Prelati, mi amigo y nigromante, sigue en ese rincón traduciéndome a Tácito sin darse cuenta de que me brinda un servicio mucho más valioso que el esparcimiento o la compañía habitual. Hoy mismo —esta noche— él me ha abierto las puertas de un pasado mágico. Porque la solución al agotamiento y a lo que tanto he buscado se encuentra en todos los espejos de la Tierra. El mismo *imperator*, habiéndolo descubierto en noches de tormenta y cuando el pánico se escondía entre los cortinajes de su templo, ya sabía que aquello no se podía hacer de otra manera. Entonces... ¿por qué se desbocó en medio de su triunfo? La misma mañana en que agradecía a los dioses este nuevo conocimiento, su hija de tres años era reventada contra una piedra. Y hasta su mismo cuello imperial, en principio exento de los avatares de la mortalidad, sufría la invasión del hierro de su mejor amigo. Por eso, viéndolo sangrar en el suelo junto a los pies de mi querido Francesco, me pregunto cuál fue el error que cometió...

La inmortalidad, ahora entiendo, requiere de víctimas, de líquidos y de sangre. Pero solo el mismo inmortal y sus más íntimos deben saberlo. El espejo que otorga entrada a la perpetuación de los grandes no debe brillar como un faro, sino ser una puerta opaca que solo unos cuantos puedan reconocer. De no ser así, todos estaríamos condenados a morir... la vida solo tendría el propósito de provocar la muerte.

———————————— ∽ ————————————

La vida en San Sebastián no podía ser diferente porque las tías, ahora en espíritu, se mantienen demasiado cerca. Lo vigilan todo, saben de cada uno de mis movimientos y hasta controlan a aquéllos que se me acercan. Entre la mayoría de mis compañeros soy un leproso a quien hay que repudiar a toda costa, y la razón para esto puede ser una entre miles. Por ejemplo, no tengo, y ni siquiera recuerdo haber tenido padres. Por ello, algunos adultos me tienen una lástima enfermiza, en tanto que los de mi edad me ven como un roñoso despreciable, un estorbo sin protección. Y viéndolo desde otro lado, las tías son bien conocidas en el mundo de la Iglesia, la caridad y todas aquellas cosas que los adolescentes suelen encontrar muy apretadas para su cuello; y como si no fuera poco, el director, a instancias de ellas, ahora me vigila de cerca; husmea en todo lo que es mío y hasta exige que se le informe personalmente de mis pocas y aburridas actividades. Durante el periodo lectivo mi presencia es, por supuesto, menos obvia; pero ahora que casi todos se han ido, ahora que las tías y el padrino se olvidan de mí mientras salen de vacaciones a lugares extraños, yo me convierto en ese fantasma que ronda indefinidamente los pasillos de este colegio. Los guardianes son solo uno o dos y ya me conocen como quien ve un jarrón en la misma esquina durante años. No se interesan por mí si yo no les doy problemas, y nunca lo hago. Cualquier cosa prohibida es en mi cama, en la madrugada, al punto de que muchas veces ni yo mismo estoy seguro de si lo hice o no. Tan eficaz es mi disfraz de nadie, mi vocación de pasar inadvertido, que temo olvidarme de mí mismo y convertirme solo en la sombra de un adolescente que pudo ser; el molesto sirviente de la noche velando con odio el sueño de los demás muchachos... y por lo que me han hecho entender, ese será mi destino hasta que las tías se mueran.

※

PARA HACERNOS AMAR LOCAMENTE DE UNA PERSONA Y CONSERVAR SU AFECTO INDEFINIDAMENTE.
En un cuarto, no muy grande, en el que no debe penetrar nadie más que tú, levantarás un pequeño altar sobre una mesa de madera (a ser posible, de pino). Sobre ésta extenderás una tela blanca y limpia, que la cubra por completo, hasta casi tocar el suelo. En el centro del altar colocarás una imagen de San Miguel Arcángel, tallada en madera. Tres lamparillas de aceite, colocadas en forma de triángulo y en frente de la imagen, deben ser las únicas luces que han de iluminar la estancia. Las paredes de la habitación deben estar pintadas de blanco o de un azul muy claro. En un ángulo de la misma coloca-

rás un pequeño hornillo, para quemar en él perfumes mágicos corres-
pondientes al día.[1]

Una vez que dispongas del aposento preparado en la forma descri-
ta, podrás celebrar en él la ceremonia del amor, que se realizará de la
manera siguiente:

Todas las noches al irte a acostar, penetrarás en la estancia dicha,
procurando que nadie se dé cuenta de ello. Luego encenderás las lam-
parillas, diciendo, al encender la primera: Por Adonay, el inefable; y al
encender la segunda: Por Saday el infalible; y al encender las tercera: Por
Jehová, el Todopoderoso. Luego encenderás la estufilla de los perfumes.

Después, arrodillado ante la imagen del Ángel, recitarás la ora-
ción mágica, correspondiente al día en que se celebre la ceremonia.[2]

***

Lo difícil no fue cargar con el pesado equipo de reproducción por todo el edificio hasta llegar a la biblioteca. Tampoco
fue muy difícil instalar el gusanero de cables, enchufes y cone-
xiones que había que hacer para que todo funcionara bien.
No, lo difícil fue pasar desapercibido; hacer mil malabares sin
que los guardianes o el perro-director se dieran cuenta.

Ya me aseguré de que la biblioteca quedara totalmente ais-
lada. Las puertas tienen doble llave y he arrimado los muebles
para reforzarlas. Las ventanas ya fueron revisadas y cada una
tiene su pestillo bien puesto y asegurado. Solo la que da a la
azotea queda sin trancar; es mi pasaje de ida en caso de emergencia. Por esa ventana podría escapar en caso de topar con
el edecán de las tías, en caso de que sus nuevos y bien abulta-
dos tentáculos traten de asfixiarme.

---

1. La verdadera fórmula de estos perfumes solo se ha publicado en EL
GRAN GRIMORIO DEL PAPA HONORIO, edición revisada por el
Mago Bruno.

2. Las siete oraciones mágicas correspondientes a los siete días de la
semana, se hayan en el Enchridion Leonis Papa, edición revisada por el
Mago Bruno.

Tres de la tarde en punto. Un trueno lejano llega como el ronroneo de una montaña y el aire vibra levemente. Saco de la mochila los C.D.'s envueltos en una media vieja y cojo el de *La Muerte y Honras Fúnebres de Sigfrido*. La música se dispersa tristemente por la gran estancia hasta que empieza a saturarlo todo. Me quito la ropa con la lentitud de quien sabe algo más importante de lo que los demás pueden ver. Los zapatos y las medias se deslizan hasta la alfombra como goterones de la lluvia que se aproxima. La camisa como el soplo de viento que ahora se enreda entre las ramas. Un ave se asusta y vuela mientras otra queda sobre la misma rama cantando en soledad. Hay una nueva lejana sensación de trueno mientras los pantalones van raspando los vellos erguidos de las piernas y la música se acerca a la traición, al momento en que la cara del druida es temporalmente visible gracias a un relámpago en la distancia. La vibración entre los anaqueles y libros hace que las antiguas paredes vayan tomando un brillo espectral, algo así como el fulgor tintineante de una caverna húmeda, la extraña grasosidad de una recámara donde siempre ha habido fuego. El druida es ahora más visible al terminar de hacer sus encantamientos. Sus densos ropajes azules lo protegen del frío que a mí me ataca inmisericorde entre las sombras frías. La piel desnuda recoge todas las vibraciones que el bardo ha invocado para hacerme testigo y protagonista de sus visiones. Ahí está el mago en el sillón oscuro. Exactamente frente a nosotros. Pero no es el gran patriarca de las barbas blancas: no es el Nostradamus-no-vidente ni el Señor de los Ejércitos. Tiene si acaso 16 años, usa zuecos amarillos sobre unos pies muy sucios y siempre se está escarbando la nariz. Pienso a lo Salieri que éste es el simio escogido por Dios para presidir sobre la Creación. Las tías pegan aullidos angustiosos a los pies del dios buscando como chupárselos. Yo quito la vista para sacarlas, con todo y su sucia lengua, de mi imaginación. Concentro por un instante la vista en la túnica amplia del Anciano de los Tiempos quien ahora me toma por el mentón para obligarme a ver. Un hombre muy joven, tal vez de mi misma edad se acuesta con otro vestido de árabe. Los dos se mecen en un barco que va navegando en el Mar de las Lluvias, mientras alguien —que no soy yo— los observa. Es el bailarín, el arlequín de Picasso ya en la madurez. Otro hombre joven añorando los ojos de una amiga como quien añora el lamido de su caballo predilecto. La de Ojos de Caballo entra en mí acomodándose en el salón de mi total credulidad. Respiro hondo y la siento arrellanada en el sofá de mis pulmones. No sé qué quiere Anita de mí. La siento tan adentro y tan en su lugar como para no querer despertarla de su sueño. No me queda más que seguir respirando hondo para ventilarla, para que se sienta fresca, para ver si con algo de suerte se le levanta un poco el vestido y queda así para toda la eternidad; para que el sabio en el sillón oscuro se preocupe de algo más que los autos de velocidad y las cenizas de los Doors en las callejuelas de Venice Beach. Me acerco entonces al joven sabio para hablar con él pero me llevo el ofuscamiento que nadie espera en estas visiones, en esta profundización de la consciencia donde sus zuecos de madera vieja esconden las llagas y la suciedad que el Cristo de las artes ha recogido en los caminos del mundo: por Dios, y ahora que hablo de Dios, el maldito bastardo del sabio me habla en francés. ¡SOLO NOS HABLA EN FRANCÉS! ¿Pero es que acaso soy yo su ministro o su bardaje? Quiero menearle los hombros pero el bardo se interpone. Creo oírlo decirme que no lo moleste. Pero, ¿y qué conmigo? Yo también quiero mi aposento de descanso. También merezco la ventana desde donde se ve el mundo pasar como en un tren de la inconsciencia. El sabio del sillón oscuro se pone de pie; me jala un cachete con sus adolescentes uñas de mugre y dice: *O mon Bien! O mon Beau! Fanfare atroce où je ne trébuche point! Chevalet féerique! Hourra pour l'oeuvre inouïe et pour le corps merveilleux, pour la première fois! Cela com-*

mença sous les rires des enfants, cela finira par eux. Voici le temps des assassins... Yo empiezo a gritar como las tías en desesperación de no saber para nada por qué estoy ahí. Es viajar tres mil kilómetros para hablar con un mudo y pedirle que cante. El sabio se sienta de nuevo en el sillón oscuro, se rasca un testículo, y lentamente se va cristalizando como si fuera una estatua de vidrio. A los pocos minutos el druida pone su mano sobre mi hombro y lo quema levemente: alguien toca a la puerta...

Después de haberlo instruido con minucioso detalle sobre todos sus deberes y funciones en el castillo, el valet Poitou sentó al muchacho cómodamente y le conversó en tono más afable. Le explicó lo bueno y comprensivo que era el amo y que ahora deseaba conocerlo para darle personalmente la bienvenida al castillo. Subieron los amplios escalones de piedra hasta las habitaciones de Gilles que se encontraban tenuemente iluminadas. Cuando salió el valet, Gilles invitó al muchacho a que se sentara en la cama y luego se sentó junto a él. Lo felicitó por sus modales y su belleza física a la vez que lo tomó en los brazos. El muchacho finalmente entendió lo que sucedía y se tranquilizó un poco. Gilles hizo un gesto de besarlo y el muchacho cerró los ojos. El amo aprovechó ese instante para tomar una daga y abrirle el cuello partiéndole la aorta. Gilles se consumió a beber el preciado líquido mientras éste salía a borbotones y el muchacho, confuso y débil, moría en los brazos de su señor.

Después del festín, hubo necesidad de lavar la cama por el exceso de sangre que se había regado en ella. Gilles permanecía en un estado de sueño cataléptico debido al abundante consumo de líquido fresco y no despertó hasta la mañana siguiente, cuando sus criados de confianza ya habían limpiado la habitación y se habían deshecho del cuerpo.

Hay partes donde todavía no he podido apagar el dolor. Pude salir a tiempo por la ventana y correr por los tejados hasta saltar el muro del internado; sin embargo, me valió de poco. Había logrado llegar a la calle principal del pueblo cuando uno de los guardianes cayó sobre mí a bastonazos. Estoy seguro de que tenía permiso del director para darme una garroteada, si no nunca se hubiera atrevido. Me acurruqué en caracol cerrado para aguantar mejor los golpes pero esto me valió de poco cuando llegó el segundo. Entre los dos me siguieron dando a su antojo hasta que la sádica voz del perro-director ladró suavemente. Lo hizo sin ganas, como diciendo "sigan, muchachos, no se detengan por mí..." Cuando finalmente acabaron conmigo, o al menos yo pensé que habían terminado, me arrastraron de mala gana hasta el internado. Nadie se quejó en la calle. Ni uno solo de los vecinos alzó su voz por mí. De esa manera noté cómo muchos de ellos adquirían los rasgos físicos de las tías o el padrino. Los más sádicos, los que de verdad disfrutaban aquello, se parecían al padrino o a la tía altota y sus caras se repetían constantemente entre la gente. El panadero, los del taller mecánico, los viejos del parque, todos eran esos parientes del demonio que yo tanto odiaba y quería ver friéndose como sanguijuelas en aceite hirviendo. Ninguno de ellos, a pesar del sadismo manifiesto con que me pegaron y me arrastraron, quiso ayudarme. Había descubierto mi verdadera situación frente a las tías.

Gilles de Sillé y Roger de Briqueville, ambos primos hermanos del Mariscal, se han venido a vivir con él para ayudarlo y disfrutar de sus nuevos placeres. Uno de ellos descubre que cerca de Champtocé, en la misma comarca donde ellos viven, hay un sanatorio para niños. Inmediatamente tejen unos planes bien cuidadosos para caer sobre el sanatorio y disfrutar de sus huéspedes.

Una mañana de espléndido sol llegan por sorpresa al sanatorio y logran apresarlos a todos. Las enfermeras y los dos guardas que opusieron resistencia fueron pasados a cuchillo inmediatamente y luego lanzados a un pozo de agua cercano. El Mariscal y sus primos desnudan y amordazan a todos los muchachitos para proceder con sus planes de inmortalidad. A algunos los palpan y los desmiembran pieza por pieza, a ratos jugueteando con los cuchillos y la elasticidad de los músculos y tendones. A otros Gilles les abre las espaldas y se bebe el líquido de sus pulmones. Hay incluso varios niños a los que les abre el vientre vivos y les mete las manos para palparlos por dentro; luego les arranca violentamente las entrañas para ver las últimas convulsiones y los espasmos.

Después de terminar con sus diversiones, Gilles de Rais y sus dos primos salen a galope para almorzar carne fresca en el castillo. Dejan tras de sí una carnicería de huesos, órganos y cuerpos, todos irreconocibles, entre el zumbido de las moscas de mediodía.

A continuación harás la invocación siguiente:

"¡Oh, arcángel San Miguel, príncipe celeste, mi ángel tutelar! Yo te pido humildemente escuches mi voz y pongas en mi corazón la dulce paz que ansío. Yo no puedo vivir con tranquilidad y mi alma está llena de inquietud. Solamente puedo curar mis males y alejar mis penas consiguiendo el amor de Fulano de Tal" (aquí se pronuncia el nombre y apellidos de la persona que deseamos nos ame con frenesí).

"¡Oh, Arcángel San Miguel, príncipe celeste, mi ángel tutelar, escucha mi voz! En nombre del Pa + dre, en nombre del Hi + jo, y en nombre del Espíritu + Santo. Amén".[3]

Por último rezarás con toda la fe de alcanzar tus deseos, la siguiente oración:

---

3. Cada cruz (+), significa donde te debes persignar.

"In laudem et honorem Dei ac proximi utilitatem. Dominum hoc invocaverunt illie trepidaverum timore, ubi erat + Amen."

"¡Oh, excelsa y divina trinidad del Padre Creador, del Hijo Redentor y del Espíritu Santo Glorificador! ¡Alfa y Omega! ¡Oh, poderoso Adonay! A tu bondad infinita acude y se postra humildemente esta criatura" (tu nombre y apellidos), *"y de todo corazón te pide que Fulano de Tal me ame siempre y se halle feliz a mi lado."*

"Jahel + Ismael + Rosael + ¡oh, poderosos ángeles del Amor!, velad por mi amado(a) y haced que su alma sea generosa conmigo y que su corazón lata de amor solamente para mí. Jahel + Ismael + Rosael + escuchadme y ayudadme. Así sea".

Esta ceremonia debes celebrarla durante nueve noches, sin interrupción. Luego descansarás tres días y volverás a celebrar otras nueve veces más, continuando esta forma hasta haber cumplido las tres novenas que requiere esta operación.

———— ∽ ————

...Qué iba a pasar en el mundo?
El gran orinador desde su altura
callaba y orinaba
Qué quiere decir esto?
Soy un simple poeta,
no tengo empeño en descifrar enigmas
ni en proponer paraguas especiales.
Hasta luego! Saludo y me retiro
a un país donde no me hagan preguntas.

Y el libro se cerró casi con el mismo asombro con que se había abierto. Escucho a las tías aullar en la soledad de la noche y me reconforta el hecho, mínimo, insignificante, de que a mí tampoco me harán preguntas. Desde que me trajeron de vuelta rezan más y me hablan menos. Al principio era garroteado cuando me rehusaba a rezar con ellas o a participar en sus actos de magia hasta que un día intenté devolverle a mi tía, la altota, el mismo tratamiento; pero su voz, de repente hecha cristales, y su mirada de maldición me contuvieron. Logró quitarme el garrote con toda tranquilidad y más bien fui yo quien casi termina lisiado. La agresión física, sin embargo, es una cosa a la que uno se puede llegar a acostumbrar; no sirve de mucho, pero sucede. Más allá de ciertos golpes uno ya no encuentra ni siente algo nuevo. La carne se acostumbra y a veces hasta lo pide. No sé en qué medida soy culpable, hasta qué punto yo mismo he pedido que me agredan, que me maltraten en lo posible. Creo que a fin de cuentas me está gustando, especialmente en determinados momentos de abulia porque calienta. Hace que la sangre fluya con una fuerza que no tiene en otros momentos y de repente siento que algo medianamente emocionante ha pasado en mi vida; pero este sentimiento en el fondo solo agrada, o puede agradar, en lo físico. Lo demás se te empieza a derrumbar irreparablemente. Ya ni tengo siquiera las fuerzas necesarias para pensar en que debo enfrentarme a ellas, o por lo menos, ya siendo casi adulto, huir a cualquier sitio. Las noches me aterran porque me dejan a solas para pensar e inevitablemente llega la pregunta que me recorre como un escalofrío gigantesco el cuerpo: ¿qué tal si me puedo ir, si se me presenta la oportunidad de escapar y de repente me doy cuenta de que no quiero? Esta idea me invade como la peor de las pesadillas, como algo que me ronda desde el día de la paliza en el pueblo, pero no por la paliza misma ni por la actitud de la gente, sino por el encuentro con el mago. Siempre me había preguntado qué significaba todo. Ahora que ya lo sé, me ataca otra pregunta que sale desde el mismo Gilles de Rais que llevo adentro: ¿qué significa saber eso? ¿En qué me beneficia? ¿Cuál es el verdadero sentido de sobrevivir a los demás para sentarse en un sillón sucio?

Es en noches así cuando realmente planeo matar a las tías, pero no lo hago porque sé que las muy perras también estarían de acuerdo.

———————— ∽ ————————

La necrofilia también es plato fuerte en el menú.

Después de veladas de vino, Gilles y sus amigos visitan los cementerios donde saben que hay un niño recién enterrado y lo exhuman para violarlo y desangrarlo sobre la misma lápida de su tumba. Y en ocasiones en que los niños andan escasos, la pandilla del Mariscal se dedica a destripar mujeres encintas para manosear y chupar el feto. Toda profesión tiene sus épocas bajas, se dicen mientras quedan a la espera de mejores tiempos.

La inmortalidad y lo religioso son el centro de estas prácticas. Después de colgar a veinte chiquillos de ganchos insertados en el mentón, su sangre es recogida en artesas. Los hombres rezan humildemente junto a las bañeras de estaño. Luego se desnudan y se meten a las tinas donde les caerá una tibia lluvia de sangre para purificarlos. La sensación de comunicación con la deidad es tan profunda que el mismo Gilles se queda dormido en la tina durante varias horas... Al despertar hay una costra coagulada sobre ellos, pero sus cuerpos están completamente rejuvenecidos... Solo se escucha el zumbido de las moscas sobre la sangre seca.

———————— ∽ ————————

Están golpeando duro contra la puerta. He puesto sillones, armarios y hasta bibliotecas contra las dos hojas, pero sé que las van a derribar. Su fuerza, su furia, todo el ejército que los acompaña tiene más convicción de lo que yo he tenido a lo largo de los años. Sí, señor director. Yo cerré la puerta en espera de que ustedes intentaran forzarla. Lo hice porque ustedes tenían que forzarla; esa era la única manera de conseguirme a mí, de forzarme a hacer lo que ustedes quisieran y yo poder sobrevivir... Seis tazas de agua hirviendo en el cogote para que diga la verdad, que limpie con sus ampollas toda la mentira que ha bajado por ahí. No importa. De por sí sabemos que todo eso significa sombras, que el relevo no llega hasta muy avanzada la oscuridad y ya es tarde para poder rescatarlos. La estatua se desgrana poco a poco de tal manera que dentro de cincuenta años no quedará nada. Quizá empiecen por derrumbarse las patas, y luego, con el peso del tronco, todo el elefante se derrumbará. El príncipe hindú se hará añicos con su princesa pero nos quedará el gusto de haberlos visto antes de que el viento se los llevara. Lo mismo con las demás estatuas; los tres amigos suspendidos de unas cuerdas, la pareja de muchachos homosexuales en una barca de viejos tablones, y la más hermosa de todas: la gata blanca a los pies del sillón oscuro, todos, todos se están yendo en el viento abrasivo de la insignificancia, en el constante silbar del viento que entra por esta caverna. El mago me mira con tristeza y se levanta de su lugar en las gradas junto al sillón. Detrás de él, las tías y el padrino, de riguroso luto, marchan como ensayando un funeral de Estado. No me ven, envueltos como están entre tanta tela negra que parecieran el centro de un gigantesco vórtice negro, una rosa gigantesca, un ano que aprieta y poco a poco se los va tragando, sin volverme a ver, sin saber que yo presencio su viaje final y ya me visto también como ellos para tomar su lugar. La rosa-culo se cierra y el druida me señala el sillón oscuro ya vacío. Subo lentamente las gradas mientras oigo el griterío espeluznante de una multitud enardecida. Gilles de Rais los enfrenta con las manos atadas y un gesto altivo. Hay una sonrisa de seductor en sus labios que muchos logran descifrar y de repente desean besarlos. Por eso la multitud lo mismo le lanza repollos podridos que sortijas de oro y joyas. Una mujer lanza a la plataforma un bulto con su ropa interior y Gilles lo acaricia sonriente con la punta de la bota.

Suena el redoble de tambores y la fila de doscientos niños se agita temerosa. Los verdugos descamisan rápidamente a los chiquillos, a la vez que van pidiendo la ayuda de los padres porque no dan abasto. Muchos se incorporan a ayudar y en tres o cuatro minutos los doscientos niños quedan desnudos de la cintura para arriba. Se reparte rápidamente los látigos en tanto que Gilles empieza a hablar. Su discurso es sonoro pero el fuerte rugir del viento de octubre y el redoble continuo de los tambores ahogan sus palabras. Los edificios, sin embargo, escuchan. Las vigas azules de la abadía de San Andrés cambian su color de azul a un púrpura tenue y los árboles vecinos, extraño para este mes, se llenan de pájaros. Fluyen de todas partes como llamados por algún poder secreto y cubren lentamente los árboles en torno al cadalso. Cuando ya son más de dos millones de ellos, empiezan a echar estiércol sobre la ciudad. La gente, primero sorprendida y luego queriendo huir, se resbala en la pasta verde y blancuzca que pronto lo cubre todo. Es una Navidad precipitada llena de nieve de pájaro donde los asmáticos se mueren. Luego siguen los alérgicos y finalmente seguirán los demás que caerán fulminados por cualquier pequeña infección. Pero en la plaza, y ante el cadalso, las cosas no cambian para nada. Yo observo desde el sillón oscuro mientras la nieve de pájaro cae como sobre una fiesta invernal. Los verdugos ahorcan a Gilles, quien todavía no deja de hablar, en tanto que los padres de familia fustigan con el látigo las espaldas de sus hijos. Las marcas deben ser grandes y profundas. No se debe permitir que desaparezcan pronto. Los niños deben tener un recuerdo imperecedero de la tarde en que fue estrangulado y quemado el Mariscal de Francia Gilles de Rais, su verdugo implacable.

25. ILUMINACIONES

Es posible que quienes instituyeran para nosotros los misterios no fueran hombres ignorantes, sino que realmente se hubieran expresado durante mucho tiempo mediante enigmas, con lo que indicaban que quien carezca de iniciación y no haya participado en los misterios, cuando llegue al Hades, yacerá en el fango, mientras que quien se haya purificado y se haya iniciado en los misterios, al llegar allí abajo, vivirá con los dioses. Efectivamente, como dicen quienes establecieron los misterios, «muchos son los que llevan el tirso, pero pocos los poseídos por Dionisos»...

PLATÓN
Fedón, O El Alma

(CONSTANTINOPLA, siglo VIII.)

Babilonia la inmortal siempre resurge de sus propias cenizas. La Gran Bestia Sacra ha tenido muchos nombres. Primero se llamó Atlántida-Knossos, luego Jerusalén-Babilonia; y después de eso Atenas-Roma; pero la Gran Perra, la ciudad madre de ciudades —el laberinto de la humanidad—, hoy se llama Constantinópolis. Y es la primera vez que una sola ciudad es dueña de todos los ángeles, los demonios y las demás tempestades que siempre acompañan al hombre. Aquellas otras, los grandes imperios de otros tiempos, ya no son más que sombras donde el pasto lentamente se come el mármol de los suelos.

Sé todo esto porque yo, Dionisos Gálatas, he nacido aquí, a las puertas de Bizancio la Grande. Mi ciudad es hoy tan esplendorosa como lo fueron todos aquellos emporios del pasado. Pero éstos no son tiempos de paz. Afuera en las calles, en los empedrados y las plazas ruge la estampida del odio y la guerra. Y porque soy un monje de claustro, completamente ajeno al mundo de extramuros, no tengo noticia clara de los hechos que ahora bañan de sangre tanto al palacio real como a los monasterios rebeldes. Los míos, es decir, mis hermanos, accedieron a los deseos del Emperador de remover todos los iconos sagrados de la vista de nuestros feligreses. No sé qué se persigue con esto, pero estoy seguro de que los hermanos actuaron sabiamente al no contrariar al Emperador y a su patriarca, nuestro señor. De noche, cuando el peligro es casi nulo, asistimos al culto en las bóvedas donde todavía guardamos imágenes de los Santos Apóstoles, la Virgen Santísima y el Sagrado Corazón. Así nos evitamos la ira del Emperador y sus allegados. Y lo importante de estos hechos, al menos para nosotros, es recordar que nada de lo que ahora sucede tiene la mayor trascendencia. Lo que pasa, pasa; y lo que ha de pasar, ha de pasar. Tanto los hermanos como yo estamos convencidos de que el verdadero valor de las cosas está por encima de rencillas partidarias. Nada de lo que nosotros hagamos va a cambiar los hechos del mundo. Reina quien debe reinar y es Señor del Cielo quien debe serlo.

Hoy mismo fueron decapitados mi sobrino Tadeo y su escudero por negarse a echar a las llamas un icono de la Virgen. Creo que mi sobrino era el que se negaba mientras Yiorgos de Panás, el chico escudero, solo trató de defenderlo. Mi hermana llegó hace dos horas con la noticia, y ahora que ha partido, puedo descansar y dejar de asumir lo que no siento. Es verdad que hay un gran vacío, pero no es dolor. Ya no siento dolor por la muerte de los míos igual que no siento pena por la muerte de nadie. Las cosas son como son porque el Dios de dioses está con nosotros. Yo tal vez pertenezca a lo que la soberbia de Roma ahora llama herejía, pero estoy convencido de que la sangre que corre por las calles es sangre de phármakoi, víctimas propiciatorias para apaciguar al Señor que murió y resucitó para que nuestra parte inmortal no muera. Porque el Denditres, el Señor de los Árboles, está con nosotros y su savia debe fluir para alimentar y fertilizar la tierra. Por eso no lloro a mi sobrino y su joven amigo, porque lejos de pasar a peor vida, se han reunido con Dionisos, el Cristo resucitado quien habita en la Ciudad Junto a las Estrellas.

Con frecuencia se me ha interrogado sobre mis creencias pensando no encontrar cómo reunir lo que llaman paganismo y cristianismo. Pero el error es de ellos. Las palabras los engañan con la misma facilidad con que se enturbia la mente de un niño. Los hombres y las épocas pasan pero el dios universal, el maestro que el eximio Platón creyó encontrar en los astros es solo uno. Se le puede llamar de cualquier manera que el Gran Dionisos siempre responde. Ahora su ira se desata contra los moderados, los "aristotélicos", como denominan a los cristianos que se rehúsan a practicar, siquiera tácitamente, el culto del dios de la incontinencia, el amo de los excesos que por medio de esta paradoja, de este enigma, nos enseña la inmortalidad del fluir de la vida. Quienes conocemos bien a Dionisos sabemos que el sacramento del pan y el vino está bien, pero no es suficiente. El cuerpo y la carne deben ser verdaderos y constantemente renovados. El hombre fue hecho para contener la violencia por medio de un acto ritual: el sacrificio. Ésa es la ley de Dionisos: el orden depende del desorden. Es una ley sencilla para un mundo sencillo, y cuando ese mundo se rebela, pierde su magia en el inmundo espejo de la lógica y sus maestros; entonces Baco desata una verdadera tormenta entre nosotros.

La tormenta ahora desatada se llama Constantinopla, porque debe saberse que así como los dioses hablan en enigmas a los hombres, Dionisos, que es el más grande de todos ellos, tiene una prueba más para el endeble mortal: el Laberinto. Y en esta ocasión el laberinto se llama Constantinopla, la Gran Bizancio. Si alguien fuere capaz de salir de ella con el tirso sagrado en la mano, podrá justamente decir que se ha salvado.

Ésa es ahora mi prueba. Yo debo salir con el tirso o la nébrida o el skyphos en la mano. Aun cuando mi cadáver se encontrara entre los escombros de la ciudad, las ménades o los bacantes habrán de identificarlo como perteneciente al hijo de Semele.

El cerco en torno mío ya se cierra. Los hermanos de la secta aristotélica, —latina, le llamaría yo— se acercan con sus hachas y sus espadas para tasajearnos el cuello en los próximos días, tal vez horas. Deberé bañarme y vestir mi mejor atuendo.

Un phármakos puede ser cualquier cosa, pero jamás es una víctima indigna.

26. EL VIAJE A BIZANCIO

(Fotografía en *Fast Forward*)

And the lips of the lotus-faces
whispered sadly...

H.P. LOVECRAFT

After nine days I let the horse run free
'Cause the desert had turned to sea...

AMERICA
A horse with no name

SAILING TO BYZANTIUM

I

That is no country for old men. The young
In one another's arms, birds in the trees
-Those dying generations- at their song,
The salmon-falls, the mackerel-covered seas,
Fish, flesh, or fowl, commend all summer long
Whatever is begotten, born, and dies.
Caught in that sensual music all neglect
Monuments of unageing intellect.

II

An aged man is but a paltry thing,
A tattered coat upon a stick, unless
Soul clap its hands and sing, and louder sing
For every tatter in its mortal dress,
Nor is there singing school but studying
Monuments of its own magnificence;
And therefore I have sailed the seas and come
To the holy city of Byzantium.

III

O sages standing in God's holy fire
As in the gold mosaic of a wall,
Come from the holy fire, perne in a gyre,
And be the singing masters of my soul.
Consume my heart away; sick with desire
And fastened to a dying animal
It knows not what it is; and gather me
Into the artifice of eternity.

IV

Once out of nature I shall never take
My bodily form from any natural thing,
But such a form as Grecian goldsmiths make
Of hammered gold and gold enamelling
To keep a drowsy Emperor awake;
Or set upon a golden bough to sing
To lords and ladies of Byzantium
Of what is past, or passing, or to come.

WILLIAM BUTLER YEATS

(Hace dos meses y medio, cerca de Base Tranquilidad.)

Nikki volvió a ver el horizonte. La gigantesca bola azul-grisácea de la Tierra alumbraba cada día más espectacularmente. Volvió de nuevo a la excavación donde el taladro lanzaba partículas de todo tamaño a gran distancia. Los mineros se veían unos a otros con algo de aprensión. La orden de cavar en esa zona no era solo extraña sino que también inusualmente apresurada. Habían salido de la Base Tranquilidad casi sin poder terminar los preparativos y nunca, esto lo recordaban bien, nunca habían sido acompañados por miembros de la Seguridad y una enviada del Consejo de Satrapías.

Nikki decidió no prestar atención a las miradas de desconfianza y se concentró más en el progreso de la excavación misma. Ojeó cuidadosamente a Inti-Mayu para ver si encontraba en la expresión del Jefe de Seguridad algún rastro de miedo o siquiera curiosidad. El hombre, sin embargo, fiel a su apodo de *La Iguana*, permanecía incómodamente quieto, y nada, ni siquiera la información que ahora compartía con Nikki parecía conmoverlo en lo más mínimo.

Ella se acercó para escrudiñarlo un poco.

—¿Qué piensa que vamos a encontrar?

Inti-Mayu la volvió a ver fijamente con una expresión que podía querer decir cualquier cosa.

—Tal vez el tesoro al final del arcoiris— dijo finalmente con ironía. Nikki lo observó atenta mientras él regresaba su atención al taladro de los mineros.

La excavación prosiguió dos horas hasta que el taladro se detuvo. Los mineros habían alcanzado lo que parecía ser una pared interior hecha de algo como metal. Inti-Mayu dio entonces la orden para que los mineros volvieran a la Base Tranquilidad. Algunos protestaron queriendo ver el fruto de varios días de trabajo, pero les fue recordado, con algo de sutileza, que aquello era una actividad de código rojo. Los mineros montaron sus herramientas en el tractor lunar y al poco rato ya se habían ido.

Los técnicos de Seguridad prosiguieron con la apertura del casco de metal sin recordar la oposición que Nikki y otros habían mostrado ante esa iniciativa. Todo aquello podía ser una cápsula con oxígeno, y hacer un boquete era tan arriesgado como abrir la compuerta de cualquier nave en pleno vuelo. Pero las autoridades se rehusaron a llevar a cabo experimentos preliminares aduciendo falta de tiempo. "No nos vamos a morir por hacer unas pruebas preliminares", había dicho ella, pero la respuesta fue contundente: la verdad es que sí podían morir centenares de miles con esperar unos pocos días más.

El taladro de cristal artemisa siguió chirriando hasta que se oyeron los primeros crujidos del metal que cedía. Inti-Mayu ordenó a todos retirarse por el peligro de que una bolsa de oxígeno u otro gas estallara hacia afuera. Él mismo siguió taladrando hasta que escuchó un fuerte siseo que provenía de adentro. El aire salía por las ranuras pero no con demasiada fuerza. El Jefe de Seguridad finalmente dio un vigoroso mazazo y la escotilla recién hecha cedió del todo. Tras el momento de sorpresa inicial, vino otra más grande. Del interior salía una suave luz verdosa que se reflejaba con nostálgica amplitud en el vidrio de todos los cascos. Nikki volvió a ver a Inti-Mayu que por primera vez en su vida, según ella, estaba sonriendo.

———— ⟋⟍ ————

—Somos una raza de imbéciles. Después de saber lo de la Peste Roja en el siglo XX, yo sinceramente creí que nada peor nos podía pasar. Lo que pasa es que en el fondo les he creído como un buen idiota. Creer en ustedes es como creer en marcianitos verdes... Lo que ahora me queda claro es que soy un jili, un caballo, un idiota por creer en tantas mentiras... (Abre una cajita, saca un poco de polvo plateado y se lo espolvorea sobre la lengua). Yo he tenido buena fe, Nikki. He dejado que me digan de todo sin protestar ni cuestionar pero hasta aquí; basta de agarrar al jili de Yiorgos como campo de prueba, como el conejillo de Indias para medir la ingenuidad de esta estación. A partir de ahora yo me abro y que ninguno de ustedes me diga nada. Recojo mis cachichos y me abro para la Tierra. A mí no me importa que esté toda contaminada. (Saca un poco más de polvo plateado y cierra la cajita, también plateada, con cuidado). Y bueno, ¿qué pensás? ¿Te venís conmigo o te quedás?

Nikki se reacomodó en el sillón y le ofreció a Yiorgos que se volviera a sentar.

—Cuidá mucho tus bluyines, Yiorgos. Ya no los volverás a estrenar.

—Sé que ya nadie los quiere hacer. Pero a mí me siguen cuadrando mucho.

—Ya nadie los volverá a hacer.

—¿Qué querés decir?

—Dentro de dos meses ya no habrá planeta Tierra.

INFORME DE ACTUALIZACIÓN: CÓDIGO ROJO

* Separación actual (236418,16) del sistema Tierra-Luna reducido en un 8.7896%.
* Fecha aproximada de impacto: 236437,09, (menos de dos
meses.)
* Causa de colapso orbital: DESCONOCIDA. Conjeturas
viables:
    - Pruebas nucleares en la Luna durante la Guerra/
    Holocausto del Mar del Sur.
    - Pruebas nucleares secretas durante La Gran Peste
    Roja en la Tierra.
    - Desequilibrios en los campos magnéticos de la Tie-
    rra y Marte durante las tres últimas guerras Colo-
    niales.
    - Impacto del meteorito Zibor-XFB cerca del Mar de
    Moscú en el pasado decenio.
    - Colapso natural de la órbita lunar por ˝envejeci-
    miento˝ de la misma y/o influencia del viento so-
    lar.
    - Otra causa natural o artificial aún no descubierta.
* Causa más probable entre las conjeturadas: EXPLOSIO-
NES NUCLEARES U OTRA ALTERACIÓN NO NATURAL DE LOS
CAMPOS MAGNÉTICO/GRAVITACIONALES.
* Probabilidades de revertir proceso de colapso: 1/103200.
* Velocidad de colapso: +0,0697% cada 24 horas y aumen-
tando.
* Pronóstico de descubrimiento de causas: no menos de
seis meses. INFORMACIÓN INSUFICIENTE O NO EXISTENTE.
* Recomendación prioritaria: continuar con planes de eva-
cuación hacia colonia en planeta Marte. Urgente conti-
nuar acondicionamiento de las bases marcianas, domos
temporales, domos de agricultura y reciclaje, cilindros ha-
bitacionales, etc., etc.
* Tiempo límite para evacuación: 56 días terrestres.
* Porcentaje de selenitas no evacuables según decreto
IRID2349840,900, treinta y cuatro coma setenta y uno
por ciento.
* Recomendación de evacuaciones prioritarias: a) niños y
adolescentes de C.I. 125 ó +, sin enfermedades crónicas   o

terminales; *b)* alto mando de satrapías y cuerpos de Seguridad; *c)* científicos especializados en diversos campos de supervivencia y producción de oxígeno y alimentos; *d)* constructores especializados y en buen estado de salud. DISPENSABLES: niños y adultos enfermos; ancianos y adultos técnicamente no especializados; otros segmentos de la población cuyas áreas de especialización NO SEAN DE PRIMERA Y VITAL IMPORTANCIA.

*   REC: CÓDIGO ROJO. Fin de mensaje.

—Oh, poderosos señores del cielo y de la Tierra, amos de todo lo que existe y fluye en el universo. Oh, grandes ANTIGUOS, escuchen mi plegaria: (Echa incienso abundante sobre una escudilla de fuego y parafina roja. Luego abre el Gran Libro Púrpura y lee de él.):

AZATHOTH, ciego amorfo; señor de la más baja confusión que blasfema y siempre burbujea en el centro de toda infinitud, yo, Germán Cadiorno, te conjuro;

YOG-SOTHOTH, el "Todo-en-el-uno y Uno-en-el-todo"; amo que no está sujeto a las leyes del tiempo y el espacio, yo tu esclavo, hoy te conjuro;

NYARLATHOTEP, mensajero de los Primordiales; Hermes de los tiempos más oscuros, yo, Cadiorno, tu siervo, te conjuro;

HASTUR, el Innombrable, quien ocupa el aire y todos los espacios interestelares; aquel que está donde nada más puede estar; hoy yo te conjuro;

SHUB-NIGGURATH, el cabrón negro de los bosques con sus mil jóvenes; el lascivo asesino de niños; aquél que los quema vivos para adormilarse con la melopea de sus gritos; sangriento señor, yo te conjuro;

GRAN CTHULHU, que mora en R'lyeh, la ciudad que se oculta en las profundidades del mar; el gran señor de toda muerte y toda inmundicia; padre de Hastur; hermano del impío Shub-Niggurath y señor de señores, amo de amos, perpetua y húmeda totalidad; yo, Cadiorno, el más bajo e infeliz de tus siervos, te conjuro.

(Cierra el libro y lo postra sobre la mesa mientras echa en la escudilla hierbas podridas en agua con alcanfor y azufre.)

Escúchenme, Oh, ANTIGUOS; denme fuerzas para convocar a las deidades menores que habitan en el umbral del Hombre; denme el poder para vencer las puertas de Hipnos y convocar a las deidades terrestres, a los animales en el corazón de los durmientes. Oh, grandes PRIMORDIALES. (Hace la siguiente plegaria con los ojos cerrados y un talismán en las manos.) Jath negueb shulta nor beniéf iliasim. Jath negueb zenir shná jubalet Yurnamod selim. Sha zianelir negueb shulta bradielot. Shajamurt NEGUEB SHULTÁ. SHAJAMURT NEGUEB SHULTÁ. (Se postra totalmente en el suelo donde él mismo ya ha orinado y escupido varias veces.) Oh, señores, yo, Germánico, su esclavo, se postra ante ustedes para recibir la bendición de poder convocar, en su nombre, a las míseras deidades de los humanos; a las sombras de los PRIMORDIALES que tanto confunden a la marioneta humana. (Se yergue de nuevo. Gran porción de incienso sobre la escudilla de fuego.) GRANDES SEÑORES ANTIGUOS, déjenme convocarlos para que ahoguen a sus presas en sus lechos; para que intoxiquen a los vivos con la sangre de los muertos en este supremo momento de sacrificio, de mentira, de entrega total. Dejen que ellos hagan el trabajo sucio e insignificante de aplastar al microbio humano. (Más incienso.) Que esto sea para mayor gloria de ustedes, y que en el golpe final, sepa el primate quiénes son los verdaderos ANTIGUOS; los verdaderos SEÑORES DE TODOS LOS LUGARES Y TODOS LOS TIEMPOS... (Cierra los ojos y hace la siguiente plegaria sosteniendo de nuevo el talismán.) SHAJAMURT NEGUEB SHULTÁ, SHAJAMURT NEGUEB SHULTÁ YURNAMOD. (Gran porción de alcanfor, alcohol, pétalos de loto y hierbas podridas en la escudilla.)

Yo, Germánico Cadiorno, convoco a nombre y título de los verdaderos ANTIGUOS Y PRIMORDIALES, a todas las divinidades rastreras a los pies de los GRANDES. (Hace con tiza un signo cabalístico pequeño en torno a la escudilla, igual al grande que cubre el piso de la habitación.) Convoco a aquellos que viven en el umbral de hombres y mujeres asediando constantemente sus puertas; los llamo a que revivan, se apresten a luchar conmigo esta batalla final. (Abre de nuevo el Gran Libro Púrpura y lee.)

MOROS,	señor de la aniquilación; ven aquí.
MOMUS,	señora de la alegría despreocupada; ven aquí.
OIZUS,	señor de la miseria; ven aquí.
ERIS,	señora de la angustia; ven aquí.
PONTOS,	señor de los mares y lagos; ven aquí.
TYCHE,	señora de la fortuna; ven aquí.
ANTÍMETIS,	señor del mal juicio y la falsedad; ven aquí.
y EOS,	señora del último de los amaneceres; ven aquí.

Ustedes, las Ocho Deidades del Hacer y Deshacer, síganme hasta las puertas de los durmientes y destruyan juntos a los guardas que cuidan estas fronteras. Se los ordeno como emisario escogido de LOS SEÑORES PRIMORDIALES.

¡A LA LUCHA CONTRA LOS DESCONOCEDORES!
¡SHULTÁ NEGUEB YURNAMOD!

(Cierra el gran libro, apaga los cirios y se viste.)

———————— ✺ ————————

Al caer Yiorgos sobre la almohada vio como la puerta se cerraba sola. No sabía si Nikki lo había hecho, o si era él mismo, operando desde afuera con la materia o desde adentro con la mente. Pensó en lo que había escuchado y no entendía nada. Él mismo rehusó recibir explicaciones en un momento en que el esquifo y el sueño ya tomaban la mejor parte de sí. Movió lentamente los brazos y se dio cuenta de cómo lo hacía en etapas, como en el primitivo cine de cámara lenta. Decidió entonces hablar y al poco rato recibió la inusual onda de choque de una voz antigua y profunda. Más parecía el extraño conjuro de algo muy antiguo que su propia voz. Se escuchó a sí mismo hablar en griego y luego en algo indistinguible, tal vez una lengua muerta. Se levantó de la cama con cierta inefable convicción de estar muy bien. Fue al espejo y sacó el peine a lo James Dean para peinarse mientras exploraba su nuevo idioma. Descubrió que hablaba tanto la lengua culta como la jerga de los boteros de ese país que estaba completamente lleno de ríos. Era casi un mundo marino; un mundo de ríos, lagos, mares interiores y pantanos. Tan parecido a la Luna, se decía, tan parecido que daba nostalgia como si uno hubiera nacido en él. Dejó de peinarse y se concentró en su aspecto personal. Seguía considerándose muy atractivo a sus veintiséis años aunque Nikki a veces le recriminara cierto autoabandono, una especie de colapso interior que él francamente no veía por ningún lado. Todavía se creía aquella "hormona en un bluyín" de su adolescencia. Desde que una amiga lo definió así ante sus otros amigos, él se tomó el epíteto en serio y nunca dejaba de recordarse a sí mismo que era muy guapo. Ahora, casi nueve años después y a mucha distancia de la Tierra, no sentía que aquello, al menos en lo sustancial, hubiera cambiado. Después de peinarse, salió de su habitación al bullicio de la gente alarmada y tensa. Todos corrían de un lado para otro haciendo preparativos de los que él no quería saber nada. Vio entonces venir a Inti-Mayu y lo saludó efusivamente. Inti-Mayu no pudo evitar oír los gritos de alegría y se acercó cautelosamente. Yiorgos lo veía inflarse y desinflarse como un pez burbuja a la vez que las agallas le subían y bajaban rítmicamente. Esto lo confundió mucho porque estaba acostumbrado a ver a Inti-Mayu como un hombre con cara de iguana. Inti lo saludó con cierto recelo y le preguntó si estaba drogado.

—Eso no es tan importante como cambiar de reptil a pez o anfibio.

—¿De dónde vienes tú?

—Soy sinuiridiano criado en el sector latino y de padres greco-chipriotas; no sé de qué pueblo, pero no de Nicosia. Tampoco pertenecieron al partido de la Segregación Helenófila.

—Te pregunto de donde vienes ahora.

El rostro malhumorado de Inti-Mayu prácticamente exigía una respuesta. Yiorgos lo veía con ojos vidriosos y titubeantes.

—Vienes del senso-club o del café-esquifo, ¿no es cierto?

—No, hermano, no vengo de ninguno de esos lugares. Te queda otra oportunidad... No, mejor te lo digo yo... Vengo de un país lleno de ríos, estuarios, deltas y esas mierdas... Tan bello y acuoso que un peruano lleno de polvo desértico no se lo puede imaginar. Así es que vos no te lo podés imaginar. Chau, *"mon capitaine"*.

Las agallas de Inti-Mayu se abrían y cerraban con furia en tanto que el cuerpo de pez se le inflaba y desinflaba siguiendo el acelerado ritmo de las agallas. Yiorgos, también como en una pecera, se fue flotando por los pasillos.

Inti-Mayu chocó accidentalmente con otra persona y en la confusa murmuración solo se le escuchó entre dientes: "...aquí todos son soldaditos con alma de puta."

"A propósito del sueño, la siniestra aventura de todas nuestras noches, podemos decir que los hombres van diariamente a la cama con una audacia que sería incomprensible si no supiéramos que es el resultado de la ignorancia del peligro."

CHARLES BAUDELAIRE

El acólito cerró el Gran Libro Azul y lo colocó sobre la mesa de caoba. Se echó la capucha encima y acomodó las manos dentro del albornoz en actitud de meditación.

El Gran Astrólogo se puso de pie limpiándose a la vez la garganta. Con un gesto doctoral, se acarició la barba y empezó:

—Baudelaire, el gran maestro de lo oscuro, era un sabio en su campo, es decir, la Oscuridad. Por eso no veía la luz que está en el borde de todo mundo oscuro. Joseph Kalmnån, por su lado, apoya al poeta diciendo que "el lado oscuro de las cosas nace con los sueños"; afirmación harto curiosa para un individuo que, por cierto, además de baudelairiano era onirómano igual que el mismo Baudelaire y su generación de malditos. Y bueno, no contento con esto, Kalmnån se hizo además opiómano, adicto al ajenjo y uranita. Cualquiera diría que tenía en sus manos un "don" para hacerse maldito. Y si esto fuera poco, llegó a escribir poesía de la calidad que ya todos conocemos. Lamentablemente eso no hacía de sus predicciones algo necesariamente cierto. Al contrario; los poetas suelen ser los grandes y hermosos equivocados de nuestro mundo. Le dan más brillo, pero no siempre le entregan más verdad. Y de eso se trata, hermanos, la charla de esta noche. Sobre la verdad del mundo; de la claridad que hay en lo oscuro del hombre, y de lo oscuro que hay en sus momentos de luz. Los dos ejemplos anteriores, Kalmnån y Baudelaire, nos muestran que aun los iluminados pueden estar en grave error frente a las leyes arcanas de los astros y el universo...

Sabemos científicamente dos cosas: que la órbita lunar está colapsando y en pocos meses la Tierra y la Luna se unirán en el ineluctable tálamo de su unión postrera, ¡algo que los astrólogos ya sabíamos desde la antigüedad! (Breves aplausos). Y además de eso, hermanos, tenemos la verdad científica de los recientes contactos con Urano y Neptuno. Se dirán muchos de entre los ignorantes: "¿por qué contactos desde mundos gaseosos y muertos?; ¿por qué no de Marte donde ya tenemos bases o desde el espacio exterior donde hay otras civilizaciones?; ¿por qué desde ese vacío intermedio que son los gaseosos donde no existe forma de vida alguna?"... Hermanos, ¡hermanos!, no caigamos en la ingenuidad. Nuestra Ciencia Madre conoce estas respuestas desde épocas inmemoriales. (Otra breve ronda de aplausos.) Sabemos que estos colosos tienen tanta importancia en nuestras vidas como la Tierra la ha tenido hasta ahora. Se me ha revelado en sueños el propósito de estas señales... (pausa adrede para crear asombro y expectación)... Hipnos, en su lado lumínico, ha permitido que Morfeo vague por los jardines de mi inconsciencia y me dé las respuestas que hemos estado esperando; la respuesta que la Satrapía —muy lamentablemente— nos ha negado hasta ahora. Pongan atención... (Silencio sepulcral.) TELÓN.

———— ✧ ————

(Hace dos meses y medio, cerca de Base Tranquilidad.)

Al entrar al recinto Nikki sintió una repentina pesadez en el cuerpo. Volvió a ver a Inti-Mayu y éste le confirmó con un gesto que sentía lo mismo.

—No puede ser.

La voz casi ahogada de Max, el número 2 de Seguridad, se dejó escuchar con un extraño eco en la caverna.

Inti-Mayu y Nikki lo miraban fijamente. Max le mostró a Inti el monitor de condiciones de vida y por segunda vez, según Nikki, Inti-Mayu sonreía frente a los demás. Todos volvieron a ver el boquete de casi un metro de diámetro, por donde habían entrado, y luego al monitor.

—No es posible —dijo Nikki muy sorprendida.

Inti y Max se miraron uno al otro y decidieron hacer el experimento al mismo tiempo. Se desabrocharon y destornillaron los cascos mientras los demás observaban atentos. Un pequeño ruido seco se oyó y los dos hombres quedaron a la intemperie. Max inhaló fuertemente y sonrió. Inti le ayudó a

Nikki a removerse el suyo mientras los demás del equipo hacían lo mismo. Miraron una vez más el boquete por donde entraba la pálida luz del desierto lunar y Nikki, todavía envuelta en su asombro, supuso que una especie de campo magnético impedía que la gigantesca burbuja de aire escapara con violencia por el boquete.

La habitación era un enorme domo de quince metros de alto por unos veinte de ancho. El cálculo era aproximado porque había niebla, una especie de neblina tenue que emborronaba los bordes del domo.

—Este lugar no puede existir —murmuró Nikki—. Es más grande por dentro que por fuera. El montículo no mide más que unos doce metros de alto allá afuera.

—Tampoco debería haber oxígeno —interrumpió Max—, pero lo hay.

—¿Y quién dice que el universo está hecho a nuestra medida? Mejor explorar otra lógica que encerrarnos en nuestra pequeña Bizancio.

—Buena "lógica", Inti.

Inti los miró con una cara de pocos amigos.

—Yo no he dicho nada.

—Pero era tu voz...

La exasperación de Inti se le vio acumular en el rostro.

—Yo no he dicho nada —repitió secamente, y luego agregó—: Veamos qué es esa puerta al fondo del domo.

Todos se acercaron silenciosos a la gran puerta de metal que se veía en el fondo.

—No sé por qué no querés.

—Porque no tengo tiempo. Ahora todos los gobiernos selenitas están en máxima alerta y debo estar atenta a recibir órdenes.

—¿Qué está pasando?

—Sabés que no te puedo decir más.

—Te gusta Inti-Mayu, ¿verdad?

—No sé... No pienso en eso.

El paisaje lunar se veía plateado con lampos de oro ahí donde el sol pegaba directamente. La música del café-esquifo era sedante pero Yiorgos tenía la mirada y los oídos puestos en Nikki que trataba de esquivarlo. Tras un rato de silencio decidieron salir y apartarse porque, en el fondo, sabían que se estaban incomodando el uno al otro.

(Cuatro años atrás.)

—Los seguidores originales de Ahura-Mazda se extinguieron a mediados del siglo XXI en Cachemira. Con ocasión de la muerte de Yari Vestes, la última zoroastriana en el mundo, en el 2072, el papa Petrus Romanus III envió al Arzobispo de Rawalpindi para tratar de lograr una retracción y conversión al catolicismo de última hora. Obviamente buscaba un golpe de efecto que favoreciera al ya muy menguado catolicismo de Oriente. Todos sabemos qué pasó en esa ocasión. El arzobispo Kutike es ahora el más reciente mártir del Santoral Romano.

Yiorgos se hundió más en el asiento, lleno de modorra intelectual. El joven astrólogo había anunciado sus cursos como "un despertar espiritual" pero los había convertido en un completo adormecimiento de los sentidos. La muchacha de más adelante parecía ser la única interesada. Tomaba apuntes diligentemente y a ratos hasta volvía a ver para atrás. "Debe ser el efecto «hormona en un bluyín»", se dijo Yiorgos, e hizo empeño en volverla a ver con intención cada vez que ella mirara hacia atrás.

—Petrus Romanus III definitivamente subestimó a los parsis y la tradición religiosa de dos mil seiscientos años que ellos representaron. Es de suponer que el vicario tampoco leyó el *TIMES*. De haberlo hecho, hubiera sabido que Yari Vestes se consideraba la mujer más privilegiada y dichosa del mundo al ser la última de la Verdadera Fe. Lo de no aceptar nuevos adeptos o conversos al mazdeísmo los hacía sentirse tan exclusivos como los Cuarenta y Cuatro Mil de Los Testigos de Jehová o los bodhisatvas del mahayanismo. En esencia, Petrus Romanus se enfrentaba al mismo principio que lo hacía a él poderoso e incuestionable. El delirio de toda religión anterior a la nuestra de creerse ella misma la Única Verdad y por tanto absolutamente infalible.

La Iglesia Astrológica es sustancialmente distinta en esto. Nosotros no le pedimos a nuestro prosélito que suponga que somos la Verdad. No, qué va. Más bien LE EXIGIMOS QUE SE LO PRUEBE A SÍ MISMO. Y una vez hecha la comprobación, una vez que el candidato se ha convencido por los métodos que juzgue más apropiados a su condición personal —porque sepan ustedes que en el astrologismo somos firmes convencidos de que el destino es común, pero la forma de llegar a él individual— es entonces acogido en nuestro seno como neófito del astrologismo-uranita. A partir de ese momento, somos nosotros quienes lo ponemos a prueba. Su satori personal debe ser estudiado detenidamente porque no todo bodhi es verdadero conocimiento. No todo acólito es un verdadero llamado a nuestras filas...

Yiorgos estaba al punto de un orgasmo con la muchacha de adelante. Ella lo volvía a ver cada vez que podía mientras tomaba apuntes de lo que el astrólogo decía. Yiorgos no notaba que el muchacho astrólogo tenía la vista fija en aquel juego. Quería participar del coqueteo entre los otros dos, pero su papel de conferencista no se lo permitía. Se acomodaba el albornoz y trataba de no hacer muy obvia su erección.

Yiorgos no podía seguir adelante. Tenía la mente rebobinada en aquel momento, aquel día, cuatro años atrás, en que había conocido a Nikki; la primera vez que algo místico o religioso le había importado una reverenda picha.

"El Corazón Es un Cazador Solitario", se decía a sí mismo Inti-Mayu mientras reposaba en su cabina. El libro de McCullers estaba abierto en el suelo con el lomo hacia arriba. Así lo había dejado dos minutos atrás en que tuvo la visión del niño horriblemente descarnado.

Se puso la bata y fue a la cocina por un poco de *syringe*. No había vuelto a tener visiones desde antes de la muerte de su abuela, es decir, desde hacía más de veinte años y no podía explicar la de ahora. El título de la novela *El Corazón es un cazador solitario* se le pegó en la mente como una goma caliente y repitiéndolo en forma de mantra fue que la aparición se le materializó junto a la cama. Eso le molestaba mucho. El Jefe de Seguridad no podía darse el lujo de tener visiones como si fuera cualquier émpata narcotizado.

Decidió entonces vestirse, pero mientras lo hacía, la mente se le independizó para repetir la visión.

El niño era muy común, cualquier hijo de vecino de unos doce años. Pero al abrirse aquella inmensa capa de borlas multicolores mostró ser una siniestra aparición: estaba totalmente desollado. No tenía en el cuerpo ni un centímetro de piel; así, las vísceras le palpitaban húmedas y amenazaban con salirse del abdomen y esparcirse por todo el suelo. El niño, o niña, porque el sexo no era identificable, levantó en desesperación una mano hacia el techo y con el índice apuntó hacia un rincón que de repente brilló intensamente. Inti sintió que el calor repentino lo iba a consumir. Se tapó la cara y gritó como un demente hasta caer al suelo con los pantalones a medio poner. Cuando despertó un rato más tarde, se juró a sí mismo no hablarle a nadie de aquella experiencia, aquel viaje, según él, que había vuelto a poner en evidencia todas sus debilidades.

Mientras caminaba por los oscuros y malolientes pasillos de Sinus Iridum, Yiorgos se dio a la tarea de juntar piezas de un ajedrez. No era que le interesaba mucho sino más bien por el afán de distraerse, de hacer algo que le desclavara a Nikki de la memoria. Pero no podía; porque además de la turbulenta relación que habían tenido en el pasado, ahora estaba el asunto de la emergencia. Y entendía con absoluta claridad que si las cosas llegaban a lo peor, él no era un buen candidato a sobreviviente. Nadie se preocuparía de un tipo como él aunque su habilidad fuera mucho más aguda que la de otros émpatas. Tampoco importaban las buenas amistades que alguna vez tuvo porque sus mejores amigos y ex amantes ahora ni siquera querían saber de él. A estas alturas, pensaba, lo mejor que me queda es el esquifo. El esquifo y caminar sin rumbo por los infinitos pasillos de la colonia.

Subió lentamente las escaleras de un internivel pero se detuvo a medio camino. Un muchacho de muy corta edad, tal vez 14, estaba en el descansillo superior. Era como un fantasma que irradiaba luz verde. Yiorgos se felicitó por la calidad de esquifo que había conseguido últimamente. Le estaba obsequiando un viaje de los buenos. El fantasma parecía un viejo pirata del siglo XXI; tenía hasta una gran herida que le partía el cuello en dos. Yiorgos trató de hablarle pero el muchacho solo agarró del suelo una patineta del mismo color y la puso en posición de lanzarse escalera abajo. Yiorgos, con un ataque de risa incrédula, se hizo a un lado mientras el pirata lanzaba un aullido de guerra y se dejaba venir escalera abajo en su media luna. Pasó rozando a Yiorgos quien no pudo dejar de percibir un olor a enfermedad, "como de pus", se dijo a sí mismo. El muchacho alcanzó el final del pasillo y siguió a toda velocidad hasta perderse de vista. Dejó tras de sí una estela verdosa que serpenteó lentamente hasta desaparecer detrás de él. Yiorgos se quedó paralizado un instante pero pronto siguió su camino escalera arriba y notó en derredor una completa calma, como si nadie hubiera visto nada. Siguió caminando cerca de los muelles de esporas y nuevamente le vino Nikki al pensamiento. La veía sentada en una de las esporas abiertas intentando cerrarla mientras otros querían impedírselo. Por lo que se veía, eran ancianos furiosos y a la vez suplicantes. Cerca de ellos también había un grupo de niños que lloraban en torno de una mujer aparentemente enferma. Yiorgos se asustó a tal grado que corrió en ayuda de su amiga. Cuando se acercó, sin embargo, todos los niños, los suplicantes, y hasta Nikki cambiaron de fisonomía. Ahora tenían la apariencia de un grupo de mecánicos resolviendo un problema técnico en la espora. Yiorgos se sintió húmedo por el sudor y concluyó que estaba alucinado. Los hombres lo volvieron a ver sorprendidos pero pronto regresaron a lo suyo. Sacudió un poco las piernas y los brazos y siguió por los muelles del nivel en busca de no sabía qué, ni siquiera tenía la certeza de estar buscando algo. Pero ese algo lo encontró a él primero. En el muelle 10, justo detrás de las esporas flotaba una vieja galera hecha a escala. Los muelles eran secos, tenían más bien rieles, pero en este caso había un lago en torno al viejo barco. Era tan pequeño que no medía más de seis metros de proa a popa; y el ancho no pasaba de dos metros y algo. Al acercarse más, vio dos figuras lumínicas adentro. Dos muchachos adolescentes que aún desnudos irradiaban el mismo color verde del otro de la patineta. Estaban dormidos y en los brazos uno del otro. Yiorgos empezó a sudar todavía más. Un mocoso pirata era algo todavía asimilable, pero un Romeo y Julieta homosexuales ya estaban definitivamente fuera de su línea de trabajo. Se arrimó junto al barco y los sintió respirar suavemente en su sueño. Quiso tocar el barco, pero en ese mismo instante la nave se empezó a alejar. "*E la nave va*," pensó de repente, "*ma io non capisco ancora nulla di questo.*" Y reaccionó justo para recordar que él no hablaba italiano. Cuando volvió a ver, la galera ya se alejaba en el horizonte de un pantano nebuloso.

———————— ∽ ————————

INFORME DE ACTUALIZACIÓN: CÓDIGO ROJO

* Las ondas de radio que hemos estado recibiendo de Urano y Neptuno han sido parcialmente descifradas. Se les recuerda que esta información es estrictamente de CÓDIGO ROJO.
* LAS ONDAS HAN MOSTRADO UN ESQUEMA RECURRENTE QUE SEGÚN NUESTROS COMUNICÓLOGOS/CRIPTÓLOGOS INDICAN O SEÑALAN UN CUADRANTE DE LA LUNA, JUSTAMENTE EN LAS AFUERAS DE BASE TRANQUILIDAD.
* TRAS ANÁLISIS MÁS DETENIDOS, SE UBICÓ EL PUNTO EXACTO SOBRE UN PEQUEÑO MONTÍCULO A 42 KILÓMETROS DE B. T. EL MONTÍCULO ES DE FORMACIÓN MÁS O MENOS RECIENTE, POR LO QUE LAS CUADRILLAS TRABAJANDO EN ÉL ESPERAN ENCONTRAR ALGO QUE RESUELVA EL MISTERIO DE LAS ONDAS.
* REC. Código Rojo. Fin de mensaje.

———————— ∽ ————————

Germánico Cadiorno escogió la mesa más cercana al ventanal con polarización protectora. Puso el azafate en la mesa y se sentó a desayunar. En el horizonte se perdía la plana superficie de Sinus Iridum. Este mar se seguiría interconectando con otros mares y bahías hasta llegar al Mar de la Tranquilidad, donde él sabía que ahora estaban los demás. Nada le evitaría el enterarse de la verdad porque la recibiría de boca del mismo Inti-Mayu. Ni los ridículos astrólogos, ni los todavía más incompetentes científicos de Sinus Iridum podían tener las fuentes de información que él tenía.

Hoy le tocaba embarcar hacia la Tierra a uno de los últimos grupos de dispensables que habían decidido morir allá. Solo ellos tenían ese privilegio. Porque los que serían transportados a Marte salían directamente desde la Luna y no tenían derecho de despedirse personalmente de sus familiares; si acaso, los verían en la base marciana de Mons Nix.

Germánico terminó su desayuno bruscamente y decidió buscar a Yiorgos. Un émpata joven, autodestructivo y drogadicto era exactamente lo que necesitaba ahora.

⸙

Sinus Iridum es un enjambre de abejas muertas; una colmena sin ventilación donde las alas desprendidas de cada insecto cierran el camino y ahogan la respiración de todos los demás. Construido de metal en una época en que se creía en el metal, es ahora un sinfín de cuevas, hoteluchos, orinales y ductos por donde transpiran las ratas y las heces. No tiene dueño como cualquier mercado negro no tiene dueño. Lo manejan los jóvenes, que, amparados en su vigor físico asaltan o secuestran todo lo que pase por sus escondites. Las esporas atropellan bultos que otra espora ha lanzado a este riel mientras otra en unos minutos lo lanzará de vuelta al primer riel. Y cuando no hay suficiente energía para las esporas, entonces salen los comisarios del tráfico a vender favores y recobrar apuestas perdidas. Salen los émpatas drogadictos que no pueden ser enviados a la Tierra porque nacieron en alguna de las colonias de la Luna. Salen los cristianos a realizar desfiles y autos de fe llenando los pasillos de humo de candelas e incienso; apenas lo suficiente para encender las alarmas de incendio y atascar los filtros de oxígeno, mientras que algunos autonombrados satanistas hacen pintas y grafittis con sangre que luego atrae moscas y gusanos. Pero la Oficina de Salud no se preocupa mucho porque le sale más barato quitar la sangre con agua caliente que quitar la pintura con solventes. Así rondan las jaurías de sombras que luego, en las asambleas de organización, presentan las mociones más inspiradas para mejorar nuestra casa lunar. Así llegan las naves precedidas de una vela latina negra para echar ancla en Sinus Iridum. Algunos viejos ciudadanos, los que ya tienen muchos años de estar aquí, esperan en las plazas cerca del Zigurat la llegada de los ángeles, y les cantan canciones de pueblos antiguos, y les traen ofrendas de mirra y oro, pero los ángeles, las tristes figuras de alas de cera, siempre tardan mucho en llegar.

Yiorgos fue el primero en sentir el crujir. Todas las paredes de metal traquearon primero con suavidad y luego fuertemente. El piso comenzó a mecerse con una ondulación de terremoto. Los gritos de la gente en el pasillo eran agudos y desgarradores pero Yiorgos casi al instante se calmó. Este no es el momento que todos esperan, se dijo. Y mientras los más despavoridos corrían a los muelles de esporas, él se echó en la cama a saborear un poco más de esquifo. También ajustó el T.T. de Realidad Total para tener un orgasmo. La muchacha morena y desnuda, hecha idéntica a Nikki, se movió lenta y sonriente por la habitación con el estómago y los hombros un poco borrosos. Debido al temblor, la máquina de Realidad Total no funcionaba muy bien. Aún así, Yiorgos permitió que el programa siguiera. Tras varios bailes eróticos donde ella se manipulaba sicalípticamente los pechos y el pubis, la mujer-imagen se agachó y tomó el pene de Yiorgos entre los labios. El extendió los brazos y sintió el cabello suave de la muchacha caerle sobre el vientre. Ella siguió un poco por el escroto y la pelvis y finalmente volvió al pene. Yiorgos lagrimeaba tanto de placer como de angustia, mientras empezaba a musitar el nombre de Nikki. Cuando finalmente eyaculó hubo una sensación de vacío perturbador. Apagó rápidamente la imagen y la muchacha se disolvió en una serie de ondas distorsionadas. La voz de ella, que siempre decía adiós, le pareció más fantasmal que nunca. Decidió entonces cambiar esa máquina por una buena y sustanciosa porción de esquifo. Era menos real solo en lo tocante a la vista. El esquifo te podía hacer sentir cosas que ninguna imagen-táctil de Realidad Total podría imitar.

El temblor ya había pasado pero todavía se escuchaba la perturbación de la gente afuera. Yiorgos salió entonces a ver el paisaje de desorientación y caducidad más de cerca. Tenía la payasa aunque el esquifo no provocaba eso. Caminó por el pasillo semioscuro y, como de costumbre, lo acompañó un olor rancio y a veces hasta pútrido que se escondía en los rincones de todo Sinus Iridum. Llegó a la esquina final del sector latino y se topó de frente con una procesión de encapuchados. Era lo que quedaba de una vieja secta cristiana del siglo XIX. Todos iban con capuchas en forma de cono y vestidos ya de riguroso blanco o de negro. Llevaban cirios rojos y negros y cantaban antiguos versos y salmodias:

A orillas de los ríos de Babilonia
nos sentamos a llorar,
acordándonos de Sión;
en los álamos de la orilla
teníamos colgadas nuestras cítaras.
Allí nos pidieron
nuestros deportadores cánticos,
nuestros raptores alegría:
"¡Canten para nosotros
un cantar de Sión!"
¿Cómo podríamos cantar
un canto de Yahveh
en una tierra extraña?
¡Jerusalén, si yo de ti me olvido,
que se seque mi diestra!
Acuérdate, Yahveh,
del día de Jerusalén
contra los babilonios,
cuando ellos decían: ¡Arrasen,
arrásenla hasta sus cimientos!

¡Oh, Babilonia, devastadora,
feliz quien te devuelva
el mal que nos hiciste,
feliz quien agarre
y reviente contra las rocas a tus niños!

La canción tenía una hermosura casi siniestra. Los adultos, divididos en sopranos y tenores, llevaban la melodía principal en tanto que los niños, igualmente encapuchados, hacían canon tenue y fantasmal.

Yiorgos tuvo que estrujarse contra la pared para dejarlos pasar. Más le parecían un desfile inquisitorial que una procesión de piadosos, aunque, en esencia, era justo decir que eran un poco de los dos. Uno se acercó a Yiorgos y le habló suavemente sin descapucharse.

—Hermano, viene la prueba final. Tienes que estar en paz con tu Señor para ser salvo. Piensa, aunque sea por un momento, en los bienes que te esperan en el Reino.

Sacó de su extraño albornoz un clavel blanco y rojo. Estaba casi marchito pero todavía conservaba una fragancia agradable. Yiorgos lo tomó y lo olió a la vez que le dio las gracias al encapuchado. Éste tomó el crucifijo de madera que llevaba en el pecho, besó sus dedos índice y medio y luego los posó sobre el crucifijo. Acto seguido, volvió a besarse los dedos y los puso sobre el pecho de Yiorgos. El émpata sintió mareos y luces que lo rodeaban por todas partes. Trató de asirse del encapuchado, pero ya iba directo al suelo. Lo último que pudo discernir fue la cara de Germánico junto al piadoso tratando de revivirlo...

Los cuatro golpes contra la campana marcaron el inicio de la sesión. El acólito se puso de pie y leyó:

"Este muy asombroso astro azul verdoso entra en conjunción con Neptuno una vez cada 171 años, lo que duplica su fuerza y su aspecto de dominio sobre lo inconsciente. Su fuerza notoria y díscola se registró históricamente por primera vez durante las épocas de la destrucción de Nínive y Babilonia. En ese momento, nuestros conocimientos rudimentarios lo adjudicaron a Marte y Saturno. Pero hoy sabemos que Urano es el astro de los grandes cambios en la historia del hombre. Constantinopla, la Revolución Acuariana de fines del siglo XX, la Guerra del Mar del Sur; todo fue signado durante la conjunción Urano-Neptuno. Y Urano, por ello mismo, es el astro regente de Acuario, la era del colapso de lo convencional, lo vetusto, lo retrógrado. Guárdense de la conjunción Urano-Neptuno, porque es la fuerza del inconsciente en plena rebelión y asistido por el instinto de lo primigenio;... así de fácil como construye, puede destruir."

El acólito cerró cuidadosamente el Gran Libro Azul, lo posó sobre la mesa de mantel azul-verduzco, y ocupó su asiento en uno de los extremos de la mesa. El Gran Astrólogo, sentado en su trono de piedra obsidiana, indicó con un leve gesto el próximo paso. Otro acólito se puso de pie y avanzó hasta el centro del pequeño anfiteatro. Levantó las manos en medio de sus compañeros y cerró los ojos. Todos se pusieron de pie e hicieron el mismo gesto. El acólito inició de forma altamente ceremonial:

○   Oh, astro de los 84 años, gran padre sideral,
     Que se haga tu inconstante voluntad.
○   Gran emancipador y capricho aleatorio,
     Que se haga tu inconstante voluntad.
○   Señor del espacio generando el tiempo, señor del
     tiempo generando la eterna mutabilidad,
     Que se haga tu inconstante voluntad.
○   Amo de las mecánicas y las tecnologías, de los
     inventos y las genialidades,

Que se haga tu inconstante voluntad.

O Padre de la rebelión y la excentricidad, de la
   locura y la creatividad,
   Que se haga tu inconstante voluntad.

O Señor de la impulsividad, lo súbito y lo
   independiente, amo y custodio del exceso,
   Que se haga tu inconstante voluntad.

O Guardián de los bardajes, el uranismo, los fetiches,
   la ninfomanía, los erastés, el tribadismo,
   la coprofagia y demás parafilias,
   Que se haga tu inconstante voluntad.

O Sumo protector de los innovadores, los inventores,
   los artistas, los reformadores, los técnicos,
   los dementes, los magos, los ocultistas y los
   astrólogos,
   Que se haga tu inconstante voluntad.

O Gran Némesis de la convención, lo racional, la
   paciencia, la esclavitud, la dictadura, el matrimonio, la
   mentira y la inercia,
   Que se haga tu inconstante voluntad.

O Oh, SUPREMO SEÑOR DE LA IMAGINACIÓN Y EL
   CAMBIO
   Danos tu protección y abrigo, tu fuerza y abandono
   junto con la fiereza inconsciente y primitiva de
   Neptuno, tu gran hermano menor,
   tu saki,
   tu noble ERÓMENOS.
   Que se haga tu sagrada e inconstante voluntad.

Todos dijeron entonces: ASÍ SEA. Y MIENTRAS DURE
LA VASTEDAD DEL COSMOS, ASÍ SERÁ.
Volvieron a tomar sus asientos calladamente mientras el
Gran Astrólogo se puso de pie y avanzó hasta el centro del
anfiteatro. Echó para atrás suavemente parte de su capa azul

para revelar debajo de ella una espléndida chilaba acuamarina con incrustaciones de metal multicolor. Los Uranitas se pusieron de pie sorprendidos. Era la vestimenta para los más altos ceremoniales, aquéllos en que se harían cosas de trascendencia única.

El Gran Astrólogo invocó los espíritus del Rey Rimnon, el joven escanciador Ganimedes y el astrólogo Aristeo, célebre por su capacidad para encontrar agua en cualquier parte del universo. Luego bebió el Astrólogo del agua sagrada en las copas de piedra artemisa dispuestas en la mesa e invitó a sus acólitos a que hicieran lo mismo. Todos los hombres y muchachos se acercaron con júbilo, pues creían ver en aquel gesto la señal esperada, el día en que los Uranitas harían su entrada triunfal en la historia de la antigua Selene. Después de la invocación y la bebida ceremonial, el Gran Astrólogo continuó:

—Hasta aquí llega nuestra vida marginal, nuestra represión y la vida sin Directriz Primigenia. De ahora en adelante medirán nuestras fuerzas por el número de seres humanos que hayamos rescatado. Por el número de almas que hayamos salvado. ¿Está listo todo?

—Sí, mi señor —respondió un muchacho prematuramente canoso—, los silos ya están en cuenta regresiva.

Los Uranitas lo volvieron a ver con complacencia y lo aplaudieron espontáneamente. El muchacho bajó la cabeza agradecido mientras un amigo le vertía una copa de agua pura sobre el cráneo y la nuca.

—¡Ya es hora de empezar!

El compacto grupo de albornoces se dispersó por el anfiteatro cada uno en busca de su papel particular en todo aquello. Las luces se hicieron tenues y empezó un suave ronroneo de oraciones en iraní antiguo.

INFORME DE ACTUALIZACIÓN: CÓDIGO ROJO

1. Preocupa la reciente proliferación de cultos independientes fuera de control.

2. Esta "feria de albornoces, capuchas y capirotes" debe ser vigilada más de cerca.

3. La abundancia de incienso y otras sustancias tóxicas está sobrecargando los sistemas de filtración centrales.

4. Algunos grupos operan sus ritos con fuego vivo en lugares no autorizados, creando un obvio peligro de incendio.

5. Está aumentando la desobediencia civil por parte de estos grupos al punto que han secuestrado y torturado a un oficial de Seguridad. (Fue liberado posteriormente pero su estado es aún delicado.)

6. Hay sospechas de Seguridad de que el grupo Uranita está trabajando en asociación con otros disconformes en el MAR DE LAS LLUVIAS.

7. Algunas fuentes de espionaje aseguran que tienen un sistema "socio-militar" bien establecido. Y que además, a pesar de no contar con evidencia sustancial al momento, ESTÁN FUERTEMENTE ARMADOS, AL PUNTO DE PODER REDUCIR RÁPIDAMENTE LA BASE TRANQUILIDAD A LA INOPERANCIA Y HACERSE CON EL CONTROL DE LA LUNA ENTERA.

8. Compartimos el criterio de la Satrapía de que esto es altamente improbable. Sin embargo, recomendamos los siguientes pasos:

9. Establecer pautas de emergencia para el control de estos grupos religiosos tales como:

    a) Prohibir toda actividad religiosa en lugares públicos o que no estén debidamente acondicionados para tal propósito.

    b) Prohibir el uso de toda sustancia tóxica o inflamable que no esté autorizada por la oficina de salud pública.

    c) No permitir ningún acto en general, sea o no sea religioso, que comprometa la seguridad de Sinus Iridum y las demás bases lunares.

    d) Convocar a todos los jefes de grupos religiosos activos e indicarles estos nuevos procedimientos como de acatamiento totalmente obligatorio.

    e) Amenazar tácitamente con eliminar de la lista de MONS

NIX a todos aquéllos que actúen febrilmente en favor de estos grupos.

f)   Establecer un comité especial que inicie de inmediato la investigación secreta en torno al potencial militar real de la secta Uranita. El comité deberá informar de inmediato todo cuanto vaya averiguando.

10.   Esta dependencia se encuentra cien por ciento comprometida con el orden y control absoluto de esta estación hasta el día en que se deba abandonar. No permitiremos que caiga en el caos y el desorden utilizando la emergencia vigente como excusa.

11.   REC: CÓDIGO ROJO. Fin de mensaje.

No debemos dejar que esos locos tomen el control de todo lo que tenemos, aunque pronto desaparezca. La voz de Inti era oscura y deformada por el espacio que lo separaba de Yiorgos. Por eso tú nos debes ayudar. Necesitamos saber qué están haciendo esos desenfrenados de los Uranitas. Tampoco la voz de Germánico era clara. Oscilaba entre la súplica de un niño y los gorgojeos de un broncoasmático crónico. Yiorgos caminaba por un pasillo donde esas voces aparecían junto a hologramas azulosos de los dos hombres. Recuerda, Yiorgos, que los Uranitas no son más que una mezcla enfermiza de cristianismo primitivo, astrología erótica y zoroastrianismo. Esos malditos nombres Ormuz y Ahura-Mazda no son un dios sino una secuencia infinita de demonios. Han tratado de derrotar el orden por siglos... Y la voz se hacía hueca como un túnel sin fin, un pasadizo de hologramas y holocaustos embarrados sanguinariamente contra las paredes curvas. ¡Tienes que ayudarnos si quieres sobrevivir! Tú estás obviamente en la lista de dispensables y nosotros podemos cambiar eso. Una ayuda de ese tipo al cuerpo de Seguridad será bien recompensada. Yiorgos volvió a ver a los dos hombres una copa de agua de mar. Quitó la mirada, se puso una mano en la frente y con la otra rechazó el cáliz. De inmediato echó sangre por la boca y gritó en francés obscenidades contra Inti-

Mayu y Germánico que se volvían a ver sorprendidos. Los insultos prosiguieron primero en un dialecto copto y posteriormente en lengua ainu. Yiorgos se alejaba succionado por el gran túnel donde ninguno de sus atormentadores quiso entrar. Era un túnel que lo sacaba de Sinus Iridum aunque diez minutos antes no estuviera ahí. Un túnel que salía de la nada como un vórtice salido del espacio interior. No importaba. Empezó a transitarlo con temor, pero luego, entre más se alejaba de la estación, poco a poco asumió la frescura de quien sale a caminar con su perro. El paisaje cambiaba cada varios segundos de escenas bucólicas desérticas a bosques impenetrables con un intenso olor a resinas y savias oscuras. Caminó horas entre aquellas selvas tan umbrosas que le era difícil ver por dónde iba. Los aullidos de bestias extrañas, más que amenazantes, tenían el timbre de lo exótico, de la vitalidad ininterrumpida durante siglos o milenios. Había rugidos ya conocidos y griteríos imposibles de identificar, pero era más una multisinfonía polifónica que un desconcierto de ruidos no integrados entre sí. "*There is method in this madness*" pensaba Yiorgos, seguro de hacer lo que hacía. Y así fue que varias horas después llegó al final de su camino. El aire se había vuelto dulce y pacificador, tenue y lleno de aromas del bosque. Podía casi sentir entre las manos la fuerte esencia de los musgos y los hongos, de las hojas podridas en la humedad del suelo y la inequívoca emanación de la caca...

En un claro algo trillado de la selva, encontró a una gigantesca tortuga de espaldas a él. La tortuga defecaba bajo un aguacero de moscas intoxicadas por los gases de la mierda. Yiorgos se aproximó luchando contra las moscas hasta poder ver más de cerca. El quelonio era un animal de espléndidas proporciones y un color extrañamente indeciso. A primera vista parecía tornasolado, igual que su cortejo de moscas, pero después tomaba el color que uno quisiera. Era verde si a uno le complacía el verde, amarillo si uno prefería este color, o *tutti frutti* si uno no escogía color. Yiorgos notó al acercarse aún más que tenía los ojos más antiguos del planeta y la tortuga, para su sorpresa, de repente le habló con acento extraño, quizá entre tailandés y friul oriental. [El saludo es en tu lengua, pero el acento no es tailandés o friul. No puede ser porque vos no conocés esas lenguas, ...y yo tampoco.] Entonces, ¿por qué pensé en ellas? La tortuga soltó otro gran cerote y suspiró letárgicamente. [A decir verdad, yo no hablo. Sos vos el que habla por mí.] Pero te oigo hablando. [Claro... yo también, pero todo eso no significa nada... Significa sombras, como dijo alguna vez un poeta pariente mío.] ¿Y cuáles son las sombras? [Vos sos el que está hablando, en consecuencia, eso lo sabés vos, no yo.] ¿Y Germánico, junto con el traidor de mi ex amigo, me están escuchando? [Te estás escuchando vos mismo. ¿A cuántos querés llegar?] No sé, no entiendo nada. [No se trata de entender.] Ya lo sé, pero aún así, quisiera hacerlo. ["¿Y de qué te sirve ganar el conocimiento del mundo, si perdés tu alma?"] Las tortugas no cagan en un retrete hecho de moscas recitando la Biblia... [Ni tampoco hablan, ¿verdad? Pues, adelante, sentate vos mismo a cagar y a recitar la Biblia; yo solo pondré atención...] Y Yiorgos tuvo una de las mejores cagadas de su vida, tan perfecta, tan completa, tan limpia que ni siquiera debió limpiarse después. La tortugota tipo país de las maravillas se había quedado dormida, por lo que decidió subirse los pantalones en silencio y alejarse discretamente. No había salido del radio de las moscas cuando oyó chirridos en el cielo. Lo que vio parecían pterodáctilos en una guerra suicida. Los chirridos seguían a la vez que se encendían las luces de alerta por todos los pasillos. Presionó el botón de emergencias en la pared y la información apareció rápidamente en la pantalla:

"Fuego en el nivel D-564. Aproximadamente seis muertos. Ningún daño perceptible a la estructura exterior. Unidades de emergencia y reconstrucción alertadas. Evitar dicho sector y los contiguos, tanto horizontal como verticalmente, hasta nuevo aviso."

Yiorgos cayó al suelo gritando. El crucifijo le ardía en la mano y en el pecho donde el encapuchado lo había tocado. Había dolor mezclado con porciones cada vez más grandes de alegría. No sabía si era una visión, un trance u otro tipo de contacto porque para un émpata tan errático como él podía ser cualquier cosa. Al recobrarse, se sentó apoyándose contra la pared y trató de organizar sus ideas. Luego se puso de pie y caminó titubeante por todo el pasillo en dirección opuesta al incendio. Ya sabía qué buscaba y dónde encontrarlo.

(Cuatro años atrás.)

"El Señor Azur-Mazda tiene siete *amesha spentas*, es decir, siete arcángeles celestiales, siete atributos por los que será reconocido por el hombre. Antes que todo es el Señor AHU-RA-MAZDA, dios de la luz y la sabiduría; también es ASHA, la bondad; VOHU MONAH, la buena mente; KSHATHRA, el poder; ARMAITI, el amor; HAURVATAT, la salud; y AMERETAT, la inmortalidad."

"Pero el mal, encarnado en el espíritu de Angra Mainyu, tiene otros tantos atributos para combatir el bien sobre la Tierra. Estos son el mismo AANGRA MAINYU, o príncipe de la oscuridad; DRUJ, la falsedad; AKEM, la maldad en la mente; DUSH-KSHATHRA, la cobardía; TAROMAITI, el engaño; AVETAT, la miseria; y por sobre todo MERETHYN, la aniquilación."

El joven astrólogo dejó de leer y situó la mirada sobre los dos acólitos. Yiorgos y Nikki se besaban apasionadamente en medio del incienso que oscurecía el aire de la habitación. Decidió entonces recoger sus cosas e irse discretamente.

En el pasillo meditaba sobre esta experiencia con algo de confusión. Siendo un Uranita no podía complacerlos a ambos y tenerlos cerca para siempre. Ellos pronto tendrían que escoger y tendrían que escoger acertadamente. El bien y el mal eran cosas diversas y muy diferenciables, así que no podían fallar. La elección moral, aunque compleja en apariencia, era, según su visión y la de sus hermanos, la cosa más sencilla del mundo.

La persecución de los carros lunares con salida no autorizada se dio casi inmediatamente después de que éstos escaparon de la base. Inti-Mayu entró a la sala de operaciones lívido y lleno de furia.

—¿Cuántos?

Max le respondió sin volver a ver.

—Cinco, tal vez seis. Ya mandé una patrulla de siete carros para alcanzarlos. Calculo que les cortarán el camino al Mar de las Lluvias en menos de veinte minutos.

—¿Estás seguro?

Max sonrió.

—Totalmente.

—¿Dónde está Nikki?

— En el laboratorio C, revisando las muestras que trajimos del Mar de la Tranquilidad.

Inti-Mayu iba a decir algo más, pero una repentina sensación de buen humor y bienestar, lo confundió un tanto. Se acercó a Max para dar seguimiento a la persecución y de repente se dio cuenta de que Max lo podía hacer solo. El tenía algo de mayor importancia que hacer.

(Grab. no autorizada.)

ALERTA CIUDADANO DE SINUS IRIDUM. No se deje engañar. Las fuerzas del orden se han vuelto contra nosotros. Inti Mayu y todo su equipo de Seguridad conspiran contra el bienestar de nosotros, el hombre y mujer medios, los que no tenemos el poder porque lo hemos delegado erróneamente en los secuaces de la Oscuridad. Estamos a pocas semanas del impacto final, DEL IM-PACTO QUE VA A ACABAR CON EL MUNDO Y NUESTRA VIDA COMO LA

HEMOS CONOCIDO HASTA AHORA, y aún así no se nos dice nada. Se nos trata como a niños no dignos de confianza o quizá menos que eso. No tenemos derecho a voto o veto. Las decisiones se han tomado a nuestras espaldas sin importarles que lo que está en juego es NUESTRO DESTINO. Tenemos los siguientes hechos:

* Nuestro planeta madre y el satélite en que vivimos se unirán en un cataclismo que amenaza con hacer desaparecer a nuestra raza.

* Esto sucederá ineluctablemente dentro de pocas semanas sin que nuestra ciencia pueda hacer algo para evitarlo.

* Nuestros gobernantes, tanto los de la Tierra como los de las colonias lunares, han decidido evacuar a un grupo limitado de humanos hacia Marte.

* Los escogidos, tanto de la Tierra como de Las Colonias, fueron escogidos por un comité *ad hoc* compuesto por las autoridades políticas y militares, nada más.

* Esta escogencia arbitraria acaba de condenar a MILLONES de seres a una MUERTE SEGURA E INEVITABLE.

* No se ha tomado ninguna medida ni previsión especial para aquellos que quedamos atrás, entregándonos a una muerte SIN LA MÁS MÍNIMA POSIBILIDAD DE COMPASIÓN. ¿Y SI SE EQUIVOCAN NUESTROS CIENTÍFICOS? ¡¿QUÉ SERÁ DE LOS SOBREVIVIENTES EN LA EVENTUALIDAD DE QUE EL CATACLISMO NO TENGA LA MAGNITUD QUE NOS HAN ANUNCIADO?! Ciudadanos: es hora de actuar y tomar nuestro destino en nuestras manos. Digamos NO a las decisiones arbitrarias.

¡GUERRA CONTRA EL ENEMIGO INTERIOR, EL USURPADOR, EL ASESINO! ¡SOLO NOSOTROS MISMOS TENEMOS DERECHO A DECIDIR SI VIVIMOS O MORI... .... (Transmisión interrumpida. Módulo de rastreo. Espere. Origen en sector.... CLICK ... Fuente apagada. Rastreo no completado.)

En su habitación, Yiorgos flotaba meditando sobre el esquifo y el estado alfa profundo. Su cuerpo giraba lentamente en todas direcciones como una nave espacial que ha perdido totalmente el control. Esto le daba la ocasión de enfrentar alternadamente todos los horizontes estelares. Bajó a sus niveles más profundos hasta que apareció en un pórtico gigantesco con una escalinata enorme de más de cien peldaños. Lograba ver una figura sentada en la cúspide de la escalera con algo blanco entre las manos. A la diestra de la figura, un gran sillón aparentemente café. Yiorgos subió lentamente hasta que distinguió mejor el conjunto. La persona era un muchacho en albornoz negro con una gran gata blanca en sus regazos. [Gracias por venir], le pareció que decía el muchacho sin dejar de acariciar la gata. [Está preñada y se ha vuelto muy sensible]. ¿Quién ocupa el trono? [Vos, si te querés sentar. Y no es un trono; es un sillón]. Yiorgos notó que el muchacho se había quitado el crucifijo y lo había puesto en el suelo a la par de donde se sentaba. El muchacho volvió a ver a Yiorgos con intensidad y le dijo: [¿Verdad que es un sillón hermoso?]. Yiorgos, que se sentía atónito por la espaciosidad del pórtico, respondió solo con un movimiento de la cabeza. El muchacho se puso más serio y le habló mirándolo directamente a los ojos. [De verdad estoy agradecido. No creí que pudieras]. La gata de repente se despertó y saltó de los regazos del muchacho. Éste se puso de pie y a Yiorgos de nuevo le pareció que hablaba. [Adiós. No la puedo dejar sola porque está delicada. Va a tener gatitos, y es muy nerviosa; está como si nunca los hubiera tenido antes.] Yiorgos sintió el frío que se expandió por el pórtico a medida que la gata y el muchacho se alejaban. Anochecía y la luz natural se hacía más tenue. Las columnas poco a poco se mezclaron con la oscuridad hasta convertirse en muros de metal y piedra. Estaba en el nivel J-36, junto a un grupo de viejas esporas. Su color negro brillaba en la semioscuridad como el brillo de algún animal legendario.

⌒⋙⌒

El comedor del sector B-190 empezó a revolotear con una emoción incontrolable. Los comensales abandonaban sus mesas para dirigirse a la gran ventana polarizada, una especie de observatorio que cubría buena parte de la planicie de Sinus Iridum, a ver el extraño espectáculo. ¡La Procesión del Sárdaro!, gritó alguien de repente cuando la extraña música invadió la sala por los comunicadores. Todos comentaban lo imposible de aquella imagen afuera, en la planicie, combinada con esa música entre alucinante y exótica. Nadie tenía ni la más remota idea de qué cosa pretendía Control Central con esa locura en los intercomunicadores.

Nikki llegó a tiempo para ver la procesión. Una caravana de gente y animales avanzaba lentamente, como por las estepas del Asia Central. Compuesta en su mayoría de camellos con berberiscos y carga, era precedida por tres elefantes ricamente decorados. Tenían bandas y ajorcas de oro en las trompas y las patas, mientras que el lomo estaba cubierto por monturas hechas con decorados parecidos a los de las alfombras de Persia y Arabia. Estas telas estaban rematadas en borlones y abalorios de distintas formas y colores, lo mismo que los gigantescos parasoles sobre las monturas en forma de canasta. Dentro de ellas iban lo que parecían ser adolescentes; gente joven ataviada a la usanza de las castas principescas de Rajastán. Alguna gente empezó a gritar nerviosamente ante el espectáculo mientras otros abandonaron rápidamente el lugar. Nikki se intercomunicó con Max y le explicó lo que se veía desde donde ella estaba.

Inti-Mayu despachó un equipo de tres carros para interceptar la caravana y ver... cómo era aquello posible.

Max jefeaba el equipo interceptor que salió del muelle a toda velocidad. Por radio recibió indicaciones de la zona por donde transitaba la caravana. Avanzaron más rápido para poder atraparlos aún dentro de los límites de Sinus Iridum, pero cuando llegaron ahí no encontraron nada. La gente en el comedor-puesto de observación se preguntaba por qué la caravana no era detenida. El grupo interceptor dijo que no veía nada. Inti-Mayu les gritó que la tenían en frente de ellos, pero los hombres en la superficie lunar de nuevo aseguraron que no veían nada y que los instrumentos tampoco recogían algo. Inti-Mayu entonces los orientó en una ruta de intercepción exacta para que dieran de frente con la caravana. Así pues, avanzaron directamente hacia los elefantes. El público en el comedor vio asombrado cómo el grupo interceptor y la caravana se cruzaban en el mismo espacio y tiempo sin alterarse el uno o el otro. Max preguntó por intercomunicador si ya estaba cerca, a lo que la voz seca de Inti respondió con dos órdenes:

—Regresen de inmediato... Nikki: despeja la sala comedor. Fuera.

La caravana siguió su lenta marcha hasta que desapareció en la distancia. No fue sino entonces que los ingenieros de comunicaciones lograron callar la música de los Sárdaros en todos los intercomunicadores.

———— ✺ ————

OH, SEÑOR CTHULHU, AMO DE TODOS LOS MARES, TODAS LAS PROFUNDIDADES Y ABISMOS DEL UNIVERSO, DESATA A TU SIERVO, MOROS, SEÑOR DE LA ANIQUILACIÓN, PARA QUE CUMPLA CON TU PROFECÍA DE RETORNO DESDE EL SUEÑO Y LOS TIEMPOS YA INNOMBRABLES. HAZTE PRESENTE, MI SEÑOR, Y CONDÚCENOS A TU VICTORIA FINAL.

———— ✺ ————

Los cirios se apagaron y la pared detrás de Germánico refulgió de repente con una imagen bestial. Toda la habitación se llenó de un olor fétido; era como agua estancada con peces muertos adentro. Germánico escuchó el cantar de la procesión cristiana afuera y rápidamente se quitó la túnica y se acomodó el uniforme. Encendió las luces y se comunicó de inmediato con Control Central.

———— ✺ ————

La sangre fluye en ti como tú fluyes en ella, y ése es el hecho más sagrado de tu vida. Has de flotar en el Neva con la túnica todavía empapada en vino y ácidos venenosos, esperando que algún islote de hielo atrape la profundidad de tus ojos negros, la solidez de las manos que se abren como garras o ramas mecidas en el viento. Tu barba ya es un árbol de escarcha encerrándote la mirada, que es decir, tu mirada, monje; urálica penetración en todos los príncipes de Rusia, y manifestación de Dios entre estas aguas, siempre tan frías y obsequiosas con la muerte...

Y así salen ellos, de dos en dos, de seis en seis, para abrirse paso hasta el corazón de la oscuridad. Cortan las arterias del aire enemigo para asegurar una pronta victoria y un pronto retorno al escondite del hielo; a esos palacios de cristal donde la locura es un refugio, y el refugio una pasión de muerte a manos del símbolo amado, la Sombra de la Perfección; el Madero que ha de servir de barca a todos cuantos quieran librarse de la gran tempestad.

El motín de los cristianos duró apenas dos días pero sirvió para endurecer procedimientos. Nikki veía muda el griterío de los hombres que eran desencadenados a la fuerza de las columnas en el nivel D-564. El gran cascarón era solo un hueco negro después del incendio, pero los cristianos querían ese lugar porque estaba inhabitado y probablemente les recordaba las catacumbas, pensó Nikki. Avanzó por entre las columnas y le pareció reconocer a la mayoría de los autoencadenados. Eran personas bastante comunes que ella no había reconocido nunca como religiosas. Poco a poco se fue dando cuenta de que casi todos pertenecían a las listas de los dispensables, los que no viajarían a ninguna parte sino al más allá. Siguiendo por los muelles del nivel, encontró niños que habían sido encadenados a las columnas junto a las esporas. No había tristeza ni angustia en sus ojos. Era más bien un vacío en la mirada, un "no estamos aquí" que se prolongaba de una cabeza a otra. Estaban probablemente bajo el efecto de grandes dosis de esquifo. Todos llevaban los ya afamados albornoces y tenían crucifijos atados al cuello. El intercomunicador se encendió de repente y le avisó de más problemas en el mismo sector. Oyó unos gritos al fondo y de repente una explosión...

(Un tiempo atrás.)

La razón por la que te enamoraste de Yiorgos, Nikki, fue la misma razón por la que después lo tuviste que dejar. Él era y hacía todo lo que vos soñabas con ser y hacer, pero nada más. Vos no eras tu propio sueño sino una copia del suyo.

Nunca te has atrevido a soñar por vos misma sino como cómplice, como parte de las aspiraciones de otros, nunca como protagonista. Y cuando te diste cuenta del autoengaño, te turbaste tanto que fue más fácil culpar a Yiorgos de ser un completo adolescente, y culparte a vos misma de dejarte arrastrar por la locura de un desajustado, ¿verdad?

A partir de ese día, volviste a ser la mejor alumna de toda la carrera y luego ascendiste hasta Oficial de Satrapía, pero ahora, Nikki, si acaso tenés tiempo de hablar con nosotras. Y todas nos preguntamos de vez en cuando, ¿tendrás siquiera tiempo para hablarte a vos misma?

El código rojo ahora era notorio y constante. Los atentados contra las provisiones de los colonos que iban a Marte obligaban a Seguridad a una vigilancia de tiempo completo. Nikki se sentía exhausta y sabía que si aquello no se ponía pronto bajo control, iba a hacer peligrar la emigración de los últimos grupos a Mons Nix. Volvió nuevamente sobre el informe del comité especial. Éste había fallado en su intento de interceptar a los Uranitas rumbo al Mar de las Lluvias, y no habían logrado descubrir nada de armamento o instalaciones militares del grupo en ese sector. El asunto pronto pasó al estatus de rumor infundado y se empezó a olvidar ante la premura de otras actividades.

Nikki se removía incómoda en su silla-sofá ante la inminente muerte de tantos seres humanos. Entre ellos estaba Yiorgos, a quien ella no despreciaba, como él pensaba, sino que lo quería a su manera, a distancia, para que su impulsivo carácter no entorpeciera más las responsabilidades suyas en el cuerpo de Seguridad. Él se había salvado por poco de ser enviado a la Tierra como indeseable. Había fracasado en todos los proyectos y deberes que se le habían asignado al punto de convertirse en un paria. Un émpata adicto a las drogas más allá del esquifo no solo perdía sus credenciales; era totalmente inservible para los demás. No podía confiársele información delicada y su procesamiento era torpe, errático y hasta peligroso para la seguridad. En vista de esto, se le envió entonces a servicios de archivo elemental, y aún ahí fracasó. Ahora, ya casi sin funciones útiles que ejecutar, y sin un centavo en la bolsa, solo el hecho de ser selenita por nacimiento y de tener amigos como ella lo habían salvado de la deportación a la Tierra, o a Sinus Medii para trabajar en minería.

Nikki se puso lentamente de pie y se sirvió un trago de syringe. Apagó el monitor y se acercó perezosamente a la ventana de su habitación. La Tierra ya era una enorme masa que cubría el 20% del horizonte. Pronto volverían los temblores y terremotos de los jales y empujes de los campos de gravitación. Se preguntó cómo veía esto un cristiano o un Uranita. Cuál sería su explicación para este final que ya se venía. Y a pesar de su curiosidad, estaba consciente de que ya eran preguntas huecas. Pensasen lo que pensasen, todos los que quedaban atrás sufrirían el mismo destino inevitable. Y en cuanto a los demás, su futuro también era incierto. Calculaban que no sobreviviría ni el cincuenta por ciento de todos los emigrados a Marte.

Se terminó el trago de syringe, se arrecostó en la cama y se quedó dormida hasta que, cuatro horas después, otra llamada de emergencia la despertó abruptamente.

(Hace dos meses y medio, cerca de Base Tranquilidad.)

Inti-Mayu colocó el taladro en el suelo y aplicó fuerza sobre el pesado portal. Chirrió lentamente y se fue abriendo, creando un vacío tenue donde las brisas interiores se mezclaron suavemente. Adentro estaba tan claro como el día aunque no exactamente del mismo color. Un verde algo fosforescente cubría todo de tonos suaves y relajantes. Max fue el primero en entrar y se quedó mudo. "¿Qué ves?", le preguntaron, pero no respondió. Entonces fueron entrando uno a uno al jardín del Edén.

La edificación era en realidad dos pasillos amplios que se extendían a ambos lados de la entrada. No se veía el final de los mismos porque iban curvándose lentamente hacia adentro como dos brazos gigantes donde la entrada sería la espalda. Su amplitud era enorme: unos veinte metros de ancho por lo mismo de alto en los puntos más lejanos, porque tampoco eran cuadrados o algo parecido. Más bien eran ductos totalmente redondos, excepto por el piso donde había unas jardineras continuas junto a las paredes. Las jardineras iniciaban en la puerta de entrada a la gigantesca "rosca" y se perdían en la distancia de la curvatura. Nikki inspeccionó las plantas de las jardineras. Su conclusión fue que eran lotos, nenúfares y lirios. Tal vez alguna otra pero en menor cuantía. Inti-Mayu pidió una explicación para esto y se quedó muy serio cuando ninguno le pudo dar siquiera una conjetura. "Lo importante no es tanto entender." Inti-Mayu entró en su etapa de enrojecimiento de piel.

—¿Y qué te hace pensar eso, Nikki?

Ella lo volvió a ver con sorpresa.

—Yo no he dicho nada.

—Yo también oí tu voz —y el tono de Max era todavía más apremiante.

—Pero, yo de verdad no he dicho nada —repitió Nikki con más firmeza.

Hubo un espacio de silencio donde todos se volvieron a ver y luego empezaron a notar lo que estaba frente a ellos, es decir, el centro de aquella estructura en forma de rosca. Era otra monumental puerta igual a la que acababan de traspasar.

De inmediato empezaron la tarea de abrirla usando el método del taladro. Inti se concentró en esto mientras Nikki empezó a dar un paseo por la estructura. Una de las paredes era más azulosa que las demás. Parecía hecha de tejido orgánico. La muchacha se acercó para tocarla pero la estructura reaccionó metamorfoseándose rápidamente. La imagen del Gran Astrólogo apareció lentamente. Nikki volvió a ver para todo lado pero solo aquel fragmento de pared ante ella había cambiado. El astrólogo estaba en su bañera con un turbante en la cabeza. Dos muchachos lo asistían en restregarse la espalda y los pies en tanto que otro, sentado un poco más lejos leía en voz alta para todos. El color cambió bruscamente a tonos amarillos y anaranjados. Entraron violentamente en escena cuatro miembros de Seguridad y apresaron a los del baño amenazándolos con sus armas. Sacaron al Astrólogo por la fuerza todavía desnudo y enjabonado. Los muchachos fueron golpeados y empujados detrás de su maestro y luego también cargados por la fuerza. Solo quedó el agua espumosa de la bañera de donde salió despacio una gigantesca tortuga. La tortuga parecía decir: "Los puros solo son capaces de cometer actos puros." Pero solo fue una impresión. Nikki no estaba segura de poder decir que la tortuga había hablado. La imagen se empezó a desvanecer con la misma rapidez con que había llegado. Y la bañera y su agua solitaria ahora parecían tener el cuerpo de una mujer muerta. Flotaba en la baba que su propio cadáver en descomposición iba produciendo. Eunikki se sintió mareada y con náuseas. Quiso agarrarse de una de las paredes pero el peso de su cuerpo hizo que pasara recto a través de la misma. Cayó pesadamente en el suelo de tierra enlodada donde centenares de hombres y mujeres corrían desesperados. Se puso de pie lentamente hasta que por fin tuvo una mejor idea de su entorno. Llovía furiosamente sobre la ciudad de piedra donde Eunikki ahora estaba aterrada y muerta de frío. En los pórticos, centenares de ancianos y niños se reunían para cantar himnos de alegría y añoranza, levantando los brazos al cielo. Cada uno de ellos recitaba con pasión sus himnos sin importarle que estuviera completamente mojado, y en algunos casos, hasta casi desnudos. Seguían elevando canciones a las nubes hasta que alguien gritó que ya venían, que ya venían ellos. Eunikki pudo ver un par de figuras aladas que se habían posado en lo alto de un obelisco. Trató de afinar la vista pero el repentino empuje de la masa de gente, la lluvia incesante y las náuseas, la hicieron caer de nuevo al suelo... Cuando se levantó, estaba a unos metros de donde Inti y Max trabajaban.

Inti avisó que ya había podido quitar el cerrojo de la puerta. Max lo ayudó a empujar y de pronto se vieron ante la entrada de una estancia fabulosamente amplia, algo parecido a los columnares del templo de Karnak o Hagia Sofia. Tenía un pasillo central enorme y franqueado a ambos lados por estatuas de diversos colores. Todas eran de tamaño natural pero se veían pequeñas frente a las proporciones de aquel salón. Las medidas ya eran inútiles debido a la niebla acuamarina tenue que giraba por doquier. El pasillo de estatuas remataba en una escalinata de unos cien escalones. En la cúspide había un sillón de color café.

Los niños amarrados a las columnas sonreían viendo a Yiorgos montar una gigantesca culebra hecha de esporas animadas. La víbora negra tenía cabeza de dragón y realmente echaba humo y fuego por la boca y nariz. Tenía dos cuernos de plata en la cabeza que asemejaban una luna en creciente o menguante. Se acercó a los niños y empezó a contarles chistes de animales, hadas y traviesos. Yiorgos montaba el lomo del animal tratando de controlar sus contoneos excesivos. Los niños reían cada vez más hasta que la víbora se deshizo de Yiorgos lanzándolo por los aires. Su viaje en arco le dio suficiente tiempo de gritar y tratar de acomodarse para la caída —ojalá— en una de las esporas. La serpiente dragón le mandó un besito coqueto y se acercó más a los niños totalmente apasionados con aquel espectáculo de farandulería. El dragón se puso más serio y observó a los niños encadenados por sus padres con una leve sonrisa. De pronto cayeron todas las cadenas. Los niños gritaron de júbilo y se acercaron a la serpiente chillando de alegría y hablando todos a la vez. El dragón se fue por el pasillo hacia el sector central con todo su ejército de pequeños como en bacanal detrás de él. Yiorgos ni se podía mover del cansancio...

Nikki terminó de escalar los cien peldaños hasta el trono y notó que no era café sino multicolor. Estaba pintado en pequeñas formas geométricas y amorfas de todos los colores concebibles. Había en él tonos que Nikki nunca había visto antes. El pórtico bajo el cual estaba el sillón era impresionante. Recordaba las antiguas construcciones egipcias por su monumentalidad. Nikki se sentó en el sillón e inmediatamente se le cristalizaron los ojos. No veo bien, pensó, pero pronto se dio cuenta de que no era mala visión sino que estaba viendo varias cosas a la vez. Un gran dragón negro seguido por una bacanal de niños desnudos solo cubiertos con flores, y no necesariamente en las zonas "púdicas". Era una doble exposición entre un carnaval chino y una pintura rococó llena de flores y putitos. Chillaban alegremente en los pasillos mientras el dragón cantaba melodías hermosas pero desconocidas para todos. Los padres gritaban desesperados sin poder acercarse a los niños. Algo imposible de definir los paralizaba a cierta distancia de la bacanal. "¡Es Adramelec, quemador de niños!", empezaron a decir los padres cristianos mientras a otros la serpiente les parecía más bien un gran juguete cómico. Nikki pestañeó y encontró a Yiorgos dormido en una espora. Pestañeó otra vez y vio a Inti-Mayu transmutado. Observaba algunas de las estatuas sin poder esconder su total asombro. Nikki quiso estar junto a él y al pestañear una vez más apareció entre Inti y otro oficial de Seguridad. Ninguno de los hombres pareció notarlo. Estaban muy absortos en lo que veían. La estatua era un conjunto de tres bailarines, dos muchachos y una muchacha, que bailaban entrelazados. La estatua, aunque una reproducción de realismo helenístico, no era tan notable por esto sino por la suave luz naranja que emanaba. Inti notó esto desde el momento en que entró al salón y fue inmediatamente atraído por ella. El otro oficial se concentraba ante la estatua de una hermosa mujer vestida a la usanza romana. La diadema que llevaba puesta mostraba cuatro letras talladas: K.R.Y.S., y en uno de sus brazos, tenía un pergamino con la inscripción SINUS IRIDUM. Todos se volvieron a ver con asombro. Si el montículo es reciente, pensó Inti, esto debió ser construido por alguien que nos conoce. En ese momento empezaron a escuchar un llanto contenido, tal vez el de un hombre. Caminaron entre las estatuas hasta que llegaron junto a uno de los oficiales. Se tapaba la cara y trataba de no hacer obvia su emoción. Frente a él había una hermosa estatua de un chico volando por los aires. Llevaba un leotardo plateado con estrellas azules y parecía tener uno de los brazos lisiados. Había en él una expresión de felicidad única mientras veía hacia el vacío. Lo realmente sorprendente de esta estructura era que no estaba sujeta a su pedestal; más bien flotaba sobre él suspendida por algún campo de fuerza. En el otro brazo, la estatua tenía un racimo de flores. El oficial confesó que había perdido a un hijo de quince años en un accidente espacial sobre El Mar de los Vapores hacía once años. Este muchacho obviamente no era él pero se le parecía como si fuera su hermano gemelo. Los demás callaron y siguieron observando la estatua con un asombro que se les iba volando por todos los rincones de aquel fabuloso palacio.

En el gran salón, las estatuas parecían multiplicarse a los lados del pasillo central conforme se iba avanzando. Algunas eran extrañas, como la de un joven atravesado por la espada de un caballero medieval. El hombre sonreía sardónicamente mientras el muchacho parecía estar botando sangre verdadera. Era un recurso de animación sorprendente, si es que lo era. Tras un rato de exploración, Inti volvió a la imagen de los tres bailarines y se quedó observando, tratando de no ser visto por los demás. Uno de los muchachos, el de ojos rasgados, era como verse a sí mismo cuando era estudiante. Tocó su piel naranja y fue como tocarse a sí mismo, como verse en la fotografía de un país que ya había olvidado, un hogar tan antiguo como la memoria, pero que nunca había estado fuera de la memoria.

Nikki, entretanto, caminaba por los pasillos tomando nota de todo lo que veía en su grabadora. Max y otro de los oficiales recogían muestras sacando trocitos de los pedestales y demás objetos. Max decidió sacar una muesca del sillón arriba pero Nikki lo detuvo algo imperativa:

—No es necesario. Todo está hecho del mismo material.

Ante el aparente letargo de todos, Max puso a todo el mundo sobre alerta:

—Si nos quedamos más, no vamos a querer devolvernos.

Inti cayó en cuenta de que era cierto y dio la orden de empacar para el viaje de vuelta a Base Tranquilidad.

Es hora de que usted sepa la verdad. ¿Por qué sobreviene la muerte? ¿Cuál es el verdadero significado de los mensajes de

Urano y Neptuno? ¿Por qué hemos entrado todos en esta fase espiritual desenfrenada y nebulosa? ¿Quiere saberlo? Venga este jueves a las 18:00 y lo sabrá. Estaremos reuniéndonos en el Circo de Narciso, el espacio abierto más amplio de Sinus Iridum. Vamos todos y conozcamos las verdades de boca del/ a "Niño/a del Sol", el/la único/a émpata hermafrodita vivo/a, el/la único/a que posee los canales del superconsciente totalmente abiertos. Nos dice que ha recibido por medio de un insólito sueño el significado de nuestra situación actual, y nos invita a que lo descifremos junto a él/ella. Si hay propósito alguno en esta demencia bizantina, él/ella lo sabrá. Y si solo vivimos el despropósito supremo, él/ella también lo sabrá. De cualquier modo usted gana. No se niegue la oportunidad de presenciar la Historia. Lo quiera o no lo quiera, el/la Niño/a del Sol es su futuro.

Al volver Inti-Mayu a Control Central, encontró a Germánico ocupado en la última salida de dispensables hacia la Tierra. Todo estaba bajo control así es que decidió darse un descanso.

Germánico siguió con los preparativos de la próxima salida a Mons Nix. Las cosas se habían calmado un poco, dando a los preparativos un descanso y un empuje que ahora necesitaban mucho. Los interrogatorios al Gran Astrólogo sirvieron de poco ya que el anciano no estaba dispuesto a decir nada. Germánico estaba convencido de que necesitaba más presión; un poco de chantaje o tortura tal vez. Tan pronto volvió Inti-Mayu, se lo propuso en serio a lo que el otro no reaccionó de inmediato. Germánico no estaba contento con esa actitud.

—Bueno, ¿lo presionamos o no?

—A mí es al que estás presionando.

Germánico quedó confuso en tanto que Inti-Mayu ordenó que le trajeran al astrólogo.

—¿Lo vas a interrogar tú?

Inti-Mayu no le contestó. Más bien le envió una risa casi insultante y le señaló la puerta.

Germánico no salía del asombro. La Iguana le había hablado con gestos y, peor aún, lo había desestimado como colaborador.

—Ese anciano es peligroso. ¿Lo vas a interrogar sin mi ayuda?

Inti-Mayu le volvió a señalar la puerta.

Germánico se fue furioso.

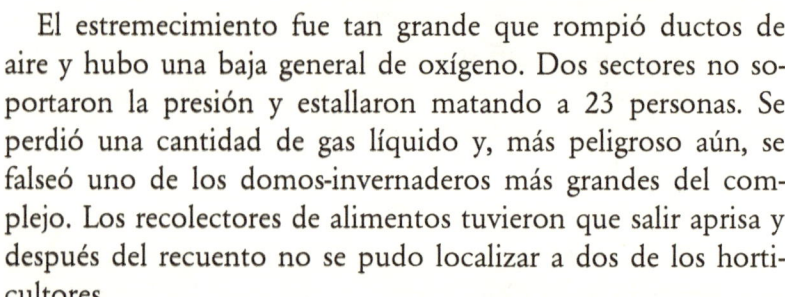

El estremecimiento fue tan grande que rompió ductos de aire y hubo una baja general de oxígeno. Dos sectores no soportaron la presión y estallaron matando a 23 personas. Se perdió una cantidad de gas líquido y, más peligroso aún, se falseó uno de los domos-invernaderos más grandes del complejo. Los recolectores de alimentos tuvieron que salir aprisa y después del recuento no se pudo localizar a dos de los horticultores.

Yiorgos quería volver a ver las grabaciones y las pasó a alta velocidad. El profesor Estefan Urania dictaba la célebre conferencia en que los émpatas por fin ganaron su más importante batalla. La legislación civil de aquella época anterior a Yiorgos, el año 2066, seguía subordinando a los émpatas a sus familiares inmediatos por considerarlos disminuidos mentales. "No pueden hacer clara y objetiva distinción entre la realidad y sus hiper-percepciones onírico-alucinantes" rezaba el texto que declaraba a todo émpata no apto para tomar sus propias decisiones desde el punto de vista legal. Con ello, había transcurrido toda una generación de hombres y mujeres subordinados a sus padres o hermanos, por no mencionar aquellos casos en que el émpata, aun siendo un adulto, era confiado a alguna institución del estado. "Mentes perfectamente sanas, y además, extraordinariamente brillantes, sacrificadas al más abyecto oscurantismo", había dicho el profesor Urania. "No podemos callar esta infamia que solo encuentra paralelo histórico en la esclavitud de las mentes, en la anulación durante más de treinta siglos de la mitad de la inteligencia humana. Porque eso fue, y no otra cosa, la oblación mental de que fueron víctimas las mujeres. Y ahora, queriendo los padres de la estupidez continuar con su infame plan de barbarie, me proponen que afirme, con base en mi autoridad profesional, que el émpata es, efectivamente, un disminuido mental." El Profesor Urania contestó a esa solicitud con una célebre conferencia titulada "La Realidad es Recuerdos". En síntesis, el letrado probó que toda forma de percepción humana era potencialmente equívoca por no haber precisamente un "instrumento" mental y/o científico infalible de cuantificación de realidad. Solo había grados más o menos soportables de consenso, por lo que la realidad en tanto realidad científica inmutable, seguía siendo tan imaginaria como el meridiano de Greenwich. Solo servía de axioma, de punto de consenso, de supuesto metodológico, al igual que la "percepción" que hacía el cerebro de la "realidad" a través de los cinco sentidos. Para probar sus tesis presentó el ya célebre caso de un grupo de seis personas que habían asistido a una misma cena seis años atrás. Todas las personas eran individuos comunes y corrientes y su actividad en común, la dicha cena seis años en el pasado, había sido un evento completamente intrascendente en sus vidas. Al iniciar el experimento, todos tuvieron problemas para recordar detalles, por lo que se sometieron a la hipnosis y al esquifo. El resultado fue, a grandes rasgos, seis cenas distintas. Seis puntos de vista, cada uno multiplicado por seis, al tomar en cuenta la visión que cada uno de los comensales había tenido del punto de vista de cada uno de los otros sobre la misma cena. La tal reunión para cenar, como hecho histórico preciso, cuantificable, no existía. A éste, siguieron otros veintitrés experimentos variados, a veces con individuos, a veces con pequeños grupos, y un par de veces con animales y seres humanos "con requerimientos especiales". El profesor Urania probó que el mal llamado desfase de los émpatas era, en verdad, la capacidad de almacenar simultáneamente varias versiones y puntos de vista sobre un mismo hecho que trascendía el límite impuesto por los cinco sentidos, o más retóricamente, por el sentido común. Así es que, si alguien en verdad tenía una "mejor visión de la realidad" era el émpata. No porque pudiera definirla mejor, sino porque era más consciente de que no era algo concreto. Entendía "algo que el individuo común no suele aceptar:", afirmó el profesor, "que la realidad no es más que una serie de bocetos, conjeturas, percepciones y sueños sobre algo que nadie ha visto completo jamás." Para ilustrar este punto, el profesor dio a la luz pública una serie de ensayos que luego fueron editados en un solo tomo con el célebre título de *La Verdad No Existe Pero Incomoda*. Esta publicación, y la ola de reacciones que le siguió, zanjaron definitivamente la polémica sobre los émpatas.

Inti entró corriendo a la sala de Control Central. Max y dos de los oficiales de Control trabajaban en recibir más reportes de los distintos niveles. Max le explicó a Inti la gravedad de lo sucedido. Dos sectores totalmente destruidos y el domo agrícola Alfa con fisuras pequeñas pero peligrosas cerca de la base. 23 muertos en los dos sectores destruidos y dos desaparecidos en el domo agrícola. Pérdida del 28,072% del oxígeno de reserva, un 32,8984% del agua y el 16,06% de las cosechas del domo Alfa. Origen del evento: explosiones de seis o siete megatones en el Mar de las Lluvias. Otras: explosiones secundarias en Base Tranquilidad y una de tres megatones en Sinus Medii. Otras valoraciones aún no estimadas. Posible periodo de reparación: cuatro o cinco meses... EMERGENCIA. ACCESO INMEDIATO. LIMPIAR CANALES SECUNDARIOS. ACCESO INMEDIATO...

Los hombres quedaron expectantes ante la información que entraba por los canales de emergencia. Era Nikki junto al sátrapa de Sinus Iridum. Ella habló primero:

—Inti, el proceso de colapso de la órbita lunar se ha detenido. Parece ser a causa de las explosiones en el Mar de las Lluvias.

El Sátrapa tomó entonces la palabra.

—Señores, parece que estamos en deuda con los Uranitas. Sin embargo, ha sido a un costo muy alto. Quiero ver a todos estos caballeros en prisión dentro de dos horas. Es todo.

La Gran Puerta del Sol resplandecía esa mañana por todo el horizonte. Las plumas de aves exóticas adornaban los tocados como en una procesión de faisanes. Había comida, bebida y danza por doquier, sin olvidar los rituales y sacrificios hechos en la mañana por los sacerdotes. Ahora era la fiesta y este brillo particular del sol parecía extenderse por todo el Tiwantinsuyu, las cuatro esquinas del mundo. Inti-Mayu caminó entre aquellos que conocía, sonriendo y charlando afablemente con sus amigos. Entre ellos estaba Yiorgos, vestido algo distinto que los demás, pero bien aceptado por ellos. El día parecía no tener fin ni límite material. Era una mañana que continuaba sin acabarse, un amarillo y azul que se perdían solo con la limitada vista del hombre. Porque, para los dioses, debía alcanzar hasta el confín del universo. Y solo en un pequeño rincón rojizo estaba este universo paralizado, un grumo en una masa que fluye continua sin detenerse. Un grumo que atrapa otros grumos rojizos y va creando una barrera que solo ellos, los mismos dioses, podrían saltar. Del grumo salió la serpiente negra con su alegre cascabeleo de carnaval, los chiquillos la seguían felices imitando sus contorsiones obscenoides y sus chistes de escuela primaria. Era casi una caricatura de monstruo afable que se tragaba el mal humor y miedo de todos los pequeños. Pasó junto a la habitación de

Inti quien apenas pudo abrir la puerta antes de quedar paralizado. Todavía pudo sonreír y saludar a los niños que lo adornaron con claveles blancos y rojos mientras él los miraba. El Dragón siguió con su festiva bacanal por los pasillos de Sinus Iridum hasta la Zona Prohibida. Iba serpenteando alegremente recogiendo nuevos adeptos de entre los jóvenes que inmediatamente dejaban sus ropas a los pies de sus aterrados padres para seguir al dragón. Al ingresar la comitiva a la Zona toda la Seguridad quedó paralizada e imposibilitada de actuar en lo más mínimo. A pesar de eso, los hombres de Inti habían tenido tiempo de prepararse activando a uno de los otrora célebres androides de Control. El aparato no era totalmente de fiar por su vejez, pero era mejor en el combate que cualquier ser humano. El robot, pues, se puso en marcha y se acercó a la serpiente y a los niños ordenándoles detenerse y desenfundando un arma láser. Los niños gritaron de alegría y se acercaron al androide con la intención de decorar su aburrida fisonomía gris. El robot quiso reaccionar pero cayó en cuenta de que ya lo habían paralizado. Después de un minuto, el hombre cibernético quedó como un árbol de Navidad. Tenía estrellas, serpentinas, burbujitas y claveles por todos lados. El láser inexplicablemente se desmoronó y toda la bacanal siguió su alegre marcha. Los ojos de la serpiente, feliz de ver el robot paralizado, brillaban en la mente de Yiorgos como una quemadura astral. Se irguió un poco solo para enterarse que estaba en una cama del hospital. A su lado estaban Nikki e Inti-Mayu, esperando a que despertara. Lo saludaron y lo pusieron al día con algunos de los sucesos, los menos alarmantes, y le aseguraron que le conseguirían un pase para irse con ellos en los últimos viajes a Mons Nix. Yiorgos los vio dar vueltas como en un estanque de agua y recordó la serpiente que se había formado de las esporas negras entre la oscuridad de los muelles. Ellos trataron de desviarlo hablándole de cómo el colapso lunar se había detenido, pero

Yiorgos ya lo sabía. Desde que se vio sentado con Nikki en el salón de las estatuas, sabía que la explosión iba a ocurrir. Lo que no veía ahora era a Germánico con albornoz y espada en mano arrestando a los Uranitas. La mayoría oponían resistencia eficaz, por lo que había que sedarlos a distancia. Sin embargo, los Uranitas, expertos en el uso de la cimitarra persa, se hicieron con la vida de cuatro oficiales. El único que se entregó sin oponer resistencia fue un joven canoso que temblaba como un conejo. Tras finalmente controlar y arrestar a todos los Uranitas, la atención de la oficialidad se volvió hacia Germánico Cadiorno. El uso de un albornoz y una espada le daba la estampa de un caballero templario o un mosquetero después de la batalla. Les parecía francamente ridículo y, peor aún, les creaba gran desconfianza. A pesar de eso, sí había un pequeño grupo que lo consideraba un líder nato, y lo preferían al recién suavizado y reprocesado de Inti-Mayu. No entendían por qué de repente había suavizado su postura frente a los locos religiosos y la escoria de Sinus Iridum. Se rumoraba que se había vuelto a enamorar de un émpata drogadicto con quien había estado un par de años atrás, y que el émpata, más loco todavía por la droga, ahora influía mucho en Inti-Mayu. Otros miembros de Seguridad tenían una versión bastante distinta de lo que le pasaba al Jefe de Control Central. Según ellos, Inti últimamente frecuentaba la celda del Gran Astrólogo y tenían largas conversaciones que otros poco entendían. A veces, hablaban en una lengua que nadie conocía y no se despedían sino hasta después de haber conversado varias horas. Inti, por su parte, se sorprendió de que hubiera otro en el mundo, además de él mismo, que todavía supiera aymará. Ambos la hablaban con la mayor cortesía, utilizando cuanto podían encontrar. Reían a menudo y los acólitos atendían a su maestro y su amigo con gran esmero a pesar de tener casi nada que ofrecer en la zona de confinamiento. Tenían, eso sí, sesiones de meditación que los alejaba de Sinus Iridum durante varias horas, y al regresar, después de despedir a Inti-Mayu, se sentaban a planear la escapatoria.

⌘

El joven astrólogo sabe que lo único que anda suelto es Ahrimán, el Gran Señor de la Oscuridad; el único que hizo verdaderamente temblar a los descendientes de Abraham ante las puertas de Babilonia la Grande. El único Señor del Caos y la Destrucción y el único comensal que se ha atrevido a comer en esta fiesta de sangre. Es Baal-Zebub-Merethyn, el Señor Ahrimán en su doble poder, su *amesha espentas* de Señor de las Moscas, Señor de los Sacrificios de Niños y Gran Maestro de la Aniquilación. Solo él puede transformar la mente de los inocentes en lascivos coprófagos; en oscuros huecos de insatisfacción animal de donde solo salen las moscas de la molicie y la destrucción. Ya nadie lo puede detener, porque cuando el Señor Ahrimán decide asumir una de sus potestades, ya nada, ni el Señor de La Luz y La Verdad lo puede detener. Así se turnan ellos el universo, porque sus poderes son demasiado semejantes, demasiado equitativos como para vencer uno definitivamente al otro. Solo con la ayuda del hombre al lado de la Luz se podrá lograr algo...

El astrólogo decide empacar y huir lo más pronto posible. Rechazado por sus hermanos Uranitas, ya no hay lugar seguro para él en Sinus Iridum. Tratará de llegar a la Tierra antes de que el Señor Merethyn logre su propósito de Aniquilación. Tratará de cubrirse en el manto que el Señor de La Luz, el Señor Azur-Mazda puede tejer en su potestad de Ameretat, Señor de la Inmortalidad. Hundido en la soledad y el miedo, el joven no puede dejar de llorar por los suyos, aunque ellos lo rechacen diciendo que es un maniqueo radical, un descendiente de aquellos que prefirieron morir y extinguirse como Fe antes que compartir su sabiduría con adeptos impuros... Él los perdona, de la misma manera en que perdona a Yiorgos y a Nikki por no haber entendido su mensaje de esperanza...

—Yo te puedo asegurar que nada de eso es cierto. Lo que realmente lo cambió fue el viaje a Base Tranquilidad. Axel dice que él mismo lo vio. Cómo se quedaba viendo una estatua de tres personas bailando. Dice que la estatua lo afectó. De por sí, ya estaba medio raro. Lástima que Axel mismo no te lo pueda confirmar. ¿No oíste? Lo están acusando de causar fugas de información.

*

—Es la serpiente Samaél, la que tentó la inocencia de Eva llevándola al pecado mortal. Claro que es él mismo; el inmundo ángel Asmodeo-Samaél, archidemonio de Satanás. ¡Malditos todos los que hayamos visto su figura obscena, porque es padre de inmundicia, señor de la corrupción y la muerte del espíritu!

—¡No! Se equivocan. Él es el aliento ancestral del Señor Shub-Niggurath, Gran Cabrón infernal con sus mil jóvenes. Él los llevará a la felicidad donde ellos encontrarán su muerte ya mil años predicha. Él es el Señor de la Corrupción de los hombres... lo mismo que tu Asmodeo, pero una fuerza universal e inevitable que no conoce más señor que su propia lujuria de sangre; es uno de los Primordiales, pero, ¡qué saben ustedes de eso!...

—Lo suficiente para saber que no es el mal sino el gran principio universal, el Ouroboros, la serpiente que se muerde la cola; el principio de fluidez en la naturaleza, el círculo, el dragón alquímico, la muerte y renovación constantes. No es ninguno de esos demonios mitológicos que ustedes mencionan, ¡so aprendices de brujo!

Germánico no aguantó más la discusión y se puso de pie como un relámpago, amenazando con el láser. Alguien disparó por debajo de la mesa y una aspersión de intenso color rojo con fragmentos de intestino llenó el aire del pequeño cuarto. Se apagó la luz y empezó un despliegue de fuegos artificiales y gemidos. Cuando volvió la luz —o tal vez alguien la encendió— quedaron cinco cadáveres tendidos en la habitación. Un hilo de sangre corría de uno de los cuerpos hasta la puerta. Ese hilo se fue haciendo más espeso y más oscuro hasta que la gran serpiente rió sardónicamente al entrar con la bacanal de chiquillos desnudos a Control Central. La "Procesión del Sárdaro" llenó de nuevo los altoparlantes hasta cambiar poco a poco en un sinfín más de piezas como repasando una lista de obras orientalistas. El Gran Dragón se enrolló en sí mismo hasta parecer un tirabuzón mientras bailaba y se contoneaba por todos lados. Los niños, y ahora además algunos adolescentes, se treparon a las computadoras del mando principal y jugaron genitalmente con ellas. Quizá lo hacían para escandalizar al personal congelado que no pestañeaba, ya fuera por miedo, o para no perderse ni un segundo de la acción. Las luces de emergencia brillaron por todos lados mientras compuertas y ductos se abrían y cerraban al impulso de un botón o una palanca acariciada. La serpiente continuaba bailando como Salomé por la baranda central y le tiraba besitos tiernos a un Max furioso y paralizado. Le habló con sensualidad y le preguntó si no reconsideraría la evacuación ahora que la luna se había estabilizado. Max no podía hablar pero forcejeaba contra su parálisis como un loco. La cola de la serpiente le acariciaba la jareta a la vez que el cuerpo lo enrollaba con una suavidad femenina y empezaba a estrujarlo poco a poco. Los niños comenzaron a masturbarse con micrófonos e intercomunicadores mientras los muchachos más grandes, echando apuestas, orinaban sobre el sistema de cómputo. Hubo algunas chispas y después pequeñas explosiones y cortos circuitos por todo el salón. Las luces se fundieron y los bacantes se desenfrenaron sexualmente mientras el dragón serpenteaba suavemente entre ellos. Presidía y observaba como una diligente institutriz, ayudando aquí y allá a combatir ya fuera la timidez o las leyes de gravedad. Y cuando era necesario, ella misma se transformaba en lo más deseado por el bacante y caía suavemente entre sus brazos.

———— ✐ ————

Primero el parpadeo, y luego el apagón total causaron pánico entre los que estaban fuera de la sala de control. Nikki se acercó más a Yiorgos, e Inti-Mayu más a los dos. Los gritos de miedo y alerta creaban una sensación de manicomio sobrepoblado donde solo se sentían los empujones, los aruñazos y los golpes de histeria.

Nikki se apretó más entre Inti y Yiorgos; solo así se sentía plenamente segura; entre sus dos amigos y la pared sin nadie que la pudiera asaltar por detrás. Inti-Mayu tomó las manos de ambos y les aseguró que todo estaba bien, pero Yiorgos, aunque aceptó la unión de manos, tenía tristes noticias para ellos: las estatuas se estaban desmoronando. Lentamente, como si estuvieran hechas de arena. Una brisa que circula entre la cámara de los pasillos y el gran salón, está destruyendo las estatuas. Se están desfigurando; incluso la nuestra está desapareciendo. Ahora solo quedamos nosotros. Vamos a salir de esto, les repetía Inti calmándolos, vamos a salir bien. Pero la luz no volvía y la nave que estaba por partir tuvo que cancelar su vuelo. Los pasajeros no se atrevieron a desembarcar de nuevo en la estación que estaba en caos. Se quedaron en la nave y cerraron las escotillas. El sátrapa les hablaba por línea de emergencia para que salieran al ducto y no desperdiciaran oxígeno, pero los pasajeros y la tripulación no se atrevieron. El grito de "amotinados" sonó por todo el casco interior y la voz del sátrapa amenazó con mandar la Seguridad, pero en eso otro mensaje se cruzó en sus líneas preferenciales: los Uranitas habían logrado fugarse y estaban apoderándose de varios sectores liberando a los cristianos en la cárcel, en tanto que éstos últimos decidieron sacar a los satanistas y a otros contraventores también de su encierro. Se dieron las manos, se abrazaron y de inmediato empezaron otra vez las fricciones entre todos. Se culpaban mutuamente de los incendios, los asesinatos sumarios y las explosiones. Se empezaron a distanciar y blandieron sus armas, al menos los que las tenían... pero la guerra se pospuso de inmediato. Por los altoparlantes ya no fluía la música sedante de la Rusia central o los Balcanes sino la voz melodiosa y putesca del dragón.

—Chicos, no se vayan a pelear por mí. Yo alcanzo para todos y para todas. "Haz el amor y no la guerra."

Y la voz, esta vez andrógina y sicalíptica, fue cambiando a muchas otras que eran bien conocidas por los sinuiridianos: el sátrapa, Inti-Mayu, Nikki, Max, el Profesor Urania, varios niños, algunos adolescentes, el coronel Antwerp, y luego voces extrañas, desconocidas. Gentes que hablaban otros idiomas y parecían venir de otras dimensiones o de otros tiempos. La gente perdió la expectación porque estas voces, como pronto se dieron cuenta, durarían hora tras hora, día tras día en los intercomunicadores. Y con los chicos bacantes en Control Central las autoridades vieron muy reducida su capacidad de respuesta ante cualquier iniciativa que saliera de ese salón. Los diversos rituales continuaron como de costumbre, y hasta hubo algo de indiferencia cuando se supo que el sátrapa, su familia, y otras autoridades políticas, habían desaparecido. Nada tenía de misterioso puesto que una nave del hangar 6, junto con alimentos y combustible, también había desaparecido. Inti-Mayu en Seguridad, y Nikki, como brazo político, quedaban al mando de la estación con sus todavía centenares de habitantes. Trataron de coordinar medidas con las demás bases y estaciones, pero el caos en algunas de ellas era peor que lo que ellos estaban atravesando. Sinus Medii aparentemente ya no existía, en tanto que Base Tranquilidad, Sinus Roris, Mare Serenitatis y Sinus Aestuum estaban muy ocupadas en sus propios problemas. Cuando se les informó de la huida del sátrapa el desánimo fue aún mayor porque, al desaparecer esta figura de máxima autoridad y capacidad de coordinación entre las bases, de hecho se perdía la posibilidad de trabajar juntas; al menos así lo tomaron los Jefes de Seguridad aún vivos en las diversas estaciones. Base Tranquilidad, el eje militar, avisaba además de naves piratas procedentes de la Tierra. Traían a criminales y desesperados que veían en la estabilización de la órbita lunar una posibilidad de establecerse en Selene, donde las enfermedades contagiosas y la contaminación no eran tan severas como en la Tierra.

Nació entonces el culto a la gran serpiente, y a los niños y adolescentes se les consideró sus pitonisas y pitonisos, los putitos de marras para comunicarse con la cosa esa. Creían que si trataban bien a los pequeños y les obsequiaban de todo, el gran dragón se quedaría en el Control Central de Sinus Iridum, donde había establecido su nido y guarida. Germánico, en tanto, vigilaba a los cristianos por rumores de que éstos estaban planeando una "Noche de San Bartolomé" en la que pasarían por cuchillo a todos los satanistas. Creían que la presencia del abominable Asmodeo-Belcebú era por culpa de ellos. Habían perdido a sus hijos al mal y ésta era la única forma de recuperarlos.

Entre tanto, la serpiente se ocupaba poco o nada de lo que no fuera diversión con los chicos. Organizó un gigantesco concierto holográfico en el Circo de Narciso. Y esa noche, para asombro de los espectadores curiosos, la serpiente lució una extraordinaria voz de mezzosoprano en tanto que todos los muchachos conformaron un megamultitudinario coro mahleriano para interpretar el quinto movimiento de la *Tercera Sinfonía*. Las campanas de catedral, con el sonido más auténtico y ensordecedor que se pudiera imaginar, casi dejan minusválida a la concurrencia fascinada con el fenómeno musical. Y en un derroche de teatralidad que el dragón no pudo —ni tampoco quiso— reprimir, los niños empezaron a levitar cada vez que intervenían como contrapunto a la mezzosoprano. Al llegar al final del quinto movimiento, comenzaron a surgir entrelazadas las notas del cuarto y los niños fueron desapareciendo lentamente como si estuvieran drogados y cayeran en un sueño profundo. Unas riadas de humo de diversos colores se semimaterializaban en forma de capa o abrigo que envolvía a cada uno de los coristas y lentamente se los llevaba a la cúpula donde poco a poco se desmaterializaban. El humo volvía a la serpiente como tentáculo amatorio para luego tomar un intenso color azul. Ese cuarto movimiento, "El Canto de la Medianoche", envolvió a la serpiente en inmensos azules y plateados hasta que ella misma, con teatral lentitud, casi infinita, se fue disolviendo.

La concurrencia aplaudió enloquecida hasta que las puertas del Circo se abrieron violentamente y los cristianos católicos iniciaron de repente su anunciada "Noche de San Bartolomé". Las muertes fueron cuantiosas, pero aun en medio de la masacre, la serpiente, con bufanda de prima donna cruzándole el pecho, no dejaba de agradecer los aplausos y mandaba besitos conmovedores a la audiencia.

La serpiente parpadeaba con grandes pestañas y aparecía frecuentemente ante Yiorgos. La vida es una cadena interminable de eslabones, pero cada uno tiene que terminar para que comience el otro. La humedad del bosque a esa hora de la tarde levantaba una neblina densa y azulosa. Tres chiquillos del grupo aparecieron como de costumbre, desnudos y decorados con flores, pero además de eso, estaban muy sucios. Han estado jugando en el barro junto al río y allá en la playa, sonrió el dragón. Los niños tomaron a Yiorgos de la mano y lo condujeron hasta un claro donde estaba su amigo. La gran tortuga, más grande y ancestral que nunca, jugaba y reía con los bacantes como un abuelito en día de paseo con sus nietos. Yiorgos se les acercó y se sentó en el claro no muy lejos de la ronda. Una chiquita que él conocía se sentó junto a él y lo abrazó sonriente. Era la hija menor de alguien que ya había muerto. La serpiente rodeaba todo el conjunto formando un cálido encierro. En las travesuras que se daban tras cada juego había algo de inocente ingenuidad y algo de libido no disimulada. Y Yiorgos, confuso, ya no sabía cuál era cuál. Para Max, sin embargo, la experiencia fue escalofriante. Se sintió vivo y muerto varias veces. Cada vez que despertaba lo volvían a asfixiar, ya fuera el dragón con su abrazo de muerte, ya fueran los niños rellenándole la boca con objetos llenos de excremento o mucosidad genital. Apareció al día siguiente en uno de los pasillos congelado sobre un pedestal. En el hospital hubo problemas para revivirlo hasta que Inti-Mayu intervino con algo muy antiguo que él conocía.

Germánico, por otra parte, no se tomó nada de esto en broma. Para él, la tortura de uno de los más altos oficiales de Seguridad fue la gota que derramó el vaso. Con un equipo de asalto armado hasta los dientes atacó Control Central para combatir al monstruo sobre el que ya tenía serias dudas. El Gran Shub-Niggurath no actuaría tan indignamente. Era uno de los Primordiales, Señor de Señores, no la Prostituta Prima Donna de Babilonia. El equipo llegó sigilosamente hasta el ducto de acceso y se colocó en posición de asedio. Todos los láseres apuntaron hacia la puerta en un mismo punto. Hubo unos segundos de suprema tensión hasta que se oyó la orden de fuego y dispararon. El punto convergente de inmediato empezó a brillar. Luego se expandió como un pulpo con sus tentáculos y finalmente, de cada uno de éstos salió un rayo violeta brillante que dio en el pecho de cada uno de los asediantes. Germánico vio venir hacia él un espectro infernal. Eran sus ocho hombres, todos alzados en llamas, que corrían gritando desesperadamente por el pasillo. Algunos llegaron hasta él y cayeron al suelo carbonizados en tanto que otros siguieron para caer un poco más adelante. El olor a carne humana quemada se esparció con inusual fuerza generando una peste de vómitos por todos los rincones y pasillos de la estación. Algunos cayeron enfermos y se agravaron o murieron cuando hubo necesidad de racionar aún más el oxígeno.

Inti-Mayu ahora empezaba a compartir las funciones de Jefe de Seguridad con las de enfermero y curandero. Dormía poco pero cada vez parecía tener más energía para hacer las cosas. Y Yiorgos, por su lado, ahora repartía su tiempo entre flotar en la habitación como un planetoide sin rumbo y ayudar a Nikki en los trabajos de abastecimiento y reparación. A veces lo visitaba la gran serpiente y dormía con él en la forma de Nikki; a veces era la misma Nikki quien llegaba a dormir con él. Yiorgos no podía distinguirlas porque olían, sabían y hasta sudaban igual. Lo que conversaba con una, conversaba con la otra. Lo que la una le contestaba, la otra lo hacía también. Él finalmente se adaptó a no buscar diferencias, al saber que, al menos en la cama, eran la misma cosa. "En fin," se decía, "*a rose by another name is still a rose*". Lo mismo le empezó a suceder a Inti-Mayu. Nunca sabía cuándo eran Nikki o Yiorgos, y cuándo era la serpiente; para él era el Gran Almirante Leviatán, y a la vez el dragón alquímico de Nagari, la Gran Renovación del universo. O podían ser Nikki o Yiorgos, que para él, significaban lo mismo que el dragón sagrado.

El/la pobre Niño/a del Sol se moría de miedo ante una concurrencia tan grande y tan de pocas pulgas. La vida había perdido mucho valor últimamente. Una interpretación no favorable del futuro podría despertar sentimientos de hermafrodicidio entre la concurrencia.

"En mi sueño... (silencio para que la muchedumbre se calle). En mi sue... (algunos siguen hablando), en mi sueño,

veo a una hermosa gata blanca que es mimada por sus dueños, pero ella no vive feliz porque debe hacer algo... ese
algo... ese algo es cruzar el puente de la Luna. (murmullos)
El puente de la Luna... o sea, la Luna como tránsito, como
zona de tránsito, o sea, nosotros, ¿no?, una base, una colonia... (más murmullos)... En fin, la gata huye de la casa y se
embaraza por todos los gatos del barrio. Es entonces una
gata preñera, es decir, una gata que tiene constantemente crí-
as. (Silencio incómodo.) La gata tiene muchos gatitos... (una
risa cínica de alguien en el público) pero los gatos pelean
mucho. Se agarran, se pelean por las hembras y, es decir, se
matan. En el barrio... (repetición porque hay bulla) en el barrio... se desata... (se quiebra la voz del/a Niño/a)... se desata
una gran pelea y los gatos se matan a zarpazos... (el/la niño/
a quiere parar pero su madre y sus promotores sentados en
el estrado con él/ella le lanzan todos una mirada durísima).
La gata no se... no se salva de la agresión y... es malherida.
Le abren de un zarpazo el... el estómago... Se mete a un alero... agoniza... y se muere. (otro silencio incómodo). Bueno,
antes de morirse... aúlla... mucho... (risas de sorna)... varios
días. (El/la Niño/a del Sol empieza a llorar tratando de con-
tenerse. Alguna gente se empieza a ir, otra se enfurece y grita) C-cuando s-se muere la busca la gente deeeel pu-ee-eblo...
(efectos del llanto) y-yy tratan de buscar un bebe-e-e-e..."
(Llanto total. La madre se enfurece y agarra al/a la Niño/a
del Sol y le suelta un moquetón en medio del escenario.
El/la chiquillo/a cae al suelo llorando desconsoladamente
pero el agente de prensa lo/la agarra del trajecito y se lo/la
echa al hombro. Sale caminando lo más dignamente posible.
La reunión se disuelve entre cuchifletas y risotadas. Algunos
de los presentes amenazan con agredir por lo que la Seguridad hace un tímido esfuerzo de mantenerlos a raya. Nadie
les hace caso ya.)   (Telón)

La serpiente fue otra de las sospechosas cuando aparecieron los cadáveres de los satanistas degollados por toda la estación. Parecía una muerte ritual porque todos habían sido muertos exclusivamente con arma blanca. Los luciferistas, la secta del Ángel de la Luz, probablemente se salvaron de esta purga porque no eran tan dados a lo sexual como los satanistas, al menos esto dedujeron en Seguridad, pero la opinión pronto cambió al darse cuenta de que entre los satanistas muertos había cristianos disfrazados. No fue entonces el Ouroboros, dijo Nikki, sino los mismos cristianos, pero, ¿cuál secta? Podían ser Los Niños de Dios, Los Hermanos del Pacto, Los Santos de los Ultimísimos Días, La Legión de la Pureza o incluso los mismos Uranitas. Pero el Gran Astrólogo se indignó con la insinuación y se le oyó rabiar durante varios días.

—Y la madre entonces dijo, "Dos meses de preparación para solo lograr cinco minutos de ridículo. No es justo." Y ahí mismo le dejó ir una trompada. Lo anunciaron con tanta seriedad que todos creímos que iba a ser algo serio. Pero no. Para mí ya no queda un solo niño o adolescente limpio. Si no pertenecen a la serpiente pertenecen a algún estafador o algo peor. Yo tengo tres de ellos. Bueno, eran siete pero cuatro se le acercaron mucho. Es decir, yo los dejé acercarse mucho. Ahora se andan masturbando para arriba y para abajo con la maldita culebra. Para lo que me van a servir de todas maneras. Quién los va a comprar cuando ni sabemos si dentro de un mes vamos a estar vivos. Yo mejor me gasto los que tengo. No creo que ya nos quede algo más.

Los pasillos ya pertenecían a los más rápidos y los más audaces, por lo que la gente empezó a moverse en caravanas y convoyes. La protección mutua era indispensable. Llegó así el día de la nave final hacia Mons Nix. Los dispensables armaron motines matando a casi todo lo que quedaba del cuerpo de Seguridad. Entre los asesinos había muchos ex miembros de este cuerpo que buscaban venganza por no ser elegidos. Hubo secuestros y homicidios para suplantar a los que iban en esa nave. Cuando la hora llegó, más de la mitad de los pasajeros eran homicidas suplantadores con credenciales bien falsificadas y rostros cubiertos de vendajes so pretexto de haber sido asaltados en las revueltas. Germánico, defraudado por sus amos, por aquellos que consideraba las invencibles deidades de Orión, decidió al fin partir en esa nave, aunque su intención inicial había sido la de quedarse para ver la obra final del holocausto. Nunca antes como ahora, se sentía un hombre sin destino.

Nikki se sirvió otro trago de syringe después de hacer el amor con Yiorgos. Lo volvió a ver muy seria y le dijo que planeaba quedarse en Sinus Iridum para reconstruir la estación con los que quedaran. Yiorgos se levantó de la cama a buscar su esquifo. No parecía inmutado por la decisión de su amiga. Gracias por quedarte. Yo tampoco pensaba irme. Trataron entonces, en un juego inútil de palabras, de convencerse el uno al otro de que se fuera. No lo lograron. Antes de diez minutos estaban haciendo el amor de nuevo. Inti entró con su premura de toda la vida y los encontró en la cama.

—Malas noticias: la Luna volvió a su patrón de colapso orbital. Esta vez es más rápido. Sucederá en unos días.

Los muchachos reaccionaron con una melancolía silenciosa que ya no quería decir más. A los minutos de haber tomado otro poco de syringe, Nikki y Yiorgos corrieron las cobijas para invitar a Inti a que los acompañara. Esta vez, el Jefe de Seguridad no tuvo tiempo ni de quitarse el uniforme.

Por eso las mascarillas de gas se pusieron de moda, porque el oxígeno ya escaseaba en la estación. El agua, sin embargo, abundaba. Las razones eran desconocidas pero poco importaron a la mayoría cuando supieron que la ruta de colisión con la Tierra volvía a ser el destino común de todos.

La Gran serpiente puso de moda los ritmos latinos entre sus seguidores. La salsa, el tango y el semayá eran ahora muy comunes entre los chicos. Lo bailaban imitando, y a veces llevando a cabo, coitos de pie. Una conga de muchachos se interconectó genitalmente y serpentearon durante varias horas por la estación cantando *spirituals* y *souls*. La serpiente los alcanzó lentamente y abrió sus inmensas fauces frente a ellos. Los chicos se introdujeron en la boca sin separarse entre sí y uno a uno fueron tragados por la enorme garganta. El dragón asumió entonces el ritmo que llevaban los muchachos eslabonados y hasta echó unos pequeños hombros para poder bailar al estilo de Carmen Miranda. Luego se hizo también de jorobas en el espinazo y de ahí fueron saliendo, uno a uno, otra vez los muchachos llenos de sangre y cantando de felicidad.

Además de la música, surgieron las cornucopias por toda la estación. Era posible encontrar entre ellas frutos de todas estaciones y lugares de la tierra. Por eso enterraron al Gran Astrólogo bajo una montaña de aromáticas peras, su fruto predilecto, mientras que el muchacho canoso, el nuevo Gran Astrólogo, llevaba una corona con bananos, mandarinas y granadas. La ceremonia del sepelio fue compleja y llena de colorido. Todos los astrólogos, menos un disidente, estuvieron allí para brindar homenaje póstumo a aquel que los había traído hasta la Luna en busca de su verdadero destino. Lanzaron abundantes peras sobre el gigantesco nicho hasta que el ataúd quedó completamente cubierto de peras y claveles, su flor ritual. Parte de la ceremonia consistió en tomar a los dos miembros más nuevos de la orden y acostarlos sobre el lecho de peras. Se vertió sobre ellos miel y leche de cabra y se les inició en el uranismo sexual más pertinaz, siendo, tal vez, un viejo resabio de los cultos templarios. Nikki había querido estar presente, pero el culto astrológico prohibía terminantemente la presencia de mujeres en sus ceremonias. Las peras, sin embargo, limpiaban el aire de la estación tan lleno de sangre e incienso, emanando un cierto aroma de mujer totalmente incomprensible para los Uranitas.

Ahora la secta planeaba emigrar al Mar de las Lluvias, no tan lejos, e iniciar una nueva vida. Razonaron que deseaban morir en privado, según sus propias normas. Pero se tuvieron que rendir al ver que la mitad del Mar de las Lluvias, junto con su base Uranita secreta, ya había volado al cielo. No les quedaba más que permanecer en Sinus Iridum.

⤔

El temblor del día tercero antes de la colisión trajo el miedo consigo hasta que los sinuiridianos vieron a un grupo de los muchachos desnudos cabalgando un hermoso elefante asiático como el que habían visto en la caravana de la planicie. El animal daba tremendas trompetadas, pareciendo estar totalmente fuera de sí; sin embargo, los adolescentes de abordo disfrutaban aquello como estar en la montaña rusa. El paquidermo era dirigido por una morenita de escasos catorce años y senitos decorados con abalorios. Y detrás de ella, un muchacho maquillado de diosa hindú trataba de poseerla mientras la ayudaba a sostener la vara con la cual guiaba al elefante. La casi estampida del animal no mató a nadie, pero debilitó aún más las precintas de metal que unían las planchas de los muros contra la piedra viva.

⤔

Durante la oración de la hora sexta, los siervos se acomodaron todos para escuchar la misa. Era prohibido encender cirios, así es que el grupo los usaba metidos dentro de vasos de cristal artemisa. Eso les daba el aspecto de lámparas electroquímicas. Las lámparas, sin embargo, se sobrecalentaron y causaron desmayos por la elevación de la temperatura en la sala. Un muchacho se arrecostó contra una de las paredes de emergencia, recién construidas para readecuar la distribución de espacios, sin darse cuenta de que no estaba fija. Pasó recto y cayó del otro lado. De repente se oyó un grito desvaído. El muchacho salió de entre los escombros desencajado y señalando las ruinas con terror. Los hombres removieron algunos tablones y debajo encontraron el cadáver del/la niño/a del Sol. Estaba horrorosamente desfigurado/a por lo que parecía ser el escalpelo de un Jack el Destripador. Además de quemado y despellejado de la cintura para abajo, nadie jamás pudo encontrar los genitales o la lengua.

La fecha de martirazgo del/la Niño/a Virgen se empezó a observar en las iglesias cristianas a partir de aquel día.

Pero ahora el principal S.O.S. venía del lado oscuro.

Era Germánico avisando que habían tenido un aterrizaje de emergencia. La nave había sido saboteada diluyendo en más de 90% la capacidad energética del combustible. Ahora estaban cerca del Mar de Moscú y también se les agotaba el oxígeno. Iba a haber un conflicto mayor entre ellos para decidir quiénes volvían a Sinus Iridum en sus patinetas de emergencia, y con sus tanques llenos del poco oxígeno que quedaba en la nave. Los demás serían un tributo estatuario a la nueva condición humana.

Las luces de la estación estaban a medio fulgor y había silencio casi total. Los temblores continuaban intermitentemente mientras que afuera, la luz intensa de la madre Tierra dominaba blanco-azulosamente todo el paisaje. Solo el ruido de la serpiente jugando con los jóvenes en la planicie interrumpía la monotonía gris de la estación y su paisaje. Había competencias de volibol y papifútbol de playa para que todos los muchachos participaran. Equipos mixtos, sin reglas, y con ramos de gardenias y violetas para los ganadores. Consoladores como premios de consolación y la serpiente con anteojos de playa tipo ojos de gato rosados. Llevaba también una gorra amarilla fosforescente y varios cascabeles y maracas para estar haciendo porras. La Tierra seguía brillando espectralmente. Alrededor de ellos el polvo y otro material suelto empezaba a ascender por efecto del desorden gravitacional, pero los chicos, la serpiente, y todos sus aditamentos deportivos permanecían en sus lugares. La Tierra giraba sobre sí misma como un kaleidoscopio y pronto empezó a cambiar de color y de formas como uno de verdad. Se convertía en una megasombrilla estelar de colores y cambios psicodélicos y pasmosos. Era quizá la hermosura de todas las formas micro y macrobiológicas del planeta junto con visiones de la vida futura. La Tierra era ahora un gigantesco hueco rojo y púrpura de donde salían figuras aladas; niños, duendes, gnomos, elfos, demonios, jirafas y hasta tortugas. Todos brillaban con luz propia y eran en su mayoría transparentes. Parecían gelatinas vivientes con algunas pequeñas estructuras en su interior. Las alas eran también todas iguales, es decir, de formas diversas de ave, pero igualmente transparentes. Llegaron a la Luna en legiones sin perturbar el día de los playistas. Se dirigieron a Sinus Iridum y rodearon lentamente la estación, girando sobre ella. Nikki, Yiorgos e Inti-Mayu, reunidos con algunos pocos sobrevivientes, miraban el espectáculo desde la sala-observatorio, ahora brillante por la luz que entraba desde afuera. Los seres alados se precipitaron a la estación y entraron atravesando los gruesos muros y techos sin dañar nada de la estructura. Atravesaban la materia como verdaderos espíritus del aire, venidos ahora desde todas partes del universo. Afuera, de repente, se vio venir un grupo de tres personas en patineta. Eran los cuerpos sólidos de seres humanos. Cuando entraron, los demás reconocieron a Germánico y dos otros miembros de la última nave a Marte. Venían exhaustos y nadie les preguntó nada. Se unieron a la gente de la sala mientras los seres alados seguían llegando y pasaban entre las personas como por entre el mismo aire. Su fulgor llenaba ahora la sala y de repente había un aura de fiesta. Todo refulgía. Los temblores proseguían su ritmo en tanto que un elfo con cara de adolescente invitó a Nikki a bailar. Esta vez ella sí sintió su mano y luego su cuerpo. Los bailes eran antiguos y sensuales, calmos, como una flauta junto a un estanque. La Tierra se seguía transformando, ahora en una gigantesca flor que ya cubría todo el cielo y giraba. La luna era más jalonada a medida que la gigantesca flor del cielo se iba abriendo, mostrando sus pétalos de millones de colores distintos. La base chirriaba en su lento derrumbe y los niños en la playa apenas si se daban cuenta. Muchos de ellos hacían el amor en la arena cubiertos ahora por la gigantesca pulsación cardíaca de la flor y sus pétalos. Nikki prosiguió bailando con Yiorgos y los seres lumínicos. Germánico, durante un instante, vio afuera a un muchacho sentado sobre tres pulpos muertos. ¡Es él!, gritó, ¡El Gran Señor Cthulhu! Sabía que iba a venir en el momento final. Nikki lo vio detenidamente y dijo: No es él. Es un muchacho de otra dimensión. Está sentado sobre sus parientes. Es su triunfo personal. Germánico no le hizo el menor caso y abandonó el salón. Iba a tratar de salir para rendir culto a su señor. La estación ya no se podía sostener más. Explotaba por todos lados detrás de Nikki y los demás danzantes como si estuvieran frente a una gigantesca pantalla. Yiorgos vio su propio cuerpo destrozado entre dos planchas de metal y a Inti-Mayu expulsado violentamente de la estación por el escape del aire interior. No encontraron el cuerpo de Nikki, y Nikki, sin embargo seguía bailando con Yiorgos. Temblaba como un conejito y se apretujó más a sus dos amigos.

—No entiendo nada —dijo.

—No se trata de eso —respondió Yiorgos calladamente.

Inti los abrazó a ambos más fuertemente. La Tierra misma ya empezaba a explotar.

—Se ve como una gran vagina —dijo alguien... Y luego, no se escuchó más su voz.

Intermedio

LOS SUEÑOS DEL ÁNGEL

Los sueños rara vez terminan la misma
noche en que empiezan.

Las mil y una noches

¡Primicias de la muerte soy yo!

Según Tomás Hall, interpolación
apócrifa al Evangelio Apócrifo
de Judas Iscariote

27. ILUMINACIONES

¡Gracioso hijo de Pan! En torno a tu frente coronada de florecillas y de frutos se mueven tus ojos, bolas preciosas. Manchadas de hez de vino oscuro, tus mejillas se ahondan. Tus colmillos relucen. Tu pecho parece una cítara, sus tañidos circulan por tus brazos rubios. Tu corazón late en este vientre donde duerme el doble sexo. Paséate, por la noche, meneando dulcemente este muslo, este segundo muslo y esta pierna izquierda.

ARTHUR RIMBAUD
Iluminaciones

28. PUNTA CATEDRAL

Punta Catedral es un enorme peñasco, una gigantesca iglesia de piedra que se adentra en el mar más allá que cualquier otro punto de la zona. Es el distintivo del Parque Nacional Manuel Antonio porque divide sus playas en dos caletas de gran hermosura. Los turistas se bañan en la primera cuando no se desean alejar mucho de los centros nocturnos y, por el contrario, se bañan en la otra, la de más adentro, cuando quieren algo más silvestre y lozano. Entre las dos playas se yergue el peñasco que las separa creando una península y luego el montículo mismo, lleno de una espesa vegetación. A distancia es un castillo de árboles y hojas y lianas que apenas cubren la violencia pedregosa de la cima. Los vientos son eternos y muchos suben para contemplar ambas playas al atardecer.

Sin embargo, el acceso a Punta Catedral no es tan fácil y generoso como su cercanía puede dar a entender. Es una selva en minúsculo, llena de voraces mosquitos y serpientes que a veces se desmayan y mueren intoxicadas por la fuerza del sol. Algunos turistas han vuelto picoteados y raspados mientras que otros, aún regresando sin mayor novedad, se dan cuenta de que dejaron la cantimplora, o los binóculos o algún bronceador o poemario que quedó estático sobre una piedra. Esos turistas no vuelven sobre sus pasos y prefieren dejar lo que dejaron exactamente donde quedó. Es preferible que otro lo encuentre y se sirva de él, o bien que lo dejen donde está. No son muchos los que creen que uno debe subir ese peñasco una y otra vez hasta que algo de verdad pase. Lo que ocurre sucede sin ser realmente documentado o a veces siquiera advertido por los presentes. Es algo que pasa y a la vez no pasa, por eso hay tantas personas que no creen en los comentarios y especulaciones que a veces se desatan en el parque. Un botero demasiado borracho siempre es fuente de una anécdota extraña, de una elucubración supersticiosa apenas sostenida sobre el precipicio de su embriaguez. Por eso los demás callan y otorgan, o callan y fuman, volviendo su atención al piano que alguien toca en la playa o al arpa que aquellos tres están desmontando en el salón principal. Es muy fácil escuchar y luego eructar con toda discreción como si la cosa no fuera con uno. Como si los niños no hubieran incorporado a sus rondas los extraños relatos que oyen de los adultos cuando la lengua se suelta y hay que correr detrás de ella como detrás de un perro asustado. Nadie entonces reconoce nada y siguen diciendo que Manuel Antonio fue alguien que se ahogó en esas playas hace muchos años, cuando para ellos "turista" era una palabra extranjera que solo los de San José usaban, cuando los hoteles no habían enterrado los huertos y los cementerios y las viejas chozas que estaban ahí desde siempre. Cuando las casas estaban hechas de hojas de palmera y solo los más ancianos usaban ropa para meterse en el mar. Manuel Antonio era entonces un muchacho que recogía cocos y hojas de palma para vender en el mercado de Quepos.

Regresaba a la casa en las tardes con sus amigos, y entonces huía hacia Punta Catedral. Ahí le gustaba esconderse para escuchar la violenta disputa de la brisa nocturna con las olas del mar. Era un diálogo de gritos y aullidos que lo alejaban paulatinamente de toda forma de cansancio; una música que lo ponía a bailar en la oscuridad de los peñascos. Cuando los demás oían su voz, sabían que volvía de su tarde en la cumbre, de su noche de conversaciones secretas con las serpientes y las grutas.

Una noche volvía ya tarde porque a la distancia escuchaban su voz que venía, y empezaron a pasar las horas y la voz se acercaba y Manuel Antonio ya casi llegaba a su casa hasta que empezó a salir el sol. A partir de ese momento la voz no se escuchó más. Decidieron entonces buscarlo hasta que lo encontraron en la cima de Punta Catedral blandiendo su voz al aire. Pero no era suficiente encontrar la voz que soplaba y soplaba contra la brisa marina como una corriente de besos subterráneos, era preciso encontrarlo también a él, al que iba cada tantos días al mercado de Quepos a vender hojas y cocos, al que se escondía en el bosque para imitar el soplido del viento entre la espesura o simplemente se quedaba dormido imitando la respiración oculta de los árboles.

Luego vinieron los turistas y Punta Catedral fue entonces Punta Quepos, y todo el mundo dijo que era un Mont Saint-Michel hecho de vegetación en el trópico, y que la voz de Manuel Antonio es la voz de los turistas asoleándose en sueco y alemán en nuestras playas. Dijeron que era el silbido del viento en el cuerpo bronceado de los surfos gringos o el contoneo delicioso de la brisa rodeando la masa de las pensionadas neoyorquinas. Manuel Antonio es para ellos el susurro de los adolescentes y los homosexuales, cuando buscan la playita que se han designado para sí en el corazón del bosque tropical seco. Es el lugar de los sueños donde se pueden broncear con sexo para luego bailar a ritmo de rocola sobre las antiguas chozas y las tumbas ancestrales. Es donde las gringas aprenden a decir "hola", bebiendo cerveza y diciendo que el libro o los anteojos o el *walkman* no son nada, y mejor que se quedara allá arriba, entre la fuerte ventisca y la aspersión de las olas. Entre el cuerpo brillante y profundamente tornasolado de las serpientes. Ahí bamboleando entre los regazos de Manuel Antonio, en el viento, en medio de su voz y sus caricias.

29. PAVANA

Madrugada del 26 de diciembre...

He despertado con miedo y lleno de escalofríos subiéndome por la espalda.

Mis viajes nocturnos me han devuelto a un lugar por el que creo sentir mucha angustia. Se trata de una mansión; un palacete construido en gran parte con hierro forjado. Abundan en él las esbeltas columnas artesonadas, tan de moda en la arquitectura del siglo XIX, y a su vez, acompañadas de rejas, balaustradas, barandas y otros accesorios del mismo metal. Tal pareciera que se tuvo la intención de construir una verdadera casa de hierro; casi un cuartel o hasta un presidio; y sin embargo, todo está tan bien cuidado y limpio que de día algunos creen que es un convento, o el mausoleo del algún príncipe famoso cuando lo visitan de noche.

Ella es muy joven, de unos hermosos diecisiete años. Tiene la belleza estándar de los cuentos de hadas europeos, por lo que el vestido celeste que lleva puesto va muy bien con su tez blanca y su cabello largo y dorado. Es además muy delgada y siempre lleva un rubor casi artificial en las mejillas. Yo supongo que esconde el hecho de que es enfermiza.

La muchacha quiere mucho a su madre, pero sufre porque pronto las apartarán. La niña está prometida a un hombre que es o será algún día muy importante, tan importante que la familia no puede hacer nada para mantener a la rubiecita a su lado. El hombre es muy distinto a su prometida. Es regordete y de ojos grandes a lo Luis XVI, pero hay un claro brillo de inteligencia en ellos. La princesita (que no sé si realmente es una princesa o si tiene otro rango) vivirá en otro palacete enfrente del que ahora habitamos; un lugar donde todo es formal, rígido y frío; más frío de lo que suele ser una corte de provincia; más frío aún que la misma corte real. Es un lugar que no huele a gente ni a ninguna otra cosa viva, sino a crujidos secos, a sustancias químicas, a cosas que fueron pero ya no son. Y a pesar de que hay muchas personas al servicio del príncipe, su palacio sigue oliendo a museo, a cosa inerte, a algo que ya no podrá retoñar. El único ruido dentro de sus muros es el crujir de los vestidos de las señoras. Porque ellas tampoco hablan o ríen o suspiran de cualquier cosa buena o mala que les haya pasado. No. Ellas son como fantasmas barriendo con sus largos vestidos los pasillos, y su único lenguaje es el murmullo de los trajes engomados rozándose entre sí. Todos en ese lugar se mueven en el silencio que flota sobre el olor a cuero reseco y polvoriento.

El pretendiente está ahora de visita. Ha cruzado los trescientos metros de jardines que separan ambos edificios para hacer a los padres un recordatorio. Les recuerda el compromiso en los términos más breves e impersonales. Concluye lo que tenía que decir. Saluda nuevamente y se retira. Cuando vuelve a cruzar los trescientos metros de jardines, la luna, amarilla y polvorosa, acaba de salir por el lado este.

Esta noche yo voy acompañando al príncipe hasta su mansión. Llevo una linterna para iluminar el camino mientras que otro hombre, otro lacayo como yo, lleva otra linterna unos metros adelante en el camino. De pronto se oye una voz que llama al príncipe. Es el padre de la niña que se acerca por detrás con otro lacayo y otra fuente de luz. Los dos hombres se unen brevemente a discutir. El padre desea poner condiciones que el príncipe está renuente a aceptar. Discuten largamente mientras que los tres acompañantes semejamos estatuas que sostienen faroles en los jardines entre palacios. La luz es verdosa y hace que los rosales cercanos también parezcan fantasmas de algo vivo crepitando en la noche. El príncipe propone que lo acompañemos a un sótano debajo del jardín donde él suele trabajar. Es el lugar que yo más temo. Nunca he estado ahí pero sé que hay cosas muy extrañas y largos pasillos que llevan mucho más allá de los límites del palacio. Nunca he estado abajo pero lo conozco bien, tan bien que le temo porque sé que en las noches de luna hay voces que salen de lo profundo. Voces que en ráfagas repentinas son arrastradas hasta las ventanas del palacio y chocan desesperadas contra los vidrios. Voces que uno parece reconocer hasta que se transforman en risotadas odiosas y grotescas; y es ahí, en ese momento, cuando las ventanas se abren y entra un viento tan frío y tan húmedo que algunos han perdido el sentido al ser rozados por él. Muchos hemos salido con linternas en la madrugada persiguiendo esas extrañas invocaciones hasta que nos hemos detenido al pie de las escaleras del sótano. Pero nadie, ninguno de nosotros se ha atrevido a tocar sus molduras de hierro y bajar por ellas hasta los corredores de piedra... Y aunque lo intuimos, en realidad no sabemos qué guarda el príncipe ahí abajo.

El padre de la niña se ha puesto de acuerdo con el príncipe para discutir ese delicado asunto al día siguiente. Los demás, suspiramos de alivio al escuchar la orden de volver a palacio.

Yo vuelvo a ver para atrás justo en el momento en que el príncipe desciende a su sótano bajo el jardín.

En este punto, pierdo la noción de las cosas. La noche en el jardín de las rosas fantasmales se torna en un recuerdo sin mayor trascendencia. El tiempo es ahora un carrusel de colores muertos; algo que no puedo detener sin un enorme esfuerzo.

La princesa, ya casada, desciende una tarde por la amplia escalinata de metal que comunica sus habitaciones con el patio de las rosas. De las rejillas que ventilan el amplio sótano sube un olor a carne magra.

La princesa está muy cambiada; no ha transcurrido mucho tiempo desde sus bodas y, sin embargo, parece haber envejecido tremendamente. La mirada de belleza ha desaparecido del todo, y ahora, pálida y enclenque, se sostiene de la baranda con una mirada extraviada; un rostro que muchos tomarían por el de una loca sonriéndose con sus fantasmas. Yo estoy al pie de las escaleras aterrado de que no se sostenga y se vaya a caer. Pero, de repente, mi peor pesadilla se comienza a escenificar como si yo mismo estuviese dirigiendo la puesta en escena. La princesita sube una pierna a la baranda y luego afirma un codo en la misma balaustrada. Con un gran esfuerzo sube el otro pie a la baranda y se para sobre ella agarrándose de una de las columnas. Queda de tal manera que parece una araña, impúdica y débil, abierta sobre la escalinata. Alguna de las damas de compañía grita y baja rápidamente tratando de sujetar a la muchacha, pero ésta, al ver que la van a agarrar, se deja ir hacia atrás cayendo y luego rodando por las escaleras. Lo único que queda en este cuadro es el cielo iluminando con metales que hieren la vista y el grito de la dama que se extiende en el tiempo.

Ahora, yo no puedo controlar nada. Solo vivo el carrusel de laberintos que gira y gira frente a mí. Cuando finalmente se detiene, veo a la princesa en su cama ya preparada para la tumba. Su rostro, blanco y ceroso, vuelve, sin embargo, a ser bello. Estoy a una cierta distancia, como corresponde a mi rango, pero no entiendo por qué el príncipe y todos los demás notables que pueblan el recinto también mantienen una cierta distancia del lecho de la princesa. La tratan como si hubiera muerto de la peste o algo peor. Sé que no se debe al suicidio: para una persona de su rango, todos simplemente atestiguamos que quiso coger un fruto del árbol cercano y resbaló. No había nadie del clero presente, así es que eso fue lo que dijimos.

Después de que los dignatarios presentes se han marchado a prepararse para la misa, los lacayos debemos reacomodar las flores y cambiar los cirios. Yo aprovecho esta ocasión para acercarme más a la princesa y ver qué ha pasado. En ese momento topo de frente con la respuesta; tan de frente, que me he parado sobre ella. A ambos lados del lecho y al pie del mismo hay lápidas. Creo que son tumbas. Tres pequeñas tumbas que rodean por completo el lecho de la princesa muerta. Me hago a un lado y leo discretamente la de la izquierda. Tiene el rostro esculpido en alto relieve de un hermoso niño de unos cinco años. Ahora el de la derecha, que me acerco a ver llevando algunos de los cirios ya gastados: es la cara de una niñita que solo vivió dos o tres años. Tomo una ánfora llena de calas y la cambio de posición para acercarme a la tercer lápida. Veo sorprendido que es la más reciente. El rostro es el de un niño casi recién nacido. Pero hay algo más: este bebé tiene una deformación. No se ve por supuesto en el alto relieve sino que lo veo a través de la lápida. Tiene la quijada partida en el lado derecho como si le hubieran desgajado la cara con una hacha. La cicatriz llega hasta la parte superior del pómulo, pero no logro entender si es un defecto de nacimiento o algo que verdaderamente le sucedió. Fuera lo que fuera, el bebé no vivió mucho, tal vez unos meses.

Los observo a los tres ahora en conjunto, rodeando a su madre como en un retrato de familia, y de repente noto algo más. Puedo ver de nuevo sus rostros a través de las lápidas y el conjunto ahora cobra un macabro sentido: tanto los bebés como la madre están momificados... ...

Ese lacayo que yo fui también tuvo una muerte trágica. Me veo con la cara de absoluto terror, cayendo por las escalinatas del sótano bajo el jardín. Voy en cámara lenta, con el tiempo suficiente para morir de miedo aún antes de que mi cuerpo se estrelle contra las lozas. No sé por qué esto ha sucedido así. Tal vez fue un accidente o alguien lo planeó en detalle. Sea como fuera, no tuvo mayor trascendencia, a no ser porque sucedió poco después de la muerte de la princesa...

Ahora, despierto, soy de nuevo quien soy. No estoy acostumbrado al frío de las mañanas de invierno en Europa. Me cierro más el abrigo mientras voy caminando por los extraños jardines de aquel palacio, ahora de verdad un museo.

Camino por la parte más apartada del jardín de rosas hasta que, de entre los arbustos, escucho una risita conocida. Sale de repente a toda velocidad en su arcaico triciclo. El niño me ha reconocido y está contento de verme. Pasa velozmente y empieza a dar vueltas en torno mío. Grita alegremente mientras de entre los arbustos también sale su hermanita. El triciclo de ella está decorado con listitas rojas hasta parecer un cometa que se desliza a ras del suelo. Los dos ríen y chillan mientras juegan a perseguirse en torno mío. Yo sigo observando atentamente los arbustos hasta que finalmente aparece el que faltaba, el patito feo. Viene montado en un triciclo minúsculo sonriendo con su carita deformada.

La mañana brilla con esa luz filosa y cortante del invierno, mientras que yo, el Ángel, pero el lacayo de su madre para ellos, los entretengo y sonrío sin fijarme mucho en sus caritas de cuero reseco y frío.

30. INCIENSO

I pressed her thigh and Death smiled.

JIM MORRISON

...El olor a incienso me recuerda las tardes de lluvia en la ciudad. Hay un olor secreto, un musgo casi invisible que suelta su aroma solo cuando lo toca el agua de lluvia. No sé cómo se llama o si es nativo o importado, la verdad es que ni siquiera sé si es en verdad un musgo u otra cosa como tantas que se esconden arremolinándose en los rincones de las aceras. Creo que es un musgo porque siento, o supongo que es un musgo, pero igualmente podría ser una flor o la orina de los pordioseros, su sustancia enervada por el agua de las tardes de lluvia.

Así es como huele este incienso que ahora sube por las volutas de humo en el cuarto. Se esparce en cámara lenta simulando el lento despertar de una culebra en una mañana de frío. Sube, llega hasta el techo de la habitación y ahí se vuelve a acurrucar como dándose cuenta de repente de que afuera está lloviendo. Los vidrios empañados y fríos recogen algo del humo que queda pendiendo de ellos en forma de lengüetillas de sabor. No sé que se hacen después. De momento solo impregnan el cuarto de ese humo que él aspira y guarda en las comisuras de los labios cuando me dice que le gusta, que ese humo le recuerda una cocina de leña o el elefante de bronce por donde escapaba el sándalo de su infancia. Luego se arrecuesta sobre mi hombro y me cuenta toda la historia en torno a Parikshit y cómo juntos comieron jachís el verano pasado en Panamá. Y es que mientras los vidrios se empañan y sudan como un enfermo el calor de la casa, Panamá sube y sube en el incienso del elefante hasta flotar como una isla en las nubes, y yo le agarro un muslo diciéndole que no sea mentiroso y la sangre sale a poquitos, como cuando se ha majado un dedo tan fuerte y tan repentinamente, que le sangra sin tener la piel rota, como por arte de magia, como si la estuviera sudando en clase de gimnasia. Luego me devuelve a su isla de Panamá, flotando en algún lugar remoto del Caribe y ambos sabemos que en una dirección donde obviamente se aleja de Costa Rica. Volvemos a la tarde con Parikshit que untaba el incienso de jachís y él le preguntaba que si era como el jachís español que siempre pasaban hecho bolas en el culo con solo un condón entre el culo y la muerte y el otro le dice que no, que ése viene directo de Turquía y nadie le cree el cuento porque es demasiado lejos y todos aspiran con fuerza mientras el olor se va esparciendo por la vieja casa inconclusa de su elefante de bronce. Una casa que decidieron hacer con todo lujo de manera que se vive entre molduras, espejos venecianos y obras de arte donde el hermano esconde los cigarros y los condones. Donde Parikshit ahora acomoda el pucho que nadie encuentra hasta que la noche es fría y alguien, el papá, por ejemplo, necesita viajar un rato en la biblioteca donde está el gran incensario del elefante corneando o acaso trompeteando hacia el aire pidiendo ser otro Ganesha, otro hijo de dios con cuerpo de hombre y cara de elefante pero sin recorrer en miseria y estúpida burla las calles de Londres atrayendo la risa de los hijos de mierda que no pueden reír más de sí mismos ni de lo poco que les queda de risa. Y en un traje de yute o gangoches camina torcido por las calles de Jack atrayendo también todas las infecciones del mundo. Y luego es Ganesha y luego un incensario donde el padre se esconde de la madre que se esconde del hijo y Parikshit que es el ángel exterminador que todos temían y esperaban. El telegrama nefasto hablando de un hijo de algún pariente lejano sin saber que ya no había recuerdo de la vieja familia y su culto a Brahma y Vishnú. Ahora eran de Panamá y tenían nombres latinos. Ahora iban a la iglesia cristiana los domingos sin entender el mutismo ancestral de Parikshit ante el incienso de los monaguillos. Y luego él se vuelve para el rincón tratando de esconder un poco el muslo y la sangre o el incienso que se anuda en el pubis como si quisiera convertir esos dos musgos, esos dos aromas de humedad, en uno solo. Y él se esfuerza porque yo no vea que el incienso se le ha metido en el vientre como una bolsa de agua que llama a las aguas de afuera. Un grito regurgitado entre las cantidades de líquido que vomita una y otra vez. Yo me levanto, me acurruco en el sofá para olvidar que esta tarde está ahí conmigo. Logro olvidar el sueño de lobos verdes recorriendo los bosques en tardes como ésta y no estoy convencido de encontrar lobos aquí o en Panamá, pero sé que los hay, que acechan la casa inconclusa llena de millonarios recuerdos y de padres que fuman para olvidar y de elefantes que son dioses que sueñan con ser deformaciones humanas arrastrándose por las calles de Londres, y pienso de repente en lo que no puedo dejar de pensar. Pienso y pienso y sigo pensando prensando mis pensamientos como pequeños carteles de circo en torno a la memoria donde están ellos, los dos enfrentados como en las luchas libres, divididos en hombre lobo y hombre elefante para la comodidad de los espectadores, pero me doy cuenta de que en realidad no hay tal diferencia y que luego en el camerino rodeados de flores e incienso se desvestirán e intercambiarán máscaras y el hombre lobo de la lucha libre será el elefante que realmente es y el elefante se quitará la máscara y la trompa y será el hombre lobo que realmente es e irán al bar más cercano porque necesitan todas las noches de un poco de cerveza como el padre necesita de jachís para olvidarse de la madre que quiere olvidarse de Parikshit y de él, arrecostado en mi cama y sangrando por las esporas de los muslos y los dos comerán bocas de morcilla donde la sangre fue prensada con bastante cebolla y grasa de cerdo para que le quitara el sabor a sangre y el olor a sangre pero que siga siendo sangre. Para poder saborear los coágulos entre la lengua y el paladar y que se deshagan por sí solos, casi como si no hubiera pasado nada y la sangre todavía estuviera fresca y tuviera ese olor y sabor herrumbroso que ahora tiene la sangre de él ahí en la cama esperando a que yo regrese y lo lleve al baño y abra la aspersión a toda fuerza para lavarle el maquillaje y que ella se pase la mano suavemente por el cabello como si con eso se lo secara por acto de magia, de cálida prestidigitación en el solar de la casa panameña, donde el padre ahora mismo aguarda. Ella que huyó con Parikshit que no era mayor que ella pero conocía la magia de Ganesha y del jachís, que sabía como llamar a todas las hierbas que había en el camino mientras Panamá se hacía una isla en el lejano recuerdo de una casa inconclusa, como una sinfonía sin "scherzo" ni "finale". Una casa que se sostenía de las vigas de nogal como una jirafa se sostiene cuando bebe agua en los estanques de los leones. La casa que todo el mundo quiso comprar aun sin estar terminada. La misma residencia de una familia de nombre latino y con molduras y bronces de la India. Ella solía refrescarse en las noches de verano en esa parte de la casa que nadie ha terminado. La parte que es de troncos sin tallar y donde las puertas y las ventanas solo se abren contra las paredes como en las cárceles de las pesadillas o en los cuentos de hadas. Una casa llena de caperucitas y caperucitos apenas tapándose del frío con la insípida capa del cuento. Nada que los abrigue de noche o los calme del miedo ante los aullidos del lobo que ronda las partes no terminadas de la mansión, los jardines solitarios donde la madre recoge mandarinas que luego se pudren en los cestos y las charolas de plata. El musgo verde intenso que crece sobre estas frutas durante las lluvias de invierno, cuando las ventanas se empañan y ella entra al baño agarrándose el pelo como una mujer mayor, como si nunca hubiera salido de su casa con Parikshit para huir de la isla de su imaginación desbordada o tal vez huir hacia ella, esconderse en los pliegues del elefante que ya no quiere luchar con el lobo sino ser el lobo en esa casa donde el padre a veces duerme mientras fuma en la biblioteca. Pero nada la detiene. Ella entra al baño tomándose el pelo que le cubre el cuerpo como un vestido negro y lo alisa con las manos hasta que las manos son tan sedosas que se enredan y se pierden en el mismo pelo. Así es que sale sin manos del baño y se acuesta y es él que vuelve a ser un muchacho con manos para que yo lo tome de la cintura y lo lleve al baño y lo meta al agua hasta que él respire por la boca y yo reciba su aliento en mi aliento como ella y Parikshit cuando se perdían en los jardines bajo los mandarinos en flor durante las noches de verano. Él se tomará el cabello y de repente será ella y ya no le sangrará el muslo y el cabello le cubrirá el cuerpo como un vestido negro mientras piensa en el padre que fuma en una gran biblioteca con una parte completamente abierta a la brisa tropical de la noche. Y esa biblioteca estará en medio de una jungla de estatuas de bronce representando al Buda y a Vishnú y a Kali la que respira fuego para que las noches no sean tan frías o tan húmedas y el incienso pueda arder como ahora como cuando ella sale del baño y se arropa en su propio cabello porque la caperuza siempre fue demasiado poco en un clima donde la sala estaba llena de hombres lobo que sudaban en la noche en busca de ella y de Parikshit, de él y de Parikshit, es decir, en busca de ellos dos para sorprenderlos e imitar sus gestos contra la nieve como si en Panamá no nevara más que una sola vez al año y los elefantes son enterrados en la miseria de sus colmillos sin esperanza de jachís o de nada porque en la época de heladas hasta las mandarinas son escasas y la madre se debe conformar con hacer fresco de la estopa verde que crece sobre ellas en vez de las mandarinas o las papayas. Y es en noches como éstas que todos salen a refrescarse en la biblioteca y Parikshit pone los pies sobre el elefante de bronce y entonces él también pone los pies sobre el elefante de bronce y el padre comprende y enciende el incensario del lobo que aúlla y aúlla vorazmente contra las mandarinas de la noche. Yo despierto de mi lugar en este sillón perdido y voy a la cama donde está ella tomando el té de la tarde envuelta en las múltiples capas de su sari rojo y su cabello recogido por horquillas de oro y le tomo un pie solo para darme cuenta de que él tiene una ajorca que dice "Parikshit", y hay una oración a Kali mientras yo aprieto el tobillo y veo de nuevo la sangre salir de la piel, fresca y líquida, llenando la habitación bajo la lluvia de su olor a sándalo, a varas de incienso remojadas en el cárdeno herrumbre y los aceites de las flores del mandarino. La madre prepara galletas de jachís con aceite de sándalo y mandarino en flor. El padre sacude los incensarios de animales mientras Shiva-Nataraya baila entre los biombos una de sus danzas feroces, y el Señor de los ritmos aviva la llama que ahora se contonea en sus cuatro palmas y exige de su luz el rojo en sus muslos. Sigo con mis manos el contorno de sus piernas y sus caderas hasta llegar al pecho donde presiono la mano contra las costillas. Ella no se mueve mientras el sonido en el baño nos dice que él todavía está ahí, esperando que lo lleguemos a restregar en las partes que tanto le gustan cuando el incienso se prende así de vorazmente contra las paredes. Ganesha emite el aroma del incienso cada vez más tupido hasta que el sonido seco se ha escuchado por toda la casa. La costilla quebrada es solo una tenue adivinanza bajo su vestido de cabello y ella si acaso ha dicho algo, un leve gemido, un remoto chasquido de diente contra diente mientras la segunda costilla también cede. Él ahora tal vez juega con un patito en el patio mientras espera su turno. Está muy distraído jugando con Parikshit bajo los mandarinos en flor como para escuchar el crac de la tercera costilla y el cabello ponerse de repente lustroso, lleno de saliva de lobo en tanto que Ganesha baila y baila y baila haciendo que todo el bosque de la casa ruja como en la real cacería del león de Rajastán. Parikshit lo entretiene mientras yo le acaricio la pierna y lo seduzco y lo beso, y le toco el sexo y aprieto contra sus testículos toda la fuerza de una pata de elefante hasta que él bota sangre por la nariz y las comisuras de los labios. Y me devuelve el beso hasta que los ojos ya no se cierran y yo la cubro con su propio cabello sobre la cama en esta tarde de lluvia. Ella tiene el pecho hundido y él la masculinidad muerta pero ambos ya se quedan en la gran habitación y no hay pariente de la India, como Parikshit, que los saque de la biblioteca esta tarde a ver la lluvia; tarde en que brotan salvajemente todos los mandarinos en flor...

Segundo Movimiento

URANO EN EL LABERINTO

31. ILUMINACIONES

La madre de Dionisos tiene varios nombres, dados según la época y la región donde se la venere. Los órficos dicen que es Deméter o incluso Io, mientras otras fuentes dicen que es Dione o Perséfone, con quien Zeus copuló en forma de serpiente. Todavía otros dicen que es Lete. Sin embargo, la versión más aceptada es la que han impuesto los beocios diciendo que el dios Dionisos es hijo de la princesa tebana Semele, de quien Zeus se enamoró.

El padre olímpico tuvo amores secretos con la Luna, es decir, Semele, hija del rey Cadmo, durante varios meses hasta que tales relaciones llegaron a oídos de Hera, señora de los cielos, quien de inmediato bajó a tierra en forma humana. Disfrazada de vieja vecina llegó al palacio de Tebas donde se entrevistó con la joven princesa. Le hizo saber que en toda la ciudad se rumoraba acerca de su ingenuidad, porque de seguro, el hombre que la cortejaba se había burlado de ella diciéndole que era el mismo Zeus. La princesa se afligió mucho al escu-

char ésto, pero la vieja la consoló diciéndole que podía recobrar su honor demostrándole a todos que aquel pretendiente era en verdad el Padre de los Dioses. Semele, ingenua como todo joven, suplicó a la anciana que le revelara cómo lograr aquel prodigio. Y la anciana, fingiendo meditar, de repente llenó sus ojos de un oscuro furor.

—Dile que se muestre ante ti en todo su esplendor inmortal. Así saldrás de dudas.

La princesa despidió a la mujer colmándola de palabras de agradecimiento y de regalos. Y la madre Hera, satisfecha de su intervención, tiró los regalos en el primer rincón que pudo y de inmediato volvió al Olimpo.

La siguiente noche en que el ardiente Zeus volvió a la habitación de la princesa, ésta se mostró esquiva y hasta fría. Para volver al lecho con él puso de condición insoslayable que el gran crónida se mostrara ante ella en toda su gloria. Zeus de inmediato olfateó el trabajo de su mujer en aquel repentino capricho de la muchacha y le rogó durante largo rato que desistiera de su pretensión, pero entre más rogaba él, más convencida quedaba Semele de que el hombre, lejos de ser un dios era más bien cualquier tunante.

Cuando ya iba amaneciendo, Zeus empezó a cambiar de actitud: de amante sumiso se volvió hombre colérico y herido en su orgullo. Le dijo a Semele que atendería a su capricho tanto como muestra de su lealtad como también para que le sirviera de castigo a ella, mortal que se había atrevido a contrariarlo. Y diciendo esto empezó a brillar en todo su esplendor de dios supremo del Olimpo. Del cielo cayó una oleada de rayos que fulminaron a la pobre Semele convirtiéndola en una humeante estatua de carbón. Cuando el cadáver cayó al suelo las cenizas se esparcieron con la tormenta que la presencia magistral de Zeus había causado. El dios vio a su amada y se compadeció de ella. Llamó de inmediato a Hermes, señor de los ladrones, para que le *ayudara a salvar al sietemesino que la princesa llevaba en el vientre. Hermes rápidamente sacó al niño de entre las cenizas y restos carbonizados y lo lavó en una fuente cercana. Abrió luego una gran herida en el muslo del dios padre y metió allí al infante para que terminara de madurar. En el muslo de Zeus era seguro que el niño no solo sobreviviría sino que también llegaría a ser inmortal.*

Es por esta razón que muchos llaman a Dionisos "el dos veces nacido" o incluso "el niño de la doble puerta", porque en verdad, nació dos veces.

32. MAR DE LAS LLUVIAS

Ich hab' ein glühend Messer,
ein Messer in meiner Brust.

GUSTAV MAHLER
Lieder Eines Fahrenden Gesellen

Maderos rotos de viajes que no terminaron...

YIORGOS SEFERIS

La noche está llena de neblina, como cuando es tarde, ha llovido, y los perros rondan los basureros de las acequias.

Ahí, en esa noche, está Jose Antonio sentado bajo un árbol negro. Su silueta, más oscura aún por la sombra, se disuelve en el viento que mece las ramas.

Bosteza unas cuantas veces; juega con un palo haciendo dibujos y símbolos en el humus negro, mientras espera la llegada de su amigo. No sabe qué le va a decir o cómo lo va a convencer de que lo perdone. Una deuda es una deuda. Pero ya sabe como es él. Se la gastó con alguien a quien ni siquiera conoce. El calor de las cervezas y la música del carnaval fueron suficientes para encender sus diecisiete años y decir que a esa edad no se puede ser serio. La tarde estaba demasiado bella como para no ser tomada en cuenta como la gran cómplice que siempre era. Por eso amanecieron en un motel rodeados de botellas de cerveza vacías y la alfombra chamuscada por las candelas. No sabía cómo se llamaba pero hacía el amor muy bien, a pesar de su juventud, a pesar de su cara de inocencia podrida, a pesar del cuchillo entre la faja, todo había estado bien. Se despidieron temprano después de sacarse la goma con una botella de vermut oscuro que Jose encontró debajo de su chilaba. Pero al despedirse y besarse por última vez, Jose no sintió el cuchillo en la faja; lo sintió en el costado derecho con un frío que le congeló el vermut entre las tripas. Esa fue la despedida.

Ahora estaba ahí, todavía botando sangre con vermut por la herida, esperando a que el amigo se apareciera para decirle la verdad; que ya no tenía la plata; que en un intento fugaz de su imaginación había ido donde otro, un compañero de colegio, a ver qué agarraba. Pero solo venía de vuelta con recuerdos de colegial y las náuseas de vivir en alta mar. Sangre y vermut le empapaban la chilaba casi hasta la rodilla y pensó un poco con lástima en el gran desperdicio: ¿para qué un adiós de puñalada con todo el drama? ¿Por qué no un golpe en la cabeza, un estrangulamiento en el baño, si tanta era la prisa de matar a alguien? Todo era tan simple que no veía por qué complicarse tanto. Las aves chirriando túneles, cantando ostinatos de órgano muerto como si él estuviera entre los dedos flacos de un chamán ancestral; de alguien que le iba a robar el espíritu para que en el fondo no se pudiera hablar de pérdida o desperdicio, y todo se regenerara en el orden necesario de las cosas, el orden que el chamán tenía predispuesto para su pequeño cosmos; el orden en que los entes donadores obsequiaban sus atributos a los sobrevivientes. Y estos pájaros del cielo sí que sobrevivirían esa noche bañada en vermut de muerte. Exactamente como a ellos les gustaba. Una variante culinaria que le daba más cuerpo y lo hacía saber mejor. Si no preguntárselo a Gilles el carnicero de los reyes de Francia, Gilles el amantísimo carnicero, *"mais un bon chef"*, en la corte del ángel de Azrael... Jose cerró los ojos para volver a imaginar la estancia donde el amigo de colegio le acariciaba la espalda y hablaba, nervioso, del presente y del pasado con su loca jauría de deseos muertos. Él no estaba interesado en eso del miedo y el perdón y la censura y todos los demás pánicos invisibles de su amigo, pero sí disfrutaba del temblor y del calor de su cuerpo. Era como estar en un país diferente del suyo donde nadie entendía su lengua pero la hablaba, y sonreía, y lo acariciaba con la fascinación que da el miedo. Se sentía acunado bajo un sol de caricias tranquilizantes que no lo llevaban a ninguna parte, que lo dejaban ahí, precisamente ahí donde quería estar para justificarse con el otro amigo. Pero ahora más vale que se apure. Si lo que va a querer es matarlo por romper su palabra, corre el riesgo de encontrarse con el trabajo ya ejecutado. Entonces sí que la tendrá buena. Se quedará sin la plata, sin el amante y sin la venganza. En la calle. Perdido. Totalmente humillado. Sería entonces un proscrito. De esos jóvenes que no tienen más remedio que irse a morir a la luna.

33. NOSOTROS LOS MUERTOS

«Pano da Costa», para cuarteto de cuerdas, sonaja de conchas y otros instrumentos de percusión.

JON HASSEL

El barco está anclado a uno de los muelles de San José de Costa Rica. Es viejo y sucio, pero un equipo de técnicos y artesanos ha jurado dejarlo como nuevo, por lo menos en apariencia. Si se hunde, dicen, se hundirá con mucha dignidad. El comité de viajeros ha decidido nombrarlo *La Mariquita*, en honor a todos los homosexuales que han contribuido a engrandecer La Barca de los Locos sin recibir justo reconocimiento a cambio. Es cierto que Costa Rica hubiera marchado igual sin esa sarta de presidentes y ministros "gay", pero las aulas de los colegios y los baños de la Cancillería, ¡por Dios!, no hubieran sido lo mismo. Estas cosas se callan por vergüenza... Vergüenza de que los presidentes con vocación de tornillo sin fin hayan sido precisamente los más represivos. Éstos han dado un pésimo nombre a los homosexuales saludablemente locos (y locas) de nuestro país: los que no le han pateado los huevos a nadie en los sótanos del gobierno, o no han disfrutado de caviar (semen de ballena narval, según algunas locas especializadas), en los banquetes de Estado; los que han contribuido a la construcción de la Barca besándose mutuamente el culo sólo y exclusivamente de noche, y a escondidas de la mirada de los buenos. A esos está dedicada *La Mariquita*. Y se la ha puesto *La Mariquita* para demostrar que no hay nada en un nombre sino la intención de quien lo pronuncia. Por eso no se llama *La Gay-Lésbica* ni mucho menos *La/El Gay-Lésbico/a*, dedicado/a a todos y todas. Que estas "minorías sexuales" se callan ante lo importante, pero cuando alguien que las favorece es irreverente y vacila un poco, le caen (según decir de los porteños), como cerote en el estero.

34. CORNUCOPIA

El lugar donde mejor se
duerme es junto a la nevera.

Banana Yoshimoto

Eunice Odio y Boix Grave Peralta (o algo por el estilo), co-nocida en el mundo que fue importante para ella solo como Eunice Odio, levantó el vaso de tequila y sonrió mientras el tocadiscos vibraba con Lucha Villa y José Alfredo Jiménez. Su apartamento de la calle Neva, en el D.F., no era grande, eso lo sabemos hoy, pero sí acogedor. Había un hermoso sarape en una de las paredes que llamaba la atención no más entran-do a aquel espacio tan mexicano y tico a la vez. Las decora-ciones de su país natal estaban ahí para ejercer un poco de coerción hacia la amargura. Ella era profundamente tica, vicio y virtud que le causaba dolor por saberse amorosamente expa-triada y presepultada.

"Nadie quiere aquí a una vieja que se cree más que un hombre."

"¿Cómo querés que le preste atención a lo que me está diciendo si me pone en frente esas tetas de proyectil?"

"No usar brasier en la Avenida Central es un acto de maldad pura. Puedo, y debo perdonar a un ladrón. Pero a ella, cuando la veo así de rica, no la puedo perdonar porque la gran cabrona me lo roba todo."

"No es feliz porque debe ser una ninfomaníaca. Una de esas que no se conforma con nada."

"Está bien que las poetisas de ahora usen su encanto personal para llenar salas de recitales, pero a ella que era tan buena escritora no se lo perdono."

"Esa se hizo mexicana, no apreció lo que tenía aquí. No veo por qué deba aparecer en una antología de poesía tica. Voto por que no la incluyamos."

Eunice tomaba tequila con Luis, un carajillo tico que había llegado a la ciudad casi muerto de hambre. Solo había cargado consigo unos pocos poemas en un bolso peruano que no se apeaba ni para mear. Y por alguna razón que la escritora desconocía, al chavalillo le decían *El Tirso*, por lo que ella ni siquiera se molestó en aprenderse el apellido. Él, de todas maneras, tenía en los ojos y en los brazos las cicatrices de la drogadicción. Y más importante aún para ella y para quienes podían descifrarlo, Luis llevaba también en esos ojos mustios la presencia de Los Alados.

Eunice le dijo al muchacho que fuera a la cocina a traer unas bocas que ella dejó listas en la refri. El Tirso se fue a traerlas pero desapareció. Cuarenta y cinco minutos más tarde apareció de nuevo con aire de perdido y la mirada extraviada.

—¿Qué te pasó?

Luis no pudo contestar. La segunda puerta de la derecha estaba abierta cuando él pasó. Se pudo contener y llegó hasta la cocina donde la refri también se había abierto sola. Estaba en un valle de color amarillo y rojo, como entrar de repente en un Gauguin. Bajó lentamente por la ladera de la colina hasta arribar al fondo del valle. Un río no muy grande transitaba el lecho con un ronroneo pacífico haciendo que de vez en cuando se levantaran burbujeos anaranjados que reflejaban la colina. El fluir de aguas azules con parches de fuego aquí y allá hacía del Gauguin una repentina impresión sol naciente donde los colores se habían regado por accidente voluntario, por deseo de hacer, por vocación y profundo alcoholismo de colores. El Tirso abandonó su temor inicial y quitándose el zapato metió un pie en el agua fresca que era como meterlo en gelatina recién hecha; era arrecostarse en una copa de helados y dejar que el olor a vainilla nos suba lentamente por el cuello mientras el frío nos pone la piel de gallina. La sensación era agradable aunque vio que no se quedaba en un solo lugar. Resbalaba poco a poco al irse derritiendo el helado debajo de él. Quiso entonces pararse pero no pudo y luego, al querer afirmarse con los brazos, simplemente se hundió hasta las axilas. Intentó entonces nadar pero el helado estaba todavía muy espeso. De continuar así, lo único que iba a lograr era hacer un batido. Tuvo que agarrarse de la parte protuberante de una fresa y escalarla, usando las semillitas como peldaños, para no ahogarse en el gran río de gelatina y helado de vainilla. Cuando por fin pudo acercarse al borde, a la ribera del río-tazón, algo nuevo distrajo su mirada. En el centro de aquel valle hermoso, justo en medio de un pastizal lleno de vacas y hermoso zacate silvestre africano, se posaba una gigantesca papaya. Ahora bien, no era la papaya que hubiera cultivado un campesino u otro agricultor. No, qué va, porque resulta que esta papaya, hermosamente entronada en medio de un pastizal lleno de vacas jersey, era del tamaño, más o menos, del Banco Central de San José, es decir, un edificio de unos seis o siete pisos. Claro que esto no tenía sentido, porque, para ser del tamaño del banco mejor hubiera sido una tortuga o tal vez un elefante, pero no: era una papaya, verdia-marilla y aromática, descaradamente dulce y abultada. El Tir-so se quedó mirando aquello tratando de encontrarle alguna lógica hasta que recordó el clima del D.F. en enero. Estaba apenas por encima de cero y ya le castañeteaban hasta los riñones. Las volutas de aire congelante bailaban por todo lado así es que nuestro poeta decidió salir del Valle de los Sabores, de aquella hondonada donde el cacao no era sino esa cosa dulce casi lechosa que cubría el tronco de los árboles. Se acercó entonces a varias de las vacas para ver de qué estaban hechas aquellas felices bestias. No esperaba una sorpresa mayor que darse cuenta de que eran bistecs vivos y mugientes; tortas de molida condimentada; vueltas de lomo o de paleta, lomillo de aguja o simplemente un gigantesco arroyado de salchichas ahumadas. Pero nada de eso. Cada bandida estaba hecha de cacao y leche —una pizquita de mantequilla por aquí y por allá— pero básicamente leche. No se iba a poner a discutir con una vaca el gran descubrimiento suizo porque le pareció bastante esnob y extranjerizante, al punto de que opacaba muchos descubrimientos nuestros que merecían el mismo aplauso. Para él, un verdadero poeta, la combinación de leche y café, o de café y azúcar eran igualmente importantes. Por no mencionar al rey de las combinaciones ticas: maduros en gloria espolvoreados con queso y acompañados con un gran vaso de leche al pie de la vaca. Y ya que había tantas ahí, qué lástima no tener los maduros a mano. Estaba seguro de que Eunice los cocinaría de chuparse los dedos. Volvió a ver el horizonte y notó que la impresión sol naciente iba tomando tonos más oscuros. La puesta de sol se acercaba a manera de una gran naranja *sunshine* que rodaba por el horizonte como Faetón en su carro. De seguro iba a anochecer en ese lugar y se iba a poner más frío. Todavía no tenía claro qué iba hacer para salir porque si no, a la mañana, solo sería una paleta más en el barrio de los sabores. Prefería volver a los sinsabores del

D.F.; a Eunice borracha a punta de tequila y recordar a los costarrisibles que tanto odiaba y amaba. Prefería el frío de la soledad porque con él, bien que mal, se hace poesía, se inventan caballos míticos galopando sobre esos montes de naranja y papaya aunque sea solo para eso, para que galopen hasta caer muertos de cansancio y repetición. El poeta y la poeta son un pequeño dios, se dijo entonces. Hacen lo que quieran del mundo, inventan sus leyes y a sus habitantes, sus guerras, sus amores y las fiestas que tanto añoran, pero no pueden inventarse a sí mismos dentro de todo aquello porque lo matan, lo arruinan con meterse ellos mismos y gobernar desde adentro. Únicamente les queda reservado el lugar de un personaje más, o el del dios-anfitrión solitario, apenas dispuesto ahí para velar por sus criaturas. El reino de la soledad es el suyo y ningún otro. Cualquier intento de romper esta ley, hace que estalle la burbuja de la fantasía y que queme como ácido en la cara. El Tirso o Eunice o Borges pueden construir para otros estos parajes y llenarlos de faunos y ninfas, meter a la madre de Gilbert Grape, tan obesa como un tanque, en el guante de una tísica, pero no pueden vivir su propio sueño sino en un solo instante: en el momento de su creación. Por eso, razonó ahora Luis, Eunice se la pasa en el club campestre La Vida componiendo y recomponiendo sus mitos de caballos, porque cada vez que uno de ellos aparece en el horizonte de nuestra cosmogonía, va ella montada como una amazona de rostro blanco, una guerrera que grita al paso de su propia horda rumbo a la nada. No importa. Está en movimiento. Es como el aire. Hay vida... Así recorre los campos y ciudades del mundo recogiendo más hembras al borde de la muerte para constituirlas en fuerzas creadoras, en fantasmas que dan soplos de vida, en heroínas y arquetipos que levantan de sus pozos a todos los huesos de los antiguos, los convierten en carne roja y sangrante como la luna para que vivan múltiples muertes en el alma de sí mismos, para que vivan,

mueran, revivan, mueran, sangren, se maten y vuelvan de nuevo a la vida. Porque sin muerte la vida no tiene tributo... El
Tirso sintió un calor burdo recorriéndole el sexo. Estas meditaciones lo excitaban al punto de querer hacer algo al respecto. De momento, por lo menos trataría de salir de ahí. Iba a
intentar un grito cuando se dio cuenta de todo: de alguna
manera, tal vez resbalándose o perdiendo el sentido, había caído en la refrigeradora de Eunice. Un lugar lleno de calor y
cosas ricas como un harén para niños, un serrallo de comida
cálida y armoniosa que se empataba muy bien con el tempe-
ramento de su dueña más allá de definiciones freudianas, más
allá de la necesidad de morir para estar renaciendo.

Cuando finalmente pudo bajar de la refri que para él tenía
las proporciones de una montaña, se limpió la gelatina y el
helado que tenía pegado al cuerpo, creció hasta cobrar su tamaño natural, y las cosas que vio en torno suyo ya nunca las
volvió a ver de la misma manera. Este mundo era otro, no el
que había dejado, pero estaba bien. Era bastante parecido.

35. UNA GATA

Una gata es a veces un animal

Una gata tiene cuatro patas y tal vez toxoplasmosis

Una gata entra en celo y le "pide" al macho copular

Una gata grita mucho cuando es poseída porque le duele,
   porque lo disfruta, porque lo quiere, porque lo odia,
   porque no sabe, porque le gusta, porque tiene una
   consciencia que trasciende a millones y millones de
   especies

Una gata es a veces otro animal

Una gata tiene las patas blancas y el rabo blanco

Una gata es totalmente blanca, del bigote hasta el rabo,
   blanca como las nieves perpetuas de Mons Nix

Una gata es inteligente, más que un sillón, más que una
    ballena, más que un chacal

Una gata tiene miedo cuando debe sentir miedo y fuerza
    cuando debe sentir fuerza

Una gata brinca el puente de la luna y saluda a Octavio
    Paz, brinca de nuevo el puente de la luna, y esta
    vez cae rendida a los pies de Vicente Huidobro

Una gata sabe cuándo moverse y cuándo ser una estatuilla
    egipcia, sabe cuándo ser de alabastro y cuándo de
    barro

Una gata tiene consciencia de quiénes fueron sus
    ancestros, de quiénes son sus hijos y quiénes no
    serán sus nietos

Una gata es muchas veces una mentira disfrazada de
    verdad, es un mito, un símbolo para confundir
    incautos y suponer que se sabe la verdadera verdad

Una gata a veces no es genuinamente una gata, es un
    nombre, una ciudad, un hombre, algo que se
    confunde con otra gata quizá

Una gata es una actitud, un sentimiento una visión de
    muerte, puede ser un sentimiento de guerra, de rito
    de aceptación, pero lo que una gata jamás es nunca,
    lo que creemos que es...

Una gata... es siempre otra gata

36. FUEGO EN LA BIBLIOTECA

Tras una batalla exitosa, algo bastante frecuente para un rey asirio, el monarca-guerrero corría a casa para hacer que lo siguiente fuera grabado en piedra:

- Maté a uno de cada dos;
- Construí una muralla ante las grandes puertas de la ciudad;
- Desollé a los principales rebeldes y cubrí la muralla con sus pieles;
- Algunos de ellos fueron empalados dentro de la muralla;
- Hice que una gran multitud de ellos fuesen desollados en mi presencia y cubrí todas las murallas con sus pieles.

El rey estaba orgulloso de haber creado aquel espectáculo que parecía un baratillo de pieles humanas en cualquier sadomercado. Y es que así gustaban de hacer las cosas los asirios, nominados como los más notables criminales de la Humanidad hasta que el siglo XX se llevó las palmas.

El relato anterior fue protagonizado por Senaquerib, abuelo del más célebre de los asirios, el gran Ashur-bani-pal. Éste último dejó en entredicho las hazañas del abuelo al haber conquistado y saqueado ciudades como Menfis, Tebas y Susa, una de las capitales de Persia. En esta última agregó una que otra travesura al plan habitual de saqueo, pillaje, tortura y llamas:

○ Los sepulcros de estos reyes, antiguos y recientes destruí, devasté, expuse al sol.
○ Me llevé sus huesos a Asiria, sembré la inquietud sobre sus sombras.
○ Los privé de las ofrendas de alimentos y de las libaciones de agua.

Es decir, estaba que no cabía en sí de la alegría por haberlos matado de hambre y sed, aun después de muertos.

Cuando se descubrió la ubicación real de Nínive en 1846, las excavaciones se llevaron a cabo de inmediato. Lo primero en aparecerle a los pobres campesinos árabes que asistían en los trabajos protoarquelógicos, fueron los gigantescos toros alados del palacio real. Tenían una fiera cabeza de guerrero humano y medían más de dos metros. Los excavadores árabes salieron huyendo despavoridos y muchos de ellos nunca volvieron a las ruinas de la antigua capital. Se excavó luego un hermoso mural que Henry Layard, el "arqueólogo" inglés de la expedición, describió así:

"Hay guerreros que marchan, escenas de guerra donde se muestran hombres y bestias traspasados por lanzas o cortados en pedazos; ciudades ominosamente desiertas con hileras de mujeres y niños que salen temerosos de encontrarse con el conquistador, y debajo de eso, más cuerpos de hombres y de caballos, restos de equipo arrojados al río; prisioneros maniatados o ensartados en picas de más de dos metros y, en algunos casos, torturados... Encima de ellos están esculpidos monstruosos toros alados, cuya altura duplica en ocasiones la altura de un hombre. Estos son sus dioses protectores, los que los hacen valientes e invencibles."

El rey Ashur-bani-pal gobernó con brillante mano de hierro por más de cuarenta años. Durante su reinado Asiria llegó a su máxima expansión territorial y extrajo la mayor cantidad de tributos en oro y sangre. El rey hizo fundar una de las primeras grandes bibliotecas del mundo, la Biblioteca Real de Nínive, que era esencialmente una vasta colección de todo el conocimiento de su época. Estaba escrita en alfabeto cuneiforme sobre tablillas de arcilla de las que debió haber millares. No contento con dominar a todos los pueblos vecinos, Ashur-bani-pal creó esta biblioteca para poseer todo el conocimiento del mundo también bajo su égida. Cuando sus enemigos por fin tomaron fuerza, apenas quince años después de la muerte de Ashur-bani-pal, Nínive fue arrasada. El incendio que asoló sus palacios y monumentos fue tan grande que la hizo desaparecer totalmente de la historia.

Las tablillas que contienen la épica de Guilgamesh y los poemas de Ut-Napishtim están todavía medio chamuscadas por el fuego.

37. ILUMINACIONES

Tan pronto hubo nacido Dionisos, Hera, madre de los dioses, envió a sus tíos, los titanes, para que despedazasen al niño.

Dionisos creció con una velocidad pasmosa, de tal manera que a las pocas horas ya era un muchachito de unos ocho años. Su cabeza cornuda y cabellos largos y relucientes de pequeñas víboras lo hacían parecerse una pequeña gorgona, por lo que generaba algún miedo. Sin embargo, los titanes no se dejaron amedrentar y a pesar de las múltiples transformaciones del joven dios, por fin lo agarraron de cuernos y pies y lo descuartizaron vivo. Hirvieron el cuerpo desmembrado en un gigantesco calderón mientras que de la sangre derramada surgió en el bosque, sin que los asesinos se dieran cuenta, un hermoso granado con los frutos ya en flor. Las granadas estaban tan maduras que de su pulpa brotaba la savia rojiza como una nueva sangre, algo que perpetuaba el grito de Dionisos.

El cuerpo del niño fue rescatado a tiempo de manos de los titantes justo en el momento en que se preparaban para comerlo. La rescatadora del cuerpo fue la madre Rea, abuela del niño, y la más poderosa de las titanesas. Habiendo oído los gritos de un niño, bajó rápidamente a tierra y encontró que los frutos del granado daban lamentos de dolor. Al buscar por todas partes halló a los titanes junto al infame calderón justo en el momento en que los pedazos de carne eran repartidos. Bastó su autoridad para que los titanes le entregasen el cuerpo y pidieran disculpas por su proceder. Ella se llevó los restos a su caverna ancestral —que algunos dicen se localiza en Creta y otros en Tracia— donde por arte de su magia pudo reconstruir y revivir al niño.

Zeus encargó entonces el cuidado de Dionisos a su hermana mayor, la diosa Perséfone, reina del bajo mundo. Ésta lo llevó a la ciudad de Orcomeno para que el rey Athamas y su esposa Ino cuidaran de él. La intención era disfrazarlo de niña y criarlo entre las mujeres para que pasara totalmente inadvertido. Sin embargo, los espías de Hera se dieron rápidamente a la tarea de averiguar dónde estaba y la diosa castigó severamente a la pareja real. Athamas se volvió loco y mató de un flechazo a su propio hijo, Learques, creyéndolo un venado. Mientras que Ino, por su lado, creyó que su hijo menor, apenas un bebé, estaba muerto y se lanzó con él de un risco.

Al ver que la diosa Hera no cesaba en su deseo de matar al hijo de Semele, Zeus se vió obligado a transformarlo en un cabrito y dárselo a Hermes para que lo llevara a las ninfas de la lluvia llamadas Macris, Nysa, Erato, Bromie y Bacche. En nuestro idioma estos nombres significan "alta", "lisiada", "apasionada", "rugiente" y "revoltosa", títulos que el dios de la vegetación llevaría más adelante en honor a ellas. Entre sus adeptos también se haría popular el nombre de "Eriphus", o sea, el dios-cabrito.

Las Híadas, o ninfas de la lluvia, criaron al pequeño dios en una caverna donde lo mimaron, lo alimentaron con miel y lo educaron.

Por estos servicios, Zeus puso después la imagen de estas ninfas entre las estrellas llamándolas las Híadas.

Fue en el monte Nysa precisamente donde Dionisos, también al cuidado del sátiro Sileno, cultivó por primera vez la vid. Algunos dicen que fue su pedagogo Sileno quien lo introdujo en el misterio del vino; otros afirman que fue la cerveza primero; y aún otros dicen que fue el propio Dionisos quien lo descubrió.

En cualquier caso, el vino es uno de los atributos principales del dios y por él es que los hombres lo veneran con tanta devoción.

38. LA VIRGEN DE LOS SENOS DESNUDOS

Arthur Evans miró cansado hacia el cielo y notó que ya era mediodía. Estaba trabajando desde las cinco y treinta de la mañana sin darse un respiro. Dejó las tablillas con inscripción desconocida sobre la mesa rústica y volvió la vista hacia los trabajadores en las múltiples fosas que habían cavado durante las últimas semanas. Los hombres, tanto griegos como turcos, trabajaban por fin en armonía. En realidad estaban contentos: el salario era bueno y muchos de ellos tenían grandes familias que alimentar. La última guerra había dejado más miseria y sinsabores de lo que los políticos pudieron prever. Por eso veían con buenos ojos que un millonario británico ofreciera más de doscientos empleos en el emplazamiento de Knossos, una región tradicionalmente fértil, pero ahora devastada y llena de problemas sociales. El mismo Evans había contribuido mucho a sanar heridas: primero exigió a sus capataces que contrataran a los trabajadores en cuotas iguales de ambos bandos, y luego los puso a trabajar juntos. Si alguien causaba mucho problema, simplemente perdía su empleo, y era sustituido por uno de otros muchos que codiciaban el mismo puesto. Debido al problema del idioma, los capataces tenían que ser multilingües, o al menos, hablar los dos idiomas de la isla. Si no sabían inglés, tanto el mismo Evans como Duncan McKenzie, el arqueólogo escocés del equipo, dominaban suficientemente el griego y algo de turco.

Estas premisas laborales, como también un amor entrañable por todo lo cretense, hicieron del equipo arqueológico de Evans un éxito casi inmediato. A la segunda semana de las excavaciones, empezaron a emerger ruinas importantes, y no ya solo trozos de cerámica u otros objetos menores. Empezaron a surgir, pues, las gigantescas ruinas del palacio de Knossos, el más grande de la isla y probable asiento de un imperio insular mil años más antiguo que Aquiles y sus mirmidones.

Los obreros estaban fascinados y a la vez recelosos de todas aquellas cosas tan incomprensibles para ellos. Con frecuencia se persignaban o hacían algún otro gesto para evitar una maldición o el contagio pecaminoso de lo que desenterraban. Un caso notable fue el fresco con la imagen de un muchacho ofreciendo una ánfora de vino a los asustados trabajadores. Este (luego muy célebre) *Mural del Copero* fue el primer contacto del siglo XX con la cara de un minoico. Evans lo describió de la siguiente manera:

"Los colores se encuentran casi tan brillantes como estaban hace cuatro mil años. Por primera vez el verdadero retrato de un hombre de esa misteriosa raza micénica surge ante nosotros. Había algo muy impresionante en esta visión de la juventud brillante y de la belleza masculina, haciéndola volver a nuestra atmósfera, más arriba, después de un intervalo de tiempo tan largo, después de haber estado hasta ayer en un mundo olvidado. Incluso nuestros trabajadores cretenses sin formación sintieron el encanto y la presencia del misterio. Uno de ellos, el viejo Manolis, le ha llamado «el muchacho *'ampelou'*», es decir, «el muchacho de la vid». El nombre parece haber gustado a los demás, y McKenzie, hombre conocedor de la mitología clásica, le ha puesto Ampelos, en honor al copero de Dionisos."

Pero el más hermoso encuentro con los rostros del imperio minoico no sería en esa fecha en que el Copero salió a la luz. El día en que Arthur Evans sentiría todos sus esfuerzos recompensados vino en dos formas. La primera sería cuando se desenterró el *Fresco de la Reina*, y el segundo, casi cincuenta años después, cuando Michael Ventris descifraría el Lineal B, uno de los dos alfabetos usados por los minoicos y que arrojaría luz sobre la inscripción que lleva dicho mural. Es cierto que Evans ya había muerto para cuando el Lineal B fue descifrado, pero esta mañana de 1901 en que está sentado ante su mesa rústica analizando las tablillas, el inglés ya intuye que el alfabeto será traducido y entendido por hombres del futuro, del mismo modo en que él es un hombre del futuro para Ampelos, y éste ha debido esperar milenios para ser devuelto a la vida.

Al frisar la una de la tarde, Loukas, el joven griego ayuda de cámara de Evans, llega con una modesta charola cubierta con una campana y varias servilletas. A su lado, otros dos cargando una jofaina de agua, una botella de vino y dos copas. Detrás de ellos, otro sirviente con una charola más. Es el almuerzo para sir Arthur y Duncan MacKenzie. Los hombres ponen las cosas sobre otra mesa cercana y arriman un par de sillas a la mesa. Loukas toma la jofaina y desde cierta distancia se la ofrece a su patrón. Arthur Evans hace un gesto de que deje las cosas ahí y despide a los hombres. Todos excepto Loukas se van después de una leve reverencia. El ayuda de cámara se queda para servir el almuerzo y el vino cuando sir Arthur esté listo.

A las dos de la tarde Evans sigue inclinado sobre las tablillas minoicas tratando de encontrar una pista que le ayude a descifrarlas. Pero todo esfuerzo es vano. Las inscripciones en el barro siguen tan ininteligibles como el primer día.

A las dos y quince alguien grita. Es un grito de estupor y asombro, casi un aullido de miedo. Evans levanta la cabeza y frunce el ceño para distinguir a través de la campiña asoleada. Casi a cien metros de donde él está, el viejo Manolis mueve desesperadamente su sombrero. Ya algunos obreros corren hacia donde él para presenciar de primeros lo que podría ser otro descubrimiento de un fresco. Sir Arthur se pone de pie a la vez que distingue la figura de Duncan McKenzie perdiéndose en una pequeña hondonada señalada por el mismo Manolis. El inglés, casi intuitivamente, da un vistazo en derredor y ve la misma escena de cuando se desenterró el *Mural del Copero*: todos los hombres corriendo en la misma dirección como si un gran accidente o una aparición milagrosa estuviese tomando lugar. Y es que tal vez eso era aquello para los campesinos de Knossos: una aparición mágica que tenía el valor de una epifanía. Evans de repente sintió una extraña nostalgia. Se miró de pie junto a sus tablillas y se imaginó ser parte de una raza gris que de ver tanto, había perdido la capacidad de ver, de asombrarse ante lo religioso de la vida. Pero éste fue un pensamiento en medio de la incipiente confusión. Miró al joven Loukas que por pura lealtad no se había movido de su sitio. Seguía parado junto a la mesa como una estatua más del entorno pero se notaba el nerviosismo de su juventud. Evans le sonrió y le dijo, "puedes ir", a lo que el muchacho también sonrió y salió corriendo en dirección de los demás obreros y capataces. Sir Arthur buscó entonces su sombrero y su bastón para irse tras los pasos de Loukas.

Al llegar a la hondonada, lo recibió una visión alucinante: el viejo Manolis estaba hincado en el suelo pedregoso tratando de quitar, con sumo cuidado, pequeñas capas de barro y piedra adheridas a la superficie plana de lo que parecía ser otro fresco. Duncan McKenzie había puesto su pipa en el suelo y también se encontraba de rodillas ayudando al viejo Manolis. De repente, una capa de barro gruesa cayó al suelo y salió a la luz otro rostro humano. Los hombres dieron un paso hacia adelante y luego, como orquestado de conjunto, empezaron a murmurar y a distanciarse un poco asustados. No había duda: era otro fresco del palacio, esta vez encontrado en la pared de un pasillo que venían excavando desde hacía días.

Sir Arthur le extendió la mano a su joven sirviente para que le ayudara a bajar hasta el pasillo. Los obreros se fueron apartando ante el arribo del inglés que veía transfigurado la imagen en el muro. McKenzie fue el primero en hablar:

—Parece una sacerdotisa o una cortesana.

—No, no —interrumpió el viejo Manolis—. Es una Virgen. ¡Es el icono de una Virgen! Y de inmediato se tradujo a sí mismo al griego.

Los demás movieron la cabeza en gesto de aprobación. Sir Arthur observó mientras seguían removiendo el barro de la superficie. Una hermosa y joven mujer miraba a los presentes frunciendo un poco el entrecejo. Parecía llevar aretes y otras decoraciones, pero cuando el pecho y brazos por fin salieron a la luz, causaron todavía más asombro de lo esperado. La dama mostraba los senos desnudos, resaltados además por una especie de corsé que le apretaba fuertemente la cintura. Llevaba en cada mano una serpiente que parecía ofrecer al espectador. Duncan McKenzie se acercó aún más a la imagen y comprobó que había algo escrito en el cuerpo de las culebras.

—Es la misma escritura de las tablillas —comentó al fin—. La misma que también encontramos en las vasijas.

Arthur Evans estaba de acuerdo. Aquello parecía ser el mismo indescifrable idioma que lo había ocupado a él tantas y tantas horas.

Esa tarde se quedó con su equipo de excavación viendo cómo la dama era lentamente desenterrada. Parecía ser de la misma raza que el Copero pero su piel era más blanca, casi alabastrina. También tenía los ojos grandes y el pelo negro y largo como el muchacho, pero el gesto de ella, contrario a lo esperado, era de una resolución definitiva. "Ésta no es una cortesana", se dijo para sí el inglés. "Tiene el donaire de una diosa".

Cuando todo el fresco quedó develado, Evans lo estudió en más detalle. La imagen era de tamaño natural y estaba en buen estado de conservación hasta las rodillas. La mujer llevaba un hermoso traje azul y ajorcas del mismo color en los brazos. Las serpientes parecían ser entre bermejas y pardas con un brillo extraño, quizás por la mezcla de los colores. Por eso la inscripción no había sido notada al principio. Y ahora de noche, a la luz de las antorchas, era casi invisible...

Las cavilaciones de Arthur Evans fueron interrumpidas por una luz extraña que aparecía más allá del muro de la hondonada. El arqueólogo se puso de pie y subió la rampa hasta la cima. Del otro lado del muro, a unos diez metros del remate de la rampa, un grupo de trabajadores griegos se había reunido con antorchas. Algunos de ellos estaban hincados y cabizbajos. Loukas se apartó del grupo tan pronto vio a su patrón en la rampa y se le acercó.

—¿Qué están haciendo?

El muchacho bajó la mirada algo incómodo.

—Le rezamos a la Virgen —dijo en un hilo de voz—. Le agradecemos que nos diera este trabajo.

Evans nunca llegó a saber qué decían las serpientes en las manos de la muchacha. Pero Michael Ventris, revisando unas fotografías del *Fresco de la Reina*, sabía que lo había descifrado esa mañana de 1953:

...a la totalidad de los dioses, miel...
...a Krys, señora del laberinto, miel...

"Es la primera vez", anotó Ventris en su bitácora, "en toda la historia de los estudios minoicos que aparece un nombre propio en una inscripción del Lineal B. Quizá algo semejante ocurra cuando logremos descifrar el Lineal A."

39. LA CHANSON DE LA NUIT

Esta noche está cubierta por las brumas de Urano que han descendido en estriadas hacia los mares de la luna.

Justo afuera de la Base, Ameretat-Merethyn, Señor de lo que Vive y Muere, logra convocar las aguas del cielo, cada vez más densas y marinas. Sus brazos azules dirigen el horizonte como si fuera una sinfonía de nubes y tormentas.

Sinus Iridum se llena de vientos y aguaceros que sacan a todos de sus escondites. La gente ya viene temerosa, contrita, o simplemente dispuesta a la muerte. Los sacerdotes suben entonces hasta los ventanales de las altas torres, y desde ahí ven la lenta pero persistente inundación de la planicie. Los jardines colgantes de la ciudad ya casi no pueden absorber más agua; los suelos están saturados y los colonos se empiezan a reunir con sus animales en la plaza. La mayoría de ellos, friolentos y aterrados, busca señales entre las nubes.

Tras varias horas de lluvia finalmente los ven.

Apenas los pueden divisar en lo alto de las estructuras de la ciudad como borrosos remates de los frisos y los techos. El gentío los empieza a saludar con entusiasmo mientras muchos señalan a los suyos la ubicación de los recién llegados. Jóvenes y ancianos se acomodan rápidamente en el pórtico del templo para gritar y celebrar con cantos ceremoniales la llegada de los avatares, los pequeños *bodhisattvas* desnudos que se posan en los techos y las torres de la colonia. La mayoría de ellos se concentran sobre los monumentos de la base lunar, casi como si tuvieran una gran predilección por las estatuas; por la imagen que ven de sí mismos en la piedra y en el mármol, en las alas, en las inscripciones en lenguas antiguas y muertas. Pertenecen a todas las razas y todas las edades, y lo único que los ata, lo único que los señala como lo que son, es el cabello largo, la desnudez, y esa piel de gallina que se les forma con el frío de la tormenta.

Los ciudadanos hacen entonces fogatas para instarlos a que bajen y se calienten, pero aún así, no es posible convencerlos. Nunca nadie los ha podido convencer de bajar a tierra antes del momento preciso; antes de ese instante crucial en que ya no hay vuelta hacia atrás. Mas cuando ellos, los alados, se percatan de la llegada de ese momento final, entonces bajan en grandes parvadas, en grandes columnas casi produciendo un río de alas entre el cielo y la tierra. Pero en tanto el tiempo no sea propicio, se quedarán en las techumbres y los monumentos sufriendo para sí mismos lo peor de la soledad y el frío.

No será hasta que la gente empiece a agonizar que ellos dejen sus posiciones de gárgolas mudas y bajen para asistir a las personas. Entonces tomarán sus cabezas y los arrullarán mientras mueren; estarán ahí para calmar su miedo y tranquilizarlos, hasta que finalmente, una vez pasado lo peor, las víctimas acepten irse con ellos, llevados como niños de la mano.

Nadie sabe adónde van. Pero para ellos, los alados y desnudos, son siempre otra oportunidad.

Quizá un poco menos de frío.
Quizá el cortejo a la Ciudad en las Estrellas.
Si no, dicen los antiguos,
¿qué otra cosa sería la muerte?
... ...
Nadie lo sabe.
... ...
Los alados nunca responden.

... ...

40. HISTORIA DEL NECRONOMICÓN

Que no está muerto lo que puede yacer eternamente,
Y con los evos extraños aun la muerte puede morir.

Necronomicón

Cthulhu y los demás dioses primordiales tienen su Biblia o su Korán en el Necronomicón, libro peligroso y vasto cuya historia y publicación son tan misteriosas como los primordiales mismos.

Durante el reinado de los califas Omeyas, vivió en Damasco un poeta yemenita llamado Abdul Al-Jazred. Los cronistas lo han descrito como un individuo taciturno, malhumorado, y sobre todo, dispuesto a rachas y extraños delirios de persecución. Era profundamente astuto y taimado y siempre desconfiaba de sus semejantes. Se dice que practicaba fervorosamente la magia negra y tenía pactos secretos con demonios tan singulares que hasta los santos hombres del Profeta no sabían quiénes eran. Algunas crónicas aledañas de dudosa veracidad (como el grimorio de La Costilla de San Sebastián), nos presentan a un Al-Jazred incluso maestro en la magia roja y por eso temido y perseguido por la autoridad. Se sabe que estas fuentes, sin embargo, han sido tan parciales como los textos de Suetonio y Herodoto, por lo que muchas de ellas, y en especial esta última, no pueden ser consideradas como definitivas.

De los datos históricos más fehacientes, podemos sacar sin embargo, dos hechos concretos: Al-Jazred escribió un libro de magia hacia el año 730; y este libro, prácticamente íntegro, fue traducido al griego bizantino en año 952 con el nombre de Necronomicón. Esta traducción del Gran Mago Theodorus Philetas del 952 (y no del 950, como afirma erróneamente H.P. Lovecraft), es la que sirvió de base para todas las traducciones posteriores hechas en Occidente.

No se sabe en definitiva si Al-Jazred tuvo otras fuentes que no fueran sus propios conocimientos de mago y sus pactos con las deidades ya mencionadas; lo cierto es que el libro es en esencia un grimorio: un extenso manual de conjuros de todo tipo basado en el conocimiento esencial de los Primordiales. Estos dioses poblaron y dominaron la Tierra en un pasado remoto, pero su uso constante de la magia negra y roja los condenó al ostracismo, dejando lo mejor de este mundo a la incipiente raza humana. Ellos viven al borde de nuestro mundo, es decir, en esos puntos intermedios entre nuestra dimensión y otras para nosotros desconocidas. El vivir en esa frontera les brinda la oportunidad de estar en contacto con la tierra por medio de acólitos y otros siervos degenerados, quienes les preparan el camino para el retorno eventual. El libro deja en claro lo fácil que será para ellos volver con la cooperación de estos siervos que día a día crece. Solo esperan el momento oportuno y desde este punto de vista, también Abdul Al-Jazred se prestó al juego de sus señores, pues al escribir el Al Azif, o Necronomicón, ha dado las claves y ritos necesarios para el retorno de los Primordiales. En el plano teúrgico lo que el poeta y mago de hecho logró fue abrir las puertas del infierno.

La historia no habla más del poeta de Yemen después de la redacción de su libro. Para muchos simplemente desapareció, mientras que para otros fue destruido por sus propios señores.

La suerte del libro de Abdul Al-Jazred es, pese a la breve vida de su autor, una de extraordinaria longevidad literaria. El libro es casi un héroe (o antihéroe) en sí mismo debido a las constantes condiciones adversas que tuvo que enfrentar. En el año 1050, el texto griego es quemado en Bizancio por el Patriarca Micael, su reescritura o nueva traducción prohibida, y su lectura en otro idioma, si la hubiere, castigada con la pena de tortura y muerte por desollamiento. En esta misma purga son quemados los textos de necromancia latina conocidos como Los Augurios y los pergaminos originales, según cuentan testigos presentes, de las Tablas de Escrotomancia Sasánidas. Después de dicha quema nunca se vuelve a tener noticia de estos dos últimos textos.

En cuanto al Necronomicón, alguna copia debió haber sido rescatada de la furia del Patriarca, porque en el año 1228 Olaus Wormius, un monje y escriba alemán, traduce el texto al latín directamente del griego de Theodorus Philetas.

Este renovado esfuerzo por preservar el libro de Al-Jazred topa con nuevas dificultades en 1232: el papa Gregorio IX hace quemar tanto las copias latinas y griegas como a sus lectores y promulgadores en Roma. Así, el libro desaparece nuevamente de la vista de los censores durante dos siglos, hasta que en 1440 se vuelve a tener noticia de él en Alemania. Aparece una edición en letras góticas que se disemina rápidamente por los países del norte causando el escándalo de las autoridades eclesiásticas que deciden reprimirlo con dureza una vez más. Para 1460 la Iglesia ya está convencida de que no existe el Necronomicón.

Vale la pena, quizá, detenerse un poco en el año 1440, fecha de la aparición del texto en Alemania. En ese mismo año es quemado en Nantes por brujería el mariscal Gilles de Laval de Rais, uno de los más connotados infanticidas de la historia. Gilles de Rais había participado en la guerra contra los ingleses junto a Juana de Arco, hasta que ella es quemada por brujería en 1431. Después de esa fecha él se dedica a una vida fastuosa en su corte de Tiffauges y Machecoul. Lo tenía todo: belleza, salud, un gran capital, prestigio, el respeto de sus compatriotas y una enorme pasión por la vida. Esto llevó a muchos a pensar que tenía alguna suerte de pacto con el Diablo. Pero lo que Gilles tenía a su haber era algo más "bello y monstruoso que un pacto con Belcebú", según palabras de Andrea Viccioto, primero instructor y más tarde mago al servicio del joven mariscal. El sabio piamontés juró ante la Sociedad Secreta de los Sifs que Gilles guardaba en su palacio una copia latina del Necronomicón. Estaba bajo llave en una celda justo debajo de la mazmorra del castillo de Machecoul, donde el mariscal se retiraba en noches de frío a orar y leer encantamientos de aquel extraordinario texto. La suerte de Gilles de Rais cambió bruscamente la noche en que, estando en su celda, empezó a dar gritos de terror. Sus lacayos y el mago acudieron en su ayuda y lo encontraron convulsionando en el suelo. Las paredes estaban bañadas de sangre y trozos de víscera humana. El mariscal perdió el sentido antes de poder explicar lo que había pasado. Andrea Viccioto ordenó de inmediato que llevaran a su amo a sus habitaciones mientras él se quedaba inspeccionando. Por más que buscó no halló el libro que tantas veces antes había visto en manos de Gilles. Rompió cerrojos y abrió celdas prohibidas sin encontrar nada. Gilles lo acusó luego de robarle el libro sagrado y

Viccioto tuvo que huir ante una muerte segura. Gilles hizo desmontar los muros piedra por piedra sin poder hallar lo que deseaba. Casi pierde la razón buscando al mago piamontés y el libro que tanta seguridad y placer le habían dado. Para congraciarse con las fuerzas ocultas, que de seguro le mostrarían su animadversión por tan irresponsable pérdida, el mariscal dedicó entonces todo su esfuerzo en complacer a los ministros de Satán. Hace traer a su corte a otro joven mago italiano, Francesco Prelati, quien firma un pacto de sangre con el demonio Baron. Este pacto, sin embargo, no parece producir el efecto que el mariscal necesita y preso entonces de un miedo atroz, Gilles decide tratar directamente con el Ángel Caído y prepara para Lucifer una serie de sangrientos sacrificios de niños. Los acuchilla, los manosea, los viola, los destripa, todo ante el gran altar que ha construido en sus mazmorras bajo la supervisión de Francesco, quien es además su amante y un experto en el arte de la geomancia. Pero todo falla. Gilles es finalmente apresado y juzgado en Nantes el 26 de octubre del año mencionado. Se lo ahorca por brujo y su cuerpo es entregado luego a las llamas. Por ser un noble de alto rango no es torturado, pero los niños de la ciudad son flagelados para que no se pierda la memoria de tan gran monstruo.

Un mes después de los hechos de Nantes, el Necronomicón aparece en Alemania en su versión gótica. (¿Coincidencia?) No existe información más allá de lo que Andrea Viccioto relató a La Sociedad Secreta de Los Sifs con quienes se refugió después de huir de Machecoul.

El texto aparece secretamente en España hacia 1600 ya traducido al castellano, de donde luego aparecen versiones francesas e inglesas.

La última aparición más o menos pública del libro ocurre en la década de 1920 en los Estados Unidos. Un escritor de literatura de terror, Howard Phillips Lovecraft, lo cita profusamente en sus cuentos dando buena noción de quienes son Los Primordiales y su panteón. Transcribe algunos breves pasajes de los encantamientos y se dice que incluso muchas de las oraciones de invocación están vertidas simbólicamente en sus relatos. El autor nunca aclara esto ni sus seguidores pudieron dejar en claro si su maestro efectivamente tenía una copia del libro. August Derleth, amigo y albacea de Lovecraft, ha querido insistentemente despistar a los conocedores diciendo que tal libro no existe. Afirma incluso con cierto cinismo histórico que el libro de Al-Jazred fue obra e invento del mismo Lovecraft.

Sea cual fuera el caso, Lovecraft vivió una vida extraña: se casó solo para descuidar y más tarde separarse de su esposa; fue un escritor fantasma, es decir, uno que se ganaba la vida corrigiendo y reescribiendo lo que malos escritores le daban para que lo "mejorara"; tuvo pocos amigos de carne y hueso porque la mayoría eran amistades epistolares con las que Lovecraft no llegó a tratar en persona; fue poco apreciado en su época, al punto de que era casi un desconocido para la mayoría, y un excéntrico y pobre ermitaño para los pocos que lo conocieron. Murió de cáncer a los cuarenta y siete años. Y aún hoy la cuestión de su calidad como escritor es tema de debates entre los literatos. Pero lo que en definitiva no se pone en duda es su influencia, casi mística, sobre un grupo de escritores de terror y de ciencia ficción. Esa influencia, con todo y Necronomicón, llega hasta nuestros días.

El libro vuelve a aparecer, ya libre de censuras, en 1973 en ciudad de México. Se cree que es una copia de la traducción española del 1600. Cae en manos de algunos escritores de la región que lo citan, al igual que Lovecraft, en sus textos de fantasía. Esto no tiene mayor trascendencia salvo por un autor centroamericano y otro cubano-estadounidense, que incluyen en sus textos breves pero peligrosos ritos de invocación. No se sabe nada de ellos después de 1999.

41. NOSOTROS LOS MUERTOS

«Pano da Costa», para cuarteto de cuerdas, sonaja
de conchas y otros instrumentos de percusión.

Jon Hassel

David Maradiaga, joven poeta costarricense muerto en
1995, viene bastante ebrio y del brazo de la poeta también
costarricense Eunice Odio. Eunice murió en el exilio en 1974
pero viene a Costa Rica con frecuencia por asuntos de nostalgia. Ella viene vestida de odalisca con espesos trapos anaranjados y púrpura que le dan una extraña foraneidad. Se ve bella,
más bella que en sus últimos años, y David se siente orgulloso de eso. Él viste pantalón beige y camiseta blanca con un
chaleco hondureño donde predominan el azul y el verde. Las
maletas de Eunice las traen tres poetas de poquísima monta
que la odian y se desquitan —o se consuelan— llevándole el

equipaje. En cuanto a David, nunca lleva más que un bolso de tela con sus poemas y algún libro que lee. Llegan temprano a los muelles de San José en San Pedro, por lo que deciden tomar un par de caciques "*with no rocks*" y luego hacer el amor entre unos arbustos cercanos.

Hacia las diez de la mañana, llegan algunos otros que piensan embarcarse en *La Mariquita*. Está un personaje con hablar de pachuco-con-prisa que jura haber escrito una excelente novela. Dice que va a Bizancio porque va a escribir otro trabajo, esta vez comisionado por la UNESCO o una organización noruega de apoyo cultural. Cerca del Pachuco-con-Prisa está otro escritor menor, canoso, pero gordo-sin-prisa que más bien exaspera por su lentitud. Es miope y un poco bizco y recuerda mucho a las tortugas gigantes cuando cagan y citan la Biblia. Los dos escritores se ponen a conversar aburriéndose mutuamente hasta que el Pachuco decide que él es "*too much*" para el otro. Después de todo a él lo apoyan la UNESCO, los noruegos y hasta la U.C.R.(q.d.l.G.d.D.g.) ¿Y al otro? Ni la autoridad política de Medio Queso, mucho menos el Pachuco-con-Prisa.

Casi al mediodía salen Eunice y David de entre los arbustos componiéndose un poco la apariencia. Eunice trae los trapos al revés y se los acomoda por vanidad, no por pudor. David se vuelve a poner la camiseta, un poco embarrialada, y saca del bolso el libro de poesía para asegurarse de que esté bien. Solo problemas menores: él metió en el bolso un libro de Martínez Rivas y ahora saca uno de Archibald MacLeish. Más tarde va a guardar el de MacLeish y le va a salir uno de Pound. Eunice decide probar suerte y le sale uno de Juana de Ibarborou. Lo quema, echa las cenizas en el bolso y le sale uno de Nicolae Orescu. El Pachuco-con-Prisa se pica todo y mete el libro de Orescu nuevamente en el bolso de David. Menea un poco y extrae el libro *As aventuras do Batata em Bahía*. Lo vuelve a echar al bolso y quiere sacar otro pero David le dice que ya tuvo su oportunidad. El Pachuco-con-Prisa se aleja doctoralmente a registrar sus maletas en el viaje de *La Mariquita*. No quiere ser el último en prepararse para el viaje a Bizancio. Mientras tanto los demás concurrentes van llenando el precario muelle de libros que, uno a uno, sacan del bolso de David. Después del seiscientos veintiocho, Eunice estornuda y pierde la cuenta de los libros, cosa que la pone de mal humor y empieza a decir hijueputa, picha y mierda por cualquier cosa. El Pachuco-con-Prisa no se acomoda bien a ver una gran escritora hablar de ese modo. Se vuelve y le recuerda que ella es un ejemplo para la juventud. En primer término a los escritores muy ancianos como Azofeifa o Dobles siempre se los debe tratar de "don", mientras que una dama como ella, aún cuando ande con un David Maradiaga, debe cuidar su compostura. Eunice se para. Pone un pie, peligrosamente abierto, en la banca donde está sentado el Pachuco-con-Prisa y le recita, una a una, las dos mil setecientas ochenta y cuatro punto dieciocho cosas que ella cree han entrado y / o salido por la vagina de la madre del Pachuco. Su indignación, claro, es enorme y decide alejarse de aquel montón de pachucos de hablar lento que para él ya no tienen nada que ver con el arte. Se va a entregar las maletas que van en carga pero el empleado del muelle le recuerda que ya las entregó. El Pachuco se pone nervioso porque no tiene nada qué hacer para matar el rato; entonces decide sentarse ahí mismo y hacer un cuento para los Juegos Florales de Guatemala. Está seguro de ganar tan pronto el lápiz toca el papel y escribe. Qué importa la tal Eunice, se dice, de por sí ya estoy cansado de fingir que la entiendo. Mientras él escribe y escribe, David y su grupo ya tienen acumulados ocho mil novecientos diecisiete libros en el muelle. Llaman a los empleados del atracadero para ver si les pueden ayudar a acomodarlos en *La Mariquita*. Eunice ya se ha puesto las pilas con la contabilidad y está segura de que por lo menos saldrán doce mil libros más. Un empleado advierte que no habrá campo para todos y que, o se queda gente, o se quedan libros. El Pachuco para la oreja sospechoso. Si aquéllos quieren desplazarlo por medio de libros, él también puede jugar al mismo juego sucio. Deja su labor creadora, se va a un teléfono público y ordena siete mil copias de su novela "Los... ..." ajem... (TITULO CENSURADO), para poder competir con los libros que van saliendo del bolso.

Los tablones del muelle empezaron a crujir con más fuerza en tanto que los libros salían y salían del bolso al ritmo de siete o más por segundo. Eunice se sentaba elegantemente en un zigurat de libros a varios metros de distancia desde donde controlaba diligentemente toda la operación. El escritor gordo, maldiciendo la hora en que se había ofrecido para ayudar, manchaba los tensos tablones con gotas de sudor del tamaño de bolas de *basket*. El crujir aumentaba y los empleados estaban casi seguros de que toda aquella batahola se iba a hundir bajo las olas del muelle sucio, allá abajo, donde iban a parar todos los desperdicios de *El Jardín del Pulpo* y demás bares, cantinas y vomitaderos. Los tablones ya mostraban un albeo tan peligroso que más bien era extraño que no se quebraran con un gran estruendo. Los libros se acumulaban y David sudaba sacando y sacando tomos. Había sudado tanto que ya casi estaba sobrio y más bien se mareaba de tanto sol. Eunice seguía en el trabajo de contabilidad sosteniendo en la izquierda una sombrilla morada con borlas naranja y amarillas, mientras los demás trabajaban diligentemente esperando que nada malo pasara. Pero el momento crucial llegó. Todos quedaron petrificados mientras el chirrido de los tablones se hizo más y más fuerte, hasta que la explosión final trajo consigo esquirlas, fragmentos de madera y toda clase de proyectiles letales contra la piel de todos los que estaban en el muelle. Eunice empezó a sangrar casi que por sorpresa. La piel se le puso rosada, luego roja y finalmente escarlata donde millones de esquirlas microscópicas la hacían sangrar. El escritor gordo, David y dos empleados estaban en el suelo protegiéndose todavía la cabeza. Un empleado estaba sentado en una banca con una estaca atravesándole el hígado. Sangraba a borbotones hasta que se murió sobre su propio charco de sangre brotando de entre las ruinas del muelle. El que no aparecía por ningún lado era el Pachuco-con-Prisa. En vez del rincón donde había colocado primorosamente cada una de sus cosas personales, había un gran hueco, y debajo, en el agua aceitosa y sucia, solo quedaba un remolino burbujeante de saliva espumosa.

42. DAIMON

La espresione "demonio" viene dalla parola greca DAIMON, which means a supernatural "being" or "spirit". Though it has been commonly associated with an evil or malevolent spirit, il termino originale indicaba a un espíritu que influía a person's character. Un AGATHÓS DAIMON, o "buen demonio", por ejemplo, era benévolo en su asociación con los hombres. Il filosofo greco Socrate, ad esempio, diceva che il suo daimon lo ispirava a cercare e dire sempre la verità. Nelle religioni primitive, spiritual beings may be viewed as either malevolent or benevolent according to the circumstances facing the individual. Dunque, la classificazione usuale che mette i daimon fra gli spiriti malevole non è applicabile a le religioni primitive. Las posiciones de dogma que ven a los demonios como espíritus de bondad o maldad, may, in the course of time, be reversed. Satan, the prosecutor of men in the court of God's Justice, in the Old Testament book of Job, è diventato il capo antagonista di Cristo nella cristianità, e del uomo nella religione maomettana.

43. LAS MONTAÑAS DE LA LUNA

SINU-PROGRAMAS EN CASTELLANO. LA TELENO-
VELA HISTÓRICA DEL MES:

Antes de las invasiones blancas, los habitantes del África
central llamaban a las montañas donde nacen los afluentes
del Nilo Las Montañas de la Luna.

El explorador británico Richard Burton, en compañía de
un ambicioso oficial inglés, John H. Speke y el guía keniano
Sidi Bombay, recorrieron el este de África en busca de la
fuente del Nilo. Su empresa duró años, teniendo que cruzar
desiertos, bosques llenos de animales desconocidos y guerreros enemigos. Tanto Burton como los demás fueron hechos
prisioneros, torturados y perseguidos en diversas ocasiones.
Otros grupos, por supuesto, no sabiendo de qué se trataba
todo aquello, les dieron ingenuamente la bienvenida.

Burton tenía un gran interés en la vida y costumbres de
otros pueblos a los que enfrentaba con admiración científica,

en tanto que Speke, por su lado, era todo un caballero victoriano que tomaba el té en los desiertos de África a las cuatro de la tarde mientras un *boy* lustraba su escopeta. Sidi Bombay, el guía keniano, era el hombre dispuesto a seguir lealmente a quienes admirara; en este caso a John Speke y Richard Burton.

En una de sus campañas, la expedición de los británicos fue hecha prisionera por el rey Ngola, gobernante de un vasto territorio en el África interior. A Speke le fue permitido marchar en busca del afluente, mientras Burton era mantenido como rehén por el rey africano. Burton y Ngola finalmente se entendieron bien y su expedición quedó en libertad de marcharse y reunirse con Speke, quien mientras tanto, había descubierto el Lago Victoria. Los dos británicos luego marcharon hacia la costa de Kenia donde Burton se quedaría a finiquitar detalles de una futura expedición, y el joven Speke marcharía a Inglaterra para preparar el camino ante la Royal Geographic Society.

Al llegar John Hanning Speke a Inglaterra fue recibido con honores que él no aceptó. Quería esperar a compartirlos con su amigo y colega Richard Burton. Pero un editor influyente, enamorado de Speke, y queriendo para su compañía la exclusiva de la "expedición del siglo", engañó al explorador diciéndole que los informes de la primera expedición de los dos hombres al África, redactados por Burton, hablaban del joven como un cobarde inexperto incapaz de un acto heroico. Speke se horrorizó y cayó en una desesperada angustia. Desde que lo conoció, había estado secretamente enamorado de Burton, por lo que aquel acto tomó entonces el sabor de una gran traición amorosa. A partir de aquel momento, John Speke se dio para sí todo el crédito de los descubrimientos hechos. Toda Inglaterra creyó entonces en su palabra porque Speke era hijo de una familia influyente y un caballero inglés, en tanto que Richard Burton era de ascendencia irlandesa.

Al llegar Burton a Inglaterra, la opinión pública se divide y la Royal Geographic Society convoca entonces a un debate público entre los dos. Burton acepta pero en el fondo decide no ir porque él es el experto, el verdadero líder de la expedición. Ridiculizar a Speke en público le sería muy fácil. John Speke, por su lado, se entera tres días antes del debate del engaño en que ha caído. Y para colmo de desgracias, se entera además de que Burton ha decidido no asistir al debate para no ridiculizarlo en público, para no someter a su compañero de expediciones a una completa humillación que le significaría el ostracismo, según la mejor tradición victoriana. Speke sigue enamorado de Burton y comprende que aunque el otro no es homosexual, su amor de amigo está por encima de la gloria que podría alcanzar con solo ir al debate. Esto último lo sabe Speke de boca de Isabel, la esposa de Richard Burton.

La mañana anterior al debate Speke ha decidido que no irá. En cambio hace todos los preparativos para un espléndido día de cacería. Consigue matar a todas sus presas y por fin, de forma poco elegante, pero con la maestría de un excelente cazador, apoya la culata del rifle en una enorme piedra, pone el paladar en la boca del cañón, y se vuela sus británicos sesos.

Los perdedores de la historia:

○ John Hanning Speke; joven, ambicioso, crédulo y excesivamente inglés.

○ Richard Burton; atrevido, anticonvencional y leal. (Aplausos: es el héroe). Amargado por todo esto aceptó un cargo del servicio exterior en Brasil y rara vez volvió a figurar en la sociedad inglesa. (Según Jorge Luis Borges, fue además un espléndido traductor de *Las Mil y Una Noches*).

○ Sidi Bombay; nadie ni recuerda quien fue. Prueba de ello es que se ha mencionado en esta historia solo un par de veces. Sin embargo, los europeos no hubieran llegado al corazón del África sin sus servicios de guía, capataz, traductor multilingüe, comprador de provisiones, enferme-

ro, mayordomo, etc., etc. Además, fue la primera persona
en recorrer todo el África de norte a sur y de este a oeste.
La Royal Geographic Society jamás ni siquiera se enteró
de su nombre.

○ El continente africano; inmediatamente esclavizado. El
Imperio Británico por fin posó sus garras sobre Las Montañas de la Luna.

¡CLICK!

44. ILUMINACIONES

Al llegar Dionisos a la adolescencia, Hera reconoció en él al hijo de Zeus, pese al gran afeminamiento del muchacho que había pasado la mayor parte de su vida entre mujeres.

Exasperada ante la creciente importancia de este hijo bastardo que cada vez lograba más afecto de su padre, la diosa madre decidió usar su magia para hacerlo volverse loco. Y una noche de tantas, Dionisos salió corriendo de su caverna desesperado y sosteniéndose la cabeza entre las manos. Pegaba bramidos a la vez que luchaba contra todo lo que se le ponía en medio. Así pasaron varios días sin que nadie supiera de él, pero cuando finalmente volvió, las ninfas se espantaron de verlo mugriento y desnudo, escuálido y con los pies sucios de tanto andar por los caminos de Creta o de Tracia. Las ninfas lo bañaron y lo alimentaron con miel hasta que el muchacho por fin se durmió. Cuando despertó, tres días después, anunció a todos su intención de peregrinar por el mundo esparciendo la magia del vino —su locura y su cordura– como única arma. Desde entonces, los griegos dicen que Dionisos es señor de la Manía y de la Mántica, porque ambas, locura y adivinación, son lo mismo.

Así pues, a través de la insidia de su madrastra, el joven dios aprendió su propia razón de ser: convertirse en el señor de las paradojas, de todas las locuras y violencias que acompañan la noche de los hombres.

Los preparativos del largo peregrinaje se iniciaron de inmediato. Dioniso-Bromio se armó del tirso: una varita envuelta en hiedra con un cono de pino como remate, tronadores de barro, espadas y serpientes, y un ejército encabezado por el borracho Sileno, seguido de hordas de ménades y sátiros, –aunque algunos, especialmente en la Tracia, afirman que también iban centauros y adolescentes varones. Esto es extraño porque el centauro, es decir, el caballo, no es sagrado para Dionisos, como sí lo es para Poseidón y aún para Apolo.

La gran comitiva navegó hasta Egipto llevando el vino consigo. En Faros fue bien recibida por el rey Proteo quien organizó suntuosos banquetes en honor del nuevo dios. Entre los libios del delta del Nilo había un grupo de reinas amazonas a quienes Dionisos invitó a marchar con él en una campaña militar. El propósito era restaurar al rey Amón en el trono de su reino, pues los titanes, eternos enemigos de Dionisos, lo habían derrotado exiliándolo de su propia ciudad. La campaña fue todo un éxito para Bromio y se recuerda como la más temprana de sus incursiones militares.

El dios Baco decidió entonces virar hacia Oriente, rumbo a la India. Pero a las orillas del Éufrates fue recibido por el ejército del rey de Damasco quien le cerró el paso y trató de violentar a las ménades. Bromio lo derrotó y lo desolló vivo para escarmiento de sus enemigos. Sin embargo, el dios, en su aspecto civilizador, construyó un puente de hiedra y vid a través del río y luego él mismo, a lomo de un gigantesco tigre enviado por su padre Zeus, cruzó el Tigris y entró en Persia. Llegó hasta la India tras mucha oposición de incrédulos que no veían en él a un dios sino a un adolescente afeminado y disoluto; un muchacho descarado que se hacía acompañar de gentes intoxicadas y sin pudor. A pesar de esta visión negativa, Dionisos conquistó todo el país, enseñó en él el arte de la vinicultura, y fundó grandes y poderosas ciudades amparadas por leyes justas y sabias. Cuando decidió volver a Occidente, no fueron pocos los nuevos súbditos que decidieron venirse con él.

45. NARCISO ESCATONAUTA

Cuando Rimbaud se perdía en los bosques, escapado del colegio de Charleville, gustaba de desnudarse junto a un arroyo y contemplarse por largo rato hasta quedar dormido bajo el sol. Al día siguiente —cuenta uno de sus profesores— volvía al colegio entumecido y con dolorosas quemaduras de sol en la cara o la espalda. Él confesaba que lo único que realmente temía era ahogarse en los arroyos al estar inconsciente.

Narcissus means benumbing, or narcotic.

ROBERT GRAVES

Desde muy niño Narciso se acostumbró a escuchar y ver cosas. Cosas que nadie veía más que él y que su familia trataba de ignorar prohibiéndole que hablara de ellas. Como resultado, Narciso pronto empezó a ver y oír personajes con los que sí podía hablar de sus otras visiones. Uno de sus amigos secretos predilectos era una tortuga gigantesca llamada Alfa Omega. Este brillante quelonio no solo contaba a Narciso las más hermosas aventuras, sino que lo acompañaba en los aburridos momentos de cagar. El chiquillo padecía un desorden estomacal, por lo que pasaba la mitad de la vida sentado en el excusado. El olor de la caca lo acompañaba en sus momentos de meditación y soledad, así que pronto llegó a asociarla con paz y tranquilidad, con una extraña sensación de plenitud que no encontraba en la compañía de otras personas. Cuando sus padres salían y los demás no estaban tras lo que él estaba haciendo, se metía al baño, obraba copiosamente y luego se ponía a hacer bellas y extrañas figuras de caca. Claro, después tenía que destruirlas por temor a ser castigado, pero conforme pasó el tiempo se hizo cada vez más ducho, hasta que las estatuillas cobraron la dimensión de verdaderas obras de arte.

Una tarde de gran aburrimiento, el muchacho, ya de siete años, se dio cuenta de que necesitaba un compañero permanente, alguien que no desapareciera después de sus conversaciones y pudiera contestar a sus dudas y angustias, a su deseo de conocer el mundo sin que papi ni mami se lo disfrazaran con volutas de algodón y papel crepé. Él quería las cosas de verdad: las esporas que viajaban hasta otras bases y se perdían en el Mar de las Lluvias; los bombardeos de aerolitos sobre Base Tranquilidad sin que nadie pudiera culpar a otras potencias por el destrozo; el alma juguetona y roja que dejaban su madre y su hermana en el baño mientras él, su hermano y su padre no dejaban nada. Todo esto era para el muchacho un imán de fuerza incontrolada, un magneto de empuje cósmico. Pero por sobre todo, la caca; la mierda en cantidades industriales en la que revolcarse, y salir brincando de ella hecho un rubio o un negro, un rizado o un lacio, siempre dependiendo de la consistencia y color de la deposición. El día en que concibió la idea de crear a Alfa Omega no se podía sentir más inspirado de lo que estaba. Ni siquiera le daba oportunidad a las heces de pasar por el ano; metía los dedos y las recogía presurosamente para ir agregándole más volumen a la cabeza, a las patas, al caparazón que poco a poco se iba haciendo más voluminoso que el mismo Narciso.

Cuando terminó se dio cuenta de que la tortuga era unas seis veces más grande que él mismo. Tenía manchones de sangre por todo lado porque las últimas deposiciones para crearla habían sido demasiado forzadas. El pobre miniescultor simplemente no tenía tanta mierda adentro. Se había desgastado en exceso y tuvo que reposar varios días.

Cuando finalmente despertó de su sopor, encontró a la gigantesca tortuga obrando plácidamente junto a él. Pero algo andaba mal. No estaban en la casa de Narciso. No estaban siquiera en Sinus Iridum. Era una especie de gigantesca y hermosa caverna donde la luz parecía irradiar suavemente del mismo aire. El niño se encontraba en una cama hecha de luz o tal vez de caca muy brillante, algo que no lo dejaba ver y le provocaba sueño.

— ¿Dónde estamos?

—[En tu casa.]

—Ésta no es mi casa. .

—[Es tu casa. Tus papás están esperando afuera.]

Narciso se puso de pie y caminó desnudo por el gigantesco salón. Vio que tanto él como la tortuga y la cama se encontraban en la cima de una gran escalinata junto a un gran sillón multicolor.

— ¿Y el sillón?

— [¿Qué hay con él?]

— ¿De quién es?

—[Tuyo, si te querés sentar.]

Narciso se sentó en el sillón y sintió de inmediato las ganas de ir al baño. La caca se le empezó a salir por los lados como un barro un poco cremoso que bajaba lentamente hasta el suelo. Algunos pedos acompañaban la acción, pero todo aquello era algo fundamentalmente silencioso, un fluir que venía de la consciencia o de algún cuerpo cósmico que movía todo en la más perfecta armonía. Mientras el niño continuaba en su nueva gran defecación, sus labios encontraron solos el camino de lo que tenía que hacer:

Zumbaban las flores mágicas. Los taludes lo acunaban. Circulaban bestias de una elegancia fabulosa. Las nubes se amasaban sobre la alta mar hecha una eternidad de cálidas lágrimas...

En el bosque hay un pájaro, su canto nos detiene y ruboriza.

Hay un reloj que no suena.

Hay un hueco con un nido de animales blancos.

Hay una catedral que desciende y un lago que sube.

Hay un pequeño carruaje abandonado en la espesura, o que desciende por el sendero corriendo, adornado de cintas.

Hay una compañía de pequeños cómicos ambulantes, vestidos para la representación, que se divisan en el camino más allá del límite del bosque.

Hay siempre, en fin, cuando uno tiene hambre y sed, alguien que nos echa de allí...

Soy el santo que reza en la terraza, igual que las bestias mansas pacen hasta el mar de Palestina.

Soy el sabio en el sillón oscuro. Las ramas y la lluvia golpean las ventanas de la biblioteca.

Soy el caminante de la ancha carretera entre los bosques enanos; el rumor de las esclusas ahoga mis pasos. Veo durante mucho rato la melancólica lejía de oro del poniente.

Yo sería con gusto el niño abandonado en el muelle de San José que luego parte hacia alta mar; el pequeño paje siguiendo la avenida cuya frente toca el cielo.

Los senderos son ásperos. Los montículos se cubren de retamas. El aire está inmóvil. ¡Qué lejos los pájaros y las fuentes! Esto que avanza, ¡sólo puede ser el fin del mundo!

Avanzando,

¡solo puede ser el fin del mundo!

Yo soy el dueño del silencio

Y el niño-gran-defecador se puso de pie y se subió unos pantalones invisibles. En la profunda caverna de sí —aquella donde Nikki iba a encontrar lo que tanto quería ver— el pequeño hombre-escultor sostenía las bolas del mundo.

Narciso empezó de inmediato su mejor escultura: aquella de él mismo flotando en los aires con el ramo de narcisos artifi-reales en la mano. Él mismo no sabía qué significaba aquello, pero sí estaba seguro de que era un futuro lejano y remoto; un lugar donde los hombres crearían la realidad con el solo pensamiento o el deseo, con solo sentarse en una cápsula oscura de donde nacería una nueva vida, una visión de las cosas que superaría el reino de los cinco sentidos, algo que estaba más allá del propio Narciso encerrado, como tantas cosas, en una demente cápsula de tiempo.

El muchacho ahora dividía el tiempo entre vivir con sus padres y escapar a las cavernas cercanas a Base Tranquilidad —a lomo de Tortuga—, para seguir con su obra de creación escultórica. (Sus papás, desorientados, simplemente creen que está durmiendo mucho.)

Hace unas semanas terminó con el tríptico de los tres amigos: un trabajo donde hay dos muchachos y una muchacha danzando juntos. Ella es baja y con cara de melancolía, mientras ellos representan dos razas: la mongoloide, con sus finos rasgos de duende de los aires, y la más terrenal mediterránea, combinada un poco, eso sí, con las culturas indígenas de Mesoamérica; una especie de criollo semimestizo que seguramente incomodaría al mejor escultor anglosajón.

Narciso se dedicó luego a esculpir una diosa Hécate sosteniendo un gran libro. El libro decía SINUS IRIDUM, sin que el niño escultor pudiera decir por qué lo había hecho. Las mejores estatuas las realizaba después de una ampulosa comida que lo obligaba a defecar constantemente. Así se aseguraba el material necesario para crear sin preocupaciones o interrupciones de tipo material. Alfa Omega le cantaba canciones medievales noruegas o melodías rumanas para voz y arpa eslava. Se sentaba en un gigantesco trono-excusado, o bien, le servía de mesa de dibujo al joven artista.

Las tardes eran frescas; corría entre las columnas una suave brisa que se llevaba las canciones de la tortuga a otros salones y a otros pórticos para ellos todavía desconocidos. El palacio era tan grande que a pesar de sus múltiples excursiones, a pesar de los paseos campestres que año tras año habían organizado en sus vastos jardines, en sus numerosos bosquecillos, en sus extraordinarios salones y terrazas, nunca lo habían transitado todo. Siempre aparecía una nueva vereda, un nuevo salón, una extraña columnata, casi como si el edificio y sus alrededores cambiaran de fisonomía a diario; como si fueran un mundo orgánico que crecía con el pasar del tiempo. El único lugar incambiable era el gran salón del trono, donde Narciso había ido acomodando sus magníficas estatuas. Estaban alineadas perpendicularmente al antiguo iconostasio, como una calle donde los cortesanos que esperan a su príncipe van formando dos columnas paralelas que se extienden desde el pie de la escalinata hasta la gran puerta de cobre, la que da directamente a la salida del montículo, al Mar de la

Tranquilidad. Ese lugar por donde Inti-Mayu y los suyos entrarían al salón siglos antes o después.

Narciso no solo pobló el salón del trono con invaluables estatuas de caca. Con la ayuda mágica de Alfa Omega, se dedicó al arte secreto de la alquimia, lo que le permitió a la vuelta de los años dominar los elementos y convertir casi cualquier cosa, útil o inútil, en mierda fresca y olorosa, lista siempre para ser transformada en grandes monumentos que homenajeaban el sexo, la amistad, los grandes descubrimientos, el amor, la vida silvestre, las plantas, los astros, cualquier cosa que en ese momento interesase al niño escultor. Gracias a sus nuevos poderes, también pudo traer a la vida de esta dimensión a todos sus grandes amigos de la infancia. Los salones del palacio infinito se llenaron de visitas infinitas al punto de que la paz y soledad de antes desaparecieron del todo. Siempre había gente, animales, soldados, serpientes, elefantes y dragones. El lugar se hizo tan cálido y lleno de vida que Narciso encontraba muy difícil el tener que despertarse de ahí para ir a pasar tiempo en la dimensión de sus padres. A veces era Alfa Omega quien lo obligaba a irse por un tiempo, cosa que los demás habitantes lamentaban:

—Queremos que Narciso se quede en Sinus Iridum.

—[Ya está en Sinus Iridum.]

—Nos referimos a este Sinus Iridum, no al Sinus Iridum de sus padres.

—[Quedan pues, complacidos: Narciso pasará un tiempo en Sinus Iridum, después de lo cual regresará a Sinus Iridum. Pasada una temporada, irá de nuevo a Sinus Iridum y luego retornará a Sinus Iridum. ¿Satisfechos?]

Todos los presentes aplaudieron indicando un consenso total. Los cocineros de palacio tuvieron una junta extraordinaria para organizar un gran banquete. Cuando Narciso volviera sería el homenajeado más bien alimentado del mundo. Todos querían que Narciso cagara para que Sinus Iridum se poblara de más elefantes y caballos con gigantescas patas de jirafa. Hubo licitaciones para ver quién organizaría todo aquello, pero la gente pronto decidió que debía ser Alfa Omega, gran ministro de Sinus Iridum.

Mientras tanto, Narciso no la pasaba tan mal en Sinus Iridum. Sus padres lo colmaban de regalos y mimos creyendo que había adquirido la extraña Enfermedad del Sueño. Su vida estaba casi reducida a dos cosas, la cama o el excusado. Si no cagaba o dormía no era feliz. Por eso el médico recomendó alguna forma de deporte. Se le presentaron centenares de opciones atractivas para un muchacho de doce años. Sinus Iridum era el corazón cultural y deportivo de la Luna en ese entonces. Había miles de cosas que podía hacer. El muchacho trató de escoger algo difícil para contrariar a sus padres, algo que fuera peligroso y difícil de realizar; pero, sorpresa: los papás más bien se sintieron complacidos cuando Narciso dijo: "Acrobacia profesional; ¡yo quiero ser acróbata!"

Su hermano lo empezó a acompañar por distracción y pronto también se vio involucrado en la cosa. La acrobacia les fue ganando el corazón hasta que un primo se les unió y fundaron el grupo de "Los Arieles". Con tres años de práctica desarrollaron un estilo aceptable y decidieron salir a probar suerte con el espectáculo profesional. Trataron entonces de buscar trabajo con el circo de Sinus Roris pero fueron rechazados, presumiblemente por inexpertos. Los acróbatas de Sinus Medii, una rústica colonia minera, tampoco quisieron saber nada de ellos suponiendo que un grupo tan joven era simplemente un clubcito de terapia para adolescentes. Por todo esto, la sorpresa que se dieron fue enorme cuando el circo de Sinus Iridum, el mejor, el más prestigioso de la humanidad, les dio la oportunidad de hacer una prueba.

Mientras tanto, las cosas en Sinus Iridum no marchaban mal pero tampoco bien. Había descontento por la ausencia prolongada de Narciso. Alfa Omega hacía todo lo posible por mantener a la gente contenta. Organizaba espectáculos romanos, carnavales venecianos (para los delicados), carnavales de Río (para los salvajes), y carnavales de Mardi Grass (para los incontinentes, esquifómanos, sensoclubitas y otros artistas). No descuidaba a nadie. Sin embargo, la ausencia de Narciso era notoria, porque en él, siendo quien era, se reflejaba toda la belleza de aquel lugar. Un Sinus Iridum sin Narciso era como una senso-club sin pasado; una Tierra sin Luna; una Luna sin agua... un océano tan solo de arena...

"Los Arieles" no fueron demasiado exitosos al principio pero se quedaron en periodo de prueba. El éxito vino más bien enfocando el espectáculo de forma abiertamente sexual. Usaban leotardos plateados que resaltaban las formas del cuerpo y los muchachos a veces enseñaban brevemente sus genitales antes del espectáculo. Se tocaban entre sí y había un número en que uno de ellos se salvaba agarrándose de los pantalones del otro. Lo desnudaba brevemente, lo tocaba, y finalmente los dos caían a la red mientras el público soltaba un hormonal respiro.

El enfoque sexual fue todo un éxito. El administrador siempre había pensado que esa era la única forma de vender, metiéndole sexo. Este no es el siglo veinte, se dijo, no hay que comercializarlo solapadamente.

El acto se fue haciendo cada vez más carnal hasta que empezó a perder algo de su encanto acrobático. Narciso y sus compañeros estaban un poco cansados del enfoque del administrador, por lo que impusieron sus términos. Crearon el salto de 450 metros y lo ensayaron abundantemente. Solo un asunto distraía la atención de Narciso más allá de Sinus Iridum o la acrobacia: se llamaba Melissa. Era la hija del sátrapa, y por eso, cada vez que se veían ella estaba fuertemente custodiada. Sin embargo, había tiempo para hablar porque el sátrapa lo permitía. El chiquillo no era tan mal partido, se dijo alguna vez el político, debe haber acumulado gran cantidad de plata con ese "*show*" en las cuerdas.

Así es que los muchachos tenían algún tiempo para verse en la zona del gran domo. No era muy fácil porque Narciso se había hecho a sí mismo un juramento solemne: no volver a pisar suelo de Sinus Iridum hasta que pudiera volver a su amado Sinus Iridum, por lo que él descendía hasta lo más bajo de los aparejos, cerca del muro del domo, y ella subía hasta las últimas gradas también junto al domo. Melissa era tímida pero sabía lo que quería. Un Narciso vital y lleno de "cosas" distintas, como las llamaba ella; alguien que pudiera admirar por no esconder nada, por ser totalmente él en toda circunstancia, alguien a quien le gustaran los mismos juegos de voyeurismo que ella practicaba en la soledad de sus catorce años. Después de esas primeras veces, se vieron a solas muy poco. Ya no era necesario. Las reglas del juego estaban establecidas y cada uno de ellos haría más de lo posible por complacer al otro. Melissa le traía comidas purgantes que él en las noches defecaría desde las cuerdas mientras se masturbaba, o jugaba con el excremento. Cualquier cosa que motivara a Melissa escondida entre los cortinajes del domo. El hermano y el primo de Narciso no entendían el propósito de aquel ritual pero pronto aprendieron a imitarlo con gusto. Les gustaba ser seres humanos del aire, hombres que nunca tocaban el suelo y por eso hacían todo lo suyo desde las cuerdas. Les daba gran publicidad y agradaba su sentido del propósito. Era algo distinto, algo que los apartaba del género humano en forma violenta. Una cualidad o defecto que los hacía más animales y primitivos, más sensibles a las necesidades básicas del alma y del cuerpo. Para ellos tres, el jueguito mórbido pronto fue un ritual inviolable; una cosa que debían hacer pasara lo que pasara, como un culto, una comunión, un algo que se debían a sí mismos más que cualquier otra cosa en el mundo. Y para Narciso en particular, todo eso tenía el propósito fundamental de complacerse a sí mientras complacía a Melissa, mientras pavimentaba su camino de regreso a Sinus Iridum.

El día del salto, Alfa Omega y casi toda la población del otro Sinus Iridum estaban sentados como espectadores en el gran domo. Venían a ver el salto de ángel de Narciso al vacío para recoger los narcisos artifi-reales en el suelo. Todo estaba listo y preparado. Esa misma tarde, Narciso volvería definitivamente a su sillón en el gran palacio de las esculturas.

46. HISTORIA DEL NECRONOMICÓN

Y por fin se dio la aparición más conocida y célebre del libro hacia fines del siglo XXI. La familia Cadiorno, de Nápoles, hace público el 26 de octubre de 2093 que tiene el original gótico de 1440. Es un misterio cómo la familia se haya procurado el libro, pero los entendidos suponen que se trata de la copia de Gilles de Rais, presumiblemente robada por el mago Andrea Viccioto.

Los Cadiorno tienen el suficiente capital y poder como para crear una biblioteca-fortaleza donde guardar éste y otros libros exóticos rescatados de las persecuciones anteriores al siglo XIX.

El Necronomicón descansa ahí hasta que en el 2146, Sebastián Cadiorno y Buxtelhude decide trasladar a su rama de la familia a la próspera ciudad-colonia de Sinus Iridum. Después de las Grandes Guerras Coloniales, los Cadiorno dicen haber perdido el texto a manos de hábiles estafadores de obras ocultas, cosa que es creída a medias por la comunidad literaria y los seguidores religiosos del "Al Afiz". Las sociedades secretas de la época se ven extrañamente compelidas a manifestarse públicamente, negando poseer el texto, al punto que algunas incluso dan permiso a sus seguidores de hacer pronunciamientos públicos al respecto.

Este remolino de vicisitudes llega a su fin, sin embargo, con la Hecatombe del 2207. La nueva sociedad humana de Mons Nix, lamentablemente, desconoce por completo la obra de Abdul Al-Jazred.

47. QUI SI DIPINGONO MERAVIGLIO-
SAMENTE I PUTTI

Ecco la befana!

El pincel baja tenuemente por el muslo como si lo estuviera acariciando en lugar de pintarlo. Cecco no se mueve de su
asiento aunque hace buen rato que está incómodo: el frío de
la noche lo va congelando y se siente a punto de caer sobre
los utensilios esparcidos a sus pies. Michelle no dice nada.
Solo se queda viendo la piel del muchacho y poco a poco la
sigue acariciando sobre el lienzo tratado primorosamente con
aceite de lino.

Afuera, la oscuridad serpentea enrollándose en los solitarios mármoles de Sant Angelo y el Panteón; mientras que
adentro, los tersos pelillos de los muslos de Cecco vibran
atentos a la menor corriente. Todo el muchacho está hecho
una piel de gallina pero teme decírselo a su amo. Ahora que

maese Caravaggio pinta con absoluto delirio no hay nada que lo detenga: ni los lobos que rondan con su hambre perpetua, ni los pequeños hijos de la polis que siguen escarbando en las callejuelas. Por eso hay varios de ellos durmiendo apiñados en un rincón; porque los golfillos de la ciudad saben que el maestro no los va a dejar a la intemperie en noches de frío. Uno se rasca un cachete en tanto que otro sueña con frutos alucinantes, pero ya todos han comido algo y duermen cerca del horno.

Sin embargo, la hora del santuario ha terminado. El maestro está pintando desde las ocho de la noche y nada lo detendrá hasta que vea el amanecer.

Cecco finge una y mil sonrisas para tratar de olvidar el armazón de plumas que tiene en la espalda desde hace rato. Cambia un poco el tono de la sonrisa para que los músculos de la boca no se le entumezcan en una mueca de frío, pero el maestro, atento al más mínimo detalle, lo nota.

—No, no, Cecco. Quiero la misma sonrisa.

El niño vuelve entonces al gesto anterior.

—Ecco! Non ti muovere!

Y sigue pintando con el mismo delirio de sus noches de embriaguez.

Ya quedaron atrás los años en que el mismo pintor, adolescente, dormía con monjes y comerciantes para luego comprar vino, brochas y pigmentos. Atrás las noches de frío en que él mismo posaba casi desnudo ante un espejo para lograr la presencia de un ángel, acaso un poco famélico, pero una criatura de Dios, al fin y al cabo. Atrás también los años de robos y asaltos a los viajeros para luego irse de juerga con Mario y Ranuccio, sus amigos de taberna y prostitución. Ya no era necesario robar, pues al amparo de ciertos cardenales aquí en Roma, su situación económica era bastante buena.

Ahora solo le quedaban las pasiones de Baco muy adentro en el alma, y Cecco era una de ellas. El chiquillo había tocado su puerta unos años atrás, vestido en andrajos y casi muerto del hambre. Su misma familia lo había enviado para que probara suerte con "il maestro", pues otros igualmente lo habían hecho, y, en definitiva, no les fue mal. Ahora, los años mostraban su magia: esta noche Cecco era un hermoso *Amore Vincitore* blandiendo las flechas de su triunfo, su tirso, sobre los mortales de la Tierra. Toda la Roma papal sabía aquello. No había secreto en que era un niño deslumbrante quien dormía en el lecho del Caravaggio. El chisme corría de salón en salón y de capilla en capilla, pero la ciudad entera estaba dispuesta a ignorar los perfumes de Sodoma, siempre y cuando el Caravaggio compartiera su "angelito" con los demás cardenales.

Y esto se hace ahora por medio de la pintura. El cardenal Del Monte espera impaciente a que su comisión esté concluida. Para tal efecto, ha hecho instalar un marco y una cortina verde especial en su galería privada. El *Amore Vincitore* estará la mayor parte del tiempo cubierto, pues se sabe que va a ser de tal majestuosidad su ejecución que deslucirá a las demás joyas del palacio.

Sin embargo, en este momento, el viento de la noche no se detiene en las calles y apaga, una a una, las efímeras fogatas de la guardia romana. El cardenal siente miedo y llama a su ayuda de cámara para que le vuelva a encender las velas.

Michelangelo da Caravaggio también se siente de pronto muy cansado. Se lleva la mano a los ojos y los cierra un instante. Lo único que se escucha en la madrugada es el aullido casi animal del viento y el suave respirar de los muchachos dormidos junto al horno. El maestro baja entonces su pincel y lo deja sobre la palestra. Cecco sigue sin mover el cuerpo pero inclina levemente la cabeza hacia un lado. Sabe que su amo viene hacia él para cambiarle la pose... y en la oscuridad... las aguas del Tíber, más negras aún que la misma noche, continúan serpenteando por la legendaria Ciudad de Dios.

El cardenal tendrá que arreglárselas con su exaltada impaciencia. Habrá de esperar a su ansiado angelito todavía una semana más.

48. EL VALLE DE LAS ABEJAS

Y como el falso entretejido de esta visión,
las torres coronadas de nubes, los espléndidos palacios,
los templos solemnes, el gran globo mismo,
y todo lo que él herede, se disolverá,
y, al igual que esta insustancial fiesta se ha desvanecido,
no dejará un solo rastro. Somos la sustancia
de la que están hechos los sueños; y nuestra pequeña vida
se circunscribe con un sueño...

SHAKESPEARE
La Tempestad

(Ariel a Calibán.)
...no desees nada para no manchar
la perfección que hay en estos ojos
cuya entera devoción
yace a la merced de tus deseos;
no tientes a tu camarada convencido, —pues solo
siendo como soy, te puedo
amar como tú eres— ...

W.H. AUDEN

(Uno de los espíritus del aire.)

Blancas suben de noche al templo las abejas como en busca del hedor de Ariel. El hedor de su carne negra, cuando bañado en excremento de oveja, se aparece a los asustados comensales en forma de arpía furiosa. Las alas de gigantes plumas negras y de la boca brotando, en forma de triste saliva, gelatinosas sanguijuelas que increpan a los antonios y alonsos de la mesa. Ariel desnudo embarrado en el estiércol de cabras y ovejas de lana y leche azul, como corresponde al pastorcillo y al rebaño de un noble mago. Como corresponde a la sustancia que crea la magia de los duendes, los fénix, los calibanes que en noches de luna corren salvajes tras su ama por entre las nubes y riachuelos del olvido.

Blancas suben entonces al templo las abejas en busca de la cara de Ariel. Aquel angelito de dientes oscuros como la misma tempestad que en pretender los ha venido creando, pues si una tempestad es una enorme montaña de viento, y Ariel, el pequeño anciano de catorce años, no es sino una criatura del aire, "*an airy spirit*", como decía de él su padre insular, entonces a la noche debe el niño-arpía su vuelo, su magia, su dulzura y la inmentible caricia que posaba sobre él el mago solitario. Pero también es la amorfa alegría de ser una diosa, una ninfa y este pájaro indeciso entre el hueco corazón de pesadilla, y los ecos de la misma, esparcidos por los acuosos salones del palacio sin fin.

Son estas pues las abejas de la soledad. Las que buscan el cuarto invisible donde el fantasma de niño tiene cubierta la espalda con el manto mágico de Próspero. Las abejas entonces revolotean con locura en espera del viento, de aquello que romperá el sortilegio, la barrera, y la piel sucia, toda embarrada de estiércol de carnero sagrado, se verá por entre las ilusiones y su blancura correrá detrás de los asustados comensales lanzándoles trozos de pescado —aquél atrapado por el sombrío Calibán en los diques del bosque— y frutas, tanto las rojas y jugosas, las que se despedazan sobre sus cuerpos dejando sombras de araña, como las verdes, las que rebotan y enmielan el camino cuando la tempestad de la arpía es solo el sueño de Dionisos engendrando en Sycorax a sus dos hijos gemelos: el feo que es hermoso por feo, y el hermoso que es feo comparado con su hermano, pues más que dos caras del mismo escudo, son las dos nalgas del humus que cae en esta isla del miedo, en este sagrado lugar donde la venganza es un lapicero azul en forma de pluma, un muchachito de oscura relación pederástica que va travestido de ninfa, un libro de cosas comunes que desafía el entendimiento, y un monstruo-pez capaz de respetar y amar con la lógica de un monstruo-pez, más allá de lo que otros pueden esperar de él, o quizá una niña de quince años, pelirroja y enamoradiza, que no se asusta ante centenares de espíritus en su casa disfrazados de humanos desnudos, pero tan pronto ve a un muchacho real, cae sobre ella la bomba de Hiroshima como lluvia de abejas blancas subiendo al templo de Ariel cubierto de excremento.

Y llega pues el tiempo de las preguntas dislocadas, el momento en que el mago ha de ser también el dramaturgo genial disculpándose ante el público asesino; pero sucede que la magia falla más allá de los deseos de los isabelinos, o bien, el calvo barbudo se burla de todos, y Próspero no es un actor sino Próspero, el pobre demiurgo sin poderes de ningún tipo, el duque destronado, el pederasta sin hija, el padre de Calibán que solo ama a una de sus nalgas y reclama para Setebos la paternidad de aquello que, a pesar de todo, y en un momento quizá de angustia, confiesa como suyo. Sale pues y le pide al público lo que el público no le puede dar, porque ya soltó a Ariel de sus amarras y el niño-viento ahora sí reconoce en Calibán a aquél que ha de llenar su vida.

Pero todo esto es, señores míos, el sueño del futuro. Por ahora el espíritu del aire sigue en la isla-prostíbulo aparejada para él, y aún duerme rodeado de las abejas de la añoranza que se disputan, unas más fieras que otras, el estiércol de su piel. Mañana se levantará de nuevo el telón, y Calibán volverá a recibir pellizcos de duendes y puercoespines y tendrá otra vez la oportunidad de luchar por lo que es suyo. Miranda conocerá al gallardo mundo nuevo que ella misma habrá construido al margen de todo lo que es real. Porque las mujeres de su edad no necesitan de túnicas y báculos para crear estas sustancias de sueño, estos campos remotos que bajan por el espinazo en noches de calor cuando Arielito, de nuevo despertado por las abejas, bajará al estanque de las ranas y los lirios a tomar agua. Calibán estará entonces en su caverna cercana planeando la nueva insurrección, pero al ver al niño excrementoso, se llenará una vez más de apetitos coprófagos y atacará, muy de acuerdo con el otro, la piel sucia que pide a gritos una lengua.

Miranda no saldrá esa noche de su cuarto pero sabrá lo que pasa por el sueño inquieto de su padre, siempre temeroso de las tempestades.

Pues ya no hacen falta los enemigos de Nápoles o Milán. Ya no hace falta un horrendo espectáculo de náufragos, y todos sabrán que el verdadero sueño es tanto la salvación como la eterna piedra de Sísifo.

Ariel no quiere dormir más... y su sueño, ya tampoco termina.

49. ILUMINACIONES

Más que el dios del vino Dionisos es el dios de la histeria colectiva, el dios de la turba homicida.

René Girard

A su regreso a Mesopotamia, Dionisos encontró nueva oposición entre una horda de amazonas que le cerraban el paso hacia Grecia. Tuvo que luchar contra ellas y perseguirlas hasta Éfeso, donde muchas se refugiaron en el templo de Artemisa para huir de la carnicería dionisíaca. Otras huyeron hasta Samos a donde Dionisos-Iaco las siguió en veloces embarcaciones, matando a tantas de ellas que aún hoy ese campo de batalla es conocido como el campo de Panhaema.

Cerca del pueblo de Fleumo murieron muchos de los elefantes que Bromio había traído de la India. Y todavía hoy se pueden admirar los restos de sus gigantescas osamentas en las afueras del pueblo asiático.

Tras su última batalla con las amazonas, la horda dionisíaca, también conocida como la "turba divina", entró de nuevo en Europa por el camino de Frigia, donde la Madre Rhea, abuela del dios, lo purificó de los muchos crímenes que había cometido durante su viaje y lo inició en sus secretos divinos. Por este medio Bromio se convertía en hijo predilecto de Eurínome, la Madre Tierra, y en adelante gozaría de todos sus poderes.

El Señor de la Violencia Pacificadora se puso de nuevo en marcha, esta vez con intención de invadir Tracia. Pero no había su gente terminado de cruzar el río Estrimón, cuando Licurgo, rey de los edonios, les opuso encarnizada resistencia y logró contener a todo el ejército amenazándolo con chuzos de arrear ganado. Todos fueron hechos prisioneros menos el mismo Dionisos, quien se lanzó al mar y nadó hasta esconderse en la gruta subacuática de su protectora, la diosa Tetis. Rhea se mostró a tal grado indignada por este revés de su nieto que ayudó a los prisioneros a escapar e hizo que Licurgo perdiera el juicio. El rey tomó a su propio hijo, Drías, y lo mató con un hacha —el cetro sagrado de la diosa madre—; y no contento con esto, también lo podó creyendo que se trataba de una vid. Al recobrar el juicio encontró entre sus ensangrentadas manos el cadáver de su hijo, ya sin nariz ni dedos o extremidades... Toda la Tracia quedó estéril ante este horrible crimen hasta que Dionisos, retornando del mar, anunció que nada volvería a crecer sobre la tierra de los tracios en tanto el horrendo crimen no fuese castigado. Los edonios tomaron entonces a su rey y lo condujeron hasta la cima del monte Pangeo, donde fue despedazado vivo por cuatro caballos salvajes. Iaco entonces perdonó a los edonios y les prodigó su mucha sabiduría civilizadora, hasta que el dios finalmente decidió volver a su Beocia natal.

De vuelta en Tebas, Bromio invitó a las mujeres de su ciudad a reunirse para celebrar sus bacanales en el monte Citerón. Pero Penteo, joven rey de Tebas y primo de Dionisos, de inmediato sintió disgusto ante la figura femenil y desgarbada de aquel joven provocador que decía venir en nombre de un nuevo dios. Hizo entonces arrestar a Baco y traerlo a palacio junto con todas sus bacantes. No bien había llegado el dios al palacio cuando Penteo se lanzó sobre él para amarrarlo con cadenas. Sin embargo, Dionisos ya lo había hecho enloquecer y el rey en su delirio amarró a un novillo que pastaba cerca. Dionisos y las ménades huyeron de nuevo al monte Citerón y Penteo, más delirante que al principio, decidió vestirse de mujer para sorprenderlas en sus orgías de sangre. Cuando las ménades despedazaban y se comían crudo a un niño, se percataron de que eran observadas desde un arbusto no lejano. Se lanzaron entonces sobre él pero el rey logró huir y subirse a un árbol que estaba cerca. Las mujeres lo acecharon hasta que finalmente lograron tumbar el árbol y cayeron sobre el desgraciado Penteo que en vano pidió misericordia. La reina Ágave, madre del rey, en su furia dionisíaca no reconoció a su hijo y fue la que le dio el golpe de gracia arrancándole la cabeza a pura fuerza bruta. Después de este incidente, Tebas quedó a los pies del dios y se realizaron sacrificios penitenciales.

Orcomeno fue la última de las grandes ciudades que opuso resistencia al culto del dios del vino y la fertilidad. En esa ciudad de Beocia Dionisos se transformó en una muchacha para instar a las tres hijas de Minyas, llamadas Alcitoe, Leucipe y Arsipe, a que se unieran al culto. Pero al recibir una constante negativa de las muchachas el dios montó en cólera y se transformó en un león para amedrentarlas. Después se metamorfoseó en un toro y finalmente en una pantera, logrando con ello que las tres perdieran para siempre la razón. Las tres dementes despedazaron y devoraron al pequeño hijo de Leucipe y luego huyeron a rondar las montañas hasta que Hermes, compadecido de su suerte, las transformó en aves. Algunos afirman que fue el mis-

mo Dionisos quien más bien, molesto con su presencia, las transformó en murciélagos.

La muerte del pequeño Hipasos, hijo de Leucipe, a manos de su madre y sus tías, se celebra cada año en Orcomeno con una fiesta llamada la Agrionia, o sea, "la provocación al salvajismo". Las mujeres devotas de este culto fingen buscar a Dionisos hasta que deciden que "debe andar lejos con las musas". Luego se sientan en círculos y se formulan unas a otras acertijos hasta que el sacerdote del dios sale corriendo del templo con espada en mano y mata a la primera o primero que atrape.

Así se celebra en Orcomenos el rito anual al dios del Olimpo Dionisos-Zagreo, único dios que ha muerto y resucitado.

50. NOSOTROS LOS MUERTOS

«Pano da Costa», para cuarteto de cuerdas, sonaja de
conchas y otros instrumentos de percusión.

JON HASSEL

Cuando los empleados por fin limpiaron el muelle todavía
quedaban libros dispersos en los rincones poco transitados.
Eunice se fumaba un cigarro mientras David recogía el recibo
de embarque. Casi todos los libros, salvo los ya mencionados,
estaban en las bodegas de *La Mariquita*. Llevarlos a Bizancio
era todo un reto que esperaban cumplir con más gloria que
penas.

Al volver todo a la normalidad se pudo distinguir a la nueva gente que llegaba al muelle. Una poetisa bajita, tímida, en-
fundada en un abrigo más grande que ella, se sentó en una de
las bancas a leer un libro. Parecía ajena al mundo, como si

quisiera pasar de lejos o no pertenecer a él; no ser de nadie sino de sí misma, algo que tal vez le había sido negado en el pasado. La poetisa no hablaba con nadie. Solo bajaba la cabeza y leía con timidez. Se notaba a la legua que estaba en fuga y que no se sentía cómoda fuera de su claustro personal. Junto a ella se había sentado Maurice Ravel, o alguien que se le parecía mucho. Un hombre delgado, nariaguileño y completamente de aire europeo. Fumaba una pipa mientras ojeaba una partitura para corno francés. Más tarde, en *La Mariquita*, habló con otros pasajeros y dijo ser cantor de una tal *Capella Musica Antiqua*. Eunice le iba a pedir unas rancheritas pero por alguna razón se olvidó. A lo largo de todo el viaje —el que se realizaría más adelante— el músico discutió con uno de los escritores sobre el origen cuasi hierático de Gustav Mahler. Ambos concluyeron finalmente que en algún momento de su paso por la Tierra pudo haber adquirido condiciones de mortal, pero él, por naturaleza intrínseca, era un dios. El estar de acuerdo en ese punto, para ambos muy importante, hizo que el Cantor sacara una botellita de su mejor vino.

Otro de los pasajeros llegó sudando copiosamente creyendo que se le había hecho tarde. Causó revuelo, asco, admiración y alguno que otro gesto obsceno entre los presentes. No era ni más ni menos que el gran Limberto Barney, el escritor más galardonado en su tiempo. Había ganado de todo, hasta el Derby de Kentucky. Traía una cantidad de familiares y equipaje solo comparables a los libros de David Maradiaga, por lo que se le negó el abordaje. Barney hizo un escándalo mayúsculo creyendo obtener con eso lo que quería, pero los empleados de la compañía de transportes marítimos se negaron de plano a aceptar berrinches o chantajes. Sin embargo, el poeta rabioso fue finalmente admitido cuando amenazó con leer en voz alta su currículum literario. Nadie podía contra eso. Barney acomodó entonces a sus familiares en los mejores lugares del castillo de proa y se fue a hacer los arreglos del equipaje. De esta manera, el poeta multilaureado y los suyos eran los primeros en abordar *La Mariquita*. Todos los demás esperaban tranquilamente su turno en el muelle. Eunice y David se sentían un poco aburridos, por lo que empezaron a repartir cuartitas de Cacique prensado con tequila, el trago predilecto de la Odio. El Cantor echó su cuarta en la botella de vino y luego se sirvió con cuidado de no regar nada. Invitó al escritor gordo y casi de inmediato se forjó una buena amistad. Barney desapareció con su familia en el barco y el muelle se convirtió de pronto en coto de fiesta.

Eunice estaba en su mejor imitación de Olga Guillot cuando llegaron al muelle Los Intocables. Como de costumbre, no le dirigieron la palabra a nadie, y se cuidaron de no rozar a nadie ni que nadie los rozara a ellos. Eran tres hombres altos y extraños, dos morenos y uno blanco, escritores los tres y todos nacidos en los sesenta. Eran quizá los mejores escritores de su generación, y por eso no le hablaban a nadie. Se la tenían jurada a la mediocridad, y para ellos —los Olímpicos Intocables— todo el mundo (excepto ellos mismos, claro está) era la mediocridad. Siempre los acompañaba *la Marcha Fúnebre a la Manera de Callot*, por lo que no resultaban totalmente odiosos para los amantes de Mahler. Eso sí, tan pronto se acercaban, todo el mundo volvía a ver para todo lado tratando de averiguar dónde estaba la orquesta. Y nadie sabía explicar aquello porque aparecían en escena Los Intocables y el aire de pronto se llenaba de la marcha fúnebre como si su presencia fuera parte de una película. Podían estar en la biblioteca o en el estadio Saprissa que daba igual: la música fúnebre invadía el aire con su aroma de muerte en carnaval.

Los tres hombres, enfundados en sus sacos negros, se sentaron a buena distancia de los que tenían montado el pelón para no asociarse con ellos. Una de sus características más raras era el no ser físicamente constantes, es decir, cambiaban de número aunque no se movieran de donde estaban. Ahora había tres sentados en el muelle, pero sin que ellos se movieran de ahí, de pronto podrían ser cuatro o solamente uno. Todo dependía de su estado de ánimo. Por eso nunca eran invitados a fiestas, por temor a no saber cuántos iban a llegar. Había, sin embargo, un número máximo de cinco y uno mínimo de un solo miembro. Pero podían variar con bastante obstinación.

Un poco más tarde, y de manera ruidosa, arribó el grupo que causaba más algarabía: el Comité Costarricense de Baladistas y Escritores Desconocidos, o el C.C.B.E.D., o incluso el "Sissy Bed", como se llamaban ellos mismos en broma. El "Sissy Bed" tenía más escritores que nombre, y más nombre que recursos, por lo que había sido difícil para ellos juntar la plata para los boletos, más que en dos ocasiones, habiendo reunido la plata, se la habían tomado en guaro. Todo el "Sissy Bed" se sintió de repente desconcertado ante la presencia de Los Intocables, sus variables enemigos. Trataron de ignorarlos pero fueron Los Intocables quienes tomaron la iniciativa de alejarse un poco.

David Maradiaga, como miembro oficial del "Sissy Bed", improvisó un recital en medio muelle. Participaron Eunice, Hernández, Ureña, Molina, Acuña, Cerdas, Obando, Rodríguez, Herrera, Quirós, Serrano, Aguilar, Dobles, Ariza, Sánchez, Murdoch, Campos, Víquez, Zúñiga, Jiménez, Induni, Rojas y todos los demás apodos y nombres rigurosamente desconocidos de la agrupación. Estaban dispuestos a matar el rato, o por lo menos matar a Los Intocables de aburrimiento. Nada de esto pasó, pero todos se emborracharon a pleno gusto y se hicieron más bulliciosos mientras llegaba la hora esperada de zarpar en *La Mariquita*.

51. LA SERPIENTE DE SINUS IRIDUM

Un dragón es un dragón. Es decir, una víbora cruelmente
    inflada por el viento.

Un dragón es una cama en llamas, un palacio en ruinas,
    un anciano ardiendo con todos sus muertos.

Un dragón es el primer estadio del inconsciente selectivo,
    algo así como un demonio egipcio meciendo arpas en
    el sueño.

Un dragón es una culebra grande, una serpiente de mar con
    siete patas y dos enormes cuernos,
    es Asmodeo-Samaél, principe de las regiones bajas,
    que se
    cabalga a sí mismo y comanda 72 legiones del
    infierno.

Un dragón es un adversario inconmensurable,
       alguien con quien engrandecer nuestras hazañas
       de mortal enhiesto, más
       grande que Ramsés y sus pirámides.

Un dragón —o este dragón, al menos— es el rostro de Belcebú,
       Señor de las Moscas, la cara de Narciso de
       monstruosa belleza, o el quelonio Alfa y Omega,
       en un momento de profunda meditación escatológica.

Es una cucaracha tras el alma de Gregor Samsa, Gregor Soma,
Gregor Sueño;
       en fin, que cualquiera puede tener cucarachas de
       noble estirpe
       anidando en su cerebro.

Es Eunice ensayando en San José la ausencia de brasier una
       fresca mañana de 1940. Algo como sus senos de
       torpedo, no debieran conocer más caricia que la de
       los dedos; más labios que los del quelonio rebelde
       con toda su saurichia de parientes al lado.

Un dragón con gorrito fosforescente no es más que un pederasta
       como Camille Saint-Säens, mamando a *gamins* de
       barrio
       en las aulas del conservatorio de París;
       la gorrioncita de Edith Piaf, ninfómana y paralítica,
       con la misma tanda de pachuquillos, uno tras otro,
       —quince, veinte—
       eyaculando sobre una silla de ruedas muertas.

Un dragón es necesariamente y a toda costa un dragón chino.
       La dinastía Ming echando sus últimas cartas sobre los

embajadores europeos. Un poquito de
luz, un poquito de pólvora
y todo queda resuelto en la Ciudad Prohibida.
El dragón pierde el capirote, huye por los barrios
y se disuelve en el orinal de una taberna.

Un dragón que de verdad se ame a sí mismo no deja que esto le
pase. Se yergue como flautista de Hamelin y saca
a todos los chiquillos por la puerta oscura.
Cuando los otros se dan cuenta, ya no hay ratones, ni
cucas, ni chuchas,
ni niños para Baal.
La plaza pública se ha quedado desierta
y todos los tesoros del mundo
están escondidos en las escamas de ónix
de la víbora.

Un dragón sobre las ciudades de la Luna no es más que una
constelación perdida, un augurio de buena suerte y
larga vida. Y si la cola mira a poniente, quien la haya
visto primero vivirá tanto como Moisés
y será progenitor de naciones enteras.

Un dragón así visto, pierde la calma, pierde el miedo,
se hace un Rey David bailando junto a los muros de
Jerusalén;
porque la Danza es de la víbora;
es su reino, su fuerza, su
mundo. Quien baila sin el visto bueno de la gran
serpiente,
baila sobre la roca que cubrirá su tumba.

Un dragón así visto es el bello y pálido Azrael, ángel de la
muerte. O ese otro temible Ángel de la Luna,

tan grande, tan lleno de vello y blanco como el corcel
de Gune.
Ellos dos custodian todas las puertas que
van y vienen de las regiones oscuras. Y cuando es
necesario,
se unen para formar la Gran Víbora albina de
la destrucción, el gran principio fluido de la muerte;
el gran ejército de amazonas y sus corceles,
sobre los incautos campos de la Tierra.

Y este enorme cuerpo de escamas al sol es el Ouroboros, el
principio y el fin;
el retorno de Sidarta al hogar, como la hoja que cae,
se pudre, y vuelve
a las raíces en nutriente.
Es Shiva-Nataraya, el Señor de la Danza, el Destructor.
Sus manos superiores llevan el fuego de la hecatombe
y
el tamboril que restaura el ritmo de la vida.
Sus danzas son fieras o suaves, nobles o brutales, sin
que el mortal
escoja, sepa o aguarde. Un dios no da excusas o
razones...

Y la víbora-asmodeo-dragón-nataraya echa una ojeada en derredor.
Ve que todo: el día, los chicos, la playa
son todos buenos, apetecibles y probablemente
sabrosos;
escoge su mejor pantaloneta de baño, y se va tras
cada uno de ellos, dejando un fuerte rastro,
un camino de lujuria que consume todo cuanto va
viendo y tocando.

Un dragón en el Control Central de una base lunar
        es un bello árbol de la ciencia del bien y del mal;
        un libro abierto frente a las narices
        de un montón de curiosos,
        listo para contar una historia, un cuento,
        un relato, sobre un dragón...
        en el Control Central de una Base Lunar.

52. LAS MONTAÑAS DE LA LUNA

Sangre de amor no correspondido.

Manuel Puig

Las incursiones de John Speke y Richard Burton en el África Oriental le dieron al Imperio Británico las llaves de todo un continente. Prueba de que una historia de amor no correspondido es siempre, en esencia, una historia de terror.

53. EL CAUTIVERIO DE BAGDAD

La secta astrológica que más tarde sería conocida como Uranita no mostró desde el principio interés alguno en la astrología judiciaria. Para ellos esa era un arte menor para brujuelos y aficionados; una diversión para quienes se preocupaban por el futuro solo en forma egoísta y personal.

Desde que los grandes pitonisos se pusieron de moda a finales del siglo XX, surgió un interés por el destino común. Ya no eran el astrólogo de Lady Di ni el astrólogo de Madonna los que importaban, sino aquellos astrólogos que por su misticismo y pureza espiritual se convertían en guías de pueblos enteros. El papel de Faro de las Naciones revertiría ahora en los antiguos magos de la astrología, no en los charlatanes que no tenían a su alcance los medios de estudio y promoción adecuados. No era posible que un trabajo de tal trascendencia quedara ahora, por alguna negligencia del azar, en manos de un principiante o de un inescrupuloso. La Madre Ciencia tenía que volver a regir los destinos de la humanidad, y los astrólogos verdaderos serían de nuevo sus profetas.

El I Concilio Astrológico de Bizancio, reunido en Alexandroúpolis en el 2009, determinó la necesidad de crear un cuerpo cardenalicio de astrólogos con un gran mago a la cabeza. El primero en ser elegido para este puesto fue Omar Khayyam Zumbado, conocido de ahí en adelante como el Gran Mago Juvencio I. El concilio además instauró el Acto de Fe Astrológica, la Tradición Mágico-Astrológica y la Infalibilidad Magal como los tres principios en que se basa su conocimiento de la realidad, tanto la inmediata como la trascendente, la que daría de comer a sus instituciones.

En todos sus aspectos formales, el gran sínodo de magos lo que hizo fue fundar una institución religiosa paralela a la Iglesia de Roma; y ya que el Gran Mago estaba facultado para "extrañar", (es decir, hacer a alguien extraño a los intereses y destino del hombre en su armonía cósmica), el Gran Mago Juvencio I extrañó al papa Petrus Romanus antes de que el papa excomulgara a Juvencio I. Durante cinco años los cardenales de Roma y los magos de Alexandroúpolis se intercambiaron excomuniones y extrañaciones, hasta que una sabia decisión de Juvencio, apoyado por el Sínodo Magal, resolvió el problema. Dictaminó que todo hombre libre, con el solo hecho de ser investido con algún cargo dentro de la Iglesia Romana, ya fuera papa, monje, cardenal o simple monaguillo, quedaba inmediatamente extrañado. Se hacía excepción de cualquier mujer que ostentara uno de esos cargos, ya que por solo ostentarlo, estaba en abierta rebeldía contra la tradición patriarcal de Roma y merecía que su caso fuera escuchado en una corte astrológica. (Lo paradójico del caso es que la institución magal también se mostraba altamente misógina, al menos en la práctica de la "iniciación a los misterios" y la investidura formal.)

El segundo Concilio de Bizancio se llevó a cabo en Varna en el 2015. No pudo ser en Bizancio, o Constantinopla, porque el secretario de la Cancillería Astrológica, encargado de hacer la solicitud al gobierno turco, llenó las misivas diplomáticas de "bizancios" y "constantinoplas" por todo lado sin mencionar una sola vez —tan siquiera una— la palabra "Estambul". El embajador turco, por supuesto que se hizo el sueco y nunca respondió a la insultante misiva.

Algo semejante había pasado con el primer concilio instalado en Alexandroúpolis. El Sínodo Magal había adoptado el griego koiné como lengua oficial, agregándole además toda la floritura, el arcaísmo, retorcimiento y alambicaísmo de que era capaz el koiné bizantino de palacio. Se diría que la carta había sido redactada por el mismo emperador Miguel en Blanquernas. Aunque el Sínodo Magal esperó respuesta diplomática durante más de dos meses, recibieron por toda respuesta un refunfuñeo de un secretario de tercera categoría. Según los traductores electrónicos del comité greco-astrológico, el hombre dijo algo así como que ellos no respondían a solicitudes en idioma de esclavos. Por eso en la segunda ocasión, para el concilio del 2015, se tuvo el cuidado de contratar lingüistas turcos para que redactaran las misivas en turco otomano del siglo XVI. Lamentablemente, esta segunda vez el problema fue, como ya vimos, la palabra "Estambul", o mejor dicho, la ausencia de dicha palabra. Los lingüistas, tal vez con mala intención, tradujeron la redacción del secretario de la cancillería al pie de la letra, sin advertir de sus consecuencias.

A pesar del enfriamiento diplomático con Turquía, se intentó una tercera vez y se tuvo éxito; al menos parcialmente. El III Concilio de Bizancio, (rebautizado "Concilio de Estambul"), se realizó en el antiguo barrio griego del norte de la ciudad, junto a la iglesia patriarcal de San Jorge, donde los magos, en un severísimo acto de recordación histórica, vertieron abundantes lágrimas. Los reporteros de *Newsweek* y *Le Figaro* lograron una entrevista casi exclusiva con el Gran Mago Juvencio I después del acto mencionado. Se le preguntó en varias ocasiones por el interés que la Iglesia Astrológica mostraba por Estambul. El Gran Mago, mitad en franco-inglés plantagenet, mitad en griego bizantino, respondió a las preguntas con un poema de William Butler Yeats que nadie se esperaba. Más que contestar, el Sumo Gran Mago Imperial recitó en aquel extraño patois los versos del poema *Sailing to Byzantium*. Los periodistas encontraron oportuno felicitar a Su Grandeza Imperial por su dominio lingüístico y volver al asunto. Una reportera preguntó entonces por la inusitada asociación que estaba haciendo la Iglesia Astrológica entre el mundo bizantino y la astrología occidental. Preguntó concretamente por las bases de tal asociación. El Sumo Gran Mago Imperial se volvió entonces algo molesto y, fijando la vista directamente en medio de las cejas de la mujer, recitó de nuevo todo el poema, esta vez en su inglés moderno. Después de ese incidente, y pese a la gran especulación donde incluso se habló de designios astrales, nunca se volvió a interrogar a una autoridad de la Iglesia Astrológica acerca de su extraño vínculo con la ciudad turca.

Ese III Concilio de (Bizancio)-Estambul del año 2032 no se llegó a clausurar. La última mañana en que el Sumo Gran Mago Imperial se dirigiría al Sacro Sínodo Imperial de los Magos, todos ataviados en el púrpura y oro de rigor para la ocasión, la policía turca entró brutalmente en el almacén-ex-iglesia-ortodoxa que habían alquilado para el efecto, y agarró a todos a cachiporrazos. Cuando todas las capas púrpuras ya temblaban aterrorizadas en el suelo, entró el director de la policía de Estambul y formuló los cargos de sedición, conspiración para inestabilizar la República Turca y alta traición.

Mientras el equipo de abogados y expertos judiciales de la Iglesia Astrológica se trasladaban de emergencia a Estambul, en Roma, Petrus Romanus era ingresado de emergencia en el Hospital de La Santísima Trinidad por problemas respiratorios a causa de un hipo. Según el parte médico, el hipo, a su vez, provenía de un estado de hilaridad excesiva e incontrolada.

Los abogados recomendaron al Sumo Gran Mago Imperial acceder a las exigencias turcas de borrar la palabra "imperial" (obviamente aludiendo al Imperio Romano de Oriente) de todos los documentos y títulos de la Iglesia; de disculparse oficialmente con el gobierno de Ankara (en turco moderno), y de desistir en asociar a su congregación con la ciudad de Estambul, o cualquier otro nombre que haya tenido en el pasado. Hecho esto, se le daría permiso de abandonar inmediatamente el país.

Juvencio I vio las cosas de manera muy distinta que sus consejeros. Para él, aquélla era la oportunidad de figurar con letras mayúsculas en la Historia. Sin consultar a nadie, rechazó categóricamente todas las demandas de los turcos, mató con un tenedor de cocina a su cocinero otomano, y declaró que la casa donde guardaba prisión domiciliaria estaba cósmicamente protegida por los cinco jinetes del Apocalipsis Astrológico.

El gobierno turco finalmente se cansó de lo que calificaba como una "estúpida charada" y tomó acción drástica contra La Iglesia Astrológica. Juvencio fue procesado por homicidio y condenado a cadena perpetua y trabajos forzados en la isla-prisión de Imrali. Todo el resto de la comitiva astrológica tuvo que comprar su libertad casi a precio de oro con la ayuda de sus feligreses alrededor del mundo. Finalmente fueron vapuleados, levemente torturados y lanzados al río Araks en la frontera con Irán. Una vez en el dominio de los ayatolas, fueron nuevamente arrestados y torturados casi que por inercia. En su condición de grupo sospechoso, ataviado como una pandilla de reyes magos recién venidos de un partido de fútbol, los imanes mahometanos vieron en ellos un resurgimiento del zoroastrianismo y el imperialismo de los Pahlavi. Con las autoridades de Teherán no hubo diálogo posible. Un par de secretarios menores fueron fusilados y decapitados mientras que todos los demás terminaron en la cárcel. La intención era que permanecieran ahí de por vida realizando trabajos forzados, cosa que le dio a cada uno la oportunidad de aprender por lo menos un oficio manual.

Al cuarto año de su cautiverio, las Iglesias Astrológicas de Occidente ya habían reunido la plata suficiente para intentar un nuevo rescate. Los nuevos abogados viajaron a Teherán con el dinero y las pruebas, selladas y firmadas por organismos internacionales, sectas religiosas y otras entidades, asegurando que los prisioneros no estaban asociados ni con la familia Pahlavi ni con los parsis u otra forma de zoroastrianismo.

Fueron liberados con la condición de que el dinero, los documentos, y nueve de ellos se quedaran de por vida en Irán como rehenes. El trato no era del todo descabellado teniendo en cuenta que nueve miembros eran más o menos el diez por ciento de toda la comitiva. Así pues, los sacrificables fueron escogidos por rango y el Sínodo de Magos se quedó sin nueve secretarios más; en tanto que logró sacar a todos los magos-cardenales sanos y salvos para luego poder contar la historia.

Esta epopeya de casi seis años en Irán y Turquía se conoce hoy en las Escrituras Sagradas de la Iglesia Astrológica como el Cautiverio de Bagdad (para escoger una ciudad simbólica, más o menos a mitad de camino entre Ankara y Teherán). En ellas se relatan las penurias de los Santos Magos del Sínodo y de su valiente lucha contra todos los sádicos infieles, defensores de religiones apóstatas y modos de vida hondamente execrables. También habla de San Juvencio I, santo y mártir, quien dio valerosamente su vida para que la de su Iglesia floreciera. (En realidad, Omar Khayyam Zumbado, mejor conocido como el Gran Sumo Mago Imperial Juvencio I, todavía estaba vivo cuando se empezó la redacción de Las Sagradas Escrituras. Cuentan Los Anales

Turcos que llegó a ser un anciano de barba blanca muy agradable y dócil, el mejor zapatero remendón que jamás se conociera en la isla-prisión de Imrali. Murió hecho un converso al mahometanismo porque a la avanzada edad de noventa y siete años solo podía hablar y entender el turco. Había olvidado cuál era su lengua materna.)

54. ILUMINACIONES

¡No vilipendiemos el regalo recibido de Dionisos
pretendiendo que es un mal obsequio y no merece
que una república acepte su introducción!

Platón
Las Leyes

Después de haber conquistado la Hélade, Dionisos dirigió sus es-
fuerzos a las islas del Egeo, repartiendo alegría y terror ahí donde iba.
Llegando a Icaria se dio cuenta de que su nave hacía agua, por lo
que alquiló la nave de unos marineros tirrenos para transportarse a
Naxos. Ya en alta mar los marineros, viendo que Bromio era un mu-
chacho apuesto y bien vestido, decidieron navegar hacia Asia Menor
para venderlo en el mercado de esclavos. Dionisos fingió no darse
cuenta y permitió que los piratas siguieran con su plan; pero uno solo

de ellos, un muchacho de la que sería isla-santuario, percibió al dios en disfraz humano y suplicó a sus compañeros desistir de su profanación. Los marineros no hicieron caso del joven y trataron de apresar al dios. Baco entonces hizo que una gigantesca vid creciera desde la cubierta enrollándose por todo el mástil, mientras una enorme hiedra crecía y cubría todo el aparejo de la nave; también hizo que los remos se volvieran serpientes agresivas mientras el mismo dios se transformaba en un león hambriento y la nave entera se poblaba de bestias fantasmagóricas. Los marineros huyeron despavoridos y se lanzaron al mar convirtiéndose en delfines.

Cuando la nave llegó a Naxos, el joven marinero sobreviviente fundó allí uno de los santuarios más célebres de Dionisos y el dios lo premió con sabiduría y una gran descendencia, entre los que todavía hoy se cuenta gran cantidad de hierofantes del culto de Dionisos-Zagreo.

Fue precisamente en Naxos donde Dionisos conoció a Ariadna, la muchacha que ayudó a Teseo a salir del Laberinto. Teseo la había abandonado en esta isla por razones desconocidas. Algunos especulan que fue un mandato de los dioses; otros afirman que Teseo no estaba interesado en casarse con una mujer que había traicionado y deshonrado a los de su casa ayudando a un extranjero. Sea como fuera el caso, Baco se enamoró de ella y la hizo su esposa. Otras fuentes, particularmente cretenses, cuentan la historia de manera muy distinta: Relatan que el rey Minos echó una maldición sobre su hija por haber ayudado a matar a su hermanastro, el Minotauro. Así, siguiendo las leyes inexorables de Némesis, Ariadna huyó con Teseo cuando ya era esposa de Dionisos. El dios ofendido pidió entonces a Artemisa que vengara esta afrenta y la Doncella de la Luna acribilló a Ariadna con sus flechas sagradas precisamente en la isla de Naxos. Bromio entonces fundó ahí un pequeño santuario en recuerdo de su esposa infiel, a la que en verdad había amado.

Finalmente, habiendo establecido su culto en el mundo, Dionisos bajó al mundo subterráneo y sobornando a Perséfone con una ofrenda de mirto, logró sacar a su madre Semele del Tártaro, convirtiéndose en el primer dios o mortal que jamás pudo hacer esto; pero para que las demás sombras de la noche no sintieran envidia de este privilegio y los dioses del Olimpo no se sintieran menos que una que había sido mortal, Dionisos presentó a su madre con el nombre de Tione, o sea, "la reina que ruge". Zeus entonces puso unas habitaciones a su disposición y Hera, aunque infinitamente ofendida con esto, tuvo que conformarse y aceptar a la extranjera entre los olímpicos.

Dionisos ascendió entonces a los cielos y está sentado a la derecha de Zeus, ocupando su lugar entre los Doce Grandes del Olimpo, lugar que Hestia, su tía bisabuela, discretamente le cedió.

55. SANGRE DE AMOR CORRESPONDIDO

That's me in the corner...

R.E.M.

Beau de Soir tiene muchos amigos. Tantos, que noche a noche lo buscan por todos los laberintos de zinc que hay en el mundo. Pero no lo encuentran, porque para desgracia de ellos, a él todavía no se le ha ocurrido salir de San José.

Anoche entró al Sexy Café Camus en pantalones rotos y zuecos que hacían cloch, cloch por todo el piso. A casi nadie le importó, pero a la que él quería joder con el número de la atención en público, sí se dio por aludida. Ella le pegó tres subidas más al cigarro y se fue para el baño como invocada por el numen de los orines, una deidad celosa y vengativa que nunca acepta un después. Cuando volvió a su silla vio que estaba ocupada por las nalgas de Beau de Soir, quien se explayaba en ella todo lo poco ancho que era, tratando de ser más territorial.

—Estás en mi lugar.

Beau de Soir ni siquiera la volvió a ver. Ella esperó calmadamente a que Andrés hablara, pero su barbudo amigo solo se rió y encendió otro cigarro. El pequeño Beau de Soir paladeó el triunfo quitándole a Andrés el vaso y tomándose lo que quedaba de ron. Belle de Jour no aguantó más esto y se fue para la barra. Cuando la silla se estrelló violentamente contra la ventana, los pequeños fragmentos cayeron sobre la mesa y los tragos de todos quedaron ahí, estúpidamente intomables. Beau de Soir se paró sacudiéndose la camisa y el pelo largo mientras que Andrés recogió los libros empapados de cerveza. Meritxell y Esteban se quedaron callados sabiendo que venía lo peor. Pero el Boule de Suif no esperó. Cogió sus cosas, medio encervezadas, y se despidió alegremente tratando de darle a los demás una pista de lo que se venía. Nadie le entendió los extraños movimientos, o tal vez no les importó un pepino. Venía lo peor de la noche y querían primera fila para disfrutarlo. Boule de Suif apenas se había quitado del camino cuando la segunda silla cayó directamente sobre la mesa.

—¿Pero de dónde agarra esta perra tanta fuerza?

Belle de Jour entró en una gran histeria y se puso a romper vasos y botellas. Todos los que trataban de pararla recibían casi inmediatamente un insulto acompañado de un botellazo hasta que el Sexy Café Camus brillaba de vidrios, cerveza y sangre desparramada por todo el piso. Belle de Jour fue acostada por seis hombres en una mesa para tratar de controlarla pero era como atar una yegua con chicle. Pateaba y mentaba la madre a todos los que podía mientras Jorgito Rainbow, todo asustado, llamaba por debajo del mostrador a la policía.

Las sábanas también se habían manchado de sangre. Beau de Soir estaba acostado con un paño ensangrentado en la cabeza y la camisa tirada en el suelo.

—Es culpa tuya, por provocar a esa loca.

Las palabras de Andrés no eran fuertes, pero quedaba claro que no estaba contento.

Beau de Soir se volvió para el rincón y fingió llorar suavemente. Andrés dejó el botiquín donde buscaba las medicinas y se fue a la cama. Le dio media a vuelta a Beau de Soir y lo besó aunque el otro también se quejó del dolor en la boca.

El muchacho se estiró antes de quitarse los calzoncillos y Andrés pudo no menos que admirar la enorme cicatriz que recorría a Beau de Soir desde el esternón hasta el pubis. Parecía que le habían hecho una autopsia, de lo grande y rosada que era la cuchillada. El chiquillo se terminó de quitar las medias y se metió a la cama.

—¿Qué decís que tenés?

—Piel queloide.

—No. La operación.

—No recuerdo. Algo del estómago y los intestinos. Tenía ocho años.

Hicieron el amor, o el sexo, como Beau de Soir prefería llamarlo. No paró hasta que Andrés creyó que se le iba a desmayar encima. Beau de Soir continuaba y continuaba dejando que el sudor de la frente le cayera encima a Andrés.

A las dos horas el barbudo logró otra erección gracias a las manipulaciones de Beau de Soir, y el chiquillo, aprovechando la ocasión, se montó de nuevo sobre el pene de su compañero. Siguió y siguió hasta que Andrés dijo:

—No más. Me muero.

Beau de Soir sonrió cínicamente y contestó:

—Yo soy el que la tiene adentro. Yo soy el que debiera decir eso.

—Sí, pero no más —agregó Andrés completamente exhausto.

Beau de Soir se bajó y sintió algo extraño, como si de repente lo hubieran pellizcado por dentro.

—¡Mirá!

Los ojos casi desorbitados de Andrés se fijaron en su propio pene totalmente enrojecido. Beau de Soir lo tocó comprobando que era la sangre de uno de ellos. Andrés se limpió con un trapo y no sintió nada. De inmediato cogió a su erómenos y lo volvió con cuidado. Había una gran mancha roja que se le había esparcido por todas las nalgas y muslos por efecto de la cópula. Andrés quiso entonces hacer de médico y le dijo a Beau de Soir que no se moviera para auscultarlo. El chiquillo se empezó a quejar fuertemente cuando Andrés le separó las nalgas, y al abrirle un poco el esfínter del ano, salió a borbotones una espesa masa de sangre oscura.

Cuando Belle de Jour sirvió el desayuno ya se había hecho dos puros y tomado té de extracto de quina. Estaba nerviosa por lo de la noche anterior y había dormido poco.

Andrés también se despertó con cara de haber dormido casi nada.

—¿Café?

Él apenas asintió con un gesto mientras ella se fue a traerlo de la cocina. Él estaba preocupado por Beau de Soir y su extraño sangrado. Lo tuvo que llevar al baño dos veces para que cagara, y las dos veces el muchacho se le había desmayado. No podía llevarlo al hospital porque de inmediato le hubieran preguntado cómo había ocurrido aquello, y si no explicaban nada, entonces el problema sería mayor. ¿Qué iba a decir él cuando le preguntaran qué estaba haciendo con un mocoso de dieciséis años y con el trasero hecho una estopa de tanto culiar? Era como llevarles un tipo apuñalcado y cargar uno mismo el cuchillo en la mano. No; mejor esperar a que Beau de Soir se sintiera mejor, y si no, allá él. Bien que se lo había buscado peleando con Belle de Jour.

La muchacha volvió con café y tostadas y se las puso a Andrés a cierta distancia, casi al otro lado de la mesa mientras dijo:

—Esto para más tarde.

Andrés no tuvo tiempo de reaccionar. Ella se le sentó en los regazos y lo acarició con entusiasmo mañanero. Él no sabía qué hacer porque aún sentía en el pubis una llaga de tamaño gigantesco que dolía más con cada intento de Belle de Jour por tomarlo.

—No puedo. Anoche tuve un problema.

Belle de Jour se enfrió de inmediato y volvió a su té de quina.

—Ya sé. El ninfómano ese.

—Vos también sos media ninfomaníaca.

La observación fue respondida con otro ataque de caricias y un nuevo asedio a la zona pubiana. Esta vez Andrés respondió con más atención y tomó los pechos de la muchacha en las manos. Los empezó a apretar fuerte mientras ella se rozaba contra él excitándose terriblemente. Tiró la taza de quina al suelo y se encaramó sobre Andrés violentamente. No llevaba ropa debajo de la bata y él también estaba casi chingo, por lo que de inmediato pasaron a los gritos de ardor y dolor que les causaba aquello. Ella gritaba llorando pero a la vez le suplicaba a Andrés que no parara, que no parara hasta que la taza de café se regó sobre las tostadas empapando todo el mantel. La taza rodó hasta el suelo cayendo junto a los pies descalzos del hombre. Él se puso de pie y sentó a Belle de Jour en la mesa sobre el charco de café. La chiquilla seguía gritando y exudando tanto sudor como lágrimas. Ambos sentían el vello púbico pastoso con la sangre que se iba coagulando en él hasta ponerse duro, hasta emanar un tufillo a herrumbre que se combinaba con el sudor y el paladar de la mañana. Cuando Andrés finalmente eyaculó lo hizo con angustia, con la extraña sensación de que alguien le había jaloneado los ductos espermáticos más allá del límite. Cayó sobre su compañera como un peso muerto, de manera que toda la mesa del desayunador cedió y ambos cayeron al suelo. Andrés se ensartó un vidrio en la mano izquierda que usó de apoyo en la caída.

De inmediato se puso de pie maldiciendo y corrió para el baño.

Belle de Jour casi no podía moverse. Se había arrecostado a una pared para aguantar mejor el dolor que le subía de la vagina. Era como tener vidrio pulverizado adentro, con la agregada frustración de que Andrés no le dio chance de tener su orgasmo. Se acariciaba lentamente el bajo vientre sangrante no sabiendo qué pensar de él. Tanto lo había peleado la noche anterior que las expectativas se le habían subido mucho. En el fondo era un maje débil que se había quedado casi impotente por pasar la noche con un colegial playo, el Beau de Soir, que siempre rondaba los cafés universitarios tratando de pescar hombres mayores.

Andrés volvió con la mano envuelta en un pañuelo rojo.

—Voy al hospital. ¿Querés venir conmigo?

Belle de Jour vió entonces que el pañuelo no era rojo...

Beau de Soir se cansaba de esperar en al esquina del Sexy Café Camus. Sentía el trasero dormido de estar sentado y un raro cosquilleo en los pies que también estaban como adormilados. Vio el reloj para confirmar que Andrés, efectivamente, ya tenía una hora y media de retraso. Decidió entonces entrar a buscarlo por última vez. Meritxell y Esteban seguían conversando ante su órgano de tubos de cristal, o por lo menos eso parecían el montón de botellas acumuladas en la mesa, detrás de las cuales ellos se escondían con habilidad. Jorgito Rainbow no estaba nada contento de ver al adolescente entrar y salir como Pedro por su casa. No era por el escrúpulo de venderle licor a un colegial, sino la mala reputación que Beau de Soir se tenía. La fama de mariconcillo desesperado, capaz de instigar y crear un buen pleito de cantina con tal de conseguirse lo que quería. En la lista negra de Jorgito Rainbow, el majecillo era tan necio y peligroso como la misma Belle de Jour.

Beau de Soir le preguntó a Esteban si había visto a Andrés, pero Meritxell se le adelantó diciendo que ese día no había llegado a dar clases. Beau de Soir se metió entonces al baño y sacó el marcador negro que siempre andaba para esas emergencias. Dejó el nombre y teléfono de Andrés, y contó, con cierto lujo de detalles, lo que el otro hacía en la cama o lo que dejaba de hacer.

Cuando Andrés llegó al bar una hora más tarde Esteban le dijo:

—Ahí te dejaron un recado en el baño.

La sopa de hígado y cebolla le corría a Belle de Jour por los labios hasta el mentón con un fluir casi sexual. Cogió luego el pan y lo partió con las manos con un gesto que recordaba más una caricia que otra cosa. Para Andrés, ella comía igual a como hacía el amor; no había diferencia. Todo era un gran ritual del amor: bañarse, dormir, comer, limpiar, vestirse, bostezar, todo tenía ese solapado aire de lo sexual. No se oponía a eso, claro, pero sí no dejaba de notarlo y de disfrutarlo constantemente los días que pasaba con Belle de Jour.

—¿Lo fuiste a ver anoche?

Andrés respondió con un gesto casi intrascendente mientras tomaba un pedazo de pan en la mano vendada.

—Mejor... olvídalo.

Beau de Soir se paró rápidamente del frío asiento y se tiró a los brazos de Andrés. Lo besó ahí, en media calle, a pesar de que Andrés le pedía constantemente que no hiciera esos desplantes en público. Entraron al bar y buscaron la mesa de Jiddu que siempre se emborrachaba en la del fondo. Ahí estuvieron hasta que Belle de Jour hizo una repentina e inesperada aparición con dos amigas. Beau de Soir, muy contrario al hábito, se puso de pie y les ofreció asiento a las muchachas. Belle lo volvió a ver con suspicacia pero aceptó el asiento.

Las muchachas eran de danza y venían sudorosas de una presentación en Bellas Artes. Andrés empezó a embriagarse tanto con la cerveza como con ese olor mezcla de perfume de mujer y sudor fresco. El aire olía a todas esas cosas con un toque de hormonas. Las muchachas se alaciaban el pelo largo y crespo como para refrescarse un poco más en el aire de la noche. Andrés pidió más cervezas y bocas que todos, pero especialmente Beau de Soir, iban devorando incesantemente. Belle de Jour se fue al baño con una de las amigas y Jiddu se desapareció de repente con la otra.

—No me dijiste que esa cabrona iba a venir.

La voz de Beau de Soir salía como un reproche seco, carrasposo y mal disimulado. Andrés no le contestó sino que lo tomó repentinamente del brazo y se lo llevó para la calle. Su gesto fue tan brusco que llamó la atención. Beau de Soir iba jalado casi que con violencia para afuera pero optó por no ofrecer resistencia. Tal vez tenía miedo. O tal vez estaba excitado.

Al llegar afuera Andrés lo siguió sosteniendo del brazo y más bien apresuró el paso. Cruzaron la calle, cogieron la acera de enfrente y caminaron calle abajo hasta la línea del tren. Ahí Andrés le soltó el brazo, que ya le dolía, y lo agarró de la cintura pero siempre con la misma fuerza. Llegaron hasta el zacatal frente a la Editorial Guayacán y se metieron por la espesura. Una vez que quedaron semicubiertos por la sombra de los matorrales, Andrés se volvió y le pegó al muchacho una gran bofetada, casi una trompada, porque el otro cayó rápidamente al suelo con la boca sangrando.

—¡Ya me tenés cansado de tus mierdas y tus celos!

Y agarró de nuevo a Beau de Soir como si fuera un juguete. Lo levantó de un jalonazo, lo puso frente a sí mientras le rompió la camisa de un rápido tirón. El chiquillo sólo se dejaba manejar fascinado por el arranque tan poco usual del profesor. Andrés, por su lado, no dejaba que Beau de Soir respirara un instante. Le abrió el pantalón con tal fuerza que perdió todos los botones de la jareta. Tres minutos después, Beau de Soir se dio cuenta, ya en pleno, de que estaba siendo violado. Los fuertes mordiscos en la espalda y las tetillas no le produjeron tanto dolor como el que Andrés le pegó en la cicatriz del vientre. Esa, le estuvo sangrando dos días.

Belle de Jour se acomodó el pelo frente al espejo y luego fue al baño a lavarse en el bidet. Nunca se había sentido cómoda con la sensación de tener semen adentro. No era que de verdad lo tuviera, sino que el miedo a un embarazo, a veces mejor dicho, el pánico a un embarazo, la ponía histérica. Le exigía a Andrés doble condón y aún así se hacía toda una lavativa después. En una ocasión alguien le preguntó por ese rito y ella fue muy natural al respecto:

—No es asco al semen, que más bien me encanta. Es miedo histérico al embarazo. Yo quiero ser de todo en la vida... menos madre.

Ambos reconocieron el toquido en la puerta. Alguna vez en el pasado había sido una contraseña. Ahora era un molesto aviso.

—¿Qué querés?

La voz de Andrés no era muy invitadora, pero ya todos lo conocían en las mañanas. Era poco menos que insoportable.

Belle de Jour salió del baño e hizo un gesto agrio al ver al visitante en medio cuarto. Andrés y la muchacha se tiraron en la cama mientras que Beau de Soir se sentó en el sillón junto a la ventana. Encendieron varios puros hasta que Belle de Jour se quitó la bata y le enseñó los hombros a Beau de Soir.

—Mirá lo que este animal me hizo.

Los moretes y cardenales le cubrían la espalda casi hasta la cintura.

—Eso no es nada —dijo entonces Beau de Soir quitándose la camisa—. Ve lo que me hizo aquí —y le enseñó a Belle de

Jour una inflamación y unos cardenales ya poco perceptibles en el vientre—. Casi me la infecta, el gran cabrón.

—Es que no has visto esto —continuó Belle de Jour mostrándole los pezones también hinchados—. Siempre que vos te aparecés se desquita conmigo.

—Eso todavía no es nada —volvió a arremeter Beau de Soir—; el otro día me dio un mangazo que me quebró la nariz. ¿No viste como anduve?

—Pero volvé a ver esto —continuó Belle de Jour—; a mí también me mordió la herida.

Y le mostró a Beau de Soir una herida en pleno vientre que iba desde el esternón hasta el pubis. Una herida grande y rosada, como si la chiquilla tuviera piel queloide.

Andrés volvió a ver a los dos adolescentes comparando heridas y contusiones y de pronto sintió un gran aburrimiento. Solo una cosa le llamó la atención.

—¿Qué decís que tenés ahí?

—Piel queloide.

—No. La operación.

—Algo del estómago y los intestinos —contestó Belle de Jour—. No recuerdo. Tenía ocho años.

Las mismas estupideces de siempre, pensó Andrés. A ver si echo este hospital a la calle para preparar la clase de mañana.

Cuando finalmente reaccionó y se puso de pie, sus malos presagios, sus ángeles de la muerte, sus pequeños querubines esclavizados, habían aprovechado el momento para desaparecer como sombras entre las rendijas del cuarto.

56. LA FAMILIA DE ALEX MURDOCH

Hola... Mi nombre es Alex Murdoch... Bueno... Yo nací en Greenhills, Ohio, en el 2182. Y me fui de ahí a los once años. En mi época, si uno mostraba bastante sentido común, podía emanciparse de la familia a los diez años; y si te conseguías un trabajo estable, el Estado tampoco se preocupaba de ti.

Ohio me gustaba porque me recordaba a otro lugar más remoto donde yo también había vivido. Eso fue en otra vida, en otro país donde mi lengua materna fue el español. Por eso lo aprendí tan bien esta vez. Bueno, pero primero a ésta, mi vida más reciente.

Llegué a Philadelphia a los trece y me gané la vida limpiando habitaciones, haciendo encomiendas y sirviendo de extra en fiestas privadas para... bueno, para alguien que después fue un sátrapa famoso. A los quince me había hecho de tan buenos contactos que pude conseguir un boleto de ida a Sinus Iridum. No saben lo bien que me sentía de poder hacer eso. Muchos otros mayores que yo, jamás pudieron despegar de la

Tierra. Ése era, hasta ese momento, mi gran logro personal. El otro logro fue hacerme de una familia de amigos. Tabaré, un hombre de 35 años, que me protegió mucho, y otros como Susi, Manuel, y el jefe de la pandilla: un tipo huraño y enemigo de cualquier forma de afecto llamado Diego. Con ellos aprendí el español de la colonia, un poco de tailandés y hasta algo del código de seguridad. En compañía de la familia no había un solo día que fuera aburrido.

Claro que había momentos de tristeza o de soledad, pero doña Kat, la mujer de Diego, era muy buena con nosotros. Si nos veía hambrientos o muy necesitados, nos daba de comer o un poco de sexo, lo que fuera. Diego no se quejaba. A veces nos veía culiar juntos, o a veces, solo se quedaba dormido. En el fondo yo no creo que fuera tan mala gente como quería aparentar ser. Después de todo, siempre que hacíamos un trabajo, nunca se metía a repartir nada sino que dejaba que doña Kat o Tabaré hicieran la repartición. Él con tal de tener para su esquifo estaba tranquilo.

Estuve con ellos casi diez años, hasta que me casé con Anúsit, una de las de la pandilla. Después de eso, no nos fue tan bien con los demás. Anúsit era muy celosa y siempre creía que yo tenía algo con doña Kat o hasta con el mismo Diego. Por eso nos fuimos a vivir aparte en el nivel N-124. Los dos conseguimos trabajo en uno de los domos agrícolas —eso ya fue mucha suerte— por lo que no fue necesario dedicarse a lo de antes, que de por sí ya se estaba poniendo bastante peligroso. El entrenamiento nos sirvió de mucho. Conocimos a alguna gente joven que se divertía con nosotros. Íbamos al viejo senso-club y a algunos de los doce café-esquifos que hay en Sinus Iridum. Es una ciudad maravillosa. Yo nunca he conocido otra que tenga más de cinco café-esquifos. Una ciudad para gente joven, y aunque yo ya tenía 25 y Anúsit 36, siempre encontrábamos con quien pasar un buen rato.

El trabajo en el domo no era aburrido; tal vez es que en el fondo siempre fui un *Ohio redneck, a sort of peasant*, por lo que las labores de cultivo me atraían mucho. Incluso llegué a plantar una nueva variedad de guisante que se dio muy bien en los domos de agricultura. La verdad es que nos empezaba a ir muy bien excepto por el hecho de que no podíamos tener hijos. Anúsit es hermafrodita y no estábamos seguros de querer comprar hijos.

Así estaban las cosas cuando todo empezó. Llegaron los expertos de Base Tranquilidad para interpretar los rayos que venían de Urano y Neptuno. Emprendieron varias expediciones que no les ayudaron en nada y luego comenzó la censura de la información. Nos decían cosas falsas o que ya sabíamos y no le importaban a nadie. La gente se reunió en comités de bloque para enfrentar tanto el problema de los rayos como el de la falta de información, hasta que la Seguridad de Inti-Mayu de verdad se puso represiva. Arrestaban a la gente por solo preguntar algo que los incomodara o que no estuviera de acuerdo con lo que hacían. Las familias no tenían la menor importancia desde el punto de vista de la emigración a Mons Nix. Las escogencias las hacía el sátrapa con un equipo secreto. Solo él tomaba las decisiones finales. Solo él decidía quién iba a vivir y quién iba a morir. Solo el sátrapa con su Seguridad tenía derecho a opinar.

Yo le dije a Anúsit que era tiempo de que nosotros hiciéramos algo. Lo meditamos una noche después de hacer el amor y decidimos que el suicidio era la mejor salida; aquello que nos dejaba algo de dignidad y de respeto por nosotros mismos; usted sabe, todavía podíamos tomar nuestra propia decisión. Compramos un equipo Kevorkian-15, por considerarlo de lo mejor que había en el mercado. Y lo hicimos a tiempo: casi todos lo instrumentos y medicamentos de suicidio no asistido se habían agotado en Sinus Iridum. No los culpo. ¿Qué preferiría usted: morir estripado por uno de los muros de la base, o hacerlo plácidamente en su casa con la música y el aroma de un Kevorkian-15? Pero la situación en ese momento era desesperada. Tres días después la gente empezó a comprar hasta veneno de insectos y ratas para suicidarse. Me duele pensar que tantos ancianos tuvieran que dejar que les asaran las tripas con jai-fenol y otras cosas bárbaras, mientras que nuestro Kevorkian-15 se quedó en casa sin que nadie lo aprovechara.

Porque, lamentablemente, no morimos en paz abrazados en nuestra sala, sino que estalló una bomba nuclear en algún lugar cercano y el domo se fragmentó parcialmente. Anúsit y yo estábamos en el fondo de la estructura recogiendo lo último de mis guisantes, cuando de pronto todo vibró y se movió violentamente. Una corriente poderosísima de aire nos tiró al suelo y luego nos lanzó por los aires. Fragmentos de todo tipo chocaban contra nuestros cuerpos mientras volábamos hacia una abertura en el domo, justo donde dos precintas se habían separado. Era cosa de segundos. Si no lográbamos asirnos de algo en el acto, íbamos a ser expelidos al exterior. Mi cuerpo tapó momentáneamente la abertura y quedó perpendicular al punto más ancho del hueco. Si lograba asirme unos segundos más, tal vez encontraría algo con qué palanquearme lentamente hacia el interior, pero en ese instante otra cosa terrible sucedió. El cuerpo de Anúsit, lanzado a gran velocidad, chocó violentamente con el mío y lo expelió al exterior. Solo vi como ambos nos alejábamos a gran velocidad del domo y todo, absolutamente todo: la sangre, la piel, los ojos, el cuerpo me empezaban a hervir. Anúsit pasó junto a mí gritando y con una pierna menos. El cuerpo le convulsionaba en todas direcciones. Creo que cuando finalmente caímos a unos seiscientos metros de distancia, los dos ya estábamos muertos.

No le cuento esta historia para que me tenga lástima. Al contrario, yo me siento tranquilo. Indistintamente de si tenga o no tenga una razón para sentirme así. Pienso que son pocos los momentos en que podemos sacar la cabeza del agua turbia.

Tampoco quiero pensar mucho en el catamita de la vida anterior. Porque la muerte por desangrado en una noche de neblina, las ropas mojadas en vermut y sangre, son iguales a los segundos que se tarda en morir sobre la superficie de la Luna...

Es muy fácil: Todos tenemos un ángel de sueños instalado en los hombros. Y esta sombra es quien sueña por nosotros mientras nosotros morimos por él...

Todo lo demás... significa sombras.

57. MÚSICA DE ANIMAL LLUVIOSO

Eunice Odio es una danza de Satie, como la Sonata de las
     Caras Blancas,
     o el Botafogo,
     o la Pieza Para una Serpiente a Medio Morder.

Eunice es un conejo flotando en una tina de agua sucia,
     el pelambre raído y los huesos blancos,
     toda llena de espuma y lejanas cartas de Lemuria.

Eunice es Luis, el Tirso, a los doce años, amaestrado por el
     nigromante Alexandretas
     y por los sueños de la reina Mab en una
     refri llena de frutas y caricias.

Y el nigromante Alexandretas, es un sueño en la mente de
     Luis, que es un sueño en la mente de un catamita iti-
     nerante.

Así todos siguen el hilo del viento
apenas rastreándose los unos a los otros
bajo la lluvia de invierno.

David Maradiaga es una sombra en un autobús que no llega a
ninguna parte.
Es una muerte de ficción
en un parque a las seis de la mañana.

Por eso mismo, Eunice Odio se metamorfosea:
es ahora un cuerpo en descomposición hallado
en una tina de baño.
No hay huellas ni sangre, ni cuchillos, ni drogas.
Solo la piel de conejo que flota diez días
en su loca carrera a Bizancio.

Porque de Bizancio vienen y a Bizancio regresan las
poblaciones de aves blancas
que de vez en cuando invaden los campos.

David Maradiaga murió a las seis o las diez de la mañana.
Y todo esto ocurrió en un solitario parque o en una
aséptica ambulancia.
No importa.
Todos se contradicen: como cuando un país está a
punto de caer,
como cuando el suicidio de un gran dictador
ya es inevitable.
Como cuando David sacaba un poema
y se lo leía a Ismene, Eunice y Amalia,
y cada mujer, en el centro del poema,
se convertía súbitamente en las otras.

El hecho es que su secuestro ocurrió en el mes de julio, mien-
        tras la sombra de
        la libertad llegaba a su cumpledías
        y las frutas de la Avenida Central
        retornaban voraces a sus mordiscos de muerte.

Fue entonces embalsamado para ser copia de Tutankamon;
        flagelado para posar de San Sebastián a la par de
        Mishima;
        apedreado en una cantera para servir de San Esteban
        loco,
        y desaparecido,
        para que fuera Plaza de Mayo y madre
        soltera;
        reconstruido para simular un simulacro de grata men-
        tira;
        y finalmente,
        apaleado, humillado y devuelto,
        porque su nariz de poeta
        no colaboraba más con el montaje.

Llegó a nosotros vestido de gris
        una tarde en que la pestilencia del mundo era
        insoportable.

Una tarde que también empezaba con los ojos de Diego López,
        dieciséis años y enamorado del teatro.
        Quería conocer el verdadero sabor del Árbol de la
        Ciencia,
        y por eso se embarcó en una nave
        a rondar el Mar de las Lluvias.

Eunice no tenía más enemigos que su refri, su tequila, su soledad.
        Esos némesis de biografía
        que luego son parte de un libro exitoso y codiciado.

Porque los otros enemigos nunca dejan huellas en la tina, ni
        en la ropa,
        ni en el frío apartamento de la calle Neva.

Cuando ella murió, lo último que vio fueron
        los grandes bigotes negros,
        como en una vieja foto de familia.

El mismo bigote oscuro que besaba a Diego, mientras lo
        ahorcaba con una media.
        El mismo bigote que David miró una y otra vez
        tomando cacique
        en aquella madrugada de hechos vagos y mutables.
        La misma cara que todos vemos
        cuando vamos a morir
        a manos de alguien conocido.

Y ahora las agujas de la tierra no se mueven:
        Para ellos
        los artistas y los maricones no son asesinados:
        Desaparecen,..
        se deshacen,..
        se disuelven en una bandada de pájaros blancos rum-
        bo a Estambul o a
        Bizancio.

Dicen que nuestros amigos
        fueron víctimas de su propio sueño;
        y que entre más soñemos, más moriremos.
        Porque soñar es morir,

cuando soñar es vivir
al margen de este San José de la buena ventura.

Ahora es noche de relámpagos, y el frío se desata
como una avalancha de piedras y animales.

De las múltiples pruebas solo nos queda
el sexo de Diego bien incrustado
en medio de su garganta.

Por eso ahora cada vez que morimos
volvemos a ver con ojos de sueño
al verdugo que ya no nos podrá destripar.

Y cada vez que soñemos
se nos posará en el hombro la mano de un ángel,
—un recuerdo— que a pesar del tiempo
no abandona su música
de animal siempre lluvioso.

58. EL ESQUIFO

Ya no podía echarse una más porque de seguro le daba la blanca y quedaba en el suelo tieso y listo para embalar. Anúsit fingía leer una *Moon-Day* mientras veía a Diego subir y bajar por el tobogán de sí mismo sobre el sillón. La camiseta se le enrollaba en la cintura como un elástico hasta que solo quedaba una miniseta por encima del ombligo. La Kat, en el suelo, describía paisajes con los dedos sobre la alfombra como las intrigantes simbologías de la Gitana Lunar. Anúsit la vio saltar de repente y quedar de pie en media sala como sostenida por ganchos que bajaban del cielo. Casi, casi levitaba y Anúsit aprovechó aquello para subirle el volumen al *Bolero* de Ravel; algo que nunca había querido escuchar por cliché, y ahora, a los tres los poseía con violencia. Diego era la serpiente que va sobre el Toro del Cielo; es la sequía, la muerte, el fragor de las bocas que se atragantan en el polvo de su misma sequedad. No había otra cosa que no fuera la

serpiente que había en él como la hay en todos los esquifómanos que escuchan a Ravel. La Kat era un árbol frondoso de
hojas tan verdes como el fango viscoso de las aguas muertas.
Su sombra se proyectaba sobre toda la sala igual que la brisa
de agosto en un cementerio marino; era cálida y a la vez in-
trínsecamente fría; toda seca, y aún así dejaba el sopor de la
humedad veraniega en todo lo que tocaba. Diego-la-serpiente,
Diego-el-dragón, Diego-el-gigantesco-pene-de-Dionisos reptó
por la alfombra y llegó hasta las raíces de la Kat. La tocó y
hubo una leve brisa, un suave temblor de hojas que se sintió
hasta en Control Central. No era un sismo, dijeron, pero sí
algo parecido. Diego mandó una mano a reptar por el tronco
hacia arriba hasta que la mano-culebra llegó a las hojas más
tiernas, las que se ruborizaban de musgo al tacto frío y sensual del dragón. Porque el dragón no conoce la muerte y
todo lo que toca no muere —llega a ser otra cosa. Diego siguió hasta el pubis de la flor, hasta estar seguro de entrar en
el gineceo, y descender por él, y asentarse en aquella enorme
habitación rosada que era el principio de todo deseo y el fuego vivo de la arboleda. Diego, su imagen, su mano disfrazada
de espermatozoide se quedó ahí muy quedito esperando que
las puertas se abrieran y empezara el espectáculo que había
sido preparado solamente para él. Se hizo lentamente de piedra y luego la piedra, ayudada por vientos circulares, poco a
poco se desmoronó. Diego-polvo, ahora también polvo enamorado, se hizo minúsculos cristalitos que encerraban a todos los hombres de Sinus Iridum. Cada cristal era una jaula
de vidrio o una prisión de espejos donde cada macho esperaba impaciente la liberación. Era la libertad lo que venían buscando. Es la liberación de mi pueblo, se dijo Diego-polvo-
Dios que ahora razonaba en todas las frecuencias del pensamiento como si pudiera pensarlo todo a la misma vez. Es la
libertad de mi gente poseída por los dioses de antaño, por las
fajas de piel adheridas a la conciencia. Y él, convencido de su

sagrada misión, no se entendía a sí mismo, pero estaba convencido de lo que tenía que hacer. Los millones de cristales estallaron en polvo aún más fino y de cada uno de ellos salió un muchacho que en el acto creció y tuvo el tamaño y la forma del Diego original. Al verse multiplicado por todos los hombres de Sinus Iridum, Diego saltó de alegría y deseos de posesión. Los muchachos se lanzaron todos contra las paredes húmedas y lubricadas del gineceo donde se acariciaban mientras trataban de poseerlas. El gineceo vibraba rítmicamente en pequeños y continuos espasmos, ayudado por Anúsit que lo acariciaba desde afuera. Los muchachos continuaban su masturbio-posesis hasta que uno a uno lograron entrar en la pared de carne que ya convulsionaba de placer. La Kat sudaba y se enjugaba los labios no pudiendo contener los gritos de placer que tanta penetración le causaba. Anúsit, por su lado le acariciaba las ramas más altas, donde había papayas en forma de senos que ahora se estremecían como bolsas de agua, o grandes tubérculos con pezones gruesos y pastosos mirando alternamente al cielo y al suelo, al éxtasis de un Anúsit chupándolo todo, más allá de su lengua y su tacto, y a un Diego endiablado, endemoniado con amoníaco y metano, hidrógeno y helio, como un gaseoso supragigante implosionando y tragándose su propia masa. Él mismo en el papel de la Kats, él también el todo receptor festejando la entrada en su atmósfera de un cohete enclenque y lleno de sobrevivientes que ya van a sobremorir para disfrutar la inmortalidad de la serpiente, las aguas de la Luna girando en toda dirección aglutinándose en la bañera de Eunice, una agua limosa y verde donde el rostro de ella se ha descompuesto tras diez días de inmersión. Los ojos están desechos, la piel blanca, rugosa y llena de ampollas verdipúrpuras, algo como un pez de carnada en alta mar, y aún así, viajando ligero, Eunice tiene miedo porque no sabe adónde va. Necesita de la mano de Diego-pies-de-estiércol, de la Kats-toda-ojos, todaculo, toda-suprapercepción de lo que es un manicomio de arañas muertas. Eunice se encoge entre los brazos maternos de la Kats para que Anúsit, heredero del falocentrismo bestial, mate a Diego a punta de embestidas sanguinarias que le parten el ano en dos. La diegomaquia necesaria para que Eunice y el dragón vivan, para que todos los muchachos encerrados en Control Central se abracen a la serpiente, nazcan como polluelos de sus huesos vertebrales y levanten a Eunice en brazos, ya rejuvenecida, ya de catorce años y que presida la Gran Orgía Necesaria, el gran rito del tiempo, donde el dragón se hace Fénix entre la sangre de su bañera, entre las heces de su templo... y sobre todo, sobre los cuerpos y las mentes de su pueblo.

Las estatuas se multiplican en el Mar de la Tranquilidad y nadie sabe por qué. Diego quiere explicárselo a sí mismo una y otra vez... pero ya no puede.

La dosis lo hace percibir todo simultáneo.

La dosis lo hace perderse en... el mar... de la Gata... la base. Anúsit quiere ayudar pero ya no puede... L aKats, l agat la cons... burbujeo de una boca semi... abierta...

El programa en el T.T. de repente ha terminado.

Leve ronquido...

Todos se han quedado muertos.

59. ILUMINACIONES

Platón siempre alimentó la esperanza de reformar
la vida de su tiempo utilizando los frutos de la
ciencia y de conducir al hombre a una concepción
religiosa del mundo, de la que él mismo era
deudor a la secta de Dionisos.

Francisco Larroyo

*Dionisos es el "niño de la doble puerta" porque su lugar entre los
dioses es único. No solo es el numen que recibe los sacrificios de los
mortales sino también la víctima. Él es el Señor de los Sacrificios y es
también el Rey Tonto, el muchacho que proclamamos rey por un día;
aquél que puede hacer de todo según su antojo hasta que el día se aca-
be. Luego, al anochecer del día en que la Luna está plena, lo descuar-
tizamos vivo y comemos de su carne. La sangre de su cuerpo riega y*

fertiliza los campos y, gracias a él, nuestra estirpe continúa viviendo sobre la Tierra.

Los cretenses se ufanan de ser los primeros en adorar a Dionisos con el nombre de Zagreo. Este es su mito:

Zeus copuló con su hija Perséfone en forma de serpiente y de ella engendró a Zagreo. Para preservarlo de la ira de Hera, Zeus lo puso al cuidado de los Coribantes —una secta de adolescentes de cabello largo cuya melena está consagrada a la diosa Kar. Estos coribantes cuidaban su cuna en el Monte Ida y hacían ruido con sus escudos y espadas cuando el niño lloraba para que su llanto no llegara a oídos de la madre de los dioses. Pero los titanes, siempre enemigos de Zeus, descubrieron el escondite y esperaron a que los coribantes se durmieran para atraer al niño hacia ellos. Lo sedujeron con un peón, una pala, unos dados y un espejo, juguetes que más adelante serían objetos sagrados para los órficos. Cuando el niño se dio cuenta del engaño trató de espantarlos asumiendo varias formas: primero fue Zeus con una nébrida, luego Cronos en medio de la lluvia, luego una sucesión de animales sagrados: un toro, una serpiente cornuda, un tigre y un cabrón; pero nada funcionó. Los titanes lo tomaron por las piernas y los cuernos y lo devoraron vivo. Atenea interrumpió este banquete hacia el final y rescató el corazón todavía completo de la víctima. Se lo llevó al padre Zeus quien lo envolvió en una figura de arcilla blanca y de nuevo le insufló vida. De inmediato carbonizó a los titanes con un ingente rayo y prohibió a cualquier ser, dios o mortal, volver a tocar al niño. La madre Hera entendió la indirecta y Zagreo nunca más tuvo de qué temer.

Los órficos siguen comiendo a su dios en forma de carne de ternero y después de eso jamás vuelven a probar otro tipo de carne. Dicen que Dionisos-Zagreo es la parte espiritual que hay en todos nosotros mientras que los titanes son nuestra parte mortal, la parte animal que hay que "quemar" por medio de ayunos, oraciones y otras prácticas ascéticas. Todo iniciado en los misterios considera a Bromio como el dios supremo, negando así la preponderancia de Zeus como padre de los dioses. Afirman que Dionisos es superior por haber muerto y resucitado, por haber sido más humano y justo que los demás númenes. Baco, según ellos, es el heredero de Eurínome-Gaea, la Gran Diosa Madre; de Cronos, el Padre del Tiempo; de Artemisa-Selene, Señora de la Luna; y de la diosa Rhea, madre de Zeus y Señora de los Misterios, y por eso es ahora el Dios de Dioses, el Gran Ser Cósmico de donde todo proviene y hacia donde todo tarde o temprano revierte.

Los cretenses no adeptos al orfismo siguen diciendo que los orfistas cometen graves errores y que no saben nada de la verdadera historia del Señor del Vino. Afirman que Dionisos es en definitiva un dios nacido y formado en la Creta del culto Lunar, y que por eso, su culto es el mismo que en Eleusis brindan a Deméter. Él es el dios de la sangre, de todos los flujos que dan y quitan la vida; señor de la vegetación y de todos los animales cachorros; amo de las fuerzas primitivas y brutas que forman el universo, y como tal, también la víctima propiciatoria que apacigua estas fuerzas. Es también el dueño de los misterios y las paradojas, de la música —a pesar de Apolo—, y también tiene un oráculo en Delfos. (Aunque algunos sacerdotes délficos recientes dicen, faltando a la verdad, que Dionisos es el aspecto material de la divinidad y Apolo la parte espiritual.) Pero más importante que todo lo anterior, Baco-Dionisos es reconocido por todos los pueblos que le rinden culto como el dios supremo de la "manía", o mejor dicho, el Gran Cazador Poseído de Locura, el dios demente que transforma al mundo en un bosque a la espera de la Sagrada Epifanía de la Bestia. Él es siempre pues, ambas cosas: el cazador bestial y la joven víctima.

Es justo agregar, empero, que cuando se trata de él no todos los griegos practicamos los mismos ritos.

Su culto se observa con abstinencia, danza y música, si se es órfico; con bacanales eróticos, vino y desmembramiento de animales pequeños, si se es de tradición frigia o lidia; con bacanales de cerveza y juegos mortales, si se es tracio; con el asesinato del Rey Tonto si se es arcadio; o con bacanales pederastas y sacrificios rituales a la luz de la Luna, si se es cretense, pues los mismos hijos de Creta afirman que el padre Zeus ordenó al rey Minos secuestrar y llevar a su lecho al joven Ganimedes. Y ya que Zeus tuvo al Ganimedes inmortal y Apolo tuvo su Jacinto, así mismo Minos tuvo a Ganimedes —el mortal— y Dionisos tuvo a su Ampelos, joven muerto en los festejos báquicos de primavera debido a una cornada fatal.

Así, quienes adoramos a Dionisos somos muchos y de muy diversas naciones. Y por ello vemos al dios de muy variadas maneras. Pero de una cosa estamos todos seguros: un mundo sin la alegría y el terror que impone Dionisos, sería un mundo poblado de un vacío muy grande.

60. NOSOTROS LOS MUERTOS

«Pano da Costa», para cuarteto de cuerdas, sonaja de conchas y otros instrumentos de percusión.

JON HASSEL

«Danzas Sacras y Profanas», para arpa y orquesta.

CLAUDE DÉBUSSY

«Gymnopédies, I y III», versión libre para arpa y orquesta.

ERIK SATIE

El olor que se desató por todo el muelle era muy llamativo. Todo el mundo se apuntó a las salchichitas en tortilla que el escritor mahleriano se puso a asar en medio muelle. Un muchacho alto, travestido en una elegante falda de noche, se ofreció para ayudar. El Cantor había sacado un rabel de construcción filológica y tocaba unas cancioncillas de sabor a pimienta extranjera. Las canciones gustaban, pero la mayor parte de los asistentes no entendía de eso. Solo la poetisa taciturna dio repentinas muestras de desasosiego y salió de su mutismo; ofreció acompañar al Cantor mientras sacaba de su espaciosa cartera las partes desmontadas de una enorme arpa de concierto. La armó en un santiamén y se acomodó en la banca para afinar con el Cantor. A los pocos minutos estaban tocando la suite *Bergamasca* en una versión bellamente improvisada para arpa de concierto y rabel filológico. En tanto que este sector se dedicaba a la música, el guaro seguía corriendo, y los del "Sissy Bed", asistidos por casi todos los demás, habían armado una enorme fila de baile de la conga en el muelle. El olor a salchichas, licor y sándalo llenaba el ambiente contrapunteado por recitales de poesía *ad hoc*, ruedas de chiles sobre Limberto Barney (que desde hacía horas no salía de *La Mariquita*), gritos al ritmo de la conga y el concierto que el Cantor y la poetisa matizaban de enormes y preciosas improvisaciones. El escritor mahleriano interrumpió entonces su trabajo de salchichista en jefe para hacer notar que se acercaba por una de las calles vecinas un filósofo de pelo largo y sonrisa discretona. Venían con él dos personas más de difícil identificación. Probablemente se trataba de más pasajeros para La Mariquita: un grupo muy conocido entre los del "Sissy Bed", pero poco entendido por el resto del país. El filósofo, llamado por los suyos "El Gurú-beat", se aflojó los pantalones tan pronto llegó al muelle y, ante la mirada expectante de todos, se ubicó con las nalgas hacia el mar y depuso armoniosamente al ritmo de arpa de la poetisa. Después de eso se quitó el pantalón del todo, y quedó en una pantaloneta fosforescente de aproximadamente diecisiete colores distintos, y luego, decidido a saludar a todo el mundo, se fue de uno en uno dando disculpas por cagar primero y saludar después. Tras los saludos y palmoteos de rigor, que le llevaron más de quince minutos, pidió unas salchichas y reafirmó su deseo de recuperar, en medio de la compañía de sus amigos, todo lo recién perdido en la deposición. Presentó entonces a sus acompañantes, (que resultaron ser tres), como el Monje, el Cartógrafo, y el Niño de un Solo Ojo. Los cuatro fueron de inmediato invitados a participar del festín, pero la concurrencia se quedó con el clavo de si todos estos nuevos amigos del Gurú-beat eran seres humanos de verdad.

Por ser ya casi las cinco de la tarde, el muelle se iba llenando poco a poco de todos los que habían comprado boletos para zarpar en *La Mariquita*. Sin embargo, las autoridades del puerto avisaron a esa hora que tendrían un retraso grande. Si todo iba bien, saldrían más o menos a la media noche. Los concurrentes recibieron la noticia sin enojarse mucho ya que la estaban pasando bastante bien en aquella fiesta improvisada por el "Sissy Bed". Pero de todas maneras, para congraciarse un poco con los pasajeros, los empleados del muelle empezaron a repartir cobijas entre todos aquellos que tenían boletos. Eso fue suficiente para que Limberto Barney, siempre recelando de todo, apareciera intempestivamente en la cúspide de la pasarela. Se había arrollado una cobija en el cuerpo semejando a Lord Byron sacudiéndose el polvo de Inglaterra. Llamó a los empleados teatralmente para que también les repartieran cobijas a él y a su familia. Los empleados arguyeron que estaban muy ocupados —cosa que era cierta— y le dijeron que por favor bajara a recogerlas él mismo. Limberto lanzó una mirada de fuego en derredor y mandó a tres de sus chiquillos a recoger las cobijas. Después de eso, la familia Robinson, como ahora todos les decían, volvió a desaparecer en el castillo de proa. Tras ese incidente, y para descanso de los empleados y desagravio de los artistas, la familia entró en la más extraña de las hibernaciones porque nunca se volvió a saber de ellos.

La mayor parte de los concurrentes al muelle, o de hecho todos, se autocalificaban de escritores y/o músicos. Por eso, parecía que una confabulación nacional estuviera desterrando a la enclenque y reducida comunidad literaria de Costa Rica. Pero la cosa no era así. Todos los presentes juraban participar en un voluntario proceso de autoexilio, motivado por las condiciones que se estaban ofreciendo a los artistas en una tierra lejana llamada Bizancio. La noticia había cundido por Costa Rica desde que Cármina Burana, la misma viajera de siempre, había vuelto al país con un poema de un William Butler Yeats, promotor inglés de la diáspora en Europa y buena parte de los Estados Unidos. Cármina, perdón, DOÑA Cármina (hay que honrar la memoria del Pachuco-con-Prisa), se había reunido con Yeats en un *outing* en Surrey y le habían agradado mucho sus ideas. Ahora, el llamado que hacía el triunvirato literario costarricense formado por ella, Armando El-Chante (¿para qué guión?) y Hwa-King Gao era atendido por el resto de escritores y algunos músicos.

Cuando estos tres organizadores del viaje llegaron al muelle, estuvieron más que encantados de ver la cantidad de autores que había respondido a su iniciativa. Tan pronto los vieron, las cinco siluetas de Los Intocables se les acercaron para quejarse de la bulla pantagruélica que los otros causaban. Hwa-King Gao, perdón, DON Hwa-King Gao dijo que eso era parte de la cosa. "Donde haya un escritor costarricense, esté donde esté, siempre habrá una hoja de aire", citó DON Hwa-King Gao recordando las sonadas palabras de Yolanda Sanguinetti. Los Intocables no se sintieron muy a gusto con esto y regresaron lo más pronto posible a la parte oscura del muelle donde se habían instalado. No querían que el buen nombre que hasta ahora los acompañaba fuera a quedar manchado por el destierro o el olvido. Por eso se limitaron a ver los toros desde la barrera. Desde ese momento en adelante, dada la ambigua respuesta de DON Hwa-King Gao, se dedicaron a cooperar en lo mínimo posible sin dar a entender, al menos directamente, que estaban disconformes.

Los organizadores se sumaron a la fiesta de buena gana, pero Armando El-Chante, al ver a la poetisa taciturna bailando con el Cantor, pegó sus buenos aullidos tipo Juan Gabriel, se abrazó de ella y desplazó, casi sin darse cuenta, al Cantor medio enamorado hasta que aquél tuvo que retirarse a comer salchichas.

—Yo creí que era mía —se lamentó el Cantor.

—Sí, yo también —le respondió un poeta que tenía la boca llena de salchicha y salsa de tomate. Ambos se quedaron luego sobre el muelle discutiendo las posibilidades de una sinfonía moderna con instrumentos y voces del *Quattrocento*.

Al caer las seis de la tarde pasó cerca una comitiva que era el negativo total del "Sissy Bed"; podríamos decir que su némesis. Era el Comité de Abuelitas Escritoras y de sus Nietos Eventualmente Desalmados, también conocidas en el bajo mundo como el Comité de Abuelitas Escritoras y de sus Nietos Eventualmente Desalmados. El Comité, que probablemente venía de una reunión del Ministerio de Educación Pública, pasó de lejos el muelle, es decir, del lado de la Biblioteca Monge Alfaro, y a pesar de esto, algunas viejecitas que lo integraban se fueron poniendo verdes al acercarse y tuvieron que detenerse para vomitar. Era inevitable: los dos grupos se odiaban a tal punto que la reacción era biológica. Cuando uno del "Sissy Bed" se topaba con una de las Abuelitas en la calle, el miembro desconocido y desfinanciado hacía lo posible por caerle mal a la otra. No tenía que esforzarse mucho: un par de pedos y uno que otro comentario soez, y la Abuelita casi siempre terminaba disparando la plancha en medio de la vomitadera. Estas oportunidades, sin embargo, eran muy escasas para los del "Sissy Bed": las Abuelitas solían viajar en carros oscuros con el chofer adelante, mientras que los del

"Sissy Bed" solían hacerlo en transporte público con el carterista detrás. Ambos grupos se recriminaban mutuamente cosas terribles. Las Abuelitas les cobraban a los escritores del "Sissy" la forma "cruda y totalmente sórdida de comportarse en público"; no eran, según decir de ellas, "gente civilizada que pudiera entender lo espiritual en el arte." Y los integrantes del "Sissy", por su lado, les cobraban a las otras el haber llenado el arte nacional de corronguismos como "lindo", "precioso" y "divino", además de hacer lo mismo con los lugares públicos al llamarlos con nombres tan ridículos e inflados como "Parque de la Paz", "Plaza de la Democracia" y "Plaza de las Garantías Sociales". Solo faltaba, decían los del "Sissy Bed", un "Orinal Público Monseñor Llorente y La Fuente". Y hacía pocos meses, para horror de los poetas y escritores en el muelle, las Abuelitas habían logrado infiltrar la Universidad, con lo que lo único por hacer, según ellos, era seguir los consejos de Cármina, Hwa-King Gao y Armando y pintárselas para Bizancio.

Dado este panorama de reacciones y contrarreacciones, no era de sorprender que cada encuentro entre ambos grupos fuera una cosa mutuamente traumática, aunque las Abuelitas, tal vez por lo impresionables que dicen ser las señoras de cierta edad, se lo tomaban mucho más a pecho que los guainos, mafufos y erotómanos del "Sissy Bed".

Ellas, ahora del otro lado de la calle, no podían concebir las escenas babilónicas que veían ladrar ferozmente ante sus propios ojos. El muchacho en la enagua de noche, un poeta más o menos conocido, se puso unas tetas postizas y salió al frente del grupo a bailar lambada para las viejecitas, pero como no era muy bueno solo, sacó a otro del "Sissy Bed" a que bailara con él, agregando flagrante playada al ya impune travestismo. Las señoras se alejaron indignadísimas y listas para otra ronda de vómitos. Pero una de ellas se armó de valor y sintió más agravio que asco, más cólera que náuseas por un grupo inmaduro y adolescentoide que solo sabía desquitar su cólera y frustración tratando de escandalizar a un grupo de señoras mayores. De pronto envalentonada por esta reflexión, la señora se agachó y empezó a lanzarle piedras a la gente del muelle. El pobre David Maradiaga fue la primera víctima. Una piedra le cayó en la cabeza en el mismo instante en que se tomaba un trago. Como consecuencia de aquello se le quebró el vaso y el cacique se le desparramó por el pantalón. Los del "Sissy Bed" se percataron de la situación y, contrario a lo que suplicaba el escritor mahleriano, empezaron a lanzar salchichas por los aires para ahuyentar a las Abuelas. Algunos ensayaron las tácticas de siempre tirándose pedos y diciendo palabras feísimas, pero las viejecitas, envalentonadas por el ejemplo de la primera señora, iniciaron el contraataque. De pronto los del muelle se vieron atacados por una lluvia de polvoreras, lápices de labios, planchas postizas, y cualquier otra cosa que se pudiera encontrar en una cartera de señora. Nadie supo de dónde, pero al rato, y para terror de todos, también cayó un bidet completo en medio del muelle. Los empleados se asustaron creyendo que se volvía a repetir la historia del Pachuco-con-Prisa, pero el temido y elegante cascarrabias no volvió a la escena. Probablemente todavía estaba en el fondo de la bahía predicándoles a los peces.

El baile, el canto y la pachanga ahora se confundían con los constantes ataques de artillería que las Abuelas habían organizado al otro lado de la calle. Habían juntado sus carros para hacer una trinchera contra las ráfagas de salchicha que se venían de vez en cuando. El escritor mahleriano estaba furioso con el hecho de que gran cantidad de sus salchichas se habían malogrado. Abriéndose camino entre las trincheras improvisadas —la mayor parte hechas de libros— fue hasta donde estaba su equipaje y sacó uno de sus textos inéditos, en este caso uno grueso y medio deshojado que él llamaba *El Más Violento Paraíso*. Lo acomodó brevemente, haciendo que las hojas sueltas volvieran a su lugar, y lo puso sobre una mesa

junto a las salchichas mientras empezaba a gritar encantamientos, la mayoría de ellas frases locas en pseudolatín, español e inglés. Luego se detuvo un instante y comenzó a buscar
entre sus bolsillos, pero al no encontrar lo que necesitaba pidió a gritos que le trajeran incienso. Eunice Odio fue la que
apareció con unos conitos de patchouli en la cartera. Sin embargo, antes de entregárselos al escritor mahleriano, disertó
brevemente sobre la necesidad de no confundir el patchouli,
una esencia de flores de la India, con el patchouli común y
silvestre, o más bien, un nombre tico para todo perfume he-
diondo y barato. Estando Eunice en media conferencia, el escritor mahleriano le arrebató los conos y los mojó en vermut.
Luego le pidió a Eunice que soplara sobre ellos cinco veces.
La poetisa sopló y los conos quedaron de nuevo completamente secos. El escritor los volvió a tomar y los echó al fuego
mientras seguía balbuceando jerigonzas de todo tipo. El
humo de aquellos conos se esparció por todo el muelle y luego subió como las humaredas de un sacrificio a Jehovah, espeso y abundante sobre el túmulo de las víctimas. El aire se
espesó con el "patchouli" mientras el sol de las cinco y pico
hacía que la hoguera ceremonial pareciera una gigantesca columna anaranjada subiendo desde el muelle. *El Más Violento
Paraíso* fue echado entonces a la hoguera y, como todo libro
en esa circunstancia, brilló hasta cegar temporalmente a los
que estaban cerca; se expandió y finalmente estalló dejando
tras de sí un gigantesco y hermoso elefante de la India. El animal inmediatamente saltó de la hoguera brincando como en
estampida por toda la calle. Algunos creyeron que bailaba al
son del arpa de la poetisa pero era más bien que el pobre animal venía con las patas medio chamuscadas. El bello ejemplar
de paquidermo estaba tan decorado que costaba reconocerlo
como una cosa viva, pero cuando finalmente se lanzó sobre
las viejecitas, las pobres chillaron de pánico y salieron huyendo, dejando detrás carteras, piedras, tomates y otros bártulos

de artillería. El portentoso "dumbo", con toda su decoración brincando encima de sí, finalmente les dio alcance a las primeras señoras cerca del estacionamiento de Generales y las estripó sin ninguna conmiseración.

La escaramuza ahora se volcaba a favor del "Sissy Bed" y los escritores medio reconocidos. Sin embargo, en ese momento, se cernió sobre todos la terrible oscuridad de los Intocables. Gritaban de indignación por el cobarde asalto a un grupo de señoras. Un acto que para ellos no era digno de uno que se dice hombre, etc., etc., bla bla bla. Y, acto seguido, se armaron de palos y cuanto más pudieron encontrar y arremetieron contra aquéllos del "Sissy Bed" que tuvieron más a mano. Este doble frente terminó de convencer a los que tomaban un poco en broma el asalto de las Abuelitas de que la cosa iba muy en serio. Los Intocables, siempre inconstantes, a ratos parecían muchos, a ratos pocos, pero no podían ser reducidos a la impotencia. Cada vez que un escritor desconocido iba ganándole la partida a uno de ellos, de pronto saltaba otro Intocable de cualquier parte y, entre los dos, terminaban rechazando al autor sisibediano. Lo que sí fue posible fue sacarlos del muelle e irlos empujando hacia el lado de las Abuelitas. De esta forma se cerró el doble frente y los escritores pachangueros pudieron concentrarse en una sola cosa: defender el muelle del acérrimo ataque de las viejitas.

Los Intocables, ya derrotados en el campamento del "Sissy Bed", cruzaron velozmente la calle del Edificio Saprissa para tratar de reunirse con sus defendidas, pero fueron repentinamente interceptados por una tal Alfonsina Salas, personaje de Armando El-Chante, que con metralleta en mano los esperaba mascando tabaco. Era otro ser salido de la hoguera después de que El-Chante echara uno de sus libros y también recitara como en lenguas. (Muchos creen que lo suyo eran párrafos de Virginia Woolf leídos al revés.) Alfonsina apretó el gatillo como desesperada y puso a los trastornados Intocables en jaque. Con todo y sacos del mejor casimir inglés, los pobres atolondrados, ahora atrapados entre dos fuegos, tuvieron que devolverse y esconderse en un *pick up* estacionado frente a la Librería Macondo. No les quedó más remedio que proteger ahí el fondillo mientras pasaba lo mejor de la refriega.

Las Abuelitas mismas, tras ser desalojadas de la trinchera de carros por el elefante, emprendieron la retirada hacia la Escuela de Educación y los jardines de Bellas Artes, donde por fin pudieron tener un respiro. La que había iniciado la guerrilla —una conocida escritora de literatura infantil— se devolvió a pesar del peligro, y se detuvo a las cien varas del muelle donde los escritores autoexiliados estaban reparando sus defensas a toda prisa. La mujer abrió cuidadosamente su cartera y de ella salieron —con toda la gracia del caso— cualquier cantidad de duendes azules y mariposones de decoración navideña. Así esperaba ella entorpecer el avance de la gran mole paquidérmica que se había detenido momentáneamente a probar los arbustillos del parqueo de Generales. Las pobres mariposas, sin embargo, no pudieron alzar vuelo debido a las mismas decoraciones de Navidad que llevaban encima. Se arrastraban por el suelo dejando estelitas de escarcha hasta que el elefante, vuelta su atención sobre ellas y luego calculando bien sus pasos, fue estripando una o dos de ellas con cada pisoteada que daba, mientras que a los duendes se los apeaba de dos en dos con ingentes trompazos. Viendo esto, la escritora dio unos cuantos pasos hacia atrás y luego salió huyendo para no caer presa del elefante.

Alfonsina Salas, mientras tanto, les seguía estorbando la ruta de escape a los Intocables. Así es que los defensores de las Abuelas, haciendo de tripas corazón, decidieron enfrentar a la guerrillera improvisada en sus propios términos. Sacaron pistolas automáticas de Dios sabe dónde y en un descuido de la mujer, la acribillaron a balazos. Todo fue tan rápido que la demostradora de cosméticos ni siquiera pudo apretar el gatillo. Así pudieron finalmente abrirse paso hacia el edificio de Educación y reunirse con las viejecitas.

En el campo opuesto las cosas estaban que ardían. Casi todos los escritores habían traído libros, notas, cuadernos y apuntes que rápidamente fueron a dar a la fogata sacrificial levantada por el escritor mahleriano. Un viejo bardo celta se alzó de repente entre ellos con su inmensa túnica color azul zafiro y barba amarillenta, más bien sucia de comer tanta grasa en invierno. Nadie sabía si el hombre era uno de los personajes salidos de la hoguera o si era uno de los presentes en disfraz. La cosa es que el hombre espetó una serie de encantamientos antiguos, muy parecidos a las oraciones de El-Chante, y blandió luego un cayado fálico-patriarcal por todos los aires. Los presentes no estaban seguros de qué significaba aquello, así es que se hicieron para atrás poniendo un poco más de distancia entre ellos y el bardo. "Sólo una medida de precaución", dijo alguien muy discretamente, mientras los más temerosos se distanciaron todavía un poco más. De repente sucedió algo milagroso: apareció entre la multitud uno de los Intocables y adelantándose hasta donde estaba el bardo cayó a sus pies gritando oraciones en latín macarronero y llorando copiosamente. Los del "Sissy Bed" reconocieron en aquel hombre no a uno de los Intocables, como se creyó en primera instancia, sino a uno de los acólitos de Limberto Barney, una pobre sombra que ni siquiera hacía méritos para ser llamado "intocablillo". Era más bien la silueta de lo que podía llegar a ser un chupa-suelas de escritor, si se aplicaba mucho. Pero por lo pronto, no era nada. Solo una pobre sombra que creía ver en la magia del bardo la presencia del Señor Adonái. Los demás trataron de levantarlo de donde comía polvo diciéndole que no hiciera el ridículo, pero el hombre rehusaba moverse de donde estaba. El bardo lo miró fijamente por unos instantes y luego hizo un leve gesto de desaprobación. Se acercó finalmente al hombre en el suelo, lo tocó con su cayado y una portentosa luz lo envolvió todo. Cuando los ojos de los presentes por fin pudieron volver a ver algo el bardo se había transformado en un glorioso héroe celta con una ingente espada de hierro en su mano derecha. La sombra de chupa-suelas seguía en el suelo pero ya muerto. La espada le había cortado la cabeza de un solo tajo y ésta había ido a parar a los pies de un chiquillo que la miraba con más fascinación que miedo. Nadie reparó en que el güila llevaba una clámide corta del mismo color de los ropajes del héroe. Éste le hizo un gesto al chiquillo y, en medio del asombro de todos, el mocoso cogió la cabeza cercenada y la puso sobre su misma cabeza como si fuera un odre lleno de vino. Acto seguido, abrió la boca y empezó a tomar del espeso líquido que aún salía de los ductos.

—"El arte siempre vale sangre".

La mórbida aseveración salió de una boca infantil que nadie pudo ubicar. De repente, se abrió un vacío en medio de la multitud y apareció otro chiquillo, vestido idénticamente al anterior. Al principio los presentes solo creyeron que era otro acólito del héroe celta, pero tras analizarlo un instante, cayeron en cuenta de que era un gemelo del anterior. El chiquillo avanzó hasta donde estaba su hermano y bebió también de la cabeza. Estos eran instantes de una extraña quietud. Eunice se mordía una uña viendo fascinada el espectáculo mientras David, abrazado a ella, le acariciaba una cadera. Nadie se atrevía a interrumpir la ingestión ritual de sangre, aunque a más de uno, inclusive a la poetisa amiga del Cantor, le pareciera de lo más repulsivo que se podía presenciar. El aire corría con una suavidad estival humedecido en el humo de la pira y el olor a sangre fresca que ahora se esparcía por el muelle. Los dos niños siguieron bebiendo, e incluso chupando la cabeza de la sombra hasta que todo aquel sacro silencio fue interrumpido por un grito descarnado y animal. Se trataba de otro de los acólitos de Limberto Barney, un hombre pedigüeño y mal vestido, pero celibérrimo por su escrúpulo religioso. El hombre, con voz temblorosa y las rodillas debilitadas, se adelantó hacia el holocausto llevando Biblia en mano. "Si ustedes son cosa del Bien, reverenciarán y besarán este libro, por lo que los presentes los adoraremos como los arcángeles Gabriel y Miguel, o Miguel y Rafael, no importa; pero si no, entonces quedarán desenmascarados como engendros del demonio, de éste aquí, disfrazado del Señor Eloím", dijo señalando al druida-héroe celta. Los dos chiquillos se volvieron a ver y luego miraron el libro de espesas tapas de cartón, todas grasientas y lullidas de ser llevadas bajo el sobaco durante las cruzadas más encarnizadas y ensordecedoras en las paradas de San José. Los presentes empezaron a murmurar y conjeturar sobre aquello mientras los chiquillos seguían titubeando. El acólito de Barney fruncía más las cejas de mercenario evangelizador a la espera de una respuesta. "Bizancio bien vale una Biblia", dijo finalmente Rafael, y "El arte bien vale un poco de sangre", agregó entonces Miguel o Gabriel. Y se agacharon los dos para besar el recolector de microbios axilares. El acólito de Barney se sintió tan contento de aquel logro místico que ni siquiera sintió la doble garroteada que le propinaron los chiquillos al caer sobre él. Rápidamente lo remataron en el suelo a punta de mazazos y patadas mientras el hombre pegaba alaridos de auxilio. Entre los concurrentes hubo, por supuesto, mucha zozobra pero nadie se atrevió a intervenir en aquel fenómeno por miedo a frustrar un proceso, que si no divino, era al menos superior a los designios humanos. Así es que todos miraban con terror y callaban agarrados a sus tragos o a sus amigos. Cuando la víctima por fin quedó muerta, los mocosos primero la escupieron y luego descansaron unos segundos. Pero no habían los demás terminado de asimilar aquel asesinato ritual cuando los chiquillos dieron muestras además de un talento descuartizador, según el ritual sagrado de Marduk, que nadie se imaginaba posible para su corta edad. Con la ayuda de David Maradiaga y otros dos poetas del *Jardín del Pulpo*, los chiquillos acomodaron los trozos de carne sobre la pira listos para la hecatombe que —en ausencia de bueyes— se realizó con los restos de los dos acólitos limbertianos y grandes cantidades de salchichón. El druida, héroe celta o bardo distribuyó también, con la ayuda de los querubines babilónicos, la carne del festín y las cenizas de los libros sacrificados.

Todo estaba ya listo para un carnaval de criaturas y disfraces que iba a servir, tanto para alejar a las viejitas del entorno, como para preparar los augurios necesarios para el viaje.

Esa misma noche, mientras en el muelle estaba en progreso el carnaval, apareció en las calles de San Pedro un gigantesco y hermoso minotauro que bufaba en busca de jóvenes. Obviamente se había escapado de alguno de los libros, mientras la poetisa taciturna, un señor con acento extranjero y cara de baboso y el escritor mahleriano, todos discutían sobre el origen del monstruo. Eso no parecía, sin embargo, servir de mucho. Ya se esparcían los rumores entre los festejantes de que el minotauro andaba completamente fuera de sí y había causado algunas muertes.

Los querubines babilonios, como seres protectores del ritual que ellos eran, no estaban dispuestos a perderse la oportunidad de un encuentro con el monstruo sagrado. Se alejaron furtivamente de la celebración aunque una escritora, madre de familia, les había advertido del peligro. Por último hasta quiso acompañarlos, pero los chiquillos supieron despistarla y perderla a la vuelta de una esquina. Siguieron avanzando por una calle totalmente desconocida para el Servicio Nacional de Electricidad hasta que oyeron los bufidos furiosos del animal viniendo de una bocacalle. Rápidamente se arrimaron a un edificio de dos pisos y lo escalaron sin mayor dificultad. Se ubicaron en la cornisa del techo desde donde divisaron al monstruo, y lo atrajeron con cantos celestiales tipo querubín cristiano. El minotauro llegó hasta la esquina sin poder definir el origen de la música divina. Afinó más el oído y por fin vio la sombra alada de los dos chiquillos en el edificio de enfrente. Los dos se veían apetecibles y hermosos, cosa que le causó gran frustración. Los niños le lanzaron entonces trocitos de carne humana y de salchicha que se habían guardado de la fiesta. Pero solo hacían que el pobre animal se enojara más de lo que ya estaba mientras corría para acá y para allá recogiendo las migajas de carne. Se sentía humillado e indefenso, lejos del laberinto que su padrastro había construido para esconderlo y a la vez defenderlo de los ojos del Mal. Y siendo su ira y frustración tan grandes como su apetito por carne adolescente, el androtauro comenzó a arremeter con violencia el muro del edifico bajo los querubines. Los muchachos, un poco arrepentidos entonces del dolor innecesario que estaban causando, decidieron expiarlo. Uno de ellos, Rafael o Gabriel, se puso de pie sobre la débil cornisa y subió temerariamente hasta el remate del frontón. Una vez ahí, asumió una extraña pose de oración, combinada un poco con gestos y genuflexiones de danza hindú. De sus costillas pronto salió reptando un par de brazos más que se unieron armoniosamente a la danza. El querubín-nataraya fue sacando un brillante estilete creado de uno de sus dedos más largos y se subió lentamente la clámide. Luego agarró con la misma lentitud el bulto del pubis y empezó a hacer una vigorosa incisión. El estilete cortó la carne poco a poco sin interrumpir el baile que se hacía cada vez más extático a la luz de las antorchas del muelle, mientras el gemelo, con música de pícolo y tamboril, seguía desenfrenado la danza de su hermano. Cuando el danzante al fin pudo desprenderse los testículos y el pene, los tomó en alto y luego los arrojó al hambriento minotauro que seguía bufando en la calle. El hombre-bestia los tomó con desesperación y los empezó a devorar mientras se mantenían calientes. Una vez satisfecho, y ya no tan desesperado por los siete jóvenes y las siete doncellas que desde hacía siglos le debían, volvió a ver por un instante a los chiquillos, y luego se soltó de nuevo a caminar por las calles en busca de las viejecitas y sus partidarios.

—Bizancio bien vale unos huevos —dijeron sonriendo los chiquillos mientras bajaban dificultosamente del edificio. El emasculado, Rafael o Miguel, se había debilitado por la pérdida de sangre, pero su compañero, que lo venía ayudando a bajar, ya pensaba en pasarse la fiesta rellenándolo de vermut.

Como a las ocho de la noche se difundió la voz de alarma por toda la ciudad de San José: los escritores, ya degeneradamente locos, hacían uso de sus monstruosas fantasías para caer en todo tipo de vicios aberrantes y luego intentar huir impunemente hacia Bizancio. La policía avisaba que la buena ciudadanía debía mantenerse alejada de la zona de los muelles mientras las autoridades elaboraban un plan de acción. Y como de costumbre en San Pedro, nadie le hizo caso a la policía que sólo pasaba una vez por semana por los barrios recogiendo sobornos.

David Maradiaga decidió bañarse en una fuente de colores neón salidos directamente de uno de los vasos en que tomaba, y Sandra y Meritxell, el ying y el yang de lo femenino, aunque nadie sabía cuál de ellas era el yang y cuál el ying (y por ello se limitaban a llamarlas "las chinas"), se metieron con David a disfrutar de aquella poza de acuarela de donde luego salían bañados de amarillos y violetas. Sin embargo, la hidroterapia les duró poco porque las calles se hicieron de repente muy peligrosas: había muchos seres al acecho, y no todos eran amigables. Un ejemplo de esto (ejemplo, por cierto, nunca confirmado), fue el de la sombra del chupa-suelas. Dado que era un personaje en *El Más Violento Paraíso*, del poeta mahleriano, volvió a la vida tan pronto terminó el rito sacrificial y el libro ardió en las llamas. También volvió a aparecer el Pachuco-con-Prisa, quien venía muy disgustado por lo de la explosión en el muelle. Ambos personajes se conocían bien e intentaron de inmediato hacer frente común a los desmanes del "Sissy Bed". Decidieron huir y reunirse con el lado de las Abuelitas. Pero no bien habían llegado a la esquina y se aprestaban a cruzar la calle cuando les salió al paso una gigantesca serpiente hecha de lustrosas escamas negras. La sombra de chupa-suelas de escritor apenas tuvo tiempo de dejar escapar un débil aullido donde tal vez quiso decir: "¡Asmodeo!", pero el Pachuco interpretó aquello como un ataque de asma por el susto y no le entendió. La serpiente se les acercó con manifiesta sensualidad y empezó a hablarles, haciendo mover constantemente sus pestañas postizas.

—Hola, papis. ¿Para dónde la llevan?

El Pachuco-con-Prisa, cuya mayor emoción en la vida había sido ver a Les Luthiers en concierto, abrió la boca cuan ancha era y pegó un grito tan grande que su dentadura cubrió todo el panorama visual; un grito de verdad tan notable que fue escuchado a todo lo largo y ancho de San Pedro. El eco del mismo anduvo rebotando por más de media hora en todos los rincones de Curridabat y Los Yoses, por lo que nadie pudo determinar de dónde había salido aquel furioso aullido de sirena.

El peligro, sin embargo, no sólo provenía de estas curiosas apariciones sino también de los mismos bandos en pugna. Las viejecitas, por ejemplo, ya habían cogido mañas de guerrilla y tiraban de vez en cuando una granada de fragmentación ahí donde olieran algo de literatura sisibediana. Las calles en derredor del muelle se convirtieron pronto en una tierra de nadie donde se escondían las sombras más siniestras. (Y este comentario no alude solamente a Los Intocables, sino a todos aquéllos que estaban en guerra.)

Los del "Sissy Bed", de alguna manera habían sido obligados siempre a una doble vida: por un lado eran empleadillos públicos de segundo rango, maestros, oficinistas, estudiantes, obreros o parias sin oficio ni beneficio; y por otro, eran escritores noctámbulos y bohemios que de borrachera en borrachera llevaban una vida más o menos inconscientemente feliz. Por eso les fue más fácil adaptarse a la doble circunstancia de festejar la partida en el muelle, y tener que vérselas a la misma vez con la agresión de las Abuelas, por un lado, y con las criaturas rampantes, por otro. En esto último ellos no les llevaban mayor ventaja a las viejecitas, pues, contrario a lo que se puede suponer, ni ellos mismos conocían a fondo la naturaleza de los monstruos que habían desatado por el mundo. De momento se conformaban con seguir festejando pantagruélicamente entre las trincheras de libros, mientras sus personajes literarios mantenían a las Abuelitas a cierta distancia.

El aspecto más demoledor de toda aquella charanga lo constituía el minotauro, pues andaba de casa en casa derribando puertas de una embestida y sembrando el terror y la muerte por dondequiera. Después de abrirse paso a una casa o edificio mataba a sus habitantes a cornada limpia, y luego revisaba entre los escombros en busca de carne joven. Los cadáveres de niños recién muertos le resultaban particularmente deliciosos. La gente del "Sissy Bed" estaba algo incómoda con el asunto del minotauro, pero el escritor mahleriano se defendía diciendo que él no le había inventado esa característica pedofágica al animal. "Eso ya lo traía de fábrica", decía el escritor mientras seguía comiendo abundantes salchichas. Los demás se limitaron entonces a levantar los hombros y cuidar a cualquier niño o adolescente que hubiera venido con ellos. La escritora-madre pretendió entonces hacerse cargo del bienestar de los gemelos babilónicos, pero por más que buscó no los encontró. Ellos, siguiendo una vieja costumbre acadia, estaban escondidos bajo sus propias narices, o más bien bajo las faldas, porque se habían refugiado en la amplia enagua de una célebre poetisa que también hacía de madre y actriz, y pese a sus débiles protestas de conciencia edípica, los gemelos le estaban causando una serie de orgasmos extraordinarios. La hermosa mujer no aguantó más y se lanzó al centro de la calle a bailar como una flor en *Fantasía*. Hacía de Cristina Hoyos zapateando el cante jondo por toda la acera en tanto que, de vez en vez, cuando pegaba grandes saltos de saltimbanqui, los gemelos se veían asidos cada uno de ellos a una pierna de la poetisa-actriz-bailarina. La gente se entusiasmó mucho con el número de la bailarina y empezaron a tirarse a pista. El Cantor y la poetisa taciturna seguían cada cual con el rabel y el arpa hasta que lograron afinar con las discordantes notas de un par de muchachos guitarreros y se armó la pachanga bailable. Primero eran temas del "Amor Brujo" que la poetisa-actriz-bailarina danzaba con exquisita violencia mientras los gemelos seguían en su cunilinguo perpetuo, pero más adelante eran los poetas mismos —malos bailarines, la mayoría— los que dirigían la pachanga. Lejos de irse apagando el vacilón por la frecuencia de los ataques guerrilleros de las Abuelas, o por lo próximo de la hora de marchar, todo aquello se iba haciendo más caliente y más tropical, al punto de que algunos como el pintor Ariza o los escritores Melvin-y-Tatiana pronto olvidaron del todo por qué estaban ahí.

El tránsito en la zona circunvecina primero se hizo difícil y luego imposible. Por un lado, los destrozos que el semitoro producía al destruir edificios enteros y sepultar a sus habitantes, dejaba en los barrios de calles pequeñas una montaña de detritus imposible de vadear. Y por otro, ya había en la calle todo un arsenal de personajes de libros que hostigaban a las Abuelitas escondidas en Educación, en el mejor de los casos; y a los mismos escritores en el peor de ellos. Había, por ejemplo, una patrulla de astronautas armados hasta los dientes buscando ancianas sádicas. Los dirigía un hombre mestizo de pelo largo y negro acompañado de un grupo de salvajes vestidos de plateado. Iban en una especie de auto lunar que tenía pintados a un costado un logo desconocido para todos y las palabras SINUS IRIDUM. Todos volvieron a ver al Cantor quien era el que mejor conocía el latín entre los presentes. "Bahía o Golfo del Arcoiris", dijo puntualmente el Cantor sin dejar de tocar su instrumento y luego volviendo a concentrarse en él. Y los astronautas, efectivamente, llevaban armas extrañas y futurístas que definitivamente mataban. Ya habían achicharrado a un par de ancianitas que, escondidas entre unos carros cercanos, habían tratado inútilmente de preparar cocteles molotov con una crema de menta. Los selenitas sólo habían tenido que disparar y las Abuelitas quedaron como giacomettis en media calle.

El peligro, pues, ahora rondaba al Comité de Abuelitas Escritoras por todas partes: un adolescente con los pies sucísimos y montado en el elefante indio, andaba por ahí queriendo atrapar ancianos para dejarlos hechos una chorcha en el pavimento. Ante lo indiscriminado de este nuevo ancianicidio, hubo que esconder a DON Hwa-King Gao y DOÑA Cármina, a DON Roberto Brenes y DON José Coronel, mientras se le explicaba al atarantado de Diego quién era el verdadero enemigo. Cuando Dieguillo por fin entendió, se le soltó de nuevo dándole el encargo de no dejar ni a una sola de las Abuelitas vivas.

Las calles pasaron pronto de zona de combate a tierra de nadie. Cualquiera que se aventurara fuera del andén del muelle corría el riesgo de ser pisoteado por una bandada de vacas fantasmas o por una gigantesca serpiente, o por el minotauro, o por alguien de apariencia normal, una señora, una Ondina, por ejemplo, que anduviera debajo del delantal una cuarenta y cinco lista para disparar. El caso es que la guerra se abrió a todo lo ancho y profundo de las barriadas de San Pedro. Los estudiantes de la U.C.R. (q.d.l.G.d.D.g.), corrían el riesgo de caer con un hueco en la cabeza si se acercaban mucho a la zona de los muelles, así que trataban de mantener su distancia. La guerra se hizo tan feroz que ni el aviso, al día siguiente, de que ya era la hora de partir en *La Mariquita* cambió en algo las cosas. El empleado del muelle que dio la voz de aviso cayó acribillado a balazos para ser inmediatamente pisoteado por una gigantesca tortuga llamada Alfa Omega. Nadie que estirara mucho el cuello se salvaba. Había que hundirlo. Ésa era la consigna.

Las viejecitas se sintieron tan acorraladas y exhaustas por la guerra que ellas mismas habían iniciado, que decidieron echar mano de su arma secreta: aquello que las mantenía lozanamente en el poder y actuaba como su némesis, su ángel guardián y perpetuo vengador. Un par de llamadas rápidas desde los teléfonos de Educación y de inmediato fueron auxiliadas. Primero llegó un *catering service* que de inmediato montó dos hermosísimos toldos estilo justas medievales en el jardín que separa los edificios de Bellas Artes y Música. En uno de ellos se acondicionó una sala de masajes, un salón de belleza y un hospital ambulante, por si las moscas, y en el otro toldo, un poquito más alejado de la acción, un gran restaurante *buffet* con lacayos y chambelanes en estricta etiqueta. La segunda llamada, sin embargo, fue la que en definitiva cambió las cosas a favor de las viejecitas asustadas. Esa misma mañana llegó a Bellas Artes un destacamento de la Guardia Civil con el ministro de Seguridad a la cabeza. ¡Qué querés!, si sus nietecitos desalmados son ahora los ministros de turno, los presidentes ejecutivos y los abogados de todos y cada uno de sus primos y parientes.

La policía civil llegó preparada para una guerra antimotines en su habitual traje de fatiga, ametralladoras automáticas y cascos contra balas. El ministro dio breves instrucciones y los guardias rápidamente se distribuyeron por San Pedro para tomar control de las áreas adonde el "Sissy Bed" o los suyos aún no llegaban. Asaltaron las calles de bar en bar buscando a todo aquel sospechoso de por lo menos saber leer y escribir.

Buscaban en los baños, debajo de los colchones, entre las botellas de cerveza y debajo del culo de las putas y los trasvestis. Además recogían todo tipo de prueba incriminatoria: que aquél no votó en el 94, que este otro apuntó su nombre y teléfono en un orinal, que éste es mariguano, que ésa no se sabe el lema de LA SUIZA DE LA AMISTAD, etc., etc. Es decir, que en un santiamén desvalijaron toda una zona de comercio carnal intenso. Las compañeras y compañeros trabajadores del sexo de pronto se las vieron a palitos para conseguir un pedazo de pan cada día —un solo cliente que fuera— o un poco de agua no contaminada con suizacentroamericanismos que provocaban diarreas pavorosas. El ministro de Salud, por su parte, y en uno de sus más siniestros ataques de inspiración, había mandado a contaminar las aguas de esa zona para obligar a los rebeldes a salir enfermos y vencidos. Su plan era internarlos de inmediato y ofrecerles la cura a tan portentosas diarreas a cambio de que dieran nombres y lugares. Pronto pareció que el plan empezaba a dar sus frutos. A las cuatro de la tarde del segundo día de la revuelta, la policía arrestó en la Fuente de la Hispanidad a un adolescente pálido y enjuto que salía a rendirse por enfermo. El ministro no aguantó las ganas de interrogarlo personalmente y se fue con el muchacho y siete policías más en la perrera. Antes de llegar a la Estación del Atlántico, la perrera empezó a zigzaguear mientras se oían gritos desde adentro. Finalmente se detuvo frente a la misma estación y cayó sobre ella un tétrico silencio. Los vidrios ahumados no dejaban ver lo que sucedía en el interior y las puertas no se abrían. Pasados unos minutos empezó a salir por las rendijas y las ventanillas entreabiertas una enorme masa de mierda semilíquida. La tapa del motor estalló y del interior salió más excremento. Eran toneladas y toneladas de una masa como avena oscura que iba invadiendo la calle, hasta que al fin se abrió una de las puertas y salió un gigantesco hombre de caca. Conforme los pedazos de heces se le iban cayendo del cuerpo se hizo más claro que era Narciso el autor de aquella diarrea. El ministro de Salud y los siete guardas se habían ahogado todos en pura mierda.

El Gobierno de los nietos se enfureció con aquello, y como respuesta al kamikazazo del joven escultor, endureció su política de arrestos sumarios y torturas mientras algunos de sus miembros, en uniforme de gala, posaban para los periodistas de las viejitas que también eran muchos. Querían derrotar a los del "Sissy Bed" tanto en el frente militar como ante la opinión pública, cosa que no les sería difícil.

La ciudad seguía prácticamente sitiada por los dos bandos. Los escritores se refugiaban exitosamente entre sus seres fantásticos, en medio del laberinto de libros que habían construido en la zona de los muelles y entre las casuchas de aquellos estudiantes pobres que estaban de su parte. La guardia civil, por su lado, recorría constantemente las calles transitables en sus patrullas, apuntándole a todo lo que se movía.

Al cuarto día, sin embargo, ocurrió algo que causó estupor en las filas oficiales. Por la mañana se encontraron una serie de trajes de fatiga ensangrentados en la calle. Estaban hechos unos puñitos, como si los policías que los habían ocupado simplemente se hubiesen desintegrado. Una inspección más detallada comprobó que debajo de los mismos estaban los policías, pero horrendamente estripados. El truco había sido ideado por un tal Ricardo, uno de los bailarines del "Sissy Bed": simplemente se amarraba un elefante a un globo de helio y se le hacía flotar de noche por San Pedro hasta que encontrara un tombo que le sirviera de blanco. Lo demás era solo cortar un mecate, el elefante pegaba un grito y adiós tombillo.

El Gobierno se enfureció tanto con el éxito de las paquibombas que decidió desatar una ofensiva total y definitiva contra los "terroristas desalmados que se decían escritores". "Porque un escritor", razonaban las fuerzas del Gobierno, "un verdadero escritor, nunca mata a un ser humano".

Aquella perorata radiofónica fue recibida en San Pedro con estruendosas carcajadas, especialmente entre los miembros del batallón "François Villon", que lo celebró fusilando a una de las Abuelitas que habían hecho presas. También hubo fusilamientos sumarios en los batallones "Reinaldo Arenas", "William Burroughs" y "Jean Genet" que se quejaban, hasta ese momento, de no haber podido matar a nadie. El problema fue lo indiscriminado de los fusilamientos. En el batallón "Jean Genet", por ejemplo, todos habían sodomizado al tamborcillo y luego le habían metido un balazo en el culo, a lo García Lorca. El "Sissy Bed" decidió entonces hacer mayores esfuerzos para enfocar la energía de los artistas contra el Gobierno y las Abuelitas, su verdadero enemigo común.

El Gobierno, por su parte, hizo buena la promesa de acabar con todo aquello. A la mañana siguiente entró el ejército costarricense —aquí llamado Guardia Civil— con tanta furia de metralleta, tanto cañonazo, tanto deseo de ver cráteres levantados por bombas de mortero y granada, por misiles tierra-aire y tierra-tierra, que en pocas horas las barriadas quedaron hechas una total ruina. Por doquier se levantaba el polvo de las bombas mezclado con el de las antiguas construcciones de San Pedro. Las pocas paredes que seguían en pie recordaban a las de León o Sarajevo en tiempos de guerra, y luego de eso, conforme las horas y después los días de cañoneo y misiles prosiguieron, la guerniquización indiscriminada, la más fabulosa sed de aniquilación y genocidio, borró a la pequeña ciudad universitaria totalmente del mapa. Desde los helicópteros de Telenoticias se podía ver el gigantesco túmulo de ruinas y humo de incendios que quedaba donde alguna vez hubo un pueblo bullicioso y activo. El gobierno de las Abuelitas, en su infinito temor al caos y el desorden, no quiso dejar piedra sobre piedra. Su acción fue muy meditada. Un insecto caótico en una nación perfectamente consecuente con su orden era suficiente para lograr un desequilibrio cósmico. Por definición, no podía haber caos donde estaba Dios.

La zona borrada del mundo se extendía desde la *Pulpería La Luz* hasta *El Higuerón*, es decir, un círculo de unos cuatro kilómetros de diámetro, haciendo que el este de San José fuera ahora en verdad una extraña selva negra. Un lugar donde el mundo había desaparecido y solo quedaba un parchón de tierra carbonosa parecida al epicentro de una gran explosión atómica.

Y así quedó aquello una vez que el Gobierno creyó haber exterminado la raíz del mal: como un epicentro de explosión nuclear que ya no guardaba ninguna relación con el mundo. Una especie de puerta a otra dimensión; un embarazoso monumento a la ausencia, al no estar ahí y al no ser ahí; solo un hueco negro lleno de recuerdos negros. Algo menos que un vacío total. El ciudadano medio se sintió por fin tranquilo y contento de que el peligro inminente del caos hubiera sido conjurado. Y más tranquila aún se sintió la opinión pública cuando El Comité Costarricense de Abuelitas Escritoras y de sus Nietos Eventualmente Desalmados salió a la luz en espacios televisivos de Crisanto Malsano, el-conductor-de-programas-de-opinión-padre-de-familia-cristiano-convencido-aburridor-impenitente-beato-morboso-cara-de-icono más célebre del país, para afirmar que ellas habían sido víctimas de la cizaña patológica de un grupo que no tenía el perdón de Dios. Las Abuelitas lloraron por la tele, mientras anunciaban marcas de jabón célebres, y rugieron por la radio, mientras invitaban a tal o cual bingo parroquial para comprarle un nuevo carrito al padre Glu-teens. Y por eso se ganaron el afecto de todos: porque eran duchísimas en asuntos de rogatorios y caridades. Gracias a ellas y al fervor de la nación, que cerró filas en torno a las prédicas post-holo-cáusticas del padre Glu-teens, la nación entera pudo olvidarse de aquel feo episodio y volver a la vida normal.

Algunos meses después, y ya pasado el susto inicial, la policía se aventuró dentro del territorio chamuscado y colocó en varios árboles unos rótulos que decían *HERE WAS SAN PEDRO*, en imitación a la gesta de William Walker en Granada. Después, cerraron todo el inmenso perímetro con una muralla de latas de cinc, y abandonaron el lugar a la espera de que la vegetación regresara con los años.

Poco a poco aquel territorio se fue convirtiendo para algunos en tierra de fantasmas. Cuando alguien pasaba cerca del límite, a altas horas de la noche, se escuchaba el golpeteo y rugir de un alma en pena; algo como si estuvieran torturando a un pobre diablo, o como si lo engancharan, noche tras noche, al potro de un tormento indescriptible para los humanos. Pero desde adentro del perímetro, a medio kilómetro de los asustados transeúntes, Diego golpeteaba y rugía mientras hacía el amor con la Kats y con Anúsit sobre unas latas de zinc. Sus orgasmos eran lo que la gente de las afueras percibía como la angustia del castigo eterno. Y como si eso no fuera poco, no lejos de ahí, Narciso también contribuía al mito de los fantasmas. Defecaba a toda hora en compañía de Alfa Omega, llenando de voluptuosa caca las viejas trincheras. Gracias a que Narciso había logrado desarrollar un tipo de mierda altamente especializada para sus esculturas, sus deposiciones se endurecían con gran rapidez, eliminando así el peligro de que alguien cayera en ellas por accidente y se ahogara.

Para sorpresa de todo el mundo, pronto ocurrió en el perímetro vedado lo que por la naturaleza del terreno era imposible que ocurriera: la vegetación empezó a crecer tan solo en cosa de días; primero tímidamente, pero luego con una fuerza de lujuria que nada detenía. Poco a poco empezó a surgir un bosque primario de gran belleza y misterio. Esto último porque crecía tan intrincadamente como un gigantesco entretejido de posibilidades, un laberinto que desafiaba toda imaginación. Los biólogos y ecologistas internacionales no se dejaron esperar. De inmediato montaron especies de torretas alrededor del perímetro, siempre desde el margen exterior, para poder observar aquel prodigio de natura sin atreverse a participar en él. Los árboles del inmenso bosque pronto se traslapaban unos a otros encerrando al visitante en una extraordinaria catedral de hojas y madera. Quien no conociera bien el crecimiento y rumbo que aquel oscuro verdor tomaba se podía perder en él en cosa de cinco o diez minutos. Pasaba con frecuencia que curiosos de la periferia, atraídos por la magia de una jungla que se reproducía a razón de media hectárea por día, entraban en ella y nunca se volvía a saber de ellos. La mayoría moría a manos de los habitantes del bosque, los escritores y sus criaturas, todavía oficialmente en guerra con las Abuelitas y el Gobierno aunque éstos últimos no lo supieran. Los Nietos, como de costumbre, no sabían qué hacer con tan extraordinario trozo de maravilla ecológica en medio de la ciudad de San José. Había nacido y se había desarrollado en cosa de ocho semanas hasta convertirse en una de las selvas de mayor biodiversidad en la Tierra. Era una mina de oro de la ecología y el turismo pero también una inmensa responsabilidad. No se conocía bien su naturaleza y daba muestras de ser totalmente impenetrable: de las cuatro expediciones ordenadas por el ministro de Turismo, solo una había regresado con vida, y eso porque en realidad no entró a la zona. Solo la bordeó para asegurarse de que efectivamente ocupaba el área de San Pedro destruida en la guerra contra los escritores terroristas. El Gobierno decidió entonces dejar aquello en manos de científicos expertos que se encargarían de estudiar aquel fenómeno de hiperabundancia; eso sí: tendrían que reportar todo hallazgo hecho en la selva indómita y hacer un estudio de viabilidad para un futuro parque biológico-temático, un poco al estilo de Disneyland (Marca Registrada) o de Sea World (Marca Registrada). El ministro de Turismo se sobaba las manos de solo pensar en las posibilidades de aquel parque justo en la Capital de la Suiza de la Amistad.

Mientras todo esto se planeaba en San José, la selva se iba llenando cada vez más de vida. Y aquí la palabra "vida" se debe entender en un sentido muy amplio: seres azules fluorescentes, algo parecidos a extraterrestres desnudos, empezaron a rondar los muros semiderruidos y los letreros caídos de los viejos bares. Algunos eran muertos que siempre lo habían estado, mientras que otros, a pesar de la semitransparencia y el color neón que emitían, estaban muy vivos y muy activos en los acontecimientos de ese momento. Ayudaban a los artistas *et al* a esconderse con mayor eficacia procediendo a tragárselos cada vez que un carnal iba a ser hallado por algún merodeador. Una vez dentro del cuerpo de la entidad, el mortal también se hacía semiinvisible y muy difícil de detectar, especialmente si el entorno estaba lleno de agua y neblina como en los muelles. Por eso no había bajas por el lado del "Sissy Bed" ni de los demás que habían planeado viajar en *La Mariquita*. Incluso los Intocables, que a fin de cuentas eran artistas, y aunque un poco incómodos por el procedimiento de dejarse tragar, eran protegidos por las entidades azules. Muchas de ellas parecían ángeles o hadas; es decir, un montón de duendecillos y afines que bailaban con los carnales en las noches de fogata cuando la policía estaba muy lejos —o muy asustada— para internarse en los nuevos antiguos bosques de San Pedro. Más ahora que volvía a haber ejércitos enteros de animales y seres fabulosos rondando los predios. La gente de afuera veía aquello como un trozo del infierno sobre la faz de la Tierra, y no había nada que los pudiera convencer de adentrarse en esos terrenos. En ese aspecto, al menos, los habitantes del bosque estaban seguros.

Una noche de luna, cuando todo iba tomando un matiz azul grisáceo difícil de separar de la irrealidad, la poetisa taciturna sacó una hermosa arpa irlandesa de su gigantesco bolso y se puso a tocar las *Danzas Sacras y Profanas* en versión para arpa sola. Esta vez el rabel del Cantor no estaba con ella porque el Cantor estaba debajo de las enaguas de ella, saboreando el placer de la música antigua. Con las notas crispadas y a la vez acuosas expandiéndose por la noche, iban saliendo de detrás de los árboles tímidas criaturas parecidas a los seres azules. Éstos eran delgados y con patas de fauno, mientras que otros de los monstruos invitados a la música y fogata eran yetis nepaleses de más de dos metros y medio de alto. (Uno de ellos andaba al poeta Mauricio Molina en los hombros hasta que, al acomodarse los dos para la música, el gentil monstruo se puso al poeta en los regazos y lo durmió a punta de caricias). Otros seres tenían más bien cuerpo de muchacha cubierto totalmente de plumas en distintos colores. Tocaban flautas de cáñamo y echaban pacas enteras de marihuana sobre las fogatas. Nadie sabía la procedencia de la canabis, pero siempre parecía algo decomisado al Gobierno de las Abuelitas.

A pesar de que esta noche había neblina azul goteando desde los árboles, la Luna flotaba como una teta verde en las sábanas del cielo. Porque desde edades remotas, fueran cuales fueran las condiciones del tiempo, la Luna presidía sobre las fogatas, la música, las bacanales y los sacrificios. Siempre custodiaba celosa lo suyo, guardando delicadamente entre sus ropajes el hacha de doble filo.

A la una de la mañana ella misma dejó caer otra manta de neblina sobre la tierra y el aire del bosque se empezó a poner muy frío. Un viento del norte recorría ahora las ramas haciéndolas florecer al instante, en tanto que las aguas y las goteras poco a poco quedaban cristalizadas.

El escritor Hugo Rivas, un poco cansado de buscar calor en los pezones de una de las de traje de plumas, se puso de pie y dijo que iba a traer una cobija. Casi al instante regresó con un hermoso poncho de dos metros y medio de ancho.

Se metió en él junto con su pajarita y no se volvió a saber de ellos hasta mucho después, cuando alguien quiso reencender la fogata. Lo mismo hicieron otros que poco a poco iban desapareciendo entre cobijas y otros cobertores en torno al fuego, en tanto que Diego, mal acostumbrado a hacer bulla en sus orgasmos, llamó la atención de todos a la hora de venirse. Otros se metían más discretamente debajo de las cobijas para hacer el amor sobre una tierra que se removía constantemente como una mecedora. La música del arpa pasaba ahora por los arpegios de Boïeldieu convirtiendo las notas en gotas de agua que mojaban el bosque y su gigantesca telaraña de cristal. Eunice componía sola en una libreta sentada sobre unas rocas, y David, junto a dos poetas más, leían poemas muy cerca del arpa, mientras que el escritor mahleriano, muy emocionado, le besaba los pies a un adolescente azuloso que se encendía y se apagaba como un letrero de neón excitado por las caricias.

A pesar de que todo estaba sucediendo al amparo de la bacanal nocturna, nadie hacía ruido. Todo era la música de arpa acompañada ya fuera por rabel, por el gusto de paladear guaro o cerveza, o por los suaves murmullos del amor o la poesía. El bosque se encendía y se apagaba como un pastoso sueño de luces en una lluviosa noche de Navidad. El agua caía ahora por todos los cuerpos, abrazados, vestidos o desnudos que tenue o ferozmente se debatían de placer entre los robles y la carne. Por eso nadie vio cuando la neblina más espesa empezó a caer suavemente sobre ellos.

Entonces llegó hasta el campamento un muchacho muy pálido que venía caminando con dificultad. Súbitamente cayó al suelo, apenas moviendo los labios en señal de pedir ayuda. Tenía la camisa empapada en sangre y vermut y parecía que iba a morir en cualquier momento. Dijo por fin que se llamaba Jose Antonio y que buscaba a un amigo perdido en aquel bosque. Al oír este nombre, se le acercó uno de los escritores más jóvenes, quien se agachó brevemente para tratar de reconocer al agonizante. Los ojos se le abrieron de asombro al ver la cara de Jose Antonio. De inmediato se arrodilló sobre la tierra y le sostuvo con cuidado la cabeza. Jose Antonio reconoció en él al amigo perdido, al traductor que vivía en una casa como una iglesia y cuyas paredes se movían como las de un barco en alta mar. Hablaron un rato sobre los viajes en galera que habían realizado juntos, a los muchos lugares donde habían ido, a los mares de la Luna, en cuyos puertos habían atracado por años enteros. La conversación siguió tersamente en medio del concierto para arpa de Boïeldieu, hasta que Jose Antonio, más calmado, pidió entonces vermut para curarse las heridas con las especies que contiene ese licor. Se tomó un vaso corcor mientras los dedos de la poetisa corrían locamente por las cuerdas de la tela de araña, y todo el bosque vibraba entre las gotas de agua con cada criatura reposando, haciendo el amor o trabajando según su pareja y ánimo. La noche entera estaba compuesta de notas y glissandos que cambiaban o se modulaban solo con el cambio del viento o el agua. Era, entonces, un fluir perfecto y continuo, un ritmo que atañe y comprende a todas las cosas.

La música no fue interrumpida siquiera cuando murió Jose Antonio en brazos de su amigo, ni tampoco cuando la neblina era ya una amarillenta cobija, y mucho menos cuando apareció entre ellos el Ángel Exterminador en su atuendo habitual de joven vagabundo. Traía un bluyín tan raído que mostraba más carne de la que cubría y una sucia camiseta verde en la misma condición. El pelo naranja cortado a rape solo crecía de un lado, donde el muchacho se había hecho una trenza con abalorios de vidrio que chispeaban un intenso color rojo. Usaba maquillaje y ajorcas de cuero por lo que alguno le preguntó de qué concierto venía. El Ángel sonrió mientras se inclinaba para ver el cadáver de Jose Antonio. Puso su sucia mano sobre la herida en el costado y ésta cicatrizó casi en el acto, como en los peores momentos de Hollywood. Sin embargo, el joven pálido no volvió a la vida. Solo se oyó un fuerte aleteo de pájaros invisibles rondando el cadáver de Jose Antonio.

El Ángel entonces se sintió incómodo: de repente había caído sobre él una horda de miradas inquisitivas.

—¿Qué? ¿Creyeron que lo iba a resucitar? —espetó muy indignado— ¡No sean estúpidos! ¡No se trata de eso!

Y poniéndose de pie, se fue hacia las trincheras para coger una botella de vermut que descansaba en uno de los huecos de bombardeo. Volvió a mirar a la concurrencia con incredulidad y luego se fue a tomar en lo profundo del bosque.

Antes de las tres de la mañana volvió el Ángel completamente empapado en la humedad de la noche. También venía borracho cantando rancheras de Amalia Mendoza en compañía de Eunice y el escritor mahleriano. Los tres cantaban y gritaban ante la fogata en tanto que la lluvia se había transformado en una suave garúa de cenizas que todo el mundo ignoró o no supo interpretar. La música, los animales, el bosque lluvioso y lleno de criaturas sobrenaturales ya estaba por encima de cambios externos aún cuando la policía invadiera de nuevo toda el área al amanecer.

Pero al promediar las seis y treinta de la mañana nada de eso pasó. El contingente de tres mil guardias civiles se mantenía a la expectativa de una nueva estrategia del Alto Mando. Estaba en el perímetro del bosque, pero no se atrevía a entrar. El área chamuscada y ennegrecida estaría por el orden de las cuarenta o cincuenta manzanas con el antiguo bosque central de San Pedro como centro del radio. Todos los árboles, la fauna, la densa vegetación habían desaparecido. Tan rápidamente como se había desarrollado un lujurioso bosque húmedo tropical, pocas semanas después, había vuelto a esfumarse. Y ahora en cuestión de una sola noche.

De nuevo, solo quedaba la más rotunda negritud y desolación. Un hueco negro en el medio de ninguna parte, y a la distancia, junto al agua, los residuos humeantes de una cantidad enorme de libros y maletas de viaje.

La Mariquita, o sus restos, nunca fueron hallados.

61. MAR DE LAS LLUVIAS

There's a killer on the road,
if you give this man a ride...
sweet family will die...

DOORS

Take a little piece of ma heart,
baby, ... take it!...
You know you've got it, Janis,
if it makes you feel good...!

JANIS JOPLIN

El Tirso se había quitado la camisa y se paseaba de un lado para otro de la sala con ese caminado de pachuco que solo yo y su mama le perdonábamos. Se fumaba el puro de monte como si fuera un blanco, es decir, sin consideración de los cinco pesos que nos había costado.

Yo lo veía bien rico, sin camisa, con las tetillas templadas por el frío o por el inminente jugueteo que les esperaba. Llevaba el bluyins eterno con las nalgas y las rodillas lullidas a un celeste claro... *he took a face from the ancient gallery and walked down the hall; he walked down the hall and he came to a door, and he looked inside. "Father". "Yes, son?". "I want to kill you". "Brother. I want to kill you." "Mother". "Yes, son". "Mother, WHHHHHHHAAAAAAAAAAAAA!!!!!!!!"* Y la música se aceleraba mientras Luis, conocido por todos en el cole como el Tirso, seguía moviéndose rítmicamente como un animal encerrado. Simultáneamente como un desesperado y como un cazador, danzando los pasos rituales de su asechanza. Por fin no pudo más y puso la birra en la mesa con un golpe seco. Me volvió a ver con diminutos ojos leninescos y me señaló hacia el cuarto. William seguía aferrado al equipo de sonido como la vez que dijo que Pink Floyd lo estaba secuestrando. Y yo por mi parte, recién llegado de un viaje donde no había podido acostarme con nadie en casi un año, no me importó nada. Le di una gran subida al puro y me seguí tomando el té de kino-cola como si ese fuera el último líquido en el planeta. Cuando por fin recobré el equilibrio y llegué al cuarto, ya el Tirso se había aflojado el pantalón y tenía la hebilla en la mano. La dejó caer con un golpe metálico al suelo mientras William, ya más volado que la vez de Pink Floyd, oía el *Bolero* y *La Valse* en el equipo de la sala.

Tenía unas ganas feroces de cogerme al Tirso, así es que me le tiré encima como un loco. El mae era un despistado de la gran puta, muy famoso en el cole por tres cosas: por lo playo (aunque no andaba mucho con *la Julieta* y el comité liceísta de las locas); por loco y mafufo, al punto de las familiares intentonas de suicidio; y por pipa. El cabrón era capaz de hacer y trabajar con fórmulas químicas que no eran de este mundo, de hacer juicios políticos peligrosos y de decirle al director, un renco llamado don José Absurdo, lo que ni el comité de padres de familia se atrevía a decirle. Pero cuando el Tirso andaba alzado, o sea, montado en la carreta, era cosa seria. Se convertía en el estúpido clásico, con la falta de higiene clásica. No sabía qué putas me iba a encontrar si le quitaba el pantalón. Por eso lo pensé un momento, pero solo un momento muy pequeñito. De inmediato le bajé el pantalón y lo empecé a güevear con una desesperación que lo incomodó. Me dijo que le dolía pero que siguiera, cosa que me excitó mucho. El maje tarareaba un poco lo que llegaba de la sala mientras yo le bajé el calzoncillo y de inmediato me metí la picha a la boca. Estaba un toque salada, como de costumbre, pero razonablemente limpia. Le mamé luego el vello púbico, los huevos fresquitos y finalmente, le di la vuelta para chuparle las nalgas. El mae las tenía increíblemente blancas y un toque velluditas, pero apenas un toquecillo. Yo le decía que las tenía "velludo arrepentido" y él decía que mis comentarios, como de costumbre, eran una nota de puro locazo. Con esto supongo que me hacía su cómplice en el rechazo de la vida del Liceo y de la familia, que él odiaba tanto como amaba. En fin, la cosa es que las nalgas del mae me excitaron todavía más y se las apreté bien duro, como para sacarle la sangre. Luis entonces se echó para adelante y puso las manos en la cama como para que yo le pudiera llegar más cómodamente al culo, y así fue. Le metí la lengua en la raja hasta que toqué con la punta algo raro, como sólido, que supongo no debía estar ahí. Saqué la lengua casi asustado y metí el dedo para ver qué era la vara. El hijueputa cochino tenía un hollejo enredado entre los vellos del culo. De inmediato se lo enseñé y le dije que era un chancho. El Tirso me vio con ojos de benévola incredulidad y me dijo, "Diay, mae, si le cuadra el culo, le cuadra lo que tiene adentro." El cabrón sabía que lo estaba vacilando, y aunque no soy gourmet de la mierda, un toque de caca una vez al año no hace daño, como dice el refrán. Le volví a meter la lengua y el mae, poco a poco, entre gruñidos de satisfacción, se fue acostando boca abajo en la cama.

Ahí fue donde empezó todo. El Tirso se empezó a tirar un rollo rarísimo sobre los dioses de la antigüedad mientras yo le mamaba el culo. ...*When you're strange, no one offers you a light, when you're strange no one remembers your name, when you're strange...* William había pasado de Ravel otra vez a los Doors en la sala y bailaba golpeando los muebles. No había que estar ahí para saberlo porque era la rutina invariable del mae cuando fumaba monte, y mientras tanto, el Tirso se quejaba de placer y hablaba del Minotauro... "un animal mitad hombre mitad dios; un bicho hijo de la esposa de Minos y el Toro de Maratón. Unos dicen que se llamaba Asterión; otros dicen que así se llamaba el toro que lo engendró; otros que así se llamaba el tata de Minos y abuelastro del animal. Y otros... ahhh... qué rico... que así se llamaban todos". Le abrí las nalgas con los pulgares y empecé a pasarle la lengua por el puro hueco. El mae se fruncía con espasmitos de placer mientras seguía el rollo de los toros y los familiares. "Cuando la civilización de Creta fue destruida por las tribus micénicas, la costumbre cretense de sacrificar carajillos pasó al Asia Menor. Los amonitas... qué rico... siga.... los amonitas tenían a Moloch, su versión del Minotauro, y siguieron matando güilas echándolos drogados al fuego. Cuando gritaban y se quemaban, la cara se les deformaba y parecía que se reían mientras aullaban medio dormidos. Esa es la mierda sardónica, aaAAAYYYYY!!!... siga, siga.... la risa sardónica de los adoradores de Sardes... sí, qué rico". Pero el Tirso no pudo seguir porque yo lo volví violentamente boca arriba para besarlo. El mae era deliciosamente belfudo, de labios grandes y carnosos; por eso mamaba tan bien. Lo besé sintiendo la fresca humedad de la boca y Wi-

494 ALEXÁNDER OBANDO

lliam, ya más loco que nosotros, se mandaba con FRONT TWO-FORTY-TWO, haciendo cimbrar toda la puta casa. Yo acariciaba los vellos de los pies del Tirso y le mamaba los dedos gordos mientras el mae se revolcaba en la cama de puro placer. De pronto no aguantó más y se paró como un rayo en medio del cuarto. Se quitó los pantalones que hasta ahora le colgaban de los tobillos y yo le arranqué los calzoncillos de tal manera que nunca los volvimos a ver. Yo me quité la ropa como un bólido y me eché a la cama a la par de él. La casa se venía abajo con el tecno-industrial-psicópata de William (no importa que todavía no lo hubieran inventado), y yo metía la nariz en el pelo del Tirso como único lugar donde había aprendido a ser feliz. Le chupé el cuello hasta verlo todo húmedo y brillante, hasta ver que el cabello se le pegaba al cuello por efecto de mi saliva. El mae subió las piernas y se fue acomodando para penetrarlo, pero en el momento de más excitación de repente se me quitó de en medio y se irguió en la cama. Lo vi feliz y sudoroso, como un niño que está jugando con uno "quedó" y de repente se detiene porque ya casi está sin aire. Pero el malparido no me dio chance de reaccionar. De inmediato se me tiró a la picha y se la metió a la boca con un toque violento que no pudo contener. Yo sentí como si me la hubiera masticado y le dije que se calmara, pero el olor a culo, a saliva, a huevos sudados nos había excitado tanto que ninguno de los dos se podía aguantar. Yo no soy muy amigo de que me la mame un mae como el Tirso, pero, en fin, eso era lo que el playo quería hacer. Después de un toque, lo subí agarrándolo de los hombros y al hijueputa le dio mal de risa. Le pregunté qué le pasaba pero no me podía contestar. Estaba casi atragantado con no sé que putas ideas de las cosas raras que el mae leía. Por eso todo el mundo decía que estaba rayado; porque al mae se le ocurría hablar de las varas más raras cuando no tenían nada que ver. Por ejemplo, como ahora: ahí estoy como idiota mamándole el culo, y el mae se pone a hablar de esas varas de los dioses y mitos del pasado. Y también lo hacía en la clase. Yo estaba mamándole el culo a la profe de Estudios (en el otro sentido, claro), alabando las reformas de Liberación, y el hijueputa del Tirso se mandaba un discurso de Mao o una chorreada de refranes del Librito Rojo, porque el cara de panocho se los sabía todos de memoria. Me ponía en ridículo, y después de ahuevarme la tanda en Estudios, se congraciaba haciéndome caritas y yéndose conmigo detrás del gimnasio a mamar de lo bueno.

Ahora se enrollaba en la cama como una culebra de fuego. Por fin lo agarré de los brazos y le grité fingiendo estar enojado: "¿De qué putas te reís?" Y el mae ya sin aliento, como quien dice esmorecido de la vara, gritaba entre violentas cogidas de aire: "¡Risa sardónica! ¡Noó-che qué varas!" Y los dos, cagaditicos de la risa nos revolcábamos en la cama repitiendo la frase mágica, la frase tan loca y mágica que nos había sacado de la concentración de la culiada.

Pero el Tirso en el fondo, porque hay que decirlo, era un maje muy serio. Tan pronto pasó el mal de risa volvimos a lo nuestro.

Y es aquí donde el Tirso daba lo mejor de sí mismo, porque ese hijueputa sí sabía culiar como nadie. Tan pronto apuntabas y se la metías, el mae era un dios en tus manos y vos otro dios en las de él. Cada chavalo homosexual tiene un rollo distinto de como le gusta tragársela, claro, si es que le cuadra que lo puncen. Al Tirso le gustaba un toque raro que la verdad a muy pocos les cuadra. La mayoría de los maes te piden que la metás despacio, como para irse acostumbrando a la vara. Algunos son incluso pavorosamente histriónicos y te dan toda una aria de ópera con cada pulgada que se tragan. Pero el Tirso no. Al mae le cuadraba que uno le entrara con todo el equipo de una vez, eso sí, no muy rápido. Entonces, mientras entraba, el mae te daba un sonido de silbido, como cuando te ponés alcohol en una herida, y luego decía algo como "qué rico", o "qué tuanis", y luego, después de "reposarla" otro toque, te dejaba bretear a tu propio ritmo. La verdad es que yo le jugué sucio al mae muchas veces. Un día le hice creer que estaba bien moteado para zampársela bien duro y bien rápido. El mae dejó escapar ese siseo de dolor que tanto me excitaba y después me dijo que qué mae más animal. Yo le contesté besándolo y cogiéndomelo hasta que los dos nos regamos.

Pero esa noche de la música atronadora en la sala fue especialmente tuanis. Porque yo venía de estar un año en California sin coger con nadie por miedo al sida, y aunque el Tirso no era mi novio oficial, nada nos dio más placer que ser novios esa noche. Yo fui el Minotauro y él la Pasifae enamorada de la bestia. Yo fui el dios Moloch, y él, en su soledad de adolescente suicida, fue el niño muerto de risa sardónica, abrazado por las llamas.

Después de ese año en que apareció *El Muro* de Pink Floyd, también él y yo fuimos "secuestrados". Fueron tantas las cosas que nos separaron, tantas las noches en que no nos pudimos ver, que ya nunca volvimos a estar juntos.

Pues bien, maes, ustedes ya lo notaron:

El idiota

ya no llora,
ni se muere,
ni tampoco hace el amor.

62. EL MINOTAURO

No hay entre el laberinto egipcio y el de Creta más
analogía que la del nombre, la cual ha engendrado
indudablemente alguna confusión entre los dos monumentos desde la antigüedad. La raíz del laberinto
egipcio parece haber sido «Lope-ro-hount», que significa: el templo del lago; el laberinto cretense procede
de «labrus», que significa hacha en lengua caria: el
santuario de las hachas.

E. POTTIER

The killer in me's the killer in you...

SMASHIN' PUMPKINS
Disarm

En este momento estoy en la antesala del Palacio de la Oscuridad. He viajado días y noches para llegar hasta este templo de tinieblas donde probablemente pasaré las mejores temporadas de mi existencia.

Contrariamente a tantos que llegan aquí desfallecidos de ánimo y deseosos de venganza, yo vengo en paz, y no quiero pedir más que mi legítimo derecho a permanecer en una de las grandes habitaciones del palacio. Quiero jugar con los niños de la noche sin que huyan de mí o sientan el temor del dolor o la muerte. Quiero caminar por los paisajes de este bajo mundo aunque sea bogando en la oscuridad de sus bosques, en la permanente invisibilidad de sus praderas donde nunca asoman los rayos del sol. No tengo que ver a mis compañeros de juego: baste con que ellos me escuchen y me sientan, lo mismo que yo a ellos. Porque ése es un privilegio que nunca tuve. Mis amigos siempre fueron los fantasmas en las paredes de mi imaginación, o las manchas de sangre de aquellos que trataban de huir desesperados.

Desde muy niño tuve noción de que las cosas eran diferentes para mí y no encontré la forma de preguntar la razón de aquello. No pregunté por qué mis hermanas y hermanos sí podían caminar por las habitaciones superiores, e incluso salir y hablar con las demás personas. En tanto que yo, bajo la más feroz vigilancia, debía permanecer siempre en los aposentos de abajo, más espaciosos y abundantes, es cierto, pero también infinitamente más solitarios. Ni siquiera los de mi propia sangre, mis hermanos y hermanas, podían jugar conmigo. Nuestro padre lo prohibía sin dar más razones. Yo era una especie de secreto de familia o suerte de vergüenza que debía ser escondido y negado, supongo, por el bien de los demás.

Al principio no notaba nada. Yo era un estúpido que se conformaba con las cosas como si todo fuera parte de un orden natural; como si la vida para todos y cada uno de nosotros estuviera diseñada de la misma manera. Por eso aceptaba la oscuridad y la ausencia de los brazos de mi madre. Ella me visitaba poco y siempre que lo hacía —o casi siempre— se iba llorando sin haberme dirigido palabra alguna. Supuse entonces que hasta mis propios padres ignoraban que yo podía hablar, o simplemente no se quisieron enterar de ello.

Mis primeros recuerdos son, pues, esos: los de mi madre llorando y mi padre manteniendo la distancia; los de nodrizas con muecas horribles en el rostro mientras trataban de ser amables. Pero hasta este esfuerzo de amabilidad que había sido ordenado por el rey, mi padre, fracasaba. Una de ellas, de la que nunca volví a saber nada, vomitó una vez sobre mi pierna mientras trataba de alimentarme. Yo no entendí por qué lo hizo. Solo recuerdo que eso cambió drásticamente las cosas en torno mío. Antes de llegar a la misma altura de los demás muchachos, me bajaron a las habitaciones donde viví la mayor parte de mi vida. Las nodrizas desaparecieron y fueron sustituidas por un cuerpo de guardias que si bien no me maltrataban, tampoco querían tener nada que ver conmigo. Y por esa razón nunca hablé. Porque nadie hablaba conmigo. Solo me quedaba rumiar las inmensas habitaciones de ese palacio interior que eran mis recámaras e inventar un nombre para cada pared, para cada piedra que hubiera en mi camino.

Creo que en determinado momento mi padre empezó a odiarme. Lo digo porque dejó de venir a mis habitaciones aun antes de que desaparecieran las nodrizas, siendo yo todavía muy pequeño. No volvió a verme sino hasta mucho tiempo después, cuando instauró una especie de rito anual en nuestro país. Una festividad monstruosa que determinó la mayor parte de mi adolescencia. Si no era para esa fecha especial, yo nunca lo veía.

Ahora bien, un tiempo antes de empezar el ritual, creo que fue para mi noveno o décimo año, un día, de repente, dejaron de alimentarme. Pasé hambres horrorosas durante casi dos semanas hasta que a la tercera me echaron una cosa infame por un ducto. Era un gran trozo de carne humana. Me resultaba fácil de reconocer porque la forma de la pierna era precisa aunque estuviera despellejada. Los músculos y los tendones, la forma de los dedos, todo era exactamente como debía ser.

No recuerdo si pegué alaridos o salí huyendo o simplemente hice las dos cosas. Solo recuerdo que la imagen del rey quedó impresa en mi mente, junto a la sangre fresca que todavía manaba por las arterias cercenadas del muslo. Pegué alaridos de odio y en mi desdicha estuve llorando más de dos días arrinconado en la oscuridad. Por fin había entendido mi situación de animal capturado y enjaulado, de vergüenza y monstruo familiar, y no de príncipe del reino, ni siquiera de noble, como mis demás hermanos. Sabía que era físicamente distinto, pero jamás imaginé que esa diferencia ameritara tanto odio y repulsión hacia mí. De repente toda la situación era más que clara. Quién sabe a qué inocente habían sacrificado para luego obligarme al canibalismo. Rabié y grité durante varios días hasta que con una soga se llevaron la carne magra y me lanzaron otro trozo fresco. Supongo que habían sacrificado a otra persona porque la sangre todavía no había coagulado en el brazo. Lloré nuevamente ante mi situación. Pero estaba ya tan debilitado que sabía que tenía que comer para sobrevivir. Así mi padre logró lo que me pareció era su objetivo: convertirme en un animal y una bestia, algo que ya no fuera identificado como ser humano, y mucho menos como hijo suyo.

Con los años he sabido más de mí mismo y las razones tan profundas por las que mi padre me odiaba y, por supuesto, me temía. Para empezar, yo era el recuerdo vivo de sus errores, y también la imagen de los errores de mi madre. Yo era el obsequio de Zeus que martirizaba al hijo desobediente, cruel y egoísta que era mi padre, el rey. Pero ahora me pregunto, si yo había sido creado para ser el objeto de su desgracia y con eso hacer justicia, ¿qué había entonces de mí? ¿Quién me hacía a mí justicia liberándome de aquel infortunio? Supongo que ni los hombres ni los dioses, porque ahora que puedo decirlo sin temor a represalias, creo que los númenes, en su afán de hacer justicia, cometieron una injusticia mayor. ¿Para qué crearme como látigo contra otros si con cada latigazo yo iba a sufrir lo mismo que los castigados? Nadie jamás se preocupó por lo que fuera a sentir yo.

El castigo de los dioses era, a su triste manera, casi perfecto, porque siendo yo de origen divino, mi padre podía hacer conmigo lo que quisiera, menos herirme o matarme. Es decir, no se podía deshacer de mí. Por eso ideó mi monstruosificación, y por eso también es que creó el sangriento rito anual, para deshacerse de un solo trazo de dos de sus problemas más grandes: yo y su venganza contra Atenas.

Mi hermano Androgeo había muerto en la ciudad del Ática. Los mensajeros de la ciudad decían que había muerto accidentalmente, pero el rey sospechaba una traición. Emprendió la guerra contra Atenas y resultó vencedor. Les exigió entonces a los vencidos un tributo anual de catorce adolescentes, siete hombres y siete mujeres. Dijo que servirían de premio a unos juegos anuales que instauraría en nombre de mi hermano. Yo sospechaba algo más porque mi dieta de carne y sangre había empezado mucho antes.

Cuando por fin se dieron los primeros juegos hubo gran algarabía y regocijo en toda Creta. La gente vino de lejos para ver las famosas justas, aquí, en el mismo Palacio de Knossos. Las fiestas eran extraordinariamente largas y sangrientas. Morían más esclavos de los que se suponía había en todo el reino, mientras algo similar ocurría con el vino. Los concursantes y todo el pueblo simplemente parecían flotar en él como si las bodegas del rey Minos no tuvieran fin. Por supuesto yo no estaba invitado a nada de aquello; más bien era una época de penurias porque debía ayunar como las primeras veces. Me daban tan poco que había madrugadas en que deliraba de hambre, mientras afuera los borrachos proseguían con sus canciones hasta el amanecer.

Y así casi diez días, hasta que una mañana de tantas, contrario a la costumbre, reinó un silencio absoluto. No había canciones al calor del vino ni se escuchaba el ruido de la plebe vitoreando a los atletas. Nada. Por eso, quizá, me volví a quedar dormido como hasta el mediodía. Fue entonces que oí los gritos del pueblo saludando a la casa real, y luego, con pequeños intervalos de silencio, nuevamente la gritería de la plebe y terribles aullidos como de suplicantes. Escuchaba voces de auxilio entreveradas con risas y gritos de los soldados, con golpes de espada contra los escudos de cuero como cuando la soldadesca incita a sus campeones. Y de repente, sin ningún aviso, una gigantesca plancha de bronce se abrió a mis espaldas y entró violenta y cegadoramente la luz del sol. En ese momento la gritería en la arena aumentó hasta ser un rugido inaguantable. Me cubrí la cara con un brazo y avancé poco a poco hasta la abertura. Lo que ahí me esperaba todavía lo considero algo distorsionado por el delirio que el hambre me había causado.

Un grupo de muchachos y muchachas, vestidos apenas en lino transparente, se apiñaban unos contra otros aterrados y viendo hacia donde estaba yo, mientras la guardia de palacio creaba detrás de ellos un semicírculo de lanzas que poco a poco se iba cerrando. Cuando mi cabeza se asomó al sol y pude ver mejor lo que pasaba, los muchachos se aterrorizaron y comenzaron a gritar con desesperación. Perdieron el control y varios de ellos, sin darse cuenta, corrieron directo hacia las lanzas. Una muchacha se ensartó contra una de ellas, y al desasirse, algo amarillo y húmedo se le salió por la gran herida. Lo que fuera, le quedó colgando hasta la altura de las rodillas sin que la pobre se diera cuenta. Siguió corriendo en dirección de la multitud, que ahora rugía más desenfrenadamente.

Al darse cuenta de su estado, o tal vez por la gran pérdida de sangre, la muchacha finalmente titubeó y luego cayó junto al muro debajo del trono de mi padre. Yo no soporté ver aquel espectáculo de terror y empecé a vomitar la poca saliva que tenía en el estómago. Perdí el equilibrio y me agarré de los muros para volver al interior. Una vez ahí, caminé ciego hasta que mi vista lentamente se volvió a acostumbrar a la oscuridad. Entonces corrí por aquellos pasillos que conocía perfectamente y traté de esconderme entre lo más profundo. Salté desniveles y gradas que solo yo sabía a dónde iban, siempre intentando huir lo más lejos posible de aquel horror. Cuando por fin me creí seguro, tres niveles más abajo y casi a cien metros de la arena, me acurruqué en el suelo para darle a mi corazón la oportunidad de acallarse. Pese a esa distancia, todo se seguía oyendo perfectamente. Los muchachos volvieron a gritar con desenfreno y se oyó el ruido metálico de la plancha que también se volvía a cerrar. Sus gritos, sus miserables aullidos de desesperación, tendrían de ahora en adelante el eco de estos callejones sin salida.

A estas alturas de los hechos yo todavía guardaba algo de esperanza. Acaricié la torpe idea de que aquello era un regalo de mi padre para reconciliarse conmigo, si es que de reconciliaciones se trataba. Creí que con la presencia de esos muchachos lo que él buscaba era desandar un poco el mal camino emprendido. Me brindaba, quizá, la compañía que nunca tuve; los amigos y hermanos que desde siempre había deseado. Tal vez pronto se abrirían las verdaderas puertas del laberinto —aquéllas que yo siempre volvía a perder— y una fila interminable de esclavos entrarían ofreciéndonos de todo para comer. No esperaba ser tan afortunado como para contar con la presencia y el amor de mi familia, pero sí, quizás, con su perdón. Perdón por ser el objeto de su vergüenza y de su castigo. ¿De qué mejor manera podría Atenas pagar la muerte de un hijo de Minos de Creta, sino ofreciéndole compañía y confort a otro de sus hijos? Todo estaba claro. Mi padre había encontrado la manera de perdonarme y de castigar a Atenas, todo en uno.

Pero los días pasaron y los esclavos no llegaban con sus charolas repletas de manjares, con sus odres absolutamente henchidos del mejor vino de Creta ni el perdón deseado. Nada se oía desde afuera. Los gritos y oraciones de los muchachos se habían reducido a esporádicos llantos que pronto volvían a cesar. Fue entonces cuando caí en cuenta de lo inútil de mis esperanzas. Lo que estaba hecho, y aquello por lo que había sido hecho, no iban a cambiar.

A los cuatro días decidí salir porque ya estaba muy débil. Era francamente peligroso seguir en esa situación de ayuno obligado. Si me quedaba en el escondite, pronto estaría demasiado débil para moverme del todo. Lo único que me favorecía en esta situación era la naturaleza. Mi contextura, más grande y más fuerte que la de otros muchachos de mi edad, podría ayudarme si lo peor llegaba a suceder; es decir, si fuera necesario usar la fuerza. Empecé pues a rondar los callejones más apartados tratando de evitar que me vieran y para tener una mejor idea de su situación. Si como me esperaba, todos los que entraron habían sobrevivido, entonces tenía trece muchachos con qué lidiar. Ellos carecían además de otra ventaja. Ninguno podía ver este lugar como lo veía yo. Yo los tendría en mis ojos mientras que ellos casi ni podrían advertir mi presencia.

Al poco rato de deambular por los corredores me encontré con el primero. Un muchacho sentado sobre una piedra, la cabeza de lado y la espalda recostada al muro. Parecía dormido. Entonces me acerqué muy sigiloso tratando de no hacer ruido. Pero algo de inmediato me puso en alerta: un brillo extraño, una luz repentina que me hizo detenerme y luego retroceder con cautela. Estaba armado. En la mano derecha tenía un estilete que casi refulgía en la oscuridad. Me detuve unos segundos tratando de contener la respiración de puro miedo. Nada pasaba. El muchacho no se despertaba de su pesado sueño, por lo que, unos segundos después, me volví a acercar, esta vez más cautelosamente, pero por desgracia tropecé con algo. De nuevo me escabullí aterrado hasta cierta distancia para ver qué pasaba. Esperé y nada ocurrió. El muchacho seguía dormido con el cuchillo en la mano. Enfoqué entonces la vista en el piso y vi la figura de una niña. Estaba acostada a la par del otro como si ahí mismo la hubiera sorprendido el sueño. Estaba de medio lado con la mano derecha reposando lánguidamente sobre el piso de tierra. Esta misma mano daba la impresión de tener un guante puesto, cosa que me pareció muy extraña. Pero al acercarme de nuevo ya pude ver mejor las cosas. El guante en la mano de la niña era una gruesa capa de sangre coagulada que ya estaba ennegrecida. Le revisé la otra mano y encontré lo mismo. Instintivamente le perdí el miedo al muchacho del estilete y revisé también sus manos. Ambos se habían cortado las venas y el cuchillo en la mano derecha, ahora bien visto, mostraba un fulgor carmesí debido a la plata manchada de sangre. El arma probablemente había sido el último recurso de un padre desesperado quien se lo había dado al muchacho con instrucciones muy precisas. Volví a revisar a los muchachos y el parecido de sus caras confirmó más mi teoría: sabiendo a lo que eran traídos, el padre quizá les pidió que se suicidaran una vez en Knossos. Entonces, de verdad era posible que hasta ese momento yo hubiera sido el único que ignoraba todo. Si es que hasta los padres, aun desde la lejana Atenas, ya sabían qué era lo que iba a pasar con sus hijos cuando llegaran aquí. Solo yo había persistido en ignorar la realidad, en ser el más ciego de todas las víctimas y desestimar lo que verdaderamente se movía en el corazón de Minos. Comprendí que su plan era monstruoso, y para llevarlo a cabo, había creado un ejército de monstruos a su alrededor. Si eso era lo que quería, lo tendría. Me convertiría en su monstruo para diferir el propósito de los dioses. Me prestaría a ser la espada con que amenazara a su propio padre como el niño insolente que siempre fue. Pero ni él ni nadie podría luego detener lo que habían desatado. Si yo era la deshonra de la Casa de Knossos; si yo, a fuerza de esta infamia, debía transformarme en la espada de la dinastía minoica, de algún modo, algún día, también sería su verdugo.

Por razones de comodidad, decidí llevarme a la niña primero. Era más pequeña que su hermano y su carne, pienso, sería más suave. Pero de inmediato cambié de parecer. Mejor me llevaba a los dos porque con la niña sola no bastaría. Era ya mucho lo que yo había ayunado y aquellos hermosos pero delgados miembros no darían abasto para lo que necesitaba. Sus cuerpos, un poco rígidos, fueron incómodos de cargar pero eventualmente pude volver a mi escondite sin ser visto por los otros. Y claro, por única vez mientras estuve en el laberinto, me sentí a gusto con la ventaja de tener un cuerpo mucho más fuerte que el de los demás mortales.

El estilete, por su parte, fue de gran utilidad, ya que rasgar la carne con los dientes era difícil y además consumía mucha energía. Después de un par de horas de comer abundante carne, me entró sueño y opté por camuflarme junto con los cuerpos de los hermanos en un pozo vacío del tercer nivel.

Dormí quizás un día entero y cuando desperté me sentía físicamente muy repuesto. Lo primero que captaron mis oídos fueron llantos provenientes de los niveles superiores. Supongo que a pocos se les puede ocurrir que un laberinto sea tridimensional, porque éste, además de centenares de habitaciones y miles de pasillos, tiene además seis o siete niveles, y en cada uno de ellos el laberinto completo se vuelve a repetir pero de forma distinta. Sobra decir que las gradas y los desniveles que comunican verticalmente son también varios miles. Supongo que los muchachos se han aterrado al darse cuenta de esto y no se mueven del nivel superior por la esperanza de poder eventualmente encontrar la salida. No saben que yo he invertido casi diez años de mi vida en el mismo empeño. Hay pasillos que sí llevan al palacio o a la arena, pero todos esos están cerrados con puertas de bronce y fuertemente custodiados. Mientras que los otros, los que llevan a la libertad, simplemente no existen. Pero ellos no lo saben, y supongo que seguirán buscando hasta caer muertos.

Ya han pasado cinco o seis días desde la pesadilla inicial. Decido salir otra vez pero ya no como depredador. Más bien quiero saber de los sobrevivientes y de la posibilidad de que me pueda dar a entender con ellos. Salgo de mi escondite con los restos de los hermanos para dejarlos en otro lugar. Ya se están descomponiendo y el olor es insoportable. Al llegar al segundo nivel los deposito en una cisterna esperando que los demás no los encuentren. Subo entonces hasta el primer nivel para explorar el terreno y ver la posibilidad de contacto. Por lo pronto, y si de verdad quiero contactarlos, debo esconderles el hecho de que me he comido a dos de ellos para sobrevivir. No me creerían que los encontré ya muertos.

Tras rondar los pasillos más de una hora empiezo a captar sollozos y cuchicheos cerca de la puerta por donde entraron. Casi no se han movido nada por temor a perderse. No sabría cómo explicarles que están perdidos desde el momento en que entraron a este infierno. Procuro entonces moverme oblicuamente para que no me vean sin previo aviso, pero al adentrarme más por uno de los pasillos, me encuentro a uno de ellos, uno muy joven, caminando para atrás como si quisiera ver lo que lo persigue. No se da cuenta, el pobre, de que más bien estoy delante de él; que sin querer estoy cortándole el camino hacia sus amigos. Yo mismo me doy cuenta de esta situación y trato de apartarme sin que me vea, pero el chiquillo tiene el oído muy agudo, y tan pronto me muevo gira el cuerpo violentamente. No grita ni dice nada. Los ojos se le han abierto terriblemente mientras recorren lo largo y lo ancho de mi cuerpo. Abre un poco la boca y veo cómo sus ojos van perdiendo enfoque. Se quedan viendo al vacío y luego se desvanece y cae boca abajo con un golpe seco. Trato entonces de acercarme pero algo me detiene. El pequeño cuerpo convulsiona un instante y luego no se mueve más. Espero unos segundos y como ahora sí se ha quedado quieto decido inspeccionarlo más de cerca. Lo vuelvo boca arriba y pongo una mano en el pecho tibio y húmedo de sudor. Al quedarme quieto no siento su corazón, así que acerco el oído para cerciorarme. Nada. Vuelvo a intentar escuchar con atención, pero nada. Pego entonces la cara totalmente al pecho sin que por ello el cuerpo dé alguna seña de vida. El corazón no le palpita; el niño está totalmente exánime. Y sin embargo, empiezo a golpear el esternón, una y otra vez, infructuosamente. Pero al rato comprendo que estoy solo. Si acaso, rodeado de otro cadáver que mana un fuerte olor a sudor y excremento. Un cadáver que ya no es un niño, sino un cuerpo; la carne que no como desde hace casi dos días. Y es tal vez ahí, en ese momento, donde veo más claramente mi doble papel de víctima y de monstruo. Soy acechado y quien acecha. Hace un instante pude haber estado buscando la compañía de un amigo. Ahora quiero ese mismo cuerpo como alimento para mis tripas insaciables. Ya no sé cuándo soy el carnicero y cuándo la oveja atada por las patas, o acaso ya soy ambas cosas a la misma vez. No lo sé. De todo esto solo puedo rescatar mi ineluctable deseo de sobrevivir a toda costa y mi voluntad de odiar y vengarme de los míos. De mi padre, arquitecto principal de este horror, y de mi madre, cuyo papel desconozco, pero sé que también es importante.

Con los ojos llenos de lágrimas recojo el cuerpo exangüe y me lo echo al hombro para bajar al segundo nivel. Ahí lo lavo en una cisterna para quitarle el mal olor y luego saco el estilete y hago los cortes que he aprendido a hacer, aprovechando las partes más suaves del cuerpo. Una vez que he comido, guardo el resto del cuerpo colgándolo de un gancho entre dos contrafuertes y me preocupo por encontrar algo de olvido en el sueño. Quisiera despertar dentro de muchos días y saber que todos los otros muchachos han escapado o han muerto, porque yo, personalmente, no quiero enfrentarme a la muerte otra vez.

Quisiera poder ver las estrellas en esta noche mía siempre tan larga, tan absolutamente extensa que no acepta otra cosa más que a ella misma, porque desde que desperté oigo murmullos nocturnos en el santuario, sonidos leves, apagados, como emitidos por los negros insectos del Hades. Escuchándolos bien, me estremezco de angustia al poder definir lo que son. Solo mi madre los había emitido antes para mis oídos, pero ahora los reconozco como si fuera ella misma quien estuviera entre los muchachos de arriba. Son los murmullos de la locura. Los sonidos de los desorientados que ya abandonaron de alguna manera este lugar. Solo continúa su sombra como una negra persistencia para torturar a los que quedamos aquí. Aquéllos que solo podemos aceptar esto o aceptar la muerte, pero no las dos cosas. Siento que esa es mi mayor soberbia: la de rehusarme una y otra vez a dejarme morir. Tal vez, desde un principio, tomé el rumbo equivocado.

Por fin me decidí a salir del escondite y enfrentar la situación de que ellos, los que sobreviven, están aquí conmigo. Subo hasta el segundo nivel bastante confiado de que ninguno de los muchachos ha podido superar el miedo que les causaría descender a los niveles inferiores. Sin embargo, con eso cometo un grave error de cálculo. Lo primero que encuentro en uno de los pasillos más estrechos del segundo nivel es a una niña que deambula sola. Tiene los cabellos engreñados y la cara sucia, probablemente de mucho llorar. Claro que me asusto bastante y mi primer impulso es huir, pero en ese último momento algo extraño en ella me llama la atención. No se asusta. No se mueve ni grita ante el espectáculo de mi presencia como lo hicieron todos la primera vez. Pienso que será otra víctima como el último chiquillo, y sin embargo, tampoco cae muerta. El miedo se empieza a apoderar de mí ante la impasibilidad de ella y comienzo a retroceder lentamente. La niña entonces avanza con paso inseguro y tambaleante hacia donde estoy. Yo retrocedo asustado, casi con ganas de correr, pero no lo hago por temor de que eso sea peor. Ella se va acercando cada vez más hasta casi poder tocarme. Yo, impávido, comienzo a sudar. Finalmente, ella estira una mano y acaricia suavemente mi pelambre y luego sube hasta los belfos. Sus manos se llenan de mi saliva y tal vez por instinto bufo suavemente al contacto de la mano fría y terrosa de la niña fantasma. Tan pronto ha hecho eso, pierde la vista nuevamente en la distancia y vuelve a avanzar con paso inseguro. Noto por fin que esa inseguridad en los movimientos ya no es miedo ni algo que se le parezca, sino debilidad. La debilidad que ya le carcome el cuerpo tras de muchos días de sufrir y no tener qué comer. La debilidad que infiltra la locura y la desesperanza. Al verla alejarse lentamente por el pasillo me doy clara cuenta de su destino inmediato. Dentro de veinticuatro horas o menos tendré que recoger su cadáver para alimentarme.

Esta mañana me comí lo que quedaba del chiquillo que colgué entre dos contrafuertes. En la gran humedad de este laberinto la carne se descompone con gran rapidez. Durante la noche los insectos también habían hecho fiesta con parte de la cara y las vísceras que yo no como. Tan pronto terminé lo que quedaba del muchacho, me fue necesario llevar los restos a la cisterna donde puse a los hermanos.

La niña loca ahora vive conmigo. Me encontró varias veces más en los pasillos y siento que me ha adoptado. No sé por qué pero le da por dormirse acariciándome el lomo como si yo fuera su madre. Tal vez eso es lo que cree que soy. Por las mañanas toma mucha agua de las cisternas pero yo no me he atrevido a enseñarle mi fuente de alimento principal. Cada vez la veo más débil. Y aunque ha sobrevivido muchísimo más de lo que me imaginé, creo que ya está a punto de morir. No se mueve del rincón donde duerme y solo emite extraños sonidos cuando quiere que le traiga agua. Yo sólo me aparto de ella para ir a comer cerca de la cisterna de los cadáveres. Ahí guardo a otro muchacho que recién murió de unos espasmos, o algo así. En verdad no sé qué le causó la muerte, pero es un adolescente grande y sé que me servirá de alimento durante varios días.

Por fin dejé de suponer cosas que no debía de suponer y le llevé a la niña un grueso trozo de carne del muchacho. Cuando se lo puse ante la cara solo vi el poco de espuma que había botado por la boca. Las manos blancas aún tenían el estilete que yo le daba para que se sintiera más segura en mi ausencia. Después de llorar un rato, me costó trabajo arrancar el puñal de aquellas manitas muertas.

Al haber pasado quince días desde el ritual creí que ya todos se habían muerto. Volví a caminar por los pasillos próximos a la puerta de bronce en busca de cadáveres, pero no se veía ninguno por ningún lado. Yo tenía contabilizados cinco, por lo que debía haber todavía unos ocho adolescentes, o sus cuerpos, en el laberinto. Sin embargo, todo estaba como si ellos nunca hubieran estado ahí. Esto me abrumó. No sabía qué pensar de la repentina desaparición, y, francamente, ya no tuve tiempo de pensar más... Los gritos enfurecidos de dos muchachos reventaron las paredes como un gran tornado. Las dos sombras corrían hacia mí con un vigor que solo el odio les podía dar. Tuve apenas tiempo de moverme para evadir ser ensartado por la lanza que uno de ellos traía. Al recuperarme rápidamente, pude ver que eran dos muchachos como de mi edad con un pedazo de rama apuntalada. Todo aquello era una nueva pesadilla. No sabía de dónde habían salido ni cómo habían conseguido la rama. Pensé en sacar el estilete acomodado en mi cintura pero vi que no era necesario. Los dos atacantes temblaban de miedo tanto como yo. Entonces agarré fuerzas de no sé dónde y pegué un bufido espantoso, algo que ni yo mismo sabía que podía hacer. Las paredes de todo el santuario retumbaron como una caja de resonancia y vi que, aunque muerto de miedo, yo estaba en control de la situación. Cuando enfoqué la vista de nuevo hacia los muchachos solo encontré a uno tirado en el suelo. El otro había huido despavorido. El que quedó en el suelo solo estaba desmayado, por lo que me pareció mejor dejarlo ahí.

Yo me sentía nervioso, muy alterado. Era la primera vez que alguien me agredía directamente y me palpitaba el corazón al pensar en que me hubieran podido matar. Este incidente logró enclaustrarme un par de días más hasta sentir que todo estaba seguro. Pero cuando volví a salir a los pasillos, lo hice con más cautela que nunca.

El santuario, aunque conocido en su mayor parte, lograba engañarme de vez en cuando. No era factible estar al tanto de todas sus posibilidades. Resultaba tan sorprendente la manera en que uno a veces se perdía en él que durante algún tiempo guardé la idea de que las paredes se movían. Claro que esto no es cierto, o por lo menos eso creo, pero se necesita años de experiencia para saber llegar al mismo punto dos veces.

Debido a esto, a veces me perdía y me costaba volver a coordinar el complejo entramado de indicaciones que me metía en la cabeza para retomar el camino correcto. Por eso a veces regresaba a mi escondite sin haber visto nada; porque me perdía; porque luchando como loco para volver a la entrada desfallecía el ánimo de seguir adelante. Era pues necesario conformarme con lo que mis oídos captaban. El tono de sus voces, el timbre y tesitura exacta de sus lloriqueos, el ritmo de su respiración, o acaso ésta última la imaginaba o la confundía con mi propia respiración. De cualquier modo, era más seguro de aquella manera. Seguir el vaivén de sus vidas como si se tratara de un eco en el fondo de un pozo; como si fueran voces de animales perdidos en un bosque primigenio, sin comienzo y sin final. Así lograba conciliar el poco sueño que a ratos sentía.

Al día veintitrés cesaron por fin los lamentos.

Salí del escondite con el cuchillo de plata en el cordel del taparrabo. Tanteé mi camino lentamente hasta el salón junto a la puerta de bronce. La ruta que había tomado no me presentó trabas y llegué a mi destino en menos de veinte minutos. Esto se debió, quizá, a que estaba menos cansado y ya casi no tenía miedo. No esperaba encontrarme a nadie vivo después de tres semanas, por lo que me sentía bastante tranquilo. Cierto que había una sensación de fracaso flotando sobre todo aquello, especialmente al no haber podido evitar tanta muerte, pero estar a salvo se había convertido en una prioridad tan abrumadora que lo secundario ya casi carecía por completo de sentido. Esa era la lección que Minos me había enseñado, ahora lo entiendo, a pesar de que tal vez ése no hubiera sido su propósito original.

Cuando llegué al salón encontré un espectáculo de muerte que no me esperaba. Los ocho cuerpos restantes estaban tendidos en forma perpendicular al muro y todos paralelos entre sí. Casi todos habían sido desnudados y ahora tenían la tela de lino sobre ellos a manera de mortaja. Todos menos los dos últimos de la fila, los que estaban más alejados de mí. Me acerqué con enorme cautela y los fui revisando uno por uno. El primero ya se estaba descomponiendo, por lo que emitía el nauseabundo olor de la carne podrida. Era un chiquillo, me parece, casi tan joven como el que había muerto a mis pies. Luego había otros, también muertos, pero en orden cronológico, cada vez más recientes. Cuando llegué a los dos últimos, aquéllos precisamente que me habían atacado con su rudimentaria jabalina, noté que eran los únicos que no tenían el taparrabo haciendo las veces de mortaja. Incluso estaban un poco aparte del resto del grupo. Me acerqué al primero y lo reconocí como el que se había desmayado ante mi bufido. Su piel ya estaba blanca y cerosa. Pero el cadáver todavía expelía un olor a vivo, un olor a muchacho sudoroso. Al acercarme al último, sin embargo, me llevé una gran sorpresa. El cuerpo se movió levemente. Todavía estaba vivo. Agonizaba muy lentamente y decidí entonces que era mejor que no me viera. Pero fue el mismo muchacho el que me hizo un gesto de acercarme. Cuando estuve frente a él abrió más los ojos como para llevarse al Hades una mejor visión de aquel monstruo en cuyo mundo había vivido durante semanas. Supongo que su gesto era efecto del miedo que sentía ante mi presencia. Abrió la boca y dijo algo que no entendí. Acerqué más la cara a sus labios y él repitió la palabra. "Veneno", dijo con una debilidad casi inaudible, y luego se rio con esa misma debilidad: una sonrisa a la que ya solo le quedaba la fuerza de la mueca. Comprendí entonces lo del ritual de la mortaja. Habían logrado introducir veneno en el santuario de la misma manera en que aquel primer muchacho había contrabandeado el estilete de plata. Esperaron hasta que se les apagara el último soplo de esperanza y luego se mataron. Uno tras otro, supongo, o todos a la vez, o quizá alguno forzado por los demás, no sé. Pero así pensaron burlar el destino que tendrían conmigo. El muchacho levantó con dificultad una mano tierrosa y me tomó por un brazo, o más bien, tuvo apenas la suficiente fuerza para que su mano cayera sobre mi brazo, y me dijo algo más. Entre balbuceos pude entender con dificultad su dialecto ático. Siguió balbuceando hasta que le mostré la habilidad que no le había mostrado a mis padres: le contesté que sí a su rogativa. Él fue el primer y único ser humano que jamás me oyó hablar.

Me senté a su lado porque no tenía otra cosa que hacer más que verlo morirse poco a poco. A las dos horas, después de un breve quejido, el muchacho falleció. Supuse que yo de inmediato iba a tomar acción y disponer de los cuerpos: los podridos para la cisterna y los frescos para el espacio entre los contrafuertes, pero no fue así. Me quedé ahí mismo frente a la fila de cadáveres durante casi dos días. Había caído en una debilidad heredada del último de esos atenienses. Era como un deseo de no hacer nada, de no pensar nada, de no sentir nada. Quería estarme en ese sitio como una estatua hasta que edades completas hubieran transcurrido entre el último suspiro del muchacho y mi primera reacción a la nueva soledad. Porque eso era. Había vuelto a caer en la modorra, en el completo desaliento que produce la soledad. Me había acostumbrado tanto a la compañía de aquellos muchachos de mi edad que se me olvidó por completo que para ellos yo solo significaba tortura y muerte. Sentí el aguijonazo del retorno a la realidad del santuario. Mi única compañía eran los muros y los cadáveres que ahora quedaban atrapados adentro. No volvería a escuchar la voz de otro ser humano hasta dentro de un año, cuando Minos convocara de nuevo a los juegos en honor de su hijo Androgeo.

La disposición de aquel último grupo de cadáveres fue como ya he dicho: los podridos a la cisterna de los desechos, y los demás a colgar cerca de donde yo dormía para tenerlos al alcance a la hora de comer. Solo prescindí de la comida de dos cuerpos relativamente frescos: el de la niña loca que acosté en una cisterna aparte, y el del último muchacho, que también coloqué en una cisterna completamente solo. A este último también le puse el estilete entre las manos. Antes de morir, me pidió que le pusiera una moneda en la lengua, si es que yo decidía respetarle ese órgano. Pero yo decidí respetarlo todo y el cuchillo iba destinado al Caronte que de seguro lo aceptaría en la ausencia de una moneda de mucho menos valor. El estilete de seguro valía por muchas travesías sobre la Estigia y no creo que el Señor de la Barca tuviera reparos ante aquel obsequio. Ciertamente me quedaba sin mi instrumento de defensa, pero sabía que ya tendría otro el año próximo. Alguna de las víctimas no se resistiría a la tentación de traer con qué defenderse. Y de por sí, pensé, mi mejor arma era el terror que aquel bufido descomunal producía en mis huéspedes. Yo pues, podía matar sin ensuciarme las manos.

A los pocos días de haber muerto el último ateniense, el ducto se volvió a abrir y nuevamente recibí comida como lo hacía antes, es decir, era sujeto de nuevo, y para mi deleite, a una dieta más omnífaga. Caía de todo. Verduras, frutas, granos cocinados, embutidos y de vez en cuando, como para que yo no perdiera la costumbre, algo de carne cruda. Era necesario que me la comiera junto con todo lo demás, porque si no, me sometían de nuevo a una serie de ayunos espantosos. Ya sabía cuál era la danza que querían que les bailara. Ahora solo esperaba a que ellos empezaran la música.

Relatar lo que aconteció con el desfile de adolescentes que siguieron llegando cada año en que se celebraban los juegos, sería relatar una y otra vez las incansables caminatas por los pasillos del santuario, persiguiendo sombras que a su vez me perseguían; sería hablar de muchachos y muchachas que cayeron muertos a la primera visión, o días después, arrebatados por el delirio y la locura; o mencionar a otros que lloraron, escarbaron, se desenfrenaron y hasta mataron a la sombra de mi imagen; sería repetir una y otra vez cómo aprendí a matar sin tener siquiera que estar cerca de los muchachos, sin tener que tocarlos ni agredirlos de forma alguna. Ellos se mataban entre sí o los mataba la demencia misma de la situación en que se encontraban. Yo solo era la sombra propiciatoria, la causa por la que ellos morían, pero nunca el instrumento de dichas muertes. Aprendí que lo mejor era una primera aparición teatral y amenazadora y en los días subsiguientes el miedo hacía lo demás. En realidad no me interesaba causar sufrimiento; por eso inventé métodos cada vez más eficaces de deshacerme de ellos, y volver lo más pronto posible a mi dieta y a mi vida normal.

Todo aquel ritual montado por mi padre —un verdadero misterio pítico al principio— terminó por aburrirme como un juego de pelota que no llega a su fin; una broma de palacio, que yo, el buen bufón de la corte, seguía jugando solo para ganarme el pan. La idea de la muerte y el horror se hizo tan común como aburrida, y ni siquiera el prospecto de una eventual venganza surtía ya un efecto motivador. Por eso sentí en algún momento que había llegado la hora de cambiar de juego.

Transcurrieron varios años sin que algo digno de mención ocurriera, hasta que en el año séptimo, por fin llegó él. Un muchacho alto, espigado, hermoso y poseído de una mirada fiera. Un ateniense muy distinto a todos los demás. Un joven soldado con espinilleras de plata y los pies inusual y terriblemente sucios. Lo recuerdo bien porque fue lo primero que vi de él cuando llegó hasta mi guarida. Lo recuerdo muy bien porque produjeron un contraste violento, casi mágico en la penumbra del laberinto. Lo recuerdo bien, porque fue lo último que vi antes de escuchar el silbido de su espada.

Hay quienes dicen que hubo una batalla descomunal entre los dos y que él ganó por ser un valiente. Otros dicen que yo me dejé matar porque simplemente me agarró dormido. Pero ni unos ni otros tienen razón. Yo dejé que su espada cayera sobre mi cabeza únicamente porque nada de aquel ritual me interesaba ya. Se había transformado en un puro formulismo, en un deseo de muerte por la pereza de no ser otra cosa sino muerte. Cada día seguía a cada noche con la misma secuencia de hechos intrascendentes de pasillos oscuros y carentes de significado. Ni los múltiples cuerpos que me acompañaban, ahora desperdigados por todo el laberinto para darle un toque personal a cada sector, para que sirvieran de señalamiento entre los caminos tan iguales, me daban algo de consuelo. Ni siquiera el hecho de haberle dado a cada cuerpo un nombre y una personalidad, y jugar con cada uno de ellos como gran ti-

tiritero del laberinto me estaba salvando de morir de abulia.

Su espada pues, cayó sobre mi cuello en el mismo instante en que un gran bostezo me abrió la boca y me obligó a cerrar los ojos.

Para mi suerte, había llegado el relevo.

63. ARTE ESPAGÍRICA

"Oro Potable": nombre dado por los alquimistas al agua mercurial procedente de la piedra filosofal por licuefacción o reducción. Llamada también "Quinto Elixir", metamorfosea a los viejos, resucita a los muertos y prolonga la existencia sin enfermedad; sin embargo, no hace inmortal. La búsqueda y elaboración del oro potable es la parte de la alquimia conocida como arte espagírica.

O le plus violent Paradis de la grimace enragée!

Arthur Rimbaud
Illuminations

Sinfonía N° 3, «Symfoniya-poema», Allegro moderato, maestoso - Allegro - Andante sostenuto - Maestoso - Tempo I

Aram Jachaturian

La noche se abre despacio sobre la floresta llena de insectos. Desde las altas torres de los árboles y las salas subterráneas del bosque, los pequeños bichos susurran la canción de cuna del ocaso.

El cielo prende fuego a los pozos y las ranas huyen asustadas temerosas del fuego. Las serpientes descienden a sus lares con la panza llena y un desvergonzado adormilamiento en los ojos. Toda la energía puesta en hipnotizar a los roedores del campo, ya está concentrada en desvestir a las víctimas de su piel con los ácidos del vientre. Por eso serpentean despacio y se han puesto muy torpes. Por eso corren peligro a descubierto y deben esconderse cuanto antes.

Gilles de Rais baila un motete en el gran salón con sus dos primos recién venidos de Nantes. Todos están vestidos a la usanza de los nobles de su época y Gilles, además, se ha puesto unas elevadas botas de cuero blanco y una capa cuyo cuello remata en piel de armiño blanco, material al que solo él tiene derecho entre los presentes como gran feudatario de Bretaña. Ninguno de los hombres sobrepasa los veinticinco años, pero todos muestran un extraño cansancio parecido a la enfermedad de la consunción. Están taciturnos la mayor parte del día y solo parecen animarse un poco con las fiestas y el vino durante la noche. Ahora están celebrando algo muy especial para todos: Francesco Prelati, de apenas veintitrés años, pero arduo, y, según él mismo, también célebre nigromante, afirma que acaba de encontrar, por fin, los secretos de la Gran Obra. Gilles no se ha esperado a que el alquimista italiano le dé pruebas de lo que afirma. Ha convocado a sus sirvientes para que preparen una celebración por todo lo alto.

Estos preparativos incomodan y a la vez consuelan al servicio de palacio. Por un lado, significa llevar a cabo una enorme cantidad de tareas en un plazo brevísimo. El señor de Machecoul no es tolerante a este respecto. Todo debe lucir extraordinariamente bien pensado y elaborado, como si hubieran tenido meses para alistarlo todo. El gigantesco salón comedor debe ser primero ventilado para eliminar cualquier ranciedad y luego encender en él la chimenea que lo ha de mantener caliente durante el festín de la madrugada. Habrá luego que sacudir los tapices, llenar el salón de flores frescas —siempre blancas— pues son las predilectas del señor de palacio y, además, parte importante de su emblema heráldico. Luego vendrá la preparación de viandas ligeras pero abundantes, pues el apetito de los comensales es casi siempre voraz. Habrá también que traer vino fresco de las bodegas y disponer un enorme tazón en el centro de la mesa. No se sabe para qué lo requieren Gilles y sus invitados, pero suponen que es para alguna mezcla extraña que solo los señores de palacio y sus invitados pueden tomar. En la cocina también quedan unos preparativos misteriosos a la disposición del señor Prelati. Un par de ollas grandes y una serie de condimentos como la pimienta, el romero, la canela y un par de ramilletes de albahaca. Tal pareciera que el señor Prelati también se dedicara a la cocina, además de las cosas de los libros.

La habitación del mariscal también es preparada detalladamente. Sobre la cama de sábanas de lino se rocía agua de rosas blancas y se acomodan a los lados un par de candelabros. Puesto que no hay una dama en particular que visite a Gilles con frecuencia, los sirvientes suponen que es un libertino impenitente, y que sobre su lecho descansará el cuerpo de cualquier muchacha campesina. Algunos se han atrevido a insinuar que más bien son muchachos lo que el mariscal se lleva a la cama. Pero nadie sabe nada de seguro, excepto su manía de cambiar constantemente de pajes.

El lado bueno de todo aquel esfuerzo es la licencia que los sirvientes usualmente tienen a partir de las ocho de la noche. Después de esa hora todos se marchan y solo quedan dos o tres pajes para servir al señor y los invitados. El resto de la servidumbre no tendrá que volver en dos días. Los músicos también se quedan en palacio y no son despedidos sino hasta mucho después de la medianoche.

Lo extraño de todo aquello, según ha confesado a los demás uno de los músicos, es que los invitados no llegan jamás. La fiesta se alarga, se pone vivaz, pero nada más son Gilles de Rais, sus dos primos, Gilles de Sillé y Roger de Bricqueville; los letrados italianos Francesco Prelati y Andrea Viccioto; y el escudero del mariscal, Henriet Lelee. A veces una o dos personas más de las mencionadas, como el paje llamado Poitou, pero nunca más.

Es un día de sol sobre el desierto de Mojave. Los navajos dicen que este desierto fue creado por el Gran Espíritu para demostrar que cualquier cosa es posible a su poder. Desde la más tierna y pequeña semilla, hasta una ilímite vastedad sin sentido para el hombre; porque, para el Gran Espíritu todo tiene un sentido claro y preciso. El desierto tiene uno de los lugares más inhóspitos de la Tierra llamado el Valle de la Muerte. En su centro, nunca se ha visto alimaña alguna ni planta o arbusto de cualquier tipo. Es solo un gigantesco museo de piedra donde la temperatura llega a sesenta grados.

En los días en que toda posibilidad de vida humana desaparece de este sector, aparece una hermosa puerta de roble negro en el corazón del valle. La rodea un marco del mismo material rematado en un dintel tallado. En su centro, aparece una media luna encerrada en un pentagrama con los símbolos astrológicos de Urano, Marte y Venus. Y al mediodía de ese día en particular, a las doce del día en punto, un eclipse total de sol cae sobre esa región y la puerta entonces se abre. Lo que se ve a través de ella no es el otro lado del desierto sino un obelisco del tamaño de un hombre en un jardín nocturno. Nada brilla sino las estrellas más lejanas y el obelisco en el centro del jardín en cuyo ápice, como una niña descuidada y somnolienta, reposa la luna en cuarto creciente.

Dos minutos exactos después del mediodía, la puerta se ha cerrado. El sol vuelve a brillar cegadoramente sobre las arenas del desierto. Y la puerta no volverá a aparecer hasta que la temperatura vuelva a hacer imposible la presencia del hombre.

—————————— ✺ ——————————

Ilya tiene doce años y acaba de entrar al servicio del señor de Machecoul, cuyo solo nombre recuerda las gestas heroicas de Juana de Arco contra el usurpador inglés. Por eso la madre se ha atrevido a preguntar por él la tarde en que Gilles y los suyos pasaron por el pueblo donde el chico había sido reclutado. La mujer se aferró de una bota y suplicó que cuidaran de su hijo pero Gilles ni la volvió a ver. Puso los ojos en el horizonte donde dos pupilas grises lo estaban observando. Preguntó entonces a Henriet de cuál chico se trataba, a lo que el escudero repuso que el muchacho Ilya, el de los ojos grises. Gilles siguió viendo el horizonte y las pupilas de repente fueron rodeadas de una cara que le sonrió.

—Ah. Ése.... —y después agregó lacónicamente—: Dale diez monedas.

Y sin volver a ver a la madre suplicante continuó su camino.

Esta noche el mariscal sólo se ocupa en divertirse con sus amigos y buscar la inmortalidad por cualquier medio posible. Sus pactos con el diablo y el mantenimiento del equipo de secuaces, en especial Prelati y Viccioto, necesarios para estos convenios con el demonio Baron, lo han dejado casi en la ruina. Pero esta noche no le importa, porque Francesco Prelati, su consentido François, por fin ha descubierto los secretos de la Gran Obra y todo el esfuerzo habrá valido la pena. Ahora tendrán todo el oro que sea necesario para proseguir en la búsqueda de la inmortalidad y el sentido de esta vida, a veces tan profundamente tediosa para el mariscal.

Gilles desde hace un rato posa la mirada sobre el paje y siente un escalofrío casi sacro ante su presencia. Su belleza lo tiene hipnotizado. El chiquillo es insoportablemente blanco y tiene los ojos de un extraño color gris cenizo. Parece el colmo de la fragilidad y la belleza, por lo que Gilles no escatimó nada en dejar a la madre bien compensada por la pérdida de tal retoño. El muchacho sirve el vino sin darse cuenta de que los ojos de todos están sobre él. Pero en el cuarto contiguo, cuatro siglos después, el adolescente Franz Schubert acaba de terminar su cuarteto para cuerdas # 15 en sol mayor. Ahora, en compañía de su padre y sus dos hermanos, Ignaz y Ferdinand, tocan ávidamente el cuarteto que el músico precoz acaba de componer. La fuerza es brutal y pareciera que los arcos fueran a reventar en cualquier momento. El muchacho suda y se despeina con tal de rasgar con la fuerza que el arco necesita para converger la tensión y la mordaz soledad que se escapa de la boca de los instrumentos. Cada nota subraya cada paso que Gilles e Ilya dan hacia las recámaras del segundo piso. Las piedras húmedas y mohosas del antiguo castillo suenan como tambores huecos detrás de las cuerdas al galope. Nada detiene el ascenso de las dos figuras por la mole en caracol que, cien años más tarde, sería el único recuerdo de que hubo una noche de lluvia plena de fuego y sangre. Porque donde se entierren los cráneos, ahí brotarán abundantes las calas, los vientos y los ecos.

La mesa está servida en el jardín de una casa mediterránea, una especie de solar con barbacoa para la vid. Es un día de mucho calor, pero la sombra cubre toda la mesa y deja pasar entre sus ramas una suave brisa que apenas si mueve las servilletas de algodón y encaje. Hay una gran fuente en el centro con frutas de los lugares más variados y lejanos: granadas, naranjas, mangos, bananos, sandías, melones, peras, uvas, mandarinas, nísperos, ciruelas, zapotes, manzanas y otros frutos carnosos de difícil identificación. También hay una serie de platillos que rodean a este conjunto central con otros tipos de comida. En uno de los platones hay un gran pato que ha sido dorado en su propio jugo. Está bañado además en salsa de ciruelas que le da un color todavía más oscuro y apetitoso. A su lado, hay un plato de puré de papas rematado con una porción generosa de mantequilla y queso ahumado. Este queso también se está derritiendo sobre un plato de ocho maduros cocinados en almíbar, canela y nuez moscada. Y a un lado, más a la derecha, hay otro plato, esta vez con salchichas cocinadas en salsa de tomate con ajo y albahaca. El plato está decorado con ramitas de laurel y tiritas de chile dulce recortadas en forma de rizo. También hay otros platos de pejibayes rellenos de yema de huevo con mayonesa y mostaza, y varios más de ensaladas verde, rusa, de papa y manzana, y hasta de brócoli con aceite de oliva, lo que lleva la vista directamente al último plato de la mesa: un modesto tazón con aceitunas verdes rellenas de anchoas, y decorado con una flor roja.

En cada uno de los seis sitios de la mesa hay un plato vacío y un vaso lleno de vino tinto. La damajuana reposa en la mesa con el resto del vino y el corcho colgando del cuello.

No hay comensales; o al menos, no parece haberlos a primera vista. Vienen reptando lentamente desde la casa sin que el hecho de estarse ensuciando en el polvo del patio los moleste para nada. De todas maneras no tienen alternativa: son grandes estómagos sin miembros para poder desplazarse. El que viene adelante es probablemente el estómago papá porque no solo es el más grande sino que también tiene más vello que los demás. No es usual que un estómago tenga vello en su pared exterior, donde es más frecuente encontrar una superficie lisa y llena de vasos capilares, pero en este caso, el papá tiene más vello para que se entienda que es el estómago padre.

Todos los miembros de la familia estomacal parecen grandes focas o sacos que se desplazan por el suelo. Uno sabe que son estómagos porque el esófago remata en una boca que no es más que las encías y unos poderosos dientes (con buen cuidado dental, claro). Así es que el estómago mamá tiene las encías bien pintarrajeadas de pintura de labios para que se entienda bien que es el estómago mamá y no otra cosa. Los estomaguitos niños son, por supuesto, más pequeños y se mueven con más nerviosismo que los órganos más grandes. Al llegar a la mesa deben dar un penoso salto para alcanzar la silla, pero una vez que están cómodamente instalados, se dedican a los preparativos de aquello para lo que han venido. Se disculpan unos con otros y agachan la cabeza, es decir, la dentadura, para dar gracias: "*Grazie ti diamo, Signore, per questo pranzo*", dicen los estómagos grandes. "*God is good, God is great, thank you for our daily bread*", repiten los estómagos pequeños, y acto seguido, las dentaduras se lanzan al ataque masivo de todo lo que haya sobre la mesa. La madre termina con un elote que no estaba a la vista del recuento inicial en menos de ocho segundos; se traga la mazorca entera y empieza a eructar en forma estúpida. El padre se lanza sobre el pato con tal furia que éste grita y trata inútilmente de alejarse volando con los torpes muñones desplumados que aún le quedan. El padre lo persigue subiéndose a la mesa y el pato aletea por todo lado tratando de huir de los dientes furiosos que lo acechan. Pero el ave, ya acorralada y en un acto de auténtica desesperación empieza a cantar con voz de contratenor: *Olim lacus colueram. Propinat me nunc dapifer. Dentes fredentes video! Dentes fredentes video!* y en un instante en que se descuidó porque tenía que dar una nota muy difícil, la madre, con el pescuezo atravesado por la mazorca, agarró al pobre pato de una aleta hasta que los demás cayeron sobre él. *Dentes fredentes video! Video! Vid–!* Y hasta ahí llegó la visión y la canción del pobre embarrado de ciruelas. En un santiamén volaron por los aires los huesos del pato y trozos abundantes de pan y ciruelas que habían servido para rellenarlo. El padre, ya enloquecido por la caza del pato, se lanzó sobre las aceitunas y las salchichas, dejándoles las frutas a los demás. Cuando acabó con eso se fue detrás de los elotes, pero encontró que la madre ya había barrido con ese plato. Cayó entonces sobre la mantequilla derretida que aún quedaba, con tan mal cálculo que se resbaló y siguió recto. Se estrelló entonces contra los bananos y las frutas salieron disparadas en toda dirección. Junto con ellas iba uno de los estomaguitos, pero nadie, salvo él mismo, se dio cuenta de esto. Los demás estaban demasiado contentos con el festín como para notar ausencias. La madre reía a carcajada limpia mientras hundía toda la cabeza-dentadura en una sandía que había logrado abrir a punta de mordiscos. El estomaguito restante se unió a ella, pero en un descuido de ambos, la mamá le metió al pequeño los dientes con toda la fuerza de quien iba a triturar una piña a mordisco limpio. El estomaguito gritó de dolor y la madre se asustó toda. Vio al pequeño con ojos invisibles y recapacitó un instante. Luego tomó al nene con los dientes y de una fuerte sacudida lo lanzó por los aires, con tan buen —o mal— cálculo que éste cayó encima del papá y el plato de salchichas. El estomaguito quedó entonces todo embarrado de salsa de tomate y con una flor roja entre los dientes. El papá lo tomó por un rico plato de hígado fresco en salsa de tomate con albahaca y de inmediato le pegó un mordisco violento. El pequeño no se quejó porque el papá lo partió en dos de un solo tiro. Ya no había de qué quejarse. El papá, con alguna dificultad, le echó encima el resto de la salsa de ciruelas que había quedado del pato, y se tragó a la viscerita en un dos por tres. Pero no todavía contento con esto, se fue tras la madre. Desde hacía mucho rato le tenía verdaderas ganas al elote en el pescuezo de la otra. De un solo gigantesco mordisco se lo arrancó junto con buena parte del esófago de la señora. Ésta puso una invisible mirada de idiota y cayó estrepitosamente sobre un plato de espagueti que todavía no habíamos advertido. Ahí se ahogó mientras el padre, ahora un poco más lento, metía la dentadura en los vasos de vino para agarrar algo del líquido. Finalmente volcó la damajuana y reptó por toda la mesa chupando con la lengua el vino esparcido por entre las frutas y los platos vacíos.

En la toma final, el padre sonríe con un puro habano en la boca y un vaso de vino a la par. No puede tomarse el vino directamente del vaso, pero el tenerlo a la par mientras fuma le da una sensación de "*high life*" y un definitivo "*je ne sais quoi*".

⸎

El señor ha convencido a su paje de que duerma con él a modo de compañía en una noche oscura y de lluvia. Ilya también fue obligado a tomar vino, por lo que le cuesta oponerse a la voluntad de su señor. Todo en él es una mezcla de miedo, curiosidad y el repentino despertar de emociones que alguien de su edad muchas veces no conoce. El señor por fin se decide y en un gesto casi violento levanta al muchacho del suelo y lo lleva en brazos por los pasillos donde las armaduras de los ancestros observan el inseguro oscilar de las candelas que vienen detrás. Gilles patea la inmensa puerta de roble negro, la misma puerta que a veces desaparece en noches de calor, y entra al cuarto seguido de Henriet y Gilles. Los dos acompañantes encienden las velas y la chimenea de la habitación, mientras Gilles de Rais deja caer a Ilya en la cama bañada en agua de rosas blancas. Inmediatamente, se le lanza encima a besos y mordiscos mientras lo desnuda despedazándole la ropa. El muchacho está temeroso, pero aún así, Gilles se siente satisfecho de verlo inequívocamente excitado sexualmente. El paje también pretende desvestir a su amo pero éste no se deja, ocupado como está en acariciar y besar cada doblez, cada rincón insólito que pueda encontrar en la piel de Ilya. Finalmente lo pone boca abajo y lo levanta por las caderas. El chico está muy asustado, y más aún cuando Gilles lo sube totalmente, dejando que solo la cabeza del muchacho repose levemente sobre la almohada. El resto del cuerpo está de cabeza, sostenido de ambos pies por los ayudantes del mariscal. Ilya solo tiene tres puntos de apoyo con la realidad: la cabeza que apenas toca la almohada; los tobillos, de donde los hombres los sostienen con fuerza, y los labios de Gilles que lo recorren incesantemente. Alguien le quita las zapatillas y de repente siente un profundo dolor en los dedos de los pies. Henriet y el primo Gilles le punzan con estiletes los dedos y las plantas para que sangre. Ilya se asusta mucho y empieza a llorar mientras suplica que lo dejen en paz, que no lo maltraten, hasta que por último, en un llanto histérico, le suplica a su señor que no lo mate. Gilles acaricia el pelo negro del niño y le asegura que nada le va pasar. Sin embargo, la sangre le sigue bajando creándole caminitos rojos por todo el cuerpo de increíble blancura hasta que llega al pelo y a la almohada, donde torna el lino de la cama en una especie de algodón rosa. El olor a rosas mezclado con el seco y ferroso de la sangre es el nuevo perfume que cubrirá la noche. Gilles sigue bebiendo el líquido que baja por los muslos y el torso del niño hasta que se cansa de eso. Ordena que bajen el cuerpo y lo acomoda como si lo estuviera arropando para dormir. El muchacho está pálido y tembloroso. El cuerpo se le ha enfriado hórridamente por lo que Gilles pide que aviven el fuego de la chimenea. Henriet atiza el fuego con una espada y espera con los demás a que el chico se duerma.

⎯⎯⎯⎯ ⌘ ⎯⎯⎯⎯

Aram Ilich Jachaturian tiene una edad indeterminada. Solo brilla en él el fulgor intenso de los ojos negros y el pelo ensortijado. Más parece un polaco o un lituano que un georgiano o armenio, pero eso a él jamás le ha llamado la atención al punto de que ni siquiera reconoce bien su propia imagen frente a un espejo.

La noche está llena de las más importantes figuras del arte soviético, reunidas aquí, en la Academia de Bellas Artes de Moscú. Nadie entiende por qué no se escogió un teatro o un conservatorio para la presentación de un par de sinfonías. Nadie entiende tampoco por qué se le da tanto crédito a un compositor del Cáucaso, habiendo músicos rusos tan buenos como el mismo Shostakovitch, el que, según una revista de moda occidental, les produce jaqueca a las señoras de alta posición social.

De todas maneras, el hombre de edad indeterminada y ojos que casi rivalizan con los espejos sigue dirigiendo la orquesta con una maestría y velocidad que hacen al mismo Dmitri Shostakovitch, enfundado en un palco, llorar de emoción. La batuta se confunde con un infernal látigo de siete colas por la velocidad y vigor que le imprime el compositor hasta que la orquesta, francamente desesperada, grita, o más bien aúlla con los metales un auxilio gigantesco mientras que el órgano, por medio de modulaciones, arpegios y cambios de velocidad, obnubila por completo la vista y el oído de los presentes, derrotando también a la misma orquesta. Jachaturian no ha dicho a quién le dedica esta sinfonía, o al menos, la noticia no ha llegado con claridad a Occidente. Los cables se han roto, se han fundido, se han derretido totalmente en manos del armenio mientras Radio Novgorod se disculpa por la interferencia y dice que son deflectores enemigos que alteran la señal. Las quince trompetas mantienen ininterrumpidamente un diálogo con la orquesta, a la vez que el órgano se sumerge en una etapa de autocuestionamiento y entran con pasión las cuerdas que, a pesar de su dulzura, golpean en la mente de Shostakovitch más fuerte que la vez cuando millones de judíos rusos partieron hacia Siberia-tierra-del-olvido-tierra-de-la-muerte en vagones destinados a servir de tumbas y congeladores. Shostakovitch-Jachaturian se sobrecoge en la silla del gigantesco salón y recuerda cómo vecinos de su propio barrio fueron fumigados a la mañana siguiente hacia la Siberia-gulag-mortandad por el solo hecho de ser judíos, de haber llegado en caravanas de la India, por cogerse o ser cogido, por querer estudiar arte decadente, por tener ojos grises, por ser mujer con ambiciones de patriarca o simplemente por tener un apellido tan poco ruso como Jachaturian, un nombre tan poco francés como Ilya, aunque indique en ese idioma un rayo de esperanza, un "hay algo" en medio del voraz vacío de las noches de Machecoul. Shostakovitch se lleva las manos a los ojos, porque su otro yo no lo puede hacer al estar en el podio dirigiendo la orquesta. Entonces, con las manos en los ojos recuerda los vagones y al joven soldado llamado Isaak, el que hablaba una mezcla de ruso campesino, yidish y hebreo antiguo, luchando con él entre las ruinas de Estalingrado-Volgogrado-No-Me-Olvides. Viviendo con él las penurias de una guerra muy negra, pero para ellos totalmente clara. Es ahora el mismo Isaak el que parte para Siberia con los hijos y los abuelos enfermos amarrados a las viejas mecedoras. Es Dmitri Shostakovitch, el compositor no traidor, el maestro no-Prokofiev-ni-Stravinski que se quedó al lado de los suyos cuando los demás huyeron. El maestro que no fue un adolescente llamado Vaslav, enamorado de sí mismo y de Diaguilev al punto de la masturbación pública en traje de fauno y ante la mirada aterrorizada de su ex amante traidor. Nada de eso se podía decir de Shostakovitch-Jachaturian ahora que su corazón se detenía por debilidad de las paredes distorsionadas en una sinfonía cada vez más íntima y violenta. En una sesión de amor cada vez más destructiva y que, sin embargo, garantizaba a todos sus bacantes algo parecido a la vida eterna. Shostakovitch se dejó caer de su palco en el segundo piso para caer sobre el atril de Jachaturian. Ambos hombres se miraron directamente a los ojos y estallaron en carcajadas. Dos mujeres del auditorio se pusieron de pie y aplaudieron, porque eran siempre las mujeres o los jóvenes los que primero captaban lo trascendente. Los demás, es decir, los dinosaurios enfundados en capas y gabardinas de piel de cocodrilo, solo entraban en el juego cuando las mujeres quedaban embriagadas de felicidad.

Aquella escena de un compositor en los brazos del otro, rescatando la muerte de ambos por medio de una sinfonía para orquesta con órgano y quince trompetas redoblando los metales era, en verdad, un acto de felicidad.

———— ⟨⟩ ————

ELIXIR QUE ALARGA LA VIDA Y RETARDA LA VEJEZ.

Con este elixir soberano puede el hombre, como la mujer, retardar de una manera sorprendente la acción destructora del tiempo, de tal modo, que quien lo tomare a los treinta años, por ejemplo, llegará a los setenta aparentando tener cuarenta, a lo sumo.

He aquí la maravillosa fórmula de este brebaje, debido al divino Paracelso.

Se tomarán de: canela fina, clavos de especia, nuez moscada, jengibre, cedoaria, galanga, pimienta blanca, una onza de cada cosa.

Seis cortezas de limones, de los mejores.

Dos puñados de uvas de Damasco y dos puñados de ruibarbo.

Cuatro puñados de granos de ginebra, bien madura.

De hinojo verde, flor de albahaca, flores de hipericón, de romero, de mejorana, de saúco, de rosas, de ruda, de escabiosa, de centaura, de fumaria, de agrimonia, un puñado de cada cosa.

De áloes, semilla de paraíso, cálamo aromático, macis, olíbano, sándalo, dos onzas de cada cosa.

De ámbar gris, un dracma.

Se quebrantan bien estas substancias; se mezclan y se ponen en infusión durante siete días, en una botija de buen aguardiente. Después se destila y se guarda en un recipiente, envuelto con un pañuelo de seda amarilla.

Manera de usar dicho elixir: Se tomarán tres gotas de él, en medio vaso de agua, después de cada comida.

Este elixir, señala Paracelso, tiene además, otras propiedades muy excelentes. Tomando tres gotas de él, sin agua, un agonizante recobra la palabra y la razón. Prolonga considerablemente la existencia, conserva el vigor y da fuerza muscular, y destruye los gérmenes de un sinfín de enfermedades, tales como: la rabia, delirio, vértigo, cólico, úlceras, melancolía, insomnio, sordera, ceguera, tisis, tos, asma, hidropesía, fiebres de todo género, la consunción, la gota, los catarros y la peste.

El sabio alemán que nos ha legado este maravilloso secreto, recomienda encarecidamente que se cojan las hierbas en sus horas planetarias, a fin de que sus efectos sean más eficaces[1]

Cuando ven que el muchacho se ha quedado dormido, rápidamente le amarran las muñecas y los tobillos a los cuatro extremos de la cama y le quitan de nuevo las cobijas. Gilles se le acuesta a la par y le acaricia de nuevo el pelo. El chiquillo está semiconsciente y gime con debilidad. El Mariscal lo sostiene entonces firmemente mientras su primo le practica una incisión en el vientre a la altura del estómago. La sangre corre de nuevo de la piel blanquísima a la cama dejando las sábanas manchadas de un rosa intenso. El primo sostiene al muchacho mientras Gilles de Rais sonríe y sujeta la piel de la incisión entre los dedos. Lentamente va ensanchándola con la mano hasta que la incisión es un hueco vivo, una ventana al estómago de Ilya, desde temprano lleno de vino. El mariscal ensancha más la abertura hasta que por fin le hace una señal a Henriet, quien ha cogido un tizón con el alicate y se acerca a la cama. Calcula bien el blanco y desde casi un pie de altura deja caer el carbón encendido en el estómago abierto del niño. Inmediatamente se percibe el siseo de la brasa apagándose en el vino del estómago. Gilles y los suyos se alejan un poco de la cama para apreciar mejor los gritos y las convulsiones del pequeño cuerpo, de repente violentamente desper-

1. Para las horas planetarias, véase la obra titulada BOTÁNICA OCULTA: Las Plantas Mágicas según Paracelso.

tado por el punzante dolor. El niño boquea y se agita desesperado hasta que por último se desmaya. Gilles no para de
reír mientras Henriet prepara el hilo y aguja con que va a coser la abertura.

Una vez cosido y vuelto boca abajo, el mariscal rasga la
piel de las nalgas con sus uñas en un afán de aprovechar todo
lo posible de aquel pequeño cuerpo. Viola al muchacho varias veces y luego deja el cuerpo a sus primos y a su escudero
que hacen lo mismo. Cuando todos acaban, el niño es vuelto
una vez más boca arriba y Gilles, de repente, se siente muy
contrariado. Las costuras del estómago se han abierto y la
cama se ha llenado de jugos gástricos mezclados con vino y
partículas negras de carbón. Gilles no lamenta el desorden de
cosas sobre la cama sino el mal trabajo de las costuras. Un
trabajo mal hecho podría precipitar la muerte del niño, en
cuyo caso la diversión de un día quedaría trunca. Henriet volvió a coser la incisión del estómago e Ilya si acaso se movió.
Gilles comprobó que el muchacho seguía vivo por los leves
espasmos de las manos cuando les introducían la punta de un
alfiler. Así que mientras siguiera vivo había un par más de juegos con los qué pasar la fría noche de invierno.

Gilles de Sillé, el primo, salió un rato de la habitación y
pronto volvió con Roger de Bricqueville que se había quedado con otro paje en el salón. El muchacho, un poco mayor
que Ilya, estaba a salvo porque nadie en el castillo de Machecoul tenía permiso de matar si el señor Gilles de Rais no estaba presente. El paje ahora quedaba amarrado y al cuidado de
los dos italianos en el cuarto contiguo. Los primos volvieron
con varios de sus juguetes predilectos, entre los que se contaba una espada carolingia, unas cuerdas y varios cuchillos. Levantaron a Ilya de los pies y lo colgaron boca abajo como un
ternerillo de una viga en el techo. Pronto lo vuelven a punzar
con estiletes y Gilles de Rais, ya desnudo, se acuesta debajo
del chico para recibir la ducha de sangre. Ilya, más pálido que

nunca, parece volver a recobrar algo de conciencia. Suplica una vez más entre débiles llantos mientras es punzado para que su señor disfrute del baño. Roger de Bricqueville se acerca al muchacho y lo besa intensamente cortándole la respiración. Cuando finalmente lo suelta, Ilya parece haber muerto. Hay un silencio repentino en el grupo de hombres en tanto que las últimas gotas de sangre siguen cayendo sobre la cabeza del mariscal. Gilles de Rais y los demás se persignan, en tanto que Roger improvisa una de sus danzas sacras y baila por toda la habitación con la espada reluciendo entre sus manos. El cuarteto de Schubert es ahora más intenso que nunca mientras el padre y los hermanos sudan por mantener el ritmo aceleradísimo que las cuerdas necesitan. Franz entra en trance casi en el mismo instante en que Roger de Bricqueville lanza un grito de guerra en medio de su danza desenfrenada. Gilles de Rais se agacha y la espada pasa silbando por sobre su cabeza haciendo un limpísimo corte en el cuello del paje. La cabeza pega violentamente contra una de las paredes dejando un manchón en forma de araña y luego rueda por el suelo hasta quedar debajo de la cama.

Gilles se seca ritualmente de su baño y ordena a Henriet que traiga a los demás concursantes a la habitación. El escudero sale mientras Gilles de Sillé anda por la estancia de cuatro patas buscando la cabeza del pajecillo.

Gilles de Rais siguió caminando por el pasillo donde las voces en las rocas seguían murmurando cosas al oído. Apresuraba el paso para evadirlas, para no escuchar aquella oración de angustia, aquella letanía, aquel murmullo de unos ángeles suavemente posados en los hombros del señor de Machecoul.

Al llegar al final del pasillo, entró en la habitación para la que sólo él tenía llave. Después de asegurarse de estar solo, cerró la puerta con doble tranca y acercó el candelabro al relicario empotrado en la piedra viva. Vio nuevamente en derredor, y abrió la portezuela con la llave que escondía en un pequeño bolso negro. Dentro del relicario, el libro brillaba con una fosforescencia cetrina que poco a poco iba manchando la piel del joven mariscal.

Tras haberse detenido un instante, Gilles sacó el gran libro de su altar de reposo y lo colocó suavemente sobre la mesa de olmo dispuesta en el centro de la habitación. Se inclinó brevemente sobre él, trazó dos símbolos misteriosos en el aire y finalmente tomó un hondo respiro. Cuando abrió el libro al azar, como siempre hacía en respetuoso gesto bibliomántico, lo primero que percibió fue el olor a carroña sobre un distante muelle. Había manchones de sangre empozada y el cuerpo de un poeta herido entre la hierba. El dragón salió lentamente de entre el zacate todavía sosteniendo en la boca la manzana del árbol de la ciencia del bien y del mal. El poeta quiso entonces levantar la cabeza pero la serpiente lo enrolló poco a poco, a la vez que botaba la manzana para sisearle una canción de cuna. Lo envolvió con tersa rapidez hasta que el escritor se vio imposibilitado de seguir respirando; convulsionó un poco y murió entre los brazos de la misma con la que siempre había vivido.

Gilles no sabía exactamente qué significaba aquella visión en un jardín esplendoroso, pero sí estaba seguro de que la imagen estaba hecha para él, para su interpretación de hechos venideros, para la comprensión de cosas maravillosas a las puertas de su propia vida. Siguió pasando las páginas antiguas del Necronomicón hasta que sus ojos se clavaron involuntariamente en la habitación de una casa en un barrio lejano, todo ello en las afueras de una nueva ciudad. Nueva porque él sabe que todavía no existe, y nueva aunque sea destartalada y llena de pobreza. En esa ciudad del futuro hay un niño que come temeroso en la cocina mientras sus parientes conspiran en el comedor. El niño quiere escaparse de esa suerte de esclavo que le tocará vivir de por vida, pero lo que lo rodea es más fuerte que él. Incluso el hecho de que logre escapar repetidamente no lo va a salvar de los parientes. Solo podrá esconderse temporalmente en cajones, panaderías, o tal vez, algunos libros fabulosos. Podrá huir a un país pequeño y hacerse pasar por escritor nacido en otras tierras. Pero ellos lo encontrarán y lo asesinarán en un parque llamado "de los mangos", para poder traerlo de vuelta a su mazmorra. En su premura, claro, cometerán el error de matarlo y llevárselo al futuro sin justificar ese hecho, produciendo una extraña ruptura en el continuo del tiempo. Tendrán que desandar lo andado y devolver el cadáver, aún sin lograr su propósito, otra vez al pasado para su autopsia y entierro. Las tías se morirán de la furia porque así perderán la oportunidad de reposeerlo. El cadáver será luego catapultado de nuevo al futuro remoto y ahí despertará en medio de una crisis holocáustica. Se le darán instrucciones para que apague el incendio de la sección J-110 y luego detenga a los locos que se están amarrando a los postes de los muelles. David Maradiaga saldrá con la cuadrilla de Nikki pero no volverá con ellos. Quedará absolutamente seducido por la Gran Serpiente, quien lo llevará a Control Central para arrestar a Max y hacerse con el poder en Sinus Iridum. David comprenderá entonces que tiene trece años y quiere huir en una espora con dos amigos. Flotarán por semanas enteras en los muelles de la estación espacial hasta que alguien los descubra gastando combustible innecesariamente y los acuse con las cuadrillas del orden. Inti-Mayu y Max los perseguirán enardecidamente, como si fueran criminales, y David y los suyos volverán al abrigo de las escamas de la serpiente para luchar contra la opresión de Germán Cadiorno, que sabiendo perfectamente quiénes son esos adolescentes que están apareciendo de otras dimensiones, luchará desesperadamente por deshacerse de ellos. Los muchachos tal vez los burlen infinitas veces hasta que, en una de tantas persecuciones, se adentrarán por sectores y pasillos totalmente desconocidos para ellos. Terminarán en una sala gigantesca llena de estatuas alucinantes y poblada de seres apenas visibles, de entidades azulosas, transparentes, ávidas de cópula con la sangre de animales calientes. Los muchachos optarán por pelear contra estos seres hasta quedar completamente agotados y vencidos. Serán llevados por ellos de vuelta a Sinus Iridum, donde la autoridad estará una vez más tras su pista. Por eso, tendrán que planear una segunda fuga de la estación, asistidos, esta vez, por los Uranitas. Con ellos David, o Diego, o Krys, o quien sea, aprenderá a comer flores y a hacer inciensos y filtros poderosos. Tanta será la calidad de sus pócimas que ellos mismos las beberán para hacer viajes interdimensionales. Diego, David o la Kat aprenderá a visitar a sus tías y llenar su casa de arañas muertas sin siquiera despertarlas. Irá luego al parque de los mangos a recoger poemas suyos que quedaron tirados en el zacate y que la policía no vio. No importa que haya muerto a las 6 a.m., o a las diez y quince de la mañana, o el catorce de julio o 22 años más tarde, la policía nunca hubiera sacado los poemas del bolso nicaragüense que quedó tirado debajo de un árbol. Y cuando vuelva al pasado lo hará en un barco que Gilles reconocerá como de su época, una galera pequeña donde irá acompañado de otro muchacho rumbo a Sinus Roris, a visitar a los papás de Anúsit que ya lo tendrán por costumbre. Comerán langosta en crema de limón y luego harán el amor en el *sun deck* que Diego tanto adora y frecuenta. Tabaré lo acompañará en las tardes de primavera lunar hasta que empiece el negocio del tráfico de órganos de niños, y Gilles se excita en este punto, y recuerda su travesuras en el sanatorio para niños y de repente, por un azar totalmente imprevisto, se da cuenta de que eso no ha pasado y lo aguarda en el futuro, aunque, bien sabe, ya sucedió un vez. La imagen de todos flotando para acá y para allá en una interdimensionalidad bochornosa de pronto suscita sus más extraños sentimientos de culpa y el libro empieza a brillar con más y más intensidad hasta darse cuenta de que la luz es música de Jachaturian a diez megadecibeles por segundo, a una intensidad de sinfonía para órgano y 15 trompetas que el compañero de Juana de Arco jamás ha escuchado. La serpiente infinita de pronto comienza a desenroscar su cuerpo milenario y abre los ojos amarillos para encontrar a un Gilles muerto de pánico, tratando de esconderse en el pavor de sí mismo, enroscado en la oscuridad de su guarida como una pequeña serpiente-ratón que ya olfatea la muerte y hasta ve sus oscuros grumos en el aire. Gilles tiembla cada vez más y más mientras el Ouroboros gira y gira en la noche al grito de galope de las tías y los sanguinarios reyes de Asiria. La noche se revuelca como una perra sarnosa desesperada de tanta llaga y tanta picazón. Bota las columnas de seguridad que el mariscal ha tejido año tras año en torno de sí, y hace que todo el castillo de Machecoul tiemble con el raspón de su columna vertebral contra los cimientos. Gilles se pone de pie y grita desesperado en la aparente soledad de su mazmorra, pero de los rincones van saliendo los muchachos, todavía con la sangre pegada a la ropa que los abriga en medio del terror. Todos traen los pies sucios, llevan bolsos con poemas o apestosos ungüentos que sirven para curar heridas o envenenar amigos. Vienen sucios, vengativos, llenos de una baba verdusca que todos sueltan con solo abrir lentamente la boca. Gilles se aferra a su libro y parece llamar a los guardas, pero nadie oye aquellos gritos ahora perdidos entre las membranas de dos o más dimensiones, entre la sangre de tanto niño muerto con la esperanza de la venganza en los labios o en los dedos amputados. Varios de ellos sacan poemas y ungüentos de los bolsos que rápidamente se vuelven a llenar como si nada saliera de ellos. La espesa masa de humo que envuelve la habitación esconde los cuchillos y estiletes para los que los poemas sirven de funda. Gilles ve el brillo de las armas en todos los rincones y grita, ahora sí grita, desesperadamente llamando a los

Primordiales. Los cuchillos entonces vuelan mientras la sinfonía destruye de un solo estallido todos los oídos de la comarca; un chirrido de millones y millones de metales, un aullido de cristal rompiéndose contra cristal en un grito desesperado que ya nunca cesa.

———————— ✺ ————————

Pero ahora, es de nuevo el pasado, y el paje Ilya acaba de morir.

Media hora después de la decapitación todo está listo para el certamen. Los demás concursantes posan junto con Ilya, o mejor dicho, sus cabezas reposan sobre la chimenea. Son un grupo de cinco chiquillos muy guapos. El problema es que, siguiendo la costumbre de guardar cabezas de días y diversiones anteriores, algunas no llegan al concurso de fin de semana muy frescas. Uno de los chicos tiene la piel gelatinosa y ya le están saliendo gusanillos por la oreja izquierda.

Gilles está esplendoroso en traje de gala sentado en una especie de silla trono en el centro del salón. El pequeño teatro del castillo ha sido adornado con emblemas pintados en sangre, para agradar a Baron. Se hace un silencio sepulcral y de repente se corren las cortinas del escenario. Como telón de fondo: una especie de bosque encantado lleno de oscuras neblinas. Unos segundos de suspenso y finalmente aparece Roger de Bricqueville vestido de jinete. Se hace llamar "el jinete del caballo blanco". Llama a su escudero y aparece Gilles de Sillé vestido como tal. El amo pide su caballo blanco a lo que el escudero le responde con evasivas. El jinete amenaza con pegarle hasta que el escudero dice que el caballo tuvo un pequeño problema en su última batalla. El señor se enfurece y golpea a su sirviente con un látigo de algodón. El escudero entonces suplica clemencia y sale corriendo a traer el caballo. A los pocos segundos entra en escena con el cuerpo decapitado de Ilya bajo el brazo. Le explica a su señor que el caballo "perdió la cabeza" por una yegüita y desde entonces no ha vuelto a ser el mismo. El jinete balbucea improperios y vuelve a golpear al escudero diciéndole que es culpa suya por no cuidar del caballo. Luego toma el cuerpo en sus manos y lo examina grotescamente. Dice finalmente que no le ve nada de malo. Se baja las bragas y, en una posición bastante incómoda, sodomiza el cuerpo haciendo muecas burdas, a la vez que su sirviente brinca por el escenario pegando rebuznos y gritos de poseso. El caballero por último se queda quieto y termina de masturbarse con el cadáver exangüe. Una vez acabado, le lanza el "caballo" al escudero y lo invita a que también lo monte para que se asegure de que no tiene nada. Gilles de Sillé, o el sirviente, duda por un instante, pero luego también sodomiza el cuerpo y finalmente lo deja caer al suelo ya satisfecho. El caballero y su escudero salen de escena entre los aplausos de sus compañeros. Unos instantes después vuelve a entrar Roger de Bricqueville, esta vez disfrazado de anciana mendicante. Ve el cuerpo del niño y se soba las manos con gula. Grita "comida" en falsete en tanto que llama a sus hijos a escenario. Entran Henriet Lelee y Gilles de Sillé vestidos de chiquillos mendicantes. Todos traen cuchillos. Se abalanzan sobre el cuerpo cubriéndolo con sus ropajes raídos. Pronto la anciana se vuelve a los presentes causando risotadas y gritos de euforia entre el público. Se ha puesto el pene de Ilya a modo de nariz postiza que se toca constantemente con la lengua. Henriet vuelve a ver al público con los cachetes grotescamente inflados. Habla torpemente causando la burla y la risa del público. El chiquillo mendicante finge enojarse y se saca los testículos de la boca para lanzárselos al público. Mientras tanto, la madre ha sacado el hígado del muchacho y ha tratado de metérselo discretamente en el escote. Éste se le abulta hasta que alguien le da un manotazo por las tetas y el vestido de anciana queda rojo de sangre. Los comensales finalmente salen de escena, pero unos segundos después regresa Henriet y vuelve a hacer otra operación de destace. Saca el intestino grueso, amarillo y viscoso, y dice con tono ingenuo, "para papi". Cuando sale de escena se ha llevado el intestino delgado que se desenrolla lentamente del cuerpo mientras cae el telón.

———————— ∾ ————————

El cuarteto de cuerdas de la familia Schubert ha pasado a un *scherzo* sombrío y tenebroso, lleno de tonos muy oscuros. El padre de Franz no está feliz con la composición de su hijo porque sabe lo que la pieza significa: un destino probablemente tan triste como inevitable. El futuro del compositor ya marcado en cada una de las notas de sus obras de adolescencia, y para el padre, esto, y no otra cosa, es señal segura de lo que ha de venir.

———————— ∾ ————————

Y en el fondo de todo aquel humo, los muchachos, impasibles, tranquilos como en un acto ceremonial, cantando, todos a coro, las palabras que van haciendo de todos ellos uno solo. Se acercan más con sus dagas al conde de Machecoul quien sigue gritando. Pero ellos neutralizan sus gritos con su canción:

¡Oh mi Bien! ¡Oh mi Bello! ¡Charanga atroz en la que no vacilo! ¡Mágico potro de tormento! ¡Bravo por la obra inaudita y el cuerpo maravilloso! ¡Bravo por la primera vez! Esto empezó bajo el sonido de las risas de los niños, y concluirá con él. Este veneno permanecerá en cada una de nuestras venas aun cuando, al alejarse la charanga, seamos devueltos a la antigua inarmonía. Oh, ahora nosotros, que somos tan dignos de tales torturas, recojamos fervientemente esta promesa sobrehumana hecha a nuestro cuerpo y a nuestra alma creados: ¡esta promesa, esta locura! ¡La elegancia, la ciencia, la violencia! Se nos ha prometido que el árbol del bien y del mal será sepultado en las sombras, que las honestidades tiránicas serán desterradas, para que luego aportemos nuestro purísimo amor. Esto empezó con una cierta

repugnancia y termina —ya que no podemos coger enseguida esa eter-
nidad— con una desbandada de perfumes.

Risa de los niños, discreción de los esclavos, austeridad de las vírge-
nes, horror a los rostros y los objetos de aquí: que el recuerdo de esta vi-
gilia los consagre. Esto empezó con la mayor grosería y resulta que ter-
mina con ángeles de fuego y de hielo.

Pequeña vigilia de embriaguez, ¡santa!, aunque solo sea por la
máscara con la que nos has recompensado. ¡Nosotros te afirmamos,
método! Nosotros no olvidamos que glorificaste ayer cada una de
nuestras edades. Y tenemos fe en el veneno. Sabemos dar nuestra vida
entera todos los días.

Ha llegado el tiempo de los Asesinos

———————— ❧ ————————

Gilles de Rais es el maestro de ceremonias del concurso de
belleza. Los demás, sentados en semicírculo frente a él, escuchan respetuosamente los créditos que cada chiquillo ha acumulado para poder estar en el certamen: Jean, por ejemplo, le
propinó a sus captores un total de siete orgasmos antes de ser
torturado, y todavía uno más durante la tortura. Henri, uno de
los menores con ocho años, es tenido en la memoria de todos
como el más dulce y el más risueño de los niños al servicio de
Rais. Aún en la muerte, el mariscal recuerda que supo sonreír
mientras suplicaba. Los ojos de Ilya, por otro lado, siguen
arrancando suspiros entre la audiencia. La decisión será pues
difícil. Rais y su primo de Sillé se inclinan por Henri, mientras
que Roger, Henriet y el geomancista Andrea Viccioto están claramente a favor de Emmanuel, un muchacho campesino de
unos catorce años y labios muy sensuales, precisamente el chico cuya cabeza ya está en descomposición. Andrea argumenta
que encontrar un muchacho masoquista, uno al que de veras
le haya gustado la tortura y la violación es una auténtica rareza,
por lo que lo proponen como ganador de la semana.

El único que no participa de las deliberaciones es Francesco Prelati. Está sumido en el recuerdo de la paliza que recibió hace un mes a manos de lo que él llamó un monstruoso demonio. Nadie lo vio. Solo escucharon el ingente pleito dentro de la habitación de Francesco mientras éste pedía auxilio a viva voz. Pero ninguno de ellos, ni el mismo Roger de Bricqueville, célebre por su temeridad, se atrevió a ayudar al italiano. Se escuchaban los bufidos de un animal portentoso y por debajo de la puerta se escapaba un olor indescriptible, mezcla de azufre y la más purulenta descomposición. Hasta hoy la estancia sigue guardando cierto olor desagradable y nadie entra en ella desde ese día en que se apareció la entidad.

Gilles de Rais no estaba en aquel momento, y cuando volvió, increpó a los cobardes por no haber asistido al nigromante y haber perdido una oportunidad de probar la existencia y el pacto que se tenía con el demonio Baron.

Prelati estaba más muerto que vivo y sangraba por todo lado. Tenía un par de costillas rotas y la cara irreconocible de los golpes que había recibido. Durante varios días estuvo vomitando sangre y, por un momento, sus amigos pensaron que se iba a morir. Pero aquí estaba un mes después, sano y salvo, y aunque todavía tenía cicatrices y heridas de su encuentro con el Señor de los Terafim, al final, había salido victorioso. El demonio, de propia voluntad, le había enseñado los secretos de la crisopea, la Gran Obra, que él y Gilles tanto habían buscado. Esta noche, no era que no le interesaran los ritos con el cadáver del muchacho, sino que sentía haber encontrado una paz interior que no había experimentado antes. Se complacía pues, con el solo hecho de estar entre sus amigos y disfrutar de la velada.

Los hombres continúan el debate muy en serio hasta que Viccioto, el mejor orador entre los presentes, hace una verdadera arenga en favor del campesino Emmanuel. Lo compara en cuerpo al bello Antínoo, y en espíritu al propio demonio

Baron, capaz de asumir la forma de un hermoso chiquillo para premiar a quienes le son fieles. El muchacho, en efecto, mostró tener instintos muy masoquistas al haber pedido una y otra vez más tortura. Esa espléndida noche Gilles de Rais tuvo un orgasmo sin siquiera haber tocado a su víctima.

Con el florentino a favor, Emmanuel ganó por cómoda mayoría, por lo que su cabeza fue bajada de la chimenea y pasó de mano en mano para recibir el beso ritual de los jueces. Era difícil sostener en las manos una cabeza que parecía estarse desintegrando, de modo que alguno de ellos se quedó con las orejas entre los dedos y Gilles, deseando también un recuerdo para sí, le dio a la cabeza un suave mordisco para quedarse con la nariz del muchacho entre los dientes. Henriet, no faltando a su costumbre, volcó el estómago, causando la burla y risa habitual de los comensales.

Y todos los cuchillos vuelan hasta entrar, uno detrás de otro, empujando, partiendo en dos, el corazón de Gilles de Laval de Rais. El conde se aferra a los hombros de uno de los muchachos y luego cae estrepitosamente sobre el libro manchándolo todo. La sangre salpica hasta la misma lente de la cámara que queda cubierta de un rojo intenso y agusanado. La gente grita. Las cámaras se vuelven locas tratando de fijar una sola de las imágenes que vuelan en todo sentido como un torbellino de pájaros blancos. Diego, completamente paralizado, ha presenciado el crimen por el T.T. y no sabe qué pensar. El mejor amigo del Padre Glu-teens, asesinado en pleno Sinus Iridum. Así pierde sus contactos en el negocio de la "Carne" y pasa dos días enteros sentado, insensible; solo estirando el brazo para ingerir más esquifo...

Pero el T.T. sigue encendido aunque Diego ya no lo ve:

En escena el Padre Glu-teens, de manos enormes, saluda al público mientras estira la sotana y camina en círculo por el escenario luciendo una sonrisa aterradoramente satisfecha.

Luego se detiene junto a las cortinas e indica al público con un gesto que aplauda con más ganas. La gente lo sigue y aplaude con más intención hasta que finalmente, por entre los cortinajes, se asoma Gilles de Rais, todavía manchado de colorante rojo, con gesto de sobrecogido por los homenajes. La gente aplaude, grita y silba hasta el delirio mientras el Padre Glu-teens toma al señor conde de Rais de la mano y lo pasea por el escenario. Ahora la ovación es verdaderamente total.

ELIXIR DE LARGA VIDA, de «Los Admirables Secretos del Pequeño Alberto».

Toma ocho libras de jugo; dos libras de jugo de borraja, tallos y hojas, doce libras de miel de Narbona u otra, la mejor de la región: ponlo todo junto a hervir a borbotones para espumarlo, pásalo por la manga de hipocrás, y acláralo. Déjalo aparte, pon en infusión durante veinticuatro horas, cuatro onzas de raíz de genciana cortada en tajadas en aproximadamente litro y medio de vino blanco, sobre cenizas calientes, agitando de cuando en cuando; pasarás este vino por un lienzo sin exprimirlo; pon esta colación en los mencionados jugos con la miel, haciéndolo hervir todo lentamente y cociéndolo, dándole consistencia de almíbar; lo harás enfriar en un tarro vidriado, y a continuación lo depositarás en botellas que conservarás en un lugar templado, para servirte de él, tomando todas las mañanas una cucharada. Este almíbar prolonga la vida, restablece la salud contra todo tipo de enfermedades, incluso la gota, disipa el ardor de entrañas; y aun cuando en el cuerpo no quedase más que un pedacito de pulmón y el resto estuviese deteriorado, mantendrá lo sano y mejorará lo enfermo; cura los dolores de estómago, la ciática, los vértigos, la migraña, y generalmente los dolores internos... (El resto de la página está arrancada.)

Aram Jachaturian termina la sinfonía con un estruendoso *tutti* de orquesta acompañado de las trompetas en acentos y golpes delirantes. Se repite el tema, casi el *leitmotiv*, del primer movimiento y toda la orquesta participa de la persecución que un instrumento se da al otro en forma constante. Las cuerdas gritan al tope de su voz mientras los timbales hacen contrapunto a los golpes casi ritmados de las trompetas. Es un frenesí primitivo que concluye repentinamente, de manera fulminante pero esperada. La sinfonía, ahora con gran lentitud, desaparece del rostro de los espectadores.

El director Jachaturian baja la cabeza en profundo agotamiento y deja pasar algunos segundos. Luego vuelve a levantar la cabeza y hace una reverencia al público que se pone de pie. Nadie aplaude. El compositor hace una segunda reverencia y sale lentamente por la izquierda. El organista, que igualmente se ha puesto de pie, también hace una reverencia y sale despacio por el mismo lateral.

Transcurridos unos segundos más, los músicos se van poniendo de pie, recogen su música, guardan sus instrumentos en los estuches negros y van saliendo del escenario, hasta que por fin, solo quedan el podio, los atriles y las sillas vacías.

Pero el público, obstinadamente quizá, sin aplaudir y sin hablar, se vuelve a sentar, se acomoda bien, y se queda en la sala. Unos encienden cigarrillos —cosa prohibida— mientras otros comentan el concierto en voz baja. El director del museo aparece por fin y conmina a todos los presentes a que se vayan a sus casas. Aclara que ya no hay más que ver; que el espectáculo ha terminado y ya es hora de cerrar las instalaciones.

Nadie responde. El silencio, salvo una que otra tos, es prácticamente total.

El director frunce el entrecejo y espera.

El público sigue sin responder.

El hombre en escena amenaza entonces con apagar las luces y la calefacción, pero recibe la misma respuesta anterior.

Furioso y ofendido, el director sale rápidamente del escenario en busca de Jachaturian y de Shostakovitch. Sabe que son los únicos que quizá podrán derretir este torpe e inoportuno congelamiento en el tiempo. Los hace buscar desesperadamente por todo el museo, pero los dos maestros, complacidos de haber superado la censura bajo sus propias narices, han ido a emborracharse juntos.

Los organizadores del evento no saben qué hacer y son conscientes de tener muy pocas opciones. Si traen a la Guardia Roja, habrá un escándalo político sin precedentes, pues entre el público no solo hay miembros del servicio secreto sino también altos jerarcas del Partido. Y lo peor, lo más embarazoso, la misma hija de Stalin está entre los concurrentes.

Deciden entonces apagar las luces para que la gente se vaya cuando quiera. Y un rato más tarde, cuando ya de verdad se han cansado, desconectan la calefacción.

Al rato circuló entre ellos el vino.

Prelati ya estaba en la cocina con Henriet Lelee hirviendo los muslos de Ilya para despellejarlos y hacer un guiso de primera, a estilo y usanza del gran sabbat. (Cuando se secuestra a un chiquillo para conscribirlo en el mundo de los satanistas, el niño debe pasar una serie de pruebas para ser finalmente "desbautizado" y consagrado al servicio del cabrón Leonardo, pero si el mocoso no muestra talento diabólico, termina desmenuzado y hecho en sopa para el festín de antes del amanecer.)

Francesco veía como los blancos muslos habían enrojecido y la piel había tomado la consistencia de "piel de gallina", mientras las venas y el contorno de los músculos eran más evidentes por las contracciones producidas por el calor. Fue muy fácil entonces, pelar los muslos y luego echarlos en la olla con todos los ingredientes recomendados en los grimorios de arte espagírica satanista. La cena pues, iba a ser suculenta.

Henriet salió rumbo a la sala con la gran vasija que los sirvientes habían dejado a disposición de los comensales. En ella iban la grasa y sangre que todavía se le pudo exprimir al cuerpo para mezclarlo con el vino. Media hora después, Francesco precedía las oraciones rituales al demonio Baron junto con los demás elementos del rito. Todos se persignaron al revés y se besaron mutuamente las nalgas, además de herirse nuevamente las manos para agregar sangre fresca de los comensales al caldo de muslo de mancebo. Y el último ritual, el de violar pero no matar al segundo paje, se llevó a cabo entre la modorra de la embriaguez y las apuestas sobre su porvenir la noche siguiente.

Cuando todo el festín terminó, los comensales lentamente se fueron retirando a sus habitaciones.

Gilles de Rais se puso de pie y caminó despacio hacia una de las grandes cortinas del salón. La descorrió para ver el amanecer que ya casi iba a llegar. El cielo de momento tenía un triste color gris muy parecido a los ojos del paje Ilya.

Sustituir esos ojos en el castillo de Machecoul no iba a ser fácil.

64. ILUMINACIONES

Los poetas y artistas estamos muy agradecidos con la hiedra y el granado por considerarlos sagrados; tienen secretos casi milagrosos. Se toma la hiedra, por ejemplo, en el mes de marzo cuando la savia va subiendo y se perfora el tallo en varias partes. El líquido gomoso que resulta de esto se mezcla con orina humana y luego se hierve, produciendo un líquido de color sanguíneo llamado 'lacus' o 'sangre de Dionisos'. Este color es óptimo en la pintura de cuadros al fresco o para iluminaciones.

Teófilo de Bizancio

(CONSTANTINOPLA, siglo IV.)
Tomo estas notas con lo poco de tinta que resta en el casquillo. Mañana debo llevar a mi aprendiz al mercado para que el mozo, muy conocedor en hierbas exóticas, escoja los ingredientes de la tinta

que me ha prometido: un hermoso color turquesa que se puede borrar, según él, con solo aplicar un poco de calor sobre el pergamino. En fin, no sé si es una buena idea. El mercado está lleno de embusteros y asesinos venidos de todas partes del imperio. Ya no son los tiempos de Diocleciano en que la paz al menos aún se obtenía con la punta de la espada. Ahora el temor a la autoridad imperial es cosa del pasado entre las bandas de ladrones, rufianes e impíos que han salido a la luz del sol tras siglos de ausencia. Creo que esto se debe a una costumbre ancestral de las alimañas: nadie como ellas sabe cuando el barco se va a hundir y siempre lo abandonan a tiempo después de haberse dedicado al pillaje en las bodegas. Estos hombres de la oscuridad que rondan mi pueblo no son sino el síntoma de eso, de los viejos tiempos que ya mueren. El mismo emperador está en cama y no se sabe si es que tiene un mal genuino o si ha sido la víctima de un nuevo atentado. Yo, por mi parte, me cuido de todo esto. No tengo un cargo político que se pueda envidiar, pero sí soy custodio de un tesoro pasado de maestro a aprendiz desde muchas generaciones atrás; un tesoro que por cierto está en peligro de gravedad. Mi aprendiz es un muchacho honesto y piadoso, pero no tiene la fuerza que ya tuvimos en otro tiempo los de mi clase. Creo que con el paso de las generaciones nos hemos ido haciendo cobardes. Antes salíamos del templo a medianoche a matar a todo aquél que fuera demasiado celoso del dios o al que fuera impío con él, pero las nuevas leyes prohíben la muerte ritual de seres humanos. El dios se queda entonces sin su sacrificio sagrado y el imperio de la razón se va a la ruina. Pero las leyes del imperio no son la sombra siquiera de lo que se avecina. Hay una nueva secta entre nosotros que, al igual que los órficos, predica el advenimiento de un dios de luz; un ser tanto humano como numen y que también murió y resucitó, como Dionisos. No tendría yo nada contra la gente de este culto de no ser por la desfachatez con que se han ido apropiando de los rasgos y características de nuestra antigua religión. Han tomado la figura de Dionisos-Zagreo y la han dividido en dos como los órficos diferencian lo mortal –los titanes– de lo inmortal –el mismo Baco. También le han dado a su dios un aspecto de hombre, como nosotros, y han hecho que su madre suba a los cielos como Bromio hizo con su madre. Pero eso aún no es nada. El aspecto negativo de su dios, ¡es la imagen del mismo Dionisos! Tiene cuernos, es un joven hermoso –mensajero de la luz, le llaman ellos–, se metamorfosea en lo que desee, preside el arrebato sexual, la muerte, las lluvias y lo subterráneo, igual que Dionisos. Dos de sus animales tutelares son los mismos de Iaco, es decir, el macho cabrío y la serpiente; mientras que en el aspecto positivo del dios sus animales son el buey y el gran felino, (ellos en particular prefieren el león). Para nosotros los dionisíacos, como se sabe, todos estos animales son sagrados. Los bacantes y ménades también tienen su calco en esta nueva religión venida de lejos. El aspecto positivo tiene algo llamado mensajeros: espíritus alados tomados del culto asirio-babilonio, en tanto que el lado negativo tiene unas mujeres horrendas llamadas hechiceras o brujas. Al igual que el orfismo, esta religión tiene códigos secretos como la señal de la Tríada Frigia, que ellos ahora llaman la Santísima Trinidad, y también comen ritualmente a su dios en forma de pan y vino. Muchos de ellos además se entregan a la bacanal dionisíaca en nombre de su dios, pero sé de buena fuente que esto es mal visto entre sus autoridades. Estos jerarcas, muy poderosos por estos días, visten ya como los mismos emperadores y en realidad no falta nada para que el imperio los acoja como culto oficial del Estado. Ellos, claro está, han hecho mucho para merecer esto. Por ejemplo, dicen que el emblema de Zeus, el águila imperial, es también emblema de su dios y se han cuidado de que sus textos más importantes estén escritos en griego y latín. Se llaman a sí mismos culto universal y sobreenfatizan constantemente su lealtad al emperador diciendo que su dios-rey es solo un rey espiritual. Los griegos los han aceptado con esa mezcla de estoicismo y cosmopolitismo que ahora los embarga. Han renegado de Dionisos públicamente pero siguen adictos a las prescripciones dionisíacas en privado, ¿pues quién puede renunciar a lo que se es, amando lo que se es? Un dionisíaco es un dionisíaco aunque en público afirme otra cosa. Claro está que también ha habido presión y engaño. Los de este culto, que ya son muchos, solo canjean y hacen trueque con los de su grupo discriminando a los que ellos llaman paganos; y los griegos, siendo comerciantes, como siempre han sido, no tienen más remedio que abjurar de su dios en público para no quedar en la ruina o tener que salir al exilio. Otros han sido simplemente engañados con el disfraz de culto órfico que estos odiosos extranjeros se han dado. ¡Hasta han llegado al extremo de darle a su dios un nombre griego: Christos, el ungido, según ellos! No queda más remedio: se les acepta o ellos se aseguran de que el opositor sea asaltado de noche por extraños y asesinado; o sus hijos son secuestrados; o es públicamente acusado de un delito que no cometió. Estos nuevos monstruos tienen como lejano maestro al emperador Nerón, pues tanto y de tan diversas maneras los persiguió, que ellos ahora utilizan las mismas tácticas con sus enemigos. No sé qué le espera al mundo griego con estos bárbaros en el poder, pues nada bueno puede salir de unos infelices que ensalzan la ignorancia y estigmatizan el conocimiento. De ellos solo podemos esperar la oscuridad.

Lo cierto es que si llegan a dominar el imperio, a los demás no nos quedará más remedio que seguir las huellas del eximio Platón: tendremos que buscar el reino de Dionisos, la Ciudad Sagrada, en el mar de las estrellas.

65. EL VIAJE A BIZANCIO

Why do you cry
now that I Fly? ...

JIM MORRISON

How far since then the ocean streams
Have swept us from the land of dreams,
That land of fiction and of truth,
The lost Atlantis of our youth!
Ultima Thule! Utmost Isle!
Here in thy harbors for awhile
We lower our sails, awhile we rest
From the unending endless quest.

HENRY W. LONGFELLOW

Encontrarán un nuevo hogar frente a la ciudad de los ciegos.

(Según la tradición griega, palabras de la pitonisa délfica a Byzas y sus hombres, futuros fundadores de Bizancio.)

A ratos siente que la razón lo abandona, pero entonces abre su cajita de música y escucha mientras el holograma de la Kats da vueltas sobre su eje siguiendo los timbres metálicos de *Júpiter*. Tres segundos más tarde las alarmas empiezan a sonar en todas partes. Es un sonido intermitente y voraz que de inmediato devora el silencio de Sinus Iridum. Las pocas voces que todavía quedaban, los quejidos y las súplicas de último momento, los que apenas se pueden mover, los desesperados que ya no hacen por donde esconder su incontrolable deseo de vivir, quedan de repente ahogados por el rugir metálico y a la vez ancestral de las alarmas de condición crítica. Los pasillos son el infierno de sombras y atacantes que ya no quieren escapar del holocausto ni vivir en la colonia de Marte sino matar. Matar y sentir el supremo placer de la libertad total del condenado. El goce del frenesí en todas sus formas y lo más rápido posible, antes de que aquello suceda y la noche queme como un metal derretido en los pulmones. Se escuchan entonces gritos descarnados aún antes de que las paredes empiecen a comprimirse y ceder hacia adentro. Aún antes de que los últimos niveles con sistemas de soporte de vida comiencen a parpadear y a extinguirse uno tras otro. Se escucha, si es que todavía hay tiempo de escuchar, los sensores auditivos en todos los pasillos avisando en coros ominosos de la falta de O_2, de la pérdida de temperatura y de presión. Las sombras pasan aterrorizadas ante estos monitores y los destruyen con láseres o simplemente lanzándoles algo tratando de retrasar inútilmente la llegada del fin.

Diego cierra lentamente la caja de música y vuelve a entrar asegurando la puerta de su habitación. Respira un toque de esquifo que tenía dentro de la misma caja de música y luego se dirige al T.T. Tiene el deseo de sentarse ante él pero sabe que no hay programación. Hace dos semanas cortaron todas las fuentes de consumo energéticas superfluas en caso de que algo sucediera. Ese "algo" era, por supuesto, un imposible: la remota casualidad de que algún acontecimiento milagroso frenara el colapso del sistema Tierra-Luna.

—Gracias a esos imbéciles optimistas me quedé sin T.T. los últimos días de la colonia.

Tiene otra vez el deseo de chupar un poco de esquifo pero una repentina explosión lo hace perder un momento el equilibrio. Parte del polvo cae sobre la consola del T.T. y Diego se agacha sonriendo, contento de que no fue sobre la alfombra. Presiona la cara contra la superficie del T.T. y un poco con la nariz, otro con la lengua, va recogiendo casi todo el polvo que se le salió de la cajita. Una explosión más y el hombre, ahora con cara improvisada de payaso, sabe que es hora de recoger sus cachichos y darse el paseo de la media luna. Va un momento al cuarto donde la Kats todavía está acostada boca arriba con el clavel artifi-real que él le regaló entre las manos. Se acerca para ver el lustre ceroso de la cara pero un olor insoportable lo detiene. Se echa para atrás asqueado y se lleva una mano a la boca. El sabor a esquifo lo vuelve a reconfortar y se da cuenta de que tiene la cara llena de pequeños rastros de la droga. Poco a poco se los va chupando con ayuda de la mano izquierda mientras ve el perfil de la gata contra la luz verdusca de la lámpara. Para él no hay duda de que es la mujer más bella del mundo, ahí con su pose de sexo en la cama y el kevorkian-15 entre las piernas, exacto como ella lo quería. Sin embargo, ni el kevorkian-15 ni ninguna otra cosa a mano pudo evitar la descomposición eventual. Diego se da cuenta de esto ya un poco tarde, pero logra salir del cuarto sin vaciar el estómago y perder todo el esquifo que había consumido en las últimas horas. Aprovecha el momento para no ver atrás y sale de una vez a los pasillos. Menos de veinte metros entre muertos y sombras y logra llegar a la escotilla "F" donde introduce rápidamente un código y la puerta se abre con un chirrido lamentoso hasta que frena del todo a pocos centímetros de haberse abierto. Diego se ve forzado a terminar de abrirla manualmente usando toda su fuerza. Le extraña que estos sistemas fallen porque están programados precisamente para fallar de últimos. Son el boleto de seguridad de los supervivientes importantes, es decir, el sátrapa y su comitiva, por lo que casi están hechos a prueba de fallos. En fin, quizá con la huida del sátrapa y su familia ya hace un buen rato, el sistema se apagó.

Iba pensando, o tratando de pensar en lo que estarían sintiendo los que le habían antecedido por ese camino. Eran los encargados políticos del sistema lunar, el hombre más rico del universo, no por su puesto de sátrapa, sino por su participación en la venta de niños. Diego sabía precisamente de este pasillo y en lo que terminaba, por su asociación más que brillante con la red de órganos. Sin embargo, él no había sido tan importante como para ser avisado de todo. Por eso cuando se fueron, él fue de los últimos en enterarse. No importa, se dijo mientras caminaba agachado por pasillos minúsculos y laberínticos, yo tenía mi propio plan.

Llegó por fin a una escotilla que cedió con alarmante facilidad. Atravesó el umbral y se encontró en medio de un gigantesco silo. Del fondo todavía subían sustancias humeantes y la temperatura, aunque aguantable, era bastante alta. Cruzarlo no fue difícil, siempre y que no se agarrara de la barandilla caliente. Una vez del otro lado trabajó con empeño en abrir otra escotilla hasta que ésta, en una pausa que hizo para tomar aire, se abrió sola.

—Por fin, hija de puta.

Del otro lado llegó un sonido grave y fuerte. El hombre empezó a escuchar el colapso de la base e instintivamente apresuró el paso hasta llegar a la pequeña espora. No era como las que se usaban dentro de la estación sino una de las de uso translunar. Bien equipada y con la mayor cantidad de abastos posibles se podía viajar en ella de tres a cinco días. Diego la había comprado y hecho modificar para que aguantara un poco más, pero nunca para un viaje interplanetario. Primero que todo era muy pequeña: quien viajase en ella no tendría la alternativa de más de tres o cuatro poses distintas y eso mismo hacía imposible cargar en ella muchas provisiones: unos cuantos litros de agua, algo de comer deshidratado y un par de piezas de equipaje, nada más. Solo en cuanto al combustible es que se había podido modificar bastante. Podría salir, si quisiera, del sistema solar, pero tardaría años enteros, mucho más de la semana de comida y oxígeno que llevaría el tripulante.

Diego abrió la portezuela de la espora y se metió en ella como quien se mete en un abrigo bien grueso. Puso todo, incluso el despegue, en automático y colocó un programa en la ranura de audiovisual.

La vibración del violento despegue lo aturdió al punto de ver figuras luminosas a través de la escotilla. Eran como ángeles que rodeaban la nave y bailaban en torno a ella.

—Sí... claro... ya voy —dijo con un fuerte dejo de sarcasmo mientras los cachetes inflados se le deformaban aún más por el esfuerzo de hablar.

Tan pronto salió del campo de gravitación de la Luna el audiovisual empezó a pasar *Marte* en audio mientras todos los canales visuales enfocaban la base lunar y su rápida destrucción. Primero fueron pequeños puntos de luz aquí y allá en la telaraña del mapa de Sinus Iridum, pero de repente, una luz blanquísima lo cubrió todo. Los reactores, pensó Diego, mientras el disco amenazador de la Tierra se veía cada vez más cercano.

—A ver, a ver; deflectores de detritus, a ver, a ver, deflectorcitos, a dónde es que están y ¡ajá!, —dijo finalmente cuando los encontró, e hizo los ajustes para desviar la basura que ahora venía de la estación.

Pensó por un instante que entre esa basura venían los trocitos de cuerpo de la Kats, de Anúsit, incluso de Tabaré, si es que murió en la Luna cuando desapareció hace un año. Ahí venía toda la basurita de sus amigos, de sus recuerdos, de sus sueños en una playa artificial en el puro corazón de Sinus Roris. Ahí venían los tailandeses que hablaban raro y siempre querían que él se cogiera a Anúsit, casi como un favor especial a la comunidad oriental de Sinus Iridum; y vendrían también los puchos de esquifo que algún muerto dejó y él no pudo encontrar a tiempo; vendrían también los cuerpos, esta vez hechos grumitos, del padre Glu-teens y don Gilles de Rais, los personajes más controvertidos de la T.T., y bueno, también vendrían esquirlas y fragmentos de transistores de su T.T., de su cobija vieja y tal vez hasta los reportes de su madre. Vendrían de seguro todos los riñones, los corazones y los hígados que él ayudó a pasar de chiquillos sanos a momias ricachonas, y vendrían incluso los cuerpos de esos chiquillos porque el botadero de cadáveres en el Mar de la Tranquilidad también volaría tarde o temprano.

El detritus, efectivamente, empezó a pasar de cerca y Diego comenzó a jugar tiro al blanco con lo que no podía desviar. Hacía marcas apuntando en el borde de la consola los que iba pegando, siempre acompañado de algún viejo comentario tipo senso-club, hasta que uno, quizá un pedazo de roca, dio contra una de las antenas.

—Solo un rasguño. ¡Solo un rasguñito! —gritó el hombre ahora visiblemente emocionado por el juego—. Un golpecito que no es nada.

La Tierra seguía acercándose al punto de contacto con la Luna y Diego lo sintió por la vibración externa de la nave. Decidió que era hora de alejarse de la magna colisión que se acercaba. Trató en vano de controlar la vibración para que no alterara de manera alguna el rumbo que él fijara, pero la fuerza externa de los campos gravitacionales impedían un cálculo preciso. La computadora pedía un punto de salto que Diego no podía determinar. Según los controles de localización, él estaba en tres, y a ratos, hasta cuatro lugares distintos a la vez.

—¡AAAAAhhhhh! ¡Donde putas sea!

Y la nave encendió la propulsión atómica a toda velocidad. Apenas tuvo tiempo de acomodarse bien en el sillón cuando lo alcanzó una onda de choque monstruosa. Hasta sus órganos internos sentían el gigantesco martillazo que les llegaba desde afuera. Unos segundos más de la más desagradable batida, y de repente, todo fue calma.

Diego sabía que ésa era solo la inicial. Lo demás vendría a lo sumo unos segundos después, así es que aprovechó la pausa para de verdad poner la propulsión a trabajar. Calculó que con este empuje perdía más del cinco por ciento de combustible, pero, ¿y qué? No llevo prisa.

La espora siguió avanzando a máxima velocidad haciendo de la realidad en la cabina un juego de alas y cabellos largos. Diego estaba seguro de ver a Nikki —la jefe política del sátrapa— bailar con alguien, con un hombre; luego con dos, y por último, la veía rodeada de muchos otros. Había todo un ejército de animales que recorrían el espacio como una oleada de seres blancos y azules; seres que parecían tener órganos internos transparentes y viscosos; seres que semejaban humanos con alas, pero infinitamente flacos como una marcha de campesinos fantasmas. Diego ajustó los monitores para recibir la señal desde varios ángulos y ver qué diablos eran, pero las pantallas reflejaron todas el interior de la cabina con Diego desconcertado, viéndose a sí mismo en todos los monitores.

Dos horas después del impacto, la nave corrigió automáticamente la velocidad y Diego sintió que despertaba de un profundo sueño. La noche eterna del sistema solar se veía libre de toda forma de detritus y la nave seguía un rumbo muy cercano a las coordenadas para llegar a Marte. De seguir así, su cadáver aterrizaría en Mons Nix para las próximas Navidades, pensó, pero él no llevaba regalos ni había sido invitado a la gran fiesta de muerte que se tendrían allá abajo. De inmediato se sintió tan contento de haber pasado lo peor solo, que, de haber podido, hubiera subido los pies a la consola y se hubiera premiado con algo de esquifo italiano. Pero solo hay iridiano, se dijo a sí mismo con una sonrisa de oreja a oreja.

—Y mientras tanto —continuó—, veamos qué putas rumbo le damos a esto.

Ya que la famosa señal había venido de Urano, Diego no duró ni treinta segundos en decidir y planear un curso directo al gigante, más o menos a siete años y tres meses de distancia.

—Si no llego hasta allá, espero tener relevo.

Y diciendo esto, con mucho cuidado, sacó un buen puño de esquifo de su mochila.

San Pedro, 12 de febrero de 1995
San Juan del Murciélago, 26 de febrero de 2000

Tabla de contenidos